完譯

李鈺全集

1

이옥李鈺(1760~1815)

이옥의 자는 기상其相, 호는 문무자文無子·매사梅史·경금자絅錦子 등이 있다. 정조 14년 (1790) 증광增廣 생원시에 합격한 후 성균관成均館 상재생上齋生으로서 정조 16년(1792) 응제문應製文으로 작성한 글의 문체가 패관소설체稗官小說體로 지목되어 국왕의 견책譴責을 받았다. 이후 정조 19년(1795) 경과慶科에서도 문체가 괴이하다는 지적을 받고, 과거 응시를 금지하는 '정거停擧'에 이어 지방의 군적에 편입되는 '충군充軍'의 명을 받았다. 처음에는 충청도 정산현定山縣에 편적되었다가 경상도 삼가현三嘉縣으로 이적되어 사흘 동안 머무르고 돌아왔다. 이듬해 다시 별시別試 초시에서 방수傍首를 차지했으나, 계속 문체가 문제되어 방말傍末에 붙여졌고, 정조 23년(1799) 삼가현으로 다시 소환되어 넉 달을 머물게 되었다. 해배된 이후에는 경기도 남양南陽에서 글을 지으며 여생을 보냈던 것으로 보인다. 이옥의 문학 작품들은 그의 절친한 벗 김려金鑢가 수습하여 《담정총서薝庭叢書》에 수록해 놓았으며, 그 밖에 《이언俚諺》, 《동상기東床記》, 《백운필白雲筆》, 《연경烟經》이 전한다.

실시학사實是學舍 고전문학연구회古典文學硏究會

벽사 이우성 선생과 젊은 제자들이 모여 우리의 한문 고전을 정독하고 연구하는 모임이다. 1993년 부터 매주 한 차례씩 독회를 열어 고전을 강독해왔고, 그 결과물의 일부를 《이향견문록》, 《조희룡 전집》, 《변영만 전집》 등으로 정리해 출간하였다. 고전 텍스트의 정독이야말로 인문학의 기초이자 출발점임을 명심하며 회원들은 이 모임의 의미를 각별히 여기고 있다.

이우성李佑成 학술원 회원, 성균관대학교 명예교수
송재소宋載邵 성균관대학교 한문학과 명예교수
김시업金時鄴 성균관대학교 국어국문학과 교수
이희목李熙穆 성균관대학교 한문학과 교수

권순긍權純肯 · 세명대학교 한국어문학과 교수 | **권진호**權鎭浩 · 한국국학진흥원 연구원 | **김동석**金東錫 · 중국 북경대학교 한국학연구중심 연구원 | **김명균**金明鈞 · 한국국학진흥원 연구원 | **김영죽**金玲竹 · 성균관대학교 한문학과 강사 | **김용태**金龍泰 · 부산대학교 점필재연구소 연구교수 | **김진균**金鎭均 · 성균관대학교 대동문화연구원 연구교수 | **김채식**金茱植 · 성균관대학교 박물관 연구원 | **김형섭**金炯燮 · 성균관대학교 대동문화연구원 연구교수 | **나종면**羅鍾冕 · 서울대학교 규장각 한국학연구원 책임연구원 | **신익철**申翼澈 · 한국학중앙연구원 한국학대학원 교수 | **윤세순**尹世旬 · 동국대학교 문화학술원 연구교수 | **이신영**李信暎 · 한국고전번역원 상임연구원 | **이지양**李知洋 · 연세대학교 국학연구원 전임연구원 | **이철희**李澈熙 · 성균관대학교 대동문화연구원 연구교수 | **이현우**李鉉祐 · 동국대학교 문화학술원 연구교수 | **정은진**丁殷鎭 · 영남대학교 한문교육과 교수 | **정환국**鄭煥局 · 동국대학교 국어국문학과 교수 | **최영옥**崔煐玉 · 성균관대학교 대동문화연구원 연구원 | **하정승**河政承 · 한림대학교 기초교육대학 교수 | **한영규**韓榮奎 · 성균관대학교 대동문화연구원 연구교수 | **한재표**韓在熛 · 세명대학교 한국어문학부 강사

선비가 가을을 슬퍼하는 이유

完譯
李鈺全集
1

이옥 지음 ― 실시학사 고전문학연구회 옮기고 엮음

人
휴머니스트

완역 이옥 전집을 펴내며

실시학사實是學舍에서 이옥 문학의 역사적 의의와 그 가치를 인정하고, 그 유문遺文들을 수집하여 한 전집으로 만들 것을 계획한 것은 비교적 이른 시기의 일이었다. 그러다가 1999년에 고전문학연구회 제군들이 분담하여 역주譯註 작업에 착수한 지 2년여인 2001년에 비로소 역고譯稿를 완성하였고, 곧이어 시중市中 출판사를 통하여 발행하였다.

이 책이 세상에 나간 뒤에 상당히 인기를 얻어 얼마 안 가서 초판이 품절된 형편이었다.

그런데 그 뒤에 우리는 다시 이옥이 남긴 몇 종의 글을 새로 발견하였다. 《백운필白雲筆》과 《연경烟經》이 그것이다. 이 두 종류의 유문은 이옥의 해박한 지식과 참신한 필치를 유감없이 발휘한 것으로, 그의 전집에서 결코 빠뜨릴 수 없는 것이다. 이에 다시 역주 작업에 착수하여 많은 시일을 끌면서 끝내게 되었다.

이번에 이 두 종류의 글을 첨부하여 새롭게 서점가에 선을 보인다. 참고가 될 도판을 찾는 데 노력했으며, 기간既刊의 글들을 추가로 교정하는 데 신경을 썼다. 나는 이번 완역 이옥 전집을 발간하면서 고전문학연구회 제군들이 끝까지 변함없이 일치 노력하는 것을 보면서 충연充然한 기분을 느꼈다. 특히 도판 작성과 교정에 많은 수고를 해온 이현우, 김채식, 한재표, 김형섭 회원에게 상찬해주고 싶다.

휴머니스트 출판사의 호의로 완역된 이옥 전집을 출간할 수 있어서 감사히 생각하며, 우리 선민先民의 문학유산이 오늘날 젊은 세대들의 살이 되고 피가 되어 훌륭한 성장 동력제가 되기를 기대해 마지않는다.

2009년 2월 고양 실시학사에서

이우성

간행사

　실시학사 고전문학연구회에서 《조희룡 전집趙熙龍全集》에 뒤이어 이
제 《이옥 전집李鈺全集》을 내게 되었다. 이옥李鈺은 18세기 말에서 19세
기 초의 한 문사文士로서 우리나라 소품체小品體 문학의 뛰어난 작가라
고 할 수 있는 분이다.

　그런데 이옥의 성명姓名은 지난날 어떠한 사승史乘이나 민간 학자의
기록에도 별로 나타나지 않는다. 따라서 그의 작품들도 그다지 세상에
공표되지 않은 채 내려왔다. 우리나라 한우충동汗牛充棟의 그 많은 문
집 가운데서 이옥의 것은 전혀 보이지 않았다. 오직 당시 문학동인집文
學同人集이라 할 수 있는 김려金鑢(1766~1821)의 《담정총서藫庭叢書》 속
에 산만하게 수록되어 있는 것이 대부분이고, 그 밖에 보잘것없는 단
행본 형식의 한두 가지가 도서관의 한구석에 끼어 있거나 시중 책가게
에 간혹 보인 적이 있었을 뿐이다. 그러니까 이옥의 글은 그가 죽은 지
2백여 년에 한 번도 체계적으로 편집된 것이 없었고, 또한 한 번도 인
쇄를 겪은 적이 없었으며, 다만 필사筆寫된 것이 이것저것 분산적으로
남아 있었을 뿐이다.

　이옥의 존재가 이와 같이 된 데에는 몇 가지 이유가 있다고 추정된
다. 첫째 그의 가문이 한미하여 조야朝野를 막론하고 그를 급인汲引 발

탁해줄 사람이 적었고, 둘째 그의 문학 성향이 소품체에 편중되어 있어서 당시 국왕 정조正祖의 강력한 문체반정文體反正 정책에 배치됨으로써 과거科擧 진출이 전혀 불가능했으며, 셋째 그의 생득적生得的 체질이 외곬으로 나가서 국왕의 정책적 요구에 자기를 굽혀가며 타협할 수 없었던 때문이다. 그리하여 수차례에 걸친 국왕의 견책과 두 번의 충군充軍 등 가혹한 제재 조치를 받았다. 당시 사족士族에게 충군의 처분은 정말 참담한 죄벌이었다. 그러나 이옥은 끝까지 그의 문학을 지켜 나갔다. 같은 시기에 적지 않은 명사들이 정조 임금의 엄중한 명령 아래 자기의 문학세계에서 방향을 돌려, 정조의 정치 교화에 순응하는 입장을 취했는데 이옥은 그렇지 않았다. 이옥의 그 후 창작 활동은 변치 않고 더욱 치열한 자기 탐구와 자기 표현에 열중했음을 보여주었다. 말하자면 이옥은 그의 문학을 생명으로 여기며 어떤 무엇과도 바꾸거나 포기할 수 없었던 것이다.

이옥 문학의 내용에 대해서는 이 책의 해제에서 자못 상세하게 다루어져 있으므로 여기 첩상가옥疊床架屋을 하지 않는다. 다만 그 문학의 시대적 상황과 문학사적 의의에 대해서 일언一言하고자 한다. 18세기 후반은 이조 중세 사회의 하향기·해체기에 있으면서 상대적으로 정치적 안정 속에 농업 생산이 향상되고 상업·수공업이 활기를 띠고 있었으며 학술사상 면에서는 실학實學이 흥성하였다. 그런데 당시 소수 특권 귀족들의 벌열閥閱 정치를 청산하고 왕권王權 신장에 의한 통치 체제의 확립을 추구한 것이 정조 임금의 기본 방침이었다. 그러기 위해서는 소수 특권 귀족을 견제하고, 전통적 사대부士大夫들의 지지 위에 넓은 기반을 가지는 동시에 사대부들의 정통 교양 — 성리학과 순정문학醇正文學을 확보하여 왕조王朝의 정치 교화를 펼쳐 나가려 하였다. 이

점에서 정조는 비교적 성공한 편이다. 그러나 이미 중세적 계급지배 관계가 해체 과정에 들어섰고 전국 농촌에 변화가 일어나는 한편, 상업·수공업의 발달에 의한 도시 평민층의 대두는 체제 유지에 적지 않은 방해 요소가 있는 것이었다. 거리의 전기傳奇叟나 사랑방 이야기꾼에 의해 조성造成된 패사稗史가 양반관인兩班官人들에게 흥미를 끌게 되고, 문사文士들은 즐겨 소품체로 글을 써서 일반 지식층에 매혹적 대상이 되었다. 이 패사와 더불어 소품은 순정문학의 아성牙城을 허물 우려까지 있는 것이었다. 실학이 등장하면서 성리학이 공리공론으로 비판되는 데다가 순정문학이 패사소품에 의해 허물어지는 것은 보통 문제가 아니었다. 실학은 유교 경전을 바탕으로 개혁을 주장하는 것이어서 정조의 정치 이념에 위배됨이 없지만 패사소품은 사대부의 정통 교양에 수용할 수 없는 것으로, 그대로 방임하면 문풍文風은 물론, 국민의 심성에 큰 해가 된다고 생각하였다. 정조의 강력한 문체반정 정책은 여기에서 나온 것이다.

문체반정 정책의 시행에서는 사람에 따라, 신분과 처지에 따라 문책이 달랐다. 남공철南公轍과 같은 사환가仕宦家의 자제에 대해서는 정조가 직접 엄하게 훈계하여 문체를 고치게 하였고, 안의현감으로 나가 있는 박지원朴趾源에 대해서는 남공철을 통하여 "문체를 고치면 남행南行이지만 문임文任(홍문관·규장각 등의 청화淸華한 관직)을 주겠다"라고 달래기도 하였다. 그런데 이옥과 같은 한사寒士에 대해서는 한 번의 기회도 주지 않고 가차 없이 처분을 내려 전도를 막아 버렸다. 이 얼마나 불평등하고 불공정한 일인가.

그러나 이옥은 이로 인해, 그의 불우한 생애와는 반대로 그의 문학은 독자적 창작 태도를 일관하여 우리나라 소품체 문학의 한 고봉高峰을 이룸으로써 그 이름은 영원히 빛나게 될 것이다.

18세기 말에서 19세기 초의 커다란 역사적 전환을 앞둔 시대의 경사傾斜 속에 소품체 작품을 통하여 인정人情 풍물風物의 이모저모를 참〔眞〕 그대로 묘사하면서 종래 성리학적 사고와 순정문학의 권위에 대한 도전으로 근대적 문학정신에 가교자架橋者 역할을 한 것이 이옥 문학의 문학사적 의의인 것이다.

이 전집에 수록된 자료를 간단히 말해둔다. 통문관通文館 소장 《담정총서》에서 뽑아온 것이 그 대부분이고, 다만 《이언俚諺》은 국립중앙도서관에서, 희곡 《동상기東床記》는 한남서림翰南書林의 《동상기찬東廂記纂》에서 취해온 것이다. 이 밖에 다른 자료가 혹시 더 있을지 모르지만 현재 이옥의 작품으로 확인할 만한 것은 거의 다 망라된 것으로 여겨진다.

2년 유반에 걸쳐 실시학사 제군들의 성실한 독회讀會와 활발한 토론을 거치는 동안 우리는 이옥 문학의 진수眞髓를 체인體認할 수 있었으며, 이로 인해 우리 선민들의 진실한 삶을 다시금 깨우치게 되었다. 우리의 작업이 그만큼 값진 것으로 여겨진다. 끝으로 우리의 작업을 지원해주신 한국학술진흥재단에 감사의 뜻을 전한다.

2001년 8월 고양시 화정에서
이우성

9

이옥의 생애와 작품 세계

1. 이옥의 시대와 생애

이옥李鈺(1760~1815)은 성균관 유생으로 있던 1792년(정조 16) 응제문應製文에 소설식 문체를 구사하여, 임금으로부터 '불경不經스럽고', '괴이한 문체'를 고치라는 엄명을 받았다. 이 일로 그는 실록實錄에 이름이 오르고, 일과日課로 사륙문四六文 50수를 지어 올리는 벌을 받기도 하였다. 그 후로도 문체로 인해 수차 정거停擧를 당하고 충청도 정산현定山縣과 경상도 삼가현三嘉縣에 충군充軍에 처해지는 등 파란곡절을 겪었다. 유배지에서 돌아온 뒤, 그는 더 이상 과장科場에 출입하지 않고 경기도 남양南陽에 칩거하면서 글쓰기에 열중하며 여생을 마쳤다.

조선조 후기에는 경화세족京華世族이 아니어서, 출신이 서족庶族이어서, 또는 시대를 앞서서 사유한 탓에 권력 체계에서 소외되어 방황하는 지식인이 양산되었다. 이옥은 이러한 조건을 두루 갖춘 인물로서 그가 문제적인 것은 기성 문학의 권위에 도전하여 개성적이고 주체적인 글쓰기를 하였기 때문이다. 그가 주로 활동했던 정조 연간의 문풍은 유가 경전에 기반한 고전적이고 격식을 추구하는 당송唐宋의 시와 고문古文 외에, 시속의 변화와 개인의 서정을 진술하게 표현하는 소품小品이 한 줄기 새로운 문학 조류로 등장하였다. 이옥은 이 새로운 문학의 가치를 발견, 창작하는 데에 평생을 진력한 인물이다.

(가) 가계와 생애

현재 이옥의 묘지墓誌나 행장行狀을 발견할 수 없어 그 생애에 대해 불분명한 것이 많다. 문체파동文體波動에 연루되어 실록에 두어 차례 이름이 올랐을 뿐, 다른 문사들처럼 사우師友 간에 왕복한 서신도 없고, 김려金鑢의 기록을 제외한 동시대 문인의 저작에서도 이옥에 대한 기록을 거의 찾아볼 수 없다. 그 이유를 다음 몇 가지로 추정해볼 수 있다.

지엄한 임금으로부터 견책譴責을 받고 군적에 오른 낙인찍힌 인물이라는 것, 불우한 개인의 이력 외에도 그가 지향했던 연문학적軟文學的 문체가 후대에 지속되지 못한 것, 그의 저작이 문집으로 출간되지 못하고 흩어져 어렵게 전해진 것, 문과文科에 급제하지 못하고 관계官界로 나간 일이 없다는 것 등이 그것이다.

미흡하지만 이옥의 글에 나타난 단편적인 기록과 김려의 발문跋文, 최근 밝혀진 그의 가계를 통해 그의 삶을 복원하면 대략 다음과 같다.

이옥은 자가 기상其相이고, 호는 경금자絅錦子이며, 문무자文無子 · 화석자花石子 · 매화외사梅花外史 · 매암梅庵 · 매계자梅谿子 · 청화외사靑華外史 · 도화유수관주인桃花流水館主人 · 화서외사花漵外史 · 석호주인石湖主人 · 문양산인汶陽散人이라는 호를 쓰기도 하였다. 그는 1760년(영조 36)에 진사進士 이상오李常五의 4남 6녀 중 3남으로 태어났다. 위로 두 형 영섭鏌과 박섭鏷은 전취소생이고, 이옥은 동생 집섭鏶과 함께 재취소생인데, 모친은 이원현감利原縣監을 역임한 홍이석洪以錫(평안도 병마절도사 홍시주洪時疇의 서자)의 딸이다. 관향은 전주로 효령대군의 11대손이며, 직

계 조상 가운데 주목할 만한 이로는 고조高祖 이기축李起築(1589~1645)
이다.

이기축은 인조반정仁祖反正에 가담하여 정사공신靖社功臣 3등에 녹훈
되고 완계군完溪君에 봉해지면서 하루아침에 신분이 격상된 인물이다.
그는 원래 얼속孽屬으로 반정 후에 승적承嫡이 되었다.《인조실록》(1년 10
월 19일조)에 사촌형 이서李曙가 이기축을 두고 "신臣의 얼속孽屬"이라 칭
하는 대목이 보이고,《계서잡록溪西雜錄》에는 기축은 원래 점사店舍의
고노雇奴인데 아내의 선견지명으로 반정에 가담하여 출세한 이야기가
나온다.《대동기문大東奇聞》에는 인조가《공신록》을 작성할 때 '기축己
丑'이라는 아명兒名을 개명해준 일화가 수록되어 있기도 하다. 증조 만
림萬林은 무과로 부사를, 조부 동윤東潤은 어모장군禦侮將軍 용양위 행
부사과龍驤衛行副司果 벼슬을 지냈다. 부친 상오는 진사에 합격하였으나
관료 생활을 한 적이 없고, 아들 경욱景郁(초명 우태友泰)과 손자 명달明達
의 대를 살펴보더라도 과거 급제자가 없고 관계로 나아간 이도 없었다.
그리고 북인北人의 계보를 적은《북보北譜》에 그의 가계가 올라 있다.

이처럼 이옥의 집안은 한미한 무반계의 서족庶族으로, 당색은 오래
전에 실세失勢하여 권력 기반을 잃은 북인계였으니, 애초에 사환仕宦하
는 길이 요원했던 것이다. 무엇보다 심각한 콤플렉스로 작용한 것은 세
상이 다 아는 집안 내력일 것이다. 그의 고조부는 벼락출세한 시전 바
닥의 미천한 인물로 희화화되어 사람들의 입에 오르내렸고, 왕명으로
승적된 신분임에도 실제 통혼은 서얼 집안과 이루어졌다. 이 출신의 흠
결이 그가 생을 걸고 글쓰기에 몰입한 것이나, 그의 복잡한 내면세계를
이해하는 데에 중요한 단서가 될 것 같다.

이옥의 집안은 상당한 재력이 있었던 것 같다. 서울에서 생활할 때

집 안에 함벽정涵碧亭이라는 정자가 있었고 담용정淡容亭이 딸린 남판서南判書의 구택을 구입해 살기도 하였다. 그의 집안이 남양 매화산梅花山 아래 정착한 것은 1781년(22세)인데 바닷물을 막아 어장을 만드는 일에 아흐레 동안 오십여 명의 공력을 투입하였으며, 차조 밭을 일구는 데 여덟 명의 종복을 동원하기도 하였다. 새 자료《백운필》에는 "나의 집 전장의 곡식을 운반"하는 사람이 "배를 끌고 면양沔陽에 가서 옹포甕浦 가까이에 정박했다"는 얘기가 나온다. 또 호서湖西의 농가에서 견문한 일화와 그 지역의 농사법을 기술한 글이 적지 않은 것으로 보아, 호서 지역에도 이옥 집안의 전장이 있었던 것으로 여겨진다. 여유 있는 경제적 여건 아래 독서와 창작에 몰두할 수 있었던 셈이다.

(나) 교유 관계

이옥이 어떤 인물과 교유하였는지 또한 소상히 알 수 없다. 생평을 알 수 있는 이들은 대부분 성균관 시절에 만난 사람이다. 그중에 담정薄庭 김려(1766~1821)는 이옥 문학을 이해한 평생의 지기로서 이옥의 많은 글이 후세에 전해지는 데에 큰 역할을 하였다.《담정총서薄庭叢書》가운데 이옥의 유고遺稿 11종을 수습, 편정하고 그 제후題後를 썼던 것이다. "붓 끝에 혀가 달렸다"라고 이옥을 극찬했던 강이천姜彝天(1769~1801) 역시 성균관 시절에 교유한 인물이다. 그는 김려, 김선金鑴(1772~ ?) 형제와 함께 정조로부터 문체가 초쇄噍殺하다고 질책을 받았는데, 이옥의 〈남쪽 귀양길에서南程十篇〉에 대한 독후기 〈서경금자남정십편후書絅錦子南程十篇後〉를 써서 공감을 표하기도 하였다. 짧았던 성균관 시절, 이들을 만나 비평을 주고받으면서 자신의 문학세계에 더욱 확고한 인식을 가졌던 것으로 여겨진다.

북학파北學派이자 사검서四檢書의 한 사람인 영재洽齋 유득공柳得恭 (1748~1807)은 이옥에게 매우 중요한 인물이다. 이옥의 외조부 홍이석 은 유춘柳瑃을 맏사위로, 이상오를 셋째 사위로 맞았다. 유춘은 유득공 의 부친이므로 이옥과 유득공은 이종사촌이 된다. 유득공이 쓴 〈선비행 장先妣行狀〉에 의하면 그는 다섯 살 때 부친을 여의고, 일곱 살 때 모친 과 함께 남양 백곡白谷에 있는 외가에 의탁하였다. 외가는 누대의 무반 가로, 유득공의 모친은 어린 아들의 교육을 우려하여 열 살 무렵 서울 경행방慶幸坊 옛집으로 돌아왔다고 한다. 남양에 이사한 해 가을 이옥 은 백곡의 외가를 방문하였는데, 《백운필》에는 유득공을 통해 들은 이야 기가 여러 편 수록되어 있다. 즉 유득공이 청나라에 갔을 때 각국 사신 들 앞에서 '감달한堪達漢'을 알아맞혀 박학을 떨친 일화(〈기이한 동물들〉), 심양瀋陽의 낙화생(〈낙화생〉), 유득공에게 석화石花를 대접하고 물명을 물은 일(〈석화〉) 등 두 사람이 친밀하게 교유했음이 확인된다.

유득공은 서계庶系로서 문명이 높아 1779년(정조 3) 규장각 검서관으 로 발탁되었고, 세 차례나 사행단에 들어 심양과 연경燕京을 다녀왔다. 그때 기윤紀昀, 나빙羅聘 등 당대 내로라하는 청조淸朝 문인들과 교분을 쌓았고, 명물지리학에 대단히 밝았으며 각국의 언어에도 관심이 높았 다. 백과사전적 지식을 소유한 당대 최고의 재사才士였던 것이다. 그런 데 이옥은 유득공이 애독하였던 전겸익錢謙益과 왕사정王士禎을 빈번히 인용하고, 동시대 나빙의 저서를 환히 꿰고 있었던 것이다. 당시에 구 하기 어려웠던 일본의 백과사전 《화한삼재도회和漢三才圖會》, 역관들이 주로 보던 만주어·한어漢語 교재인 《한청문감漢清文鑑》까지 열람하였 다. 새로운 것에 지적 호기심이 강했던 이옥이 유득공을 통해서 이런 책들을 입수했을 것이다. 이옥의 글을 읽으면서 조선조 후기 한 재야 지식인의 굉박한 독서량에 놀라게 되는데, 왕실 서고의 관원이자 중국 왕래가 잦았던 유득공과 같은 존재가 있었던 관계로 보인다.

이옥에게서 실학적 사고를 발견하기 어려우나, 여기서 유득공을 매개로 연암 그룹과의 관계를 언급해두고자 한다. 이옥은 1795년 10월, 충군의 명을 받고 안의安義를 경유하여 삼가로 내려가는데, 당시 안의 현감이 연암燕巖 박지원朴趾源(1737~1805)이었다. 경화문벌의 도도한 연암이 한미한 서생 이옥을 어떻게 대했을까? 안의 관아에 들러 신축한 하풍죽로당荷風竹露堂을 구경한 이옥은 하룻밤을 유하면서 〈집에 대한 변〉을 지어 연암을 옹호하였다. 연암이 중국에서 보고 온 벽돌건축을 관아에 재현하자 당풍唐風이라는 비난을 받았던 것이다. 연암 역시 신문체新文體로 지목을 받은 처지였으니 저간의 세상 소식을 전했을 수도 있겠다. 연암과 같은 노성한 문호와 접촉한 데는 유득공과의 연이 작용했을 수도 있다고 여겨진다.

연암이 지은 〈열부전烈婦傳〉을 보았다는 언급이 있으나, 지금으로서는 이옥이 연암의 저술을 얼마나 읽었으며, 북학파의 사유가 그에게 어떤 영향을 끼쳤을지 단언할 수 없다. 다만 정조가 신문체를 유행시킨 인자로 연암을 지목하였고, 이덕무李德懋와 유득공 역시 초년기에 완물玩物 성향의 잡저소품雜著小品을 남겼다는 것, 기존의 시문에 염증을 느끼고 새로운 사조에 민감하게 반응했다는 것, 하찮은 사물에서 진眞을 발견한 것, 우리 국풍과 물명에 지대한 관심을 보인 것, 그리고 패설稗說을 중시하는 문학관 등 여성 취향을 제외하면 이옥은 연암 그룹의 그것과 크게 다를 바 없어 보인다. 그러나 본령을 고문에 둔 연암과 달리, 이옥은 "고문을 배우면서 허위에 빠진다"는 발언조차 서슴지 않았다. 연암 그룹이 소품을 한때의 여기적餘技的 취미로 삼았던 것과도 다르다. 그만큼 각기 추구한 미의식, 관심 영역, 진을 재현하는 방법 등에서 현저한 차이를 보이는 것이 사실이다.

2. 이옥의 작품 세계

이옥은 부賦 · 서書 · 서序 · 발跋 · 기記 · 논論 · 설說 · 해解 · 변辨 · 책策 · 전傳과 같은 전통적 장르는 물론, 문여文餘 · 이언俚諺 · 희곡戲曲과 같이 실험성이 짙은 장르까지 두루 창작하였다. 여기에 전하지 않는 사집詞集《묵토향초본墨吐香草本》, 최근 발굴된 잡록류《백운필》, 잡저류《연경》을 포함시키면 그가 다루지 않은 장르가 없는 셈이다. 이 가운데 비리鄙俚하거나 쇄세瑣細한 대상을 섬세하고 이속적俚俗的 언어로 재현한 소품 성향의 글이 거의 전부를 차지한다고 할 수 있다. 아래에 장르별로 간략히 소개한다.

(가) 부 · 서발 · 기 · 논변 등

부賦는《경금소부絅錦小賦》와《경금부초絅錦賦草》라는 두 질로 묶을 만큼 많은 양을 차지한다. 김려는 이옥을 사부詞賦의 대가라고 극찬한 바 있거니와, 이옥의 재사다운 자질은 20대에서 30대 초반에 쓴 13편의 단편 부에 잘 발휘되어 있다. 관념적이고 모작에 치우친 기존의 부를 문학성이 높은 장르로 부활시켜 섬세하고 명징한 언어로 그려내었다. 거미 · 벼룩 · 흰 봉선화와 같은 미소微小한 세계를 재현하는데, 편마다 착상이 기발하고 사물에 대한 성찰적 자세가 예사롭지 않다.

서書는〈병화자 최구서에게 보내는 편지〉한 편이 전한다. 사륙변려문四六騈儷文으로 된 이 글은 함축적인 비유와 궁벽한 전고를 많이 사용하였다. 금란지교의 사귐을 추억하며 문체파동에 연루되어 '길 잃은 사람[失路之人]'이 된 처지를 서정성이 짙은 문장으로 엮었다.

서序는 대개 본 글에서 다루고 있는 내용을 소개하는 글 형식이다. 그런데 《묵취향》의 서문〉과 《묵토향》의 앞에 적는다〉와 같은 이옥의 서문은 자신이 사詞 장르를 연찬하게 된 이유, 사가 지닌 정서적 감응력을 기술하여 특색을 보이고 있다. 《구문약》의 짧은 서문〉은 구양수歐陽脩의 산문 152권을 2권으로 선집하면서 쓴 서문으로, 정조 당시에 여러 형태의 당송팔가의 선집이 간행된 것에 비추어볼 때, 역대 고문이 구양수 한 사람에게로 귀일한다고 본 점이 흥미롭다. 유전流轉 면연綿延한 구양수의 문장 풍격을 선호했던 것 같기도 하다.

제후題後 가운데 주목되는 글은 《검남시초劍南詩鈔》의 뒤에 적어본다〉와 〈원중랑 시집袁中郎詩集 독후감〉이다. 정조는 《육률분운陸律分韻》 등을 간행하여 육유陸游를 시의 모범으로 권장한 바 있는데, 이옥은 육유 시가 원만하기만 하여 늙은 기녀의 가무에 비유된다고 하였다. 원굉도袁宏道의 시집을 읽은 뒤에도 '희제戲題'라는 글제를 붙였지만 당시 원굉도에 대한 거센 비판을 의식한 것으로 여겨진다. 원굉도의 특징으로 든 학고學古의 배격, '세쇄연약細瑣軟弱'한 문체, '마음에서 우러나오는 말'은 이옥 자신이 지향하는 문학이기도 한 것이다.

세 편의 독후기讀後記는 탈유가적 지향을 살필 수 있는 글이다. 이옥은 주자학에 대해 아무런 비판적 언급을 남기지 않았다. 그러나 주문朱文을 '농가의 힘센 계집종', '늙은 암소'와 같은 일상의 천근淺近한 대상과 병렬함으로써 주자학에 신복信服하지 않는 태도를 보이기도 하였다.(《주자의 글을 읽고讀朱文》) 이에 반해 노자의 세계를 우리 삶에서 필수 불가결한 요소이자 자유자재로 그 모습을 바꾸는 물이라 하여 예찬하였다.(《노자를 읽고讀老子》) 경직된 틀을 벗어나 자유롭게 사고하려는 열망을 표현한 것으로 보인다.

기記라는 제명이 붙은 가운데 〈남학의 노래를 듣고〉·〈호상에서 씨름을 구경하고〉 등 단형 서사체의 기사문記事文 4편은 시정에 떠도는 기이하고 흥미로운 이야기를 취재한 것으로, 패설을 중시하는 그의 문학관을 엿볼 수 있다. 〈세 번 홍보동을 노닐고〉·〈함벽루에 올라〉와 같은 유기遊記는 서정성이 풍부하며 경물의 미세한 부면을 아름답게 묘사한 수작이다. 형식과 내용에서 이채를 띠는 글은 〈중흥사 유기〉이다. 경물에서 촉발된 흥취와 유람객의 행보를 시간순으로 엮은 이 기문은 기존에 볼 수 없던 형식이다. 시일時日·반려伴旅·행장行峯·약속約束·천석泉石·초목艸木·면식眠食 등 15목 47칙으로 세목을 나누어 빠짐없이 기록하고, 맨 뒤 '총론總論' 조목에서 사흘 동안의 산행을 총평한 것이다.

논論 가운데 〈도화유수관에서의 문답〉은 당시 사람들이 사詞에 대해 갖는 음화영월吟花咏月하고 기화섬교綺華纖巧한 장르라는 부정적 인식을 논박한 글이다. 스스로 창작 사집을 남길 정도로 사에 능했던 이옥은 만년에 사법을 탐구하고 사 창작에 열중하였는데, 역대 사의 변천과 사 작가, 사가 지닌 장점을 세세히 기술하고 이 또한 정감을 담아내는 훌륭한 장르임을 주장하였다.

해解는 〈선비가 가을을 슬퍼하는 이유〉 한 편이 있다. 만물의 영장인 인간만이 감정을 가졌기에 가을에 슬픔을 느낀다는 구양수의 설을 가져와, 선비의 지감知感으로서 자신이 살고 있는 시대가 가을이 아닌가라는 의미심장한 질문을 던진다. 사회의 병폐를 곳곳에서 목도하고 점차 쇠미해가는 조선조 왕조의 운세를 예감했던 것 같기도 하다.

책策으로 분류되는 편은 〈과책〉·〈오행〉·〈축씨〉 세 편이다. 이것이 실제 시책試策인지는 알 수 없지만, 김려가 "옛사람의 저서 체제를 본받은 것"이라 하여 이옥의 일반 글과 성격이 다름을 언급하였고, 당시 책문策問 가운데 이와 유사한 시제試題가 있어 대책對策으로 습작한 글이 아닌가 싶다. 그중 〈오행〉이라는 글은 주자학의 철학적 기반인 오행상극설에 대해 너무도 근거가 없음을 논박하였다. 극剋이란 강한 것이 이기는 것이며, 생생生이란 따로 없다고 하였다. 홍대용洪大容 등 북학파가 주장한 것과 내용에 차이가 있지만, 그 역시 오감五感은 물론 인간의 품성까지 오행에 결박하는 사유를 배척했던 것이다.

(나) 문여 · 전 · 이언 · 희곡 등

문여文餘 1에는 《봉성문여鳳城文餘》 67편을 수록하였다. 〈남쪽 귀양길의 시말을 적다〉와 〈소서小敍〉를 제외한 다른 글은 모두 삼가 유배 때, 그곳의 민풍 토속을 적은 것이다. '문여'란 김려가 《담정총서》에 '봉성필鳳城筆'을 편정하면서 붙인 말로, "비록 문文의 정체正體는 아니지만 기실 문의 나머지〔文餘〕이다"라며 이 글을 옹호한 바 있다. 인물이나 사건의 핵심적 부면만 제시하여 편폭이 대단히 짧으며, 그 가운데 세태를 다룬 글이 큰 비중을 차지하기 때문에 '문의 정체'가 아니라고한 것 같다. 즉 가마 탄 도둑, 집단을 이루어 엽전을 주조하는 도적, 한자리에 아홉 지아비의 무덤을 쓴 어느 과부 이야기 등 기문奇聞을 선호하는 그의 취향을 엿볼 수 있는데, 당시 향촌 사회의 변화상을 "창 틈으로 바깥을 엿보듯이" 관찰하고 아무런 논평이 없이 기술하여 더욱 문제적이다.

문여 2에는 잡제雜題류를 수록하였다. 거울이나 파리채, 오이와 가라지와 같은 생활 주변의 자질구레한 사물, 투전놀이·골동품·화폐와 같은 도회의 시정인들이 선호하는 대상을 정치하게 묘사하였다. 대개 이런 사물을 매개로 하여 자신의 불우의식을 표출하였으며, 때로 정치 현실을 우의하기도 하였다.

전傳의 부류에 속하는 글은 모두 25편이다. 이 분야에서 박지원과 함께 조선조 후기를 대표하는 작가로 여겨져왔고, 연구 성과도 상당히 축적되어 재론이 필요 없을 듯하다. 소설적 성향이 높은 작품은 《연암·문무자 소설정선》(이가원 역)과 《이조한문단편집》(이우성·임형택 역편)에 진작부터 번역되어 알려졌던 것이다. 그 밖에 충·효·열의 인물을 입전한 작품도 문장이 섬세, 곡진하여 그의 능력을 잘 보여준다. 인물전 외에도 탁전托傳과 가전假傳, 동물전이 각각 한 편씩 있어 제재의 폭도 다양함을 알 수 있다.

이언俚諺이란 원래 우리나라 민간에서 쓰는 속된 말 또는 속담을 가리킨다. 중국에서 고대 민가로 국풍이 있었고 그것을 계승한 한대의 악부, 송대의 사곡이 있었듯이, 이옥은 지금 조선 땅에 살면서 '이언'을 노래할 수밖에 없다는 것, 그것을 '참 그대로' 그려내는 것이 중요한데 남녀지정이야말로 가식이 없는 참〔眞〕이라고 보았다. 또한 그 참을 재현하는 방법으로써 속담이나 방언과 같은 민중언어를 구사해야 한다는 문학론을 펼치고, 실례로서 조선식 민가 66수를 창작하였다.

희곡은 《동상기東床記》 한 편이 전한다. 1791년(정조 15) 왕명에 의해 노총각 김희집과 노처녀 신씨의 혼인이 성사된 일을 듣고 사흘 만에 완성한 것이다. 총 4절로 구성된 이 희곡은 우리 문학사에서 그 유례가 없던 것으로, 육담·음담패설이 혼재한 구어투 문장에다 혼례품·

혼례 절차 · 신랑 다루기 등 전래의 혼인 풍속이 다채롭게 구현돼 있어, 이옥 문학의 실험성과 파격성이 어떠한 경지를 이루고 있는지 잘 보여 준다. 그중 물명을 열거하는 방식은 판소리 사설의 한 대목이, 한바탕의 흥겨운 놀이마당으로 마무리하는 결말 구조는 전통극을 연상케 한다. 이는 시정의 서민 문화를 깊이 이해했던 작가의식의 소산이라 여겨진다.

(다) 《백운필》

여기에서는 새로 역주譯註한 자료 《백운필白雲筆》을 중심으로 기술하고자 한다. 《백운필》은 해배解配된 후, 1803년 5월 본가가 있는 경기도 남양에서 탈고한 저작이다. 서명書名을 붓 가는 대로 기록한다는 '필筆'이라 하고, 매 장마다 '담談'이라는 표제를 붙인 데서 알 수 있듯이 소한적消閑的 글임을 표방하고 있다. 경세적 글이 아닌 것은 분명하나 대단히 다양한 내용과 형식을 담고 있다.

이옥은 《백운필》 서문에서 이 책을 저술하게 된 동기를 다음과 같이 말하였다.

①이 글을 어찌하여 '백운白雲'이라 이름하였는가? 백운사白雲舍에서 쓴 것이기 때문이다. 백운사에서 왜 글을 썼는가? 대개 어쩔 수 없이 쓴 것이다. 어찌하여 어쩔 수 없이 썼다고 하는가? 백운은 본디 궁벽한 곳인 데다가 여름날은 바야흐로 지루하기만 하다. 궁벽하기에 사람이 없고 지루하니 할 일도 없다. 이미 일도 없고 사람도 없으니, 내가 어떻게 하면 이 궁벽한 곳에서 지루한 시간을 보낼 수 있겠는가? …… ②내가 장차 무엇을 하며 이곳에서 이 날들을 즐길 수 있겠는가? 어쩔 수 없이 손으로 혀를 대신하여 묵경墨卿(먹), 모생毛生(붓)과 더불어 말을 잊은 경지에서 수작을

할 수밖에 없다. 그런데 나는 또한 장차 어떤 이야기를 해야 하는가? ……
조정朝廷의 이해 관계, 지방관의 잘잘못, 벼슬길, 재물과 이익, 여색女色,
주식酒食 등에 대해서는 범익겸范益謙의 칠불언七不言이 있으니, 나는 일
찍이 이를 나의 좌우명으로 삼았다. 그것도 이야기할 수 없다. ③그렇다
면 나는 또한 장차 어떤 이야기를 하며 끼적여야 하는가? 그 형세상 이야
기를 하지 않을 수 없는데, 이야기를 하지 않는다면 그만이겠지만 이야기
를 한다면 부득불 새를 이야기하고, 물고기를 이야기하고, 짐승을 이야기
하고, 벌레를 이야기하고, 꽃을 이야기하고, 곡식을 이야기하고, 과일을
이야기하고, 채소를 이야기하고, 나무를 이야기하고, 풀을 이야기해야 하
겠다. 이것이 《백운필》이 부득이한 데서 나온 것이고, 또한 어쩔 수 없이
이런 것들을 이야기한 까닭이다. 이와 같이 사람은 이야기하지 않을 수 없
는 것이고, 또한 이야기할 수 없는 것이 있다. 아, 입을 다물자!

소한의 글쓰기를 내세운 것은 《동상기》 서문과, 자문자답의 문장 형
태는 《이언》 서문을 연상케 한다. 왜 이런 글을 쓸 수밖에 없는가를 세
세하게 늘어놓았고, 원망의 감정을 제어하지도 않았다. 사士는 오로지
출사로서 자신의 존재를 드러내던 시대에 관계로 진출할 길이 막힌 지
금, 자신이 할 수 있는 일이란 글쓰기밖에 없는데 어떤 화제는 시비是非
에 말려들기에, 또는 자신과 무관한 일이어서, 또는 글 읽은 사士가 취
할 만하지 않다는 것이다. 사유의 다양성이 용인되지 않는 사회에 대한
불만, 나라의 경영을 논할 위치에 있지 않다는 분수의식, 약자 또는 소
수자로서의 절규가 깊이 담겨 있다.
이 짧은 서문에 고문가들이 비판하는 소품의 부정적 속성이 고스란
히 들어 있는 셈인데, 불평의 감정을 과도하게 드러낸 불우지사不遇之士

의 글이라는 것, 글쓰기의 대상을 생활 주변의 자잘한 사물로 한 것이 그러하다. 그리고 문답의 형태를 일곱 차례, '吾欲~不可'의 통사 구조를 열 차례나 반복하고, 동일한 글자를 빈번하게 사용하는 등 번쇄함을 전혀 꺼리지도 않았다. 일반 고문과 비교할 때, 파격적인 글쓰기가 아닐 수 없다.

전체 체재는 조선조 후기에 많이 저록著錄되었던 백과전서적 저술을 의식한 것 같다. 〈담조談鳥〉(21칙)·〈담어談魚〉(17칙)·〈담수談獸〉(17칙)·〈담충談蟲〉(19칙)과 같은 조충류 74칙과, 〈담화談花〉(15칙)·〈담곡談穀〉(12칙)·〈담과談果〉(17칙)·〈담채談菜〉(15칙)·〈담목談木〉(17칙)·〈담초談艸〉(14칙)와 같은 초목류 90칙을 10목目으로 나누었다. 각 동식물의 생태적 특성과 그 이용에 대한 다양한 정보를 절목節目으로 분류하는 체제를 보이고 있으며, 당시 우리나라에 널리 서식하고 분포하던 종을 거의 다루고 있다.

다음에 《백운필》에서 흔히 보이는 자료 인용과 기술 방식 하나를 들어본다. 우리나라 바닷가에서 익히 볼 수 있는 도요새를 기사화한 것이다.

①해상海上에 봄이 끝날 무렵이면, 어떤 새들이 떼 지어 날아와서는 울곤 하는데, '도요桃夭'라고 소리 내며 울어서 바닷사람들은 그 새를 '도요새'라 부르면서 도요새 물때의 절후節侯라고까지 한다. 부리가 뾰족하고 긴 편이며 몸은 가볍고 다리는 조금 긴데, 작은 놈을 '미도요米桃夭'라 하여 언뜻 보기에 참새보다 크고, 큰 놈을 '마도요馬桃夭'라 하여 메추라기보다 조금 작다. 발바닥에는 소금기를 지니고 있어 논의 물을 밟고 부리로 쪼면 볏모가 자라지 못한다. ②내가 살펴보니 도요새를 《훈몽자회訓蒙字會》에서는 휼鷸이라 하였고, 《한청문감漢淸文鑑》에서는 수찰자水札子(논병아

리)라 하였다. 휼구鷸鷱을《설문해자說文解字》의 진장기陳藏器 주註에서는 "메추라기와 비슷하여 색은 푸르고 부리는 길며 뻘에서 사는데, 촌사람들은 전계田鷄가 변한 것이라고 한다"라 하였고, 《이아爾雅》의 곽박郭璞 주註에서는 "제비와 비슷하며 감색이다"라 하였고, 이순李巡 소疏에서는 "또 다른 이름은 '취우翠羽'이며 장식물로 쓸 수 있다"라고 하였다. 찰구鷾鷱을《유편類篇》에서는 "백설百舌(지빠귀)과 비슷하여 부리가 길고 물고기를 잘 먹는다"라 하였고, 《광아廣雅》에서는 "벽체鸊鷉(논병아리)이니 '수찰水札'이라 하기도 하고, '유압油鴨'이라 하기도 한다"라고 하였다. ③지금 도요새를 보니 그 깃털이 관冠을 꾸밀 만하지 못하고, 그 부리가 길다 할 수 없으며, 휼구鷸鷱과 찰구鷾鷱 중에서 어느 것에 더 맞는지 결정할 수가 없다. 이와 같구나, 이아학爾雅學의 어려움이여!

　　해안가에 도요라는 새 떼가 출몰하는 철을 그린 뒤, 그 이름의 유래, 그 새의 모양과 종류를 소개하고 농작물에 어떤 피해를 주는지도 기록하였다. 짧은 글 속에 다양한 정보를 제시하고는, 국내외의 여러 유서類書와 자전에서 도요새 비슷한 새 이름들을 적시하면서 자신의 견해를 덧붙였다. 《백운필》에는 이런 식으로 비슷한 동식물을 연관 지어 그 물명과 생태적 특성을 고증한 기사가 적지 않으며, 대개 자료의 출처나 인용 문구가 적확하게 제시되어 있다. 그중에 《사문유취事文類聚》나 《연감유함淵鑑類函》에도 실린 내용이 많은데, 이는 자료를 폭넓게 섭렵하고 깊이 소화하지 않고는 불가능한 일이다.

　　앞 인용문에서 관심을 끄는 서지는 《훈몽자회》(1527)와 《한청문감》(1527)이다. 전자는 어린이를 대상으로 펴낸 한자사전이고, 후자는 역관들이 주로 보던 만주어·한어 사전으로, 모두 훈민정음을 이용하여 음을 달아 놓은 책이다. 《백운필》에는 이 서적들을 빈번하게 인용하고 있다. 이옥이 국문으로 된 글을 남겼는지 알 수 없으나, 이런 책들을 숙독했다는 것은 의미가 깊다.

이옥이 섭렵한 책은 대단히 광범하다. 전래의 경사자집은 기본서이고, 명·청대에 쏟아져 나온 각종 소설류와 희곡류, 동시대 청조 문인의 저작에 이르기까지 그의 독서 범위는 어떠한 제한도 없었던 것 같다. 《백운필》을 집필하는 데에 활용한 자료는 워낙 방대하여 지면 관계상 다 거론할 수가 없다. 다만 《본초집해本草集解》나 《정자통正字通》 같은 유서류나 자서류가 주종을 이룬다는 것(23종), 고금의 국보류菊譜類와 화사류花史類를 거의 소개하고 있다는 것(10종), 《술이기述異記》 같은 패설잡록류를 빈번하게 인용하였다는 것을 지적해둔다. 이 밖에 일본의 《화한삼재도회》, 국내 문인들의 문집, 국내외 여러 의서醫書들도 활용하고 있다. 이옥은 이러한 백과사전적 지식을 종횡으로 펼치는 데 전혀 막힘이 없었다.

이 책이 지닌 값진 성과의 하나는 당시에 사용하던 우리말을 풍부하게 채록한 것이다. 자하紫蝦라 적지 않고 權精〔곤쟁이〕이라 적었고, 각응角鷹과 추어鰍魚를 각각 寶羅〔보라매〕와 米駒〔미꾸라지〕로 표기하였다. 이런 식으로 바닷사람들이 이르는 어휘 수십여 종을, 농부가 전하는 품종 서른다섯 가지를, 나물 캐는 아낙이 이르는 말 서른여덟 가지를 적어 나갔다. 이는 동시대에 어패류의 명칭을 적으면서 뜻을 모르는 방언으로 된 이름은 기록하지 않았다는(《우해이어보서牛海異魚譜序》, 1803) 김려나, 곡식·풀·나무 등 우리말 명칭은 비속하고 전아하지 못해 한자어로 고쳐야 한다고(《과농소초課農小抄》, 〈제곡명품諸穀名品〉 '안설按設') 했던 연암의 사유와 비교되는 것이다.

또한 이옥은 국어國語 · 향음鄕音 · 방언方言이라는 용어를 변별하고 구사하였다. 우리 국어에 虎를 범犯이라 하고 赤을 치治라고 읽기 때문에, 범처럼 사나운 물고기를 '범치'라 부르게 되었다는 의견을 밝히기도 하였다. 그는 우리 국어의 음가音價가 어떤 환경에서 실현되는지도 알고 있었다. 물고기 이름 어魚자의 초성에 양陽이나 경庚의 종성이 있어서, 백어白魚는 '뱅어', 리어鯉魚는 '잉어'라 발음한다는 것이다. 鱸魚(농어)를 '農魚', 葦魚(웅어)를 '雄魚'라 적는 것은 이런 원리를 모르는 소치라고 보았다. 우리말을 깊이 탐구한 결과 자득의 경지를 얻게 된 것이다.

《백운필》에는 이옥 자신의 경험담과 민간의 전언傳言을 많이 수록해 놓았다. 기문일사에 대한 관심과 애호를 여기서도 잘 보여준다. 그중에 말 모양을 한 물고기, 사람과 교접하는 인어, 괴상한 짐승 박駮, 커다란 흑사黑蛇를 잡아먹는 사람 등 기이한 이야기가 많으며, 이전에 쓴 자신의 작품을 인용하는 경우에도 〈발이 여섯 달린 쥐〉 · 〈강철에 대한 논변〉 · 〈신루기 이야기〉 · 〈용부龍賦〉와 같이 기사奇事가 대부분이다.

이 책의 제명 '붓 가는 대로 기록한다'는 '필筆'의 성격은 이옥 자신의 삶이나 취향, 성벽을 이야기할 때 특히 잘 나타나 있다. 꽃과 나무를 유달리 좋아했던 그는 남양 향제鄕第 주위에 어떤 꽃, 어떤 나무를 어디에 심었는지, 언제 누구에게서 구했는지, 생장 상태는 어떠한지 일일이 기록하였다. 사경을 헤매는 다섯 아이에게 삶은 지렁이로 응급 처방을 하였고, 양송養松을 위해 장청사長靑社를 조직하였으며, 내세에는 꽃 세상인 대리 땅에서 환생하고 싶다는 소망을 밝히기도 하였다. 그 밖에 산나물과 생강을 유별나게 좋아하여 생긴 에피소드, 작은 과일도 반드시 즙을 내어 마시는 까다로운 성벽 따위를 누에가 고치를 만들어내듯이 유려하게 엮어 놓았다. 생활에서 비롯한 이러한 글은 오늘날의 에세이를 대하는 듯하다. 《백운필》에는 그간 알려지지 않았던 이옥 개인에 대한 정보나 인간적인 면을 진술하게 드러낸 기록이 적지 않다.

이처럼 《백운필》에는 동식물의 생태적 특성을 기록하면서 관련되는 민간의 전언을 많이 포함시켰다. 또한 섬세하고 경쾌한 필치로 자신의 생활 감정을 세세하게 이야기하며, 군데군데 교유 관계나 창작한 시문들을 끼워 넣었다. 이것이 실용을 목적으로 저술한 《산림경제山林經濟》나 《임원경제지林園經濟志》와 같은 실학서와 구별되는 점이다. 백과전서적 체재에 다채로운 내용과 형식의 글들을 두루 수록하여, 새로운 글쓰기 유형을 유감없이 보여준 것이다.

(라) 《연경》

최근 발굴된 자료 《연경烟經》은 이옥이 1810년에 집록한 담배 관련 저작이다. '담배의 경전'이라는 뜻에서 알 수 있듯이 이 책에 실린 내용은 연초 재배에서부터 담배의 제조 공정과 사용법, 흡연에 소용되는 도구, 즐겁게 향유하는 법에 이르기까지 담배에 관련된 주요 사항을 폭넓게 다루고 있다.

이 책의 분량은 25장張에 불과하지만 모두 4권, 58칙으로 구성되어 있다. 각 권마다 소서小序를 두어 권을 집필한 동기를 밝혔으며, 각 칙에 번호를 매기고 소제목을 부여하고, 다시 매 칙을 세분하여 빠짐없이 기술하려 하였다.

기록한 내용은 상당히 다양하다. 첫째 권에서는 담배 씨를 뿌리고 키우고 수확하는 방법을, 둘째 권에는 담배의 원산지와 성질, 담뱃잎을 썰고 보관하는 방법, 그리고 담배 피우는 법 등을 설명하였다. 셋째 권

에는 채양蔡襄의 《다록茶錄》이 오로지 다구茶具에 대해서 쓴 것처럼 담
배에 관련된 도구들을 모았다. 넷째 권은 원굉도袁宏道의 《상정觴政》의
예를 들면서 《연경》에서는 담배의 효과, 담배 피우기 좋은 때와 그렇지
않은 경우 등을 기록하였다.

각 권의 집필 의도를 밝힌 소서는 모두 옛 성현의 말을 인용하였다.
첫 문장을 《논어論語》와 《중용中庸》에서 공자가 채마밭을 가꾸는 일과
맛에 대해 언급한 구절, 《주자어류朱子語類》에서 꽃병의 이치를 말한 주
자의 글귀를 가져왔다. 옛 성현들이 일상의 자잘한 사물에서 촉발하여
고원한 도를 논하였듯이, 이 책이 보잘것없는 사물을 다루었지만 의미
를 지닌다는 주장을 하고 싶었던 것이다.

이옥은 하루라도 차군此君이 없으면 안 된다고 할 정도로 담배에 벽
癖이 있었다. 이전에도 담배 관련 글을 여러 편 남겼다. 1791년(32세) 담
배를 의인화한 가전假傳 형식의 〈남령전南靈傳〉을, 1795년 삼가로 내려
갈 때는 송광사 중과 담배 연기를 담론하고 또 글을 지었다. 1803년에
완성한 《백운필》에도 '담배' 이야기를 실었는데, 그 글은 《연경》 둘째,
셋째 권과 중복되는 내용이 상당히 많다. 즉 《연경》은 자신이 지은 담
배 관련된 글의 완결편인 셈이다.

이옥은 국보류와 화사류 외에도, 각종 기호품 종류의 저록을 탐독하
였던 것 같다. 《연경》 서문에는 주보酒譜와 다보茶譜 종류 저작이 여덟
종, 향보香譜 종류가 세 종, 꽃과 과실에 관련된 것이 여섯 종, 대나무에
관한 것이 두 종 등 무려 열아홉 종이나 거론하고 있다. 생활 주변의 사
물을 깊이 관찰하는 성벽에, 이런 종류의 서적을 두루 읽으면서 자연스
레 담배 관련 글에 주목하였을 것으로 여겨진다.

택당澤堂 이식李植(1584~1647)이 읊은 〈남령초가南靈草歌〉를 읽었고,

임경업林慶業의 《가전家傳》에 나오는 기사 한 구절까지 유의 깊게 보았다. 담배의 네 가지 공功을 극찬한 옛 선인의 발언도 눈여겨보았다. 중국 자료로는 담배의 전래에 대해서는 《인암쇄어蚓菴瑣語》(淸, 李王逢)에, 애연으로 유명한 한담韓菼에 관한 일화는 《분감여화分甘餘話》(明, 王士禎)에 들어 있는 기사를 숙독하였고, 《수구기략綏寇紀略》(明, 吳偉業)에 나오는 담배 기사도 열람하였다. 그는 이 과정에서 담배를 단편적으로 언급하는 것은 있어도 체계적 저술이 없음을 확인하였다.

우리나라에 담배가 전해진 지도 또한 장차 이백 년이 된다. …… 꽃에 취하고 달을 삼키듯 하니 담배에는 술의 오묘한 이치가 있으며, 푸른 것과 붉은 것을 불에 사르니 향香의 뜻이 서려 있고, 은으로 만든 그릇과 꽃무늬가 새겨진 통이 있으니 차茶의 운치가 있으며, 꽃을 재배하여 향기를 말리니 또한 진귀한 열매와 이름난 꽃과 비교해도 손색이 없다 하겠다. 그렇다면 이백 년간 마땅히 문자로 기록한 것이 있어야 할 터인데, 편찬하고 수집한 자들이 이를 기록하였다는 것을 들어보지 못했으니, 아마도 자질구레하고 쓸모없는 사물은 문인들이 종사하기에 부족하다고 생각해서인가?

이식·이덕무 등 그 폐해를 지적한 사람들과 달리, 이옥은 담배를 극찬하였다. 담배가 술의 오묘함, 향의 뜻, 차의 운치를 다 연출할 수 있는 일용품이라는 것이다. 그런데도 관련 저작을 발견할 수 없어서 집필하게 되었다고 한다. 금연론 또한 팽배하던 당시에 이옥이 아니라면 어느 문인이 담배와 관련된 글을 집록했겠는가.

그런데 애연가였던 다산茶山 또한 《연경》을 읽었다. 아들 학유學游에게 보낸 편지(《기유아寄游兒》)에 닭을 기르는 경험을 살려 유득공의 《연경》의 경우처럼 《계경鷄經》을 편찬하도록 권하는 얘기가 나온다. "속된 일을 하면서도 맑은 운치를 지니려면 매양 이러한 사례를 기준으로 삼을 일이다(就俗務, 帶得淸致, 須每以此爲例)"라고 《연경》의 가치를 높이 평가하였다. 유득공이 《연경》을 지었다면 이옥이 그것을 몰랐을 리 없을 터인데, 혹 담배가 크게 성행하던 때였으므로 이옥의 글이 유득공의 것으로 오전誤傳되어 다산의 수중에 흘러들어갔을 수도 있겠다.

소품 문학으로서 《연경》이 관심을 끈다면 그것은 제4권 때문일 것이다. 사실 1권과 3권은 농작법과 도구 사용법을 담은 실용서의 성격이 짙다. 다음에 예시한 〈담배 피울 때의 꼴불견〉은 이옥 소품의 묘미를 잘 보여준다.

아이 녀석이 한 길 되는 담뱃대를 물고 서서 담배를 피우다가 이따금 이 사이로 침을 뱉는다. 가증스러운 일이다.

규방의 치장한 부인이 낭군을 대하고 앉아 태연하게 담배를 피운다. 부끄러운 일이다.

나이 어린 계집종이 부뚜막에 걸터앉아 안개를 뿜어내듯 담배를 피운다. 통탄할 일이다.

시골 남정네가 길이가 다섯 자 되는 백죽통白竹筒을 가지고 가루로 된 담뱃잎을 침으로 뭉쳐 넣고는 불을 댕겨 몇 모금 빨아들여 곧 다 피우고는 화로에 침을 뱉고 앉은자리를 재로 뒤덮어 버린다. 민망한 일이다.

다 떨어진 벙거지를 쓴 거지가 지팡이만 한 긴 담뱃대를 들고 길거리에서 사람들을 막아서서 한양의 종성연鐘聲烟 한 대를 달란다. 두려운 일이다.

대갓집의 말몰이꾼이 짧지 않은 담뱃대를 가로로 물고 고급 서연西烟을 마음대로 피워대는데 손님이 그 앞을 지나가도 잠시도 멈추지 않는다. 곤장을 칠 만한 일이다.

남녀, 노소, 귀천을 불문하고 모두 담배에 빠져든 정황을 보여준다. 어린아이, 규방의 젊은 부인, 나이 어린 계집종, 시골 남정네, 거지, 대갓집의 말몰이꾼의 흡연 모습이 참으로 가관이다. 흡연으로 인한 풍기 문란 사례를 하나씩 들고 감정을 실어 품평하였다. 그러고는 품격 있는 흡연의 예, 곧 관리가 지니는 귀격貴格, 노인의 복격福格, 젊은 낭군의 묘격妙格, 사랑하는 남녀의 염격艶格, 농부의 진격眞格이 지닌 멋을 구체적으로 기술하였다. 이 다섯 가지는 각각 그 나름대로 품격이 있고 운치가 있다는 것이다. 이 책에서 이옥이 말하고자 한 내용은 이것이 아니었을까.

《백운필》과 마찬가지로 《연경》에는 당시 사회사를 이해할 자료들이 풍부하게 들어 있다. 전국의 이름난 담배 산지와 각 지역의 맛이 기록되어 있고, 서울 저자의 담배 상점이 어떻게 분포되어 있으며, 가격을 흥정하는 모습도 나와 있고, 담배 가격이 등귀할 때 가짜 담배가 성행하는 사례도 알 수 있다. 19세기 초에 담배가 전국적 기호품으로 애호되었던 현상을 확인할 수 있다.

《연경》 역시 색다른 글쓰기의 유형을 보여준다. 구두가 끊어지지 않을 정도로 글이 까다롭고, 한 문장의 길이는 서른 자 내외로 매우 단소하며, 관련 내용을 가능한 잘게 쪼개어 빠짐없이 집록하고자 하였다. 보잘것없는 사물이라도 기록할 가치가 있으면 저술에 착수하는 치열한 산문정신의 표현이라 하겠다. 《연경》은 아마도 조선조 시대에 담배를 가장 폭넓게 기술한 문헌이 아닌가 싶다.

끝으로 새 자료《백운필》·《연경》의 발굴과 관련하여 이옥의 유고遺稿에 대해 언급해두고자 한다. 이옥이 다작의 작가인 만큼 생전에 어떤 글을 얼마나 남겼는지 알 수 없다.《담정총서》를 찬집할 때 포함되었던 사집《묵토향초본》은 현재 발견되지 않고, 22세 때 지었다는 거질의《화국삼사花國三史》도 전하지 않는다. 장지연張志淵의《대동시선大東詩選》,〈이옥〉조에는 "著牟尼孔雀稿"라는 설명이 있는 것으로 보아《모니공작고》라는 이름의 저작이 있었던 것 같기도 하나, 이 또한 현재로서는 그 내용을 알 수 없다. 이런 글들이 발굴되어 이옥 문학의 전모가 밝혀지기를 고대한다.

3. '참 그대로' 자기 시대를 재현한 이옥

이옥은 자신을 "길 잃은 사람〔失路之人〕"이라 자조한 바 있고, 구양수의 글을 선집하면서 "소차疏箚는 세상과 어긋난 사람〔畸人〕이 일삼지 않는 바이기에 취하지 않는다"라고 하였다. 또 "나는 초야에 사는 백성"이라 자인하기도 하였다. 그는 자신을 체제 바깥의 국외자 또는 소수자로 인식하였고, 사士의 일원으로 생각하지도 않았던 것 같다.

깊은 소외의식이 반영되어, 이옥의 글 가운데 경세를 논한 글이 드물며 사회의식을 쉽사리 간취하기도 어렵다. 아무런 주장을 내보이지 않고 늘어놓은 듯하다. 그에게 백성은 훈도의 대상이 아니고 예실구야禮失求野의 대상도 아니며, 이욕을 추구하는 인간일 뿐이다. 이것을 더욱 밀고 나가 감정이 풍부한 하층 여성, 시정의 인정물태人情物態와 생활 주변의 자잘한 사물 등 기성 문인들이 몰가치하다고 여기는 영역을 주목하였다. 대상에 접근하여 세밀하고 경쾌하게 그리되, '참 그대로' 자기 시대를 재현하는 데 있어 민중언어를 대단히 풍부하게 구사하였다. 각 지역의 방언, 도둑들의 은어, 시정의 음담패설이나 욕설, 심지어 소지장所志狀에 이르기까지 사용하지 못할 언어문자가 없었다.

이옥은 자신의 문학세계나 글쓰기 방식에 대해 확고한 인식을 가지고 있었다. 문체반정에서 정조 임금과 평행선을 달린 것은 불가피한 일이었을지도 모른다. 여기에 입신출세할 기회가 주어지지 않으리라는 서얼의식과 타협할 줄 모르는 개결한 그의 성격이 작용했을 터이다. 소품에 빠져들었던 인사들이 한때의 여기로 여기면서 왕명에 의해 곧장 고문으로 선회한 것과는 그 처지가 달랐던 것이다. 문인 지식인이 국가체제 안에서만 성장할 수 있었던 사회 조건하에서 이옥의 선택은 지극히 어려운 것이었다.

만년에도 소외된 처지를 의식했던 이옥은 쉼 없이 글쓰기에 열중하고 치열하게 새 장르를 탐구하였다. 세상 어디에도 마음을 붙이지 못한 채 오로지 문학 창작으로 위안을 삼았다. 그는 그 자리에서 글을 구상하고 써 내려갔으며 고치지도 않았고, 아무리 긴 편폭의 글이라도 사흘을 넘기지 않았다. 그런데도 매 편 우열을 논하기 어려울 정도로 고른 수준을 보여준다. 정조는 순정醇正함으로 돌이켜야 할 문장이라 폄하했지만, 이옥의 존재로 인해 우리나라 소품 문학은 질과 양의 양면에서 최고 수준에 이르게 되었다고 할 수 있을 것이다.

이현우

34

서 書

서 序 · 발 跋

논論 · 설說 · 해解 · 변辨 · 책策

2권

◉ ─ 문여文餘 1 봉성문여鳳城文餘

흰색 저고리와 치마 白衣裳 • 동자가 술을 경계하다 童子戒酒 • 조 장군의 칼 曺將軍劍 • 정인
홍의 초상 鄭仁弘像 • 전답을 향교에 바치다 納田鄉校 • 글자 없는 비 白碑 • 시를 잘하는 기생
能詩妓 • 노생 이야기 盧生 • 당인이 양식을 구걸하는 글 唐人乞糧文 • 사당 社黨 • 붓의 모양 筆
製 • 합천의 효부 陜川孝婦 • 중의 옥사 僧獄 • 호음 선생 湖陰先生 • 백조당 白棗堂 • 운득으로
잘못 부르다 錯呼雲得 • 생채계 生菜髻 • 여자는 '심心'으로 이름을 짓는다 女子名心 • 소요자
의 시 逍遙子詩 • 늙은 여종의 붉은 치마 老婢紅裙 • 정금당 淨襟堂 • 사마소 司馬所 • 산청의
열부 山淸烈婦 • 곽씨의 정문 郭氏旌閭 • 향음주례 鄉飮酒禮 • 꽃이 피어 풍년을 점치다 花開占
豊 • 불두화 佛頭花 • 사찰의 흥망성쇠 僧寺興廢 • 제석날 선대에 대한 제사 除夕祭先 • 반과와
호궤 盤果犒饋 • 타구놀이 打空戲 • 방언 方言 • 저자 풍경 市記 • 입춘 쓰기 春帖 • 따뜻한 겨울
冬暖 • 매구굿 魅鬼戲 • 걸공 乞供 • 발이 여섯 달린 쥐 六足鼠 • 성주 저고리 星州衣 • 개고기를
꺼리다 忌狗 • 생해삼 生海蔘 • 국화주 菊花酒 • 목면에 빌고 농사를 점치다 祈棉占稼 • 무당굿
巫祀 • 황당한 무가 巫歌之訛 • 영등신 影等神 • 《전등신화》 주석 剪燈新語註 • 언문소설 諺稗 •
애금의 진술서 愛琴供狀 • 아홉 지아비의 무덤 九夫冢 • 가마를 탄 도적 乘轎賊 • 그물을 찢어
버린 어부 漁者毁網 • 묵방사의 북 墨房寺鼓 • 석굴에서 엽전을 주조하는 도적 石窟盜鑄 • 필영
의 진술서 必英狀辭 • 저자의 도둑 市偸 • 장익덕의 보인 張翼德保 • 신화 愼火 • 재물에 인색한
풍속 俗吝於財 • 소송을 좋아하는 풍속 俗喜爭訟 • 파낸 금덩어리 挖金 • 까치 둥지 鵲巢 • 폭
포 구경 觀瀑之行 • 용혈 龍穴 • 대나무 竹 • 남쪽 귀양길의 시말을 적다 追記南征始末 • 소서
小敍

◉ ─ 문여文餘 2 잡제雜題

일곱 가지의 밤 夜七 • 일곱 가지 끊어야 할 일 七切 • 원통경 圓通經 • 매미의 권고 蟬告 • 황학
루 사적에 대한 고증 黃鶴樓事蹟攷證 • 바다의 경관─강화로 유람 가는 유석로를 송별하다 海觀

38

送柳錫老往游沁都 • 거울에게 묻는다 鏡問 • 오이 이야기 瓜語 • 파리채에 새긴 글 蠅拂刻 • 차조 이야기 稯語 • 서풍을 논하다 論西風 • 고양이를 탄핵하다 劾猫 • 용을 힐난하다 詰龍 • 가라지에게서 깨닫다 莠悟 • 문신께 고하는 글 祭文神文 • 제야의 기도 除夕文 • 동짓날의 축원 冬至祝

◉ ─ 전傳

두 의사 차예량·최효일 車崔二義士傳 • 문묘의 두 의로운 수복 文廟二義僕傳 • 상랑 尙娘傳 • 열녀 이씨 烈女李氏傳 • 수칙 守則傳 • 살아 있는 열녀 生烈女傳 • 산골의 어느 효부 峽孝婦傳 • 호랑이를 잡은 아낙 捕虎妻傳 • 의협심이 있는 창기 俠娼紀聞 • 마상란 보유 馬湘蘭傳 補遺 • 성 진사 成進士傳 • 최 생원 崔生員傳 • 정운창 鄭運昌傳 • 신아 申啞傳 • 장 봉사 蔣奉事傳 • 가객 송실솔 歌者宋蟋蟀傳 • 부목한 浮穆漢傳 • 류광억 柳光億傳 • 심생 沈生傳 • 신 병사 申兵使傳 • 장복선 張福先傳 • 이홍 李泓傳 • 타고 다니던 말 所騎馬傳 • 남령 南靈傳 • 각로 선생 却老先生傳

◉ ─ 이언俚諺

일난 一難 • 이난 二難 • 삼난 三難 • 아조 雅調 • 염조 艶調 • 탕조 宕調 • 비조 俳調

◉ ─ 희곡戱曲 ─ 동상기東床記

김신사혼기 제사 金申賜婚記題辭 • 정목 正目 • 제1절 第一折 • 제2절 第二折 • 제3절 第三折 • 제4절 第四折

◉ ─ 부록 ─ 김려金鑢의 제후題後

《묵토향초본》의 뒤에 題墨吐香草本卷後 • 《문무자문초》의 뒤에 題文無子文鈔卷後 • 《매화외사》의 뒤에 題梅花外史卷後 • 《화석자문초》의 뒤에 題花石子文鈔卷後 • 《중흥유기》의 뒤에 題重興

遊記卷後 •《도화유수관소고》의 뒤에 題桃花流水館小稿卷後 •《경금소부》의 뒤에 題絅錦小賦卷後 •《석호별고》의 뒤에 題石湖別稿卷後 •《매사첨언》의 뒤에 題梅史添言卷後 •《봉성문여》의 뒤에 題鳳城文餘卷後 •《경금부초》의 뒤에 題絅錦賦草卷後

3권

◉ ― 백운필白雲筆

소서小敍

갑甲 ― 새 이야기 談鳥
호응 • 귀촉도 • 협조峽鳥 • 비둘기 • 꿩 • 매 사냥 • 양계養鷄 • 새 기르기 • 도요새 • 뜸부기 • 종다리 • 거위 • 귀거조 • 단조 • 매의 종류 • 참새 • 물총새 • 납취조蠟觜鳥 • 까마귀 • 새집 점 • 갈매기와 해오라기

을乙 ― 물고기 이야기 談魚
장수피 • 말 비슷한 물고기 • 인어 • 용 • 물고기 이름의 어원 • 물고기를 세는 단위 • 곤쟁이 회 • 물고기의 맛 • 범치 • 청어 • 황석어 • 종류를 분변하기 어려운 물고기들 • 석화 • 진주 • 거북 • 신기루 • 여러 물고기의 호칭

병丙 ― 짐승 이야기 談獸
박 • 승냥이 • 녹용 • 말과 소 • 도축屠畜 • 소의 신세 • 말의 호칭 • 후 • 말의 잡종 • 기이한 동물들 • 여우 • 고양이 • 다리가 여럿인 짐승 • 꾀 많은 족제비 • 축산업 • 짐승의 출몰 • 쥐와 코끼리

내가 심은 나무들 • 소나무의 종류 • 장청사 • 수유나무 • 계족과 • 두충나무 • 나무의 성질 •
나무의 암수 • 계수나무 • 솔 마디와 송진의 생약 효능 • 느릅나무의 종류

계훼 — 풀 이야기 談卉
칡끈 • 술독을 없애주는 칡 • 양부래 • 궁궁이 • 약초 • 인삼 • 풀의 색깔 • 목면 • 담배 • 연지 •
꽃의 귀천 • 고구마 • 완전한 식물 • 서울 민가와 시골 민가의 차이

◉ — 연경 烟經

서문

첫째 권 — 연초 재배
1. 씨 거두기 收子 • 2. 씨 뿌리기 撒種 • 3. 구덩이 심기 窩種 • 4. 담배 모내기 行苗 • 5. 뿌리 북
주기 壅根 • 6. 뿌리에 물대기 漑根 • 7. 약주기 下藥 • 8. 곁순 치기 剔筍 • 9. 꽃순 치기 禁花 •
10. 벌레 잡기 除蟲 • 11. 담배역병을 조심하기 慎火 • 12. 잎 제거하기 騙葉 • 13. 잎 따기 采葉 •
14. 잎 엮기 編葉 • 15. 잎 말리기 暴葉 • 16. 잎 쬐기 曬葉 • 17. 뿌리 싸기 罨根

둘째 권 — 담배의 유래와 성질
1. 담배의 유래 原烟 • 2. 담배의 별칭 字烟 • 3. 담배의 전설 神烟 • 4. 담배의 효능 功烟 • 5. 담
배의 성질 性烟 • 6. 담배를 가장 즐긴 사람 嗜烟 • 7. 담배의 품등 品烟 • 8. 담배 품질의 감별 相
烟 • 9. 가짜 담배의 판별 辨烟 • 10. 담배의 가격 校烟 • 11. 담배 맛을 보강하는 방법 輔烟 • 12.
담배에 물을 뿜는 방법 噀烟 • 13. 담뱃잎을 펴는 방법 鋪烟 • 14. 담뱃잎을 써는 방법 剉烟 •
15. 담뱃잎을 보관하는 방법 儲烟 • 16. 담배를 채우는 법 斲烟 • 17. 담배에 불을 붙이는 법 着
烟 • 18. 담배 피우는 법 吸烟 • 19. 통담배 피우는 법 洞烟

셋째 권 — 담배 도구
1. 담배 써는 칼 烟刀 • 2. 담배 써는 받침 烟質 • 3. 담배꼬바리 烟杯 • 4. 담배설대 烟筒 • 5. 담

배주머니 烟囊 • 6.담배쌈지 烟匣 • 7.담배합 烟盒 • 8.화로 火爐 • 9.부젓가락 火筋 • 10.부시
火刀 • 11.부싯깃 火茸 • 12.담뱃대받침 烟臺

넷째 권−담배의 쓰임

1.담배의 효용 烟用 • 2.담배 피우기 좋을 때 烟宜 • 3.담배를 피워서 안 될 때와 장소 烟忌 •

4.담배가 맛있을 때 烟味 • 5.담배 피울 때의 꼴불견 烟惡 • 6.담배로 시간 짐작하기 烟候 •

7.담배벽 烟癖 • 8.담배의 소비 烟貨 • 9.흡연의 품격 烟趣 • 10.흡연법의 여러 종류 烟類

일러두기

1 현재 전하는 이옥의 모든 글을 장르별로 재편집하여 번역·주석하였다(《완역 이옥 전집》 제 1~3권). 원문(제 4권)은 번역한 순서대로 편집하여 수록하고, 저본(제 5권)은 영인하여 붙였다.

2 현재 이옥의 글로 알려진 것은 모두 수습하였다. 《담정총서薄庭叢書》 소재 글은 통문관 소장본(필사본, 10종)이 유일하며, 《이언俚諺》과 《동상기東床記》는 각 글에서 이본異本 종류를 밝혀두었다. 《백운필白雲筆》은 연세대학교 소장본(필사본 2책)을, 《연경烟經》은 영남대학교 소장본(필사본 1책)을 저본으로 하였다. 이 자리를 빌려 원 소장처에 감사의 뜻을 표한다.

3 번역문은 원전의 뜻을 충실히 반영하도록 하였다. 독자들이 읽기 쉽도록 원문을 적절히 끊어서 번역하고, 필요한 경우 주석을 달아 설명하였다. 동의어나 간단한 설명은 ( ) 안에 병기하였다. 저자가 사용한 우리말 음차 표기는 〔 〕 안에 밝혀두었다.

4 번역문의 제목들은 원제原題를 우리말로 풀이하여 달았다. 원래 제목이 없는 《백운필》 164칙則과 《연경》의 각 권에도 새로 제목을 부여하였다.

5 원문은 독자들이 읽기 쉽도록 구두句讀를 표시하고 문단을 나누었다. 저본 자체의 오자誤字는 바로잡고 주석을 달았다.

6 《담정총서》 소재 이옥의 글 뒤에 붙은 김려金鑢의 제후題後를 번역하여 제 2권 부록에 수록하였다.

7 번역문과 원문에 문장부호를 붙였다. 【 】─원주原註, 《 》─책명, 〈 〉─편명, 〔 〕─동의이음同意異音 한자 표시, ' '─강조·간접 인용, " "─대화·직접 인용을 뜻한다.

8 《완역 이옥 전집》 제 1~3권의 옮긴이는 각 편의 끝에 적어두었다. 동일인이 계속 옮겼을 경우에는 담당 부분이 끝나는 편에만 밝혔다.

부

賦

개구리 울음을 읊은 부의 후편

後蛙鳴賦

객이 주인을 힐난하여 말하였다.

"그대의 〈개구리를 읊은 부〉[1]는   子之蛙賦

참으로 유창하고 또 논쟁거리라.   儘辯且諍矣

저 어리석은 사마司馬로 하여금 듣게 하지 못함이 한스럽소.

                                    恨不使癡司馬聆之

그런데 그 또한 우언寓言이라   而亦寓言也

만약 그것을 정상적인 이치로 따진다면   若糾之以經

저 스스로 우는 것이 개구리라   則彼自鳴者蛙

관官이건 사私이건 무슨 감정이 있어서랴?[2]   官私焉何情哉

이는 그대가 그 향기롭지 못한 소리를 비꼬려 하다가   是子欲刺其無馨

도리어 그 영리하지 못함을 좋게 만드는 격이라   反實其不伶也

---

* 부賦는 간혹 산문이 섞이긴 하나 기본적으로 운韻을 넣어 엮어가는 운문 장르이다. 따라서 압운
押韻이 있는 구를 기준으로 모두 항행 구분을 하고, 오른쪽에 원문을 붙여 독자의 이해를 돕고
자 하였다. 이하 모든 부를 이와 같은 방식으로 편집하였다.

1_ 〈개구리를 읊은 부〉│〈후와명부後蛙鳴賦〉라는 제목과 이 대화로 추측해보면 〈전와명부前蛙鳴
賦〉가 따로 있었던 것 같으나, 현재 전하지 않는다.

청컨대 그대와 더불어 다시 논하고 싶구려   請與夫更評也

그대는 과연 개구리 울음소리의 속뜻을 아시오?" 子果知蛙之鳴乎

주인이 말하였다.

"이는 알 만한 것이오.   是可知已

그대 또한 일찍이 사람들이 모이면   子亦曾聞人之群聚

반드시 소리를 듣지 않았소?   則必聲者乎

장터에서는 장터를 가득 메우고   在市盈市

도성에서는 도성을 가득 채우지요.   在城盈城

멀리서 들어보면   遠而聽之

와글와글 국이 끓는 듯.   囂然如羹

그러나 찬찬이 나아가 하나하나 들어보면 然而徐就而枚叩焉

일찍이 그 창자 속에서 우러나온 소리 아닌 것이 없소.

             則未嘗不有鳴其腸者矣

슬픔에 젖은 자의 애통해하는 소리   憾者之哀

술주정꾼의 광기 어린 소리   酗者之狂

노래 부르는 자들이 즐거워하는 소리   謳者爲驩

성내며 고함지르는 자들이 다투는 소리 喊者爲爭

2_ 저 어리석은 … 있어서랴?│중국 진晉나라 혜제惠帝가 화림원華林園에 있을 때, 개구리 울음소
리를 듣고 좌우에 관官을 위해 우는가, 사私를 위해 우는가를 물었는데, 시중侍中 가윤賈胤이
"관官에 있으면 관을 위해 우는 것이고, 사사로운 곳에 있으면 사私를 위해 운다"라고 했다는
고사가 전한다. 《사문유취事文類聚》, 〈충치류蟲豸類〉 참조. 사마司馬는 진 왕실의 성姓으로, 곧
혜제를 가리킨다.

정이 담겨 있는 곳에	情之所廬
곧바로 그 소리가 생겨나는 것이오.	而卽其聲生焉
개구리도 사람과 비슷한 것이어서	蛙之於人亦類也
그 소리가 속에서부터 나오는 것이오.	而其聲由中而成焉
이로 미루어 정을 살펴보면	推而察情
불을 보듯 분명하단 말이오.	灼乎明矣
옛날 《주례周禮》, 〈육전六典〉에	在昔周禮六典
추관秋官이 형을 관장하매,	秋官掌刑
괵씨蟈氏가 재를 뿌려	蟈氏投灰
개구리와 올챙이를 제거하였소.[3]	除蛙及丁
그 때문에 혹 두려워서 우는 것이라오.	是故或懼而鳴
월나라 왕 구천句踐[4]이	粤王句踐
오나라로 그 병사를 거느리고 갈 때,	將吳其兵
길에서 성난 개구리를 만났는데	塗逢怒蛙
그 수레 가름대 위에서 예를 표하였소.[5]	式其車衡
그 때문에 혹 감격하여 우는 것이라오.	是故或感而鳴

3_ **추관秋官이 … 제거하였소** | 추관은 중국 주周나라 때 육관六官의 하나로, 형옥刑獄을 맡아보던 관직명. 괵씨蟈氏는 당시 개구리와 맹꽁이를 제거하는 일을 맡던 관직인데, 그 일을 괵씨가 처음 맡은 데서 유래했다고 한다. 《주관신의周官新義》 권15, 〈추관秋官〉 참조.

4_ **구천句踐** | 중국 춘추春秋시대의 월왕越王. 오왕吳王 합려闔閭와 싸워 그를 죽였으나, 합려의 아들 부차夫差에게 패하여 사로잡혔다. 그러나 뜻을 굽히지 않고 20여 년을 고생하여 마침내 오나라를 쳐서 멸망시켰다. 와신상담臥薪嘗膽의 고사로 유명하다.

5_ **월나라 … 표하였소** | 구천이 오나라로 출정할 때, 노한 개구리들에게 몸을 굽혀서 죽음을 가벼이 여기는 용사勇士를 얻게 되었다는 고사를 이른다. 《한비자韓非子》, 〈내저설內儲說〉 상에 이런 대목이 보인다. "越王句踐見怒蛙而式之. 御者曰: '何爲式?' 王曰: '蛙有氣如此, 可無爲式乎?' 士人聞之, 曰: '蛙有氣, 王猶爲式, 況士人有勇者乎?'"

지백智伯이 조양자趙襄子[6]를 엎어뜨리려고 　　　　智伯債趙

물을 터서 진양晉陽으로 기울이자 　　　　水晉陽傾

개구리가 또한 살 곳을 잃고 　　　　蛙亦失所

사람이 사는 섬돌과 뜰에 알을 낳았소.[7] 　　　　産人堦庭

그 때문에 혹 수심에 젖어 우는 것이라오. 　　　　是故或愁而鳴

원정元鼎 5년, 　　　　元鼎五年

장군將軍이 남으로 원정할 때 　　　　將軍南征

조짐이 들어맞은바, 　　　　兆之所符

개구리가 한나라 서울에서 싸웠소.[8] 　　　　蛙鬪漢京

그 때문에 혹 노하여 우는 것이라오. 　　　　是故或怒而鳴

또 저 장주莊周의 개구리는 　　　　且夫莊周之蛙

우물 속을 북해北海처럼 여겨 　　　　視井如溟

동해의 자라를 보고 　　　　見東海鰲

자기가 사는 곳을 뽐내었소.[9] 　　　　詫其居停

이로써 본다면 　　　　以此觀之

6_ **지백**智伯·**조양자**趙襄子 | 지백은 중국 춘추시대 진나라의 대부. 이름은 요瑤이며, 위씨魏氏·
한씨韓氏와 더불어 진나라의 삼가三家로 불렸으며, 뒤에 조양자에게 패망하였다. 조양자는
진나라 대부의 한 사람. 자객 예양豫讓이 죽은 지백을 위해 조양자에게 복수를 시도한 일로 유
명하다.

7_ **지백**智伯이 … **낳았소** | 지백의 군사들이 진양晉陽의 성을 수공水攻으로 친 일을 가리킨다. 이
때 부엌이 잠겨 개구리가 새끼를 치게 된 일이 있었다. 《전국책戰國策》, 〈조책趙策〉 참조.

8_ **원정**元鼎 … **싸웠소** | 원정 5년은 중국 한 무제漢武帝의 연호로 기원전 112년. 이해 가을에 개구
리와 두꺼비가 싸웠는데, 이듬해 4월 군사 십만이 남월南越에 원정하여 9개 군을 개척했다는
기록이 보인다. 《한서漢書》, 〈무제기武帝紀〉 참조.

9_ **장주**莊周의 … **뽐내었소** | 《장자莊子》, 〈추수秋水〉 편에서 북해약北海若이 하백河伯에게 들려준
정저지와井底之蛙의 고사를 가리킨다. 북해의 신神인 약若은 우물 속 개구리에게 바다를 말해
도 소용없는 것은 자기가 살고 있는 곳에 사로잡혀 있기 때문이라고 말하였다.

교만하여 우는 것이오.	驕而鳴也
공덕장孔德璋[10]의 개구리는	德璋之蛙
소고小鼓와 생황이 되어	爲鼗爲笙
양부兩部[11]의 고취악鼓吹樂과 같은데[12]	兩部鼓吹
달은 희고 바람은 맑았다 하였소.	月白風淸
이로써 논한다면	以此論之
즐거워서 우는 것이라오.	樂而鳴也
저 와글와글 개굴개굴하는 것이	彼其閤閤然匋匋然
성내며 떠드는 소리나 갓난아이 우는 소리와 같고	如怒吃如啼嬰
거위 소리나 오리 소리와 같고	如鵝如鴨
젓대 소리나 쟁 소리와 같소.	如篴如箏
바람이 일찍 서늘함에 소란스럽고,	誼光風之早涼
장마가 처음 갬에 귀를 시끄럽게 함은	聒宿雨之初晴者
비록 명목이 없는 듯하나	雖似無謂
또한 다 명목이 있는 거라오.	亦皆有名
내 말을 믿지 못하겠거든	謂余不信
그대는 마음을 비우고 들어 보시오."	子其虛心而聽之

10_ **공덕장孔德璋** | 중국 남제南齊의 문인인 공치규孔稚珪를 가리킨다. 덕장은 그의 자. 고제高帝
때 태자첨사太子詹事가 되었으며, 명리를 싫어하고 풍아風雅를 즐겼다. 그의 〈북산이문北山移
文〉은 명문으로 손꼽힌다.

11_ **양부兩部** | 중국 고대의 궁중 전례 음악으로 당상堂上에 앉아서 연주하는 좌부악坐部樂과 당하
堂下에 서서 연주하는 입부악立部樂을 합하여 이르던 말이다.

12_ **공덕장孔德璋의 … 같은데** | 공덕장은 풍아風雅를 즐겨 뜰에 잡초가 우거져도 뽑지 않았는데,
하루는 그 속에서 개구리 울음소리가 들렸다. 사람들이 풀을 뽑지 않는 까닭을 묻자, 개구리
울음소리로 양부가 연주하는 음악으로 삼는다고 하였다. 《남제서南齊書》, 〈공치규전孔稚珪傳〉
참조.

객이 웃으며 말하였다.

"이는 그대가 하나만 알고 둘은 모르는 것이오.　　是子知其一未知二也
저것이 어찌 무슨 뜻이 있어서 악악, 꽥꽥 소리를 내겠소?

彼何嘗有意於喔呃嚶嚶也

저것이 비록 그 배를 볼록이, 머리를 뾰쪽이 한 채　彼雖膰其腹而銳頭
비단 무늬를 메고 붉고 푸른 빛을 띠고　　　　　荷錦文而紫靑
마름 무늬의 채색옷을 입고　　　　　　　　　　被文藻之繢綵
깊은 못 맑고 차가운 곳에 살면서　　　　　　　宅深陂之淸泠
혹 용맹한 사내의 부르짖는 외침 같고　　　　　或若勇夫之叫聒
혹 변사辯士의 종횡무진한 말솜씨 같고,　　　　或若辯士之縱橫
혹 문인학사의 옹알옹알 글 읽는 소리 같고　　　或若文人之唔唔
혹 직언하는 신하의 경경쟁쟁 간쟁하는 소리 같아,　或若直臣之諍諍
그 우는 바가 있어　　　　　　　　　　　　　　若有所鳴
어떤 행동으로 이루어지는 것 같으나　　　　　　施于其行
그 귀추를 살펴보매　　　　　　　　　　　　　伊攷其歸
진창을 파고 구덩이에서 뛰어다닐 뿐,　　　　　掘泥跳阬
이 어찌 뜻이 있어서 우는 것이라 하겠소."　　　是豈可曰有意鳴乎

주인이 사례하며 말하였다.
"앞의 말은 장난삼아 한 것이오. 내가 무엇을 알겠소?"

칠석부

— 장난삼아 염체艷體를 본떠 짓다

七夕賦

오동잎 떨어지니	梧桐落
천지가 가을이라	天地秋
가을바람 일어나매	金風作
화성이 흐르도다.	火星流
오늘 저녁은 어떤 저녁인가?	今夕何夕
칠월의 일곱째 날,	七月之七
직녀가 서쪽으로 가	織女西征
사랑하는 짝을 만나 즐거워하는 날.	樂其靈匹
이에 까막까치 날아들어	於是烏鵲飛
은하수를 가로지르면	斷銀河
신령스런 비 부슬부슬	靈雨濛
향기로운 수레를 씻는다.	洗香車
길에 흰 구름 사라지고	道除白雲
장막에 비단 노을 걷히자	幕褰綵霞
온갖 영靈들 미리부터 재계하여,	百靈宿戒
위의威儀 갖춘 물物들 많기도 하다.	儀物旣多
직녀가 이에 하피霞帔[1] 자락 날리며	織女乃揚霞帔

별 같은 다리² 올리고 安星髻

복숭아 화장으로 꾸며 治桃花之粧

명월 모양의 패옥 늘어뜨린 채, 曳明月之珮

기쁜 듯 수심에 젖은 듯 如喜如愁

봉개鳳蓋³에 나아간다. 以就鳳蓋

계거戒車⁴는 어찌 이리 더딘고? 戒車胡遲

내 마음 먼저 달려가네. 我心先邁

밝은 은하수가 앞에 나타나매 及其明河當前

견우 이미 당도해 있다. 牽牛已至

한번 낭군을 보자 一見郎君

만사가 다 눈물이라, 萬事皆淚

청조靑鳥⁵에 의탁하여 원사怨辭를 부쳐 憑靑鳥而托辭

슬픔과 한을 무궁토록 하소연한다. 愬悲恨之無窮

"지난번 놀던 일 해를 격해 다가오고 前游迫其隔歲

낭군은 저 서쪽 이 몸은 동쪽이라 郎在西而妾東

겨울밤은 길고 달은 흰데 冬宵永而月白

1_ **하피**霞帔 | 천상 세계의 신선이 입는 아름다운 옷.

2_ **다리** | 다른 사람의 머리카락을 이용하여 머리를 치장하는 것으로 머리숱이 많아 보이게 덧넣은 딴 머리를 말한다. 방언으로는 다래, 달비라고도 한다.

3_ **봉개**鳳蓋 | 원래 임금이 거둥할 때 경호하는 의장儀仗. 여기서는 직녀의 행차를 비유한 것이다.

4_ **계거**戒車 | 명령을 받고 행차를 준비하는 수레.

5_ **청조**靑鳥 | 중국 고대 신화 · 전설 속에서 발이 3개 달린 푸른 새. 반가운 사자使者나 편지를 이르는 말. 서왕모西王母의 사자로, 한나라 궁전에 편지를 가지고 왔다는 고사가 전한다. 《한무고사漢武故事》 참조.

봄날은 곱고 꽃은 붉어라.　　　　　　　　　春晝姸而花紅

먹 감는 원앙이 짝을 지어 기쁘고　　　　　　雙鴛浴兮喜偶

외로운 학이 길게 울어 수컷을 그리네.　　　　寡鶴唳兮悲雄

미물을 보아도 오히려 이러한데　　　　　　　覽微物夫猶然

어찌 유독 사람으로 정이 없으랴.　　　　　　可獨人兮無情

아침에 거울 상자 대하니 홍안 굳어 있고　　　朝鸞奩之鎖紅

밤에 촛불 대하니 푸른 눈물 흐르네.　　　　　夜鳳蠟之啼靑

비단 짜던 베틀엔 수심만 엮고 있어　　　　　機錦絢而績愁

옥북〔玉梭〕소리 드물게 들릴 수밖에.　　　　覺玉梭之稀鳴

향기로운 베갯머리 붉은 울음 삼키니　　　　　香枕啜其沁紅

매양 아침마다 시비侍婢가 놀라네.　　　　　每侍婢之朝驚

꽃 같은 뺨 야위어 예전과 다르니　　　　　　花腮瘠而異昔

맺힌 한 이 몰골에서 살필 수 있으리.　　　　恨可察於其形

깊은 수심 묻어둔 채 죽지 못하고　　　　　　埋愁綠而不死

다시 좋은 때 만나길 기다리네.　　　　　　　復獲侍於辰良

여린 간장 기쁨과 슬픔에 민감한데　　　　　柔腸易於喜戚

기쁨은 당신 만나 백 배가 되네.　　　　　　驩百筵於阿郞

그러나 이 노닒도 기한이 있기에　　　　　　然斯游之有期

옥루玉漏[6]는 아직 시각이 남았지만　　　　玉漏未其添更

오래 즐길 수 없음 알고 있으니　　　　　　　知不可乎久樂

다만 스스로 슬픈 상심만 더한다네.”　　　　只自增夫悲傷

6_ 옥루玉漏 | 물시계의 미칭美稱.

견우가 듣고 서글픈 안색 지으며 완곡하게 송사送辭를 보낸다.

"부처에겐 원만圓滿의 계戒가 있고,	佛氏有圓滿之戒
시인에게는 별리別離의 사詞가 있소.	詩人有別離之詞
꽃은 다시 피었다 지고,	花猶開落
달 또한 찼다가 이지러지니	月亦盈虧
예로부터 홍안紅顏의 미인들	從古紅顏
어찌 그 슬픔 한계가 있으랴.	何限其悲
때문에 순임금의 수레가 한 번 남으로 가매	是故舜車一南
구의산九疑山[7]만 덧없이 푸르고	九疑空翠
대나무도 슬퍼하는 소상강瀟湘江에	竹悲湘江
아황娥皇 · 여영女英[8] 눈물이 앞을 가렸소.	皇英揮淚
예羿는 금단金丹을 잃어버렸고[9]	羿失金丹
요대瑤臺[10]에서 깨달음으로 수양하오.	瑤臺覺修
난새 울고 계수나무 흐느끼니	鸞啼桂泣
소아素娥[11]도 가을에 상심해하오.	素娥傷秋

7_ 구의산九疑山 | 중국 호남성湖南省 상수湘水의 남쪽에 있는 산. 순舜임금이 죽었다는 창오蒼梧에 인접해 있으며, 구의산의 남쪽 양지바른 곳에 순임금을 장사 지냈다고 한다.

8_ 대나무도 … 여영女英 | 아황과 여영은 요堯임금의 두 딸로, 둘 다 순임금의 비妃가 되었다. 순임금이 창오의 들에서 죽자 두 비는 소상강에 몸을 던졌으며, 이때 흘린 눈물이 대나무를 적셔 반죽斑竹이 되었다고 한다. 임방任昉,《술이기述異記》상 참조.

9_ 예羿는 … 잃어버렸고 | 예는 중국 고대 신화 · 전설 속에서 활을 잘 쏘는 사람. 예가 사냥 가서 오래도록 돌아오지 않자, 항아嫦娥는 불사약 금단을 먹고 달 속의 월궁月宮으로 달아나 버렸다. 이때 하늘에 달이 9개 있었는데, 사냥에서 돌아온 예가 8개의 달을 명중시켜 떨어뜨렸으나 나머지 달 하나는 차마 쏘지 못했다고 한다.《회남자淮南子》,〈현명훈賢冥訓〉참조.

10_ 요대瑤臺 | 전설 속 신선이 거처하는 곳. 여기서는 달 속 항아가 머무르는 곳을 말한다. 요대에 서 깨달음으로 수양하는 것에 대해서는 미상.

하물며 또 초강楚江의 연처蓮妻[12]나	況復楚江蓮妻
장대章臺의 기녀 유씨柳氏[13]임에랴.	章臺柳姬
돌에는 망부석望夫石이 있고	石名望夫
꽃에는 상사화相思花가 있으니,	花稱相思
이 모두 가연佳緣은 해로하기 어렵고	斯皆佳緣難終
정의 뿌리는 손상되기 쉬운 것.	情根易傷
하늘이 한을 내림이	天之賦恨
어찌 한갓 낭자뿐이겠소.	奚徒阿娘
죄안罪案에는 이만 전이 올라 있고	罪案二萬錢
유적流謫의 기한은 삼천 년.	謫限三千年
은하수 넓고 넓어	漢之廣矣
희뿌옇게 하늘 끝에 연해 있고	其白連天
나는 그 허물을 잡고 있으니	余執其咎
낭자가 실로 가련하오.	娘實可憐

11_ **소아素娥** | 중국 고대 신화에 나오는 항아의 별칭. 항아는 남편 예의 청에 의해 서왕모西王母에
게서 불사약을 훔쳤는데, 그녀는 몰래 불사약을 먹고는 달 속으로 달아나 버려 월정月精이 되
었다는 전설이 있다.《회남자》,〈현명훈〉참조.

12_ **초강楚江의 연처蓮妻** | 미상.

13_ **장대章臺의 기녀 유씨柳氏** | 장대는 중국 당唐나라 장안長安의 번화가. 기방妓房이 밀집해 있
었으므로 유곽을 가리키는 말로도 쓰인다. 대력大歷 십재자十才子의 한 사람인 한굉韓翃에게
유씨柳氏 성을 가진 기녀가 있었다. 안사安史의 난으로 두 사람은 헤어졌는데, 유씨는 출가하
여 비구니가 되었다. 뒤에 한굉이 평로절도사平盧節度使 후희일侯希逸의 서기書記가 되었을
때, 사람을 시켜 유씨에게 "장대의 버들이여, 장대의 버들이여, 옛날의 푸르름을 지금도 지녔
는지? 휘늘어진 긴 가지 옛날과 똑같다면, 다른 사람 손에 행여나 꺾일지도(章臺柳, 章臺柳, 往
日靑靑今在否? 縱使長條似舊垂, 亦應攀折他人手)"라는 시를 지어 보냈다. 그런데 그 뒤에 과연 유
씨가 번장蕃將인 사타리沙吒利에게 겁탈을 당했다가, 후희일의 부장部將 허준許俊이 계교를 써
서 한굉에게 되돌아오게 되었다고 한다.《설부說郛》,〈본사시本事詩〉참조.

그러나 하늘의 명 이미 정해졌으니   然天命之已定

다시 서글퍼한들 무슨 보탬이 되겠소.   復惆悵夫何益

우선 저 흐르는 노을 잔질하며   且姑酌彼流霞

애오라지 오늘 저녁 즐겨나봅시다."   聊以娛乎今夕

이에 뭇 잉첩媵妾 불러   爰詔衆媵

술잔을 명하고 자리를 마련한다.   命觴餙筵

잔이 아홉 순배 돌아도 취하지 않고   杯九行而不醉

음악이 세 번 끝나도 즐겁지 않다.   樂三終而無懽

잠깐 사이 초승달은 동쪽에서 사라지고   須臾纖月東沒

은하수는 서쪽에 걸려 있다.   絳河西懸

천계天鷄 울음소리 한 번 들리자   一聲天鷄

온 좌중이 처연해진다.   四座凄然

마부가 거듭 재촉하니   僕夫屢告

이미 수레를 다 채비했음이라.   已整其軒

한 번 읍하고 수레에 오르며   一揖登車

내년을 기약하매   期以明年

천 번 참았던 눈물   千回忍淚

갑자기 샘처럼 솟아나고   忽覺如泉

바람에 임해 한 번 흩뿌리니   臨風一洒

비가 되어 인간 세상에 가득하다.   雨滿人間

거북을 읊은 부 아울러 서문을 적는다

— 임인년(1782) 사월에 짓다

龜賦 幷序

옛날에 효자가 어버이의 나이를 빌 때	在昔孝子之祈親齡也
반드시 거북에 의탁했는데,	必托龜焉
그것이 장수하고 또 신령스럽기 때문이라	以其壽且靈也
그런데 대체로 우언으로서 관련이 없는 것이니	而率寓言無幾
불경不經에 가까운 것이 아닌가?	近不經也哉
해는 임인년 사월 초길初吉[1]에	歲壬寅四月初吉
우리 집에서는 아버님의 화갑 잔치를 설하여	余家設家大人花甲會
낙지정樂志亭에 모였다.	于樂志之亭
한 무武[2]가 있어	有一武
눈은 붉고 몸뚱이는 푸른빛을 띤 채,	眸丹而裙靑
어슬렁어슬렁 뜰에서 재롱을 부렸다.	盤跚而嬉于庭
기어가다가 창 난간에 멈추는데,	進而止于牕欄
예사롭지 않은 상서로움이 사람들의 이목을 놀라게 했다.	非常之瑞聳人瞻聆

1_ 초길初吉 | 매달 초하룻날. 또는 한 달을 사분四分하여 초하룻날에서 상현上弦의 날까지를 일컫는다.

2_ 무武 | 북방의 신神인 현무玄武, 즉 거북을 가리킨다.

모두 말하였다.

"이 상서로운 물건이 청전靑田³의 학을 종처럼 여기고

是瑞也奴視乎靑田之翎

남극성南極星⁴과 백중伯仲을 겨누는 듯하니,　　　而伯仲間於南極星

생각건대 저 하늘이　　　　　　　　　　　　　　　意彼蒼

멀고 아득함 속에서 태황鮐黃⁵께 선물을 주심이 아니겠는가?"

錫鮐黃於冥冥乎

이 소자小子는 기쁘고 뛸 듯한 마음 스스로 이기지 못해

余小子自不勝欣抃

사詞를 지어 기념하고　　　　　　　　　　　　作詞以銘

하늘의 뜻이 정녕함이 있음을 기록하려 한다.　　而以記有天意之丁寧也

임인년 초여름 사월 초길에　　　　　　　　　壬寅之孟夏月初吉

죽리자竹里子의 어버이 연세 높으시어 갑일이 돌아옴에,

竹里子親齡卲而返甲

이날을 맞이하여 기쁘고도 두려워라.　　　　遷玆辰而喜懼

채색 옷 나부끼며⁶ 새벽에 일어나　　　　　翻其彩而爽興

여러 어른들⁷ 청하고 술을 걸렀다.　　　　　速諸舅而淆酤

이에 대나무 사립문 활짝 열고　　　　　　　於是拓竹扉

3_ **청전**靑田 | 학의 별명. 예로부터 학은 거북과 함께 장수를 상징하는 동물로 귀령학수龜齡鶴壽라 하였다. 정집鄭緝의 《영가군기永嘉郡記》에 이런 대목이 보인다. "有洙沐溪, 去靑田九里. 此中有 一雙白鶴, 年年生子, 長大便去, 只惟餘父母一雙在耳, 精白可愛, 多云神仙所養."
4_ **남극성**南極星 | 남극에서 사람의 수명을 관장하는 별. 수성壽星 또는 노인성老人星이라고도 한다.
5_ **태황**鮐黃 | 복어의 등처럼 등에 얼룩무늬가 생기고, 누런 머리가 난 사람. 곧 노인을 가리킨다.

깨끗한 방석을 벌려 놓았으며,	鋪華茵
왼쪽을 비워둔 채, 자리 다 갖추어 놓고	虛左具位
아름다운 손들 기다렸다.	以竢嘉賓
홀연 한 객이	忽有一客
어디로부턴지 남보다 앞서 왔는데	無從先至
걸음걸이는 엉금엉금	其行蹣跚
그 모습은 희비屭贔[8] 그대로였다.	其形屭贔
손님들이 오르는 섬돌까지 불쑥 올라와	超及賓堦
천연스레 서서	天然而立
긴 목을 펴 바라보는 것 같고,	伸長頸而若望
공손히 앞에 손을 모아 읍하는 것 같았다.	拱前手而如揖

죽리자가 창황히 자리에서 내려와, 옷소매를 들어 예를 표하고 물었다.

"객은 무엇하는 분이오?"

객이 대답하였다.

6_ **채색 옷 나부끼며** | 연로한 부모의 생신을 맞아, 자식이 색동옷을 입고 어린애 흉내를 내는 것이다. 중국 춘추시대 노魯나라의 현인賢人 노래자老萊子는 나이 칠십에 백 세 된 부모 앞에서 오색의 알록달록한 옷을 입고 어린아이처럼 재롱을 부리며, 물을 가지고 마루에 오를 때 거짓으로 미끄러져서 땅에 누워 어린아이처럼 울고, 새끼 새를 가지고 희롱을 하여 부모를 기쁘게 해드렸다고 한다. 《사문유취》후집後集 권3, 〈인륜부人倫部〉 참조.

7_ **여러 어른들** | 원문의 "제구諸舅"는 원래 "여러 외삼촌 또는 장인"이라는 뜻이 되나, 글의 문맥으로 보아 "여러 어른들"로 옮긴다.

8_ **희비屭贔** | 암황색 반점이 있는 커다란 거북을 말한다.

"나는 해상인海上人으로   僕海上人也

이름은 원서元緖,[9]   字曰元緒

벼슬은 독우督郵.[10]   官稱督郵

북수北宿의 신령스런 정기를 받고[11]   稟北宿之靈精

남명南溟의 맑은 물에 산다오.   宅南溟之淸流

하우씨夏禹氏는 나를 만나 낙서洛書[12]를 받았고,   夏后遇之以受其書

주공周公은 나를 좇아 거처를 정했다오.[13]   周公從之以定厥居

혹 한 자 크기로 보배를 만들거나[14]   或一尺而爲寶

혹 오색으로 상서롭게 하여,   或五色而爲瑞

침상을 괴어 영험함을 징험하고[15]   揩其牀而驗靈

9_ 원서元緖 | 거북의 별명.《수경주水經注》,〈절강수浙江水〉에 이런 대목이 보인다. "孫權時, 永康
縣有人入山, 遇一大龜, 卽束之以歸 … 夜宿越里, 纜船于大桑樹. 宵中, 樹忽呼龜曰: '元緖, 奚事
爾也?'"

10_ 독우督郵 | 원래 중국 한漢나라 때 설치한 지방 수령의 보좌관으로, 관리를 감찰하고 교령教令
을 전달하는 역할을 맡았다. 최표崔豹의《고금주古今注》,〈어충魚蟲〉에 "龜名玄衣督郵"라는
구절이 보이는데, 고대 신화 · 전설 속에서 거북이 하백河伯의 사자로 등장하는 일이 많았으므
로 이렇게 표현한 듯하다.

11_ 북수北宿의 … 받고 | 북수는 북두칠성.《사문유취》후집 권35,〈개충부介蟲部〉에 명귀名龜는
모두 여덟 종류가 있는데, 그 첫째는 북두귀北斗龜라고 나와 있다.

12_ 낙서洛書 | 우禹임금이 홍수를 다스릴 때, 낙수洛水에서 신귀神龜의 등에 있었다고 하는 마흔
다섯 점으로 된 무늬. 홍범구주洪範九疇와 팔괘八卦의 근원이 되었다 한다.

13_ 주공周公은 … 정했다오 | 주공周公이 주周나라의 도읍 낙양洛陽을 건설하면서 지리를 살피고
거북의 등을 태워 길흉을 점친 일을 가리킨다.《서경書經》,〈낙고洛誥〉편에 주공이 성왕成王에
게 "予惟乙卯, 朝至于洛師, 我卜河朔黎水, 我乃卜澗水東瀍水西, 惟洛食, 我又卜瀍水東, 亦惟
洛食, 伻來以圖及獻卜"이라고 보고하는 내용이 보인다. 거북점이 낙수를 지적해서 낙수 동쪽
에다 도읍터를 정했다는 것이다.

14_ 한 자 … 만들거나 | 사마천司馬遷의《사기史記》,〈귀책열전龜策列傳〉에 중국 춘추시대 송 원
왕宋元王은 신귀를 얻어 점을 치는 데 사용하고, 그 귀갑龜甲은 나라의 보물로 간직했다는 내
용이 보인다.

손잡이에 아로새겨 영묘함을 드러내기도 한다오.	鏤其鈕而效異
밝고 밝은 나의 지난 자취가	昭昭迬蹟
옛 전적에 그대로 실려 있소.	載在古傳
지금에야 주인을 만나게 되니	今逢主人
서로 만남이 어찌 이리 늦었단 말이오?"	何晚相見

죽리자가 물었다.

"그런데 그대는 삼백 갑족甲族의 우두머리[16] 되는 분이 아니시오? 아! 그대는 먼 곳에 사는 사람인데 무엇하러 여기까지 오시었소?"

객이 말하였다.

"들리는 소문에 주인께서	側聞主人
잔치를 벌일 일 있어	有事航豆
뒤안의 채소를 반찬으로 손을 부르고	蕪園蔬而命賓
산꽃을 술로 빚어 수壽를 빈다 하였소.	釀山花而祈壽
자식의 도를 닦는 데 다함이 없으니	修子道之不匱
어버이의 연세 무강하심을 축원하오.	祝親齡之無疆
남극노인南極老人[17]에게 별의 운기運氣 나눠 받고	分星文於南耂

15_ 침상을 … 징험하고 | 사마천의 《사기》, 〈귀책열전〉에 이와 관련된 이야기가 나온다. 남방의 어느 노인이 거북으로 침대다리를 받쳐두고 살았다. 20년 후에 노인이 죽어 침대를 옮기는데, 거북은 그때까지 살아 있었다고 한다.

16_ 삼백 갑족甲族의 우두머리 | 《공자가어孔子家語》, 〈집비執轡〉에는 "갑충甲蟲은 360가지 종류가 있는데, 거북이 그 장長이 된다"라는 기록이 보인다.

17_ 남극노인南極老人 | 남극성으로 수壽를 관장하는 별.

서왕모西王母[18]에게서 선도仙桃를 빌렸다오.　　　借桃花於西娘

이는 참으로 성대한 일이라.　　　此固盛事

소문 듣고 기뻐하여　　　聞風而喜

이에 검은 옷깃 가다듬고　　　爰整玄襟

이렇게 온 것이라오."　　　是以來耳

죽리자가 말하였다.

"그렇다면 그대는 천 리를 멀다 않고 오셨으니 또한 장차 생각하심이 있는지요?"

객이 대답하였다.

"그렇소. 내가 듣건대 사람들이 출생 기념하는 모임에는

　　　唯僕聞人於生會

반드시 나이를 비는 일 있어　　　必有祈年

혹 영춘靈椿[19]에 부쳐 말하고　　　或寓諷於靈春

혹 태선胎仙[20]을 그려 형상한다고 하였소.　　　或繪象於胎仙

오직 한 물物이 있어　　　猶有一物

18_ **서왕모西王母** | 중국 전설 속에 서방을 주재한다는 선모仙母. 한 무제漢武帝가 장수를 빌고 있을 때, 3천 년에 한 번 꽃이 피고 열매가 열린다고 하는 선도仙桃 5개를 가지고 내려와 무제에게 주었다고 한다. 《한무고사》 참조.

19_ **영춘靈椿** | 원문은 "靈春"으로 되어 있는데, 이성계의 조부인 도조度祖의 이름자 '椿'을 기휘하여 적은 것이다. 조선조 5백 년 동안 椿을 春으로 표기하는 것이 관례였다. 영춘은 자기 부친 또는 남의 부친을 축수祝壽하는 말이다. 춘춘椿은 《장자》, 〈소요유逍遙遊〉에 나오는 8천 년을 한 해 봄으로, 8천 년을 한 해 가을로 산다고 하는 나무이다.

20_ **태선胎仙** | 학의 별칭. 고대에 학은 신선이 타고 다니는 새이며, 난생卵生이 아닌 태생胎生으로 알려진 데서 온 이름이다.

이 자리에 바칠 만하오.	可獻于斯原
나는 살아서 오래도록 보았으니	吾生之久視
만물 가운데 가장 수를 누린다오.	最萬品而壽考
하늘과 땅과 함께 죽지 않고	偕二儀而不死
해·달·별을 가리어 늙지 않소.	敝三光而無老
갱갱[21]과 담빙[22]의 요사夭死를 슬퍼하고	悼鏗聃之早殀
왕자王子 교喬,[23] 악전偓佺[24]을 어린 녀석으로 보았다오.	視小子以喬佺
천도복숭아 씨를 심어 푸른 열매 먹고	培桃核而噉碧
학의 알을 길들여서 검은 날개에 올라탔소.	馴鶴卵而跨玄
예전에 내가 잠시 발해渤海[25]에서 노닐었는데	昔余暫游於渤海
뽕밭이 하늘 동쪽에서 아홉 번 푸르렀고,	桑九碧于天東
돌아와 연꽃 위에서 쉬는데[26]	歸而憩乎蓮花
먼동이 하얗게 트고 저녁놀이 붉어지는 일이 무수히 많았소.	
	繽昧白而晡紅
옥황상제를 자도紫都[27]에서 만나	逢瑤帝於紫都

21_ 갱鏗 | 팽조彭祖의 이름. 요임금의 신하로 8백 년을 살았다고 한다. 유향劉向,《열선전列仙傳》, 〈팽조彭祖〉 참조.

22_ 담빙聃 | 노자老子의 이름. 잉태한 지 80년 만에 어머니 뱃속에서 나왔다고 하며, 150년 또는 200년 이상의 수명을 누렸다고 한다. 《열선전》, 〈노자老子〉 참조.

23_ 왕자王子 교喬 | 중국 주周나라 영왕靈王의 태자 진晉. 불로불사不老不死의 선인仙人으로 일컬어진다. 생황을 즐겨 불며 학의 울음소리를 냈으며, 이천伊川과 낙수洛水 사이를 노닐다가 학을 타고 구름 속을 지나 사라졌다고 한다. 《열선전》, 〈왕자 교王子喬〉 참조.

24_ 악전偓佺 | 요임금 때의 신선. 괴산槐山에서 약을 채집하고 송실松實을 즐겨 먹었으며, 몸에 털이 있고 달리는 말처럼 빠르게 날아다녔다고 한다. 《열선전》, 〈악전偓佺〉 참조.

25_ 발해渤海 | 중국 산동반도山東半島와 요동반도遼東半島 사이에 있는 바다.

26_ 뽕밭이 … 쉬는데 | 사마천의 《사기》, 〈귀책열전〉에는 거북은 천 년을 살아야 영험함이 있고, 또 천 년을 살아야 연꽃 위에 놀 수 있다고 했다.

<table>
<tr><td>나의 건강 빌미 삼아 나이를 불려주었소.</td><td>欺我康而使年</td></tr>
<tr><td>춘춘나무 가지를 찾아 꽃이 다하면[28]</td><td>搜春枝而盡花</td></tr>
<tr><td>산가지 쌓고 쌓아[29] 하늘을 가리려고 하였다오.</td><td>欲積籌而礙天</td></tr>
<tr><td>대개 천하에 생명을 머금은 종류 중에</td><td>蓋天下含生之類</td></tr>
<tr><td>나처럼 수를 많이 누린 자가 없으니,</td><td>而未有如僕之最壽者</td></tr>
<tr><td>청컨대 내 나이를</td><td>請以賤齒</td></tr>
<tr><td>감히 대정大庭[30] 아래서 헌수獻壽하고자 하오."</td><td>敢獻大庭之下</td></tr>
</table>

죽리자는 또 기뻐하고 감격하여 술을 따라 객에게 권하고 노래로 고 마음을 표하였다.

<table>
<tr><td>"내 아름다운 손이 있어【〈녹명鹿鳴〉】[31]</td><td>我有嘉賓</td></tr>
<tr><td>이미 술로써 취케 하고【〈기취旣醉〉】[32]</td><td>旣醉以酒</td></tr>
<tr><td>큰 복으로써 갚아주어【〈초자楚茨〉】[33]</td><td>報以介福</td></tr>
</table>

27_ **자도紫都** | 옥황상제가 다스리는 천상의 수도를 가리킨다.

28_ **춘춘나무 … 다하면** | 심희沈禧의 〈일지화수인팔십一枝花壽人八十〉 시의 투곡套曲에 "莊庭椿老枝偏盛, 海屋添籌數培增"이라는 구절이 있다.

29_ **산가지를 쌓고 쌓아** | 무한한 시간 동안 장수함을 이르는 말. 소식蘇軾의 《동파지림東坡志林》, 〈삼노어三老語〉에 이런 대목이 보인다. "嘗有三老相遇, 或問之年 … 一人曰: '海水變桑田時, 吾輒下一籌, 邇來吾籌已滿十間屋.'"

30_ **대정大庭** | 남의 부친을 이르는 말.

31_ **〈녹명鹿鳴〉** 《시경詩經》, 〈소아小雅〉의 편명. 인용한 대목의 원시는 "呦呦鹿鳴, 食野之苹. 我有嘉賓, 鼓瑟吹笙"이다.

32_ **〈기취旣醉〉** 《시경》, 〈대아大雅〉의 편명. 인용한 대목의 원시는 "旣醉以酒, 旣飽以德. 君子萬年, 介爾景福"이다.

33_ **〈초자楚茨〉** 《시경》, 〈소아〉의 편명. 인용한 대목의 원시는 "神保是饗, 孝孫有慶. 報以介福, 萬壽無疆"이다.

우리에게 미수眉壽[34]를 누리게 하였다.【〈열조烈祖〉】[35]　綏我眉壽

아버지 어머니시여【〈일월日月〉】[36]　父兮母兮

어찌 황구黃耇[37]가 되지 않으리오."【〈남산유대南山有臺〉】[38]　何不黃耇

객이 잔을 씻고 다시 술을 따르며 노래로 화답하였다.

"사월이라 여름철【〈사월四月〉】[39]　四月維夏

저 공당公堂으로 올라가서【〈칠월七月〉】[40]　躋彼公堂

황구黃耇를 비니【상동上同】　以祈黃耇

복을 내림이 무강하여【〈열조烈祖〉】[41]　降福無疆

만 년이요 또 천 년에【〈비궁閟宮〉】[42]　萬有千歲

산마루와 같고 구릉과 같도다."【〈천보天保〉】[43]　如岡如陵

34_ 미수眉壽 | 눈썹이 세도록 오래 삶. 곧 장수함을 가리킨다.

35_ 〈열조烈祖〉 | 《시경》, 〈상송商頌〉의 편명. 인용한 대목의 원시는 "奏假無言, 時靡有爭. 綏我眉壽, 黃耇無疆"이다.

36_ 〈일월日月〉 | 《시경》, 〈패풍邶風〉의 편명. 인용한 대목의 원시는 "日居月諸, 東方自出. 父兮母兮, 畜我不卒. 胡能有定, 報我不述"이다.

37_ 황구黃耇 | 머리가 희어졌다가 다시 누렇게 되고 얼굴에 검버섯이 생기는 것. 곧 노인이라는 뜻이다.

38_ 〈남산유대南山有臺〉 | 《시경》, 〈소아〉의 편명. 인용한 대목의 원시는 "南山有枸, 北山有楰. 樂只君子, 遐不黃耇. 樂只君子, 保艾爾後"이다.

39_ 〈사월四月〉 | 《시경》, 〈소아〉의 편명. 인용한 대목의 원시는 "四月維夏, 六月徂暑. 先祖匪人, 胡寧忍予"이다.

40_ 〈칠월七月〉 | 《시경》, 〈빈풍豳風〉의 편명. 인용한 대목의 원시는 "日殺羔羊, 躋彼公堂. 稱彼兕觥, 萬壽無疆"이다.

41_ 〈열조烈祖〉 | 인용한 대목의 원시는 "自天降康, 豊年穰穰. 來假來饗, 降福無疆"이다.

42_ 〈비궁閟宮〉 | 《시경》, 〈노송魯頌〉의 편명. 인용한 대목의 원시는 "黃髮台背, 壽胥與試. 俾爾昌而大, 俾爾耆而艾. 萬有千歲, 眉壽無有害"이다.

노래를 마치자, 드디어 두 번 절하고 물러나며 말하였다.

"수壽는 이미 드렸소. 이제 떠나고자 하오."

<hr />

43_ **〈천보天保〉**│《시경》, 〈소아〉의 편명. 인용한 대목의 원시는 "天保定爾, 以莫不興. 如山如阜,
如岡如陵. 如川之方至, 以莫不增"이다.

벌레 소리를 읊은 부

— 구양수歐陽脩[1]의 〈추성부秋聲賦〉[2]를 본떠 짓다

蟲聲賦

이자李子가 바야흐로 밤중에 조용히 앉아 있는데,

때는 서늘한 가을이라,	維時凉秋
만뢰萬籟[3]가 모두 고요한데	萬籟俱寂
홀연 어떤 소리가	忽聞有聲
사방 벽에서 일어나 들려왔다.	起于四壁
처음에는 소곤소곤 말하는 소리인 듯	初瑣屑而相語
점차 찌익찌익 처량한 소리를 내는 듯.	漸啾啾而凄楚
마치 남편 잃은 여인이나 버림받은 아내가	如嫠婦棄妻
끊어질 듯 소리를 삼키며 우는 것 같고	切切然吞聲而啼也
떠도는 혼백과 죽은 아이의 혼령이	旅魄殤魂

1_ **구양수歐陽脩** | 1007~1072년. 중국 북송北宋 때의 문인. 자는 영숙永叔, 호는 취옹醉翁 또는 육일
거사六一居士. 화려하고 격식에 치우친 태학체太學體를 멀리하는 고문운동을 펼쳤다. 부賦의 형
태를 여러 제약에서 벗어나 자유롭게 했고, 사詞는 구어口語를 많이 도입하였다. 저서에 《문충
집文忠集》 등이 있다.
2_ **〈추성부秋聲賦〉** | 구양수가 만년에 지은 가을 소리에 대한 부賦. 만물을 죽이는 가을의 쓸쓸한
바람 소리에 느끼어 우주 만물의 쇠락을 서정적 필치로 그려내었다.
3_ **만뢰萬籟** | 하늘과 땅 그리고 모든 자연에서 나오는 소리.

울음을 머금고 괴로워하며 원통해하는 것 같고 　　　潛泣而煩寃也

참소를 입어 벼슬자리를 잃은 소외 당한 신하와 불우한 시인이

　　　　　　　　　　　　　　　　　畸臣騷客之被讒而失位者

고향을 그리워하며 괴로이 읊으면서 밤 깊도록 잠 못 이루는 것 같았다.

　　　　　　　　　　　　　　苦吟思鄕而夜不能寐也

이자가 듣고서 추연愀然히 탄식하며 말하였다.

"이것은 벌레 우는 소리로다. 　　　　　　　此蟲聲也

너희들은 시월에 당당堂에 올라와[4] 　　　爾其十月在堂

다가오는 세모를 알리는 것이냐? 　　　來告歲暮者耶

추워지려고 하매 촉직促織[5] 소리를 내어 　　將寒促織

사람을 위하여 먼저 근심하는 것이냐? 　　爲人先慮者耶

가을을 기다려 읊는 것은 　　　　　　竢秋而吟

어진 신하가 시국을 걱정함과 같은 것이냐? 　若賢臣之憂時者耶

슬픈 소리로 사람의 마음을 움직임은 　　　哀音動人

가을에 선비의 슬픔을 도와주려는 것이냐? 　以助乎秋士之悲者耶

깨끗하게 숨어 살아 세상에 쓰이지 않았기에 　嘉遯而不售也

그 자취가 차고도 맑으며 　　　　　　故其跡寒而淸

4_ 시월에 … 올라와 │《시경》, 〈빈풍豳風 · 칠월七月〉편의 "시월에는 실솔蟋蟀이 상牀 아래로 들어
온다"라는 시구를 차용한 것이다. 〈칠월〉편의 일부를 소개하면 다음과 같다. "七月在野, 八月
在宇, 九月在戶, 十月蟋蟀, 入我牀下."

5_ 촉직促織 │ 귀뚜라미의 별명. 날이 추워지니 빨리 베를 짜라고 재촉하여 우는 벌레라는 뜻. 두
보杜甫는 〈촉직促織〉 시에서 "促織甚微細, 哀音何動人"이라고 읊었다.

풀을 먹고 녹禄을 먹지 않아서	草食而不祿也
때문에 그 마음 비어 있으면서 영묘하구나.	故其心虛而靈
그 소리가 나옴에	於其爲聲也
불평스러움 참으로 이상할 게 없구나.	固無怪乎不平也
그러나 네 체질이 비록 미물이나	然而爾質雖微
또한 하늘이 낳은 것이고	亦天之生
소리는 비록 너에게서 나오지만	聲雖在爾
실은 하늘이 너를 빌려 우는 것이니	天實假鳴
너의 소리가 아니라	非爾之音
곧 하늘의 정이로다.	卽天之情
하늘은 무엇 때문에	天惟何故

너로 하여금 울게 하여 이러한 감상感傷에 이르게 하였더냐?

使爾鳴至於此傷也

혹 비와 바람이 그 명령을 듣지 않아	無乃風雨不用其命
큰 강령이 펴지지 못함을 민망히 여기는 것이냐.	閔皇綱之莫張歟
세상이 말세라 그 순리를 좇지 않아	季世不循其理
경박한 풍속을 좋지 않게 여겨 애통해하는 것이냐.	痛澆俗之不良歟
한 해의 수확이 풍성하지 못함을 불쌍히 여겨	憐歲功之不登
장차 유리걸식하는 백성을 위로하는 것이냐.	而將慰乎流離之岷歟
음陰이 점차 강해짐을 슬퍼하고	悲陰氣之漸强
장차 죽음에 이를 양陽을 조문하는 것이냐.	而將弔乎垂死之陽歟
아니면 또 사람이 깨닫지 못한 어떤 수심이	抑亦有人所未察之愁
산이나 성같이 쌓여	如山如城

천제의 가슴을 가득 채우고 천제의 간장을 북받치게 하여 그런 것이냐?

어찌 구구하게 벌레의 혀를 빌리고　　　　　　何其區區然假舌

처량하게 벌레의 배를 울려서　　　　　　　　凄凄然鳴腹

뜻있는 선비가 듣고 가을을 탄식케 하며　　　志士聞之而秋嘆

임을 그리는 여인이 듣고 밤중에 곡하게 한단 말이냐?　思婦聽之而夜哭

아, 만물 중에 하늘을 대신하여 우는 것이　　嗟呼物之代天叫呼者

어찌 너희 무리뿐이겠느냐?　　　　　　　　豈其汝而徒哉

꾀꼬리는 봄에 울어서　　　　　　　　　　　爲鸎於春

우리 사람으로 하여금 화하고도 순하게 하며　使吾人和且醇也

매미는 한여름에 울어서　　　　　　　　　　爲蟬於暑

우리 사람으로 하여금 한가롭게 하고 고달픔을 잊게 한다.

　　　　　　　　　　　　　　　　　　　　　使吾人暇而忘苦也

그 아래로 새벽의 지렁이, 저녁의 개구리에 이르기까지

　　　　　　　　　　　　　　　　　　　　　下以至晨蚓夕蛙

모두 일찍이 사람을 슬프게 하지는 않는다.　皆未嘗爲人所嗟

너는 유독 어찌하여 가을에 울어　　　　　　汝獨胡爲乎以秋

우리 사람으로 하여금 걱정과 근심을 이기지 못하게 한단 말이냐?

　　　　　　　　　　　　　　　　　　　　　使吾人不勝其憂且愁也

그 성하고 쇠함이　　　　　　　　　　　　　其非盛衰者

시운의 변천으로 인한 것이기에　　　　　　時運之遷也

또한 하늘도 어찌할 수 없어서 그런 것이냐?　亦非天之所奈而然歟

어째서 너는 직직하는 혓바닥을 거두고　　　胡不回爾喞喞之舌

또 나를 위해 자세히 말해주지 않느냐?"　　且爲余詳其說也

묻기를 두 번 세 번 하였으나　　　　　　　叩之再三

묵묵부답 벙어리와 같았다.　　　　　　　默默如瘖

하늘에 묻고자 한다만　　　　　　　　　欲問于天

하늘 또한 무엇을 말해주랴?　　　　　　天亦何言

다만 들으니 가을 빗소리만 소슬소슬,　　但聞秋雨蕭蕭

벌레 소리의 요란함을 더해주는 듯하다.　如助蟲聲之繁

학질을 저주하는 사

해는 계묘년(1783), 우연히 학질을 앓았다. 석 달이 되도록 백방으로 치료를 했지만 낫게 할 수 없었다. 베개에 엎드려 헛소리를 하면서 장난삼아 학질을 저주하는 글을 지었는데, 말은 세쇄細瑣함에 가깝고 뜻은 저주에 비슷하니 관중關中의 게[1]만 못할까 걱정된다. 다만 붓으로 주벌誅罰하고 먹으로 포위하는 것이 필시 한때의 크나큰 상쾌함이 되지 않을 수 없을 것이다. 애오라지 풍두風頭[2]를 잊기 위해서이다.

오, 상제上帝께서 백성을 사랑하시어	維上帝之字黎兮
매양 굽어 살피시며 병들까 걱정하시네.	每頻眷而疾慮
내 몸 비록 작고 가냘프나	卬躬雖其貌脆兮
또한 하늘의 돌아보는 바라.	亦一天之攸顧
은규銀虯[3] 타고 내려오매	乘銀虯而下馳兮

1_ 관중關中의 게 │ 중국 송宋나라 심괄沈括의 《몽계필담夢溪筆談》 권25, 〈잡지雜誌〉에 학질을 물리치는 관중의 풍습을 소개하고 있다. 관중에는 게가 없는데, 그 지역 어느 집에 말린 게 한 마리가 있었다. 사람들이 모두 그 모양을 두려워하여 괴물이라 여기고, 학질에 걸린 사람들이 서로 게를 빌려다가 문 위에 걸어두었고, 이로 인해 병이 나았다고 한다.

2_ 풍두風頭 │ 풍風, 두풍頭風·피풍皮風 따위와 같이 원인이 분명하지 않은 피부 질환을 말한다.

적제赤帝⁴를 좇아 말 몰았네.　　　　　　　　　從赤帝而爲馭

은혜는 유달리 고복顧復⁵에서 입어　　　　　　恩偏蒙於顧復兮

저 강보에 싸였을 때부터 어여삐 감싸주셨고　　粵自褓而愛護

옷 자투리 걸치고 스스로 자라나매 미쳐서는　　迨衣尺而自鞠兮

술에 빠질까 도적을 가까이할까 경계하셨네.　　戒酗鳩與媟蠹

이에 근골筋骨이 강령해지매　　　　　　　　　肆筋骸之賴寧兮

어리석음에 빠져 고질이 됨을 면케 하셨네.　　免沈駘之爲痼

때때로 무망无妄의 재앙을 만났으나　　　　　豈雖遭无妄之災兮

또한 스스로 약 먹지 않고도 금세 제거되었네.　亦自勿藥而旋除

어찌하여 금년 오월에는　　　　　　　　　　夫何今玆之仲夏兮

오래도록 자리를 지고 끙끙 신음하는고?　　　長負第而呻呻

고양高陽 임금의 불초한 후손⁶으로　　　　帝高陽之不肖兮

성정은 어둡고 어리석으며 마구 패악을 저지른다.　性昏憨而婪殘

이름을 허모虛耗⁷라고 하는데　　　　　　　字之曰虛耗兮

인간 세상에서 학질을 관장한다.　　　　　　掌爲瘧於人寰

불행하게 그것을 만나는 자는　　　　　　　其不幸而遭之者兮

병세가 뜨거웠다 차가웠다 한다.　　　　　　病乍熱而乍寒

3_ 은규銀虯 | 은백색의 규룡虯龍. 황섭청黃燮淸의 〈십일월삭대설十一月朔大雪〉 시에 "坐看銀虯飛, 鼓蕩鯨鯢穴"이라는 시구가 보인다.

4_ 적제赤帝 | 염제炎帝 신농씨神農氏. 신농씨는 중국 고대 설화에 나오는 제왕으로 백성에게 농경을 가르치고 시장을 개설하여 교역의 길을 열었다고 한다. 또 역易의 신, 불의 신으로 숭앙된다.

5_ 고복顧復 | 부모가 자식을 양육함을 이르는 말. 《시경》, 〈소아·육아蓼莪〉편에 "父兮生我, 母兮鞠我. 拊我畜我, 長我育我. 顧我復我, 出入腹我. 欲報之德, 昊天罔極"이라는 시구에 보인다.

6_ 고양高陽 … 후손 | 굴원屈原의 시 〈이소離騷〉 첫 부분을 차용하였다. 고양은 중국 고대의 제왕 전욱顓頊의 호이며, 굴원은 그 후손이다. 여기서는 학질의 신神을 가리켜서 한 말이다.

7_ 허모虛耗 | 텅 비고 마르게 함. 곧 학질의 증세를 빌려 학질을 의인화한 이름인 듯하다.

조금 전 설국雪國에서 수레 출발하더니	俄發軔於雪國兮
새벽녘에 염산燄山[8]에서 깃발 멈추고	旸弭節於燄山
처음엔 옥루玉樓[9]를 가볍게 습격하다가	初輕襲於玉樓兮
마침내 이환泥丸[10]에서 크게 소란 피우니	終大鬧於泥丸
남쪽 거간꾼들이 장터에 가는 것같이	同南儈之赴市兮
하루해를 꼽으며 간극을 삼는다.	指一日而爲間
시에서 스스로 치료하는 것보다 절실함이 없는데	詩無切於自醫兮
예전에 두보杜甫는 엎드려 고통을 부르짖었고[11]	杜昔伏而叫艱
삼절三節은 취화翠華에서 잠꼬대하다가	三節囈於翠華兮
요수瑤邃와 향반香槃을 잃어버렸다.[12]	喪瑤邃與香槃
내 병을 떠서 안으로 뿌리를 캐어보니	剌卬疾而內商兮
옛 책에도 매한가지라네.	與往牒其一般
의원이 진찰하여 내게 알려주기를	醫家診而詔余兮

8_ 염산燄山 | 염산炎山. 전설에 나오는 화산火山으로, 곽박郭璞이 주석한 《산해경山海經》에 "陽火 出於水火, 陰鼠生於炎山"이라는 대목에 보인다.

9_ 옥루玉樓 | 도교에서 사람의 어깨를 일컫는 말.

10_ 이환泥丸 | 이환궁泥丸宮. 곧 도교에서 뇌신腦神이 거하는 곳이다. 도교에서는 인체를 소천지 小天地로 하고, 각 부분을 다 신神의 이름으로 풀었는데, 이환은 뇌신의 자字이다.

11_ 시에서 … 부르짖었고 | 중국 송나라 갈입방葛立方의 《운어양추고금시화韻語陽秋古今詩話》에 "두보가 학질 앓는 사람을 보고, '나의 시를 외면 병이 치료될 것이다' 하고, 그의 '子章髑髏 血模糊, 手提擲還崔大夫'라는 시구를 외게 했더니, 얼마 안 가서 병이 완쾌되었다"라는 얘기 가 나온다. 두보가 마흔 살(751) 때 집현원集賢院 대조待詔에 임명되어 장안에 있었는데, 이때 심하게 학질을 앓았다. 두보의 시에 "삼 년 지나도록 지겨운 학질, 이 병 귀신은 죽지도 않나. 하루 걸러 살과 뼈 욱신욱신 쑤셔오고, 눈과 서리 안은 듯 오슬오슬 한기 도네(三年猶瘧疾, 一鬼 不銷亡, 隔日搜脂髓, 增寒抱雪霜)"라는 구절이 있다. 《두소릉시집杜少陵詩集》 권8, 〈기팽주고삼십 오사군적괵주잠이십칠장사삼寄彭州高三十五使君適虢州岑二十七長史參〉 참조.

12_ 삼절三節은 … 잃어버렸다 | 취화翠華는 천자의 의장儀仗 중에 푸른 깃으로 장식한 기치旗幟 혹은 거개車蓋이고, 향반香槃은 향을 넣는 작은 가죽 주머니이다. 이와 관련한 고사는 미상.

이 바로 학질 그것이라오.	曰此瘧其是矣
무상無狀한 소귀小鬼[13]가	小鬼之無狀兮
군자에게 와서 병들게 하여	來病乎君子
침이 고슴도치같이 꽂혀도 개의치 아니하고	鍼雖蝟而不顧兮
약이 비록 독해도 음료같이 여긴다.	藥雖暝而漿視
부적 그리는 사람이 저주하매	符師之詛祝兮
먹이 붉은 피와 같이 종이에 가득하고	墨如血而盈紙
부엌 사람 받들어 대접하매	庖人之供饋兮
날마다 닭을 잡아 수저를 올린다.	日宰鷄而薦匕
야단스레 빌면서 소리쳐 물리치는데	繽祈禳而呵攝兮
마을의 대책은 한두 가지 아니거늘	策不一乎鄕里
모두 다 완강히 받아들이지 않아서	幷皆悍然而不有兮
드디어 그럭저럭 이 지경에 이르렀다.	遂冉冉而至此
내 이에 그 고초 이기지 못하여	余乃不勝其苦楚兮
장차 옥황상제께 하소연하려 하네.	將以籲乎瑤皇
바람은 말이 되어 번개처럼 빠르고	風爲馬而電猋兮
정신을 나비에 의탁하매 유유양양悠悠揚揚.	魂托蝶而悠揚
홍룡鴻龍[14]이 나의 초췌함 위로하고	鴻龍慰余之顦頷兮
청예靑猊[15]를 제끼고 옥경玉扃을 두드려	排靑猊而叩玉扃
여화黎華 깨끗한 옷깃을 펼치고	敷黎華之潔襟兮

13_ 소귀小鬼 | 옛날에 사람이 죽어 음陰에 들어가면, 그 위치가 낮은 자는 소귀가 된다고 한다.

14_ 홍룡鴻龍 | 천문天門을 지키는 짐승. 이하李賀의 〈녹장봉사綠章封事〉 시에 "靑霓扣額呼宮神, 鴻龍玉狗開天門"이라는 시구에 보인다.

자정紫庭[16]으로 추주趨走하며 달리네.　　　　　　　趨紫庭而蹌蹌

"저는 백성이 되어 허물이 적었으며　　　　　　　臣爲民而少咎兮

하늘 또한 재앙을 삼가셨나이다.　　　　　　　　天亦愼其或殃

지금 바야흐로 요괴에게 곤액을 당한바　　　　　　今方爲妖鬼之所困兮

기혈氣血을 퇴폐시켜 곱사등이같이 되니　　　　　敗氣血若癃肯

행여 상제께선 어여삐 여기시사　　　　　　　　庶幾上帝之垂憐兮

황령皇靈을 빛내어 깨끗이 소탕하소서.　　　　　赫皇威而埽清

어찌 저만 편안코자 해서이겠나이까　　　　　　豈惟臣之安兮

또한 천하가 다 강녕해지리다."　　　　　　　　亦天下之咸寧

상제께선 노여워도 성내지 않으시고　　　　　　帝斯怒而不忿兮

오른 소매 던지며 굳센 모양 보이신다.　　　　投右袂而洸洸

풍륭霳隆[17]에게 일러 북을 치게 하고　　　　　詔霳隆使闐鼓兮

초요招搖[18]에게 명하여 정旌을 올리게 한다.　　命招搖而載旌

이에 진무眞武[19]와 천강天罡[20]이　　　　　於是眞武天罡

나란히 좇아 몰려오는데　　　　　　　　　　騈趨而沓至兮

────────

15_ **청예靑猊** ｜ 하늘의 옥경玉扃을 지키는 사자. 향로 상단에 사자의 형상으로 장식되어 있는데, 그 열린 입을 통해 연기가 나오도록 되어 있다. 소식의 〈감로사甘露寺〉 시에 "破板陸生畫, 靑猊戲盤罎"이라는 시구가 보인다.

16_ **자정紫庭** ｜ 옥황상제의 궁정.

17_ **풍륭霳隆** ｜ 우레의 신神. 도륭屠隆의 《담화기曇花記》, 〈군마력지군마력識〉에 "霳隆布令, 靄時電掣與雷轟"이라는 대목이 보인다.

18_ **초요招搖** ｜ 북두의 제7성인 초광招光. 하늘의 별 가운데 초요의 역할을 맡은 듯하다. 초요는 전진戰陣에서 대장의 호령과 지휘를 상징하는 초요기招搖旗를 든 사람을 말한다. 초요기에는 초요성招搖星이 그려져 있다.

19_ **진무眞武** ｜ 현무玄武. 북방을 맡은 신神이다. 본래 북방 칠수(七宿: 斗·牛·女·虛·危·室·壁)를 총칭하는 말이다.

20_ **천강天罡** ｜ 도교에서 북두北斗의 여러 별 가운데 36성星의 신神.

구름이 모여들고 우레가 치는 듯	有若雲龘而雷轟
운한雲罕[21]은 광채가 나고[22]	雲罕兮陸離
성망星鋩[23]은 형형하기도 하다.	星鋩兮青熒
참甏은 오른쪽, 구馗[24]는 왼쪽인데	甏爲右而馗爲左兮
울루鬱壘[25]를 오게 하여 칼을 받들게 한다.	來鬱壘而御戎
나타那吒[26]는 용맹 뽐내며 앞쪽에 서고[27]	那吒賈勇而前茅兮
현녀玄女[28]는 그 구궁九宮[29]의 후미를 지킨다.	玄女殿其九宮
시끌벅적 귀졸鬼卒은 팔만이요	鬼卒㕓兮八萬
칼 번뜩이는 신장神將은 삼천이라.	神將剡兮三千
바람은 엄숙히 일어나서	風之肅而洒擧兮
하늘로부터 곤곤滾滾히 내려온다.	下滾滾而從天
창황한 저 소귀小鬼	彼小鬼之倉皇兮
바닷속 다랑어도 구름 위의 새매도 아니라	匪海鮪而雲鸇

21_ **운한**雲罕 | 구름을 그린 깃발의 일종.

22_ **광채가 나고** | 원문의 "육리陸離"는 번쩍번쩍 눈이 부시게 빛나는 모양. 굴원의 〈구장九章〉 '섭강涉江'에 "帶長鋏之陸離兮, 冠切雲之崔嵬"라는 시구가 보이고, 여향呂向의 주註에 "陸離, 劍低昂貌"라 하였다.

23_ **성망**星鋩 | 별빛이 빛난다는 뜻으로, 여기서는 무기가 번뜩임을 형용한 말이다.

24_ **참**甏 · **구**馗 | 둘 다 귀신 이름.

25_ **울루**鬱壘 | 중국의 고대 전설에 나오는 문신門神. 백魄을 지배한다는 형제 귀신 가운데 하나로, 동해의 도삭산度朔山에 있는 복숭아나무 밑에 산다고 하며, 그 상을 문에 붙여 액막이로 삼기도 한다.

26_ **나타**那吒 | 불교에서 법을 수호하는 신. 비사문천왕毗沙門天王의 아들이다.

27_ **앞쪽에 서고** | 원문의 "전모前茅"는 행군行軍 때에 앞에서 척후斥候를 보는 것이다.

28_ **현녀**玄女 | 옛날 황제黃帝가 치우蚩尤와 싸울 때, 황제에게 병법兵法을 내려주었다는 선녀. 《황제내전黃帝內傳》에 "황제가 치우를 칠 때에 현녀가 황제를 위하여 기우고夔牛鼓 80면面을 만들었다"라는 대목이 보인다. 구천현녀九天玄女라고도 하는데, 도교에서 신으로 받든다.

29_ **구궁**九宮 | 역易에서 가리키는 아홉 방위. 곧 이離 · 간艮 · 태兌 · 건乾 · 곤坤 · 감坎 · 진震 · 손巽의 궁宮에다 중앙의 궁을 더한 것이다.

천고天鼓 소리 한 번 울리매   天鼓訇而一聲兮

이미 추련秋蓮³⁰ 칼날에 처리할 것도 없다.   已莫處於秋蓮

흐르는 피는 붉은 마노가 되기도 하고   淋漓血化紅瑪瑙兮

들에서 자라는 풍엽楓葉으로 나부끼기도 한다.   墅生楓葉之翩翩

살과 뼈를 명령溟澪³¹ 깊은 옥獄에 묻었다가   埋臚骨於溟澪之幽獄兮

부수고 갈아서 불태우게 한다.   使剉磨而焚燃

거허魖魅³² · 소매魈魅³³를 도와서 잔학을 저지른 자도

     若其魖魅魈魅之助而爲虐者兮

또한 참수하고 매질한다.   亦或斧而或鞭

요대瑤臺로 돌아와 개가凱歌 올리니   歸瑤臺而獻凱兮

상제께서 기뻐하며 가상해하신다.   上帝欣而嘉焉

내가 절하고 물러나려 하는데   臣操謝而欲邅兮

상제께서 "너는 앞으로 오라,   帝曰女其來前

네가 이유 없이 재앙에 걸렸도다!   女無門而罹災兮

짐은 참으로 측은히 너를 동정하노라" 하신다.   朕實惻而女憐

이에 내게 내리신 푸른 노을빛 금단金丹   仍錫余以翠霞之金丹兮

빛나는 오색 광채 찬연도 하다.   光五采之爛然

머리 조아리며 받아서 돌아와,   稽首受而歸來兮

복용하매 나로 하여금 무병 백 년 지나게 하네.   食之使我無病度百年

30_ 추련秋蓮 ㅣ 보검의 이름. 당唐나라 시인 이백李白의 〈호무인胡无人〉 시의 "流星白羽腰間挿, 劍
花秋蓮光出匣"이라는 시구에 보인다.

31_ 명령溟澪 ㅣ 어둡고 냉락冷落함.

32_ 거허魖魅 ㅣ 역귀의 하나.

33_ 소매魈魅 ㅣ 발이 하나이며 밤에 나돈다는 도깨비.

물고기를 읊은 부

— 병오년(1786) 여름에 짓다

魚賦

물이 하나의 나라라면	水者一國也
용은 그 나라의 임금이다.	龍者其國之君也
어족 가운데 큰 것으로 고래 · 곤곤鯤 · 해추海鰍[1] 같은 것은	
	魚之大而若鯨若鯤若海鰍者
그 임금의 내외 여러 신하이고	其君之內外諸臣也
그 다음 메기 · 잉어 · 다랑어 · 자가사리 종류는	
	其次而爲鯰鯉鮪鱨之類者
또 서사胥史 · 이예吏隸의 무리이며	又其胥史吏隸之倫也
그 밖에 크기가 한 자가 못 되는 것은	外此而大不能盈尺者
곧 수국水國의 만백성들이다.	卽水國之萬民也
그 상하에 서로 차서가 있고 대소에 서로 거느림이 있는 것은	
	其上下相次大小相統者
또 어찌 사람 세상과 다르겠는가?	又何異乎人也

1_ 해추海鰍 | 조수를 일으킨다고 전해지는 큰 물고기. 문추文鰌(文鰌)라고도 한다. 《수경주水經注》
에 해추에 관한 다음 기록이 보인다. "海鰌魚, 長數千里, 穴居海底, 入穴則海水爲潮, 出穴則潮
退, 出入有節, 故潮水有期."

이 때문에 용이 그 나라를 경영함에	是故龍之爲其國也
가물어 물이 마르면 반드시 비를 내려 이어주고,	旱而涸則必雨以繼之
사람들이 물고기 씨를 말릴까 염려하여	慮人之漁而盡
겹겹이 물결을 일렁이어 덮어주니,	則鼓層浪以弊之
그것이 물고기에게는	其於魚也
은혜가 아닌 것은 아니다.	非不惠也
그런데 물고기에게 자애로운 것은 한 마리 용뿐이고	
	然而慈魚者一龍也
물고기를 못살게 하는 것은 수많은 큰 물고기들이다.	虐魚者衆大魚也
고래들은 조류를 따라가며 들이마셔	鯨鯢順潮而吸
작은 물고기로 시서詩書를 삼고,[2]	以小魚爲詩書
이무기 · 악어는 물결을 다투어 삼키고 씹어 먹어	鮫鰐奔波而吞嚼
작은 물고기로 농사를 삼고,	以小魚爲菑畬
문절망둑 · 쏘가리 · 드렁허리 · 가물치 족속은	鯊鱖鱔鱧之屬
사이를 노리고 틈을 잡아 덮쳐서	乘間抵隙而發之
작은 물고기로 은과 옥으로 삼는다.	以小魚爲銀鐐瓊琚
강자는 약자를 삼키고	强者弱吞
지위가 높은 자는 아랫사람을 사로잡는다.	高者下漁
진실로 그러한 행위를 싫증 내지 않는다면	苟其不厭
물고기들은 반드시 남아나지 않을 것이다.	魚必無餘
슬프다, 작은 물고기가 없다면	噫無小魚
용은 뉘와 더불어 임금 노릇을 하며	龍誰與爲君

2_ 시서詩書를 삼고 │ 정신의 양식을 삼는다는 뜻.

저 큰 물고기들이 또한 어찌 으스댈 수 있겠는가?

彼大魚者亦安得自大也

그러므로 용의 도道란

然則爲龍之道

그들에게 구구한 은혜를 베풀어주는 것보다

與其施區區之恩

차라리 먼저 그들을 해치는 족속들을 물리치는 것만 같겠는가?

曷若先祛其爲害者乎

아, 사람들은 물고기 세계에만 큰 물고기가 있는 줄 알고

於乎人只知魚之有大魚

사람 세상에도 큰 물고기가 있음을 알지 못하니

不知人之亦有大魚

물고기가 사람을 슬퍼하는 것이

則又安知魚之悲人

사람이 물고기를 슬퍼하는 것과 같지 않다고 말할 수 있겠는가?

不亦如人之悲魚者歟哉

흰 봉선화를 읊은 부

— 병오년(1786) 여름에 짓다

白鳳仙賦

저기 둔덕 위에 핀 꽃	厥有墩花
이름은 '봉선鳳仙'.	字曰鳳仙
비단처럼 윤이 나고 단사丹砂처럼 검붉은 빛	錦渥砂殷
하늘하늘 어여뻐라.	夭夭可妍
따서 손톱에 물들이면	采而染爪
연지를 바른 듯	若畫以胭
아침에 겨우 섬돌 아래 핀 것이	朝纔坼於砌下
저녁이면 반드시 경대 앞에 있네.	夕必致於奩前
아, 여인의 손이 서리와도 같아	嗟女手之若霜
가지며 잎을 죄다 뜯어 온전한 것 없게 했네.	竝枝葉而無全
홀로 한 그루가 있어	獨有一樹
초연히 스스로를 지키는데	超然自守
눈 같으면서 녹지 않고	雪而不融
옥 같으면서 때가 끼지 않네.	玉而無垢
차가운 매화의 아우라 불리고	稱寒梅之介弟
아리따운 배꽃의 외우畏友가 되는데	作艷梨之畏友
달빛 속에 성근 그림자를 갸웃이 기울이고	欹疏影於月中

비온 뒤에 맑은 향기를 풍기는구나.　　　　動淸香於雨後

그러나 그 색이 희어서　　　　然而以其色白

붉게 물들이기 마땅치 않아　　　　不宜染紅

여인들이 보기를　　　　女子視之

흔하디흔한 풀과 같이 여기는지라.　　　　凡草是同

가벼운 치맛자락 돌리고 따지 않아　　　　回輕裾而不襭

수풀 속에 저대로 지도록 두었구나.　　　　任鬪落於林中

날아다니는 나비를 맞아 스스로 즐기고　　　　邀飛蝶而自遨

화창한 바람 맞아 늙어갈 수 있다네.　　　　得終老於和風

아, 너희 무리들 다 붉은색이거나 자색이거늘　　　　噫衆皆朱紫

어찌하여 홀로 흰 것이냐?　　　　何以獨皓

너희 무리들 다 부러지고 꺾이었거늘　　　　衆皆摧折

어찌하여 오래도록 보전하는 것이냐?　　　　何以久保

너는 저 비단 같은 복사꽃이 일찍 시들고　　　　爾其緋桃早萎

서리 맞은 국화가 늦게 이울기에　　　　霜菊晚凋

번화함을 마다하고　　　　念謝繁華

세상을 초월하여 소요하는 것이냐?　　　　超世逍遙者乎

나무는 푸르고 누른색으로 재앙이 되고[1]　　　　木災靑黃

난초는 향기 때문에 태워지기에　　　　蘭以香焚

1_ **나무는 … 재앙이 되고** | 나무가 그 본성을 온전히 보전하지 못하고 인간에 의해 재앙을 입음
을 말한다. 한유韓愈의 〈제망우유자후문祭亡友柳子厚文〉에 "犧樽靑黃, 乃木之災"라는 구절에
보인다. 원래《장자》,〈천지天地〉편에 나오는 "백 년 묵은 나무를 잘라 제사에 쓰는 술그릇〔犧
樽〕을 만들고 거기에 청색, 황색으로 칠한 다음, 그 잘라 버린 토막은 도랑에 내버린다(百年之木,
破爲犧樽, 靑黃而文之, 其斷在溝中)"라는 대목에서 유래한 것이다.

재덕才德을 감추고 아름다움을 깎아	韜光鏟彩
명철明哲로 보신保身하는 것이냐?	明哲保身者乎
가죽나무와 떡갈나무는 재목이 못 되는 법	樗櫟不材
울퉁불퉁 굽고 뒤틀려 자라기에	擁腫拘攣
그 쓸모없음으로 인해	仍其無用
스스로 천명을 보전하는 것이냐?	自得保天者乎
상산사호商山四皓가 지초芝草로 한漢을 가볍게 여기고[2]	商芝輕漢
백이伯夷가 고사리로 주周를 더럽게 여겼듯이[3]	夷厥浼周
초연히 고고하게 떠나서	超然高往
세상에 구할 것이 없는 것이냐?	與世無求者乎
아, 내가 너를 보건대	嗟呼以余觀汝
쓰이는 곳이 또한 다양하구나.	用亦多方
갈아서 분으로 만들면	硏而爲粉
그 색으로 치마에 그림을 그릴 수 있고	色可繪裳
발효시켜 술로 만들면	釀而爲醪
그 향은 제사상 술잔에 올릴 만하고	香可薦觴
그 기름을 얻어서	得其油
대갱大羹[4]에 탈 수 있고	可以和大羹

2_ **상산사호商山四皓가 … 여기고** | 상산사호는 중국 진秦나라 말기에 난세를 피하여 상산商山에
은거한 네 노인을 말한다. 곧 동원공東園公 · 기리계綺里季 · 하황공夏黃公 · 녹리선생甪里先生을
가리킨다. 한 고조漢高祖가 그들을 불렀으나 상산에서 버섯을 따 먹으며 응하지 않았다. 《두소
릉시집》 권23, 〈북풍北風〉 시에 "吾慕漢初老, 時淸獪菇芝"라는 구절이 보인다.
3_ **백이伯夷가 … 여겼듯이** | 백이는 중국 은殷나라의 처사로 주 무왕周武王이 은을 치려는 것을
말리다가 듣지 않자, 주나라의 곡식 먹기를 부끄럽게 여겨 아우인 숙제叔齊와 함께 수양산首陽
山에 들어가 고사리를 캐어 먹다가 굶어 죽었다. 《사기》 권61, 〈백이열전伯夷列傳〉 참조.

그 뿌리를 거두어	收其根
악창惡瘡을 그치게 할 수도 있다.	可以已惡瘡
꽃 한 송이 잎사귀 하나도	一葩一葉
요긴하게 쓰여 좋지 않음이 없으니	無適不良
어린 계집아이들이 너를 몰라준다 해서	穉女無知
네게 무슨 상심傷心이 되랴.	於汝何傷
혹 하늘의 뜻이	或者天意
바야흐로 봄빛이 시듦을 애달파하여	憫春色之方凋
너를 머물러두어 한때의 빛을 만드는 것이냐?	留汝而作一時之光乎
동자는 또한 이 꽃을 잘 보호하라,	童子且勤護之
내가 장차 홍진세상에서 결백하지 못한 자를 위해 자세히 말하였다.	
	吾將爲紅塵中不能潔白者詳焉

4_ **대갱**大羹 │ 제사에 쓰는 양념을 하지 않은 고깃국.

초룡¹을 읊은 부

草龍賦

용龍이라는 것은 지극히 신령스러워 헤아리기 어려운 물건이다.

혹 북[梭]이 되고	或爲梭
혹 지팡이가 되고	或爲筇
혹 준마가 되고	或爲駿馬
혹 칼날이 되기도 하여	或爲劍鋒
수시로 모양을 바꾸니²	隨時幻形
변하여 화化함이 무궁하다.	變化無窮

1_ **초룡草龍** | 포도를 가리킨다. 《본초강목本草綱目》, 〈포도葡萄〉조에 포도를 '초룡주草龍珠'라고 하였다.

2_ **북[梭]이 … 바꾸니** | 용이 북·지팡이·준마·칼날 따위로 그 모양을 바꾼다 함은 신화나 전설, 또는 옛사람들의 시문에서 사물을 용에 붙여 용사龍梭·용공龍筇·용마龍馬·용검龍劍 등으로 미화한 데서 이렇게 표현한 것으로 보인다. '북[織梭]'은 《진서晉書》, 〈도간전陶侃傳〉에 의하면, 도간이 어렸을 적에 뇌택雷澤에서 물고기를 잡았는데, 그물로 북[織梭]을 건져 올려 벽에 걸어두니 조금 있다가 뇌우雷雨가 치고 북이 저절로 용으로 화하여 가버린 일이 있었다고 한다. '지팡이[龍筇]'는 당나라 시인 이백의 〈송은숙送殷淑〉시에 "痛飮龍筇下, 燈靑月復寒"이라는 시구에 보인다. '준마[龍馬]'는 복희씨伏羲氏 때 황하에서 팔괘도八卦圖를 등에 지고 나타났다는 말이다. '칼날[龍劍]'은 용연검龍淵劍을 가리키는데, 춘추시대 초楚나라에서 구야자歐冶子와 간장干將이 만든 철검鐵劍이다.

그것이 식물에서는,	其於植物也
눈은 진귀한 과일이 되고[3]	眼爲珍果
뇌는 기이한 향을 만든다.[4]	腦作異香
나무는 그 비늘의 얼룩을 펼치고[5]	樹披其鱗之錯
풀은 그 수염의 긴 것을 나부낀다.[6]	草拂其鬚之長
그 한 가지만 얻어도	得其一體
오히려 향기를 자랑할 수 있지만	猶擅芬芳
어찌 저 포도 넝쿨이 꿈틀꿈틀 뻗어가는 기세	豈若彼葡萄之蜿蟺其勢
아리땁고 빼어난 그 모습.	夭蟜其形
용이 아닌 용으로서	非龍而龍
그대로 용의 이름 가지게 된 것과 같을쏘냐?	仍以獲名者乎
너는 그 늙은 줄기가 처음 뻗어나서	爾其老幹初挺
잔가지를 어지러이 토해내고	細柯亂吐
완연히 긴 꼬리 같은 것이	宛若脩尾
구름을 두르고 안개를 끌어오는데	掉雲拖霧
사월에 잎이 나서	四月葉生
온몸에 조밀하게 포개지면	遍體稠疊

3_ 눈은 … 과일이 되고 | 용안龍眼의 핵과核果를 가리키는 듯하다. 용안은 무환수과無患樹科에 속하는 열대산 상록 교목으로, 흰 꽃이 피고 핵과가 열리는데 그 과육果肉은 용안육龍眼肉이라 하여 약재로 쓰인다.

4_ 뇌는 … 만든다 | 용뇌향龍腦香를 가리키는 듯하다. 용뇌향은 동인도東印度에서 나는 용뇌수龍腦樹의 줄기에서 덩어리로 되어 나오는 무색·투명의 결정체로 훈향薰香으로 쓰인다.

5_ 나무는 … 펼치고 | 노송老松 껍질이 용의 비늘처럼 생긴 것을 형용한 것이다. 노송을 용린龍鱗이라고도 한다.

6_ 풀은 … 나부낀다 | 황제黃帝가 신선이 되어 용을 타고 승천할 때 여러 신하들은 용의 수염을 잡고 하늘로 올라가는데, 이때 땅에 떨어진 수염이 풀로 자라 용수초龍鬚草가 되었다고 한다.

또 촘촘한 비늘같이	又若密鱗
반짝반짝 빛이 나고	閃爍燿燁
성난 수염은 하늘 가리키며	怒鬚指天
꼬불꼬불 엉기어 서로 당기는 듯	虯結相彎
또 문채 나는 용의 구레나룻 같아	又若彩髯
정호鼎湖[7]에서 더위잡고 오를 수 있을 듯.	鼎湖所攀
맺힌 열매 별처럼 또렷또렷	結實星磊
영롱하여 골수骨髓가 다 뵈고	玲瓏透骨
또 턱에 있는 구슬같이[8]	又若頷珠
알알이 명월주明月珠라.	個個明月
또다시 맑은 바람에 언뜻 흔들려	又復淸風乍振
가지와 잎사귀 날아서 뒤집히면	枝葉飛飜
아래위로 어지러이	紛紜上下
정문鄭門에서 다투는 듯.[9]	如鬭鄭門
초승달이 와서 비추매	初月來照
그림자가 뜰 빈 곳에 떨어지면	影落庭空
규룡虯龍이 머리 흔들며 움직이는데	虯螑活動

7_ 정호鼎湖 | 황제가 용을 타고 하늘로 올라간 곳. 중국 하남성河南省 형산荊山에 있는 지명. 《사
기》, 〈봉선서封禪書〉에 의하면, 황제가 동銅을 캐어 형산 밑에서 솥을 만들었는데, 솥이 완성
되자 용이 구레나룻을 드리우며 내려와 황제를 맞이했다. 황제와 후궁, 신하들이 용을 타고
오르는데, 미처 올라타지 못한 나머지 신하들은 모두 용의 수염을 잡고 하늘로 올라갔다고
한다.
8_ 턱에 … 구슬같이 | 원문의 "함주頷珠"는 용의 턱에 있는 구슬. 곧 포도 넝쿨에 달린 포도알을
형용한 것이다.
9_ 정문鄭門에서 다투는 듯 | 포도송이가 매달린 것을 중국 춘추전국시대의 정鄭나라 고사를 인용
하여 묘사한 듯하다.

마치 섭공葉公이 그려 놓은 듯.[10]　　　　　如畫葉公

간밤에 내린 이슬, 구슬로 맺히어　　　　宿露結珠

잎사귀에 푸르름이 듣게 되면　　　　　　葉滴蒼翠

점점이 방울져 내려　　　　　　　　　　霏霏點隊

단비를 베푸는 듯.　　　　　　　　　　如雨之施

저녁 연기 잠시 끌어다　　　　　　　　暮烟暫拖

시렁을 누르고 붕棚에 가득 차면　　　　籠架滿棚

아련히 엷게 비추어　　　　　　　　　依依淺映

하늘로 오르려는 듯.　　　　　　　　如天之登

그 체격 생각해보고　　　　　　　　　究其體格

그 형용 살펴보니　　　　　　　　　　察其形容

포도여, 포도여!　　　　　　　　　　葡兮萄兮

풀 가운데 용이로다.　　　　　　　　艸中之龍

아, 이것이 과연 용이 될 수 있는가?

용이 용됨은 그 덕으로서이지　　　龍之爲龍以其德也

그 외양 때문이 아니다.　　　　　　　不以其貌

진실로 덕으로서가 아니고　　　　　　苟不以德

한갓 외양으로서 본을 삼는다면　　　　徒以貌效

10_ **규룡虯龍이 … 놓은 듯** | 규룡은 빛이 붉고 돋쳤다는 용의 새끼. 유향의 《신서新序》, 〈잡사雜事〉
에 의하면, 섭공자고葉公子高는 용을 몹시 좋아하여 많은 용을 그렸으며, 또 집 안 곳곳에 용
문양을 새겨 넣었다고 한다.

이는 한 송이 꽃이 봉황이 될 수 있고   是一花可以爲鳳凰
한 그루 나무가 기린이 될 수도 있다.   一木可以爲猉獜
사령四靈[11]을 수풀 사이에서 구할 수 있는 것이라면

                                                        四靈可求於艸間
또 어찌 상서롭고 신령스러움이 된다 하겠는가?   又何足爲祥且神哉
슬프다, 세상이 한갓 외양만을 취한 지 오래되었으니

                                                        嗟呼世之徒以貌久矣
누가 능히 그 참[眞]이 됨을 변별해내겠는가?   孰能辨其爲眞也

11_ **사령四靈** | 전설상의 네 가지 신령한 동물. 곧 기린·봉황·거북·용을 가리킨다.

거미를 읊은 부

蜘蛛賦

이자李子가 저녁의 서늘함을 맞아, 뜰에 나가 거닐다가 거미가 있는
것을 보았다.

짧은 처마 앞에 거미줄을 날리며	颺絲于短檐之前
해바라기 가지에 그물을 펴고 있었다.	舖網于葵花之枝
가로로 치고 세로로 치고	乃經乃緯
벼리로 하고 줄로 하는데,	乃綱乃維
그 너비는 한 자가 넘고	其幅經尺
그 제도는 규격에 맞으며	其制中規
촘촘하며 성글지 않아	密而不疎
실로 교묘하고도 기이하였다.	實巧且奇
이자는 그것이 기심機心이 있다고 여겨	李子以爲有機心也
지팡이를 들어서 거미줄을 걷어 버렸다.	擧杖揮其絲

그것을 다 걷어내고는 또 내치려고 하는데, 거미줄 위에서 소리치는
것이 있는 듯하였다.

"나는 내 줄을 짜서   我織我絲

내 배를 도모하려 하거늘   以謀我腹

그대에게 무슨 관계가 있다고   何與於子

이같이 나를 해치는가?"   伊我之毒

이자가 성내어 말하였다.

"덫을 설치하여 산 것을 죽이니   設機戕生

벌레들의 적이다.   蟲中之賊

나는 다시 또 너를 제거하여   吾且除爾

다른 벌레들에게 덕을 베풀려고 한다." 爲它蟲德

다시 웃으며 말하는 것이 있었다.

"아, 어부가 설치한 그물에   噫漁夫設網

바닷물고기가 걸려드는 것이   海魚惟錯者

어부가 포학해서이겠는가?   是漁父之虐耶

우인虞人[1]이 놓은 그물에   虞人張羅

들짐승이 푸줏간에 올려지는 것이   埜獸登庖者

어찌 우인의 교敎이겠는가?   豈虞人之敎耶

법관이 내건 법령에   士師懸法

뭇 완악한 사람이 옥에 갇히는 것이   庶頑圜扉者

_____

1_ 우인虞人 | 고대 중국에서 산림山林 · 원유苑囿 등을 맡아보던 벼슬아치.

어찌 법관의 잘못이겠는가?　　　　　　　　　　　　　　抑士師之非耶

그대는 어찌하여 복희씨伏羲氏의 그물[2]을 시비하지 아니하고

　　　　　　　　　　　　　　　　　　　　　　子何不諫伏羲之網

백익伯益의 불태움[3]을 부정하지 아니하며　　　　　　抹伯益之烈

고요皐陶의 형벌 제정[4]을 책망하지 아니하는가?　　　責皐陶之讞乎

무엇이 이것과 다르겠는가? 더구나 그대는 내 그물에 걸려든 놈들을
알기나 하는가?

나비는 허랑방탕한 놈일 뿐　　　　　　　　　　　蝶惟浪子

분단장을 하여 세상을 속이고　　　　　　　　　　粉飾欺世

번화함을 좋아하여 좇으며　　　　　　　　　　　趨慕繁華

흰 꽃에 아첨하고 붉은 꽃에 아양 떤다.　　　　　白佞紅嬖

이 때문에 내가 그물로 잡게 되는 것이다.

2_ **복희씨伏羲氏의 그물** ｜ 복희씨는 중국 고대 신화 속에 나오는 삼황三皇의 한 사람. 수인씨燧人氏
를 뒤이어 황제가 되어 팔괘八卦·서계書契·혼인제도를 만들고, 그물을 얽고 희생犧牲을 기르
고 금슬琴瑟을 만들었다고 한다. 《주역周易》, 〈계사하전系辭下傳〉 제2장에 복희씨가 새와 짐승
의 무늬와 토양의 특성을 살폈으며, 노끈을 맺어 그물을 만들어서 사냥하고 고기를 잡았다는
이야기가 나온다.

3_ **백익伯益의 불태움** ｜ 백익은 순임금의 신하. 익益이라고도 한다. 우인虞人이 되어 짐승을 잡아
들였고, 치수사업에 공을 세웠다. 순임금이 위位를 물려주려 하자 달아나 기산箕山 북쪽에 살았
다고 한다. 《맹자孟子》, 〈등문공滕文公〉 상에 "순이 익으로 하여금 불을 맡게 하니, 익이 산택에
불을 질러 태우자 짐승이 도망하여 숨었다(舜使益掌火, 益烈山澤以焚之, 禽獸逃匿)"라는 내용이 보
인다.

4_ **고요皐陶의 형벌 제정** ｜ 고요는 순임금의 신하. 자는 정견庭堅. 사구司寇, 즉 옥관獄官의 장長을
지냈으며, 형벌을 제정하고 옥獄을 만들었다고 한다.

파리는 참으로 소인배라   蠅固小人

옥 또한 참소를 입었고[5]   玉亦見譖

술과 고기에 자기 목숨을 잊어버리고   忘生酒肉

이끗을 좋아하여 싫증 내지 않는다.   嗜利無厭

이 때문에 내가 그물로 잡게 되는 것이다.

매미는 자못 청렴 정직하여   蟬頗廉直

글하는 선비와 비슷하지만[6]   縱似文士

'선명善鳴'[7]이라 스스로 자랑하며   自誇善鳴

시끄럽게 울어 그칠 줄 모른다.   叫聒不已

이리하여 내 그물에 걸려들게 된 것이다.

벌은 실로 시랑 같은 놈이라   蜂實豺狼

제 몸에 꿀과 칼을 지니고   蜜釰其身

망령되이 관아에 나아간다고[8] 하면서   妄稱赴衙

5_ 옥 또한 … 입었고 | 승분점옥蠅糞點玉을 가리킨다. 파리똥이 옥을 더럽힌다는 뜻으로, 정직한
  사람이 간사한 사람에게 비방과 무함을 받는 것을 이르는 말이다. 진자앙陳子昻의 〈연호초진금
  소연호초진금禁所〉 시에 "青蠅一相點, 白璧遂成冤"이라는 구절이 보인다.
6_ 매미는 … 비슷하지만 | 구양수歐陽脩는 〈명선부鳴蟬賦〉에서 매미를 시인에 비유한 바 있다.
  매미의 울음소리로 만물의 울음을 언급하면서 글하는 선비가 문장으로 세상을 울리는 것을 말
  하였다.
7_ 선명善鳴 | 잘 운다는 뜻으로, 한유의 〈송맹동야서送孟東野序〉에 나오는 말이다. 곧 "사물은 그
  평정함을 얻지 못하면 운다(物不得其平則鳴)"라는 관점에서 불우해야 뛰어난 시인〔善鳴〕이 될 수
  있다는 주장을 폈다.

공연히 봄꽃 탐하기를 일삼는다.   空事探春

이리하여 내 그물에 걸려든 것이다.

모기는 가장 엉큼한 놈이라   蚊最陰秘

성질이 도철饕餮[9] 같아   性如饕餮

낮에는 숨고 밤에는 나타나서   晝伏夜行

사람의 고혈을 빨아댄다.   浚人膏血

그렇기에 내 그물에 걸려든 것이다.

잠자리는 조행操行이 없어   蜻蜓無行

경박한 공자公子처럼[10]   公子佻佻

편안히 있을 겨를이 없으며   不遑寧居

홀연히 회오리바람인 양 날아다닌다.   焂如風飄

그렇기에 또한 내가 그물로 잡게 되는 것이다.

그 밖에 부나방이 화禍를 즐기는 것   若其它燭蛾之樂禍

8_ **관아에 나아간다고** | 벌들이 아침저녁으로 일정한 시각에 벌집에 출입하는 모양을 관리가 아
   문衙門에 열 지어 참견參見하는 것에 비유한 것이다. '봉아蜂衙'라고도 한다.
9_ **도철饕餮** | 나쁜 짐승의 이름. 사람을 잡아먹는다고 하는 상상 속의 흉악한 짐승으로, 옛날에
   종정鐘鼎 등에 그 모양을 새겼다.
10_ **경박한 공자公子처럼** | 《시경》, 〈소아·대동大東〉편에 "佻佻公子, 行彼周行. 旣往旣來, 使我
   心疚"라는 구절에서 차용하였다.

초파리가 일을 좋아하는 것,	醯鷄之喜事
반딧불이가 허장성세하여 불빛을 내는 것	丹鳥之虛張熏焰
하늘소가 무람하게 그 이름을 훔치는 것,	天牛之僭竊名字
선명한 옷차림을 한 하루살이 무리[11]	蜉蝣楚裳之輩
수레바퀴를 막아서는 말똥구리[12] 무리와 같은 것들은	蜣蜋拒轍之類
재앙을 스스로 만들어	孽由自作
흉액을 피할 줄 모르니	兇不知避
그물에 몸이 걸려	罹身網羅
간과 뇌가 땅바닥을 칠하게 된다.	肝腦塗地
아, 세상은 성강成康의 시절이 아니어서	噫世非成康
형벌을 놓아두고 쓰지 않을 수 없고,[13]	刑不可措
사람은 신선이나 부처가 아니어서	人非道釋
소찬素餐[14]만 먹을 수도 없다.	餐不可素
저들이 그물에 걸린 것은	彼之觸網
곧 저들의 잘못이지	卽彼誤也
내가 그물을 쳤다고 하여	吾之設網

11_ **선명한 … 하루살이 무리** | 원문의 "부유초상蜉蝣楚裳"은 《시경》, 〈조풍曹風·부유蜉蝣〉편에 보인다. "蜉蝣之羽, 衣裳楚楚. 心之憂矣, 於我歸處."

12_ **수레바퀴를 … 말똥구리** | 원문의 "강랑蜣蜋"은 당랑거철螳蜋拒轍의 고사를 인용한 것으로 보인다. 《후한서後漢書》, 〈원소전袁紹傳〉에 의하면, 제齊나라의 장공莊公이 사냥을 나갈 때 버마재비[螳蜋]가 앞다리를 쳐들고 그의 수레를 막아 버티고 서 있었다는 이야기가 실려 있다.

13_ **성강成康의 … 없고** | 성강은 중국 주周나라 성왕成王과 강왕康王을 병칭하는 말. 이 시기에 천하가 안정되고, 백성들이 법을 범하지 않았으므로 형刑을 놓아두고 쓰지 않아 치세治世라 일컬었다고 한다.

14_ **소찬素餐** | 끼니에 고기가 없는 상차림.

어찌 나를 미워한단 말인가?	豈吾忤也
또 그대가 저들에게 어찌하여 사랑을 베풀면서	且子於彼何愛
나에게만은 어찌하여 화를 내고,	於我何怒
나를 훼방하면서까지	而我之毁
도리어 저들을 감싸준단 말인가?	反彼之護耶
아, 기린은 사로잡을 수 없는 것이고	於戲猉獜不可以獲
봉황은 유인할 수 없는 것이니	鳳凰不可以媒
군자는 도를 알아서	君子知道
유설縲絏[15]로써 재앙을 입지 않아야 한다.	不可以縲絏爲災
이러한 것을 거울 삼아	其監于玆
삼가고 힘쓸지어다!	愼哉勉哉
그대의 이름을 팔지 말며	毋沽爾名
그대의 재주를 자랑하지 말며	毋衒爾才
이욕으로 화를 부르지 말며	毋禍于利
재물에 목숨을 바치지 마라.	毋殉于財
경박하거나 망령되이 굴지 말며	毋儇而妄
원망하거나 시기하지 말며	毋忮而猜
땅을 잘 가려서 밟고	擇地後蹈
때에 맞추어 오고 가야 한다.	時以去來
그렇지 않으면 세상에는 더 큰 거미가 있으니	否則有大蜘蛛於世
그 그물이 나보다 천 배, 만 배[16]가 될 뿐이 아닐 것이다."	
	其網不啻我京垓也

15_ 유설縲絏 ┃ 죄를 지어 구속된다는 뜻.

이자가 이 말을 듣고,

지팡이를 던지고 달아나다가	擿杖而走
세 번이나 자빠지면서 문지방에 이르렀는데	三蹶及樞
문에 자물쇠를 채우고서야	關戶下鑰
몸을 구부리고 비로소 한숨을 쉬었다.	俯而始吁
거미는 그 실을 내어	蛛出其絲
다시 처음과 같이 그물을 치고 있었다.	復網如初

16_ **천 배, 만 배** | 원문의 "경해京垓"는 그물의 경계가 매우 큼을 말하는 듯하다. 경은 10조兆를, 해는 10경京을 이르는 단위이다.

용부

바다 하늘 갠 가을날, 공중이 벽옥碧玉이로다   海天秋晴空碧玉兮

용이 장차 나와 노닐매 교외를 벽제辟除하려 함인가?

                        龍之將出游而戒郊甸者乎

홀연 백우白雨가 내려 어지러이 구슬을 뿌리도다   忽有白雨亂擲珠兮

용이 물을 쳐서 물이 흩뿌려지는 것인가?   龍之擊水而水爲之濺者乎

현운玄雲[1]이 땅에서 나와 기둥처럼 섰도다   玄雲出地立如柱兮

용이 처음 바다를 떠나 승천하는 것인가?   龍之初離海而乘便者乎

서풍이 일어 삼천 장三千丈이로다   西風吹起三千丈兮

용이 비로소 하늘에 올라 기이한 조화 보이는 것인가?

                        龍之始上天而眡奇變者乎

이미 그 전체 모습 시원스레 다 볼 수 없으매   既全體之莫快覩兮

스스로 정신을 응집하여 그쪽으로 눈을 보낼 뿐.   只自凝神而送眄

황홀히 번쩍이는 것은   怳惚閃鑠者

용의 갈기·비늘·뿔이 솟구치고 드리워서 빛나고 현란함이요,

1_ 현운玄雲 ｜ 검고 짙은 구름. 조식曹植의 〈수림부愁霖賦〉에 "瞻玄雲之晻晻兮, 聽長空之淋淋"이라
는 구절이 보인다.

龍之鬐鬣鱗角之之而而燿炫也

높고 낮게 뭉게뭉게 자욱한 것은 　　　　鬱律淡邈者

용의 여러 신하들이 가리고 막아서 옹위擁衛함이요,

龍之諸臣遮邐而擁援也

급박히 닥치며 요란스레 이르는 것은 　　　勔勸擾沓者

용의 여러 잉첩媵妾들을 모아서 육전六傳[2]으로 인도함이요,

龍之集百媵而導六傳也

뭇 산들이 울연히 기氣로써 응하는 것은 　群山之蓬勃而氣應者

용의 행차에 온갖 영靈들이 다 전송함이라. 　龍之行而百靈皆餞也

그러나 이는 다 구름의 모양이고 　　　　然而此皆雲之形

사람이 상상으로 추측한 것 　　　　　　而人之以意度者

생각건대 어디서 상세히 얻고 어떻게 괴탄한 이야기가 널리 퍼졌는가?

則顧何以得之詳而詭之遍也

오직 그 꼬리 길게 이어짐이여, 　　　　　惟其尾之脩如兮

마치 천 자 길이의 초련楚練[3]이로다. 　　　若千尺之楚練

구름 바깥에 드리워 완연히 드러남이여, 　　垂雲外而宛露兮

아, 뒤에 이르러 전전殿[4]이 되었도다. 　　　謇後至而爲殿

이에 엉겨 올라 가늘게 흔들어 과시하는 듯 　爾乃夭蟜細掉如相衒兮

굼틀굼틀 죽 늘어져 스스로 게으름을 피우는 듯. 　蜿蜒直拖如自倦兮

2_ 육전六傳 | 역참驛站에서 공문·하물荷物 따위를 수송하던 6승乘의 수레. 《한서漢書》, 〈문제기文帝紀〉에 "代王笑謂宋昌曰: '果如公言.' 乃令宋昌驂乘, 張武等六人乘六乘傳詣長安"이라는 대목이 있으며, 《양서梁書》, 〈왕승변전王僧辯傳〉에도 "艫舳浮江, 俟一龍之渡. 淸宮丹陛, 候六傳之入"이라는 구절이 보인다.

3_ 초련楚練 | 중국 초나라 땅에서 생산되던 흰색 비단.

4_ 전전殿 | 군대 행진에 있어 후미後尾를 말한다.

느릿느릿 돌며 낮게 드리워 그리움이 있는 듯	遲個低垂如有戀兮
구불구불 급히 끌어당겨 마치 저 그물과 같도다.	鬱屈急挈如彼罟兮
어떤 때는 활 같다가 다시 화살 모양 같더니	時或如弓復如箭兮
잠깐 사이에 멀리 뻗어 한 가닥 줄 같도다.	須臾遠引如一線兮
구름과 안개 이미 흩어지니	雲霧兮旣散
우렛소리 잠자고 번개도 사라지도다.	雷收兮撕電
푸른 바다 공연히 일렁이고	碧海兮空瀾
붉은 해 다시 나타나도다.	紅日兮復晛
가을 날씨 차가워져 쓸쓸하고 휑한데	秋天寒兮寥廓
용의 승천을 보려고 해도 볼 수 없다.	望龍去兮不可見
볼 수 없으니 어찌 따를 수 있으랴	不見兮何及
내 마음 맺히고 내 눈이 뚫어지는 듯.	余心結兮余目穿
아, 크도다, 용의 덕이여!	噫大哉龍之德也
유유히 오르내리며 휘어지고 돌아든다.	優優乎其升降而折旋
만약 용이 일어나도 볼 수 없다면	使龍而作而無所見
사람들이 뜬구름 한 조각이라 말할 것이요	人將以謂浮雲之一片
만약 용이 보이기만 하고 숨는 바가 없다면	使龍而見而無所隱
미꾸라지·드렁허리가 진창 고인 물에서 돌아다니는 것과 무어 다르랴!	
	亦何異乎鰍鱔之宛轉於泥澱也
저것이 때로는 움직이고 때로는 고요하며	彼其時動而時靜
숨기도 하고 나타나기도 하는데	或隱而或現
신령스러운 변화를 빛내어 만물 창성昌盛하고	耀靈變而萬昌庶
공리功利를 베풀매 구야九野[5]가 기뻐한다.	施功利而九野怡
이것이 바로 사람들이 우러러보는 것	是乃人之仰瞻者

신령스럽게 여겨서 누구도 천시하지 못하는 까닭이다.

所以神之而莫之或賤也

아, 사람 중에서 고른다면 고금의 몇몇 인재인가?

於戲求之於人今古幾彦

당나라 때 자의객紫衣客,[6] 한나라 때 금문연金門掾[7]

唐時紫衣客漢代金門掾

깊고 깊은 운기雲氣 속, 천 년 어둠에 직면하여

深深雲氣裡千載晦直面

이 밖에 뽑을 만한 이가 없네.　　　　　此以外者無可選也

비늘과 뿔이 우뚝 솟아난 이가 많기도 하지만　鱗角之嶄然者非不多矣

모두 다 스스로 공갑孔甲의 찬거리[8]에 충당되고 말았다.

竝皆自充於孔甲之膳

아아, 저 속자俗子들의 가련함이여,　　　嗟嗟彼俗子之可哀兮

이 어찌 《역경易經》의 수권首卷[9]에 논할 만한 것이랴.

是奚足與論於易之首卷也

5_ **구야九野** | 구주九州의 들. 곧 천하를 말한다. 원래 아홉으로 구분한 중국 전토全土를 가리킨다. 우禹임금 때에 기冀, 연兗, 청靑, 서徐, 형荆, 양揚, 예豫, 양粱, 옹雝 등으로 나누었다.

6_ **자의객紫衣客** | 잠저潛邸시의 당 태종唐太宗을 가리키는 듯하나, 확실한 것은 알 수 없다.

7_ **금문연金門掾** | 금문은 중국 한漢나라 미앙궁未央宮의 금마문金馬門. 《한서》, 〈양웅전揚雄傳〉에 "금마문을 지나 옥당玉堂으로 올라간다" 하였는데, 금마문은 문인 학사들이 조명詔命을 기다리던 곳이다. 여기 금문연에 대해서는 미상.

8_ **공갑孔甲의 찬거리** | 공갑은 중국 하夏나라의 14대 임금. 귀신을 좋아하고 음란한 짓을 일삼아 제후들이 모반을 꾀하였다. 이때 하늘에서 암수가 다른 두 마리의 용이 내려왔는데, 유루劉累가 환룡씨豢龍氏에게 용을 길들이는 법을 배워 '어룡御龍'이라는 성姓을 하사받고, 죽은 암컷을 술로 발효시켜 공갑에게 바쳤다고 한다. 《사기》 권2, 〈하본기夏本紀〉 참조.

9_ **《역경易經》의 … 수권首卷** | 《역경》의 첫 장 〈건乾〉은 잠룡潛龍·현룡見龍·비룡飛龍·항룡亢龍 등 용에 비의하여 괘를 풀이하였다.

벼룩을 읊은 부

蚤賦[1]

경금자絅錦子[2]는 해가 들어가 쉬는데	絅錦子日入而息
어둠을 향해 편안히 거할 즈음	向晦燕居
종이 바라지창으로 달빛이 환하고	紙牖月明
베 이불에 시원하게 바람이 드는데	布衾風疎
이미 번승樊蠅[3]의 앵앵 소리 들리지 않고	旣無樊蠅之營營
다만 장주莊周의 나비[4]처럼 유연悠然 자득한 듯	秪有莊蝶之蘧蘧
정신을 화평하게 하고 온몸을 풀어놓아	怡神而肆體
화서華胥[5]에 오락가락하게 되었다.	出沒乎華胥
갑자기 한 물건이	忽有一物

1_ **蚤賦** │ 원제에는 '賦'자가 없는데 제목을 〈벼룩을 읊은 부〉라고 붙이면서 첨가하였다.

2_ **경금자絅錦子** │ 이옥의 별호別號. 경금의 경絅은 홑옷, 금錦은 문채가 있는 옷. 곧 화려한 옷을 가리기 위해 그 위에 홑옷을 덧입는다는 뜻으로, 자기의 재주를 겉으로 드러내지 않음을 이르는 말이다. 《시경詩經》의 〈봉丰〉과 〈석인碩人〉편의 다음 시구에서 취하였다. "비단 저고리에 엷은 홑옷 걸치고, 비단 치마 위에 엷은 덧치마 걸치네.(衣錦絅衣, 裳錦絅裳.)"

3_ **번승樊蠅** │ 울에 앉은 파리. 《시경》, 〈소아·청승靑蠅〉편에 "營營靑蠅, 止于樊"이라는 시구에 보인다.

4_ **장주莊周의 나비** │ 장주가 꿈에 나비가 되었다가 깨어보니 다시 장주였는데, 끝내 장주의 꿈에 나비가 된 것인지, 나비의 꿈에 장주가 된 것인지 알 수가 없었다는 데서 온 말로, 즉 물아物我의 분별을 잊은 것을 비유한 말이다. 《장자》, 〈제물론齊物論〉 참조.

부들방석의 틈새로 나와	來自織蒲之隙
대자리와 이불 위에서 요란하게 움직인다.	騷屑乎簟與裯被
조용히 하고 들어보니	靜而聽之
그 소리는 기장 알갱이가 요란하게 떨어지는 것 같다.	聲如黍子之亂墜
조금 있다가 내 모발 끝에 붙어 오르더니	俄而贪緣乎毛髮之際
팔다리와 몸 사이에서 용맹을 부리다가	賈勇乎肢體之間
왼쪽 어깨 위에 멈추고선 웅크린다.	止乎左肩而蹲焉
마치 은바늘로 터진 솔기를 꿰매는 듯	若銀鍼失縫
재빨리 살갗을 파고드는데,	颯然入肌
장미꽃에 잘못 부딪혀	薔花誤拂
붉은 가시에 살갗이 찔린 듯	紅刺鑽皮
피와 신경이 놀라고 자지러져	榮驚衛駭
사람으로 하여금 배겨내지 못하게 한다.	使人不可支也
이에 손을 쳐들어 내리치고	於是舉手搏之
문질러서 겨드랑이에 이르러서는	捫而至於腋
비비고 문대다가	磨之擦之
마침내 엄지손가락으로 붙잡았다.	終用拇指而獲焉
그놈은 손톱 밑에서 꿈틀거리는데	蜎息爪甲之下
살려는 생각이 아직 남아 있었다.	而生意尚脈脈也

나는 이놈이 이욕을 좇다가 그 화禍가 자기 몸에 닥치는 줄을 모르는

5_ 화서華胥 | 황제가 꿈속에서 노닐었다는 이상국. 황제씨가 낮잠을 자던 중 꿈속에 화서의 나라에서 놀았는데, 그 나라는 임금도 없이 자연스럽게 살았고 백성들도 욕심이 없었다. 황제는 꿈에서 깬 후 깨달음이 있어 천하를 잘 다스렸다고 한다. 《열자列子》, 〈황제黃帝〉편 참조.

것이 불쌍하여, 그 등짝을 두드리며 꾸짖어 말하였다.

"너는 미물로서   爾以微物

침상과 자리에 모여 사는구나.   床席淵藪

마침 나는 천성이 게을러서   適余性嬾

석 달 동안 소제를 하지 않았으니   三月不帚

목마르면 땀을 마실 수 있고   渴可吸汗

굶주리면 때를 빨아먹을 수 있다.   飢可舐垢

사람으로서 너에게   人之於汝

또한 후덕하지 않은 것이 아니거늘 亦非不厚

어째서 너는 만족하지 못하고   何爾不厭

나에게 와서 감히 침노하는고?   來敢我侵

내 피는 술이 아니거늘   我血非酒

어찌 너의 잔질을 용납하겠는가? 豈容爾斟

내 살갗은 병이 없거늘   我膚不病

어찌 네 침으로 찔러대는가?   豈須爾箴

나는 또 이해할 수 없구나   吾且莫解

또한 너의 그 심보를.   亦爾之心

너는 사람의 고혈을 빨 수 있다고 하고 爾其謂人膏血之可吮

사람의 혈穴을 뚫어 들어갈 줄 안다. 知人竅穴之可透

먼지 속에 살고 빈틈에 묻혀 있다가 栖塵埋隙

밤에는 설치고 낮에는 숨어 지내는구나. 衒夜潛晝

세勢를 타고 나아가는 것은   乘勢而進

굶주린 쥐처럼 기심機心이 많고 則饑鼠之多機也

이利를 찾아 좇는 것은	得利而趍
가을 모기처럼 매우 지혜롭도다.	則秋蚊之聖知也
실오리 하나의 꿰맴에도 다 의거하고	一縷之繩皆得據
바늘땀 하나의 틈에도 다 용납되어	一鍼之罅皆能認
이에 그 부리를 댈 때는	乃安其喙
반드시 그 틈새로 하는구나.	必以其釁
비록 옛날의 편작扁鵲과 유부兪跗[6]가	雖古之扁鵲兪跗
침을 가지고 사람을 치료하더라도	操針而醫人

또한 이와 같이 능숙하고 조심스럽게 할 수는 없었다.

亦無以若是之嫺且愼也

그런데 네놈은 다만 사람에게 피와 살이 있음을 알 뿐

然而秖知人之有血肉

사람의 손가락과 손톱이 두려운 줄을 모르는구나.

不知有指爪之可畏

개미가 진을 치듯 등에가 꼬이듯	蟻屯而虻聚
벌이 쏘듯 개구리가 들끓듯	蜂鑽而蛙沸
사람의 고혈을 빨아내어	浚人膏澤
그 위장을 채우려 하는구나.	將以充胃
실컷 포식한 놈은 쓰러지고	飽多者麋
급히 가는 놈은 자빠지니	行急者躓

6_ 편작扁鵲과 유부兪跗 │ 편작은 중국 전국戰國시대의 명의名醫. 장상군長桑君에게 비전秘傳의 약
방문을 물려받아 명의가 되었다. 유부는 황제黃帝 때의 이름난 의원. 편작의 의술과 함께 '유편
지술兪扁之術'로 불렸다. 《사기》, 〈편작전扁鵲傳〉 참조.

사람의 살에 피를 내는 놈은	血人之肉者
사람 또한 그 골수에서 피를 내는 법.	人亦血其䯒
이는 네가 입과 배를 도모하는 것이	是汝所以謀口腹者
결국 자기 몸을 해치는 소이연이 되는 셈.	適所以身之卑也
아, 앞의 일로써 본다면	噫由前而視
어찌 그리 지혜로우냐?	何其智也
뒤의 일로써 논한다면	由後而論
또 어찌 그리 혼매昏昧하단 말이냐?	又何其昏也
혹 그 입을 사랑할 줄만 알고	無乃知愛其口
그 몸을 사랑할 줄 몰라서	不愛其身
끊임없이 말리末利를 좇다가	囂囂乎逐末利
그 본진本眞을 잃어버린 것이냐?	而喪其眞者乎
아니면 또한 지혜가 밝지 않음은 아니나	抑亦智非不明矣
물욕에 덮여 어두워진 것이냐?	物欲之所昏蔽而眜冥者乎
나는 장차 그 배를 짜개어	吾且剖其腹
너를 위해 그 마음보를 알아보겠다."	爲汝質其情
이에 손톱으로 쳐 누르자	以爪剝之
튀는 듯한 소리가 났다.	如躍之聲
동자를 재촉해 일으켜	催起童子
등에 불을 붙여 다가가 보니	點燈就視
그 창자는 볼 수 없고	不見其腸
다만 한 떨기 복사꽃 같은 피가 보였다.	但見血如桃花之一蕊

벼룩을 읊은 부의 후편

後蚤賦

경금자가 이미 벼룩을 잡고 나니	絅錦子旣撲蚤
꿈자리가 비로소 편안해졌다.	夢始安
다시 이불 가장자리를[1] 가지런히 하고	復整被池
고반考槃[2]에서 이리 뒤척 저리 뒤척 하고 있었다.	轉輾考槃
어떤 한 도사가	有一道士
뾰족한 뺨 둥근 배에	尖臉團肚
불붙는 듯한 홍의紅衣 차림이었고	紅衣火爛
그 몸은 큰 조 알갱이만 한데	其大粟粒
탄환이 날듯이 튀어왔다.	來若潑丸
앞에 다가와 사설을 늘어놓는데	進前致辭
한숨을 쉬듯 탄식을 하듯	如歔如嘆
"주인장의 꿈자리는 어떠하오?"	曰主人之夢安乎
"편안하다오."	曰安

1_ **이불 가장자리를** | 원문의 "피지被池"는 원래 '의복의 가장자리'라는 뜻이다. 《후청록侯鯖錄》
에 "池者緣飾之名, 謂其形象如池耳"라는 기록이 보인다.

2_ **고반考槃** | 은거자가 즐거이 생활하는 집을 이른다. 《시경》, 〈위풍衛風〉편의 편명이기도 하다.
시의 일부를 소개해둔다. "考槃在澗, 碩人之寬. 獨寐寤言, 永矢不諼."

도사가 말하였다.

"아! 위태하도다.　　　　　　　　　　　　　　　　嘻其殆矣

깨어 있는 것은 살아 있는 것이요　　　　　　　　覺者生也

꿈을 꾸는 것은 죽은 것이라.　　　　　　　　　　夢者死也

하늘의 도는 음陰이 성하면 탈이 나고　　　　　　天道陰盛則沴

사람의 일은 백魄[3]이 강하면 해로운 법.　　　　人事魄强則毁

그러므로 분후糞朽의 계戒는　　　　　　　　　　是故糞朽之戒

공자로부터 드리워졌고[4]　　　　　　　　　　　垂於孔子

숙흥야매夙興夜寐의 잠箴은　　　　　　　　　　　興寐之箴

진백陳柏으로부터 경계해온 것.[5]　　　　　　　戒於陳氏

예로부터 뜻이 있는 사람으로서　　　　　　　　　自古有志者

어느 누가 졸음 많은 것을 부끄럽게 여기지 않았던가.

　　　　　　　　　　　　　　　　　　　　　　孰不以多睡爲恥也

하물며 당신은 품부稟賦가 많고 근력이 강하여　况子稟多力强

3_ 백魄 | 옛사람들이 육체를 벗어나서 독립적으로 존재한다고 믿은 정신의 일종으로, 음陰에 속
하는 것. 양陽에 속하는 것은 혼魂이라 한다.

4_ 분후糞朽의 … 드리워졌고 | 분후는 《논어論語》, 〈공야장公冶長〉편의 "후목분토朽木糞土"를 가
리킨다. 거름으로 쌓은 담장은 흙손질을 할 수 없고, 썩은 나무에는 조각을 할 수 없음을 경계
한 것이다. 공자가 낮잠을 자는 재여宰予에게 한 말로, 그 뜻과 기운이 흐리고 게을러 가르침을
베풀 곳이 없음을 이른다.

5_ 숙흥야매夙興夜寐의 … 경계해온 것 | 숙흥야매는 아침에 일찍 일어나고, 밤에는 늦게 자며 부
지런히 일하는 것을 이르는 말이다. 중국 송나라의 진백陳柏은 〈숙흥야매잠夙興夜寐箴〉을 지어
졸음을 경계한 바 있다. 조선조에 노수신盧守愼은 《숙흥야매잠주소夙興夜寐箴註疏》를, 장복추張
福樞는 《숙흥야매잠집夙興夜寐箴集》을 각각 지어 〈숙흥야매잠〉에 대한 주석서 및 해설서를 펴
내기도 했다.

가히 무언가 할 만한 선비.	可爲之士
시서詩書 탐하기를 탄을 때듯	耽詩書而若炭
세월⁶이 유수流水 같음을 애석히 여겨	惜居諸之如水
진흙 벽에 기대고 초석 위에 잠을 자도	倚泥寢苫
스스로 누추하게 여기지 않았소.	不自以鄙
청등靑燈 한 심지요	靑燈一炷
황권黃卷⁷ 한 서안이라.	黃卷一几
추위에도 더위에도 아랑곳 않고	無寒無暑
등불로 해를 이었소.	以火繼晷
그런데 단丹이 둥글어지려 하매 온갖 마귀 장난치고	
	然而丹欲圓而百魔戱
참선이 정정定해지려 하매 야차夜叉⁸들이 시기하고	禪欲定而夜叉猜
당신의 공부가 익으려 하면	子工之熟
뱀 같은 잠이 즉시 이르러	睡蛇則來
학업은 이로써 이지러지고	學業以墮
지기志氣는 이로써 허물어진다오.	志氣以隳
내 이에 당신을 딱하게 여겨	余是憫子
붙잡아 돌려놓고자 생각하여	思欲挽回

6_ 세월 │ 원문의 "거저居諸"는 《시경》, 〈패풍邶風·백주柏舟〉편의 "日居月諸, 胡迭而微"라는 시 구에서 온 말이다. 곧 세월을 가리킨다.

7_ 청등靑燈·황권黃卷 │ 청형靑熒한 등잔불과 누른 표지로 된 책. 곧 청고淸苦하게 독서에 힘쓰는 생활을 말한다.

8_ 야차夜叉 │ 불교에서 얼굴 모습이나 몸의 생김새가 괴상하고 사나운 귀신. 신통력을 가졌으며 사람을 괴롭힌다고 한다.

정문頂門의 일침一針으로	頂門一針
지혜의 구멍을 뚫어 열어주려 하였소.	慧竅鑿開
어찌 감히 헐고 상하게 하려 했겠소?	豈敢毀傷
오직 졸음 깨기를 재촉했을 뿐.	惟覺是催
그 뾰족한 끝에 찔리면 수수 까끄라기에 잠깐 걸린 듯	其鋒則稻芒乍冐
그 자국은 앵두꽃 송이에 금방 꺾인 듯	其瘢則櫻葩旋摧
비록 혹 가려워 긁는⁹ 성가심은 있으나	縱或有技癢之使
결국 또한 종기 · 흉터의 재앙은 없게 하오.	終亦無瘡痏之災
아, 비단이 아니면 수를 놓지 않고	噫非繡不刺
옥이 아니면 갈지 않는 법.	非玉不磋
장안의 치장한 귀족 자제들¹⁰	長安裙屐
따스한 보금자리에서 생장하여	生長煖窠
혼은 석류군石榴裙¹¹에 한껏 방탕하고	魂蕩蕩兮石榴裙
뼛골은 금파라金叵羅¹²에 흠씬 젖었으며	骨渟渟兮金叵羅
꿈속 세상을 제집으로 여기고	家視夢鄉

9_ **가려워 긁는** | 원문의 "기양技癢"은 원래 자기의 재주를 발휘할 기회가 없어 안달한다는 뜻이나, 여기서는 가려워 긁는 것을 말한다.

10_ **치장한 … 자제들** | 원문의 "군극裙屐"은 치마와 나막신이라는 뜻으로 군극소년裙屐少年을 가리킨다. 군극소년은 중국 육조六朝시대 때 귀유자제貴游子弟를 일컫던 말로, 그들이 당시에 치마를 입고 나막신을 신는 차림을 유행시켰다고 한다. 후에 군극은 귀유자제의 치장한 옷차림을 가리키는 말로 쓰인다. 《판교잡기板橋雜記》, 〈아유雅游〉에 "裙屐少年, 油頭半臂, 至日亭午, 則提籃挈榼, 高聲唱賣遍汗草, 茉莉花"라는 구절이 보인다.

11_ **석류군石榴裙** | 주홍색 치마, 즉 부녀자의 치마를 가리킨다. 하사징何思澄의 〈남원봉미인南苑逢美人〉 시에 "風捲蒲桃帶, 日照石榴裙"이라는 시구에 보인다.

12_ **금파라金叵羅** | 금으로 만든 술그릇. 오증吳曾의 《능개재만록能改齋漫錄》, 〈사실事實〉에 "東坡詩, '歸來笛聲滿山谷, 明月正照金叵羅.' 按《北史》, 祖珽盜神武金叵羅, 蓋酒器也"라는 대목에 보인다.

수마睡魔를 형으로 섬기니	兄事睡魔
이런 자들은 정수리를 찌르고 등을 친다 해도	若此者釘頂撾背
오히려 꿈쩍도 하지 않는다오.	猶欲無吡
저들은 이미 내게 득 될 것이 없고	彼旣非吾之可益
나 또한 저들에게 보태주고 싶지 않소.	吾亦不欲彼相加
이는 내가 당신을 대우하는 것이	是吾之所待子者
남보다 후하게 하고 감히 박하게 함이 아니거늘	厚於人而非敢薄也
어찌하여 주인장은 대하기를 덕을 원수로 여기고,	何主人之視德爲怨
선행을 포학으로 갚으려 하시오.	報善以虐
성정은 한소韓昭[13]와 같이 지나치게 편벽하고	性同韓昭之太褊
문장은 우통尤侗[14]을 본받아 희학戱謔을 좋아하며	文倣尤侗之喜謔
심하게 나를 해침이	毒余之甚
한결같이 지난밤의 행태에 이른단 말이오.	一至於昨
또한 지인至人은 살을 베어서	且夫至人割膚
굶주린 호랑이를 먹여주었고[15]	饑虎是飼

13_ **한소韓昭** | 중국 전촉前蜀 때 사람. 자는 덕화德華. 벼슬은 예부상서禮部尙書와 성도윤成都尹을 지냈으며, 성격이 편벽되고 아첨을 잘했다고 한다.

14_ **우통尤侗** | 중국 청淸나라의 문인. 호는 회암悔庵·간재艮齋·서당노인西堂老人, 자는 동인同人 또는 전성展成. 강희康熙 18년에 박학홍사과博學鴻詞科에 뽑혀 《명사明史》 편찬에 참여하여 〈열전列傳〉 3백여 편과 《예문지》 5권을 편찬하였다. 산문집 《서당잡조西堂雜俎》에는 유희적 작품이 많다. 저서에 《우서당문집尤西堂文集》, 《서당곡액西堂曲腋》, 《간재권고유문집艮齋倦稿 遺文集》 등이 있다.

15_ **지인至人은 … 먹여주었고** | 지인은 지극한 덕이 있는 사람, 곧 영극靈極에 도달하여 진여眞如 를 잃지 않는 사람을 말한다. 《장자》, 〈달생達生〉편에 중국 노魯나라의 단표單豹라는 사람은 바윗굴 속에 살면서 물만 마시며 세속의 명예나 이득을 다투지 않아 나이 칠십이 되어서도 갓 난애 같은 얼굴을 하고 있었는데, 불행히 굶주린 호랑이에게 잡아먹혔다는 이야기가 나온다.

어리석은 아낙이 이를 잡아낸 것을	愚婦擇蝨
군자는 꾸짖기까지 하였소.[16]	君子爲詈
옛 철인哲人들은 자비로워서	往哲慈悲
물아物我를 균등하게 보았던 것이오.	物我均視
옛것으로써 지금을 논한다면	以古證今
잘하는 일인지, 잘못하는 일인지?	利歟不利
개가 도둑 하나를 쫓을 때는	犬逐一偸
저민 고기를 던져주고	擲欑以餧
고양이가 쥐[17]를 막을 때는	貓禦穴蟲
담요를 나누어 잠을 재우는 법.	割毯以睡
그런데 큰일에 대해서는	顧於大者
도리어 돌봐주지 않는구려.	反不爲地
주인께서는 이에 대해	主人於此
앎이 또한 미치지 못하니	知亦未致
나를 책망하는 말에	責我之語
나는 실로 당신을 부끄럽게 여긴다오.	我實子媿
원컨대 이로부터 당신을 떠나	願從此辭
감히 다시 오지 않으려 하오.	不敢復至
말을 마치자 안색이 변하더니	言訖色變
가려는 듯 먼저 뜻을 보인다.	欲去先意

16_ **어리석은 … 하였소** ┃ 미상.

17_ **쥐** ┃ 원문의 "혈충穴蟲"은 구멍 속 벌레라는 뜻. 《비아埤雅》, 〈석충釋蟲〉에 "說文曰, 鼠, 穴蟲之總名也"라고 풀이하였다.

"아아, 이제야   噫嘻今而後

나는 알았소.   我知之矣

부디 그대는 가지 마시고   幸子無去

나의 혼몽함을 침으로 깨워주시오."   針砭我昏曹也

일어나 그에게 사례하려다   起欲謝之

하품을 하고 깨어보니   欠伸而覺

곧 한 꿈이었다.   乃一夢也

다섯째 아들을 낳은 한 어미에 대한 부

五子嫗賦

경금자의 이웃에 네 아들을 둔 어미가 있다.

그녀가 또 해산했다는 소문을 듣고	聞其又娩
물어보니 또 사내아이란다.	叩之亦丈夫也
이레 만에 일어났는데	七日而起
얼굴에 아직 부기가 내리지 않았고	面猶未蘇
기뻐하는 기색이라고는 없이	似無所悅
문설주에 기대어 한숨만 쉬고 있다.	倚柱而吁

계집종을 보내어 축하하니, 그 여인이 발끈 화를 내며 말한다.

"근심해도 오히려 겨를이 없는 형편인데	戚之尙不暇
어찌 축하를 하여 또 서로 귀찮게 하는 게요."	何賀之又相惱哉

나는 그녀가 쑥스러워서 그런다고 여겨, 웃으면서 말하였다.

"아들을 낳아 다섯이나 되었으니	生男至五

어찌 좋지 않겠소?" 如之何不好也

그녀가 말한다.

"고을에 군정軍丁 하나 더 보탰으니 邑添一軍
관아의 관리들이야 기쁘겠지만 府吏之喜
가난한 집에는 돈이 없는데 貧家無錢
아들 보았다고 어찌 좋아하겠어요?" 何樂於子

내가 괴이하게 여겨 그 까닭을 따져 묻자, 그녀가 또 말한다.

"하늘은 이미 나의 원수이고 天旣我仇
귀신조차 도와주지 않는군요. 鬼不相扶
집이 본시 발가벗은 듯 아무것 없고 家素赤無
넘쳐나는 건 오직 자식놈들 所富惟雛
삼 년이면 반드시 하나씩 낳아 三年必擧
둘씩 짝을 짓고도 하나가 남네요. 兩對猶餘
큰놈은 겨우 밭갈이할 만하고 大者纔耕野田
작은놈은 근근이 소꼴을 질 정도라오. 小者僅負牛芻
그 밑으로는 머리를 모두 늘어뜨린 채 以下髮皆髫髫
보리밥만 한 그릇씩 축낼 뿐이라오. 只費麥飯一盂
아, 백성에게는 부역이 있고 嗟呼民旣有役
부역에는 각각 징수하는 것이 있으니 役各其征
수미需米[1]와 보인保人,[2] 需米保人

속오束伍[3]와 아병牙兵.[4]　　　　　　　　　　　束伍牙兵

수군水軍을 가장 중히 여겨　　　　　　　　　　水軍最重

모집해 들이는 데에 엄하기도 하지요.　　　　　募入差強

낳은 지 겨우 석 달이 되면　　　　　　　　　　生纔三月

이장里長은 이름을 보고하고　　　　　　　　　里正報名

강보로 안고 관아에 들어가　　　　　　　　　　襁抱入府

파기疤記[5]가 당장 만들어지지요.　　　　　　　疤記立成

가을이 오매 아전도 함께 와　　　　　　　　　及其吏與秋來

돈 재촉하기 화급을 다투듯 하는데　　　　　　催錢火急

그 소리는 새끼 딸린 호랑이 같아,　　　　　　聲如乳虎

문 앞에 이르러 성난 얼굴로 서 있지요.　　　當門怒立

큰아이 세稅는 이백 전,　　　　　　　　　　　大兒二百錢

작은아이 세는 오십 전.　　　　　　　　　　　小兒百五十

만약 당일 아침에 바치지 않으면　　　　　　　若不今朝納

관문에 잡아들입지요.　　　　　　　　　　　官門捉將入

그 때문에 해가 다하도록 소금 굽고　　　　　是故終歲煮鹽

일 년 내내 쟁기를 잡지만　　　　　　　　　窮年把犁

1_ 수미需米 | 조선조에 현역으로 복무하는 대신 군수미軍需米로 바치는 군정軍丁.

2_ 보인保人 | 병역에 복무하지 아니하고 보포保布를 바치는 장정壯丁. 보保는 병역을 부담하는 장
정 조직의 단위이다. 두세 사람의 장정을 단위로 하여 1보를 삼아 그중에서 한 사람은 현역에
종사하게 하고, 나머지 사람은 현역의 뒷바라지를 하는 제도이다.

3_ 속오束伍 | 조선조 후기 지방군의 하나. 진관鎭管 중심으로 각 마을의 사정에 따라 양인·천인
으로 편성되었는데, 지휘권과 조련권이 각 영장營將에 속해 있었다.

4_ 아병牙兵 | 조선조에 대장大將 휘하에 직속된 군졸의 하나.

5_ 파기疤記 | 군역을 진 사람의 이름과 나이, 거주지, 신장, 얼굴의 특징, 주특기 등을 적은 기록.

주려도 감히 곡식 한 톨 넣지 못하고	飢不敢粒
추위도 실오라기 하나 걸쳐보지 못한 채	寒不敢絲
군포軍布를 마련하지만	以備軍布
오히려 기일에 대지 못한다오.	猶未及期
신도 신지 못한 채 얼음을 밟고	不履履氷
속절없이 절로 눈물만 흘린다오.	空自涕洏
이로써 생각하면	以此思之
어찌 어린애가 귀하겠어요?	何貴乎兒
어린애는 실로 귀할 게 없으니	兒實無貴
그것이 적이 슬퍼하는 까닭이라오."	是以窃悲

내가 듣고 측은히 여겨, 옛일을 가지고 위로하고자 말하였다.

"아, 자네가 어찌 알리오마는,	嘻爾何知之也
옛날 한漢·당唐 시절에는	昔在漢唐
나라가 정쟁을 일삼아	國事征伐
집마다 갑사甲士를 뽑아내고	家簽甲士
호마다 수졸戍卒을 끄집어내어	戶刺戍卒
호랑이나 들소 몰 듯하였고	驅若虎兕
창과 도끼로 겁박하여	刦以鋒鉞
집에 돌아갈 꿈도 꾸지 못했고	歸家無夢
죽어서야 편히 뼈로 남게 되었소.	死綏有骨
지금 생각해도	至今思之
사람으로 하여금 머리카락을 쭈뼛 서게 하오.	使人竦髮

지금 자네는 요순 세상을 만나 今爾世際堯舜

백 년 동안 평화가 이어져 百年升平

나라에서는 전쟁을 말하지 않고 國不言戰

백성들은 병장기를 알지 못하니 民不知兵

어린 자식을 어르고 손자도 키우면서 弄子鞠孫

각자 자기 삶을 살아가니 各遂其生

지금으로서 옛날을 보면 以今視古

진흙 속의 곤욕, 구름 위의 영화, 泥辱雲榮

얼마 안 되는 정전丁錢[6]으로 些少丁錢

어찌 그리 속상해할 게 있는가?" 何足慽情

이에 그녀가 말한다.

"그렇지 않아요. 그 당시에는 不然當彼之時

성공하면 기린각麒麟閣[7]에 얼굴을 그릴 수 있었고 得則畵面獜閣

실패하면 용사龍沙[8]에 뼈를 드러내기도 했지만 失則暴骨龍沙

어찌 무전無錢의 근심이 있어 其豈有無錢之憂

6_ 정전丁錢 │ 조선조에 16세 이상 60세 이하의 장정들이 군역 대신에 바치던 돈. 군역을 담당하는
것이 원칙이나, 봉족奉足 또는 보保라 하여 실제로 군역에 종사하는 사람의 경비로 충당하기 위
한 대역세代役稅 제도가 있었다. 대역세는 포布로 바치는 것이 원칙이나 돈으로 대용하기도 하
였다. 보통 정포正布 30필 값을 바쳤다.

7_ 기린각麒麟閣 │ 중국 한나라 무제가 장안의 궁중에 세운 전각. 선제宣帝 때 곽광霍光 등 공신功臣
11인의 초상을 그려 각상閣上에 걸었다고 한다.《전한서前漢書》권54 참조.

8_ 용사龍沙 │ 중국 북쪽 새외塞外의 황량한 사막을 가리키는 말. 이백의〈새하곡塞下曲〉에 "將軍
分虎竹, 戰士臥龍沙"라는 시구에 보인다.

저처럼 눈물을 흘리고 탄식하는 정도이겠습니까?   如妾之行泣嗟嗟乎

제가 보건대   以妾觀之

오늘날의 슬픔이 더한 듯합니다."   是今日之悲有加也

말을 마치고는 처연히 눈물을 흘리며, 한숨을 내쉬고 갔다.

나는 민생의 많은 고통을 딱하게 여기고   余憫民生之多苦

군정의 극심한 문란을 탄식하면서   嘆軍政之甚紊

이 문답을 기록하고 한 편의 글로 만들어서   記其問答而文之

다른 날 민요를 채집하는 자의 보고에 대비하기로 한다.

以備夫它日采謠者之聞焉

—이상 이현우 옮김

규장각부 아울러 서문을 적는다

奎章閣賦 幷敍

해는 병신년(1776), 주상께서 규장각奎章閣[1]을 창덕궁 북쪽 금원禁苑[2] 안에 설치하셨으니, 어진御眞[3]과 신장宸章[4] 및 여러 서적을 보관하기 위함이다. 건물이 이미 완성되자, 경대부와 사士, 그리고 서민층의 아낙네와 아이들까지 모두 말하기를 "훌륭하구나, 각閣이여! 우뚝하고 빛남이여. 훌륭하구나, 각이여! 진실로 성세盛世의 작품이로다" 하였다. 그것을 훌륭하다고 여긴 것은 대개 건물과 채색의 관람거리를 두고 말함이 아니다. 초야의 천한 신하가 나라에 성대한 거사擧事가 있음을 경축하는 것이다.

적이 생각건대, 오봉루五鳳樓[5]와 경복전景福殿[6] 등 궁실은 평범한 것

1_ **규장각**奎章閣 | 조선조의 왕실 도서관으로, 역대 왕들의 친필·서화·고명顧命·유교遺敎와 선보璿譜 등을 관리하던 곳이다. 세조와 숙종 때에 규장각에 관심을 보였으나 구체화하지 못했고, 1776년 정조의 즉위와 함께 설치하여 그 규모를 크게 확장시켰다. 정조는 규장각을 통해 벌열정치의 폐단을 극복하고 많은 인재들을 자기 측근에 결집시켜 왕권 강화의 정치적 발판으로 삼았다. 그로부터 존속되어 오다가 구한말에 이르러 몇 차례 변경을 거쳐 고종 34년(1897) 다시 규장각으로 환원되었다. 융희隆熙 원년(1907)에 홍문관이 폐지된 뒤에 시강侍講·대찬代撰의 사무를 맡아보았다.

2_ **금원**禁苑 | 대궐 안의 후원後苑으로 비원秘苑·어원御苑·금원禁園이라고도 한다.

3_ **어진**御眞 | 임금의 초상.

4_ **신장**宸章 | 임금이 지은 문장이나 서한書翰을 가리킨다.

〈규장각도奎章閣圖〉
김홍도金弘道(1745~?), 1770년대 추정, 국립중앙박물관 소장.

인데, 그것을 글로써 다룬 자는 오히려 천추토록 빛나게 하려고 하였
다. 지금 만약 졸렬하고 어눌함 때문으로 스스로 사양하여, 다행하게도
이 세상에 살고 있으면서 멍하니 찬양하는 말이 없다면 혹 왕일王逸의
아이[7]가 사람을 우습게 여길까 염려된다. 힘써 스스로 지필紙筆로써 정
성을 다하고자 하나 오히려 대궐 안의 일은 엄격하고 깊숙하여 초야에
서 상세히 알 수 있는 바가 아니라, 붓을 억누르고 기다린 지 일 년이
되었다. 어느 날 《규장각지奎章閣誌》[8]가 나와 사람들의 이목에 펼쳐졌
다. 널리 구하여 삼가 읽어, 그 설치와 의장과 제도의 대략을 파악하였
다. 이에 감히 참람하고 망령됨을 무릅쓰고 〈규장각부〉 한 편을 짓는
다. 그 휘황찬란하여 지극히 문채가 나고 또 빛나는 덕은 신의 어리석
음과 천한 설명으로는 대강이나마 말할 수 있는 바가 아니다. 돌아보건
대, 우리 성상께서 규장각을 설치한 공적을 만 분의 일도 능히 형용해
낼 수 없어, 글을 쓰려고 함에 떨리고 황송함을 스스로 감당할 수 없다.
애오라지 춤추고 기뻐하는 사사로운 심정을 표현하고자 할 따름이다.

5_ **오봉루五鳳樓** | 오봉루는 둘이 있는데, 하나는 낙양에 있는 것으로 중국 후량後梁의 태조가 낙
   양에 도읍하고 위魏 땅의 좋은 재목을 구입하여 지은 누이다. 다른 하나는 안휘성 합비현合肥縣
   에 있는 것으로 당나라 천우天祐 연간에 장숭張崇이 성을 쌓고 이 누를 만들었는데, 봉새들이
   그 위에 모여들었다고 한다.
6_ **경복전景福殿** | 중국 삼국시대 위魏나라 명제 때 지어진 건물. 그 터가 하남성 허창현許昌縣에
   있다. 《문선文選》에 삼국시대 위나라의 하안何晏이 지은 〈경복전景福殿賦〉가 있다.
7_ **왕일王逸의 아이** | 왕일은 중국 후한後漢 남군南郡 의성宜城 사람으로, 자는 숙사叔師. 순제順帝
   때 시중侍中으로 있으면서 초사장구楚辭章句를 지었다. 그의 아들 연수延壽는 자가 문고文考로
   빼어난 재능이 있었으며, 젊어서 노국魯國에서 노닐면서 〈영광전부靈光殿賦〉를 지었다고 한다.
   《후한서》, 〈열전〉 권70, '문원文苑' 편에 다음과 같은 얘기가 전한다. "博物志云, 魯作靈光殿, 初
   成, 逸語其子, 汝寫狀歸, 吾欲爲賦. 文考遂以韻寫簡. 其父曰, 此卽爲賦, 吾固不及矣."
8_ **《규장각지奎章閣誌》** | 규장각의 설치 연혁을 비롯하여 제도와 의식 등을 수록한 관서지官署誌.
   2권 1책으로 정조의 명을 받아 서명응·채제공·황경원·이복원 등이 초초본初草本과 재초본
   再草本을 만들었고, 정조 8년(1784)에 간행하였다.

을사년(1785) 정월 상순上旬에 삼가 쓴다.

어떤 객이 꿈에 학이 된 자가 있어	客有夢而爲鶴者
바람을 타고 높이 올라	凌風而擧
구름에 닿은 채 돌고 있다.	摩雲而翔
구소九霄[9]에서 노닐다가	游乎九霄
상창上蒼[10]에 이르렀다.	戾乎上蒼
천상의 궁궐을 두루 다니다	徧乎閶闔
어떤 한 곳을 주시하니	觀乎一方
거기서 큰 별을 보았는데	見有大星
휘휘煒煒하고 황황煌煌하고	煒煒煌煌
영영玲玲하고 난난爛爛하며	玲玲爛爛
역력皪皪하고 형형熒熒하였다.[11]	皪皪熒熒
벽옥인 듯 진주인 듯	如璧如珠
촛불인 듯 등불인 듯	如燭如釭
햇빛인 듯 번개인 듯	如日如電
거울의 광채인 듯하였네.	如鏡之光
송연悚然히 이상하게 여겨 깨어난 뒤	悚然異而覺
아침 일찍 경금자를 찾아 그것을 말하고,	朝而從絅錦子道之
또 그것을 상세히 질문하였다.	且質之詳

9_ **구소九霄** | 구천운소九天雲霄, 즉 하늘 중의 지극히 높은 곳을 가리킨다.
10_ **상창上蒼** | 옥황상제가 계신 최상층의 하늘을 가리킨다.
11_ **휘휘煒煒하고 … 형형熒熒하였다** | 휘휘황황煒煒煌煌, 영영난난玲玲爛爛, 역력형형皪皪熒熒은 모두 별이 빛나는 모양을 형용한 말이다.

경금자는 말하였다.

"그대는 저 문文의 덕스러움을 아는가?

물에 있어서는 물결이 되고	在流爲瀾
식물에 있어서는 꽃이 되며	在植爲英
실에 있어서는 기이한 비단이 되고	在絲爲異錦
돌에 있어서는 밝은 옥이 된다.	在石爲明瓊
그것이 하늘에 있어서는	其在乎天
찬연히 별이 되니	燦而爲星
북두성과 삼태성三台星[12]	曰斗曰台
예譽[13]와 문창성文昌星[14]이다.	曰譽曰昌
수를 늘어 놓은 듯 구슬을 섞어 놓은 듯	繡列璣錯
꽃송이가 줄기에 걸려 있는 듯	若華麗莖者
어느 무엇이건 건문乾文의 정수가 아니리오?	何莫非乾文之精
그런데 그 서북쪽의 한 궤도에	而若其西北一躔
규奎[15]라고 이른 별이 있어	奎曰以名
멀리 동벽성東壁星[16]에 공수拱手하고	遠拱東壁

12_ **삼태성三台星** │ 상태上台 · 중태中台 · 하태下台로 나누며, 모두 6개의 별로 구성되어 있다. 2개씩 나란히 있고, 문창성에서 일어나 태미성을 향해 줄 지어 있다. 삼공三公의 지위에 견주기도 한다.

13_ **예譽** │ 별 이름인 듯한데, 자세한 것은 알 수 없다.

14_ **문창성文昌星** │ 문곡성文曲星 또는 문성文星이라고도 한다. 문운文運을 주관한다는 전설이 있기에 때때로 중요한 문관직文官職을 비유하는 용어로 사용된다.

15_ **규奎** │ 이십팔수二十八宿의 열다섯 번째로 서방에 속한 별. 초여름에 보이는 중성中星으로 문운을 담당한다. 이 별이 밝으면 천하가 태평하다고 한다.

가까이 장경성長庚星[17]에 읍한다.	近揖長庚
오! 하늘에 문文이 있어	維天有文
이에 그것을 집성하였다.	爰集其成
이미 밝고도 환한데	旣朗旣煥
다시 그 청명함을 더하였고,	復以其晶
이미 맑고도 망울졌는데	旣淑旣華
다시 그 꽃을 피웠다.	復以其榮
문文이 쌓여진바	文之所積
밖으로 문채가 드러난다.	外而彪章
보배로운 빛, 상서로운 색	珍光瑞彩
여기에 감추어져 있고	於斯焉藏
구슬 같은 무지개, 비단 같은 노을	珠虹錦霞
여기에서 생겨난다.	於斯焉生
우메羽袂[18]와 탄묵彈墨[19]의 무리가	羽袂彈墨之徒
여기에서 무리 지어 동행하니	於斯焉彙征
상서로운 구름과 은하수가	矞雲絳河
감히 더불어 견주지 못하고	莫與敢京

16_ **동벽성東壁星** | 문장을 맡은 별 이름으로 이십팔수의 하나. 문학 또는 도서관을 이르는 말로도 쓰인다.

17_ **장경성長庚星** | 금성金星의 다른 이름. 태백성太白星 또는 계명성啓明星이라고도 한다. 금성의 운행 궤도가 처한 방위가 달라 장경성과 계명성으로 구분된다. 저녁에 보이는 것은 장경성이고, 새벽에 보이는 것은 계명성이다.

18_ **우메羽袂** | 신선을 가리킨다.

19_ **탄묵彈墨** | 탄핵하는 상주문上奏文으로 권신權臣의 죄과나 귀척貴戚의 사치를 규찰하기 위하여 임금의 재결을 촉구하는 글. 여기서는 이런 글을 쓴 사람을 가리킨다.

자원紫垣[20]과 태미太微[21]가

이에 힘입어 밝게 되었다.

만중생에게 그 문을 벼리로 삼게 하고

한 세상의 평화와 행복을 관장한다.

이 때문에 조예조趙藝祖[22]가 그 휴명休明[23]을 터 닦아

오수五宿를 둔치시켜 상서로움을 보여주었고,[24]

명 태조明太祖[25]가 환하게 사해四海를 씻어내매

검은 안개[26] 물리치고 새벽 하늘 개였으며,

난전鸞篆[27]을 품고 문장을 토해내니

대궐에서 대소大蘇[28]를 만났나니[29]

紫垣太微

賴爲之明

經其文於萬衆

管一世之休亨

是故趙祖基其休明

屯五宿而晬禎

高皇煥而洗宇

屛黑祲而晨晴

懷鸞篆而吐藻

遇大蘇於紫城

20_ **자원紫垣** | 별자리 이름, 즉 자미원紫微垣을 가리킨다. 옛날에 중국의 천문가들이 천체天體의 항성恒星을 나누어 삼원三垣·이십팔수와 기타 별자리를 만들었다. 자미원은 삼원 중의 하나인 중원中垣인데, 여기에 15개의 별이 있다.

21_ **태미太微** | 별자리 이름으로 삼원 중의 하나. 삼원은 상원上垣·중원中垣·하원下垣으로 구성되어 있는데, 태미는 상원에 해당되며, 여기에 10개의 별이 있다.

22_ **조예조趙藝祖** | 중국 송나라 태조인 조광윤趙匡胤을 가리킨다. '예조'란 《서경》, 〈순전舜典〉에 나오는 용어로 문덕文德과 재예材藝가 있는 조상을 가리키며, 옛날 제왕이 선조를 일컫던 미칭美稱이다. 이 때문에 후대 제왕들은 예조를 태조의 통칭으로 삼았다. 송 태조 이외에 당나라의 고조高祖 이연李淵, 금나라의 아골타阿骨打 등이 모두 예조로 호칭되었다. 예조는 문조文祖라고도 한다.

23_ **휴명休明** | 태평성대를 이르는 말이다.

24_ **오수五宿를 … 보여주었고** | 《송사宋史》, 〈태조기太祖紀〉에 "乾德五年夏, 五星聚奎"라 하였고, 《송사》, 〈두엄전竇儼傳〉에 "丁卯歲, 五星聚奎, 天下自此太平"이라 했다.

25_ **명 태조明太祖** | 중국 명나라 제1대 황제인 주원장朱元璋의 묘호. 고황제高皇帝라고도 한다.

26_ **검은 안개** | 원문의 "흑침黑祲"은 상서롭지 않은 분위기의 천상天象을 가리킨다. 병란兵亂을 비유하는 뜻으로 쓰이기도 한다.

27_ **난전鸞篆** | 한림학사翰林學士를 가리키는 듯하다. 중국 당나라 덕종德宗 때에 학사원學士院을 금난파金鸞坡로 이전하였기 때문에 '난파鸞坡' 또는 '난파鸞坡'라고 일컬었다.

대개 상천의 광명함 가운데	蓋上天光明之中
규성이 지극히 빛나고 영험하다.	而奎星至華且靈
지금 그대가 노니는 것	今子之游
바로 이 시기를 만났음이랴.	其斯之丁
아! 그대는 천문을 보았지만	噫子見天文
아직 인문을 보지 못했구려.	未見人文
어찌 다만 보지 못했으랴	奚徒未見
또한 듣지도 못했으리.	亦未之聞
내 듣건대, 규장奎章은	我聞奎章
또한 사람에게 있다 하니	亦在乎人
그 누가 그것을 드러내는가,	其誰章之
오직 성인이신 우리 군주라네.	惟聖吾君
우리 임금 진실로 성스러워	吾君允聖
순임금 같고 요임금 같다네.[30]	如華如勛
그 다스림은 보불黼黻[31]처럼 찬란하고	其治黼黻

28_ **대소大蘇** | 중국 송나라의 문인 소식蘇軾을 가리킨다. 그는 동생 소철蘇轍과 함께 문명文名이
   높았는데, 당시에 형인 소식을 '대소'라 일컬었다.

29_ **난전鸞篆을 … 만났나니** | 중국 송나라 철종 때에 소식이 한림학사로서 시독侍讀을 했는데, 국
   가의 치란과 흥망성쇠를 논한 부분에 이르러선 철종을 인도하여 깨우쳤으며, 시사時事를 논
   한 부분에 이르러선 당시 사회의 실정 등을 아뢰었다. 어느 날 소식이 대궐에서 숙직을 할 때
   편전便殿에서 그를 불러들였다. 선인왕후宣仁王后는 돌아가신 신종神宗이 소식의 문장을 매양
   외우며 '기재奇才'라고 감탄했고, 소식을 등용하지 못한 점을 애석해했다고 말하였다. 이에
   소식은 흐느껴 울었고, 왕후와 철종, 그리고 좌우의 신하들도 눈물지었다. 이윽고 왕후는 소
   식에게 차를 하사하고, 어전御前의 금련촉金蓮燭을 거두어 소식이 한림원으로 돌아가는 길을
   밝혀주게 했다. 《송사宋史》 338권, 〈소식열전蘇軾列傳〉 참조.

30_ **순임금 … 같다네** | 순임금의 이름은 중화重華이고, 요임금의 이름은 방훈放勛이다.

그 덕은 서기가 인온氤氳하다.	其德氤氳
상제에게 어여삐 보이며	媚于上帝
산룡山龍³²의 치마를 드리우니	垂山龍裙
하늘은 날실, 땅은 씨실	天經地緯
문文이여, 빈빈彬彬하도다!	文哉彬彬
좋은 시운時運이 크게 천명되고	休運丕闡
온갖 일들이 날로 새로워진다.	庶務日新
하루라면 한낮이요	如晷斯午
한 해라면 바야흐로 봄철이라.	如歲方春
왕업은 만 년의 터전이 잡혔고	業基萬祀
교화는 팔방에 이르렀네.	敎暨八埏
사람을 다스림에	修之於人
하늘을 기준으로 삼았다.	準之乎天
이에 한 각閣을 우뚝 세워	爰峙一閣
규성奎星의 별자리를 본뜨고	以象奎躔
중화를 모방하여	以倣中華
조상을 소술紹述한다.	以述祖先
한 나라에 각이 있음은	有國之閣
예로부터 그러했네.	自古惟然
주나라 사람에겐 비각祕閣³³이 있어	周人有秘

31_ **보불黼黻** | 옛날 천자의 예복에 놓은 수의 이름으로, '보黼'는 흑과 백의 도끼 모양이고, '불黻'은 흑과 청의 '弓'자가 서로 등진 모양이다.

32_ **산룡山龍** | 옛날 곤복衮服과 정기旌旗에 산과 용의 형상을 그려 넣어 장식했다.

이선耳仙으로 그곳을 지키게 했고[34]　　　　　　　　守以耳仙

백호전白虎殿[35]은 한나라 시대요　　　　　　　　　虎殿漢世

기린실麒麟室[36]은 당나라 시대인데　　　　　　　　獜室唐年

그 화려함을 다투어　　　　　　　　　　　　　　　爭華競麗

저 서곤西崑[37]과 비등하였네.　　　　　　　　　　埒彼西崑

송나라가 그것을 잇달아　　　　　　　　　　　　　宋氏因之

신조宸藻[38]를 여기에 봉안하였네.　　　　　　　　宸藻是安

용도각龍圖閣[39]과 천장각天章閣[40]은　　　　　　龍圖天章

그 소장所藏한 것을 시대로써 나누었네.　　　　　　藏以世分

아래로 명나라에 이르러서는　　　　　　　　　　　下逮皇明

33_ 비각秘閣｜비관祕館·비부祕府라 하기도 한다. 대궐 안에 있었으며, 서적을 보관하던 곳이다.

34_ 이선耳仙으로 … 지키게 했고｜이선은 노자를 가리킨다. 노자의 이름이 이耳이고, 그의 최후
　　를 본 사람이 아무도 없었기 때문에 신선이 되었을 것이라고 전해진다. 이에 근거하여 노자를
　　'이선'이라고 일컫는 듯하다. 또한 노자는 주나라 주하사柱下史로서 비각의 직책을 맡기도 하
　　였다.

35_ 백호전白虎殿｜중국 한나라 때 궁관宮觀의 이름으로 미앙궁未央宮 안에 있었다. 동한東漢 장제
　　章帝 때 박사博士·의랑議郎·낭관郎官과 여러 유생들이 여기 모여 오경五經의 동이同異를 강
　　론하여《백호의주白虎議奏》를 작성했다.

36_ 기린실麒麟室｜기린각麒麟閣으로 여겨진다. 중국 전한前漢의 무제가 기린을 얻었을 때 세운
　　누각으로, 미앙궁 안에 있었다. 한편 이 각은 소하蕭何에 의해 지어졌으며, 이곳에 비서秘書를
　　보관하고 현재賢才를 거처하게 했다고 한다. 그러나 이 기린각이 당나라와 어떤 관계가 있었
　　는지 현재로서는 알 수 없다.

37_ 서곤西崑｜고대에 제왕이 책을 보관하던 곳이었다고 한다.

38_ 신조宸藻｜임금이 지은 시문詩文을 가리킨다.

39_ 용도각龍圖閣｜중국 송나라 진종眞宗 때 세워진 건물. 이곳에 송 태종의 어서御書·어제문집
　　御製文集·서화·세보世譜 등을 보관하였고, 학사學士·직학사直學士·대제待制·직각直閣 등
　　의 관원이 있었다.

40_ 천장각天章閣｜중국 송나라 진종 천희天禧 4년에 세운 궁. 용도각 북쪽에 있었고 황제의 저작
　　을 보관했다. 천장각에는 학사·직학사·시제待制·시강侍講 등의 관직을 설치했고, 실직은
　　없었다.

더욱 그 관직을 중시하여	尤重其官
특별히 내각을 만드니	異爲內閣
문화전文華殿[41]과 문연각文淵閣[42]이라	文華文淵
은하수 이에 유난히 밝고	雲漢斯倬
뭇 용들 이에 꿈틀거리네.	群龍斯蜿
온갖 보배 비장된 곳	萬寶所儲
소유산小酉山[43]이라 이르네.	小酉之山
어찌 한갓 그것뿐이리오?	豈徒爾也
문물교화에 관계된 바라.	文化攸關
내가 생각건대 우리 소중화가	余惟小華
그와 더불어 대등한 것이라.	厥與之班
하나라도 같지 못함이 있으면	一有不若
부끄러움이 동쪽 우리 백성에게 있는 것이리.	恥在東民
그런데 예전 우리 장헌대왕莊憲大王[44] 때에	肆昔我莊憲大王之時
치도治道는 내수內修에 중점을 두고	治存內修
모유謨猷[45]는 후손을 넉넉하게 했네.	謨裕後昆

41_ **문화전文華殿** | 중국 명나라 때 황제들이 강관講官의 경사 강의를 듣던 궁전. 옛 자금성 안에 있었으며, 다른 궁전에 비교하여 다소 규모가 작지만 아주 정교하게 지어졌다. 한편 내각에 고급 문관직인 문화전 대학사大學士가 있었다.

42_ **문연각文淵閣** | 중국 명나라 때 궁 안에 있던 장서각. 서적을 보관하던 곳으로, 황제가 여기에서 강독을 하기도 했다.

43_ **소유산小酉山** | 중국 호남성湖南省 원릉현沅陵縣 서북쪽에 있는 산. 오속산烏速山 또는 유양산 酉陽山이라고도 한다. 성홍지盛弘之의 《형주기荊州記》에 의하면, 이 산의 석혈石穴 안에 천 권의 책이 있었고, 진秦나라 사람들이 세상을 피하여 소유산으로 와서 이 책들을 읽으면서 숨어 지냈다고 한다.

44_ **장헌대왕莊憲大王** | 장헌은 조선조 제4대 임금 세종의 시호.

제齊나라 노魯나라[46]를 울연히 변화시켰고	蔚變齊魯
하夏나라 은殷나라[47]를 고루하게 보았다.	陋視夏殷
경연經筵의 신하들이 건의해 아뢰기를	筵臣建奏
어찌 각閣을 설치하지 않으렵니까?	盍閣之尊
인지당麟趾堂[48]의 동쪽	麟趾之東
실로 금원禁園[49]에 터를 보았네.	實相禁園
목천木天[50]과 석거각石渠閣[51]이	木天石渠
거의 그 완성을 보게 되었다.	庶見其完
궁의 빛이 먼저 저무니	宮暉先暮
창오蒼梧의 구름에 한恨이 들어가네.[52]	恨入梧雲
또한 저 숙종 임금께서	亦粤肅祖
크게 이어 선대를 빛냈는데	丕承光前

45_ 모유謨猷 | 조상이 후손에게 남긴 가훈이나 규범 등을 말한다.

46_ 제齊나라 노魯나라 | 문화가 흥성한 곳을 가리킨다. 공자가 "제나라가 한 번 변하면 노나라에 이르고, 노나라가 한 번 변하면 도에 이른다"라고 한 말이 《논어》, 〈옹야雍也〉편에 보인다.

47_ 하夏나라 은殷나라 | 문명이 싹튼 곳을 가리킨다.

48_ 인지당麟趾堂 | 경복궁 교태전交泰殿 북쪽에 있었다.

49_ 금원禁園 | 여기서는 창덕궁 안의 비원祕苑을 가리킨다.

50_ 목천木天 | 규모가 꽝장히 큰 목조 건축물을 가리킨다. 궁 안의 여러 관사 건물 가운데 오직 비각祕閣이 가장 큰 규모였고, 각 아래가 높으면서 확 트였기 때문에 비각을 '목천'이라고 했다고 한다.

51_ 석거각石渠閣 | 중국 한나라 때 서적을 보관하던 곳으로, 미앙궁 안의 북쪽에 있었다. 한나라 초기 소하에 의해 지어졌고, 유방劉邦의 군대가 함곡관函谷關에 들어와 진나라에서 얻은 서적을 보관해두었다. 그 각 아래에 돌을 쪼아 도랑을 만들어 물을 끌어들였기 때문에 '석거각'이라 하였다. 한나라 성제成帝 때는 이곳에 비서를 보관하였다. 여기서는 석거각에 비견되는 조선 왕조의 비각을 가리킨다.

52_ 창오蒼梧의 … 들어가네 | 순임금이 남쪽 지방을 두루 보살피며 돌아다니다가 창오의 들에서 죽었다고 전해진다. 여기서는 세조가 비각을 설치하려다가 뜻을 이루지 못하고 죽은 것을 비유하여 말한 것이다.

어찌하여 그 일에 겨를이 없었던고[53]	于何未遑
지난 일을 슬퍼하며 탄식하네.	慨古咨嘆
이에 작은 건물을 세우니	乃建小構
종정시宗正寺[54]의 사이라.	宗寺之間
역대 임금의 수택手澤[55]이	列聖手澤
여기서 이에 받들어졌네.	斯焉是拚
비백체飛白體[56]와 과두문자科斗文字[57]는	飛白科斗
춤추는 교룡, 높이 떠도는 난새라네.	舞虬漂鸞
이에 황황한 보묵寶墨으로	乃煌璇墨
건물의 앞면을 꾸미니	以賁其顔
무지개를 찌게 하고 북두성을 쏘아	蒸虹射斗
광채와 기운이 찬란도 하네.	光氣爛爛
그러나 이 각은	然惟斯閣
좁고 또 외진 곳에 있어	旣窄且偏
문화가 바야흐로 융성해지매	文之方盛

53_ **숙종 임금께서 … 없었던고** | 규장각은 세조 때 일시 설치하려 했으나 실행되지 못했고, 숙종 20년(1694)에는 세조가 친히 쓴 '규장각'이라는 액자를 종정시宗正寺의 환장각煥章閣에 봉안하고, 역대 국왕의 어필·어제를 보관하려 했으나 뜻을 이루지 못했다.

54_ **종정시宗正寺** | 역대 국왕의 계보系譜와 초상을 보관하는 일 따위를 하던 관청. 시대마다 그 이름이 약간씩 변하여 제군부諸君府·종친부·종정부·종정사·종정원 등으로 불렸다.

55_ **수택手澤** | 선인先人의 유품을 말하는데, 여기서는 역대 임금들의 친필·서화 따위를 가리키는 듯하다.

56_ **비백체飛百體** | 중국 후한後漢 때의 채옹蔡邕이 창안한 서체. 팔분八分과 비슷한데, 속필速筆로 힘차게 획을 긋기 때문에 필적이 비자락 자국처럼 보인다.

57_ **과두문자科斗文字** | '과두문자蝌蚪文字'를 말한다. 글자의 획 모양이 머리는 굵고 끝이 가늘어 올챙이 같다 하여 일컬어진 말이다. 황제 때에 창힐蒼頡 또는 전욱顓頊이 처음 만들었다고 한다.

그것으론 걸맞지 않았네.	無以稱焉
대개 그 제도는 시작되었으나 갖추지 못했고	蓋其制刱而不備
그 의식儀式은 설치되었으나 온전치 못했네.	儀設而不全
보관함에는 별다른 서적이 없었고	藏無他書
지키는 데에 별도의 인원이 없었네.	守無定員者
아마도 그 문물이 천양되지 못한 까닭에	豈文物未闡之故也
대개 신손神孫을 기다림이 있었던가.	蓋若有待乎神孫
성스런 충정이 그 마치지 못한 일을 끌어당겨	皇衷挹其不卒
후인을 돌아보며 단초를 열려 함이라.	眄後人而啓端
이 때문에 삼가 생각건대 우리 주상 전하께서	是故恭惟我主上殿下
밝고도 밝음을 이으시고	紹明明
크고도 크심을 돌아보시어	顧丕丕
보의黼扆58를 지시고	偵黼扆
선기璿璣를 잡으시니59	握璿璣
나라를 다스리는 도로서	爲國之道
문文이 여기에 있도다.	文其在玆
긍당긍구肯堂肯構60를	肯堂肯構

58_ 보의黼扆 | 붉은 비단에 흑백의 도끼 모양을 그려 넣은 병풍. 천자가 제후의 배알을 받을 때 천
자가 앉아 있는 뒤쪽에 쳤다. 여기서는 임금이 자리에 올랐음을 의미한다.

59_ 선기璿璣를 잡으시니 | 선기는 선성璇星과 기성璣星으로, 북두칠성의 둘째 셋째 별이다. 선기
를 잡았다는 말은 왕의 권한을 가졌음을 의미한다. 실제로 정조는 즉위 원년에 규장각을 창설
했다.

60_ 긍당긍구肯堂肯構 | 자식이 아버지의 가업을 계승하는 것을 비유적으로 한 말. 《서경》, 〈대고
大誥〉편에 "若考作室, 旣底法, 闕子乃弗肯堂, 矧肯構"라는 문구가 있는데, 이는 집을 짓는 것
으로 정사를 다스리는 것을 비유하여 말한 것이다.

내가 아니면 그 누가 하리오?	非台伊誰
하늘로부터 그것을 마련했음에	自天裁之
이미 점괘에 맞아떨어졌고	既叶龜著
모든 사람에게 탐문하였고	詢于大同
뭇 어리석은 백성들에게 묻기도 했네.	群稚是咨
금원禁苑의 북쪽에	禁苑之北
이미 경치 좋고 또 터도 좋아	既景且基
영화당映花堂[61]에서 지척으로 가깝고	密邇映花堂咫尺
서총대瑞蔥臺[62]에서 한 모퉁이에 깊고도 엄숙하네.	深嚴瑞蔥臺一陲
땅이 이미 장소를 주었고	地既與之以所
하늘이 또 때를 빌려주니	天又假之以時
예장豫章[63]이 다투어 뽑혀 도끼를 기다리고	豫章爭抽而竢斧
예천醴泉[64]이 스스로 날아와 못을 이룩하였네.	醴泉自飛而獻池
북소리 한 번 울리니	鼖鼓一作
뭇 어리석은 이들 자애로움에 달려가네.	衆稚趍慈
백성들은 영대靈臺의 역사를 일으키고[65]	民興靈臺之役

61_ **영화당**映花堂 | 창덕궁 안에 있는 당堂. 선비를 시취試取하고, 임금이 친히 열병閱兵하던 곳이다.

62_ **서총대**瑞蔥臺 | 임금이 친히 임하여 무관의 활 쏘는 기예를 점검하던 대臺. 연산군 때 창덕궁 안에 지었다.

63_ **예장**豫章 | 나무 이름으로 '예장豫樟'이라고도 한다. 천하의 명목名木으로 7년 정도 자라면 관이나 배를 만드는 데 쓰일 수 있을 정도로 재질이 좋다고 한다.

64_ **예천**醴泉 | 감미로운 샘물.

65_ **백성들은 … 일으키고** | 중국 주周나라 문왕文王의 백성들이 문왕의 어진 정치에 감화를 받아 문왕이 영대를 세우려 하자, 달려와 기꺼이 일을 했다고 한다. 《시경》, 〈대아大雅·영대靈臺〉 편에 "經始靈臺, 經之營之, 庶民攻之, 不日成之"라는 시구에 보인다.

악공들은 훈전薰殿⁶⁶의 규율을 노래하네.　　　工歌薰殿之規

그리하여 이에 담장을 쌓고 주춧돌을 놓고　　　於是乃堵乃礎

이에 섬돌을 깔고 섬돌 위 뜰을 마련하여　　　乃陛乃墀

이에 기둥을 세우고 용마루를 올리고　　　乃柱乃甍

이에 들보를 놓고 문미를 다네.　　　乃梁乃楣

이에 모탕⁶⁷을 받치고 동자기둥을 세우고　　　乃枮乃梲

이에 서까래를 얹으니　　　乃桷乃榱

이에 옥루屋漏⁶⁸가 은밀해지고　　　乃漏而密

이에 처마가 고르게 평평하네.　　　乃榮而夷

이에 전殿은 널찍이 확 트이고　　　乃殿而敞

이에 누樓는 우뚝 높으며　　　乃樓而危

이에 낭무廊廡가 길게 늘어서고　　　乃爲廊廡而脩

이에 난간이 기이하게 둘려 있네.　　　乃爲楯檻而奇

웅장하지 않으면서 정숙하고　　　不壯而穆

높지 않으면서 장엄하며　　　不高而巍

후미지지 않으면서 그윽하고　　　不僻而幽

채색하지 않았지만 광휘가 발하네.　　　不彩而輝

66_ **훈전薰殿** ｜ 남훈전南薰殿의 준말. '남훈'이란 말은 순임금이 오현금五絃琴을 타며 〈남풍南風〉
시를 지은 데서 유래했다. 그 시 중에 "南風之薰兮, 可以解吾民之慍兮"라는 시구가 있다. 후
대에 궁관宮觀이나 누樓와 전각殿閣의 이름을 '남훈'이라 명명한 것은, 천하가 모두 잘 다스려
져서 백성이 편안하다는 〈남풍〉 시의 의미를 취한 것이다.

67_ **모탕** ｜ 나무를 패거나 물건을 쌓을 때 밑에 괴는 나무를 말한다.

68_ **옥루屋漏** ｜ 방의 서북 모퉁이를 가리킨다. 중국의 옛사람들은 방의 북쪽 창문 곁에 평상을 마
련해두고, 서북 모퉁이 위를 터서 천창天窓을 만들어 햇빛이 이곳을 통해 방으로 들어오게 했
는데, 이곳을 옥루라고 일컬었다. 《시경》, 〈대아·억抑〉편에 "相在爾室, 尙不愧於屋漏"라는
시구에 보인다.

옥빛이 휘황하고 찬란한 듯	璀璨焜煌
수레들이 뒤섞인 듯, 산들이 높이 솟은 듯	轇輵崎嶬
먼 공중에 새들이 나부끼듯	縹緲翩翾
깊은 계곡에 물이 흐르듯.	窈窕淋漓
둥글게 높이 둘려 뽐내는 기상	穹窿偶儻
구불구불하면서 서로 잇닿아 있네.	蜿蜒逶迤
깃이 처음 나는 봉새 같고	褵褷如鳳鳥
으리으리한 현귀玄龜 같네.	贔屓如玄龜
능사綾紗를 각기 걸어 놓은 듯	如綾紗之各揭
패옥을 서로 얽매어 놓은 듯	如瑪珺之相縻
연꽃이 활짝 피어 난만한 듯	如蓮坼而灼灼
대나무가 떨기로 자라 무성한 듯	如竹苞而猗猗
놀란 꿩이 깃촉을 높이 세운 듯	如驚雉之聳翮
성난 고래가 등지느러미를 치는 듯	如怒鯨之鼓鬐
정히 산악이 돌기하여	正如山岳之突起
깎아지른 천 척 높이가 들쑥날쑥한 듯	戍削千尺之參差
또 선인과 도사가 우뚝 서서	又如仙人道翁之特立
훤칠하게 관과 검이 위의가 있는 듯하네.	軒軒乎冠劒之有儀
다듬고 바름을 이미 부지런히 했으며	梓墍旣勤
단청을 이에 베푸니	丹騰斯施
비록 붉고 푸름을 경계함이 있지만	雖朱綠之有戒
또한 그림이 눈부시게 빛난다.	亦繪事之陸離
두공枓栱[69]은 피어오르는 구름 같으나 돌은 아니고	栱蒸雲而不石
서까래는 꽃을 토한 듯하나 가지가 없네.	橡吐花而非枝

달팽이 점액이 횡으로 이어 나가고	蝸涎橫拖
마름 줄기가 거꾸로 펼쳐 있네.	藻柯倒披
대들보에는 봉새 다섯 마리 모였고	樑集五鳳
벽에는 이무기 아홉 마리 싸우네.	壁戰九螭
신장神將[70]이 기둥에 의지해 팔을 내두르고	神將倚柱而搤腕
옥녀玉女는 창문에 임해 눈썹을 내려 감네.	玉女臨窓而斂眉
나무에선 비늘과 솜털이 생겨나고	木生鱗毳
흙에선 꽃과 열매 수북이 나오네.	土出蕊蕤
쌀가루 돌가루는 검푸른 빛 누런빛이고	粉砂黛黃
박달나무와 연은 붉은빛 검은빛이라네.	檀荷騧緇
눈은 살아 있는 꽃 같고	目爲生花
얼굴은 둥근 술잔과 같으며	面若中巵
누추하지도 화려하지도 않고	不陋不泰
거대하지도 않고 비소하지도 않네.	不鉅不卑
진실로 이 보배로운 각閣은	展也寶閣
성인이 만드신 것이라.	聖人之爲
이에 누의 이름을 주합宙合으로 하여	於是樓名宙合
편액을 미두楣頭의 남쪽에 걸었네.	扁揭楣南
집 위에 또 집이 있어	軒上有軒
굵은 기둥 세 개가 거듭 있는데	楹再其三
이것이 정각正閣이니	寔爲正閣

69_ **두공**科栱 | 큰 규모의 목조 건물의 기둥 위에 올린 구조물.

70_ **신장**神將 | 천시天時와 지리地理를 마음대로 운용할 줄 아는 대장을 말한다.

화려하고 또 깊숙하네.	克華且深
진용眞容[71]은 온화하고 숙연한 채	眞容穆穆
어느새 의젓이 임해 있는데	於焉儼臨
요임금의 눈썹과 순임금의 눈동자	堯眉舜瞳
봉새 휘장에, 규룡 수염이라.	鳳章虯鬐
붉은 그림 족자는 탑榻 위에 모셨고	丹幀御榻
푸른 휘장 처마를 감쌌으니	碧帷護檐
온갖 신령이 이에 비호하고	百靈斯護
만백성이 공경하는 바라네.	萬姓攸欽
향기는 절로 일어나 어려 있고	香自起而勃蓊
구름은 머물러 붉게 물들이는데,	雲不去而紅疊
또다시 임금의 글은 책상에 보존하고	又復宸章閣丌
보배로운 글씨는 함에 담았네.	寶翰載函
풍수자연의 문채이고	風水自然之文
천지정시天地正始의 소리라.	天地正始之音

빛나고 빛나도다, 명주明珠가 반드시 서로 연이어 있음이여!

煌煌乎明珠之必相聯

넓고도 넓도다, 창해가 포함하지 않음이 없음이여!

灝灝乎滄海之無不涵

| 일찍이 임금 노릇한 분들의 문장을 논해보건대 | 間嘗論君人之文 |
| '칙천勅天'[72]과 〈훈풍薰風〉[73]의 음영吟詠으로부터 | |

自勅天薰風之吟

아래로 한당漢唐 송명宋明을 아울러서	下以幷漢唐宋明
그 성대함 더불어 서로 비교할 수 없고	而其盛莫與相參
묵수墨藪 필원筆苑에서 견줌을 구한다 해도	求之於墨藪筆苑
또한 고금을 뛰어넘을 만하네.	亦可以軼古超今
보자기는 홍금紅錦으로 안치하였고	袱安紅錦
축축軸은 황금으로 만들었다.	軸設黃金
광휘가 발하는바	光輝所發
별들이 삼삼히 나열되었는데	星斗羅森
책보冊寶와 인장印章은	冊寶印章
더욱 크고 또 위엄이 있네.	尤大且嚴
이들 모두 한 방에 보관했는데	幷藏一室
책상에 얹거나 감실龕室에 넣었다.	或几或龕
마땅히 천추만세하도록	宜千萬歲
나라를 진압鎭壓함이 끝이 없으리라.	鎭國無厭
서남쪽에 건물이 있어	西南有堂
봉모당奉謨堂[74]이라고 보이는데	奉謨斯瞻
양쪽에 협실夾室은 날아오를 듯 솟았고	兩夾斯翼
보탑寶榻에는 향기가 서려 있네.	寶榻香沈
십구 대代에 걸쳐	一十九世

72_ **칙천勅天** 《서경》, 〈익직益稷〉편의 "勅天之命, 惟時惟幾"라는 구절을 인용한 것이 아닌가
한다.

73_ **〈훈풍薰風〉** 순임금이 지은 "南風之薰兮, 可以解吾民之慍兮"라는 시. 〈남풍南風〉이라고도 한다.

74_ **봉모당奉謨堂** 규장각 소속 건물의 하나로 열조列朝의 어제御製 · 고명顧命 · 유고遺誥 및 선보
璿寶 · 장지狀誌 등을 봉안하던 곳.

성조聖祖들이 친히 쓰신바   聖祖所簽

문장의 악악噩噩함과   文之噩噩

시의 범범渢渢함이다.[75]   詩之渢渢

글씨에는 해서楷書 · 전서篆書 · 초서草書 · 비백飛白이요

                                                         筆而楷篆艸白

그림에는 화花 · 죽竹 · 충蟲 · 금禽이라.   畫而花竹蟲禽

교고教誥로서 끼친 훈모訓謨와   教誥之所以貽謨

고명顧命[76]으로 마음을 전하신 것이네.   顧命之所以傳心

은황銀潢 · 옥지玉支의 첩牒과   銀潢玉支之牒

난대蘭臺 · 금궤金匱의 첨籤을   蘭臺金匱之籤

시렁과 책상에 얹고   于架于案

파吧와 상자에 넣어   于吧于筒

빈틈없이 싸고   于以密罩

경건히 봉하였네.   于以敬緘

매양 한 번 펼쳐 완상할 때면   每一披翫

효성된 생각 진정키 어려워   孝思不任

국〔羹〕에서 보듯 담〔廧〕에서 보듯[77]   如羹如廧

손을 닦은 뒤에야 집어든다.   盥而後拈

75_ 문장의 … 범범渢渢함이다 ｜ 악악噩噩은 맑고 곧은 모양을 말하며, 범범渢渢은 알맞고 적당한
소리를 말한다.

76_ 고명顧命 ｜ 임금이 임종臨終 때에 대신들에게 뒷일을 부탁하여 하는 유언遺言.

77_ 국〔羹〕에서 … 보듯 ｜ '국장〔羹牆〕'은 앞사람을 우러러 사모하는 일을 말한다. 요임금이 죽은
뒤 순임금은 요임금을 경모敬慕하는 마음이 간절하여, 앉아 있을 때는 담장에서 요임금을 보
고 밥을 먹을 때는 국에서 요임금을 보았다고 한다.

만세토록 보존하여 　　　　　　　　　　　　　保有萬世

동국東國의 보배가 되리. 　　　　　　　　　　東國之瑵

정남방正南方[78]에 건물이 있는데 　　　　　離方有構

용마루와 처마가 서로 접하였다. 　　　　薨霤相接

열고관閱古觀은 이미 높은데 　　　　　　觀閱古而旣高

개유와皆有窩는 조금 곁으로 있네.[79] 　　窩皆有而乍挾

혹 층헌層軒에 연첩連疊한 서까래요 　　或層軒而疊架

혹 난각暖閣[80]에 심수深邃한 창문이라 　或煥閣而深闔

여기에 온갖 서적을 구비하여 　　　　　爰偫群書

섭렵涉獵의 바탕이 되게 했으니 　　　　以資涉獵

그 유類를 경사자집經史子集으로 나누고 　類分經史子集

그 부부는 갑을병정甲乙丙丁으로 구별했다.[81] 　部別丙丁乙甲

그 책들, 사史에는 역대의 사적事蹟이요 　其書則史載歷代之蹟

경經에는 여러 성인의 업적이라 　　　經垂群聖之業

지사志士 이인異人의 학설인 자子와 　智士異人之子

78_ **정남방正南方** | 원문은 "이방离方"으로 되어 있는데 이离는 이離와 통하고, 이離는 남방南方을 지칭하는 괘卦이다. 열고관閱古觀이 정남방正南方에 위치했으므로 이방离方이라 말한 것이다.

79_ **열고관閱古觀은 … 있네** | 열고관과 개유와皆有窩는 중국본 도서를 보관하는 곳으로, 열고관은 이층으로 된 건물에 각 층이 두 칸이었고, 개유와는 헌軒 한 칸에 난각煖閣 두 칸으로 되어 있었다. 《규장각지奎章閣志》 권1, 〈건치建置〉에 "正南曰閱古觀上下二層(凡二間), 又北折爲皆有窩(軒一間, 暖閣二間), 皆所以藏華本圖籍也"라 하였다.

80_ **난각暖閣** | 불을 피워 난방을 할 수 있게 만든 건물. 《태평광기太平廣記》, 〈진계경陳季卿〉에 "遇僧他適, 因憩於暖閣"이라 하였다.

81_ **그 부부는 … 구별했다** | 개유와 및 서고에 소장된 서적은 갑을병정甲乙丙丁의 네 부部로 분류 하였는데, 갑부甲部에는 총경류總經類·사서류四書類·소학류小學類 등이, 을부乙部에는 정사 류正史類·지리류地理類·총목류總目類 등이, 병부丙部에는 유가류儒家類·도가류道家類·예 완류藝玩類 등이, 정부丁部에는 총집류總集類·별집류別集類 등이 포함되었다.

충신忠臣 양보良輔의 시문詩文인 집集이라네.	忠臣良輔之集
진한秦漢 철장哲匠의 명가名家와	秦漢哲匠之家
당송唐宋 거공鉅公의 유집遺什이 있고	唐宋鉅公之什
백가百家 여러 유파의 저술한 것과	百家諸流之所著述
천고千古의 뭇 유자儒者들이 편집한 것이요	千古群儒之所編輯
충어蟲魚 초목草木에 대한 주소註疏와	蟲魚艸木之所箋
예악禮樂 의장儀章에 대한 차록箚錄이요	禮樂儀章之所箚
그리고 천문역법天文曆法과 지지地誌	以至星歷地誌
도경道經과 병법兵法	道經兵法
물보物譜와 기결技訣[82]	物譜技訣
화보畫譜와 필첩筆帖	畫卷筆帖
참위서讖緯書와 패관잡설稗官雜說	讖緯稗官
신선에 대한 서책과 불경佛經	仙弓佛笈
신귀神鬼의 기괴함과	神鬼之怪
예술藝術의 잡박함에 해당되는 것	藝術之雜
천상에서 소장했던 책과[83]	天上之藏
해외 만국에서 수습한 것들까지	海外之拾
임림林林 총총叢叢하고	林林叢叢
누루累累 첩첩疊疊하며	累累疊疊
인린鱗鱗 정정井井하고	鱗鱗井井

82_ **물보物譜와 기결技訣** | 물보는 만물萬物의 계통을 말한 보서譜書의 일종이며, 기결은 잡기雜技에 대한 비결秘訣을 말한다.

83_ **천상에서 … 책과** | 옥황상제를 위시한 천상 세계의 선관仙官들이 소장했던 신비스런 책이라는 뜻이다.

질질秩秩 칩칩蟄蟄하며   秩秩蟄蟄

촉촉矗矗 이리離離하고   矗矗離離

운운紜紜 엽엽燁燁하다.[84]   紜紜燁燁

그 수는 억億으로 헤아리고   不億其計

그 등급은 만萬에 달한다.   有萬其級

혹은 그 첨籤에 구슬을 달고   或珠其籤

혹은 그 갑匣에 수로 꾸미고   或繡其匣

혹은 그 시렁에 향을 놓고   或香其架

혹은 그 책갑을 비단으로 싸고   或錦其囊

혹은 그 책질에 꽃 무늬를 입히고   或花其帙

혹은 그 상자를 구름 무늬로 장식한다.   或雲其篋

쌓인 것은 군옥群玉의 언덕을 이루고   積成群玉之岡

둘린 것은 중향衆香의 성성城이 되네.   環作衆香之堞

운향芸香[85]에서 나는 푸른 연기 좀벌레를 막아주고   芸烟青而辟魚

그 향기 방에 가득하여 오래도록 젖어든다.   香滿室而長浹

그런데 이 책들은 멀리 연시燕市에서 구입   然而此猶遠購燕市

중화본中華本을 모은 것이라   華本之合

우리나라 책들을 소장한 곳은   若其東籍所藏

별도로 서고西庫가 있어 높이 솟았으니   別有西庫屹立

많기로는 혹 저쪽보다 더하고   多或過之

84_ **임림林林 … 엽엽燁燁하다** | 소장된 책들이 그 양에서 매우 많고, 질서 있게 잘 정리 진열되어
있으며, 빛을 발하는 듯 보기에 좋은 모양으로 되어 있음을 형용하는 말들이다.

85_ **운향芸香** | 운향과芸香科에 속하는 여러해살이풀이며, '궁궁이'라고 일컫는다. 잎에서 향기가
나는데 이것을 책 속에 넣으면 좀이 슬지 않는다.

종류로는 혹 서로 겹치기도 한다.　　　　　類或相襲

역산曆算에 능한 이가 산가지를 잡는다 해도　巧曆握籌

백의 열도 헤아릴 수 없을 것이요　　　　　不能百十

황금을 쌓아 북두北斗 높이에 닿는다 해도　積金齊斗

그 보배로움 오히려 이에 미치지 못한다.　寶猶莫及

휘휘輝輝한 옥인玉印으로　　　　　　　　　輝輝玉印

여기에 관지款識를 찍고　　　　　　　　　是款是踏

황황煌煌한 아패牙牌[86]로　　　　　　　　煌煌牙牌

책 출입의 표시로 삼는다.　　　　　　　　以出以入

지존至尊께서 펼쳐보신바　　　　　　　　至尊所繙

그 향이 갈피마다 서려 있다.　　　　　　香留卷葉

서고西庫의 조금 남쪽에　　　　　　　　　庫之稍南

헌軒과 합閤으로 된 건물이 있으니　　　　以軒以閤

옛 명칭은 서향각書香閣[87]으로　　　　　舊名書香

아홉 기둥이 둘려 있는데　　　　　　　　九楹是帀

매양 포쇄曝晒할 때에는　　　　　　　　每當曝晒

이곳으로 탑榻을 옮긴다.　　　　　　　　此焉移榻

건물들은 각각 쓸모에 맞아　　　　　　構各有適

많지만 겹치지 않는다.　　　　　　　　多猶不沓

86_ **아패牙牌** | 상아象牙로 만든 패牌로서 표신용標信用으로 사용되었다. 규장각에는 3개의 아패가
　　있어, 각각 선소宣召와 서적의 명입命入 및 서적의 청출請出에 사용되었다.
87_ **서향각書香閣** | 이안각移安閣의 옛 명칭. 이안각은 보관 중인 어진御眞·어필御筆 등을 이봉移
　　奉, 포쇄曝晒하던 곳.《규장각지》권1,〈건치〉에 "正西日移安閣舊名書香閣, 軒三間, 左右暖閣
　　各三間, 所以爲御眞·御製·御筆移奉曝曬之所也"라 하였다.

아! 저 외각外閣[88]은	繫彼外閣
내각內閣과 다르면서 같은 것이라.	不同而同
심도沁都[89]에 깊이 위치하여	秘之沁都
무궁無窮하기를 생각하였네.	慮于無窮
운관芸館[90]을 귀속시켜	屬以芸館
출판을 담당케 하였는데	剞劂是供
새 활자를 만들거나 옛것을 쓰기도 하되	或創或沿
같은 종류끼리 사용케 한다.	越以類從
또 직원直院[91]은	又是直院
오직 금중禁中에 있는데	惟禁之中
영관瀛館의 오른쪽이요	瀛館之右
호문虎門의 동쪽이라.[92]	虎門之東
그리고 이문원摛文院은	摛文之院
임금님의 처소에 가까이 있어	邇于九重
그 당堂은 백옥白玉으로 하였고	白玉其堂

88_ **외각外閣** | 규장외각奎章外閣. 강화도 행궁行宮의 동쪽 장녕전長寧殿 서쪽에 있었으며, 모두 6 칸 건물이었다. 병인양요丙寅洋擾 때 전부 소실되었다.

89_ **심도沁都** | 강화도江華島를 가리킨다.

90_ **운관芸館** | 교서관校書館을 가리킨다. 교서관은 경적經籍·향축香祝·인전印篆의 인쇄 반포를 담당하던 기관으로 원래 남부南部 훈도방薰陶坊에 있었는데, 정조 때에 창덕궁 돈화문敦化門 바깥으로 옮기고 규장각의 속사屬司로 삼았다.

91_ **직원直院** | 각신閣臣들이 직숙直宿하던 건물. 처음에는 일정한 건물이 없어 영숙문永肅門 바깥에 있던 국별장청局別將廳의 건물을 사용하다가 정조 5년(1781) 금호문金虎門 내에 있는 옛 도총부都總府 건물을 수리하여 직소直所로 삼았다.

92_ **영관瀛館의 … 동쪽이라** | 영관은 홍문관弘文館을, 호문虎門은 금호문金虎門을 말한다. 《규장각지》 에는 직원의 위치에 대해 "瀛館之右, 虎門之內"라고 기술해 놓았다.

그 창(牕)은 청쇄青瑣[93]로 새겼네.   青瑣其牕

하늘에는 봉래蓬萊의 구름이 접해오고   天近蓬萊之雲

땅에는 한림원翰林院의 바람이 맑다.   地淸翰林之風

난간엔 달이 떠올라 가장 밝고   軒宜月而最白

섬돌엔 꽃이 있어 먼저 피었네.   砌有花而先紅

황홀하여라, 노을빛 허공   怳如紫虛

신선이 살고 있는 곳.   羽客所宮

이에 요로要路에 오른 백면白面의 서생書生과   於是當塗白面之彦

세대世代를 격해 나온 흑두黑頭 재상宰相[94]은   間世黑頭之公

재주는 매마枚馬[95]를 능가하고   才凌枚馬

지기志氣는 기룡夔龍[96]에 나란하다.   志齊夔龍

아름다운 갓끈을 치렁거리며 선발에 응하고   紾華纓而膺選

꽃다운 발자국을 이어서 협공協恭[97]하며   接芳武而協恭

포부를 하전厦氈[98]에서 피력하고   敷懷抱於厦氈

치화治化를 생용笙鏞[99]으로 찬미한다.   贊治化於笙鏞

93_ **청쇄青瑣** | 문을 수식하는 한 방법으로, 중국 한나라 때 궁문에 쇠사슬 모양을 새기고 푸른 칠을 한 데서 유래한다.

94_ **흑두黑頭 재상宰相** | 젊은 나이에 재상의 지위에 오른 인물을 말한다.

95_ **매마枚馬** | 중국 서한西漢 때 사부辭賦로 이름난 매승枚乘과 사마상여司馬相如를 합하여 칭하는 말이다. 유협劉勰의 《문심조룡文心雕龍》, 〈전부詮賦〉에 "漢初辭人, 順流而作, 陸賈扣其端, 賈誼振其緒, 枚馬同其風, 王楊騁其勢"라는 구절이 있다.

96_ **기룡夔龍** | 순임금의 신하인 기夔와 용龍을 말한다. 기夔는 악관樂官으로, 용龍은 간관諫官으로 삼았다. 《서경》, 〈순전舜典〉에 "帝曰夔, 命汝典樂, 敎胄子, 直而溫, 寬而栗. … 帝曰龍, 朕聖讒說, 殄行, 震驚朕師, 命汝作納言, 夙夜, 出納朕命, 惟允"이라는 구절이 있다.

97_ **협공協恭** | 훌륭한 신하들이 임금을 모시고 정치를 잘하여 태평한 시대를 이루는 것을 말한다.

98_ **하전厦氈** | 경연청經筵廳의 별칭.

글을 통해 재주를 보여주고	臨文見才
일에 따라 충성忠誠을 알게 하니	隨事知忠
이런 까닭에 자주 받은 총석寵錫[100]으로는	是故便蕃寵錫
대연大硯과 옥등玉燈이요[101]	大硯玉燈
술을 마시는 기명器皿으로는	飲酒之器
귤배橘盃와 은종銀鍾으로 하였네.[102]	橘盃銀鍾
천문天門[103]에서 새벽에 숙배肅拜할 때	天門曉肅
홍려찬배鴻臚贊拜[104]로 국궁鞠躬하고	臚贊鞠躬
용가龍街에서 늦게 귀가할 때	龍街晚歸
금패金牌로써 길을 인도한다.[105]	金牌戒衝
봄의 삼월과 가을의 구월은	春三秋九
화창하고 풍요로운 때라	旣和且豊
말미를 주어 즐겁게 노닐 적에	賜暇燕賞

99_ **생용笙鏞** | 생용笙鏞. 《주례周禮》에 의하면 동쪽의 악樂을 생용笙, 서쪽의 악樂을 용鏞이라 한다. 생용笙은 생생生生으로서 장양長養의 뜻을 취한 것이고, 용鏞은 공공功功으로서 성숙成熟의 뜻을 취한 것이다.

100_ **총석寵錫** | 임금의 은총에 의한 하사품下賜品.

101_ **대연大硯과 옥등玉燈이요** | 《규장각지》에 의하면, 대연大硯 1개를 내려 초계抄啓 또는 강제講製할 때 시관試官이 사용하게 하였고, 옥등玉燈 6개를 내려 건물 좌우 기둥에 걸도록 하였다.

102_ **귤배橘盃와 … 하였네** | 《규장각지》, 〈잡식雜式〉에는 귤배와 은치銀觶를 내사內賜한다고 되어 있다. 이 술잔에는 영조英祖가 지은 명銘이 새겨져 있었다.

103_ **천문天門** | 궁궐의 문. 천혼天閽이라고도 한다.

104_ **홍려찬배鴻臚贊拜** | 각신閣臣의 숙배肅拜는 일반적인 품관品官과는 달리 합문閤門 바깥에서 드리게 하는 특권을 주었다. 이때 의전을 담당하는 통례원通禮院의 관원을 홍려鴻臚라고 한다.

105_ **용가龍街에서 … 인도한다** | 원문의 "계충戒衝"은 충돌을 경계한다는 것으로 곧 벽제辟除를 말한다. 규장각의 직제학直提學과 직각直閣·대교待敎는 궐闕의 내외內外를 막론하고 금패金牌로써 전도前導하게 되어 있었다. 용가龍街는 넓고 큰길이라는 의미로 경복궁 앞 육조六曹 거리를 말한다.

유하정流霞亭에 나아가 강에 임한다.[106]	流霞臨江
이원梨院[107]의 보슬寶瑟이 뒤따르고	梨院寶瑟
태복시太僕寺[108]의 화총花驄[109]을 타고 가며	太僕花驄
모든 관료에게 술을 보내니	百僚送酒
그 은택 융융融融하다.	恩澤融融
비록 선현들의 호당湖堂[110] 선발도	雖前修之選湖
영광스러움 오히려 이와 같이 융성치는 못했으리.	榮猶莫其斯隆
또 초계문신抄啓文臣은	又復抄啓之官
경전과 문예에 두루 통한 이들	經藝是通
이른 나이에 황갑黃甲[111]으로 뽑혀	早年黃甲
민활하고 또 총명하다.	是敏是聰
이에 강서講書와 제술製述로 시험하고	爰試講製

106_ **봄의 … 임한다** | 규장각의 각료閣僚들에게는 매년 3월과 9월에 동호東湖의 유하정流霞亭에 출유出遊할 수 있는 특권이 주어졌는데, 이는 국초國初 신료臣僚들의 선승選勝 고사故事와 호당풍류湖堂風流에 준하여 적용한 것이다. 유하정은 독서당讀書堂 부근 한강변에 있었는데, 원래는 제안대군齊安大君의 정자였다가 다시 수진궁壽進宮에 소속된 것을 정조 5년 규장각에 하사한 것이다.

107_ **이원梨院** | 장악원掌樂院의 별칭. 궁중의 음악 및 무용에 관한 모든 일을 맡아보던 관청.

108_ **태복시太僕寺** | 조선조에 승여乘輿·마필馬匹·목장牧場 등에 관한 업무를 맡아보던 관청. 사복시司僕寺.

109_ **화총花驄** | 오화마五花馬를 가리킨다. 말의 갈기를 다섯 갈래로 땋아 꾸민 말을 말한다. 두보杜甫의 〈총마행驄馬行〉 시에 "鄧公馬癖人共知, 初得花驄大宛種"이라는 구절이 있다.

110_ **호당湖堂** | 독서당. 조선조 왕조 전기에 젊은 문관 중에서 재주가 뛰어난 사람을 뽑아, 휴가를 주어 학문을 닦게 하던 제도로, 이 선발에 드는 것을 매우 영광으로 여겼다. 그 장소가 서울 동쪽의 한강변에 있었으므로 동호독서당東湖讀書堂 또는 호당湖堂으로 불렸다.

111_ **황갑黃甲** | 과거科擧에서 갑과으로 급제及第하는 것. 황색 종이에 그 이름을 쓴 데서 황갑이라 불렸다. 명明대 팽대익彭大翼의 《산당사고山堂肆考》, 〈과거科擧〉조에 "黃甲由省中降下, 唱名畢, 以此升甲之人, 附于卷末, 用黃紙書之, 故曰黃甲"이라 하였다.

달마다 그 공부를 평가하여	月課其功
가수嘉樹[112]에 물 대는 것과 같이 하고	若漑嘉樹
저 문종文宗[113]이 되도록 고취시킨다.	煽彼文宗
그리고 검서관檢書官은	檢書之官
사장詞章과 필한筆翰에 겸하여 능한 이들	詞翰兼工
낙양洛陽의 재자才子로서	洛下才子
문인묵객文人墨客의 무리에서 뽑아	拔乎墨叢
문원文園에 공급하니	供給文園
기예는 조충雕蟲을 다하고	技竭雕蟲
성은聖恩을 노래로써 칭송하며	歌詠聖恩
때를 만난 것을 행운幸運으로 여긴다.	幸時之逢
필인筆人과 화객畫客	筆人畫客
율관律官과 서동書童으로부터	律官書童
아래로 서리胥吏에 이르기까지	下逮胥史
구차하게 채워진 사람이 없다.	人無苟充
오래전부터 내각內閣이란	久矣內閣
나라에서 숭상하는 바이지만	國之所崇
규장각의 제도와 조치는	奎章閣之制度措置
이에 이르러 갖추어졌다.[114]	於斯備矣
이에 우리 성상께서	而於是乎惟我聖上

112_ 가수嘉樹 | 크게 자랄 수 있는 훌륭한 자질을 갖춘 나무. 여기서는 그러한 자질의 인재人材라
     는 뜻이다.《좌전左傳》,〈소공昭公〉조에 "既享, 宴於季氏, 有嘉樹焉, 宣子譽之"라 하였다.
113_ 문종文宗 | 그 문장이 세상 사람들로부터 모범으로 삼을 만하다고 숭앙받는 대가大家를 말한
     다.《진서》,〈육운전陸雲傳〉에 "百代文宗, 一人而已"라 하였다.

전殿 · 궁宮에 문침問寢[115]을 한 뒤

그리고 재상이 퇴식退食[116]한 즉시에 즈음하여

연못가로 발걸음[117]을 옮기고

화원 밖에 어여御輿를 돌려

이에 두루 관람하고

이에 편안히 거처한다.

이런 때에

성인聖人이 어찌 생각이 없었겠는가?

영고寧考[118]의 옛 교훈을 펼쳐보고

열조烈祖[119]의 남긴 책을 어루만진다.

애연히 만난 것과 같으니

애처롭고 슬프도다.

하늘에 뿌리를 둔 효도는

오래되어도 정성스럽도다.

계승하고 소술紹述하는 치도治道는

當殿宮問寢之後

際卿宰退食之初

池邊送蹕

花外回輿

於斯周覽

於斯燕居

于是時也

聖人豈無思歟

披寧考之舊訓

撫烈祖之遺書

優然如見

噫噫歔歔

根天之孝

久猶藹如

繼述之治

114_ 오래전부터 … 갖추어졌다 | 《정조실록》, 5년 2월 13일조에 이런 기사가 실려 있다. "규장각이 병진년(1776) 정월에 건립을 시작했으나 초창草創이어서 해가 지나도 갖추어지지 못하다가 이때 비로소 크게 갖추어졌다. 내각이란 이름은 광해군 병진년(1616)에 처음 생겼다가 중도에 폐기되었으며, 규장각이라는 이름은 숙종 갑술년(1694)에 시작되었는데, 이제 그 뜻을 추술追述하여 규장각을 건립하게 되었다."

115_ 전殿 · 궁宮에 문침問寢 | 정조 임금의 왕대비 정순왕후貞純王后와 생모 혜경궁惠慶宮 홍씨洪氏에 대한 문침을 말한다. 문침은 잠자리에 대한 문안을 말한다.

116_ 퇴식退食 | 관청에서 직무를 마치고 집에 돌아와 쉬는 것을 말한다.

117_ 발걸음 | 어필御蹕. 임금의 걸음.

118_ 영고寧考 | 선왕先王을 가리킨다. 여기서는 숙종과 영조를 가리킨다.

119_ 열조烈祖 | 조선조 건국 이래의 역대 임금.

여기에 더욱 힘을 쓰니	斯焉益圖
요의 중정中正함과 순의 정일精一함	堯中舜精
무왕武王의 공열功烈과 문왕文王의 모범謨範.	武烈文謨
앞뒤 모두 하나의 법도로	前後一揆
마치 상제上帝가 내린 초심初心과 같다.[120]	如帝之初
또다시 자금紫禁의 밤 고요하고	又復紫禁夜靜
궁중의 달 바야흐로 그믐일 때	宮月方虛
화촉畫燭[121]은 마주 휘황하고	畫燭雙熒
향의 고갱이는 들쑥날쑥하다.	香穗扶踈
운상雲床[122]은 앞에 있고	雲床在前
옥음玉音[123]으로 글 읽는 소리	玉音伊吾
누에처럼 촘촘히 가늘게 뽑아내며	蠶絲密而細繹
다시 현주玄珠[124]보다 광채가 있다.	復有光於玄珠
고비皐比[125]에 황홀하게 성인聖人이 임하심에	皐比怳其聖臨
옛 스승의 좌우에 있는 듯하니	若左右乎先儒
여기에 공부하여 날로 정진하니	工於斯而日躋
모두가 마음을 다스리는 단부丹符[126]로다.	摠治心之丹符

120_ **마치 … 초심初心과 같다** | 원문에는 "여제지초如帝之初"라고 되어 있는데, 우임금이 천하를
    이어받을 때 순임금이 천하를 받았던 처음과 같이 행사를 했다는 뜻이다. 《서경》, 〈대우모
    大禹謨〉에 "正月朔旦, 受命于神宗, 率百官, 若帝之初"라는 구절이 있다.

121_ **화촉畫燭** | 채색한 납촉蠟燭.

122_ **운상雲床** | 운상雲牀. 좌탑坐榻을 말한다.

123_ **옥음玉音** | 임금의 음성.

124_ **현주玄珠** | 명월주明月珠. 유향의 《구탄九嘆》, 〈원서遠逝〉에 "杖玉華與朱旗兮, 垂明月之玄珠"
    라고 하였다.

125_ **고비皐比** | 호랑이 가죽으로 된 자리. 곧 스승의 자리를 뜻한다.

또다시 봄의 해그림자 처음 시작함에	又復春晷初舒
규호虯壺[127]에 물이 떨어지고	漏滴虯壺
비단 창에 꽃이 그림자 지고	花影綺疏
동포銅鋪[128]에 새가 우는데	鳥語銅鋪
향안香案에 의지해서 일없이 느긋하고	憑香案而暇豫
옛 전적을 골라내어 덮었다 폈다 한다.	抽往牒而卷舒
천고의 보경寶鏡을 찾아[129]	尋千古之寶鏡
포襃와 주誅[130]에서 가柯와 철轍[131]을 얻을 수 있네.	得柯轍於襃誅
여러 책을 곁에 두고 상고하면서	旁諸書而攷訂
바른 길을 따라 규범에 맞게 달린다.	遵正路而範驅
아, 숙계叔季[132]는 있을 수 없는 일	嗟叔季而不有
마치 형은 복희伏羲, 아우는 우순虞舜이라.	宛兄羲而弟虞
또다시 봄꽃과 가을 국화	又復春花秋菊
아름다운 경치 바야흐로 어여쁨에	美景方姝
여러 명사들 길게 늘어서서	群賢蜿蜿

126_ **단부**丹符 | 도교에서 말하는 신령스러운 부적. 즉 마음을 다스리는 핵심적인 요체를 뜻한다.

127_ **규호**虯壺 | 뿔이 없는 용의 형상을 넣어 만든 병과 같이 생긴 그릇. 물시계에 장치되어 흘러내려오는 물을 받는다. 정약용丁若鏞의 《여유당전서與猶堂全書》, 〈내각응교內閣應敎〉 시에 "絳闕銀河曙, 虯壺玉漏收"라는 구절이 있다.

128_ **동포**銅鋪 | 문 위에 붙여 물리는 것을 말한다. 이하李賀의 〈궁왜가宮娃歌〉에 "啼蛄吊月鉤欄下, 屈膝銅鋪鎖阿甄"이라는 구절이 있다.

129_ **천고의 … 찾아** | 지나간 일들의 옳고 그름을 비추어 본다는 뜻이다.

130_ **포襃와 주**誅 | 포는 칭찬, 주는 폄척貶斥으로 선인先人의 평가를 의미한다.

131_ **가柯와 철**轍 | 가柯는 도끼자루, 철은 수레바퀴 자국으로 도끼나 수레바퀴 제작에 모범이나 법식이 됨을 말한다.

132_ **숙계**叔季 | 옛 성인과 선왕이 다 가버린 이후의 세상을 말한다.

상투를 정돈하고 소매를 끌면서	整簪曳裾
전성前聖의 도道의 실마리를 논하고	論前聖之緒餘
치란治亂을 물으며 대답을 주고받는다.	問治不而都兪
염폐簾陛¹³³가 가까움을 잊고서	忘簾陛於尺五
마치 부자父子처럼 화락하다.	若父子之怡愉
수준獸樽¹³⁴을 기울이니 술은 따듯한데	傾獸尊而酒暖
각신閣臣¹³⁵이 재빠르게 뜨락으로 추창한다.	閣臣躍其庭趍
뜨락의 꽃은 이슬에 젖었는데	庭花湛其露斯
〈어조魚藻〉¹³⁶를 즐기고 있을 따름이다.	樂魚藻而只且
그 밖에 빈 못에 밝음을 받아들여	若其它虛池納明
얼음 빛 한 둘레요	氷光一輪
구슬 빛 열두 난간에	珠欄十二
밝은 달이 정신을 맑게 한다.	璧月淸神
하늘을 보고 느껴	則觀感乎天
사람에게 옮겨 온다.	移之於人
충고를 받아들이는 덕德	徠諫之德
이에 더욱 참되도다.	於斯益眞
궁궐 섬돌에 해가 따사롭고	宮砌日煖
온갖 꽃이 봄을 다투어	百花爭春

133_ **염폐簾陛** | 주렴과 섬돌. 여기서는 임금이 계시는 곳을 뜻한다.
134_ **수준獸樽** | 짐승을 새긴 준樽. 단지 비슷한 술그릇으로 주로 궁중 연회에서 사용한다.
135_ **각신閣臣** | 규장각에 소속된 제학·직제학·직각·대교 등의 관원.
136_ **〈어조魚藻〉** | 《시경》, 〈소아小雅〉의 편명으로, 천자가 제후에게 잔치를 베풂에 제후들이 천자를 찬미한 내용이다.

일찍 핀 붉은 꽃, 늦게 핀 흰 꽃이	早紅晏白
번성하면서 빛나도다.	郁郁乎彬
동황東皇[137]을 본받아서	則體之東皇
신린臣鄰[138]에게 자문하니	訪于臣鄰
인재를 구하는 마음	求才之念
이에 더욱 새롭도다.	於斯益新
금원에 비가 지나가니	禁苑雨過
방초가 기쁨을 다투는	芳草爭欣
그늘진 벼랑과 양지바른 언덕	陰厓陽岸
비단 치마 일색이라	一色羅裙
저 조화를 본받아	則法彼造化
이 많은 서민들을 불쌍히 여기니	哀此芸芸
백성들에 베푸는 정사政事	施民之政
이에 더욱 고르도다.	於斯益均
경사스런 풍년, 늦은 가을에	慶成秋晩
온갖 보배 때를 맞춰	萬寶授辰
옥 같은 쌀낱 처음 익음에	玉粒初熟
누런 구름[139] 이랑에 가득	滿畦黃雲
문득 낫으로 베는 것을 보면서[140]	則奄觀銍刈
저 농사일 수고로움을 생각하니	念彼耕耘

137_ 동황東皇 | 봄을 맡은 동쪽의 신神. 흔히 동군東君 또는 청황靑皇이라 한다.
138_ 신린臣鄰 | 임금의 측근. 즉 임금의 지근至近에 있는 신하를 말한다.
139_ 누런 구름 | 벼와 보리 등이 논밭에 누렇게 익은 것을 말한다. 여기서는 가을 풍경을 말한다.
140_ 문득 … 보면서 |《시경》,〈주송周頌ㆍ신공臣工〉편에 나오는 시구이다.

농사를 힘쓰는 행정	務農之典
이에 더욱 부지런하도다.	於斯益勤
덕을 보며 과녁을 다툼에	觀德抗侯
무부武夫들 정신이 고양되고	武夫揚神
화살이 홍심紅心[141]에 떨어지니	箭落紅心
북이 울리고 깃발이 나부낀다.	鼓動旗翻
정치는 장황육사張皇六師[142]에 있으니	則治在張皇
우리 삼군三軍[143]을 측념惻念할지라	念我三軍
오랑캐에 대비하는 경계	詰戎之戒
이에 더욱 마음에 두게 되도다.	於斯益存
좋은 계절에 선비를 시험 봄에	佳節試士
봉황이 벌여 있고 기린이 모여드는데	羅鳳蒐麟
여儷 · 책策 · 명銘 · 율律을	儷策銘律
각각 그 부류대로 한다.	各以其倫
시험 시간 다 되고 문장이 이루어짐에	則燭盡詞圓
능한 이를 이에 고른다.	能者是掄
인재를 선발하는 규례	造士之禮
이에 더욱 문채롭도다.	於斯益文
푸른 사슴과 흰 새	蒼麖白鳥
유유呦呦 학학嚶嚶[144] 무리를 이루어	呦嚶成群

141_ 홍심紅心 | 과녁 중앙의 붉은 부분.

142_ 장황육사張皇六師 | 군사를 많게 하고 국방을 튼튼하게 하는 것. 《서경》, 〈강왕지고康王之誥〉
에 "張皇六師, 無壞我高祖寡命"이라는 구절이 있다.

143_ 삼군三軍 | 제후의 군대. 천자의 군대는 육군六軍이다.

한 무더기 봄기운	一團春意
만물과 함께 피어오른다.	與物氤氳
넓히고 끌어당겨	則擴而引之
하늘을 버티고 땅에 뻗치니	撑乾彌坤
주 문왕周文王의 옛 정치가	周文舊治
이에 더욱 어질도다.	於斯益仁
흙 뜰과 기와 그릇	土堦瓦甀
현미에도 가난을 싫어하지 않으며	糲不嫌貧
귀고리와 땋은 머리 스스로 물리치고	瑙鬘自屛
꽃을 감상해도 술항아리는 없다.	賞花無樽
부유하면서도 가지려 하지 않고	則富而不有
장차 후손에게 끼쳐주려 하니	將以貽孫
요임금 능히 검소했는데	帝堯克儉
이에 더욱 돈독하도다.	於斯益敦
이것은 만萬의 하나일 뿐	此猶萬一
어찌 감히 다 말하리오?	何敢盡云
대개 보전寶殿과 법궁法宮은	蓋以爲寶殿法宮
임금이 거하는 곳이요	人主所御
난파鸞坡[145]와 서액西掖[146]은	鸞坡西掖
사신詞臣이 머무는 곳이다.	詞臣所住

144_ **유유呦呦 학학鷽鷽** | 원문에는 "유학呦鷽"이라 되어 있는데, 유呦는 사슴의 울음소리를, 학鷽
은 새의 깃이 윤택한 모양을 말한다. 각각 《시경》, 〈소아 · 녹명鹿鳴〉편의 "呦呦鹿鳴, 食野之
苹"이라는 구절과 《시경》, 〈대아 · 영대靈臺〉편에 "麀鹿濯濯, 白鳥鷽鷽"이라는 구절에서 차
용하였다.

부문각敷文閣[147]과 현모각顯謨閣[148]은 敷文顯謨

어서御書를 보존하는 곳이요 御書是護

천록각天祿閣[149]과 백호전白虎殿[150]은 天祿白虎

비서秘書를 모아둔 곳이라. 秘書之處

각각 맡은 바가 있어 各有所適

서로 더불어 함께할 수 없었다.[151] 莫能相與

오직 이 규장각은 惟奎一閣

여러 좋은 점 갖추었다. 諸美是具

고서古書가 아니면 학문을 닦을 수 없고 非古書無以典學

깊숙한 각閣이 아니면 생각을 맑게 할 수 없으니 非深閣無以澄慮

비록 임금의 자질 하늘이 준 것이나 雖聖質之天縱

각 또한 도움됨이 없을 수 없다. 閣亦不爲無助

슬프다, 내 몸은 평범하고 날개도 약해 嗟乎吾身凡而未翮

원교員嶠[152]로 가는 길 막혀 날 수가 없기에 阻員嶠而莫翥

비록 춘당대春塘臺[153]에 누차 달려갔으나 雖春塘之屢趍

145_ 난파鑾坡 | 한림원翰林院을 뜻한다. 중국 당나라 덕종德宗 때 한림원을 금난파金鑾坡로 이전하였기 때문에 한림원이 '난파鑾坡'로도 불렸다. 난파欒坡라고도 한다.

146_ 서액西掖 | 중서성中書省을 뜻한다. 중서성은 기무機務·조명詔命·비기秘記 등을 관장하던 관서이다.

147_ 부문각敷文閣 | 중국 송나라 때의 전각. 휘종徽宗의 서한 및 도서를 보관하였다.

148_ 현모각顯謨閣 | 중국 송나라 신종神宗의 어집御集을 보관하기 위해 철종哲宗 원부元符 원년(1098) 여름에 건립한 건물. 휘종 때에는 신종 때의 공신들 초상도 그려 안치하였다.

149_ 천록각天祿閣 | 중국 한나라 때 소중한 비서들을 보관한 전각의 이름.

150_ 백호전白虎殿 | 중국 한나라 때 장안의 미앙궁에 딸려 있던 건물.

151_ 보전寶殿과 … 없었다 | 보전과 법궁法宮 이하의 여러 관각들은 모두 중국의 것이다.

152_ 원교員嶠 | 환구環丘라고도 한다. 바다 가운데 있는 오선산五仙山의 하나. 《열자》, 〈탕문湯問〉편에 "岱輿·員嶠二山流於北極, 沈於大海"라는 구절이 보인다.

아직도 천릿길 반 걸음뿐이라.　　　　　　尙千里於跬步

옷을 약수弱水[154]에서 걷지 못했고　　　　裳未褰於弱水

눈은 기수琪樹[155]에 가까이하지 못했다.　眼未親於琪樹

향기는 비록 들리나 꽃은 못 보았고　　　香雖聞而失紅

봄을 완상하는데 안개에 가린 것 같다.　似翫春而隔霧

그대를 만나 회포를 토하고자 하나　　　逢吾子而欲吐

어찌 능히 상세히 설명할 수가 있는가?　曷以能夫詳諭

장님이 비단을 만지는데 몽매함을 깨치려 하나　瞽捫錦而詔蒙

주황朱黃[156]에 현혹되어 깨달을 수 없도다.　眩朱黃而莫悟

어리석고 참람됨을 잊은 채 억지로 설명하니　忘愚僭而强說

말은 반드시 그 오류가 많을지라.　　　語必多其訛蘆

그러나 요약하여 잘 듣는다면　　　　　然而要而聽之

그대의 꿈에 비해 어떠한가?"　　　　　視子之夢何

객이 일어나서 거듭 절하고　　　　　　客起再拜

그 말에 공경히 복종하고　　　　　　　敬服其語

북쪽을 향해 뛰고 춤추는데　　　　　　北嚮蹈舞

눈썹은 치켜지고 입은 벌어진다.　　　　眉軒口呿

153_ 춘당대春塘臺 | 서울 창경궁 안에 있는 대臺. 나라에 경사가 있을 때, 임금이 이곳에 친림親臨
　　하여 문무과文武科의 시험을 실시하였는데, 이를 춘당대시春塘臺試라 하였다.

154_ 약수弱水 | 신선이 살았던 곳의 물 이름. 물의 부력이 아주 약해서 기러기 털처럼 가벼운 물
　　건도 가라앉는다고 한다.

155_ 기수琪樹 | 궁정에 있는 아름다운 나무를 가리킨다.

156_ 주황朱黃 | 주색과 황색의 중간색. 책을 교감하는 사람이 식별하기 위해 사용한다.

객이 말한다.

"처음에 내가 하늘을 꿈꿀 적에 　　　　　　　始吾夢天

황홀하게 엿봄이 있었다. 　　　　　　　　　怳惚有覷

깜짝깜짝 스스로 놀라 　　　　　　　　　　適適自驚

이것을 자랑할 수 없다고 여겼다네. 　　　　謂莫此嫮

지금 그대의 말을 들으니 　　　　　　　　　今聞子言

세상 또한 현포玄圃[157]로다. 　　　　　　　　世亦玄圃

저 목동이 　　　　　　　　　　　　　　　　如彼牧竪

갑자기 금수레를 본 것과 같고 　　　　　　斗見金輿

또 조강지처가 　　　　　　　　　　　　　　又如糟妻

처음 옥저玉箸를 사용하는 것 같다. 　　　　始供玉箸

귀는 도리어 막힌 것 같고 　　　　　　　　耳返如塞

하소연할 바를 알지 못한다네." 　　　　　　不知所訴

드디어 붙여 말한다.

"위대하도다, 각의 쓰임이여, 　　　　　　　偉哉閣之用

드러나도다, 각의 성과여! 　　　　　　　　顯哉閣之作

우리 임금의 성명聖明이 아니라면 　　　　　非吾君聖明

157_ 현포玄圃 | 곤륜산 꼭대기에 금대金臺 옥루玉樓가 있고, 거기에 신선들이 살았는데, 이를 '현
포'라고 일컬었다. 《초사楚辭》, 〈천문天問〉편에 "崑崙玄圃, 其屍几安在?"라는 구절이 있고,
왕일王逸의 주석에 "崑崙, 山名也. 其嶺曰'玄圃', 乃上通於天也"라고 하였다.

이 각이 어찌 창건되리오?　　　　　　　　此閣何以闢

이 각의 광명이 아니라면　　　　　　　　非此閣光明

우리 임금 어디에 자리하리오?　　　　　　吾君安所宅

상하로 영원토록　　　　　　　　　　　　上下而千古

규장각 그것이 있도다."　　　　　　　　奎章有一閣

또 노래하여 말한다.

"저 하늘이 밝게 움직여　　　　　　　　　彼天昭遍

규성奎星의 궤도가 있음이여!　　　　　　有奎星之躔兮

우리 임금 문명文明하사　　　　　　　　　吾君文明

규장각의 환함이 있음이여!　　　　　　　有奎閣之煥然兮

규장각이 규성과 같음이 아니라　　　　　非閣之如星

바로 우리 임금이 하늘과 같음이로다."　乃吾君之如天兮

　　　　　　　　　　　　　　　　—윤세순 · 한영규 · 나종면 옮김

삼도부 아울러 서문을 적는다

三都賦 幷敍

도都는 어떻게 해서 셋이 되는가? 남도南都·서도西都·동도東都가
그것이다. 어떻게 해서 도에 남·서·동 셋이 있는가? 옛날에 부여씨扶
餘氏·고씨高氏·박씨朴氏가 병립하여 삼국을 세웠는데, 부여씨는 남쪽
에 나라를 세웠고, 고씨는 서쪽에 나라를 세웠고, 박씨는 동쪽에 나라
를 세웠다. 나라는 모두 그 나라에 도읍이 있다. 이에 남국南國의 도읍
은 남도이니, 남도는 지금의 충청도 부여현이고, 서국西國의 도읍은 서
도이니, 지금 평안도 평양부라 한다. 나라를 동쪽에 둔 동도는 지금 경
상도 경주부가 곧 그곳이다.

삼도三都는 비록 그 땅이 있지만 모두 고도古都로써 성곽과 궁실이
다 황폐해졌고, 부강하여 즐거움을 누리던 것은 이미 다 구름과 연기가
되었다. 어찌해서 그 삼도를 부賦로 짓게 되었는가?

"도읍에 부를 지음이 또한 오래된 일이다. 옛날부터 나라에는 역사
가 있고, 지방에는 지志가 있고, 풍속에는 기紀가 있었으니, 진실로 도읍
에 부가 있을 필요가 없다. 그런데 옛사람으로 반고班固[1]·장형張衡[2]·
유정劉楨[3]·좌사左思[4]와 같은 무리들이 앞다투어 부를 지은 것은 진실로
부라는 것이 그 사실을 진술할 수 있는 것이고, 또한 외우고 읊조려서
풍자하고 찬미할 수 있어, 사람을 깊이 감동시킬 수 있기 때문이다. 그

렇다면 도읍에 어찌 부로써 그것을 진술하지 않을 수 있겠는가? 이미 도都에 부가 없을 수가 없다면, 어찌 이 남도·서도·동도의 삼도에 부가 없을 수 있겠는가? 이것이 〈삼도부〉를 지은 이유이다."

"그렇다면 자네에게 부여씨·고씨·박씨는 모두 옛사람인데, 장차 누구에게 허여하고 누구에게서 박탈할 것인가?"

"부賦란 시의 한 종류[體]이다. 진秦나라 시가 능히 큰 것은 그 사나움 때문인데 그 폐단으로 꺾이었고, 정鄭나라·위衛나라의 시가 도에 넘쳐지는 것은 그 방탕함 때문인데 그 말류에서 쓰러져 버렸다. 시를 안다면 부에서 터득할 수 있다."

"그렇다면 자네는 박·석·김에게도 허여하겠는가?"

"대개 훌륭하다. 그러나 현賢의 경지에 이르렀는지는 나는 모르겠다."

신유년(1801) 초여름에 부를 짓고 서敍한다.

1_ 반고班固 │ 32?~92년. 중국 후한後漢의 사학가·문학가. 자는 맹견孟堅. 반표班彪의 아들. 아홉 살에 능히 문장을 지었으며, 장성해서는 수많은 책을 두루 꿰뚫었다 한다. 명제明帝가 기특하게 여겨 그를 낭郎으로 삼아 궁내에 비장秘藏하고 있던 서적을 교정하는 일을 맡아보도록 하였다. 아버지를 이어서 《한서漢書》를 저술하였으며, 또한 부賦에도 능하여 〈양도부兩都賦〉를 지었다.

2_ 장형張衡 │ 78~139년. 중국 한漢나라의 문학가. 자는 자평平子, 서악西鄂 사람. 당시의 통치자들이 극도로 사치스러웠는데, 장형이 이를 직시하고 〈이경부二京賦〉를 지어 그들의 생활을 풍자하였다. 벼슬은 낭중郎中·태사령太史令을 거쳐 상서尙書에 임명되었으나 62세의 나이로 죽었다. 저서 12권은 모두 산일되었는데, 명나라 사람이 집록한 《장하간집張河間集》이 있다.

3_ 유정劉楨 │ ?~217년. 중국 한나라의 문학가로, 건안칠자建安七子의 한 사람. 자는 공간公幹, 영령寧陽 사람. 어려서부터 문재文才를 보였으며, 성품이 매우 강직하여 남에게 굽힘이 없었다. 저서 4권은 모두 산일되었는데, 명나라 사람이 모은 《유공간집劉公幹集》이 있다.

4_ 좌사左思 │ 250?~305년경. 중국 서진西晉의 문학가. 자는 태충太沖. 박학능문博學能文하고 사조辭藻가 장려壯麗하였다. 문장을 지을 때 몹시 더디게 지어 '좌사십념左思十稔'이라는 말이 생기게 되었다. 좌사가 10년 동안 구상한 끝에 〈삼도부三都賦〉를 짓게 되자, 그 당시 부귀한 집안에서 앞다투어 전사傳寫하여 낙양의 종이가 품귀되었다고 한다.

남도 南都

　신라 홍제鴻濟[5] 후 31년에, 고구려의 대로對盧[6] 변웅辨雄[7]이 사사로이 동도를 유람하다가, 마침 백제의 달솔達率[8] 무화務華를 소판蘇判[9] 사실思實의 집에서 만났다. 이에 세 사람이 함께 첨성대瞻星臺에 올라 두루 산천의 형세를 관람하고, 백성과 물산의 부富를 이리저리 살폈다. 변웅이 말하였다.

　"아름답구나, 이 도읍이여! 참으로 서라벌의 보배로다. 그러나 비록 아름다우나 오히려 서도의 아름다움만 같지 못하다."

　무화가 말하였다.

　"서도는 내가 일찍이 본 적이 없지만, 대개 일찍이 사행使行으로 왕래하는 이에게 들어봤다. 들은 것으로 본 바를 요약한다면 서도는 아마 동도의 아름다움보다 나을 것 같다. 그러나 나는 심히 우직하여 지나치게 겸손할 줄 모른다. 생각건대 모두 우리 남국의 도읍에 미치지 못하리라 여겨진다."

　변웅이 발끈 얼굴빛이 변해서 말하였다.

　"그대의 남도는 어느 정도 아름다울 것이지만, 그것으로 우리 서도를 능가한다고 말하는가?"

　무화가 이에 눈썹을 치켜들고 눈웃음을 지으며, 감언甘言의 혓바닥

5_ **홍제鴻濟** ┃ 신라 진흥왕眞興王 때부터 진평왕眞平王까지 사용하였던 연호(572~583).
6_ **대로對盧** ┃ 고구려 때 왕가王家 직속하에 두었던 제1위의 관직.
7_ **변웅辨雄** ┃ 허구의 인물. 뒤의 무화務華와 사실思實도 마찬가지다.
8_ **달솔達率** ┃ 백제 때의 16등급 중 제2위의 관직.
9_ **소판蘇判** ┃ 신라 때의 17관등 중 제3위의 관직.

〈부여현도夫餘縣圖〉

《해동지도海東地圖》, 1750년, 서울대학교 규장각 소장.

과 기름진 입술로 일어서서 말하였다 .

"그대는 이 세상에 태어나서 아직 우리 남도의 아름다움을 들어보지
못했는가?

대저 가정을 잘 다스리는 사람은	夫善爲家者
반드시 그 잠자리를 살펴야 하고	必審其居
나라를 잘 다스리는 사람은	善爲國者
반드시 그 도읍을 잘 골라야 한다.	必擇其都
그러므로 은나라는 다섯 번 기畿를 바꾸었고[10]	故殷易五畿
주나라는 두 곳에 도읍[11]을 벌여 놓았다.	姬奠兩區
나라의 잘되고 못됨은	國之休旺
도읍이 어떠한가에 달려 있다.	在都何如
옛날 우리 온조溫祚 임금[12]께서	昔我溫祚王
초매草昧[13]에 왕업을 창건하던 당시	天造艸昧
한성漢城에 도읍을 정했던바	作邑于漢
튼튼하나 아직 웅장하지 못하였네.	巖而未壯
질박하나 아직 빛나지 못했더니	樸而未煥

10_ **다섯 번 기畿를 바꾸었고** ┃ 중국 은나라의 탕湯임금이 도읍을 박亳으로 정한 뒤에 효囂·상
相·경耿·은殷·조가朝歌 등으로 도읍을 다섯 번 옮겼다.

11_ **두 곳에 도읍** ┃ 중국 주나라는 처음에 호경鎬京에 도읍하였다가, 후에 낙양洛陽으로 천도하
였다.

12_ **온조溫祚 임금** ┃ ?~28년. 백제의 건국 시조. 재위 기간은 기원전 18~기원후 28년. 고구려 시조
동명왕東明王의 셋째 아들.

13_ **초매草昧** ┃ 천지가 개벽하여 만물이 혼돈한 현상. 백제가 왕업을 창건할 당시의 미개한 주위
상황을 뜻하는 말이다.

문주왕文周王[14]에 이르러	逮于文周
한성을 두고 남으로 가서	舍而南爲
산을 의지해 성곽을 마련하였네.	依山爲郭
그로 인하여 하수河水로 성지城池를 삼으니	因河爲池
백 년을 내려오면서	垂及百年
실로 공고하고 실로 안정되었다.	實鞏實基
오홉다! 혁혁한 우리 성왕聖王[15]께서	於赫聖王
오히려 이를 만족하지 않고	猶不寧玆
이에 정겹게 사방을 돌아보고	乃眷四顧
백성의 편의를 구하여서	求民之宜
이에 도읍을 사비泗沘의 물굽이에 정하니	爰定其都于泗之湄
이것이 남도가 마련된 이유이다.	此南都之所由作也
그런데 부온富媼[16]이 정령을 잉태하고	爾乃富媼孕精
거령鉅靈[17]이 생각을 집중하고	鉅靈凝思
깎은 금과 아로새긴 옥이	削金鏤玉
뭇으로 솟아 땅에 꽂혔으니	群峯挿地
계룡산은 높이 빼어나	鷄龍峻極

14_ 문주왕文周王 | ?~477년. 백제의 22대 임금. 고구려에게 한강 유역을 빼앗긴 직후인 개로왕 21년(475)에 즉위하여, 피난지인 웅진熊津을 도읍으로 정하였다.

15_ 성왕聖王 | ?~554년. 백제의 26대 임금. 재위 기간은 523~554년. 무령왕武寧王의 아들로 538 년에 웅진에서 사비성泗沘城으로 도읍을 옮겨 한때 남부여南夫餘라 하였다.

16_ 부온富媼 | 지신모地神母. 대지가 보배로운 물질을 축적하고 있기 때문에 '부온'이라 한다. 《한서》, 〈예악지禮樂志〉에 "地蓄寶藏, 故曰富媼"이라는 구절이 있다.

17_ 거령鉅靈 | 천지 내 조화의 권한을 잡고 있는 큰 신령. 권이생權以生의 《사요취선史要聚選》에 "鋸靈氏, 出於汾淮, 居無恒處, 而跡纏於蜀, 握大象, 持化權"이라는 구절이 있다.

실로 간방艮方¹⁸을 진압하며	實鎭艮位
노성산魯城山¹⁹은 동쪽에 우뚝하고	魯城東屹
천보산天寶山²⁰은 서쪽에 깊숙하며	天寶西邃
망월산望月山²¹은 앞으로 달리고	望月前趍
칠갑산七甲山²²은 뒤를 이어	七甲後跋
마치 병풍을 두른 것 같고	如屛環匝
마치 바둑알을 늘어놓은 것 같아	如棊列置
멀리 읍하고 가까이 받들며	遠揖近拱
각각으로 깊은 뜻이 있다.	各有深意
나라의 망望²³은	國之所望
부소산扶蘇山²⁴이라 한다.	名曰扶蘇
높으면서 오만하지 않고	高而不亢
크면서 추솔하지 않으며	大而不麤
우묵하면서 답답하지 않고	坳而不鬱
깎인 듯하면서 여위지도 않네.	削而不癯
편안하면서 낮지 않고	安而不庳

18_ **간방艮方** ┃ 동북東北 방향.

19_ **노성산魯城山** ┃ 충청남도 논산시 노성면 일대에 있는 산. 노성산 산정에 백제시대의 산성이 있다.

20_ **천보산天寶山** ┃ 충청남도 부여군 북쪽에 있는 산.

21_ **망월산望月山** ┃ 충청남도 부여군 동쪽에 있는 산.

22_ **칠갑산七甲山** ┃ 충청남도 청양군에 있는 산.

23_ **망望** ┃ 대표적인 위치에 있는 것을 말한다. 사람이나 산악에 관해서도 같은 의미로 사용되고 있다.

24_ **부소산扶蘇山** ┃ 충청남도 부여군 부여읍 북쪽에 있는 산. 백제의 산성터와 영월대迎月臺·송월대送月臺·낙화암落花巖·고란사皐蘭寺 등의 유적이 있다.

시원하면서 얕지 않고	爽而不膚
나열되면서 연이어져 있고	列而峨岣
빼어나면서 단조롭지 않고	秀而崛岣
험준하면서 깊고 텅 비고	險而嵋嶹
끊어지듯 하면서 쭈뼛하게 솟았고	絶而屹巀
넓으면서 높고 험준하고	廣而嶘嶻
길면서 가파르며	長而崅崒
깊으면서 그윽하고	深而岭嶒
이어지면서 높이 솟았구나.	延而岬崵
융기한 봉우리	嶹崿峻嵾
낭떠러지 절벽	岸嶈嵊屺
산마루는 첩첩	厓巘嵺旬
산굽이는 아슬아슬	嶂峰巉崭
동잠東岑은 영월迎月	東岑迎月
서잠西岑은 송월送月	西岑送月
두 대臺가 펑퍼짐한 채	二臺盤陀
높이 뻗어 기운이 왕성하다.	高絶蓬㙰
아래로 흐르는 물에 임하였으니	下臨有流
이것이 곧 사비수泗沘水라	寔爲泗沘
이로부터 금강錦江[25]이 나오게 되어	自出錦江
그 흐름이 천 리가 되었다.	厥委千里

25_ 금강錦江 | 전라북도 장수군에서 발원하여 서해의 군산만으로 유입하는 강.

곤곤한 물줄기 다하지 않아	滾滾不盡
북으로 모이고 서쪽으로 둘려	北匯西迆
금강의 내를 따르게 하고	從以金剛之川
양단良丹의 물가²⁶에 합쳐져서	同乎良丹之沚
강이 되고 하河가 되며	爲江爲河
바다가 되어 그친다.	爲海而止
그렇게 맑고 깊고 고요하여	爾其瀾渙淵泫
넘실넘실 드넓고	浹渫泱㳑
도도한 물줄기	潃湀淡漫
빨리 흐르면서도 깊고 넓다.	瀓洌潢潁
둥근 물결은 크고 맑으며	圓波湣鄰
노한 파도는 망망하게 퍼지고	怒濤茫潒
복사꽃 봄철에 물이 불면	桃花春漲
넓고 아득하여	浩溠鴻泱
양쪽 강안에서 소를 분별할 수 없으니	厓不辨牛
마치 한수漢水의 광활함과 같다.²⁷	如漢之廣
서리가 내리고 돌이 나오면	霜降石出
철철 소리가 나고	泣泣有響
푸른 모래가 일렁이며	碧砂遺沘
노는 물고기를 관상할 수 있다.	游鱗可賞

26_ **양단良丹의 물가** | 양단포良丹浦. 부여군에 있는 포구.
27_ **한수漢水의 … 같다** | 《시경》, 〈주남周南 · 한광漢廣〉편에 나오는 시구로, 원시의 인용 부분은
　　다음과 같다. "漢之廣矣, 不可泳思, 江之泳矣, 不可方思."

이에 여기에 성을 쌓아	於是築城于玆
산을 안고 강에 닿았다.	抱山抵河
큰 돌을 쌓아 들쭉날쭉	絫鉅石而贔屭
무늬 벽돌을 가설하여 높고 높다.	架文甓而嵯峨
구름 거리에 비껴 있는 반달이요	橫雲衢之半月
적성赤城을 그은 새벽 놀이라.	抹赤城之晨霞
치첩雉堞[28]을 손질하여 백성白盛[29]하고	朸雉堞以白盛
화려한 문루가 시원하게 벌여 있다.	列華譙之婆娑
만 삼천여 척으로	萬三千有餘尺
견고하여 갈고 마련磨鍊할 수 있다.	堅固可以攻磨
이에 좌로는 종묘 우로는 사직단	於是左祖右社
앞에는 조정 뒤에는 저자	前朝後市
문은 양사兩駟[30]가 드나들고	門交兩駟
길은 아홉 수레바퀴가 통한다.	涂方九軌
이에 궁전을 짓는데	乃作于宮
토규土圭[31]를 헤아리고 먹줄을 살폈다.	圭測繩揆
장대하지도 화려하지도 아니하면	不壯不麗
어찌 이곳을 진압하리오?	何以鎭此

28_ **치첩**雉堞 | 성城 위에 낮게 쌓은 담.

29_ **백성**白盛 | 조개 껍데기를 태워 만든 재로 담장을 칠하는 것을 말한다. 《주례》, 〈고공기考工記 · 장인匠人〉조에 백성에 대한 정현鄭玄의 주註가 있다. "蜃灰也, 盛之言, 成也, 以蜃灰堊牆, 所以飾成宮室."

30_ **양사**兩駟 | 사駟는 말 네 필이 끄는 수레. 여기서 양사는 두 대의 사, 즉 말 여덟 필이 드나들 만한 넓은 길을 말한다.

31_ **토규**土圭 | 고대에 일영日影을 재는 데에 쓰는 옥.

재목을 고르고 장인을 가려	揄材揀工
그 아름다움을 다 갖추니.	備盡其美
남국의 편장楩樟[32]을 재현하고	寫南國之楩樟
다른 산에서 무부武夫[33]를 캐어 왔다.	發他山之武夫
들보는 잣나무요 기둥은 계수나무	梁爲栢而桂棟
귀신 같은 솜씨를 주유侏儒[34]에 부리고	勞鬼工於侏儒
삽랑澀浪[35]을 꺾어 초석에 잇게 하고	折澀浪而承礎
낙시落時[36]를 꼬아 지도리로 삼는다.	撑落時而持樞
천 문門 만 호戶는	千門萬戶
비단 창 구리 문고리	麗廔銅鋪
안은 온실溫室이 되고	內爲溫室
밖은 법전法殿이며	外爲法殿
통하여 비각飛閣[37]이 되고	通爲飛閣
떨어져서 별원別院이 되어 있다.	離爲別院
구체釦砌[38]와 벽강璧釭[39]	釦砌璧釭

32_ 편장楩樟 | 좋은 재목을 가리킨다. 편楩은 예장豫樟과 비슷하고, 장樟은 예장이다. 《술이기述異記》에 "예장나무는 생후 칠 년이 되어야 알아볼 수 있다. 한 무제 보정寶鼎 2년 곤명지昆明池에 예장궁을 세울 때, 예장목으로 궁전을 지었다(豫樟之爲木也, 生七年而後可知也, 漢武寶鼎二年, 立豫樟宮于昆明池中, 作豫樟木殿)"라는 대목이 보인다.

33_ 무부武夫 | 무부碔砆. 옥 비슷한 아름다운 돌의 하나.

34_ 주유侏儒 | 들보 위의 짧은 기둥.

35_ 삽랑澀浪 | 담 밑의 돌에 물결 무늬를 새긴 것.

36_ 낙시落時 | 추樞를 지탱하는 나무. 《이아爾雅》, 〈석궁釋宮〉조에 "樞達北方, 謂之落時, 落時謂之戺"에 대해, 그 주注에 "其持樞之木, 或達北櫺以爲牢固者, 名落時"라는 구절이 있다.

37_ 비각飛閣 | 높은 누각, 혹은 이층으로 된 잔교棧橋.

38_ 구체釦砌 | 섬돌을 뜻하지만, 여기서는 조정朝廷을 지칭한다.

39_ 벽강璧釭 | 푸른 등불.

와주蝸籒[40]와 나전螺鈿.[41]　　　　　　　　　蝸籒螺鈿

마름 가지를 여러 공栱[42]에 거꾸로 새기고　　　倒藻柯於列栱

양 문짝에서 옥녀玉女의 모양들을 보게 된다.　見玉女於雙扇

우러러 바라보는 자　　　　　　　　　　　　仰而望之者

정신이 놀라 어지럽지 않을 수 없다.　　　　莫不神駴而瞀眩

요즈음 중수함에 미쳐서　　　　　　　　　　迨近玆之重修

아름다울사, 그 결구 더욱 화려한데　　　　　美結構之益華

토목에 금수錦繡를 덧보태어　　　　　　　　貤錦繡於土木

찬란한 주사와 녹색의 야단스런 꽃송이라.　煥砂綠而紛葩

굽어진 언덕에 임하여 구부려 웃고　　　　　臨彎碕而頬笑

칠타漆婼[43]와 삽사馺娑[44]를 얕잡아본다.　　陋漆婼與馺娑

이에 물을 끌어 연못을 파니　　　　　　　　爾乃引水穿池

왕궁의 남쪽인데　　　　　　　　　　　　　王宮之南

둥글게 달을 만듦에　　　　　　　　　　　　規而爲月

구름 그림자 서로 잠겨 있다.　　　　　　　雲影相涵

연꽃을 심어 반짝반짝　　　　　　　　　　　植菡萏之的皪

버들가지를 늘어뜨려 하늘하늘　　　　　　　被楊柳之毿毿

40_ **와주蝸籒** | 주籒는 고대 서체書體의 하나로 대전大篆이라고도 한다. 달팽이가 기어간 자국처럼 꼬불꼬불하고 기이하다고 하여 '와주'라고 한 듯하다.

41_ **나전螺鈿** | 조개 껍데기의 진줏빛이 나는 부분을 여러 가지 형상으로 조각 내어 박아 붙이는 일. 또는 그 기물을 말한다.

42_ **공栱** | 두공枓栱. 지붕을 받치며 기둥 위를 장식하기 위하여 얹어 놓은 네모난 나무. 대접받침이라고도 한다.

43_ **칠타漆婼** | 미상.

44_ **삽사馺娑** | 중국 한나라의 궁전 이름.

섬들을 한가운데에 늘어놓고	中島嶼而列峙
신선의 산을 세 개로 형상하였다.	象仙山之有三
이에 망해루望海樓를 세우고	於是起望海之樓
흥왕사興王寺를 수축修築했다.	修興王之寺
산과 강을 빛나게 하니	輝山耀河
금벽金碧과 주취珠翠로다.	金碧珠翠
이로써 복을 비는 바탕이 되고	以資薦福
이로써 유희에 이바지한다.	以供游戲
태평성대 이미 오래됨에	升平旣久
문물이 크게 갖추어졌다.	文物大備
또다시 여러 관서가 별처럼 향해 있고	又復列署星拱
여염집이 빗살처럼 나란히 늘어서 있다.	閻閻櫛比
좌평佐平[45]의 관청에 구름처럼 모여 있고	雲屯佐平之府
은솔恩率[46]의 마을엔 종소리 울려 오며	鍾鳴恩率之里
거리에는 향진香塵이 부풀어 넘치는데	街漲香塵
행인의 발꿈치가 뒤섞인다.	行者錯趾
백여 년이 지나	百有餘年
인구는 불어나고 국력이 부해지니	庶矣富矣
이에 천자가 금책金策의 글을 내리고	是故天子授金策之書
왜인이 빈주蠙珠[47]로써 공물을 바친다.	倭人致蠙珠之貢

45_ 좌평佐平 | 백제의 16등급 중 제1위의 관직.
46_ 은솔恩率 | 백제의 16등급 중 제3위의 관직.
47_ 빈주蠙珠 | 방주蚌珠. 방합蚌蛤·진주조개·주모珠母 등의 살 속에 생기는 진주.

탐라耽羅가 멀리 통역하며 오게 되고	倈耽羅於遠譯
부처가 대중 속에 나타나며[48]	見釋迦於大衆
나라에 사나운 짐승이 없고	國無蛇豕
때때로 기린과 봉새가 보이기도 한다.	時有麟鳳
즐겁고 여유롭게	凞凞皥皥
춘대春臺[49]와 자동紫洞[50]이라	春臺紫洞
왕이 이에 삼령三令[51]의 승勝을 선발하고	王乃選三令之勝
만기萬幾[52]의 여가에 미쳐	迨萬幾之暇
자금의 큰 소매를 걸치고	披紫錦之大袖
금화의 관을 쓰되 약간 나지막하게 하며	冠金花而微亞
문무의 신료를 소집하고	集文武之臣僚
첩여倢伃[53]와 용화嫮嬅[54]에게 명하여	命倢伃與嫮嬅
춘풍이 부는 별관에 유람하고	游乎春風之館
명월이 비추는 전각에서 휴식한다.	憩乎明月之榭

48_ **부처가 … 나타나며** ǀ 불교가 널리 퍼졌다는 뜻이다.

49_ **춘대春臺** ǀ 봄날에 높은 곳에 올라가 승경을 조망하는 곳. 《노자》에 "荒兮其未央, 衆人凞凞, 如享太牢, 如登春臺"라는 구절이 있다.

50_ **자동紫洞** ǀ 조용하고 깊숙한 동혈洞穴. 왕발王勃의 〈관내회선觀內懷仙〉 시에 "牽花尋紫洞, 步葉下淸谿"라는 시구에 보인다.

51_ **삼령三令** ǀ 삼령절三令節. 중국 당나라 덕종 때에 2월 1일을 중화절中和節, 3월 3일을 상사上巳, 9월 9일을 중양절重陽節이라 하여 이를 삼령절이라 하였다.

52_ **만기萬幾** ǀ 만기萬機. 제왕의 정사를 가리킨다. 매우 번다하고 바쁘기 때문에 일컫는 말로, 《서경》, 〈고요모皐陶謨〉에 "안일과 욕심으로 나라를 다스리지 마시어, 경계하고 두려워하소서. 하루 이틀에 기무가 만 가지나 되나이다(無敎逸欲有邦, 兢兢業業, 一日二日萬機)"라는 데서 나온 것이다.

53_ **첩여倢伃** ǀ 중국 한漢나라 때 여관女官의 하나.

54_ **용화嫮嬅** ǀ 용화容華. 한나라 때 여관의 하나.

그 붉은 꽃 아직 떨어지지 않고	及其紅花未落
봄 밀물 처음 물러남에 미쳐서	春潮初平
해는 안온하고 바람은 조용하여	日晏風恬
파도가 일지 않는다.	波濤不驚
이에 봉련鳳輦⁵⁵을 물리치고 깃발을 거두고는	乃却鳳輦弭羽旋
용주龍舟⁵⁶를 몰고 채령彩舲⁵⁷을 이어	御龍舟連彩舲
굽이진 물가 거슬러 마름 낀 물가를 따름에	溯曲渚沿蘋汀
어룡은 두려워 엎드리고	魚龍慴伏
물새는 일제히 지저귄다.	水禽齊鳴
붉은 기러기 흰 갈매기	朱雁粉鷗
알록 오리 푸른 해오라기	花鴨鶄鶄
쪼아 먹으며 헤엄쳐서	唼喋游泳
인도하여 앞으로 간다.	導而前行
계환鷄綄⁵⁸은 잠시 휘날리고	鷄綄乍颭
비단 돛은 휙휙	錦帆彌彌
돌아서 북쪽 포구에 이르니	轉于北浦
이끼는 푸르고 모래는 밝다.	苔碧沙明
기이한 바위 괴이한 돌	奇巖怪石
울툭불툭 다투어 맞이하매	傑傀爭迎
이무기 뛰고 표범 낚아채고	螭騰豹玃

55_ 봉련鳳輦 | 황제의 수레.
56_ 용주龍舟 | 용선龍舡. 임금이 타던 배로 용이 그려져 있다.
57_ 채령彩舲 | 지붕이 있고, 창이 달린 아름다운 거룻배.
58_ 계환鷄綄 | 배 위에 다는 닭 모양으로 된 풍향계.

귀신 모양 사납기도 하다.	神鬼猙獰
진귀한 나무 이상한 훼류卉類[59]	珍木異卉
붉은빛 자줏빛 번갈아 드러낸다.	紅紫交呈
왜철쭉과 백일홍	倭躑百日
바다복숭아와 산앵두	海桃山櫻
개나리와 진달래	迎春杜宇
모란과 겨우살이가	木丹冬靑
그 향내 찌는 듯 코를 찌르고	香蒸破鼻
비단 빛은 알록달록 눈을 흔드니	錦纈搖睛
뒤섞이고 번성하여	離離郁郁
이름을 다 들 수 없다.	不可殫名
이에 뱃사공을 부르고 어부에게 명하여	於是招舟子命戱夫
낚싯대를 드리우고 그물을 펼치고	下綸竿施罭罛
죽차竹叉를 던지고 굽은 발을 설치한다.	投竹叉設曲薄
작은 다래끼 잠깐 열리매	箸筥乍啓
은빛 지느러미 휘번뜩여	銀鬣揮霍
잉어 농어 준치 숭어	鯉鱸鰣鯔
웅어 밴댕이 문절망둥어 붕어	葦蘇鯊鯽
조기의 비단 같은 비늘과	石首錦鱗
뱅어의 흰 것이	白魚之白
금반 위에 꿈틀거리다가	潑剌金盤
꼬리를 두드리면 붉어진다.	鼓尾爲赤

59_ **훼류卉類** | 나무도 풀도 아닌 식물. 파초 따위가 여기에 속한다.

이에 붉게 단장한 내사內使[60]와 | 於是紅粧內使
초록 옷 입은 식척食尺[61]이 | 綠衣食尺
가마솥을 씻고 대를 태우며 | 滌錡燃竹
칼날을 놀려 일을 한다. | 游刀而作
회는 은실과 같이 가는데 | 鱠細銀絲
나머지는 저미기도 하고 국으로도 하여 | 是脔是臛
이로써 식사를 돕고 | 于以佐飡
이로써 술을 권한다. | 于以侑爵
향내 나는 메벼 옥 같은 쌀알의 밥이요 | 香粳玉粒之飯
죽엽 유화榴花의 술[62]이라 | 竹葉榴花之�
술을 들고 헌수하고 | 擧酒獻壽
비파를 타고 생황을 분다. | 鼓瑟吹笙
도피桃皮[63]와 필률篳篥[64] | 桃皮篳篥
공후空侯[65]와 적쟁笛箏. | 空侯笛箏
이 곡조 저 곡조로 | 同調異闋
음악은 뭇 정情을 화합한다. | 樂協群情
왕이 이에 돌아보고 기뻐하여 | 王乃顧而樂之
뱃전을 두드리고 노래하며 말한다. | 叩舷而歌曰

60_ 내사內使 | 궁중에서 심부름하는 사람.
61_ 식척食尺 | 궁중의 요리를 맡은 사람.
62_ 죽엽 유화榴花의 술 | 죽엽은 죽엽청竹葉青으로 좋은 술을 말한다. 유화는 돈손국頓遜國의 술
   나무가 석류와 비슷한데, 그 잎의 즙을 옹기에 담아두면 수일 후에 술이 된다고 한다.
63_ 도피桃皮 | 고구려·백제 때에 복숭아나무 껍질로 만들어 불던 피리. 향피리의 전신前身이다.
64_ 필률篳篥 | 관쭉에다 혀竹를 꽂아 세로로 부는 관악기의 하나. 군중軍中에서 많이 사용한다.
65_ 공후空侯 | 공후箜篌. 현악기의 하나.

'산에는 꽃이 피고　　　　　　　山有花兮

물에는 물결이 치네.　　　　　　水有波

강남과 강북이여　　　　　　　　江南北兮

성대하게 번화롭다.　　　　　　　盛繁華

채색 배를 띄워　　　　　　　　　泛彩舟兮

퉁소와 노래를 아뢰도다.　　　　奏簫歌

꽃다운 술로 잔질하매　　　　　　酌芳醑兮

아름다운 얼굴 발개지네.　　　　朱顔酡

날이 저물려 하니　　　　　　　　日欲暮兮

즐거움을 어찌하리?'　　　　　　奈樂何

이에 여러 신하들이 서로 화답하며　　於是群臣相和

일어서서 춤을 너울너울　　　　起舞蹲蹲

닻줄 끌어 옮기고　　　　　　　絲纜移碇

북원北原에 배를 댄다.　　　　　欀于北原

거기에 상서로운 바위[66] 있어　　厥有瑞巖

불을 때지 않아도 스스로 따뜻하며　不熾自溫

투명하기는 상아 평상 같고　　　瑩若象床

따사롭기는 수놓은 좌돈坐墩[67]과 같다.　煥如繡墩

천정天政의 높은 대[68]에 올라　　登天政之高臺

단풍 숲 둘려 있는 강촌을 바라보고　頹楓林之江村

66_ **상서로운 바위** | 이 '남도' 부의 배경은 백제 후기의 수도였던 사비이고, 지금의 왕이 뱃놀이 하는 장소도 사비수이므로, 이 서암瑞巖은 정사암政事巖이 아닌가 한다. 정사암은 백제 때에 정치를 논의하고 재상을 뽑던 곳으로 사비 근처의 호암사虎巖寺에 있었다고 한다.

67_ **좌돈坐墩** | 질흙으로 구워 만든 좌구坐具. 북이나 동이를 엎어 놓은 모양이다.

죽원竹園을 길로 하여 천천히 돌아오매 　　　　　徑竹園而緩歸

물에 잠긴 달, 황혼을 만난다. 　　　　　　　　值水月之黃昏

이미 유련流連[69]에서 돌아올 줄 알지만 　　　　旣流連而知反

즐거움은 마침내 가히 잊을 수 없다. 　　　　　樂不可以終諼

또다시 가을 늦은 남지南池에 　　　　　　　又復秋晚南池

배를 옮겨 거슬러 오르면 　　　　　　　　　移舟溯沿

봉탑鳳艗[70]이 서로 연결되고 　　　　　　　　鳳艗相啣

비취 막사는 하늘에 닿는다. 　　　　　　　　翠幕連天

꽃 같고 달 같은 　　　　　　　　　　　　　如花如月

궁녀 삼천이라 　　　　　　　　　　　　　　宮女三千

난생鸞笙과 봉관鳳管[71]은 　　　　　　　　　鸞笙鳳管

떠들썩하고 분답하다. 　　　　　　　　　　　嘲轟駢闐

섬 둘레의 흰 마름을 걷어 올리고 　　　　　搴洲邊之白蘋

물속의 붉은 연꽃을 캐내며 　　　　　　　　采水中之紅蓮

맑은 흥 끝나지 않음을 아끼어 　　　　　　愛淸興之未已

봉래산蓬萊山 올라 신선을 방문한다. 　　　　陟蓬壺而訪仙

또다시 언덕 너머 성긴 종소리 　　　　　　又復踈鍾隔岸

절이 십 리 밖이라 　　　　　　　　　　　　招提十里

68_ 천정天政의 높은 대 │ 천정대天政臺. 부여군에 있다.

69_ 유련流連 │ 뱃놀이를 지극히 좋아하여 탐락의 지경에 이름을 가리킨다. 《맹자》, 〈양혜왕梁惠王〉
　　편의 '유련황망流連荒亡'에서 나온 말로, 물길을 따라 아래로 내려가 돌아오는 것을 잊음을 유
　　流라 하고, 물길을 거슬러 위로 올라가 돌아오는 것을 잊음을 연連이라 한다.

70_ 봉탑鳳艗 │ 봉새를 새긴 큰 배.

71_ 난생鸞笙과 봉관鳳管 │ 생笙과 관管의 음악을 미화한 것이다.

전단旃檀[72]의 기이한 향내 　　　　　　　　　　旃檀異香

왕성하게 사방에서 일어난다. 　　　　　　　　　翕勃四起

푸른 배[73] 붉은 말 　　　　　　　　　　　　　青翰赤馬

취화翠華[74]는 물에 임하여 　　　　　　　　　　翠華臨水

흰 채찍으로 앞을 인도함에 　　　　　　　　　　白拂前導

고승은 나열해 꿇어앉는다. 　　　　　　　　　　高僧列跪

가릉伽陵[75]의 법음法音을 부연하고 　　　　　　演伽陵之法音

만수曼殊[76]의 떨어진 꽃송이를 줍고 　　　　　拾曼殊之落蕊

뱃노래를 그치고 언덕에 올라 　　　　　　　　　弭棹謳而上岸

도량道場에서 현묘한 이치를 강설한다. 　　　　講玄妙於佛氏

대개 창업한 이래로 　　　　　　　　　　　　　蓋自刱業以來

대대로 평안하였으며 　　　　　　　　　　　　累世寧謐

해마다 풍년 들어 나라는 부유하고 　　　　　　年豊而國富

정사는 잘되어서 백성이 편안하다. 　　　　　　政成而民逸

산천은 아름다움을 더하고 　　　　　　　　　　山川增美

기쁨을 꾸미는 방법도 많으니 　　　　　　　　飾喜多術

지금 이 시기 놓치고 즐거워하지 않는다면, 　　失今不樂

세월은 흘러 늦게 되리라. 　　　　　　　　　　逝者其耋

72_ **전단旃檀** | 인도 특산 식물. 강한 향내가 난다.

73_ **푸른 배** | 원문에 "청한青翰"이라 되어 있는데, 한翰은 배를 의미한다.

74_ **취화翠華** | 비취새의 깃으로 장식한 제왕의 깃발.

75_ **가릉伽陵** | 가릉迦陵. 곧 가릉빈가迦陵頻伽의 약칭. 불교 전설에 나오는 새. 그 소리가 아름답고 묘하다고 한다. 《능엄경楞嚴經》에 "迦陵仙音, 遍十方界"라는 구절이 있다.

76_ **만수曼殊** | 중국 4대 보살 중의 하나. 흔히 묘덕妙德 또는 묘길상妙吉祥이라 부른다. 석가모니를 시종하며 '지혜'를 관장한다.

즐거운 일이 빈번한 까닭은	所以樂事之頻繁
또한 풍광이 매우 아름답기 때문이라.	亦由風景之佳麗
나로써 보건대	以我觀之
오옷나라가 건업建業[77]에 자리함에	吳宅建業
나에게 감히 짝할 이 없고	莫予敢儷
낙양洛陽과 호경鎬京[78]은	洛師鎬京
그 우열을 정할 수 없다.	未定其第
가히 사방을 병탄할 수 있고	可以吞倂乎四國
가히 만세에 전할 수 있으니	可以傳至于萬世
남도의 아름다움이	南都之美
과연 어떠한가?"	果何如哉

서도 西都

변옹이 말하였다 .

"당신의 남도를 말함이 여기에 그치는가? 아! 당신은 진실로 남사南士로다. 어찌 그 말이 꽃은 피우면서 열매를 맺지 않고, 술이 넘치면서 잔질하지 않아서 꽥꽥하는 소리로 남의 귀를 시끄럽게 하면서 능히 남의 마음은 흡족하게 하지 못하는가?

77_ **건업建業** | 중국 삼국시대 오옷나라의 수도.
78_ **낙양洛陽과 호경鎬京** | 호경은 중국 서주西周의 도읍이고, 낙양은 동주東周의 도읍이다.

도읍의 아름다움은	都邑之美
등림登臨에 있다고 이르고	謂在登臨
왕정의 아름다움은	王政之美
황음荒婬에 있다고 이른다.	謂在荒婬
가히 자랑할 수 있는 것이 아니고	匪可夸也
이는 부끄러운 일이다.	伊可慙也

당신은 진실로 도읍의 아름다움을 듣고 싶은가?

우리 서도西都는	惟我西都
산으로 두르고 강을 띠로 한다.	被山帶水
옛날 기자箕子[79]께서	在昔箕聖
은殷나라의 많은 선비 거느리고	以殷多士
강을 건너 동으로 와	渡江而東
이에 여기에 이르렀다.	聿止于是
오천五遷[80]의 남은 지혜를 운용하여	運五遷之餘智
상시相視[81]에 실로 얻음이 있다.	實有得於相視
문명에 기초하여 황무지를 개척하고	基文明而闢荒

79_ 기자箕子 | 고조선 때에 전설상으로 전하는 기자조선箕子朝鮮의 시조. 은나라의 현인으로, 주나라의 무왕이 은나라를 멸하자 기원전 1100년에 우리나라에 들어와서 기자조선을 건국하였다고 한다.

80_ 오천五遷 | 중국 은나라가 도읍을 다섯 번 옮긴 일을 가리킨다. 탕임금이 은나라의 도읍을 박亳으로 정한 뒤에 효囂·상相·경耿·은殷·조가朝歌 등으로 다섯 번 옮겼다.

81_ 상시相視 | 터를 잡기 위해 두루 살펴보는 것을 말한다.

진역震域[82]을 위하여 토대를 마련했으며　　　　　爲震域而啓始

그 후손들에게 끼쳐　　　　　　　　　　　　　　貽厥後裔

전하여 천 년에 이르렀다.　　　　　　　　　　　傳有千祀

나라가 남쪽으로 교거僑居[83]함에 미쳐서　　　　逮國南僑

위씨衛氏[84]로서 계승하게 하였으니　　　　　　承以衛氏

나라에 지킬 바가 있었고　　　　　　　　　　　國有所守

백성이 믿는 바가 있었다.　　　　　　　　　　　民有所恃

지난날 간신들이 성을 바치지 않았다면　　　　　向非奸臣之獻城

한나라 병사들이 어찌 뜻을 얻었으리.[85]　　　　漢兵何以得意於此

아! 우리 동명성왕東明聖王[86]은　　　　　　　　猗我東明

바로 성聖이고 바로 신神으로　　　　　　　　　乃聖乃神

천제天帝는 할아버지요　　　　　　　　　　　　天帝維祖

하백河伯의 외손이라.　　　　　　　　　　　　河伯之孫

신령하고 또 현묘하여　　　　　　　　　　　　旣靈且玄

82_ **진역震域** | 동쪽에 있는 지역이라는 뜻으로 우리나라를 달리 이르는 말. 만주 일대를 포함해서 말한다.

83_ **교거僑居** | 남의 땅에서 임시로 사는 것으로, 여기서는 준왕準王이 위만衛滿에 밀려 남쪽 마한馬韓으로 옮겨간 사실을 말한다.

84_ **위씨衛氏** | 위만조선衛滿朝鮮의 시조. 중국 한漢나라 고조高祖 때에 연왕燕王의 부장으로, 연왕이 모반하여 흉노로 도망하자 부하 1천여 명을 이끌고 기자조선에 들어와 준왕에게 신임을 얻었으나, 기원전 195년 준왕을 쫓아내고 조선 왕이라 칭하였다.

85_ **지난날 … 얻었으리** | 위만조선이 기원전 108년에 중국 한나라 무제의 침공으로 그 손자 우거右渠 때에 멸망한 일을 가리킨다. 위만조선은 3대 87년간 존속하였다. 《사기》, 〈조선열전朝鮮列傳〉 참조.

86_ **동명성왕東明聖王** | 고구려의 건국 시조. 재위 기간은 기원전 37~기원전 19년. 성은 고씨高氏, 이름은 주몽朱蒙 또는 추모鄒牟. 해모수解慕漱의 아들. 금와왕金蛙王의 일곱 왕자로부터 시기를 받게 되어 졸본卒本으로 몸을 피하여 마침내 그 땅에 나라를 세우고 고구려라 하였다.

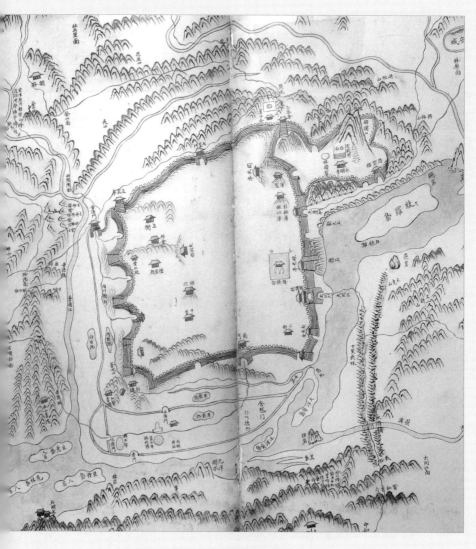

〈평양부도平壤府圖〉
《해동지도海東地圖》, 1750년, 서울대학교 규장각 소장.

천도를 파악하고 지리를 천명하였으며	握乾闡坤
강을 건너 나라를 세워	涉河建國
비옥한 평원에 자리 잡았다.	于胥膴原
이에 궁전을 지어	是廬是宮
이에 중심이 되고 이에 임금이 되었네.	是宗是君
신기한 조각 옥으로 만든 다리	神鏤玉橋
청운교 백운교 두 다리라네.	青白二雲
누대는 높아 난새가 춤추고[87]	榭高儀鸞
굴은 깊어 기린을 길렀네.[88]	窟深牧麟
송후松侯[89]가 지은 새 저택	開松侯之新邸
기사箕師의 정전[90]을 경작하니	畊箕師之井田
새 궁전은 높아 아홉 사닥다리[91]	新宮高以九梯
돌에 길이 나서 하늘에 조회[92]한다.	石有路而朝天
천 년의 옛 터	千年舊墟
신비한 유적 아직도 남아 있지만	靈蹟猶存

87_ **누대는 … 춤추고** | 《삼국사기三國史記》, 〈고구려본기高句麗本紀〉 '동명왕 10년' 조에 "鸞集於
玉臺"라는 기사가 보인다.
88_ **굴은 … 길렀네** | 이 굴은 평양에 있는 기린굴麒麟窟을 말한다. 동명왕이 기린마麒麟馬를 타고
이 굴을 드나들었다는 전설이 있다.
89_ **송후松侯** | 송양松讓. 고구려 초기 압록강 중류 지방에 있던 비류국沸流國의 군주. 기원전 37년
에 동명왕과 활쏘기로 승부를 겨루어 이기지 못하자 이듬해에 동명왕에게 항복하고, 그의 딸
을 유리왕琉璃王의 비妃로 바쳤다고 한다.
90_ **기사箕師의 정전** | 기자가 설치했다는 정전井田.
91_ **아홉 사닥다리** | 구제궁九梯宮을 말한다.
92_ **돌에 … 조회** | 조천석朝天石을 말한다. 동명왕이 여기서 말을 타고 하늘에 조회하였다고 전
한다.

흘승紇升[93]과 졸본卒本[94]은	紇升卒本
옛말을 징험할 수 없다.	莫徵古言
유류왕孺留王[95]이 잠깐 옮겼다가	孺留暫徙
장수왕長壽王[96] 비로소 돌아왔는데	壽王載旋
땅은 옛 낙랑군	地是樂浪
성은 장안長安[97]이다.	城曰長安
이에 해자垓子를 파니	於是乃鑿池濠
굽이쳐 넘실넘실 흐르고	沄沄湯湯
이에 외성을 쌓으니	乃築郭郭
높고 높으며 우뚝우뚝하며	屹屹嶈嶈
이에 도성의 문을 만드니	乃作都門
넓고 넓으며 빛나도다.	浩浩煌煌
이에 궁실을 건축하니	乃建宮室
전전殿도 있고 방房도 있고,	乃殿乃房
각閣도 있고 관觀도 있고,	乃閣乃觀
원院도 있고 당堂도 있고,	乃院乃堂

93_ **흘승**紇升 | 흘승골성紇升骨城. 고구려 초기의 도성.

94_ **졸본**卒本 | 고구려 동명왕이 도읍을 정한 곳.

95_ **유류왕**孺留王 | 고구려 제2대 임금인 유리왕琉璃王. 재위 기간은 기원전 19~기원후 18년. 유류
孺留 또는 누리累利라 적기도 한다. 유류왕 11년(기원전 9)에 선비鮮卑를 쳐서 항복을 받았으
며, 22년(기원후 3)에 도읍을 국내성으로 옮기고, 33년(기원후 14)에 양맥梁貊을 쳐서 멸망시키
고, 한나라의 고구려현을 빼앗았다.

96_ **장수왕**長壽王 | 고구려 제20대 임금. 재위 기간은 413~491년. 광개토왕廣開土王의 맏아들. 국
내성에서 평양으로 천도한 다음 적극적인 남하정책으로 475년에 백제의 수도 한성漢城을 함
락시켜 개로왕蓋鹵王을 죽이는 등 고구려의 전성기를 이루었다.

97_ **성은 장안**長安 | 장안성은 평양 동쪽에 있던 고구려시대의 성. 양원왕陽原王 8년(547) 때 쌓았다.

누樓도 있고 헌軒도 있고,	乃樓乃軒
무廡도 있고 상廂도 있고,	乃廡乃廂
동庡도 있고 하廈도 있고,	乃庡乃廈
창廠도 있고 낭廊도 있고,	乃廠乃廊
시寺도 있고 부府도 있고,	乃寺乃府
유庾도 있고 창倉도 있다.	乃庾乃倉
이에 부시罘罳[98]를 만들고	乃爲罘罳
이에 중당中唐[99]이 되고	乃爲中唐
구문九門을 만드니	乃爲九門
바라지와 창이다.	乃牖乃窓
원苑도 있고 유囿도 있고	乃苑乃囿
소沼도 있고 당塘도 있으며	乃沼乃塘
섬돌과 지대뜰	乃砌乃墀
벽과 담도 있다.	乃壁乃牆
환하게 밝으니	曦曦昭昭
빛나고 뽐내는 듯.	奕奕揚揚
벌여서 물 흐르는 듯하니	離離瀿瀿
깊숙하며 검푸르다.	宿宿蒼蒼
크고 견고하며	奮奮實實
밝고 선명하고	煟煟央央
우뚝하고 성대하며	嶒嶒蠢蠢

98_ **부시**罘罳 | 새들의 접근을 막기 위해 처마나 창가에 설치하는 그물 따위를 가리킨다.

99_ **중당**中唐 | 종묘宗廟의 문에서 종묘로 가는 중정中庭의 길.

번쩍번쩍 밝기도 하다.	雪雪章章
엄연하기는 주나라 총장궁總章宮[100]	嚴若周總章
높기는 노나라 영광전靈光殿[101]	高若魯靈光
뻗쳐 있기는 진나라 동제궁銅鞮宮[102]	衺若晉銅鞮
선명하기는 한나라 소양전昭陽殿[103] 같다.	鮮若漢昭陽
장화궁章華宮[104]과 관왜궁館娃宮[105]	章華館娃
동작대銅雀臺[106]와 백량대栢梁臺[107]	銅雀栢梁
태탕궁駘盪宮[108]과 소명궁昭明宮[109]	駘盪昭明
예지궁枌栭宮[110]과 피향궁披香宮[111]	枌栭披香
누추하기가 뜸집이나 초막 같아	陋如广茇

100_ **총장궁總章宮** | 중국 고대의 황제가 거처하던 궁의 이름. '총장'이란 말은 만물을 모아 밝힌
다는 뜻에서 붙인 것이다.
101_ **영광전靈光殿** | 중국 한나라 때 경제景帝의 아들인 공왕恭王이 산동성山東省 곡부현曲阜縣의
동쪽에 세운 궁전.
102_ **동제궁銅鞮宮** | 중국 춘추시대 진晉나라의 이궁離宮.
103_ **소양전昭陽殿** | 중국 한나라 때 성제成帝가 건축한 궁전. 후일에 후비后妃가 거주하는 궁전을
말한다.
104_ **장화궁章華宮** | 중국 초楚나라 영왕靈王이 섭읍葉邑에 지은 별궁別宮. 장화궁의 가운데에 높
은 대臺를 세웠기 때문에 장화대章華臺라고도 한다.
105_ **관왜궁館娃宮** | 중국 오吳나라의 부차夫差가 미인 서시西施를 위해 지은 궁전.
106_ **동작대銅雀臺** | 중국 후한 건안建安 15년 겨울에 조조曹操가 업鄴의 북서쪽에 지은 누대樓臺.
구리로 만든 봉황으로 지붕 위를 장식한 데에서 생긴 말이다.
107_ **백량대栢梁臺** | 중국 한나라 무제가 장안의 서북쪽에 지은 누대. 들보의 재목으로 향백香柏
을 쓴 데서 붙여진 이름이며, 그 높이가 수십 장丈에 이르렀다고 한다.
108_ **태탕궁駘盪宮** | 중국 한나라 때의 궁궐. 봄철의 풍광이 좋다고 하여 '태탕'이라는 이름을 붙
였다고 한다.
109_ **소명궁昭明宮** | 중국 삼국 가운데 오나라에서 세웠던 궁궐. 강소성江蘇省 남경南京에 있었다.
110_ **예지궁枌栭宮** | 중국 한나라 때의 궁전.
111_ **피향궁披香宮** | 중국 한나라 때의 궁전.

가히 비교조차 할 수 없다.	不可以方
이에 높은 대에 임하여	於是臨高臺
눈을 멀리 달리니	騁遠目
큰 뫼는 높이 섰고	鉅岳屹
뭇 산은 뾰족뾰족.	群山矗
혹 떨어지다가 잠깐 합한 듯	或離乍合
혹 일어서다가 급히 엎드린 듯	或起旋伏
혹 가까이하다가 서로 등진 듯	或親相背
혹 끊어지다가 다시 이어진 듯.	或斷復續
혹 높다가 낮아지고	或高而低
혹 곧다가 굽어지며	或直而曲
혹 빽빽하다가 성글고	或密而疎
혹 무리 짓다가 홀로 있다.	或群而獨
혹 두른 것이 담과 같고	或圍如廧
혹 총총한 것이 대와 같으며	或藂如竹
혹 벌어진 것이 연과 같고	或坼如蓮
혹 깎은 것이 옥과 같다.	或削如玉
혹 길들여진 것이 용과 같고	或擾如龍
혹 놀라 뛰는 것이 사슴과 같으며	或駭如鹿
혹 오르는 것이 난새와 같고	或跂如鸞
혹 서 있는 것이 깃발과 같도다.	或建如纛
멀리서 바라보면	遠而望之
좋은 비단 천 필이	則瑞錦千疋
아련한 문채로써	凱費歷錄

휘장이 되고 치마가 되어	爲帷爲裳
푸르고 붉은 초록이라	翠碧丹綠
이에 그 산을 금수錦繡[112]라 하고	故其山曰錦繡
꽃받침은 유난히 솟아나	花蕚特挺
빼어남을 머금고 맑음을 잉태한 듯.	含英孕淑
봄바람이 아직 펼쳐지지 않아	春風未敷
붉은 꽃잎 가지런히 모여 있는데	紅瓣齊蔟
이에 그 봉우리를 모란牧丹[113]이라 하고	故其峯曰牧丹
그 다른 것으로는 창광蒼光[114]의 멧부리와	若其它蒼光之岑
목멱木覓[115]의 산	木覓之岳
북쪽의 구룡九龍[116]	北之九龍
서쪽의 농학弄鶴[117]이 있어	西之弄鶴
각기 좋은 경치를 뽐내어	莫不各擅勝檗
형세가 서로 의각犄角[118]과 같다.	勢相犄角
아름다움은 오회吳會[119]와 비슷하고	美齊吳會
험난함은 파촉巴蜀[120]보다 더한데	險踰巴蜀

112_ 금수錦繡 │ 평양시 북쪽에 있는 산. 을밀대乙密臺·최승대最勝臺 등이 있다.
113_ 모란牧丹 │ 모란봉. 금수산의 봉우리.
114_ 창광蒼光 │ 평양시 남쪽에 있는 산.
115_ 목멱木覓 │ 평양시 동쪽에 있는 산.
116_ 구룡九龍 │ 평양시 북쪽에 있는 산.
117_ 농학弄鶴 │ 평양시 서쪽에 있는 산. 일명 용악산龍岳山이라 한다.
118_ 의각犄角 │ 짐승의 뿔이 서로 상대하여 자란 것. 곧 양편에서 서로 잡아당기려는 기세를 말한다.
119_ 오회吳會 │ 중국 진한秦漢 때에 회계군會稽郡과 오현吳縣을 합하여 오회라 불렀다. 소식의 〈희유경문지喜劉景文至〉 시에 "平生所樂在吳會, 老死欲葬杭與蘇"라는 구절이 있다.

이는 묘향산에서 가지가 갈라져 나와	斯蓋支出妙香
조물주가 정기를 집중시켜	造化亭毒
경영하여 조치하여	經營措置
담장을 벌여 놓고 국면을 열어 놓은 듯.	列垣分局
어찌 저 비탈지고 꾀죄죄한 산들이	豈如彼岐屹嶇峨
끊어진 언덕, 연약한 산기슭에 불과한 것과 같을쏘냐?	
	不過爲斷壟殘麓者耶
굽어 살펴보면	頫而察之
물고기 비늘과 벌집처럼	則魚鱗蜂窩
십만이나 되는 민가들	十萬其戶
연화烟花[121]가 이어져서	烟花相接
종을 치고 북을 두드린다.	撞鐘擊鼓
여러 가게가 별처럼 나열되고	列肆星羅
장사치들이 개미처럼 모여듦에	商旅螘聚
물화가 없는 것이 없어	無貨不居
가히 점검하고 셀 수 없다.	莫可較數
둘린 성城 밖에는	環城以外
패수浿水[122]가 서쪽으로 흐른다.	浿水西流
온갖 냇물이 모여드는데	百川所宗
천 리 근원의 시발점에서	千里源頭

120_ **파촉**巴蜀 │ 중국 사천성四川省에 있던 촉蜀나라 땅을 일컫는 말. 곤륜崐崙산맥과 대파大巴산
　　맥이 가로막고 있어 예로부터 험지險地로 알려져 있다.
121_ **연화**烟花 │ 태평 세월 속에 연기가 피어오르고 꽃이 핀 민가의 광경을 이른다.
122_ **패수**浿水 │ 대동강大同江의 옛 이름.

뱀처럼 구불구불, 화살처럼 달려와	蛇池箭馳
밤낮으로 쉬지 않는다.	日夜不休
운협雲峽을 뚫고 아래로 쏟아져	穿雲峽而下注
신녀神女의 고구高邱를 지나와서[123]	過神女之高邱
남쪽으로 꺾였다가 서쪽으로 회합하여	旣南折而西匯
비로소 호탕하게 흐르는데	始蕩蕩而浮浮
격하여 백은탄白銀灘[124]이 되고	激以白銀之灘
잇따라 암적주巖赤洲가 된다.	從以巖赤之洲
능라도綾羅島[125]로 엇갈려 흐르다가	錯以綾羅之島
구진九津[126]의 아랫목으로 내려보내니	放于九津之游
이에 깨끗하기는 비단과 같고	爾乃淨如練
맑기는 기름과 같아	清似油
덕암德巖[127]에 부딪히고	觸德巖
제연梯淵[128]에 일렁인다.	漾梯湫
금어錦魚[129]는 뛰고	躍錦魚
백구白鷗가 떠 있는	泛白鷗
버들의 봄	楊柳春

123_ **운협雲峽을 … 지나와서** ┃ 중국 초나라 회왕懷王이 고구高邱에서 신녀神女를 만났다는 중국
설화가 있는데, 여기에서는 이 설화를 원용하여 대동강의 흐름을 설명한 것이다.

124_ **백은탄白銀灘** ┃ 대동강 상류에 있는 여울.

125_ **능라도綾羅島** ┃ 백은탄 북쪽에 있는 섬.

126_ **구진九津** ┃ 구진익수九津溺水. 대동강의 지류.

127_ **덕암德巖** ┃ 평양시 대동문大同門 밖에 있는 바위. 우뚝 솟아 물을 막아내므로 부내府內 사람
들이 그 은덕을 기려 이런 이름을 붙였다고 한다.

128_ **제연梯淵** ┃ 평양시 대동문 밖에 있는 못.

129_ **금어錦魚** ┃ 평양의 특산물. 금어綿魚라고도 한다.

연蓮의 가을.	芙蓉秋
달은 물결 위에 흔들리고	月溶溶
연기가 마을 저쪽에 아득한데	烟悠悠
이에 장안의 멋쟁이 사내들과	於是長安佳冶
붉게 화장한 여인네들.	紅粉之儔
좋은 아침을 선택하여[130]	穀朝于差
나와 놀면서 서로 구한다.	出游相求
공작 부채[131]에	孔雀扇兮
비단 치마	錦撰裙
사당나무[132] 돛대에	沙棠楫兮
목련나무 배.	木蘭舟
가벼운 파도를 타고 바장이며	乘輕波而汎汎
북쪽 물가를 따라 바장이며	遵北渚而夷猶
치희稚姬 화희禾姬[133]의 옛 노래를 부르고	揚雉禾之舊歌
소옥小玉의 〈공후인箜篌引〉[134]을 연주한다.	奏小玉之空侯
혹 저처럼 연을 캐고	或採紅藕

130_ **좋은 … 선택하여** | 《시경》, 〈진풍陳風·동문지분東門之枌〉편에 "穀旦于差, 南方之原"이라
는 구절이 있다.

131_ **공작 부채** | 공작 꼬리로 만든 긴 자루의 부채.

132_ **사당나무** | 과수果樹. 나무가 당棠과 흡사하며 붉은 열매가 달린다. 나무는 배를 만드는 데
쓰인다.

133_ **치희稚姬 화희禾姬** | 둘 다 고구려 유리왕의 비妃. 치희는 본래 중국인으로 화희와 함께 계비
가 되었으나 서로 질투하다가 중국으로 돌아갔다. 이 소식을 들은 유리왕이 뒤쫓아가다가
〈황조가黃鳥歌〉를 지었다고 한다.

134_ **〈공후인箜篌引〉** | 고조선 때의 노래 〈공무도하가公無渡河歌〉. 백수광부白首狂夫의 아내가 지
었다고 한다. 공후를 연주한 여옥麗玉이 지었다는 설도 있다. 원가原歌는 전하지 않으나, 중
국 진晉나라 최표崔豹의 《고금주古今注》에 한역漢譯된 노래와 설화가 수록되어 있다.

혹 반달 같은 조구釣鉤를 드리우며	或垂月鉤
혹 아리따운 여인으로 잔을 돌리고	或斟素兒
혹 단청한 누각에 오른다.	或登畫樓
당신이 일컫는 물놀이 즐거움에 비한다면	其於子之所稱水嬉者
황곡黃鵠[135]과 하루살이의 차이밖에 아니지만	不翅黃鵠之於蜉蝣
그러나 이는 다만 맵시 있고 아리따운	然而此猶窈嫛婗媤
아녀자의 놀이일 뿐.	兒女子之相遊也
바야흐로 나의 말에 물을 먹이고 칼을 씻으며	方將飮我馬而洗劒
천참天塹[136]의 깊은 해자를 보니.	視天塹之深溝
저 찰랑찰랑 저 의대수衣帶水[137]를	盈盈衣帶之水
또 어찌 번거롭게 수작할 건가?	又何足久煩於相詶也
대개 그 땅은 비옥하고 물은 깊으며	蓋其土厚而水深
군사는 강하고 나라는 부유하다.	兵强而國富
무쇠 성벽 끓는 해자[138]	天府金湯
진천녀秦川女의 비단 수繡.[139]	秦川錦繡
그러므로 옥저는 항복하고	是故沃沮降
말갈은 화친을 구하고	靺鞨媾
행인荇人[140]은 복속하고	荇人服

135_ **황곡**黃鵠 | 새 이름.《상군서商君書》에 황곡이 날면 한 번에 천 리를 간다고 한다.

136_ **천참**天塹 | 강 때문에 저절로 이루어진 요충지.

137_ **의대수**衣帶水 | 허리띠처럼 좁은 강으로 백마강의 좁음을 비유한 말이다.

138_ **무쇠 … 해자** | 금성탕지金城湯池를 말한다. 성벽은 금속으로 쌓은 것처럼 단단하고, 해자는 뜨거운 물이나 기름이 흐르는 것 같아 적이 함부로 침범하지 못함을 이르는 말이다.

139_ **진천녀**秦川女**의 비단 수**繡 | 중국 진晉나라 두도竇滔의 처 소씨蘇氏가 유배 간 남편에게 회문시回文詩를 수놓아 보냈는데, 여기서는 해자가 성곽을 둥글게 감싸 흐르는 것을 비유한 것이다.

조나藻那[141]는 도망갔다.	藻那走
북으로는 숙신肅愼의 땅을 다하고	北賣楛矢
남으로는 귤과 유자를 공물로 바치게 하여	南錫橘柚
사방 경계의 밖에	四境之外
오래도록 전투가 없다.	久無戰鬪
왕이 이에 욕살縟薩[142]에게 자문하고	王乃咨縟薩
을두乙頭[143]를 불러들여	召乙豆
군사軍事는 가히 강講하지 않을 수 없고	兵不可以不講
예법은 가히 힘쓰지 않을 수 없다.	禮不可以不懋
선왕의 놀이에	先王之游
수수蒐狩[144]가 있었다.	曰有蒐狩
때는 바야흐로 늦가을	時方季秋
길일의 무자일이니	吉日維戊
어찌 우리 군사를 정돈하여	盍整我武
맹수를 사냥하지 않으리오?	以從于獸
이에 초요招搖[145]를 세우고	於是建招搖

140_ 행인荇人 | 태백산 남쪽에 있었던 고대 부족국가. 고구려 동명왕 6년(기원전 32)에 오이烏
伊·부분노扶芬奴로 하여금 징벌하게 하여 성읍으로 삼았다. 《삼국사기》 권13, 〈고구려본
기〉, '시조동명성왕始祖東明聖王' 참조.

141_ 조나藻那 | 고구려 주변에 있었던 고대 부족국가. 고구려 태조왕 20년(72)에 달고達賈를 파견
하여 조나藻那를 정벌, 흡수하였다.

142_ 욕살縟薩 | 고구려 지방 장관의 하나. 큰 성은 처려근지處閭近支, 작은 성은 가라달可羅達이
다스렸다.

143_ 을두乙頭 | 을두지乙豆智. 고구려 대무신왕 때의 재상. 대무신왕 8년에 우보右輔가 되어 군국
軍國의 일을 맡아 보았다. 《삼국사기》 권14, 〈고구려본기〉, '대무신왕大武神王' 참조.

144_ 수수蒐狩 | 왕의 놀이, 즉 사냥을 말한다. 봄에는 수蒐, 겨울에는 수狩라고 한다.

채색 깃발을 휘두르며	揮綵幢
징소리는 덩덩	鐃丁當
북소리는 둥둥	鼓豐隆
삼군의 군사가	三軍之士
따르지 않는 이 없다.	莫不率從
나누어 여덟 문이 되고	分爲八門
합하여 아홉 궁이 됨에	合爲九宮
씩씩하고 우렁차고	曁曁狂狂
빽빽하고 총총하다.	林林叢叢
불꽃이 타오르는 듯	煜煜闐闐
파도가 몰아치듯	滔滔洶洶
이에 은 투구 비단 깃발에	爾乃銀鍪錦幪
배자 일곱 겹을	補襠七重
부드럽게 다스려 거꾸로 달게 하여	柔戾倒頓
무소뿔 갈고리로 가슴 쪽을 묶는다.	犀毗束胸
오른쪽에는 가죽 활집	右佩魚韛
왼쪽에는 화살통	左挾冰籋
부유浮游[146]의 화살	浮游之矢
경영更嬴[147]의 활.	更嬴之弓

145_ **초요**招搖 ┃ 초요기招搖旗. 전진戰陳에서나 행진할 때에 대장이 장졸들을 부르고 지휘하며 호령하던 깃발.

146_ **부유**浮游 ┃ 황제의 신하로 화살을 만든 사람.

147_ **경영**更嬴 ┃ 중국 전국시대 사람으로 활을 잘 쏘았는데, 빈 활을 쏘아 새를 떨어뜨렸다고 한다.

붉은빛 오금 초록빛 줌통	紅弴綠撻
뽕나무 활시위 상아 활고자	桑彈象弭
힘차게 건 명효鳴髇[148]는	剛掛鳴髇
그 날카로움이 벌침과 같다.	其利如蜂
허리에 칼 한 자루 차니	側帶一刀
칼집은 예리한 칼날을 감싸준다.	鞘護霜鋒
수구繡緱[149]와 옥준鋈鐏[150]	繡緱鋈鐏
어장검魚腸劍[151]과 부용검芙蓉劍,[152]	魚腸芙蓉
피발·겹쇠·연쇄·비쇄	又復鈹鉿鋋鏟
대작·책작·구구·총작,[153]	鐷鏿鉤鏦
서거犀渠와 팽배彭排[154]	犀渠彭排
무락武落[155]과 의공錡羄,[156]	武落錡羄
모아진 것 갈라진 것	攢者歧者
각각 그 기능을 다한다.	各守其工
군복이 이미 만들어졌고	袀服旣成
내 말도 또한 함께했다.	我馬亦同

148_ **명효鳴髇** | 표적을 알리기 위해 쏘는 소리 나는 화살.
149_ **수구繡緱** | 수놓은 칼자루.
150_ **옥준鋈鐏** | 도금한 창물미. 창물미는 창 끝 부분을 말한다.
151_ **어장검魚腸劍** | 옛날 보검의 이름.
152_ **부용검芙蓉劍** | 중국 월越나라 왕 구천句踐의 보검인 순균純鈞.
153_ **피발 … 총작** | 피발는 큰 창, 겹쇠은 작은 창, 연쇄은 쇠자루 달린 짧은 창, 비쇄는 짧은 창, 대작는 동자루 달린 창, 책작은 철창, 구구는 갈고리 창, 총작은 작은 창을 말한다.
154_ **서거犀渠와 팽배彭排** | 방패의 이름.
155_ **무락武落** | 호락虎落. 검의 이름.
156_ **의공錡羄** | 미상.

월따말과 가라말	有騮有驪
황부루와 총이말	有騢有驄
물고기눈말과 오총이	有騢有䯄
구렁말과 얼룩말	有驈有駂
절따말과 황백말[157]	有騵有騜
칠척말과 팔척말	有騋有駥
모이면 비단구름과 같고	屯共雲錦
달아나면 돌개바람과 같다.	走如旋風
푸른 깃 장식과 구슬 띠	翠耗珠絡
말먹이 자루와 구유로 이바지하고	樓筦是供
밀치[158]를 정돈하고 재갈을 맺어	整鞦結銜
둘러 늘어놓아 담을 이룬다.	環列爲堵
그 징이 울리고 호각 소리 나자	及其金鳴角開
원대鴛隊[159]가 두 줄로 나오고	鴛隊出雙
흰 깃발 여무慮無[160]가	白旛慮無
흩어져서 사방으로 내닫는다.	散而四衝
교외의 바깥	于牧之外
숲의 가운데	于藪之中

157_ **월따말과 … 황백말** | 말의 종류. 월따말은 털빛이 붉고 갈기가 검은 말, 가라말은 털빛이 검은 말, 황부루는 누런 바탕에 흰 털이 섞인 말, 총이말은 갈기와 꼬리가 파르스름한 흰 말, 오총이는 흰 털이 섞인 검은 말, 구렁말은 털 빛깔이 밤색인 말, 절따말은 털빛이 붉은 말이다.

158_ **밀치** | 마소의 꼬리 밑에 거는 안장이나 길마에 딸린 나무 막대기.

159_ **원대鴛隊** | 원앙새 떼의 줄이라는 뜻으로, 조정 문무 관료들의 행렬을 말한다.

160_ **여무慮無** | 군대의 행진에서 제일 앞에 세우는 깃발. 적의 보병이 나타나면 흰색을, 기병은 붉은색 깃발을 세워 알린다.

성의 남쪽	于城之南
산의 동쪽.	于山之東
모든 군영에서 불을 켜 드니	千營擧火
사방 들판이 타는 듯 붉다.	四野焱紅
필畢과 저罝[161]를 벌이고	張畢罝
부罦와 동罿[162]을 신고	載罦罿
애여艾如를 설치하고	設艾如
울몽[罻罞][163]을 벌여 놓는다.	羅罻罞
덫을 매설하고 틀을 살피고	埋獲審機
후림새를 매어 놓고 대통을 분다.	係鸕吹筒
해동청 매가	海東青鷹
무리로 날아 하늘을 가르고.	群飛蔽空
도홧빛 건장한 사냥개가	桃花健拘
나란히 종횡으로 달린다.	駢走橫縱
이에 호랑이 얼룩 표범	於是淺虎斑豹
검은 원숭이 누런 곰,	玄猱黃熊
고라니 노루 사슴	麋麛麏麞
약은 토끼와 어린 돼지,	毚兔豵豵
오소리와 승냥이	貛貒豺貉
영양과 버새,	羚羊驢蚆

161_ 필畢과 저罝 | 각각 족대와 그물.
162_ 부罦와 동罿 | 그물.
163_ 울몽[罻罞] | 새 그물.

들소와 육박陸駁[164]	野兕陸駁
살진 여우와 큰 들소,	封狐巨犎
모두 달리며 달아나고 스스로 던져	莫不駛牟自擲
혼이 놀라고 정신이 겁에 질려	魂駴神慴
목이 쉰 채 울부짖어	嗁哴叫嘶
넘치고 쌓인 것이 구름과 같다.	委積巃嵸
사나운 짐승도 이러하거니	猛獸猶然
나는 새 따위야 어디 용납되리?	飛鳥何容
눈처럼 흰 고니	雪白天鵝
붉은 머리 꿩,	紅首華蟲
그물로 여섯 재두루미 덮쳐 잡고	羅掩六鶬
화살로 쌍 기러기 관통시킨다.	射串雙鴻
산하는 그 정조鼎俎가 되고	山河爲其鼎俎
천지는 그 울타리가 되는데	天地爲其樊籠
대포大庖[165]를 열어 죽이는 것을 논하고	闢大庖而論殺
군리에게 명하여 공을 책정한다.	命軍吏而策功
사슴뿔 뾰족한 것 무더기 쌓여 있고	堆鹿角之巀嶪
담비 꼬리 야들야들한 곳에 엮여 있다.	編貂尾之芃芃
지짐은 희고 구이는 붉은데	繢焄白而焲紅
유리잔으로 천 종의 술을 마신다.	飮琉璃之千鍾

164_ 육박陸駁 | 맹수의 이름. 말과 비슷하며 범을 잡아먹는다고 한다. 육박六駁 또는 박駁이라고
도 한다. 《이아》, 〈석축釋畜〉에 "駁, 如馬, 倨牙, 食虎豹"라 하였고, 좌사左思의 〈오도부吳都
賦〉에 "驀六駁, 追飛生"이라는 구절이 보인다.
165_ 대포大庖 | 제왕의 부엌.

이에 안학궁安鶴宮에 올라   乃登安鶴之宮

의자義觜의 피리[166]를 비껴 불고   橫義觜之笛

재담齋擔의 북을 치며   撾齋擔之鼓

취노吹蘆의 곡조를 화답하고   和吹蘆之曲

금당金瑭의 춤[167]을 바친다.   呈金瑭之舞

환성은 해악을 진동하고   歡聲動於海岳

씩씩한 기상은 세계에 뻗치는데   壯氣彌於寰宇

여러 항오를 지휘하여 열을 이루매   麾諸伍而就列

아직도 사나운 얼굴로 노여움이 남았다.   尙焦然而餘怒

이에 사신詞臣에게 명하여   爰命詞臣

대무大武[168]를 송송頌하게 한다.   俾頌大武

그 사詞에서 말하기를,

우리가 육군六軍을 정비하니   我整六軍

패수의 가로다.   浿水之瀕

좌사는 역역驛驛[169]하고   左師驛驛

우사는 준준趨趨[170]한데   右師趨趨

166_ 의자義觜의 피리 │ 혀가 있는 횡적橫笛. 《산당군서고색山堂群書考索》에 "義觜笛, 如橫笛而加
    觜, 西涼樂也"라는 구절이 있다.
167_ 재담齋擔의 … 금당金瑭의 춤 │ 미상.
168_ 대무大武 │ 중국 주周나라 무왕이 지은 악곡 이름. 무왕이 주紂를 치고 무공으로써 천하를 평
    정한 것을 나타낸 것이다.
169_ 역역驛驛 │ 성대한 모양.
170_ 준준趨趨 │ 빨리 달리는 모양.

달리고 또 달리니	載馳載驅
그 말은 인마駰馬로다.[171]	其馬維駰
중림中林으로 나아가니	以卽中林
사슴은 많고 많도다.	有鹿牲牲
아름답도다, 우리 왕에게	於鑠我王
무사가 구름처럼 모여들어	武士如雲
큰 나라는 이에 방어하고	大邦是禦
작은 나라는 손으로 삼는다.	小國攸賓
사냥하고 돌아오매	狩而言歸
즐겁기 그지없으니	思樂肫肫
우리 왕의 평안하심이	我王康哉
만 년이요 천 년이라.	萬有千春
아, 형승形勝의 아름다움은	嗟乎形勝之美
하늘로부터 이루어진 것이지만	由天所成
터전을 잡아 거하게 됨은	卜而居之
명철함에 달려 있다.	在哲與明
누군가가 개창하지 않았다면	不有開刱
어찌하여 성을 이루며	何以成城
잘 수성함이 있지 않았다면	不有善守
어찌하여 영원할 수 있는가?	何以永貞
위태로움을 굳세게 할 수 있고	危可使固

171_ 그 말은 인마駰馬로다 | 《시경》, 〈소아·황황자화皇皇者華〉편에 "我馬維駰, 六轡旣均, 載馳
載驅"라는 구절이 있다. 인마는 은백색에 잡털이 있는 말이다.

약함을 강하게 할 수 있으며	弱可使勍
가난함을 부유하게 할 수 있고	儉可使富
오욕도 영광으로 바꿀 수 있다.	汙可使榮
큰 교화의 다스림은	大化之治
스스로 영위함을 구할 수 없지만	不求自營
패업을 이루는 것은	覇業之就
나에게 감히 비견하지 못하리라.	莫我敢京
그렇다면 서도의 아름다움이	然則西都之美
비록 오로지 도읍에만 있는 것은 아니지만	雖不專在於都邑
당신이 말한 남도에 비하여	而其視子之南都
더 나은가 그렇지 않은가?"	爲多耶未耶

동도 東都

소판 사실이 두 객에게 읍하고 말하였다.

"어리석은 내가 일찍이 옛 어른들에게 들으니, '군자의 도는 그 말을 들으면 그 정사政事를 알 수 있고, 그 처음을 보면 그 끝을 도모할 수 있다'라고 하였다. 지금 달솔의 변辨은 이미 실패한 것이고, 대로의 설명도 그 정당함을 얻지 못했다. 대저 즐거움이 지나치면 방탕해지고 전쟁을 함부로 하면 궁해진다. 그러므로 부차夫差는 안일하게 하여 그 집안을 망쳤고,[172] 주보언主父偃은 포악하고 멋대로 했다가 그 몸을 죽게 만들었다.[173] 처음은 비록 서로 다르지만 그 귀착점은 같았다.

그러므로 옛날에 도읍을 정할 적에 남쪽으로는 월越에 가깝게 되고,

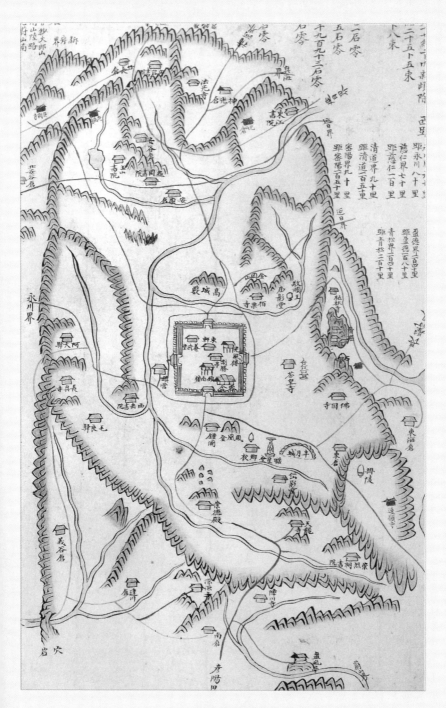

〈경주부도慶州府圖〉

《해동지도海東地圖》, 1750년, 서울대학교 규장각 소장.

북쪽으로는 융戎에 방해를 받았다. 월에 가까운 자는 항상 주색에 빠지고 융에 방해받는 자는 매양 다투고 공격함에서 손실을 본다. 풍토가 옮기고 변화하며 인사가 억누르고 흉하게 하는 것은 선왕이 거처하지 않는 바이고 충신이 항상 근심하는 바이다. 그런데 이제 도리어 이야기의 자료를 제공하고 변설의 칼날을 도와, 그것을 양보하지 않고 서로 대립하기를 죽竹과 동桐처럼 하고 있다.[174] 말이 아닌 말이기 때문에 적이 두 공에게 걱정이 된다. 또 손님이 말하기를 '동도가 비록 아름다우나 서도만 같지 못하다' 라고 하였다. 당신이 능히 동도가 아름다운 이유를 아는가? 무엇으로 그 같음과 다름을 알 수 있는가? 청컨대 당신들을 위해 낱낱이 고하리다.

저 가파르게 높이 솟아	彼阽然高起
빼어난 빛 검푸르고 쪽빛인데.	秀色蒼藍
그 기운 어두침침하고	嶙峋嶮巇
높고도 험한 것이 있어	巉巖嶜崟者
나라의 동악으로	國之東岳
이름을 토함산吐含山[175]이라 한다네.	名曰吐含

172_ **부차夫差는 … 망쳤고** ┃ 부차는 중국 춘추시대 오왕吳王으로, 월나라 왕 구천과 싸울 적에 오자서伍子胥의 말을 듣지 않고 방탕하고 해이한 생활을 하다가 패하여 구천에게 죽임을 당하였다.

173_ **주보언主父偃은 … 만들었다** ┃ 주보언은 중국 한漢나라 임치臨菑 사람. 처음에 종횡가의 술術을 배웠으나 후일에 《주역》,《춘추春秋》와 백가百家의 설을 배웠다. 제왕齊王의 재상이 되었는데, 제왕이 그 누이와 통간한 행위를 폭로하여 이 때문에 제왕이 자살하였으며, 이 일로 자신도 죄를 얻어 죽게 되었다고 한다.

174_ **죽竹과 … 하고 있다** ┃ 죽竹은 피리이고 동桐은 거문고로, 이 둘이 서로 겨루는 것을 말한다.

나부끼듯 맑고 뛰어나서	飄飆淸絶
춤추는 것이 신령스런 자라와 같으며[176]	抃若靈鰲
휑하니 빈 깊은 골짝	谽谺幽峽
비탈지면서 불끈 솟은 것이 있어	嶙峏崢嶸者
나라의 서악으로	國之西岳
이름을 선도산仙桃山[177]이라 한다네.	名曰仙桃
높고 높은 산 일대가	嶷嶷一帶
기슭이 되고 등성이가 되며	爲麓爲岡
뾰족하고 우뚝하여	巑岏岩嶢
칼과 창을 늘어놓은 듯한 것이 있어	列揷刀戟者
나라의 북악으로	國之北岳
이름을 금강산金剛山[178]이라 한다네.	名曰金剛
아득히 보이면서 높게 솟았고	縹緲崍崢
예쁘게 보이면서 번화스러워	嬝婉繁縟
마치 연꽃을 모은 것 같고	如攢菡萏
봉황 새끼가 나는 듯한 것이 있어	如翔鸑鷟者
이름을 함월산含月山[179]이라 하니	名曰含月

175_ **토함산吐含山**ㅣ경주시와 월성군 사이에 있는 산. 신라 때에 동악東嶽이라 불리고 사전祀典이
있었다. 불국사佛國寺와 석굴암石窟庵이 있다.

176_ **춤추는 … 같으며**ㅣ원문에는 "변약영오抃若靈鰲"고 되어 있는데,《진서》,〈악지樂志〉에 "神
鰲抃舞, 背負靈嶽"이라는 구절이 있다.

177_ **선도산仙桃山**ㅣ경주시 서현동 북쪽에 있는 산. 신라 때에 서악西嶽·서형산西兄山 등으로 불
렸다.

178_ **금강산金剛山**ㅣ경주시 동천동에 있는 산. 도량사道場寺와 백률사栢栗寺가 있다.

179_ **함월산含月山**ㅣ경상북도 월성군에 있는 산. 신라 때에 남악南嶽으로 불리고, 기림사祇林寺가
있다.

이 바로 남악이라네.　　　　　　　　　　是爲南岳

사방으로 진진鎭을 나누고　　　　　　　四局分鎭

뭇 신령이 또한 둘러 있으니　　　　　　群靈亦圍

금오산金鰲山과 비학산飛鶴山　　　　金鰲飛鶴

명활산明活山과 복안산伏安山　　　　明活伏安

자옥산紫玉山과 북형산北兄山　　　　紫玉北兄

치술령鵄述嶺과 낭산狼山¹⁸⁰ 등이　　鵄述狼山

벌여서 정두飣餖¹⁸¹를 지공함과 같고　列供飣餖

나환螺鬟¹⁸²을 높이려고 경쟁한다.　　競高螺鬟

아름다움 말로써 표현할 수 없고　　　美不可言

높아서 손으로 더위잡고 오를 수 없으며　高不可攀

가까이 방장方丈¹⁸³이 있어　　　　　密邇方丈

원기가 서려 있는 곳이라.　　　　　　元氣所蟠

용이 서리고 범이 걸터앉은 듯　　　　龍盤虎踞

하늘이 중관重關¹⁸⁴을 설치하였네.　　天設重關

저 멀리 동으로 바라보니　　　　　　彼曠然東望

막연히 끝이 없다.　　　　　　　　　漠然無已

반한골월沜汗汩越　　　　　　　　　沜汗汩越

180_ 금오산金鰲山과 … 낭산狼山 | 모두 경주시 일대에 있는 산들.

181_ 정두飣餖 | 음식을 벌여 놓은 것. 한유韓愈의 〈남산南山〉 시에 "或如臨食案, 肴核紛飣餖"라는 구절이 있다.

182_ 나환螺鬟 | 머리 장식의 일종으로 고등처럼 틀어올린 다리. 다리는 여자들이 머리숱이 많아 보이라고 덧넣은 딴 머리를 말한다.

183_ 방장方丈 | 삼신산三神山의 하나. 우리나라의 지리산을 가리키기도 한다.

184_ 중관重關 | 이중 삼중의 관문이란 뜻.

확약묘미濩渃渺瀰

전면홍황滇洍鴻濛[185]

나루도 없고 끝도 없는 것은

나라의 큰 못이요

동해의 물이라네.

이에 태초의 원기를 쌓아

온갖 아름다움을 포함하고.

두터움은 그 몇 백 길인지 모르고

넓음은 그 몇 천 리인지 모른다.

해안을 격해 사는 사람은

붉은 머리 검은 이빨

영도靈桃가 그 섬에 가지를 뻗고[186]

신상神桑[187]이 그 물가에 뿌리를 의탁하며

문추文鰌[188]가 굴에 잠겨 조수가 없고

거신巨蜃이 채색을 엮어 해시海市를 이룬다.[189]

신룡神龍이 진봉鎭封[190]하는 바이요

濩渃渺瀰

滇洍鴻濛

而無津涘者

國之大池

東海之水也

爾乃積太素

包群美

厚不知其幾百尋

衍不知其幾千里

隔岸而居者

紅髮玄齒

靈桃盤柯於其嶼

神桑托根於其沚

文鰌潛穴而不潮

巨蜃結彩而爲市

神龍之所鎭封

185_ 반한골월泮汗汨越 … 전면홍황滇洍鴻濛 | 이 세 가지는 전부 바다가 넓고 크다는 것을 표현한 말이다.

186_ 영도靈桃가 … 뻗고 | 신령한 도화桃花가 살 정도로 좋은 땅으로 일본 땅이 가까이 있음을 말한다.

187_ 신상神桑 | 신묘한 뽕이 뿌리를 내리고 살 정도로 좋은 물가를 말한다.

188_ 문추文鰌 | 문추는 바다의 조수를 일으킨다고 전해지는 어종魚種. 해추海鰍(海鰍)라고도 한다. 《수경주水經注》에 "海鰌魚, 長數千里, 穴居海底, 入穴則海水爲潮, 出穴則潮退, 出入有節, 故潮水有期"라는 구절이 있다.

189_ 거신巨蜃이 … 이룬다 | 바다의 신기루 현상을 말한다. 대합이나 교룡이 토한 기운이 바다 위에 해시海市를 만든다고 한다.

선성仙聖이 유창游暢[191]하는 바라.	仙聖之所游暢
나라의 큰 방벽이요	國家之鉅防
천지의 보배로운 창고라.	天地之珍藏
여기에서 나는 물산들은	其産於是者
전복은 진수라 불리고	鰒稱珍羞
고래는 큰 배를 삼킬 만하고	鯨吞巨舫
게 등껍데기는 가마솥에 들일 만하고	蟹匡容釜
새우 수염은 지팡이로 삼을 만하고[192]	蝦鬚植杖
현삼玄蔘[193]은 돼지와 같고	玄蔘似猪
홍합은 동이와 같고	朱蛤如盎
알은 구슬 목걸이처럼 쌓이고	卵堆珠瓔
가지에는 흰 깃발이 감겨 있는데	梢縈素斾
허리가 엷고 넓은 것도 있고	腰或區廣
입술이 확 트이고 큰 것도 있다.	吻或谿大
굴 껍데기는 손바닥과 같고	石花若掌
곤포昆布[194]는 띠와 같다.	昆布若帶
현허玄虛[195]가 부賦를 짓지 못한 바요	玄虛之所未賦

190_ **진봉鎭封** | 자기가 진압해서 가지고 있는 것.

191_ **유창游暢** | 즐겁게 회포를 풀고 노니는 것.

192_ **새우 수염은 … 만하고** | 곽헌郭憲의 《동명기洞冥記》에 마단馬丹이 새우 수염을 지팡이로 삼았는데, 후에 그 지팡이를 버리자 날아갔다고 한다.

193_ **현삼玄蔘** | 현삼과에 딸린 다년생풀. 잎은 톱니가 있는 달걀 모양이며 담황색이다. 열을 내리는 데에 효과가 있어 폐결핵의 약으로 쓰인다.

194_ **곤포昆布** | 다시마.

195_ **현허玄虛** | 현허는 목화木華의 자로, 중국 진晉나라 광천廣川 사람. 벼슬은 양준주부楊駿主簿를 지냈으며, 〈해부海賦〉를 지었다.

태진太眞[196]이 일찍 몰랐던 바라.　　　　　　　太眞之所曾昧

어부와 포구 사람　　　　　　　　　　　　　漁子浦丁

이에 팔고 이에 사는데　　　　　　　　　　　是貨是儈

말린 포요, 소금이요,　　　　　　　　　　　是臚是醢

국이요, 회라네.　　　　　　　　　　　　　是羹是鱠

소금집에서 솥을 걸고　　　　　　　　　　　塩戶架鍋

바닷물을 끓여 소금을 만드는데　　　　　　　熬海爲醝

현정玄精[197]이 짠물에서 나와　　　　　　　玄精作醎

찬연하기가 눈꽃 같으니　　　　　　　　　　燦若雪花

바다가 백성에 있어서　　　　　　　　　　　海之於民

이익됨은 끝이 없다.　　　　　　　　　　　　功利莫涯

동천과 서천　　　　　　　　　　　　　　　　東川西川

두 흐름이 아Y 자로 나뉘는데　　　　　　　二流分丫

얕은 곳은 물고기의 통발　　　　　　　　　　淺爲魚籪

평퍼짐한 곳은 해오라기가 머무는 곳.　　　　盤作鷺渦

토령兎嶺은 낮게 경사지고　　　　　　　　　兎嶺低橫

문강蚊江[198]은 멀리 비껴 있는데　　　　　蚊江遠斜

196_ 태진太眞 | 태진은 온교溫嶠의 자字로, 온교는 중국 진晉나라 기祁 사람. 성품이 영민하고 박
학능문博學能文하며 담론을 잘하였다. 진나라 원제元帝의 즉위에 큰 공을 세웠고, 벼슬은 표
기장군驃騎將軍과 개부의동삼사開府儀同三司를 지냈으며, 시안군공始安郡公에 봉해졌다. 어
느 날 진령晉嶺으로 돌아올 때 우저기牛諸磯에 이르러 서각犀角을 불살라서 물속의 괴물을 보고,
풍風을 맞아 열흘이 안 되어 죽었다고 한다. 《진서晉書》 권67, 〈온교溫嶠〉 참조.

197_ 현정玄精 | 현정석玄精石. 짠물이 흙에 들어가서 현정석이 된다고 한다.

198_ 토령兎嶺은 … 문강蚊江 | 토령은 토함산, 문강은 문천蚊川으로 토함산에서 발원하여 흐르는
사등이천史等伊川의 하류이다. 《신증동국여지승람新增東國輿地勝覽》 권21, 〈경주부慶州府〉
참조.

봄처녀는 편지를 쥐고	春女秉簡
행락객들은 꽃을 띄우니	游人汎花
어찌 다른 곳이 없으리오만	豈無他所
이 흰 모래를 사랑한다.	愛此皓沙

자네는 여러 성이 구름 속에 은은한 것을 보았는가?

서쪽은 금성金城[199]	西爲金城
동쪽은 반월성半月城[200]이 있고	東爲半月
반월성의 북쪽에	月城之陰
만월성滿月城[201]이 이에 확 트였다.	滿月斯豁
또 동으로 둘려서	又東而迤
명활明活[202]이란 성이 있으며	城曰明活
남산 꼭대기에	南山之顚
점 찍어 다시 궐을 지었다.	表而復闕
오직 이 다섯 성들은	惟此五城
높고도 뾰족하여	屹屹屼屼
수시로 왕이 옮겨 사시니	隨時遷御
창졸간을 대비함이라.	以備倉卒

199_ 금성金城 │ 경주부 동쪽에 있던 성.
200_ **반월성半月城** │ 여기서는 경주부 동남쪽에 있던 월성月城을 가리키는 듯하다. 반월성은 반월
   고성半月古城으로 위치는 정확히 알 수 없다.
201_ **만월성滿月城** │ 월성의 북쪽에 있던 성.
202_ **명활明活** │ 월성의 동쪽에 있던 성.

백성들 삶이 견고하나니	民有所固
왜적들 우리에게 돌입突入하지 마라.	寇莫予突
공손히 생각건대 우리 옛 선왕들	恭惟我古昔先王
용이 노닒에 복희씨가 나타났고[203]	龍游而伏羲作
제비가 내려옴에 은나라가 번성했다.[204]	鳦降而殷商殖
만물 중에 으뜸으로 나와서	首出庶物
하늘을 이어 극極을 세우니[205]	承天建極
이에 성읍을 마련하고	乃奠城邑
이에 국가를 열어 놓아	乃啓邦國
만백성 편안히 함에	綏厥萬民
농사일 이에 힘을 썼다.	稼穡是力
인仁을 쌓고 의義를 갈아	築仁耕義
하나의 덕德을 지켜 나왔다.	守以一德
후사를 이음은 오직 효도이니	繼嗣維孝
이로써 계승하고 이로써 본받았다.	是承是式
세상에 현성賢聖이 있음에	世有賢聖
만억이 복록을 받으니	受祿萬億

203_ **용이 ⋯ 나타났고** | 복희씨는 중국 고대 신화에 나오는 삼황三皇의 한 사람. 백성들에게 고기 잡는 법과 사냥하는 법을 가르쳤다고 한다. 이때에 황하에서 용마龍馬가 출현했는데, 그 등에 그려져 있던 도면을 '하도河圖'라고 한다.

204_ **제비가 ⋯ 번성했다** | 설契의 어머니 간적簡狄이 현구玄丘의 냇가에서 목욕을 하고 있었는데, 그때 제비가 알을 물고 날아가다가 떨어뜨렸다. 이 알을 실수로 삼켜 임신을 하였고, 마침내 설을 낳게 되었다. 설契은 순임금의 신하로, 그의 후손이 대대로 박亳 땅에 살았는데 탕임금에 이르러 은나라를 세웠다.

205_ **극極을 세우니** | 극極은 표준으로 세상의 모든 표준을 세웠다는 말이다.

나라는 날로 개척되고	國以日闢
사람들은 휴식을 얻는다.	人得安息
그러므로 나라 시작한 이래	故自始國以來
금관가야金官伽倻[206]가 항복하고	金官降
우산국于山國[207]이 복속했으며	于山服
벽진가야碧珍伽倻[208]가 평정되고	碧珍平
감문국甘文國[209]이 굴복했으며	甘文伏
장산국萇山國[210]은 돌아오고	萇山歸
실직국悉直國[211]은 귀속되었으며	悉直屬
청령국蜻蛉國[212]은 그리워하고	蜻蛉懷
말갈국靺鞨國은 위축되었다.	靺鞨蹙
소국은 이십여 개	小國二十餘
대국은 오륙 개로	大國五六
이에 영토가 이미 커지고	於是幅員旣將
인구는 점차 많아졌는데	生齒漸衆
저자에는 환송歡頌이 있고	市有歡頌
들판에는 싸움이 없다.	野無鬪鬨
이에 삘기와 흙을 바꾸어	乃革茇土

206_ 금관가야金官伽倻 ┃ 여섯 가야의 하나. 경상남도 김해 지역에 있던 나라.
207_ 우산국于山國 ┃ 삼국시대 초기 울릉도에 있던 나라.
208_ 벽진가야碧珍伽倻 ┃ 여섯 가야의 하나. 성산가야星山伽倻의 다른 이름.
209_ 감문국甘文國 ┃ 삼한시대에 변한弁韓에 딸린 소국의 하나.
210_ 장산국萇山國 ┃ 신라 초기에 동래 지역에 있던 나라.
211_ 실직국悉直國 ┃ 진한辰韓의 속국이었는데, 신라 파사왕婆娑王 때 신라로 합병되었다.
212_ 청령국蜻蛉國 ┃ 청령은 일본의 옛 이름의 하나.

집으로 만드니 　　　　　　　　　　　爲宇爲棟

구룡전九龍殿[213]이 열리고 　　　　　　殿闢九龍

오봉루五鳳樓가 솟는다. 　　　　　　　樓屹五鳳

자유紫楡와 황양黃楊[214]으로 　　　　　紫楡黃楊

나는 듯한 추녀에 공아栱牙[215]라. 　　飛簷栱牙

현어懸魚[216]와 화두花斗[217]에 　　　　懸魚花斗

짐승 머리의 입을 벌린 듯. 　　　　　　獸頭張呀

머리엔 누런 구리쇠를 덮어씌웠고 　　沓冒黃銅

창에는 초록 비단을 발랐다. 　　　　　泥牕綠紗

검소하면서 누추하지 않고 　　　　　　儉而不陋

꾸미면서 사치하지 않으니 　　　　　　飾而不奢

진실로 높고 엄숙함이여 　　　　　　　允乎穹嚴

제왕의 집이로다. 　　　　　　　　　　帝王之家

자네는 동도의 고적을 보고자 하는가?

울연한 저 양산楊山[218] 기슭 　　　　　菀彼楊麓

213_ **구룡전九龍殿** | 중국 위魏나라 명제明帝 때 숭화전崇華殿을 고친 이름. 흔히 황궁皇宮을 가리
키는 말로 쓰인다.

214_ **자유紫楡와 황양黃楊** | 각각 좋은 재목으로 쓰이는 느릅나무와 버드나무의 일종.

215_ **공아栱牙** | 공栱은 대들보 받침으로, 공아는 추녀와 기둥 사이가 어금니처럼 맞물리게 하는 것
을 말한다.

216_ **현어懸魚** | 물고기 꼬리 모양으로 추녀에 달아 놓은 것. 중국 당나라 시인 백낙천白樂天의 〈제
낙중택題洛中宅〉 시에 "懸魚掛靑甃, 行馬護朱欄"이라는 구절이 있다.

217_ **화두花斗** | 화두花頭인 듯하다. 화두花頭는 막새. 골기와 지붕의 처마 끝에 놓는 둥그런 마구
리가 달린 수키와나 타원형 마구리가 달린 암키와를 말한다.

그 아래 우물이 있는데.	其下有井
아름다운 기운 숲을 두르고	佳氣繞林
신마神馬가 그림자를 남긴 곳	神馬留影者
그것이 나정蘿井[219]이라네.	蘿井也
넘실거리는 물결, 작은 항구	瀰瀰小港
멀리 용성龍城에 접했는데	遠接龍城
바다의 구름 천 년에	海雲千古
상서로운 까치 날며 우는 곳	瑞鵲飛鳴者
그것이 아진포阿珍浦[220]라네.	阿珍浦也
돌은 높고 칼자국이 있으며	石高刀痕
꽃다운 숲은 푸르고	芳林蒼翠
흰 닭이 길게 울며	白鷄長鳴
금궤金櫃에서 상서로움을 열었던 곳	金櫃啓瑞者
그것이 시림始林[221]이라네.	始林也

218_ **양산**楊山｜경주에 있는 산.

219_ **나정**蘿井｜경주시 탑동 남산 기슭에 있는 우물. 신라 시조 박혁거세朴赫居世의 탄생 설화가 있는 곳. 양산 아래 나정이 있는 숲에서 흰 말이 꿇어앉아 절하는 형상을 보고 찾아가보니 말은 보이지 않고 큰 알만이 있었다. 그 알 속에서 나온 사내아이가 후일 박혁거세 임금이 되었다고 한다. 《삼국유사三國遺事》, 〈기이紀異〉편, '혁거세왕' 참조.

220_ **아진포**阿珍浦｜석탈해昔脫解 설화와 관련된 포구. 용성국龍城國 국왕이 여국女國의 왕녀와 7년 만에 낳은 것이 큰 알이었다. 상서롭지 못하다고 여겨 알을 궤에 넣어 바다에 띄워 보냈는데, 도착한 곳이 바로 아진포구였다. 알에서 나온 어린아이가 커서 임금이 되니 석탈해이다. 《삼국유사》, 〈기이〉편, '석탈해' 참조.

221_ **시림**始林｜계림鷄林. 김알지金閼智 설화와 관련된 숲. 탈해왕이 시림의 숲에서 나는 닭 우는 소리를 듣고 사람을 보내니, 금궤가 나뭇가지에 걸려 있고 흰 닭이 그 아래에서 울고 있었다. 궤 속에서 사내아이가 나왔는데, 후일에 이 아이가 김알지이다. 《삼국유사》, 〈기이〉편, '김알지' 참조.

작은 우물 끊임없이 솟아	小井源源
흐름은 멀고 뿌리는 깊은데	流遠根厚
용이 있어 꿈틀꿈틀	有龍蜿蜿
옆구리에서 성모가 태어난 곳	脇誕聖母者
그것이 알영정關英井²²²이라네.	關英井也
정숙한 신궁이 있어	有俶神宮
마름을 새긴 천정, 단청한 서까래	藻井丹桷
대대로 제향을 드려	世世有獻
정성으로 혼령을 오시게 하는 곳	苾芬致格者
그것이 시조묘始祖廟라네.	始祖廟也
산 이마에 사당이 있어	有祠岳頂
광기光氣를 머금고 토하여	光氣含吐
뼈 모두 연쇄連鎖되고 이빨 하나로 응결되어	鎖骨駢齒
영원히 이 땅을 진압하는 곳	永鎭東土者
그곳은 탈해사脫解祠²²³라네.	脫解祠也
벽도화碧桃花 떨어지고	花落碧桃
난패鸞佩²²⁴ 소리 공중에 울린다.	鸞佩鳴空
선도산仙桃山의 성모가	仙山聖母

222_ 알영정關英井 | 혁거세왕의 비인 알영關英의 탄생 설화와 관련된 우물. 알영은 이 우물에 나타난 용의 옆구리에서 태어났다고 전한다.《삼국유사》,〈기이〉편, '혁거세왕' 참조.

223_ 탈해사脫解祠 | 석탈해사昔脫解祠. 동악의 산정山頂에 있다. 석탈해가 무열왕武烈王의 꿈에 나타나 자신의 해골을 파내고 소상을 토함산에 안치하라고 하였다. 그 말대로 해보니 뼈마디는 다 연쇄되어 있고 이빨도 하나로 응결되어 있었다고 한다.《삼국유사》,〈기이〉편, '석탈해' 참조.

224_ 난패鸞佩 | 난새를 새긴 옥패.

실로 대국을 열어준 곳　　　　　　　　　　　　實肇大邦者

그것이 성모사聖母祠[225]라네.　　　　　　　　　聖母祠也

주구珠邱[226]는 남쪽에 숨겨지고　　　　　　　珠邱南秘

댓잎은 분분히 쌓여 있다.　　　　　　　　　　竹葉紛堆

신병神兵이 보호하는바　　　　　　　　　　　神兵所護

이서국伊西國[227]이 스스로 패배한 곳　　　　　伊西自摧者

그것이 죽장릉竹長陵[228]이라네.　　　　　　　竹長陵也

치술령의 꼭대기에　　　　　　　　　　　　　鵄嶺之顚

화벽이 높다랗다.　　　　　　　　　　　　　　畫壁歸然

지어미가 지아비를 바라보다　　　　　　　　　有妻望夫

죽어서 신선이 된 곳　　　　　　　　　　　　死而爲仙者

그것이 신모사神母祠[229]라네.　　　　　　　　神母祠也

225_ 성모사聖母祠│성모사는 선도산에 있던 사당. 성모는 본래 중국 제실帝室의 여자로서 이름을
　　　　사소娑蘇라고 하였다. 신선술을 배워 우리나라에 들어와서 돌아가지 않고 머물렀는데, 황제
　　　　가 소리개의 발에 편지를 부치면서 소리개가 머무는 곳을 집으로 삼으라 하였다. 사소가 소
　　　　리개를 놓았더니 선도산에 머물러서 이곳을 집으로 삼고 지선地仙이 되었다고 한다. 《삼국
　　　　유사》, 〈감통感通〉편, '선도성모수희불사仙桃聖母隨喜佛事' 참조.
226_ 주구珠邱│능원陵園의 미칭.
227_ 이서국伊西國│신라 초기의 소국. 현재의 경상북도 청도군 이서면 일대에 있었다. 신라 유리
　　　　왕 19년에 신라에 합병되었다.
228_ 죽장릉竹長陵│미추왕릉味鄒王陵. 경주시 황남동에 있다. 유리왕 때에 이서국이 금성을 공격
　　　　하였다. 금성의 군사가 방어하기 어려울 때 홀연히 이상한 군사가 나타나 도와주는데, 모두
　　　　댓잎의 귀고리를 하였다. 이서국이 물러나자 이들 군사도 자취도 없이 사라졌는데, 다만 미
　　　　추왕릉 앞에 댓잎이 쌓여 있었다고 한다. 《삼국유사》, 〈기이〉편, '미추왕味鄒王' 참조.
229_ 신모사神母祠│신모사는 치술령 위에 있는 사당. 신모는 곧 박제상朴堤上의 아내다. 박제상
　　　　이 일본에서 죽으니 그의 아내가 그를 생각하는 마음을 이기지 못하여 치술령에 올라 통곡
　　　　하다가 죽었다고 한다. 《신증동국여지승람》, 〈경주부慶州府〉, '사직단社稷壇' 참조. 훗날 이
　　　　일은 망부석望夫石의 전설로 전해졌고, 김종직金宗直은 〈동도악부東都樂府〉에서 박제상의 아
　　　　내가 치술령 위에 죽어 신모가 되었다고 읊었다.

금오산金鰲山의 머리에 흘립한 정자	亭屹鰲頭
선랑仙郎이 옛날에 놀았는데	仙郎舊游
학 떠나고 거문고 소리 그치고	鶴去琴亡
석뢰石瀨[230]의 물 절로 흐르는 곳	石瀨自流者
그것이 금송정琴松亭[231]이라네.	琴松亭也
봉황이 우는도다	鳳凰鳴矣
저기 남산에서.	于彼南山
서석瑞石은 아직도 서 있는데	瑞石猶峙
소리 그 사이에 나는 곳	聲在其間者
그것이 봉생암鳳生巖[232]이라네.	鳳生巖也
금오산의 멧부리에 구름이 나오고	鰲岑出雲
돌로써 연대를 지었는데	石作蓮臺
뭇 선인이 지초를 캐어 올리며	衆眞搴芝
우리 인간 세상에서 배회하던 곳	於我褢回者
그것이 구성대九聖臺[233]라네.	九聖臺也
삼십오택三十五宅[234]	三十五宅

230_ **석뢰石瀨** | 돌 사이로 흐르는 작은 개울.

231_ **금송정琴松亭** | 금송정은 금오산에 있는 정자. 옥보고玉寶高가 노닐며 즐기던 곳. 그는 지리산에 들어가 거문고를 50년 동안 배웠는데, 스스로 새로운 곡조 30곡을 만들어서 타니 검은 학이 와서 춤을 추었다고 한다. 《신증동국여지승람》, 〈경주부〉 참조.

232_ **봉생암鳳生巖** | 경주 남산에 있다. 나라의 정사와 교화가 순후하고 아름다워 봉이 이 바위에서 울었다고 한다.

233_ **구성대九聖臺** | 신라 때 구성九聖이 놀았던 곳.

234_ **삼십오택三十五宅** | 삼십오금입택三十五金入宅. 신라 통일 이후 전성기를 맞이한 경주의 부유하고 큰 집들을 삼십오금입택이라 하였다. 《삼국유사》, 〈기이〉편, '삼십오금입택三十五金入宅' 참조.

시절 따라 나누어 유람하여	分游以時
꽃 피는 봄, 달 밝은 가을	花春月秋
동야댁東野宅과 구지댁仇知宅이라는 곳	東野仇知者
그것이 사절택四節宅[235]이라네.	四節宅也
밭도랑을 나누고 실개천을 틔워	分畎裂遂
정돈됨이 바둑판 줄과 같다.	整若碁罫
일만 농부 함께하면서도	萬夫一同
공전公典과 사전私田이 구분되는 곳	公私有界者
그것이 정전井田이라네.	井田也
신원사神元寺[236] 부근에	神元之旁
큰 다리 옥으로 다듬은 듯	鉅橋鍊玉
비형랑鼻荊郎이 정자로 삼았는데	鼻荊所亭
많은 귀졸鬼卒이 겁먹고 움츠러들던 곳	百鬼局趣者
그것이 귀교鬼橋라네.[237]	鬼橋也
이는 대개 성신聖神한 인물이 나와	此蓋世出神聖
일이 신령스럽고 기이함이 많은 것이라	事多靈異
땅이 보배를 숨기지 않고	地不秘寶
하늘이 상서를 아끼지 않으니	天不愛瑞

235_ **사절택四節宅** | 사계절에 따라 유상遊賞하는 곳을 사절유택四節遊宅이라 한다. 봄에는 동야댁
東野宅, 여름에는 곡량댁谷良宅, 가을에는 구지댁仇知宅, 겨울에는 가이댁加伊宅이다.

236_ **신원사神元寺** | 경주 탑동에 있던 사찰. 신라 진평왕 때 비형랑鼻荊郎이 귀신을 부려 이 절의
북쪽 개천에 귀교鬼橋를 세웠다고 한다.

237_ **비형랑鼻荊郎이 … 귀교鬼橋라네** | 신라 진평왕 때의 비형랑은 도화녀桃花女의 아들인데, 밤
마다 궁궐 밖에서 귀신들과 놀았다. 왕명을 받자 귀졸鬼卒을 부려 하룻밤 사이에 신원사 앞
에 돌다리를 놓았다고 한다. 《삼국유사》, 〈기이〉편, '도화녀비형랑桃花女鼻荊郎' 참조.

황황煌煌한 위대한 업적	煌煌偉蹟
하나둘이 아니로세.	不可一二
산하의 웅대함과	山河之雄
물산의 세세함	物産之細
성곽의 장대함과	城郭之壯
궁실의 화려함을	宮室之麗
자네 이미 목격했으니	子旣目擊
길게 이어 말할 필요가 없다.	不必縷綴

자네는 동도에서 민생을 두텁게 하는 바를 듣고자 하는가?

옛날에 두 성인聖人[238]이	在昔二聖
농상農桑을 부지런히 권장하였다.	勤課農桑
밖으로 갈고 김매는 것 격려하고	外訓耕耨
안으로 길쌈을 가르치니	內敎績紡
마치 주나라가 빈豳 땅[239]에 있으면서	若姬在豳
근본을 힘써 왕업을 일으킨 것 같다.	務本興王
어리석은 지아비 지어미가	愚夫愚婦
익혀서 오래 지속하였으니	習而久常
졸렬함을 돌려 공교함을 이루고	回拙成巧
나쁜 땅을 변화시켜 좋은 땅으로 만든다.[240]	變舃爲良

238_ 두 성인聖人 | 박혁거세 임금과 알영 왕비를 말한다.
239_ 빈豳 땅 | 주나라가 처음 일어났던 곳. 지금의 중국 섬서성陝西省 산협 쪽에 자리한 옛 도읍.

이월에 따비하매   二月于耜

기장 조 벼 수수   黍稷稻粱

구월에 장장場을 축조하여   九月築場

이에 노적露積하고 이에 창고에도 채운다.   乃積乃倉

혹 잘못되어   或有不中

수재나 화재가 나면   水渰火亢

몸소 기도하며 죄수를 사실査實하며[241]   躬禱錄囚

재앙을 풀어 상서를 끌어 온다.   弭災導祥

두 궁의 왕녀王女와   二宮王嬫

육부의 여러 낭자들   六部諸娘

편을 나누어 삼베를 짜느라   分朋績麻

귀뚜라미 우는 가을밤이 바쁘도다.   絡緯秋忙

가배일에 공적을 비교하여   嘉俳較功

떡과 술로써 서로 간에 보상하여   餠酒互償

한 가락의 회소곡會蘇曲[242]   一曲會蘇

사람의 애간장을 태운다.   使人斷腸

옷감과 곡식 풍부하매   絲穀旣裕

백성들 모두 착하게 되어   民胥以臧

240_ 나쁜 땅을 … 만든다 | 소금기 많은 땅을 개간하여 옥토를 만들었다는 것을 말한다.

241_ 죄수를 사실査實하며 | 원문에 "녹수錄囚"라고 되어 있는데, 흉년이 들 경우에는 죄수를 재
    조사하여 가벼운 자는 방면하고 무거운 자는 감형을 해준다.

242_ 회소곡會蘇曲 | 신라 때에 민간에 널리 유행하던 노래. 유리왕 9년에 두 왕녀와 육부六部의
    여자들을 두 패로 나누어 길쌈을 하게 하여, 추석날에 그 성과의 다소를 살펴 진 편이 음식을
    장만하게 하였다. 이때 진 편의 여자가 청아하고 구슬프게 '회소회소'라고 하였는데, 뒷사람
    이 이를 노래로 불렀다고 한다. 《삼국사기》 권1, 〈유리이사금儒理尼師수〉 참조.

저자 사람은 베 자투리를 양보하고	市者讓綖
길손은 식량을 휴대하지 않는다.	行者不粮
성인의 백성이요	聖人之氓
군자의 고장이라	君子之鄉
어찌 관중管仲[243]과 상앙商鞅[244]처럼	豈若管商
한갓 부강함을 사사로이 하리오.	徒私富强

자네는 동도에서 백성을 교도하는 바를 듣고자 하는가?

명철함으로 사람을 알고	哲以知人
은혜로 백성을 편안케 함에	惠以安民
치민治民은 어려운 것이라	治民之難
사람을 얻는 데에 있다.	在乎得人
이에 옛날 선왕은	肆昔先王
그 신하를 택하기를 생각하여	思擇其臣
이에 두 미녀를 꾸며	乃飾二艶
검푸른 다리 붉은 입술이라.	翠髻赬脣
서로 무리 지어 놀게 하여	使相居徒

243_ **관중管仲** | 중국 제齊나라의 재상. 환공桓公이 패왕霸王이 되는 데 결정적으로 기여하였다. 부귀함이 제후에 버금갔는데, 공자가 사치하고 참람되다고 비판하였다. 《논어》, 〈팔일八佾〉 참조.

244_ **상앙商鞅** | 중국 진秦나라의 재상. 성은 공손孔孫, 이름은 앙鞅. 젊어서부터 형명학刑名學을 좋아했다고 한다. 진나라 효공孝公 때 상商 땅에 봉해졌다. 그는 천성이 각박하여 공자 건虔을 처형하였고, 위나라 장군 앙卬을 속이고, 조량趙良의 간언을 받아들이지 않았다고 한다. 《사기》, 〈상군열전商君列傳〉 참조.

그 참[眞]을 살피고자 하였다.	以察其眞
남모南毛²⁴⁵가 이미 빠져 죽으니	南毛旣沈
잠신簪紳²⁴⁶으로 대신하였다.	代以簪紳
일러 화랑花郎이라 하고	名曰花郎
예쁜 소년을 골라내니	妙選靑春
준관皺冠²⁴⁷과 수의繡衣에	皺冠繡衣
살결은 희어 은과 같은데	傅白如銀
사람들 사모하여 개미처럼 모이고	人慕似螘
선비들 모이기를 고라니 떼와 같다.	士至若麠
두루 삼교三敎를 섭렵하고	泛涉三敎
오륜五倫을 강마하여	礱磨五倫
혹은 풍월주風月主라고 일컫고	或稱風月之主
혹은 산수의 사이에서 유람하며	或游山水之濱
모래를 헤쳐 금을 찾아내고	旣披砂而揀金
또 겨자를 시험하여 진미를 변별한다.	又試芥而辨珍
명백히 준걸스런 심지를 보고	灼見俊心
나아가 그 이웃에 살게 되니	進宅其隣
충신은 의義를 지키고	忠臣秉義
열사는 인仁을 이루어	烈士成仁
장수가 되면 양장良將이 되고	爲將而良

245_ **남모南毛** | 신라 진흥왕 때에 원화源花의 한 사람. 같은 원화인 준정俊貞이 시기하여 물에 빠뜨려 죽임을 당하였다. 뒤에 원화를 대신하여 화랑 제도가 성립되었다.

246_ **잠신簪紳** | 관모의 장식과 관복의 허리띠. 여기서는 남자를 말한다.

247_ **준관皺冠** | 꿩의 깃털로 장식한 관모.

수령이 되면 순리循吏[248]이다.	爲吏而循
사람을 채용하매 지역을 따지지 않고	立之無方
훌륭한 사람만 가까이하며	賢者是親
법은 중정中正함에 나아가고	法邁中正
인재는 흥빈興賓함[249]이 많다.	才多興賓
영웅호걸 무리 지어 등장하매	英豪輩登
성하고도 빛나도다.	郁郁彬彬
이미 원화源花[250]를 받들었음에	旣奉源花
지극한 정사에 이르게 되었도다.	至治可臻

자네는 동도에서 백성들을 고르게 하는 바를 듣고자 하는가?

원시 시절에는 혼몽하야	上世濛濛
교육과 법령이 없었다.	未有敎法
백성들 지킬 바가 없고	民無所守
선비들 잡을 바가 없는데	士無所執
지난 법흥왕 때에	往在法興
불교가 우리에게 들어옴에	竺氏東入

248_ 순리循吏 ┃ 어질고 법을 잘 지키는 관리.
249_ 흥빈興賓함 ┃ 인재가 나라에 진출하여 벼슬하는 것을 말한다.
250_ 원화源花 ┃ 신라 화랑花郎의 전신으로 예절과 무술을 닦던 청소년 단체. 진흥왕 때 귀족 출신의 처녀 두 명을 뽑아 단체의 우두머리로 삼고 300여 명의 젊은이를 거느리게 하였으나, 서로 시기하는 폐단 때문에 해산하고, 남성을 우두머리로 하는 화랑으로 바꾸었다. 원화原花라 적기도 한다.

천심은 조화로워	天心沕穆
불교와 더불어 서로 합치되었다.	與佛相合
이차돈異次頓이 목숨을 버려	處道捨命
힘써 잡음을 꺾었나니	力折詀譶
이에 임궁琳宮[251]을 설치하고	乃設琳宮
이에 보탑을 건설하며	乃建寶塔
이에 큰 종을 주조하고	乃鑄洪鐘
이에 고승을 맞이했다.	乃延高衲
천자는 멀리서 가상히 여겨	天子遠嘉
패서貝書[252]가 상자에 가득했으며	貝書滿笈
사리舍利가 서기를 방출하매	舍利放瑞
무지갯빛 빛나고 환하였다.	虹光煜爗
현종玄宗[253]을 비마毗摩[254]에서 구하고	求玄宗於毗摩
가섭迦葉[255]을 연좌에서 보게 되며	見宴坐於迦葉
큰 못을 메우니 귀신이 추창하고	塡巨澤而鬼趍
신궁을 축조하니 용들이 모여든다.	築新宮而龍集
삼보三寶[256]는 영원히 빛나서	三寶永輝

251_ **임궁**琳宮 | 전당殿堂의 미칭으로 여기서는 절을 뜻한다.

252_ **패서**貝書 | 불교 서적. 옛날 인도에서 불경을 패다라수貝多羅樹의 잎에 새긴 데서 이른 말이다.

253_ **현종**玄宗 | 현묘한 종지宗旨라는 뜻으로, 불교와 도교의 중심 사상을 이르는 말.

254_ **비마**毗摩 | 유마維摩. 인도 비사리국毘舍離國의 장자長者. 부처의 재가在家 제자로서 보살 행업을 닦았다. 대승불교의 경전인 《유마경維摩經》의 주인공이다.

255_ **가섭**迦葉 | 석가모니의 10대 제자 중 한 사람. 석가가 열반한 후 왕사성王舍城의 제1회 경전 결집을 주관하였다.

256_ **삼보**三寶 | 불보佛寶, 법보法寶, 승보僧寶를 이르는 말이다.

사람들 모두 외우고 익혀	人皆誦習
말하지 않아도 깨우치고	不言而諭
꾸짖지 않아도 두려워 복종한다.	不喝而慴
나라는 청정하고	家國淸靜
모든 인민들 화목하게 살고 있어	人民和輯
부처를 받아들인 이후에	自奉釋氏
세계가 편안하게 정착되었다.[257]	世界妥帖
슬기로운 해와 밝은 하늘	慧日龍天
불력佛力이 미치는 바라.	佛力所及
이에 천제가 옥대를 빌려주고[258]	於是天帝貸之以玉帶
하백이 옥피리로 선물하니,[259]	河伯贈之以玉篴
중생들을 중향국衆香國[260]에 올려주고	躋群生於衆香
국세가 반석에 두어졌다.	措國勢於磐石
소리 없는 음악으로	無聲之樂
날마다 맑고 고요함을 즐기며	日娛淸寂
이에 뭇 기쁨들을 장식하여	爰飾衆喜
뭇 척尺[261]에게 명령한다.	以詔群尺

257_ **편안하게 정착되었다** | 원문에는 "타첩妥帖"으로 되어 있는데, 《왕일王逸》에 "義多乖易, 事
不妥帖"이라는 구절이 있다.

258_ **천제가 … 빌려주고** | 신라 진평왕 1년(579)에 천사天使가 궁중에 내려와 왕에게 주었다는
옥대玉帶. 성대聖帶·천사대天賜帶라고도 한다. 《삼국유사》 권1, 〈기이〉편, '천사옥대天賜玉
帶' 참조.

259_ **하백이 … 선물하니** | 동해의 용이 옥적玉笛을 바쳤다고 한다. 《신증동국여지승람》, 〈경주
부〉, '고적' 참조.

260_ **중향국衆香國** | 향적여래香積如來의 정토.

261_ **척尺** | 신분은 양인이면서 천한 직업, 주로 전문 기술직에 종사하는 사람.

금척琴尺의 옷은 푸른색	琴尺衣青
무척舞尺의 옷은 붉은색	舞尺衣赤
귀금貴金[262]의 〈표풍곡飄風曲〉[263]에 놀라게 되고	驚飄風於貴金
우륵于勒[264]의 〈눈죽곡嫩竹曲〉[265]을 화답한다.	和嫩竹於于勒
〈한기무韓歧舞〉[266]와 함께 〈신열악辛熱樂〉[267]을 연주하고	舞韓歧與辛熱
〈도솔가兜率歌〉[268]와 〈우식곡憂息曲〉[269]을 노래하며	唱兜率與憂息
법부法部[270]가 끝나지 않아서	法部未終
향악鄕樂이 뒤따라 일어났다.	鄕樂踵卽
대면大面은 귀신을 채찍질하고	大面鞭鬼
금환金丸은 날려 차며	金丸飛踢

262_ **귀금貴金** | 신라 진흥왕 때 거문고의 명인. 거문고의 대가인 옥보고玉寶高의 금도琴道를 계승한 속명득續命得의 제자로 지리산에 은거하였다. 거문고의 도가 끊어질까 두려워한 진흥왕이 안장安長과 청장淸長을 보내어 〈표풍飄風〉 따위의 비곡祕曲 세 곡을 전수받게 하였다.

263_ **〈표풍곡飄風曲〉** | 귀금이 비장하였던 거문고곡 세 곡 중의 하나. 안장과 청장이 〈표풍〉 등 세 곡을 전수받고, 다시 안장이 그의 아들 극상克相과 극종克宗에게 이 곡들을 전승시켰다고 한다. 《삼국사기》, 〈악지樂志〉 참조.

264_ **우륵于勒** | 신라 진흥왕 때의 악사. 대가야 출신으로 가야금을 중심으로 음악을 크게 발전시켰다.

265_ **〈눈죽곡嫩竹曲〉** | 신라 진흥왕 때의 가야금 악조 이름. 가야금곡에 눈죽조嫩竹調와 하림조河臨調 두 조에 185곡이 있었다고 한다. 《삼국사기》, 〈악지〉 참조.

266_ **〈한기무韓歧舞〉** | 신라 때에 추던 춤의 하나. 감監 세 사람, 가야금 한 사람, 춤 두 사람으로 이루어졌다.

267_ **〈신열악辛熱樂〉** | 신라 유리왕 때의 악곡. 가사는 전하지 아니하고 《삼국사기》, 〈악지〉에 제목만 실려 있다.

268_ **〈도솔가兜率歌〉** | 신라 유리왕 5년(28)에 지어진 노래. 백성이 즐겁고 편안하여 이 노래를 지었다고 하며, 우리나라 가악歌樂의 시초로 《삼국사기》에 유래가 전한다. 《삼국사기》 권1, 〈유리이사금〉 참조.

269_ **〈우식곡憂息曲〉** | 신라 제19대 눌지왕訥祇王이 고구려와 왜倭에 볼모로 잡혀갔던 두 동생이 돌아오자 스스로 그 기쁨을 노래와 춤으로 나타낸 것. 《삼국사기》 권45, 〈박제상전朴堤上傳〉 참조.

270_ **법부法部** | 궁중에서 하는 정식 음악.

월전月顚은 취해서 뽐내고	月顚醉嚷
속독束毒은 미친 듯 던지며	束毒狂擲
금빛 산예狻猊는	金色狻猊
불상不祥을 물리친다.[271]	不祥是辟
구경꾼들 어깨를 겹치면서	觀者疊肩
제치고 밀치고 짓밟고 넘어진다.	披擠踊躎
술이 낙수만큼 넘치고	有酒如洛
안주가 산처럼 쌓였다.	有殽山積
연등회燃燈會[272]와 팔관회八關會[273]	燃燈八關
새벽까지 이어져 저녁을 잊는다.	達曉忘夕
백성의 즐거움을 따르는 것일 뿐	因民之歡
그 힘을 소모함이 아니거늘	非竭其力
왕은 오히려 태강太康[274]과 같이 될까	王猶太康
전전긍긍 경계하고	蹴蹴戒惕
능히 검소하고 능히 인자로워	克儉克仁
감화됨에 자취가 없다.	化而無迹

271_ **대면大面은 … 물리친다** | 신라 향악鄕樂에 속한 다섯 가지의 놀이. 곧 금환金丸, 월전月顚, 대면大面, 속독束毒, 산예狻猊를 표현한 것이다. 이 향악 오기五技는 최치원의 〈향악잡영鄕樂雜詠〉이라는 시에 전한다.

272_ **연등회燃燈會** | 신라 때부터 고려시대까지 행해지던 불교 행사의 하나. 음력 정월 15일(뒤에는 2월 15일)에 온 나라가 집집마다 등불을 밝혀 다과를 베풀고 춤과 노래로 밤을 즐기며 나라와 왕실의 평안을 빌었다.

273_ **팔관회八關會** | 신라 때부터 전하여 고려 말까지 성대하게 거행하던 국가적 차원의 제전祭典. 매년 11월에 열렸다.

274_ **태강太康** | 중국 하夏나라의 포악무도한 임금. 사냥을 좋아하고 민정民政을 돌보지 않아, 활을 쏘는 예羿에게 축출되어 하나라로 돌아오지 못하고 양하陽夏에서 죽었다.

백성들 거리에서 노래하여 말한다.

바다 같은 서라벌徐那伐	似海徐那伐
하늘 같은 마립간麻立干[275]	如天麻立干
사람을 만나면 즐겁고 기쁨만 있어	逢人有喜樂
나로 하여금 간난함이 없게 한다.	使我無艱難
동쪽 우물에 황룡이 나오고	東井出黃龍
남쪽 산 위에 흰 난새 모여든다.	南山集白鸞
원컨대 왕께서 만년토록 평안하사	願王康萬歲
나라를 다스려 삼한을 병합하시라.	治國幷三韓

내가 동도를 진술한 바가 대략 갖추어졌다. 원컨대 두 분은 가르침이 있기를 바란다."

이에 변옹과 무화가 머뭇머뭇 자리에 내려서 두 번 절하며 말한다.

"하토下土[276]의 말학末學이	下土末學
실로 고루하고 또 협애하여	實固且隘
오소리와 흉유貐[277]과 같아서	如貉如貐
자기 경계를 지키고 있을 뿐이라	各守所界
갑자기 망령되이 진술하니	率爾妄陳

275_ **마립간麻立干** | 신라시대 때에 임금을 이르던 칭호의 하나. 이사금尼師今 칭호에 이어 눌지왕 때부터 지증왕 4년까지 사용하였다.
276_ **하토下土** | 서울 사람에 대해 지방 사람들이 자신을 낮추어 이르는 말.
277_ **흉유貐** | 악귀惡鬼의 이름.

말이 많고 어긋났도다.	言多訛詿
지금 찬화粲花[278]를 들으니	今聞粲花
마음으로 지극한 교훈에 감복하여	內服至戒
금비녀로 눈을 긁는 듯	金箆刮瞖
우레가 귀머거리를 마구 깨뜨리는 듯	雷霆破聵
우리들 소인배들은	吾儕小人
이것을 얻으니 이미 상쾌하다.	得此已快
청컨대 이로 좇아 작별하고	請從而辭
돌아가 내 갈 길을 힘쓰겠소."	歸勉其邁

—이상 나종면 옮김

278_ **찬화粲花** | 언론의 화려함을 말한다. 이백李白의 담론이 정연하고 아름다운 것을, 그 당시의
사람들은 봄철 꽃에 빗대어 일컬었다 한다.

나비를 애도하다

哀蝴蝶

　　계해년(1803) 늦은 봄날, 마침 채색 나비가 바람에 나부껴 연못 물에 떨어져서 죽은 것을 보게 되었다. 나는 이를 슬퍼하며 불쌍히 여겨 사詞를 지어 조弔한다.

나비가 팔랑팔랑	胡蝶兮褊襪
팔랑거리는 그 모습 어여뻐라.	褊襪兮可憐
그 옷 무늬 화려한데	被服兮陸離
또 무엇하러 너울너울 춤추는가.	又何爲兮偓偓
붉은 비단 옷고름 되고	丹錦兮爲襘
검은 비단 소매가 되며	玄錦兮爲襬
흰 비단 바지가 되고	素錦兮爲裾
다섯 가지 채색 섞여 요대가 되었네.	褖五綵兮爲帶
털 적삼, 비취빛 치마에	氈毹衫兮翡翠裙
공작의 깃 쌍으로 얽었다.	孔雀羽兮雙綴
하얀 봉황 알록달록	白鳳兮褊斕
내 수레를 멍에하고 구슬 고리 정돈하여	駕我車兮整瑤環
나비야, 나비야	胡蝶兮胡蝶

너와 함께 청산에 놀리라.	與女游兮靑山
청산은 삼월이라	靑山兮三月
방비芳菲¹가 다하지 않았다.	芳菲兮未歇
매화는 이미 떨어졌으나	梅花兮已落
계수나무 꽃은 장차 피려 하네.	桂花兮將發
난꽃은 그 향기 복복하고	蘭花兮馥馥
복사꽃은 얼굴이 황홀하다.	桃花兮悅惚
정향꽃은 다닥다닥	丁香兮百結
모란꽃은 뭉게뭉게	牧丹花兮戀戀
아침에 출발하여 청산으로 가	朝發兮靑山
저녁엔 꽃 속에서 자고 가자.	夕宿兮花間
꽃에서 푸대접하거든	花間兮不可
잎에서나 자고 가자.²	葉低兮可攀
배가 고프면 꽃향기 들이쉬고	饑食兮花香
목이 마르면 꽃이슬 들이킨다.	渴飮兮玉漿
여유롭게 놀면서 스스로 만족하여	優游兮自得
삼춘과 더불어 날아보자.	與三春兮翶翔
나비야, 나비야	胡蝶兮胡蝶

1_ **방비**芳菲 | 향기로운 꽃과 풀 내음이 풍겨오는 때라는 말로, 2월을 지칭한다. 마찬가지로 3월
은 이미 꽃이 만개하여 구경하는 시기라 하여 '탐화探花'라고 한다.

2_ **아침에 … 자고 가자** | 이 부분은 다음의 시조를 그대로 옮긴 것이어서 흥미롭다. 다만 운을 맞
추느라 약간의 차이가 있을 뿐이다. 그 시조는 이러하다. "나뷔야 청산에 가쟈 범나뷔 너도 가
쟈. 가다가 져무러든 곳듸 드러 자고 가쟈. 곳에서 푸대접ᄒ거든 닙헤셔나 ᄌ고 가쟈.《청구영
언靑丘永言》참조.

네 어찌 여기저기 돌아다니는고?	爾胡爲兮蹀蹀
봄물은 넘실넘실	春水兮渙渙
봄바람은 살랑살랑	春風兮獵獵
치마가 젖고, 날개는 부러져	裳沾兮翼折
물에 떨어지고 말았느냐.	胡蝶墮兮跕跕
물총새 깃 모아 배를 만들고	集翠羽兮爲船
고래 수염 잘라서 노를 삼아	斷鯨須兮爲檝
불쌍하여 너를 구하려 했는데	愛之兮欲救
물 가운데로 떠내려가 접근할 수 없구나.	蕩中流兮不可接
나비여, 바람 따라	胡蝶兮隨風
끝내 물 가운데서 죽고 말았네.	終然夭兮水之中
산의 꽃 아직 지지 않았는데	山花兮未落
누구를 위하여 붉은빛 흐드러졌는가.	爲誰兮紛紅
파리는 날아다니며 윙윙거리고	蠅飛兮霹靂
벌은 날아다니며 붕붕거리고	游蜂兮鼙鼙
잠자리는 재빨리 물을 튀기고	蜻蜓兮薄薄
메뚜기는 잽싸게 뛰어오르네.	皐螽兮躍躍
모두들 즐겁게 자리 차지했는데	衆皆樂兮得所
너 홀로 어찌하여 흩날려 떨어지는고?	女獨爲兮飄泊
누구를 원망하며 누구를 탓하랴!	誰怨兮誰尤
이미 몸 가벼이 여기고 놀이 좋아했구나.	旣自輕兮復好游
강에는 물결 치고 해는 이미 저물어	江有波兮日已暮
아득히 바라보니 나를 슬프게 할 뿐	目渺渺兮使余愁
나비여, 돌아와서	胡蝶兮歸來

낙화와 함께 흘러가렴.　　　　　　　　　　　　與落花兮同流

　　　　　　　　　　　　　　　　　　　—정환국 옮김

도정절'의 〈한정부〉에 차운하다

次陶靖節閑情賦韻

아름다운 한 사람이 있어 요조하게도	有美一人之窈窕
표나게 홀로 서서 무리에 뛰어나네.	表獨立而邁群
온 사방에서 구해도 볼 수 없고	求四海而莫覿
천 년을 거슬러도 듣지 못했네.	溯千古而未聞
성품은 옥 같아 따뜻하고 윤기 나며	性猶玉而溫潤
기氣는 사향노루 아닌데도 향기롭기만 하다.	氣不麝而芳芬
이미 그 자질이 순수한 데다가	旣其質之純粹
또 봄 구름보다 자태가 많네.	又多態於春雲
붉은 연지 흰 분을 하찮게 여겨 칠하지 않고	薄朱素而不施
화장하는 여자의 부질없는 노력을 비웃노라.	哂冶女之徒勤
처음 내가 미처 보기 전에	始余未之及見
능히 대단치는 않을 줄 여겼다네.	恐不克而殷殷

1_ **도정절陶靖節** | 정절靖節은 도연명陶淵明(365~427)의 시호. 도연명은 중국 동진東晉의 시인. 연명은 그의 자. 호는 오류선생五柳先生. 이름은 잠潛. 405년에 팽택彭澤의 현령이 되었으나, 80여일 만에 〈귀거래사歸去來辭〉를 남기고 관직에서 물러나 귀향하였다. 그의 사부辭賦는 감정이 진지하고 청신, 소박하다는 평가를 받았는데, 〈한정부閑情賦〉 외에도 〈감사불우부感士不遇賦〉가 유명하다.

정성을 다한 나머지 잠깐 보니	懸誠餘而乍覯
비록 왜 그런지 몰라도 마음 흔쾌하네.	縱末由而猶欣
환한 옷 무늬 찬란도 하고	爛被章之陸離
패물들 또한 야단스럽네.	佩用亦其紛紛
예쁜 복사꽃 기대어 돌아보는데	倚夭桃而眄睞
사람과 꽃을 구분하기 어렵네.	人與花而難分
내가 한 번 보면서부터	自我一見
마음이 요헌瑤軒²에 매어 있네.	心繫瑤軒
집은 가까워도 사람은 멀어	室邇人遐
아득함이 구름 낀 산과 같고	杳若雲山
불기를 원하나 피리가 아니고	願吹非竽
잇고자 하나 줄이 없네.	欲續無絃
내가 못 잊어 한다면	縱我繾綣
이 어여쁜 이를 어찌할꼬?	奈此嬋妍
마음속 품은 정 펼치지 못하여	懷中情而莫展
나비로 하여금 말을 전하네.	導蝴蝶而傳言
마음은 비록 간절하나 예는 엄하니	心雖摯而禮嚴
부정한 행동³은 말썽이 많음을 경계하네.	戒踰穿之多讐
명월주明月珠를 안고 폐백을 드리려는데	抱明月而將贄
붉은 비단 묶어 먼저 보낸다.	束朱錦而爲先

2_ 요헌瑤軒 | 신선이 사는 건물.
3_ 부정한 행동 | 원문은 "유천踰穿"으로 물건을 훔치려고 구멍을 뚫거나 담을 넘어 몰래 들어가는 행동을 뜻한다.

기회가 있어 가까이할 수 있다면	如有資而得近
백신百身을 희생하고서 옮기리.[4]	贖百身而隨遷
남포의 고요한 밤을 맞아	當南浦之夜靜
채색 배 띄워 꽃을 따거든	駕采舲而摘芳
연으로 化화해 꽃부리를 토하여	化芙蓉而吐蕚
붉은 건巾을 물 중심에 걸어주고	冒紅巾於水央
꽃기운이 정신을 나른하게 할 때	當花氣之惱神
잠깐 안석에 기대어 몸을 편히 쉬거든	乍凭几而安身
침향으로 化화해 훈기를 피워서	化沈香而熏爐
꽃다운 광택의 청신함을 돕게 하고	助芳澤之淸新
긴 밤의 고독에 한숨 짓고 있을 때	當脩夜之怨獨
왼쪽으로 턱을 괴고 어깨를 늘어뜨리거든	左支頤而彈肩
은 등잔으로 化화해 마음을 태우고	化銀釭而燒心
약한 간장[5] 짝하여 함께 애끓이리라.	伴柔腸而同煎
아침 창에 머리 빗고 소제할 때에	當朝窓之理掃
고운 아미를 맑게 그리거든	抹纖蛾於淸揚
능화감菱花鑑[6]으로 化화해 얼굴을 분별하여	化菱鏡而分面
새 화장에 그늘진 곳 없음을 알리리라.	告無隱於新粧

4_ **백신百身을 … 옮기리** | 백 번을 죽는 희생을 바쳐서라도 가까이 가고 싶다는 뜻. 《시경》, 〈진풍 秦風·황조黃鳥〉편의 "如可贖兮, 人百其身"에서 유래한 말이다.

5_ **약한 간장** | 원문에 "유장柔腸"이라 되어 있는데, 장욱張昱의 〈차임숙대도사운次林叔大都事韻〉 시에 "莫謾題情在粉牆, 藕絲終日繼柔腸"이라는 구절이 있다.

6_ **능화감菱花鑑** | 거울 이름. 《서청속감西淸續鑑》에 지름이 3촌 4푼, 무게가 2냥인 명銘이 없는 거 울이라 전한다.

나삼이 차가움을 깨달을 때에	當羅衫之覺淒
서늘한 가을에 새 옷 만들기를 서두르거든.	急新製於凉秋
능라 비단으로 화해 살결을 따뜻하게 하고	化綾錦而暖肌
저자에서 구함을 걱정하지 않게 하리.	俾不憂於市求
연꽃 걸음을 잠깐 옮길 적에	當蓮跰之乍移
계단을 내려와서 몸을 움직이거든	下瑤堦而折旋
황거璜琚[7]로 화해 쟁그랑 소리 내고	化璜琚而鏘鳴
궁상宮商을 옷깃 앞에 맞추리라.	協宮商於裾前
먼 곳 서신을 봉함으로 보낼 때	當遠書之寄緘
몸은 서쪽 마음은 동쪽인데	身在西而心東
붉은 붓으로 화해 말을 베풀어	化彤管而宣辭
손과 혀로 하는 것처럼 하게 하리.	勔手舌之相同
유황流黃[8]을 몸소 짤 때에	當流黃之躬績
베틀을 다루면서 기둥 옆에 있거든	御錦機而當楹
날랜 북으로 화해 드나들면서	化飛梭而出入
날줄 씨줄을 분명하게 엮으리라.	敍經緯之分明
치마 적삼을 시험 삼아 만들 때	當裙衫之試製
가위 자로 당겨 스스로 잡거든	攬刀尺而自握
원침鴛針[9]으로 화해 수를 놓아	化鴛針而刺繡

7_ **황거璜琚** | 띠에 다는 옥. 띠의 위쪽에 형珩을, 아래쪽에 황璜을, 그 가운데에 거琚를 단다.

8_ **유황流黃** | 유황留黃. 노란 고치실로 짠 천.

9_ **원침鴛針** | 금침金針을 이른다. 직녀織女가 채랑采郞에게 전해주었다는 신비한 바늘. 후대에는 시를 짓는 영묘한 비법을 뜻하는 말로 쓰이기도 하였다. 원호문元好問의 《논시절구論詩絶句》에 "鴛鴦繡出從君看, 莫把金針度與人"이라는 구절이 보인다.

교묘한 생각 아득히 이어짐을 도우리라.	贊巧思之綿邈
봄 근심으로 무료할 때에	當春愁之不聊
단판檀板[10]을 거두고 거문고 밀쳐 놓거든.	斂檀板而推琴
봉생鳳笙으로 화해 빌려 울고	化鳳笙而假鳴
붉은 입술에 이어 소리를 떨치리라.	繼朱脣而揚音
원컨대 몸으로써 그대를 따라	願以身而徇君
비록 아홉 번 죽어도 달게 받아들이리라.	雖九死而甘心
노는 물고기 연못을 즐김을 함께하고	同游魚之樂淵
저녁 새 숲을 그리워함과 같이하리라.[11]	等夕鳥之慕林
꽃은 봄을 맞아 쉬이 떨어지고	花迎春而易飄
달은 사람 세상 가까이함에 그늘이 많다네.	月近人而多陰
차라리 때때로 소매를 잡을 걸	寧有時而執袪
흉금을 털어놓을 길 없을까 걱정일세.	恐無路而披襟
산하가 오래 격조隔阻함을 슬퍼하고	悲山河之多隔
세월이 자주 바뀜을 한탄하네.	恨日月之侵尋
쉽게 만날 수 없음을 알기 때문에	諒不可以驟逢
다만 전전반측輾轉反側 잠 못 이루고 탄식하네.	徒輾轉而竊歎
정성이 꿈길에도 발해서	精誠發於夢寐
완연히 다시 꽃 얼굴 접했네.	宛再接於花顔
요대瑤臺[12]는 높고 밤 서리가 내려도	瑤臺高而夜霜

10_ **단판檀板** | 악기 이름. 박자를 치는 데 쓰는 널빤지.

11_ **노는 물고기 … 같이하리라** | 도연명의 〈귀원전거歸園田居〉 시에 "羇鳥戀舊林, 池魚思故淵"
이라는 시구에 보인다.

12_ **요대瑤臺** | 전설 속 신선이 거처하는 곳. 또는 화려한 누대를 지칭한다.

옥 같은 피부는 춥지 않네.　　　　　　　　得玉膚之無寒

정과 회포를 펼쳐 하소연하려 하니　　　　披情素而欲訴

진실로 천 실마리 만 가닥이라네.　　　　固千緖兮萬端

원컨대 마음을 받아 주선周旋[13]할 수 있다면　願奉敎而周旋

백 년을 함께하여 변함이 없으리라.　　　共百年而無還

운상雲裳[14] 어느덧 가버리니　　　　　　雲裳飄而倐擧

내 생각 다 펴지 못함을 슬퍼할 뿐이라네.　哀我思之未殫

외로운 등불 빤히 저기에 있는데　　　　　孤燈烔而在彼

다시 짧은 베개가 불안하네.　　　　　　　復短枕之不安

이미 나를 버리고 멀리 갔으니　　　　　　旣棄我而遠去

다시 어느 곳에서 쫓아 잡으리.　　　　　更何所而追攀

이에 술 없어도 취하고　　　　　　　　　於是無酒而醒

춥지 않아도 처량하네.　　　　　　　　　　不寒而凄

옷을 걸치고 지게문을 나서　　　　　　　　攬衣出戶

이리저리 배회하네.　　　　　　　　　　　傍偟徘徊

가벼운 바람 소리 대숲에서 나고　　　　　輕颷颼於竹林

구슬 같은 이슬은 옥계단에 내렸네.　　　珠露溥於玉堦

담 위의 달은 이에 광채를 가리고　　　　墻月爲之掩彩

벽의 벌레는 이에 슬픔을 머금네.　　　　壁蛩爲之含哀

눈물은 천 줄기 쏟아 내리고　　　　　　　淚千行而下投

창자는 아홉 번 구불거려 서로 꺾이네.　腸九轉而交摧

13_ 주선周旋 | 같이 사는 것.
14_ 운상雲裳 | 선인仙人의 의복. 선인들은 구름을 옷으로 삼았다고 한다.

비록 말하고자 하나	雖願言而已矣
다만 스스로 내 마음의 병이 될 뿐.	只自疚乎我懷
옛 철인의 유훈을 살피건대	相古哲之有訓
슬픔과 즐거움의 지나침을 경계하네.	戒哀樂之太過
인정이란 저녁 구름보다 더 잘 바뀌고	人情幻於暮雲
세상길은 구도하九渡河[15]보다 가닥이 많네.	世路岐於九河
서산의 지는 햇빛을 잊고	忘西山之落景
동해의 남은 물결을 쫓으려 하네.	逐東海之餘波
사람은 흔히 몽상에 속으나	人多�於夢想
나는 아직도 슬픈 노래를 추억하네.	我猶憶於悲歌
마음속에 감춰둔 채 잊지 않으니	藏中心而莫忘
아마도 옛 의리에 멀지 않으리라.	庶古義之不遐

15_ **구도하**九渡河 | 하나의 강물을 아홉 번 건너는 것. 고생이 많음을 이른다. 연암燕巖 박지원朴趾
源의 《열하일기熱河日記》 중 〈일야구도하기一夜九渡河記〉에 보인다.

반안인'의 〈한거부〉를 본받아 짓다

效潘安仁閑居賦

일찍이 나는 청아菁莪²에 몸담아	夙余沐於菁莪
가정 교훈을 받아서 더욱 힘썼네.	佩庭訓而孳矻
젊은 나이 때부터 나라의 책문을 보아 왔지만	自幼齡而觀國策
노둔하여 실패만 거듭하였네.	駑鈍而顚蹶
치랍梔蠟³을 품고 여러 번 팔려 했지만	懷梔蠟而屢售
무부武夫를 품고 끝내 월형刖刑을 받았네.⁴	抱武夫而終刖

1_ **반안인潘安仁** ┃ 안인安仁은 반악潘岳(247~300)의 자. 반악은 중국 서진西晉의 시인. 중모中牟 사람. 벼슬은 저작랑著作郎·급사황문시랑給事黃門侍郎 등을 역임하였으며, 당시의 권신權臣 가밀賈謐의 문객으로 조왕趙王 사마륜司馬倫과 손수孫秀가 정권을 장악했을 때 죽임을 당하였다. 서진 문단에서 육기陸機와 함께 이름을 떨쳐 '반육潘陸'으로 병칭되었으며, 정서 표현과 수사에 뛰어나다는 평가를 받았다. 〈추흥부秋興賦〉와 〈도망시悼亡詩〉가 유명하며, 문집에 《반황문집潘黃文集》이 있다.

2_ **청아菁莪** ┃ 국가에서 육성된 인재, 즉 사람층을 가리키는 말이다.

3_ **치랍梔蠟** ┃ 치자와 밀랍을 이용하여 가짜로 색과 광택을 낸 채찍에서 유래한 말이다. 유종원柳宗元의 〈편가鞭買〉 참조. 실속은 없으면서 겉으로 색채와 모양을 내는 것. 곧 도덕과 실학은 없지만 문사文辭로서의 능력은 가지고 있다는 뜻으로 쓰인다.

4_ **무부武夫를 … 받았네** ┃ 무부는 박옥璞玉을 말한다. 변화卞和가 박옥을 얻어 초나라 왕에게 바쳤으나 돌을 옥으로 속였다 하여 왼쪽과 오른쪽의 발뒤꿈치를 잘리는 월형刖刑을 받았는데, 변화는 포기하지 않고 계속 다음 왕에게 바쳐 끝내 그것이 훌륭한 옥임을 증명하였다고 한다. 여기서는 작자 이옥이 순정한 문체를 어지럽힌다 하여, 정조의 명에 따라 충군充軍의 역役에 처해진 것을 비유적으로 이른 듯하다.

아, 세월이 기다려주지 않아 嗟日月之不與

가만히 스스로 백발을 슬퍼하네. 窃自傷夫華髮

겨우 양산梁山의 읍혈泣血[5]을 마치자 纔泣梁山之血

또 형호荊湖의 슬픔[6]에 통곡했네. 又哭荊湖之痛

텅 빈 공간 온갖 생각 다 재가 되매 廓萬念之盡灰

지난 일 바로 꿈이었음을 깨달았네. 覺往事之是夢

녹祿을 구함은 전손顓孫[7]이 부끄럽고 恥干祿於顓孫

폐착廢著은 자공子貢을 따르려 했네.[8] 慕廢著於子貢

이에 선인이 남긴 낡은 집 於是有先人之敝廬

나라의 남쪽 기내에 있는데 在王國之南畿

집은 이 한 몸의 노숙을 가릴 만하고 屋可以庇七尺之露

전답은 내 식구의 주림 구할 만하네. 田可以救八口之饑

산기슭에 기대어 담을 두르고 依山足而繚垣

바다를 향한 사립문 닫아두었기에 向海門而掩扉

사람의 왕래는 드물고 稀人客之去來

세상의 시비와는 떨어져 있네. 隔世間之是非

5_ 양산梁山의 읍혈泣血 | 부모가 돌아가심을 말한다. 고대의 금곡琴曲 〈양산조梁山操〉는 부모에 대한 사념思念의 정을 노래한 곡이다.

6_ 형호荊湖의 슬픔 | 형제를 잃은 슬픔을 말한다. 형화荊花는 자형화紫荊花로 형제 간의 우애를 상징하는 꽃이다.

7_ 전손顓孫 | 전손사顓孫師. 자는 자장子張. 공자의 제자로 무슨 일이든 지나치게 하였는데, 녹祿을 구함에도 마찬가지였다고 한다. 공자가 그를 평할 때 "지나침은 모자람과 같다(過猶不及)"라 하였다.

8_ 폐착廢著은 … 했네 | 《사기》, 〈화식열전貨殖列傳〉에 의하면, 자공子貢은 위나라로 가서 벼슬하고 조나라·노나라에서 물자를 축적하기도 하고, 시기를 기다려 팔기도 하여 재산을 모았다고 한다. 폐착은 '발거發居'라고도 하는데, '발發'은 물건을 파는 것을, '거居'는 물건을 사는 것을 뜻한다.

그 남쪽에는	其南則
바다에 걸쳐 진鎭이 설치되어[9]	跨海建鎭
전선戰船이 백 척이나 되는데	樓船百尺
나각螺角[10]을 불어 새벽을 깨우니	鳴角警曉
다섯 가지 병기[11]가 산처럼 쌓여 있네.	五兵山積
그 북쪽에는	其北則
목도木道가 물을 따라 둘려 있는데	木道沿洄
섬들은 구름에 연해 있고	島嶼連雲
오는 짐대 가는 돛에	來檣去楫
뱃노래 서로 들린다네.	櫂歌相聞
산은 와룡臥龍의 호號를 전하고[12]	山傳臥龍之號
땅은 도화원桃花源에 가까운데[13]	地近桃花之源
한 갈피를 차지하여 삶의 터 마련하고	專一壑而卜築
두세 집 어울려 마을을 이루었네.	結三家而爲村
이에 네모난 못을 파고	爰開方塘
또 작은 후원을 만들고	乃拓小園
버드나무 심어 문을 가리고	揷楊柳而當門

9_ **진鎭이 설치되어** | 화량진花梁鎭을 말한다. 조선조에 경기도 남양부 남양만에 설치되었던 진이다. 좌도수군첨절제사영左道水軍僉制使營을 두었고, 영종포永宗浦·초지량草芝梁·제물량濟物梁 등을 관할하였다. 《신증동국여지승람》, 〈경기도〉, '남양南陽' 참조.

10_ **나각螺角** | 소라 껍데기로 만든 옛 군악기. 길이가 40cm 정도인 소라고둥의 위쪽을 깎아내어 구멍을 뚫고 그 구멍에 혀를 대고 부는 것이다.

11_ **다섯 가지 병기** | 도刀·검劍·모矛·극戟·시矢를 말한다.

12_ **산은 … 전하고** | 경기도 남양 매화동 앞쪽에 와룡산臥龍山이 있다.

13_ **땅은 … 가까운데** | 이옥의 고향 마을에 봄이 오면 복사꽃이 많이 피었다고 한다. 이것과 연관 지어 무릉도원 고사를 인용하고, '도화유수관桃花流水館'이라는 당호도 쓴 듯하다.

앵두나무 가꾸어 울타리로 삼았네.　　　　　　殖櫻桃而爲藩

오동은 봉황이 깃들 가지로 자라나고　　　　　桐抽棲鳳之枝

대는 용으로 뿌리를 뻗어가며　　　　　　　　竹延化龍之根

세 갈기[14]의 늦게 푸른 솔이요　　　　　　　三鬣晚翠之松

칠절七絶[15]의 일찍 붉은 감이네.　　　　　　七絶早紅之柿

과일은 대추 밤이 가장 진귀하고　　　　　　果最珍於棗栗

꽃은 복사 오얏보다 난만함이 없네.　　　　　花莫繁於桃李

집에는 술 없지만 행화杏花가 있고[16]　　　　家無酒而有杏

땅은 촉나라가 아니지만 두견이 많다네.　　　地非蜀而多鵑

석류는 홍초건紅綃巾[17] 잘라 놓은 듯　　　　榴剪紅綃之巾

국화는 황금 돈을 엮어 놓은 듯.　　　　　　菊綴黃金之錢

비록 관官은 아니지만 또한 자미紫微가 있고[18]　雖非官而亦薇

혹 물이 있지만 연꽃은 없네.　　　　　　　或有水而未蓮

모란은 그 부귀를 뽐내고　　　　　　　　　牡丹擅其富貴

해당은 그 신선임을 자랑하네.　　　　　　　海棠號其神仙

둘려서 중향衆香의 성이 되고　　　　　　　環爲衆香之城

14_ **세 갈기** │ 원문에 "삼렵三鬣"이라 되어 있는데, 잎이 3개로 된 소나무를 말한다.

15_ **칠절七絶** │ 감나무의 별칭. 감나무는 수명이 길고, 좋은 그늘을 만들어주고, 새가 집을 짓지 않고, 벌레가 꾀지 않고, 단풍이 아름답고, 열매가 먹음직하고, 잎에 글씨를 쓸 수 있으니, 칠절七絶을 두루 갖춘 나무라는 뜻에서 유래한다. 단성식段成式, 《유양잡조酉陽雜俎》 참조.

16_ **행화杏花가 있고** │ 살구꽃이 핀 마을〔杏花村〕, 곧 주막酒幕을 말한다. 두목杜牧의 〈청명淸明〉 시에 "淸明時節雨紛紛, 路上行人欲斷魂. 借問酒家何處在, 牧童遙指杏花村"이라는 내용이 보인다.

17_ **홍초건紅綃巾** │ 붉은 천으로 머리에 쓰는 것.

18_ **관官은 … 자미紫微가 있고** │ 중국 당나라 때 중서성中書省 뜨락에 자미화가 많이 있어 중서성을 자미성紫薇省이라고도 하였다. 여기서는 이옥의 집이 중서성과 같은 관청은 아니지만 뜨락에 자미화가 많다는 뜻으로 쓴 것이다.

찌는 듯 꽃을 기르는 계절이 되었네. 　　　　　蒸成養花之天

또다시 바위에 기대 흰초萱草가 피고 　　　　又復依巖有萱

가까운 개울가 여뀌가 많다네. 　　　　　　近溪多蓼

범부채는 야들야들하고 　　　　　　　　射干猗儺

자귀의 꽃은 얌전도 하네. 　　　　　　　合歡窈窕

꽃은 혹 푸른 잎 속에 드문드문 보이고 　　花或碧而離離

풀은 혹 붉은 꽃 속에 한들거리네. 　　　　艸或紅而裊裊

그 밭에 　　　　　　　　　　　　　　其田則

보리는 대맥 소맥의 이름이 있고 　　　　麥有大小之名

벼에는 올벼 늦벼의 때가 있다네. 　　　　稻有早晚之時

삼량三粱[19]은 색이 다르고 　　　　　　三粱殊色

이마二麻[20]는 기름 짜기에 좋다네. 　　　二麻宜脂

토란과 콩을 심어 식량에 보태고 　　　　播芋菽而助粮

기장을 북돋아서 제수에 이바지하네. 　　壅黍稷而供粢

율무는 구슬 같은 알곡의 특이한 것이요 　薏苡珠實之異

옥수수는 이랑 곁에 생기는 기이한 것이라네. 玉薥旁生之奇

가라지는 심지 않은 것, 호미로 매어 버리고 　莠非種而或鉏

콩은 여물지 않은 것, 깍지만 되기도 하네. 　豆不落而爲萁

걸익桀溺과 짝을 지음이 무어 나쁠까?[21] 　何妨偶於桀溺

19_ **삼량三粱** | 세 종류의 기장. 곧 황량黃粱·백량白粱·청량靑粱을 말한다. 누른색, 흰색, 푸른색 외에 붉은색 기장도 있다.

20_ **이마二麻** | 호마胡麻·아마亞麻를 말한다.

21_ **걸익桀溺과 … 나쁠까?** | 걸익은 공자 당시의 은둔자. 장저張沮와 함께 짝을 지어 밭을 갈고 있었는데, 공자가 지나다가 자공을 시켜 나루를 묻자, 두 사람은 길을 알려주지 않고 오히려 공자 집단의 처세 태도를 비난하는 뜻을 보였다.

번지樊遲와 같이 물을 필요도 없네.[22]	不待問於樊遲
그 채마밭에는	其圃則
배추 잎이 부채와 같고	菘葉如扇
무 뿌리는 배와 같다네.	菁根似梨
늦은 외는 밭이랑에 별도로 심고	晚瓜分畦
단호박 넝쿨은 울타리 끼고 있네.	甘瓠擁籬
상추는 반쯤 버리고	萵苣多爽
시금치는 일찍 시들기도 하네.	菠薐早衰
못가에 물미나리	池邊水芹
동산에 아욱	園中露葵
후추가 붉게 엮이고	蠻椒紅綴
오이는 누렇게 드리웠네.	倭苽黃垂
자총이[23]는 선가의 금기를 범한 것이요	紫蔥犯禪家之忌
황제黃虀[24]는 빈사貧士의 생활을 이바지하네.	黃虀供貧士之資
또다시 미양迷陽[25]과 취채翠菜[26]요	又復迷陽翠菜
창출蒼朮[27]과 황정黃精[28]이 있네.	蒼朮黃精
쇠비름은 나물로 쓸 만하고	馬齒堪薇

22_ **번지樊遲와 … 없네** ㅣ 번지는 공자의 제자로, 군자의 학문을 묻지 않고 농사일과 채마밭 일을 물었다 하여 공자에게 책망을 들었다.

23_ **자총이** ㅣ 마늘의 일종. 뿌리는 파보다도 더 맵고 겉껍질은 노란 보라색이다.

24_ **황제黃虀** ㅣ 김치의 일종. 유희柳僖의 《물명고物名考》에 "虀爲葅菜之通稱, 而古人多以菘爲葅, 故曰黃虀"라는 설명이 보인다.

25_ **미양迷陽** ㅣ 고비.

26_ **취채翠菜** ㅣ 미상.

27_ **창출蒼朮** ㅣ 삽주의 결구結球되지 않은 뿌리. 한방에서 소화기의 치료에 많이 쓴다.

28_ **황정黃精** ㅣ 둥글레.

양제羊蹄[29]는 국 끓이기에 좋다네. 羊蹄宜羹

산에 나고 들에 남에 于山于野

심지 않아도 절로 무성하네. 不殖自榮

목면 이백 묘 至若木棉二頃

담배 다섯 이랑 香菇五畝

청홍으로 벌여 있는 쪽 藍列靑紅

암수로 구분되는 삼 麻別牝牡

자리를 만들 수 있는 창포 昌蒲可茵

빗자루를 만들 수 있는 지부地膚[30] 地膚可箒

뜨락 곁의 자소자紫蘇子[31] 紫蘇子之庭邊

서리 뒤의 홍고랑紅姑娘[32] 같은 것은 紅姑娘之霜後

종류가 이미 넓고 方類旣廣

이용도 매우 두텁네. 利用甚厚

이에 샘물은 달면서 차갑고 於是泉甘而冽

대지는 넓으면서 한적하네. 地曠而閑

망아지 송아지는 밭이랑 머리에 잠들고 駒犢宿壟畝之頭

갈매기 해오라기 책상 가까이로 날아오네. 鷗鷺狎几案之間

처자는 왕패王霸에게 부끄럽지 않으며[33] 妻子不媿於王霸

노복은 스스로 방산方山에게 만족하네.[34] 奴僕自得於方山爾

그리하여 북당 어머님께 문안을 여쭙고 乃承親候於北堂

29_ 양제羊蹄 | 일명 순채蓴菜로 어린잎은 식용한다.

30_ 지부地膚 | 댑싸리.

31_ 자소자紫蘇子 | 자소. 차조기.

32_ 홍고랑紅姑娘 | 꽈리.

자식 도리[35]를 힘쓰려 하네.　　　　　　　勵子道於南陔

일찍이 맹모孟母보다 가르침이 많았지만　　曾多敎於孟氏

적이 노래자老萊子[36]에게 부끄럽네.　　　　竊有慚於老萊

맛있는 음식을 갖추어 식성에 맞게 하고　　具甘濡而適性

따뜻함과 시원함을 살펴 기쁘게 해드리려네.　問溫淸而怡懷

늦은 봄, 이른 가을　　　　　　　　　　　春晚秋初

일기가 화창하고 경치가 좋을 때에　　　　氣和景媚

다행히 오랜 병환 처음으로 나아지고　　　幸宿痾之初痊

정신이 회복되고 몸이 가뿐해지면　　　　値神旺而體利

시험 삼아 부축하여 마루에서 내려와　　　試扶掖而下堂

아이들을 이끌어 장난하네.　　　　　　　導兒女而嬉戲

뒤안의 채소가 얼마나 자랐나 살피고　　　窺園蔬之幾長

33_ **처자는 … 않으며** | 왕패王霸는 중국 후한의 은둔지사. 자는 유중儒仲. 왕패는 젊어서부터 절개가 있었는데, 왕망王莽이 왕위를 찬탈하자 벼슬을 버리고 은거하였다. 그가 은거할 때 같은 고을 사람이 초나라 재상이 되어 사람을 시켜 편지를 보냈던바, 왕패의 아들이 밭 갈던 것을 그만두고 돌아와 보니 왕패는 몸져누워 있었다. 왕패의 처가 "당신은 젊어서부터 청절淸節을 닦았는데 어찌하여 그 뜻을 잃어 아녀자를 부끄럽게 만드나요?"라고 하니, 왕패가 웃으며 일어났다고 한다. 《후한서》, 〈왕패전王霸傳〉 참조.

34_ **노복은 … 만족하네** | 방산方山은 중국 송나라의 은자. 젊은 시절에 임협任俠을 일삼았고, 장성하자 독서에 매진하여 세상에 알려지기를 바랐다. 끝내 불우하여 말년에는 광, 황간의 기정岐亭에 은둔하였다. 이곳에 귀양 온 소식이 그의 집에 머물러 보니, 처자와 노복들이 모두 자득自得한 뜻이 있었다고 한다. 소식蘇軾, 《방산자전方山子傳》 참조.

35_ **자식 도리** | 원문에 "남해南陔"라고 되어 있는데, 〈남해〉는 《시경》, 〈소아〉의 편명. 가사가 전해지지 않는 노래로 《모서毛序》에 "남해는 효자가 서로 경계하며 봉양하는 것이다(南陔, 孝子相戒以養也)"라고 하였다.

36_ **노래자老萊子** | 중국 춘추시대 노나라의 현인. 나이 칠십에 백 세 된 부모 앞에서 오색의 알록달록한 옷을 입고 어린아이처럼 재롱을 부리며, 물을 가지고 마루에 오를 때 거짓으로 미끄러져서 땅에 누워 어린아이처럼 울고, 새끼 새를 가지고 희롱을 하여 부모를 기쁘게 해드렸다는 효자이다. 《사문유취》 후집 권3, 〈인륜부〉 참조.

연못의 물고기가 뛰놂을 구경하네.	翫池魚之得意
형제를 오라 해서 함께 모시고	來昆季而共侍
담소를 하며 술잔을 드네.	助談笑而擧觶
진실로 인간의 지극한 낙이니	誠人間之至樂
무어 다시 다른 일을 부러워하랴?	孰復羨於它事
혼정신성昏定晨省[37]의 여가에	晨昏之暇
물러나서 내 할 일을 하려 하네.	退而自便
심은 꽃이 기십 본이고	種花幾十本
장서가 수백 권이라.	藏書數百卷
단풍든 나무에 홀로 기대서서	倚紅樹而獨立
흰 구름 바라보니 변화도 많네.	覽白雲而多變
바람이 솔에 불어 거문고 연주하는 듯	風入松而奏琴
달이 오동에 걸려 부채를 가린 듯.	月在梧而障扇
제비는 발을 내림에 의심하지 않고	燕無疑於下簾
물고기는 벼루 씻어도 놀라지 않네.	魚不驚於洗硯
이에 엉킨 실 자산子山[38]의 머리카락이요	於是絲亂子山之髮
묵은 때 숙야叔夜[39]의 얼굴이라	垢生叔夜之面

37_ **혼정신성**昏定晨省 | 저녁에는 잠자리를 보아 드리고 아침에는 문안을 드림. 곧 부모를 섬기는 도리를 말한다.

38_ **자산**子山 | 중국 북주北周의 문학가 유신庾信(513~581). 자산은 그의 자. 남양南陽 신야新野 사람. 양梁 원제元帝 때 우위장군右衛將軍을 지냈고, 서위西魏로 사신 나갔다가 서위의 공격으로 양나라가 망해 북방에 억류되는 신세가 되었다. 당시 서릉徐陵과 함께 문명이 높아 '서유체徐庾體'라고 불렸으며, 그의 시부는 중국 남북조 문학의 장점을 융합하였다는 평가를 받는다. 대표작 〈애강남부哀江南賦〉는 양나라의 흥망과 자신의 운명을 노래한 부로 꼽는다. 저서로 《유자산집庾子山集》이 있다.

이미 벼슬살이의 영화를 잊었으니	已忘簪組之榮
어찌 누더기 옷 짧은 옷의 천함을 부끄러워하랴.	寧恥縕褐之賤
술이 생기면 석 잔을 마시고	有酒則飲三杯
일이 없으면 한바탕 잠을 자네.	無事則睡一場
꿈꾸면 제물론齊物論⁴⁰이요	夢則齊物之論
취하면 태화탕太和湯⁴¹이라.	醉則太和之湯
이미 부지불식이니	旣不識而不知
과연 무엇이 있고 무엇이 없을까?	果何有而何亡
숲속의 고라니 길들일 수 없음을 깨닫고	悟林麋之莫馴
바람도 나비 다망함을 비웃노라.	笑風蝶之多忙
온갖 일 혼혼함을 떨쳐 버리고	廢百務而昏昏
만 가지 물품 망망함을 굽어본다.	頫萬品而茫茫
초목과 함께 썩어지기를 기약하고	期艸木而同腐
뭇 짐승과 무리하여 세상을 보내리라.	群鳥獸而度世
감히 스스로 미치지 않았음을 논변하랴	敢自訟於非狂
실로 지혜롭지 못함을 많이 부끄러워한다.	實多愧於不慧

39_ **숙야叔夜** | 중국 삼국시대 위魏나라의 문학가 혜강嵇康(233~262). 숙야는 그의 자. 죽림칠현竹林七賢의 한 사람. 중산대부中散大夫의 벼슬을 역임하였으므로, 세상에서 혜중산嵇中散이라 불렸다. 성격이 강직하고 호오好惡가 분명하여 남의 미움을 많이 받았다. 사마씨司馬氏의 정권 찬탈 계획에 반대하다가 살해당하였다. 저서에 《혜중산집嵇中散集》이 있다.

40_ **제물론齊物論** | 만물을 고르게 하는 논論이라는 뜻으로 장자莊子의 중심 사상을 나타내는 논설, 또는 그의 저서 《장자》의 편명. 시비是非·선악善惡·진위眞僞 등을 모두 상대적인 것으로 보고, 대붕大鵬 곧 자유인의 조건은 만물이 하나임을 깨닫고 하나의 세계로 돌아가는 데에 있다고 주장하였다.

41_ **태화탕太和湯** | 술의 별칭. 소옹邵雍의 〈무명공전無名公傳〉에 "性喜飮酒, 嘗命之曰太和湯"이라는 구절이 있다.

비록 황음무도함에 이르지 않았으나   雖不至荒淫無道
또한 그런대로 장차 여유롭게 삶을 마치리라.   蓋亦將優游卒歲

—이상 나종면 옮김

서
書

병화자 최구서¹에게 보내는 편지

与病花子崔九瑞狀

가을이 가고 봄이 오니 갈대의 재가 피리에 옮겨짐²을 아쉬워하고, 산 높고 물길 아득하니 매화 소식³으로 편지를 부치려 합니다. 천 리 밖에서 치달리는 마음, 한 통의 편지로 얼굴을 대신합니다.

생각건대 그대는 자란紫鸞의 맑은 소리요, 황학黃鶴의 뛰어난 재주라. 푸른 물속의 연꽃이 낙포洛浦에 고운 빛을 떨치고, 단사丹砂로 된 죽전竹箭⁴이 형산衡山⁵ 봉우리에서 맑은 기운을 받았지요. 봉혈鳳穴⁶에서 깃을 떨쳐 일찍 가문을 발전시킨 명예를 드러내었고, 용문龍門⁷에

1_ **최구서崔九瑞** | 이옥이 과거 준비를 위해 서울에서 지낼 때, 교유한 인물인 듯하다. 무오년(1798) 식년 사마시司馬試에 생원으로 급제한 최학우崔鶴羽라는 이의 자字가 구서九書인데, 동일인이 아닌가 한다.

2_ **갈대의 재가 피리에 옮겨짐** | 이 대목의 원문은 "가회지이관葭灰之移筦"으로, 중국 고대 후기법侯氣法에 갈대의 재를 밀실의 목안木案 위 12율관 속에 넣어두는데, 기氣가 이르면 재가 날아가 버린다고 한다. 여기서는 겨울에서 봄으로 옮겨가는 계절의 추이를 의미한다.

3_ **매화 소식** | 봄에 꽃을 재촉하는 24번풍番風이 있는데, 이것을 '화신풍花信風'이라 한다. 화신풍의 첫 번째가 매화풍으로, 여기서는 계절이 이른 봄임을 암시한다.

4_ **단사丹砂로 된 죽전竹箭** | 죽전은 화살을 만드는 데 쓰는 조릿대[篠]를 말하는데, 중국 동남쪽에 있는 회계산會稽山의 것이 좋다고 한다.

5_ **형산衡山** | 여기서는 중국 호남성에 위치한 오악五嶽의 하나인 형산이 아니라, 절강성 소흥 지방에 있는 회계산을 가리킨다. 회계산은 형산으로도 불렸다.

6_ **봉혈鳳穴** | 봉황새가 출생하는 단혈丹穴. 즉 좋은 자손이 출생하는 가문이라는 뜻이다.

오르려다 실패하여 여러 차례 관광觀光[8]의 걸음을 하였지요. 일찍이 〈녹명鹿鳴〉[9]을 노래하는 자리를 쫓아 외람되이 구앵求鶯[10]의 우의友誼를 맺게 되었지요. 한마디 말로써 서로 뜻이 합쳐짐에 결연은 이미 금란지교金蘭之交[11]보다 두터웠고, 온갖 일이 뜻대로 되지 않아 실로 옥수玉樹[12]에게 의지하니 부끄럽습니다. 꽃피는 아침 달뜨는 저녁, 머리가 희어질 때까지 변치 말자는 맹세를 깊이 함께하였고, 먹으로 춤추고 붓으로 노래 부르며 아울러 홍심紅心[13]을 향해 활을 쏘았습니다.

하지만 서성西城의 즐거운 만남이 끝나지도 않은 채 갑자기 남국南國으로 멀리 떠남을 탄식하게 되었습니다. 하늘 끝에 구름이 멈추니[14] 도

7_ 용문龍門 │ 용문은 황하의 상류에 있는 산 이름. 또 그곳을 통과하는 여울목 이름. 이곳은 물이 험하여 물고기들이 상류로 통하기 힘들다고 하며, 잉어가 이곳을 거슬러 올라가면 용이 된다고 한다. 따라서 과거에 오르는 문을 '용문'이라 하고, 과거에 응시하였지만 선발되지 못하는 것을 '용문점액龍門點額'이라 한다.

8_ 관광觀光 │ 과거 응시차 상경하여 임금의 빛나는 성덕과 광휘가 배어 있는 서울을 바라보는 것을 말한다. 관국觀國이라고도 한다.

9_ 〈녹명鹿鳴〉 │ 《시경》, 〈소아小雅〉의 편명. 군신群臣과 가빈嘉賓을 대접하는 시이다. "〈녹명〉을 노래하는 자리"란 나라에서 인재를 선발하는 자리에 모여든 재사才士들이 서로 이야기를 주고받는 화락한 광경을 의미한다.

10_ 구앵求鶯 │ 벗을 구한다는 말. 《시경》, 〈소아·벌목伐木〉편의 "嚶其鳴矣, 求其友聲"이라는 구절에서 인용하였다. 꾀꼬리가 벗을 구하는 새라고 하여 친구를 구하는 것을 '구앵'이라 한다.

11_ 금란지교金蘭之交 │ 금석처럼 견고하고 난처럼 향기로운 우정. 즉 절친한 벗 사이의 정의情誼를 말한다.

12_ 옥수玉樹 │ 용모가 빼어나게 아름답고, 재능이 탁월한 사람을 비유하여 일컫는 말. 여기서는 편지를 받는 최구서를 가리킨다. 중국 송宋나라 유의경劉義慶이 지은 《세설신어世說新語》, 〈용지容止〉편에 "魏明帝使后弟毛曾與夏侯玄共坐, 時人謂蒹葭倚玉樹"라는 구절이 있다.

13_ 홍심紅心 │ 과녁의 한가운데에 붉은 칠을 한 정곡正鵠.

14_ 하늘 끝에 구름이 멈추니 │ 이 대목의 원문은 "천말운정天末雲停"으로, 친구를 그리워함을 의미한다. '정운雲停'은 도연명이 은거 생활을 하던 40대에 지은 〈정운停雲〉이라는 사언고시四言古詩와 관련이 있다. 이 시에서 도연명은 세상이 혼란해지는 것을 걱정하고, 절친한 벗을 그리워하였다. 시는 다음과 같다. "靄靄停雲, 濛濛時雨. 八表同昏, 平路伊阻. 靜寄東軒, 春醪獨撫. 良朋悠邈, 搔首延停 …."

연명陶淵明 시의 원망이요, 강동江東에 해가 저무니[15] 두보杜甫의 꿈이
달립니다. 기러기의 왕래가 끊어지고 물고기가 깊이 잠겼음에[16] 멀리서
올 편지를 기다리며 애태우고, 꽃 밝고 버들 그늘진 때에 돌아올 기약
을 되씹으며 머뭇거렸습니다. 그대는 오지 않고, 이 한 해도 늦었습니
다. 붉은 전지牋紙에 계문啓文을 닦은 것에 진실로 사륙변려문四六騈儷
文의 훌륭함을 흠모하였고, 푸른 풀의 시기를 어겼음에 한결같지 못한
덕을 적이 개탄합니다.

이에 오사烏絲로 묶은 서간을 끊어 역사驛使의 대통에 부쳐 보냅니
다. 종각宗愨이 노닐매 장풍長風 속의 노를 재촉할 수 있고,[17] 종기鍾期
를 만나지 못했다면 누가 유수곡流水曲을 타는 거문고를 사랑할 수 있
었겠습니까?[18] 화표華表[19]에 구름이 깊음에 천 년 만에 학이 돌아온 듯
하고,[20] 부요扶搖의 바다가 넓음에 구만 리를 나는 붕새를 도모할 만합

15_ **강동江東에 해가 저무니** | 원문은 "강동일모江東日暮"인데, 두보의 시 〈춘일억이백春日憶李白〉에
   나오는 "江東日暮雲"이라는 시구에서 차용하였다. 두보 시의 전문은 다음과 같다. "白也詩無
   敵, 飄然思不羣. 清新庾開府, 俊逸鮑參軍. 渭北春天樹, 江東日暮雲. 何時一樽酒, 重與細論文."

16_ **기러기의 … 잠겼음에** | 기러기와 물고기는 모두 편지를 전해주었다는 고사가 있으므로, 여
   기서 원문의 "안절어침雁絕魚沈"은 소식이 끊어졌음을 의미한다.

17_ **종각宗愨이 … 있고** | 종각은 중국 남북조南北朝시대 송宋나라 사람. 그의 자는 원간元幹. 종각
   이 어렸을 때 숙부가 장래 포부를 묻자, "장풍長風을 타고 만 리의 물결을 헤치고, 진무장군振
   武將軍이 되어 임읍국林邑國을 정벌하고 싶습니다"라고 대답했다고 한다.

18_ **종기鍾期를 … 있었겠습니까?** | 종기는 중국 춘추시대 초楚나라 사람, 종자기鍾子期를 가리킨
   다. 금琴의 달인達人 백아伯牙가 타는 거문고 소리를 깊이 있게 이해하는 유일한 사람이었다.
   종자기가 죽자 백아는 절현絕絃하였다고 전해진다.

19_ **화표華表** | 궁성이나 성곽 등의 출입구에 세워두는 아름답게 꾸민 돌기둥.

20_ **화표華表에 … 듯하고** | 중국 한나라 때 요동 사람 정령위丁令威가 도를 닦아 신선이 되었다가
   천 년 뒤에 학이 되어 고향인 요동에 돌아와 성문의 화표주 위에 앉아 내려다보고 있는데, 마
   침 소년들이 학을 쏘려고 하였다. 이에 학은 공중을 배회하며 시 한 수를 읊조리고 높이 올라
   가 버렸다고 한다. 그 시는 다음과 같다. "有鳥有鳥丁令威, 去家千歲今來歸. 城郭如故人民非,
   何不學仙冢纍纍."

니다.²¹ 나는 지기志氣와 학업이 점점 퇴락하여 영화로운 이름이 더욱 멀어졌습니다. 꽃과 달을 읊조리는 사단詞壇에서 맹씨孟氏의 꽃다운 이웃²²을 사양하고, 비 오는 밤 서리 내린 새벽에 범경范卿의 좋은 친구²³를 생각합니다. 등불 푸르스름한 반사泮舍²⁴에서 태평성대에 엄히 귀양 명령을 받들었고, 흰 구름 떠 있는 태항산太行山에서²⁵ 긴 날 멀리 떠남을 슬퍼했습니다. 봉맥鳳陌에 물러나 살면서²⁶ 오랫동안 길 잃은 사람

21_ 부요扶搖의 … 만합니다 《장자》, 〈소요유逍遙遊〉편에 "搏扶搖, 而上者九萬里"라는 구절이 있다. 부요란 바다에서 일어나는 회오리바람을 가리키고, 붕새는 하루에 구만 리를 날아간다는 전설적인 새의 이름이다. 붕새처럼 큰 포부를 지님을 의미하는 듯하다.

22_ 맹씨孟氏의 … 이웃 맹씨는 중국 전국시대의 사상가 맹자를 가리킨다. 맹자의 어머니는 자식의 교육을 위하여 세 번이나 좋은 곳을 찾아 이사를 다녔다. 이 문구는 〈등왕각서滕王閣序〉에 나온다. 여기서는 이옥 주변의 사람들을 가리키는 듯하다.

23_ 범경范卿의 … 친구 범경은 중국 후한 산양山陽의 금향金鄕 사람인 범식范式으로, 자는 거경巨卿이다. 여기서 좋은 친구란 장소張劭를 가리킨다. 범식은 젊어서 태학에서 배웠는데, 여남汝南 출신의 장소와 친구가 되었다. 두 사람이 헤어져 각자 고향으로 돌아갈 적에 범식이 장소에게 말하길, "2년 후 자네 집을 방문하여 부모님을 뵙고 또 자네의 어린 아이도 만나보고 싶네"라고 하며 방문할 기일을 약속하였다. 약속한 날이 다가오자 장소는 모친께 말씀드려 음식을 장만하고 그를 기다렸다. 그날 범식이 과연 도착하였다. 그 후 장소가 죽었는데, 범식의 꿈에 장소가 나타나 말하길, "거경! 내가 죽었으니, 응당 자네가 와서 장사를 치러야 하네"라고 하였다. 범식은 깨어나 슬피 울다가 곧 말을 달려 장소의 집으로 갔다. 범식이 도착하기도 전에 발상하여 이미 상여가 장지에 이르렀는데, 관이 광중壙中으로 들어가려 하지 않았다. 얼마 있다가 범식이 이르러 상여 줄을 잡고 관을 끌자 이에 움직였다고 한다.

24_ 반사泮舍 성균관을 가리킨다.

25_ 흰 구름 … 태항산太行山에서 이 대목의 원문은 "운백태항雲白太行"으로, 부모님을 생각하는 자식의 효성스런 마음을 가리킨다. 적인걸狄仁傑은 효성이 지극한 사람이었다. 그는 당나라 병주幷州 태원太原 사람으로, 병주도독부都督府 법조法曹에 발령을 받았다. 이때 그의 부모는 하양河陽의 별업別業에 있었다. 그는 병주에 이르러 태항산에 올라갔는데, 남쪽으로 외로이 떠도는 흰 구름을 멀리 바라보며 곁에 있는 사람들에게 "내 부모님이 이 구름 아래 계시다네"라고 말하고, 한참을 서 있다가 구름이 이동하자 떠났다고 한다.

26_ 봉맥鳳陌에 … 살면서 여기서 봉맥은 이옥의 유배지 봉성鳳城(三嘉의 옛 이름)이 아니라, 임금이 계시는 서울을 가리킨다. 일반적으로 봉궐鳳闕은 대궐로, 봉성은 도성을 의미하는 말로 쓰인다. 이옥은 1797년 10월 삼가현에 3일을 머물고 다시 서울로 돌아왔다. 이때 그는 성균관의 규칙에 따라 성균관 상재에서 방출된 처지였던 것으로 여겨진다.

으로 서글퍼했고, 이정鯉庭[27]에 공손히 나아가게 되었는데도, 이미 집에 돌아온 자취를 경계하고 있습니다.

삼가 짧은 편지를 보내면서 애오라지 자그마한 정성을 다합니다.

—윤세순 옮김

27_ **이정**鯉庭 | 공자의 아들 이鯉가 뜰을 지나가자 공자가 그를 불러 《시경》을 배우라는 가르침을 주었다. 이에 이가 물러나와 《시경》을 공부하였다. 훗날 이가 또 뜰을 지나가는데, 공자가 그를 불러 예禮를 배우라는 가르침을 주었다. 이에 이는 물러나와 예를 배웠다고 한다. 즉 이정은 시와 예를 가르치는 가정이란 의미로, 아버지가 아들을 가르침을 말한다. 여기서는 이옥이 1797년 삼가 유배에서 돌아와 부친을 모시고 지내는 것을 뜻한다.

서 序 · 발 跋

《묵취향》의 서문

나는 책을 좋아하고 또한 술을 좋아한다. 다만 땅이 궁벽하고 해가 흉년이어서 빌리고 사려 해도 취할 곳이 없다. 한창 무르익은 봄볕이 사람을 훈훈하게 하니, 다만 빈 바라지 앞에서 저절로 취하게 되는 듯하다. 마침 내가 술 한 단지를 받은 것과 같이 《시여취詩餘醉》¹ 일부를 빌릴 수 있게 되었다. 그 글은 《화간집花間集》²·《초당집草堂集》³이었고, 그것을 편집한 자는 인장鱗長 반수潘叟⁴였다.

이상하다! 먹은 누룩이 아니고, 책에는 술그릇이 담겨 있지 않는데 글이 어찌 나를 취하게 할 수 있겠는가? 장차 단지를 덮게 되고⁵ 말 것

1_ 《시여취詩餘醉》 | 중국 명나라 반유룡潘游龍이 편찬한 사선집詞選集. 당唐·오대五代·송宋·원元·명明의 사인詞人을 대상으로 1,300여 수를 수록하였다. 정식 서명은 《정선고금시여취精選古今詩餘醉》이다.

2_ 《화간집花間集》 | 중국 오대 후촉後蜀의 조승조趙崇祚가 편찬한 사집詞集. 만당晩唐과 오대의 사詞 500여 수가 실려 있다. 현존하는 가장 오래된 사집이다.

3_ 《초당집草堂集》 | 사집 《초당시여草堂詩餘》를 말한다. 편자는 알 수 없고, 총 4권. 중국 남송南宋 왕무王楙가 편찬한 《야객총서野客叢書》에 실려 있는데, 중조中調와 장조長調의 구별이 이 사집에서 시작되었다.

4_ 인장鱗長 반수潘叟 | 뒤의 《《묵토향》의 앞에 적는다墨吐香前敍》편에 나오는 반유룡을 가리키는 듯하나, 정확한 것은 알 수 없다.

5_ 단지를 덮게 되고 | 원문의 "부부覆瓿"는 항아리를 덮는다는 뜻으로, 펴낸 책이 별 가치가 없어 항아리 덮개로나 쓰일 정도라는 말이다.

이 아닌가! 그런데 글을 읽고 또다시 읽어, 읽기를 삼 일 동안 오래했더니, 꽃이 눈에서 생겨나고 향기가 입에서 풍겨 나와, 위장 속에 있는 비릿한 피를 맑게 하고 마음속의 쌓인 때를 씻어내어, 사람으로 하여금 정신이 즐겁고 몸이 편안하게 되어, 자신도 모르게 무하유지향無何有之鄕[6]에 들어가게 한다.

아! 이처럼 취醉하는 즐거움[7]은 마땅히 제구虀臼[8]에 깃들여야 할 것이다. 무릇 사람이 취하는 것은 취하게 하는 것이 무엇인가에 달려 있는 것이요, 굳이 술을 마신 다음을 기다릴 필요가 없다. 붉고 푸른 것이 휘황찬란하면 눈이 꽃과 버들에 취할 것이요, 분粉과 먹黛대로 흥겹게 노닐면 마음이 혹 요염한 여자에게 취할 것이다. 그렇다면 이 글의 달게 취하여 사람을 미혹케 하는 것이 어찌 술 일석一石과 오두五斗보다 못하겠는가?

긴 가락과 짧은 결闋[9]은 곧 달 아래서 세 번 술잔으로 헌수獻壽하는 것이요, 구양수歐陽脩·안수晏殊[10]·신기질辛棄疾[11]·유영柳永[12]은 또한 화간팔선花間八仙[13]의 벗이다. 읽어서 그 묘처妙處를 능히 터득하는 것

6_ **무하유지향**無何有之鄕 | 아무 작위도 없는 자연의 세계. 장자가 말한 이상향理想鄕.
7_ **취醉하는 즐거움** | 원문은 "조구지락糟邱之樂"으로, 밤낮을 가리지 않고 술에 탐닉함을 이르는 말. 조구糟邱는 술지게미를 산처럼 쌓은 것이다.
8_ **제구虀臼** | 원문의 "제구"는 '사辭'자와 같이 쓰이며, 여기서는 문사文辭의 뜻으로 쓰였다.
9_ **짧은 결闋** | 결闋은 음악의 한 곡曲이 끝남을 말한다.
10_ **안수晏殊** | 991~1055년. 중국 북송北宋의 시인. 자는 동숙同叔, 무주撫州 임천인臨川人. 관직은 한림학사翰林學士를 거쳐 중서문하평장사中書門下平章事에 이르렀다. 시詩와 사詞에 뛰어났으며, 사대부의 시주詩酒 생활 및 유한悠閑한 정취를 많이 노래했다. 저서로는 《주옥사珠玉詞》, 《안원헌유문晏元獻遺文》이 있다.
11_ **신기질辛棄疾** | 1140~1207년. 중국 남송의 문신. 역성歷城 사람. 자는 유안幼安. 호는 가헌稼軒. 사詞에 능하였고 장단구長短句를 잘 지었다. 저서로는 《가헌집稼軒集》이 있다.

은 그 맛의 깊음을 사랑하는 것이요, 읊조리고 영탄하며 차마 그만두지 못하는 것은 취하여 머리를 적시는 데까지 이른 것이다. 때때로 혹 운자韻字를 따서 그 곡조에 따르는 것은 취함이 극에 달해 게워내는 것이고, 깨끗하게 잘 베껴서 상자에 담아두는 것은 장차 도연명의 수수밭[14]을 삼으려는 것과 같다. 나는 모르겠노라. 이것이 글인가? 술인가? 지금 세상에 또한 누가 능히 알겠는가?

12_ **유영**柳永 | 987~1053년. 중국 북송의 문인. 자는 기경耆卿. 복건성福建省 숭안현崇安縣 사람. 1034년에 진사로 급제하였고, 벼슬은 둔전원외랑屯田員外郞에 이르렀다. 북송의 대표적인 사詞 작가로서 사문학詞文學의 발전에 많은 기여를 했다. 문집으로《악장집樂章集》이 있다.

13_ **화간팔선**花間八仙 | 미상.

14_ **도연명의 수수밭** | 중국 동진東晉의 도연명은 술을 매우 좋아하여 팽택현령彭澤縣令이 되었을 때 관청의 밭에 수수를 심어 술을 빚어 먹었다고 한다.

《묵토향》의 앞에 적는다

墨吐香前敍

나는 반유룡潘遊龍[1]의 《시여취》를 얻어서, 그것을 이미 읽었는데도 또 읽고, 다시 모아서 기록을 하였다. 때때로 또 그 곡조에 따라서 그것을 흉내 내고, 또다시 그 운자를 따라서 화답하였다. 꽃이 처음 피기 시작할 때부터 꽃이 질 때에 이르러 그것을 마쳤다. 나의 소득이 또한 몇 편인데, 내가 또 그것을 한 권의 작은 책으로 베껴서 이름 붙이기를 《묵토향墨吐香》이라 하였다.

그 뜻을 묻는 자가 있기에 나는 대답해주었다. "시여詩餘는 사詞이지, 술이 아니다. 그런데 인장鱗長은 그것을 '취醉'라고 이름 붙이니, 그 글이 사람의 폐부를 적시고 사람의 정신과 영혼을 흥겹게 할 수 있는데, 그것은 마치 맛있는 술이 사람을 취하게 하는 것과 같기 때문이다. 이 글을 읽는 자가 그 누구인들 취하지 않으리오. 나도 이에 진실로 몸을 가눌 수 없을 만큼 취하게 되었다.

크게 취해서 취함이 극에 달한 자는 반드시 토하게 되는 것이니, 마

1_ 반유룡潘遊龍 | 중국 명나라 송자현松滋縣 출신의 문인. 명나라 때 도정陶珽이 편찬한 《설부속說郛續》에 《소선록笑禪錄》이 수록되어 있고, 그 저자가 반유룡으로 되어 있다. 《설부속》은 규장각에 소장되어 있다.

치 옛날에 이불에 토했다는 것과 혹 수레의 깔개에 토했다는 것²이 그 예이다. 그런데 나는 술에 있어서 취하면 토하지 않을 수 없는 사람이니, 나의 주벽酒癖이 그런 것이다. 내가 이 글을 읽고서 이것을 지은 것은 또한 내가 취하여 토한 것이다. 취하여 토하는 것은 거위를 바꾸려고 창고에 들어가 술에 취해 넘어지는 것³과는 같지 않다.

위胃가 술 단지보다 좁아서 술이 넘쳐 위쪽으로 올라와 용솟음쳐 목구멍에서 토하게 된다. 혹은 콧구멍으로 토하기도 하고 간혹 귀로 토하는 자도 있는데, 모두 저절로 되는 것이다. 내가 토하는 것이 이와 무엇이 다르겠는가? 또한 애자艾子가 밤에 일장一臟으로 와서 심장과 간을 토해내는 것⁴과 비할 바는 아니다.

토하는 것은 진실로 취한 사람의 보통 일인데, 위가 약하거나 결벽증이 있는 자는 남이 토하는 것을 보고 또한 그 때문에 토하기도 한다. 나는 남들이 나의 이 《묵토향》편을 보고 땅바닥에 손을 짚고 꽥꽥 구역질을 하지 않으리라고 말할 수 없다. 아! 어떤 기름장수 사내가 기꺼이 나

2_ 수레의 깔개에 토했다는 것 | 《한서漢書》 권74, 〈위상병길전魏相丙吉傳〉에 의하면, 재상 위병길은 호사스런 생활로 이름이 났는데, 심지어 그의 마부조차도 좋은 술을 마시고 술에 취해 수레의 비단 깔개에 토했다고 한다.

3_ 거위를 … 넘어지는 것 | 중국 진晉나라의 왕희지王羲之가 도사道士의 부탁을 받아 《도덕경道德經》을 베껴주고 그 답례로 거위를 얻은 고사. 여기서는 필적筆跡의 뜻으로 쓰인다.

4_ 애자艾子가 … 토해내는 것 | 애자가 술 마시기를 좋아하여 깨어 있는 날이 적으니 문생門生들이 서로 더불어 모의하기를, "이는 간언하여 그치게 할 수 없다. 오직 일을 징험하여 두렵게 함으로써 경계하는 것이 마땅하다" 하였다. 하루는 크게 술을 마시고 구역질을 하니, 문인이 몰래 돼지 창자를 뽑아서 구역질하는 가운데 가져와 보이며 말하기를, "보통 사람은 오장五臟을 갖추고 있어야 능히 살아갈 수 있는데, 지금 공께서는 술로 인하여 하나의 장기를 토해냈으니 사장四臟에 그칠 뿐입니다. 어찌 살 수 있겠습니까?" 하니, 애자가 한참 보다가 웃으며 말하기를, "당나라에 삼장三藏도 오히려 살 수 있었는데, 하물며 사장임에랴!" 라고 하였다는 고사가 전한다. 《설부說郛》, 〈호음好飮〉조 참조.

를 위해 속적삼까지 벗어주겠는가?"5

　　때는 신미년(1811), 작약芍藥 꽃이 핀 후, 도화유수관주인桃花流水館主
人은 쓴다.

_____

5_ **어떤 기름장수 … 벗어주겠는가?** | 여기의 기름장수 사내[賣油郎] 고사는 중국 명말明末의 문장
　　가 풍몽룡馮夢龍이 지은 〈매유랑독점화괴賣油郎獨占花魁〉에 나오는 것으로, 그 내용은 기름장
　　수 사내와 기생의 사랑 이야기이다.

《묵토향》의 뒤에 적는다

墨吐香後敍

내가 아이 적에 어떤 어르신께서 지나가다가 나의 공부하는 바를 따져 묻고 끝남에 시여詩餘[1]를 지은 것이 있는가 하고 캐물으셨다. 나는 지을 필요가 없기 때문에 짓지 않는다고 대답했다. 어르신께서는 눈을 부릅뜨고 나를 꾸짖으셨다.

"짓지 못하니까 짓지 않을 뿐이지, 어찌 지을 필요가 없는 것이겠느냐? 시여도 또한 시이다. 옛사람이 지었으면 나도 짓는 것이니, 어찌 나라로써 제한할 것인가? 그러나 이것은 짓지 못하는 자의 말이다. 너 같은 아이도 또한 이런 말을 하느냐?"

나는 크게 부끄러워서 이때부터 사법詞法을 탐구하기를 매우 부지런히 하였으나, 또한 끝내 터득할 수가 없었다. 그 후 십여 년이 지나《시여도보詩餘圖譜》[2] 및《화간집》·《초당집》등의 여러 책을 얻었는데, 그때는 과거 공부를 하고 있어서 다만 섭렵하는 데에 그쳤을 뿐, 일찍이

1_ 시여詩餘 | 사詞의 별칭. 고시古詩가 변하여 악부樂府가 되고, 악부가 변하여 장단구長短句, 즉 사가 되었으므로 사를 '시여'라고 칭하게 되었다.

2_《시여도보詩餘圖譜》| 중국 명나라 장연張綖이 고사古詞를 취하여 본문 3권, 부록 2권으로 찬撰한 책. 흑백 권점圈點으로 시의 글자 위에 그 평측을 표시하여 도해하였으므로 '시여도보詩餘圖譜'라고 제목을 붙였다.

마음을 집중시켜 연구해본 적이 없었다. 간혹 짧은 결闋을 읊조리는 경우도 있었지만, 또한 효빈效嚬[3]일 따름이었다.

금년 봄에 반유룡의 《시여취》를 얻어 그것을 읽었다. 책은 모두 십오 권인데, 사詞가 천여 수였다. 사람이 늙음에 뜻이 고요하고, 봄날이 한가로우니 해는 길었다. 패牌에 견주어 끌어다가 정정訂正하고, 품등에 따라 조사하여 징험徵驗해보니, 대체로 옛 작자들의 마음씀의 미세한 데까지 체득할 수 있었고, 따라서 구법句法이나 율법律法, 운법韻法과 같은 것도 또한 책을 살펴 환하게 알 수 있게 되었다. 이에 흉내 내기도 하고 화답하기도 하니, 긴 가락과 짧은 결이 모두 몇 편이었다. 능하다고 할 수는 없지만 한가로운 시간을 보낼 수 있었고, 또한 사십 년 전에 호승胡僧의 한 막대기와 한 번 꾸짖음에 보답하면서 한숨지었다.

사람이 아이 적에 스승과 어른들이 기대하고 격려해주시는 것이 꽃과 달을 읊조리고 희롱하는 한 가지에 그치는 것이 아닌데, 백발이 되도록 궁하게 살면서 빈껍데기로 무엇 하나 이룬 것이 없으니, 그 스승과 어른을 저버린 것이 몇 가지나 되는지 알 수 없다. 그리고 쓸모없는 사구詞句에 이르기까지 또한 늙음을 기다린 후에야 비로소 그 찌꺼기를 얻을 정도이니, 이 또한 나의 거듭된 부끄러움이 되고 이어서 탄식하며 스스로 슬퍼할 뿐이다.

도화유수관주인은 다시 쓴다.

3_ 효빈效嚬 | 중국 월越나라의 미인 서시西施가 얼굴을 찡그렸더니 한 추녀가 그걸 보고 흉내 냈다는 고사故事에서 나온 말로서, 무턱대고 남의 흉내를 냄을 비유한 것이다. 《장자》, 〈천운天運〉 편 참조.

《구문약》'의 짧은 서문

대체로 인지상정人之常情은 늙으면 번잡한 것을 싫어한다. 진미珍味
가 싫어지면 성대하게 차려 놓은 음식²을 물리치고 푸성귀나 콩잎을 좋
아하게 되며, 화려한 것이 싫어지면 겹으로 된 예복을 사양하고 솜옷을
편안하게 여기게 되며, 높고 환한 것이 싫어지면 고대광실高臺廣室을
버리고 남향의 작은 집을 즐겁게 여기게 된다. 대개 사람이 늙으면 담
박함을 좋아하고 안온함을 추구하게 되어, 순박함으로 돌아가 자신의
지킴을 약約에 두려고 하기 때문이다.

그런데 위로는 장자莊子³ · 좌구명左丘明⁴ · 사마천司馬遷⁵ · 반고班固⁶
가 있고, 아래로는 한유韓愈⁷ · 유종원柳宗元⁸ · 손초孫樵⁹ · 이고李翱¹⁰ ·
이소二蘇¹¹ · 방악方岳¹² · 왕안석王安石¹³의 문장이 있으나 반드시 구양

1_ 《구문약歐文約》| 구양수歐陽脩의 문집 중 소疏 · 차箚 등을 제외한 모든 장르의 글을 실은 책으
로, 어느 친구에게 주었던 책인 듯하다.
2_ 성대하게 … 음식 | 《맹자》, 〈진심盡心〉 하에 "食前方丈, 侍妾數百人, 我得志, 弗爲之"라는 구
절이 있다. '식전방장食前方丈'은 음식이 앞에 진열된 것이 한 길이나 되는 것을 말한다.
3_ 장자莊子 | 중국 춘추시대 송宋나라 사람. 이름은 주周. 그의 주장이 노자의 사상에 기초를 두었
으므로 노장老莊이라 병칭한다. 저서로 《장자莊子》 10권이 있다.
4_ 좌구명左丘明 | 중국 노魯나라의 태사太史. 공자의 《춘추春秋》에 해석을 붙인 《춘추좌씨전春秋
左氏傳》을 지었고, 또 실명失明한 뒤로 《국어國語》를 지었다. 이로 인하여 그를 맹좌盲左라고도
한다.

수에게로 돌아가게 된다. 구양수의 글은 백오십이 권인데, 다만 가져다
두 권으로 만드니 빈약하다. 종전에 자네도 문장에 대해 늙어 염증이

5_ **사마천**司馬遷 ㅣ 기원전 145?~기원전 85년경. 중국 전한前漢의 사가史家. 자는 자장子長. 태사령太
史令 사마담司馬談의 아들. 무제武帝 때 흉노에게 항복한 이릉李陵의 일족을 멸살하려는 논의가
있자, 그의 충신忠信과 용전勇戰을 변호하다가 무제의 격노를 사서 궁형宮刑을 당하였다. 부친 사
마담이 끝내지 못한 수사修史의 업을 계승하여 태사령으로 있을 때 궁정에 비장秘藏한 도서를 자
유로이 읽었으며, 궁형을 당한 후에는 더욱 발분하여 310편이나 되는 거작《사기史記》를 지었다.
6_ **반고**班固 ㅣ 32?~92년. 중국 후한後漢 초기의 역사가·학자. 섬서성陝西省 함양인咸陽人. 자는 맹
견孟堅, 아버지 표彪의 유지를 받들어 20년 걸려《한서漢書》를 완성하고, 뒤이어《백호통의白虎
通義》를 찬집하였다. 두헌竇憲이 흉노를 칠 때 중호군中護軍으로서 출전하였다가 패전하여 그
죄로 옥사하였다.
7_ **한유**韓愈 ㅣ 768~824년. 중국 당唐나라 중기의 유자儒者이자 문인文人. 당송팔대가唐宋八大家의
한 사람. 자는 퇴지退之. 등주鄧州 남양인南陽人. 벼슬은 국자감사문박사사國子監四門博士·국자박
사國子博士 등을 거쳐 이부시랑吏部侍郎에 이르렀다. 그는 고문古文을 하나의 문장학文章學으로
창도하였다. 저서로《한창려집韓昌黎集》50권이 있다.
8_ **유종원**柳宗元 ㅣ 773~819년. 중국 당나라의 문호文豪. 자는 자후子厚. 감찰어사監察御史를 거쳐
예부원외랑禮部員外郎을 지내다가 왕숙문王叔文의 당黨으로 몰려 유주자사柳州刺史로 좌천되어
그곳에서 죽었다. 당송팔대가의 한 사람으로 한유와 겨룰 정도로 문장에 뛰어났다.
9_ **손초**孫樵 ㅣ 중국 당나라의 문인. 자는 가지可之 또는 은지隱之. 한유에게 종학從學하였고 대중大
中 연간에 진사로 뽑혔으며, 벼슬은 중서사인中書舍人에 이르렀다. 저서에《손가지집孫可之集》
이 있다.
10_ **이고**李翶 ㅣ 중국 당나라의 문인. 772~844년경. 자는 습지習之. 관직은 중서사인中書舍人·산남
동도절도사山南東道節度使에 이르렀다. 한유의 질제姪婿로서 학문과 문장 모두에 뛰어났다. 저
서에《논어필해論語筆解》,《오목경五木經》,《이문공집李文公集》이 있다.
11_ **이소이소二蘇** ㅣ 소식蘇軾(1036~1101)과 소철蘇轍(1039~1112)을 말한다. 소식은 중국 송나라의 문장
가로 자는 자첨子瞻, 호는 동파東坡. 순洵의 장자로서 아버지와 동생과 함께 당송팔대가의 한
사람. 신종神宗 때 왕안석王安石과 뜻이 맞지 않아 황주黃州로 좌천되었다가, 철종哲宗 때 소환
되어 한림학사翰林學士·병부상서兵部尚書가 되었다. 시문서화詩文書畵에 모두 뛰어났다. 소
철의 자는 자유子由, 호는 난성欒城. 순의 둘째 아들. 벼슬은 한림학사翰林學士·문하시랑門下
侍郎에 이르렀다. 문학에 뛰어나 아버지와 형과 함께 당송팔대가에 속한다.
12_ **방악**方岳 ㅣ 중국 송나라의 문인. 자는 거산巨山, 호는 추애秋崖. 관직은 지남강군知南康軍·지
원주知袁州에 이르렀다. 저서로《추애집秋崖集》이 있다.
13_ **왕안석**王安石 ㅣ 1021~1086년. 중국 송나라의 정치가이자 문인. 자는 개보介甫. 호는 반산半山.
강서성江西省 임천인臨川人. 신종 때 정승政丞이 되어 신법新法을 행하고 부국강병의 정책을
썼다. 시문에도 능하여 당송팔대가의 한 사람이며, 저서로《주관신의周官新議》,《임천집臨川
集》등이 있다.

나서 그 지킴을 약約하게 하고자 하였다. 아! 문장이 운명을 해쳐 곤란과 액을 당하여, 오래도록 약함에 머무르면 나이가 비록 많지 않아도 만 가지 생각이 먼저 사라져 버리게 되니, 어찌 문장에 대해서 늙지 않을 수 있겠는가? 그러나 진실로 약하게 하고자 한다면, 곧 그 한두 편 혹은 대여섯 편만 뽑아도 역시 충분할 것이다. 어찌 두 개의 큰 묶음을 만들어 번거로움을 꺼리지 않는 자처럼 하였는가?

서書[14]나 서序·발跋과 같은 것은 취할 만하여 취하였고, 비碑와 갈碣은 여러 체를 갖추었기 때문에 각각 취하였다. 소疏와 차箚[15]는 기인畸人[16]이 일삼지 않는 바이기 때문에 취하지 않았다. 복의濮議[17]와 같은 종류는 구양공歐陽公이 지킨 예이기 때문에 취하지 않을 수 없었다. 취한 것이 비록 많지만 그것을 취함은 또한 약하게 하려고 한 것이다.

책의 마지막은 〈낙화기洛花記〉[18]로 끝을 맺었는데, 구양수의 지은 것이나 내가 취한 것이나 역시 모두 하나의 물거품 꽃이니, 또 어찌 약約함과 약約하지 않음을 논할 필요가 있겠는가? 아! 문장의 약함이 아니요, 바로 사람이 문장에 대해 늙어서 약해지려는 것이다. 또한 다만 늙어서 약해지는 것도 아니요, 곧 궁해서 약해지려는 것이다. 이것이 슬플 뿐이다. 요컨대 무슨 말로 자네에게 답을 보낼 수 있겠는가? 그러나

14_ 서書 | 편지글을 말한다.

15_ 소疏와 차箚 | 임금에게 올리는 글.

16_ 기인畸人 | 세상과 어긋난 사람.

17_ 복의濮議 | 중국 송나라 영종英宗이 그 아버지 복안의왕濮安懿王을 숭봉崇奉하는 전례典禮를 논의할 때 사마광司馬光 등은 영종의 전대 임금인 인종仁宗을 황고皇考로 삼아야 한다 했고, 구양수 등은 복왕을 황고로 삼아야 한다고 주장하여 결국 구양수의 말대로 되었다. 후에는 조정에서의 쟁의爭議를 지칭하는 말로도 쓰인다.

18_ 〈낙화기洛花記〉 | 구양수의 글 중에 〈낙양목단기洛陽牧丹記〉가 있는데, 원문의 "낙화기洛花記"는 〈낙양목단기〉를 지칭하는 듯하다.

옛 말씀에 "약約함으로써 잃는 것은 드물다"[19] 하였고, 또 "문으로써 넓히고 예로써 약約한다"[20] 하였으니, 감히 이것으로써 자네에게 권면하노라.

—이상 하정승 옮김

───────

19_ 약約함으로써 … 드물다 | 《논어》, 〈이인里仁〉편에 "子曰, 以約失之者鮮矣"라는 구절이 있다.
20_ 문으로써 … 약約한다 | 《논어》, 〈옹야雍也〉편에 "子曰, 君子博學於文, 約之以禮, 亦可以弗畔矣夫"라는 구절이 있다.

《검남시초》의 뒤에 적어본다

戲題劍南詩鈔後

계축년(1793) 봄, 내가 벽옹璧雍[1]에 있으면서 뜻이 맞는 여러 문우들과 당시唐詩 송시宋詩를 논하다가 차례가 육유陸游[2]에 이르렀다. 송분자誦芬子 강씨姜氏[3]가 문득 자리에서 벌떡 일어나더니, 손을 창끝처럼 해서 사나운 소리로 말하였다.

"육유의 시로 어찌 입술을 더럽히는가? 육유의 시가 집에 있다면 마땅히 태워야 한다. 그렇게 아니하면 반드시 뒷사람을 그르칠 것이다."

1_ 벽옹璧雍 | 중국 고대 주周나라 때 천자天子가 설립한 태학太學. 벽옹辟廱이라 쓰기도 한다. 《예기禮記》, 〈왕제王制〉에 "大學在郊, 天子曰辟廱"이라고 나와 있다. 여기서는 우리나라의 성균관을 가리킨다.

2_ 육유陸游 | 1125~1210년. 중국 남송의 시인. 자는 무관務觀, 호는 방옹放翁. 융흥隆興 연간에 진사에 올라, 벼슬은 보장각대제寶章閣待制를 지냈다. 청신淸新하고 미려美麗한 시풍으로 유명하며, '남송의 육방옹, 북송의 소동파'라고 일컬었다. 그의 저서로 《검남시고劍南詩稿》 85권을 비롯하여 《위남문집渭南文集》 50권, 《남당서南唐書》 18권, 《노학암필기老學庵筆記》 10권 등이 있다.

3_ 송분자誦芬子 강씨姜氏 | 강이천姜彝天(1769~1801)을 가리킨다. 송분자는 강이천의 별호. 그의 자는 명륜明倫, 호는 중암重菴. 본관은 진주晉州. 화가로 이름 높은 강세황姜世晃(1713~1791)의 손자. 소년 시절 천재로 알려져 12세 무렵에 동몽으로 뽑혀 대궐에 들어가 시를 지어 임금에게 "뒷날 참 학사가 되겠다"라는 칭찬을 받았다고 한다. 그러나 29세 때 비어옥사蜚語獄事에 걸려 제주도로 유배를 가게 되었는데, 이때 국왕 정조로부터 문체가 초쇄부경礎殺浮輕하여 모두 소품이라는 지탄을 들었다. 그 후 1801년 신유사옥辛酉邪獄에 재차 심문을 당하다가 고문으로 죽었다. 《중암고重菴稿》 4책이 필사본으로 남아 있으며, 그 가운데 이옥의 〈남쪽 귀양길에서〉를 논평한 〈서경금자남정십편후書絅錦子南程十篇後〉도 수록되어 있다.

내가 귀현자歸玄子 김씨金氏[4]와 더불어 갓끈이 거의 끊어질 지경으로 그의 지나친 언동을 웃었지만, 또한 일찍이 그의 말이 의미가 없다고 여기지는 않았다.

갑인년(1794) 가을, 내가 장차 호서湖西를 유람하려고 하면서 행장을 일찍 꾸리지 못하고 있었는데, 마침 네 살배기 어린 녀석이 책 한 권을 끌어내 다니는 것을 보고 빼앗아 보았더니, 바로 몇 해 전에 다른 사람에게서 빌려온 《검남시초釰南詩鈔》로서 아직 돌려주지 못한 것이었다. 이에 행탁에 넣어두었다. 이미 호서에 당도하여 서리 내리는 밤이 바야흐로 긴데, 여사旅舍의 등불 아래 사람조차 없는지라, 그것을 꺼내 때때로 펼쳐보매 송분자의 말이 더욱 신뢰할 만하였다.

그러나 육유에게 들려준다면 또한 반드시 스스로 원통하다고 여기리라. 육유의 입장에서 논해본다면, 애초에 스스로 이러한 것에 획을 그은 것이 아닐 것이다. 다만 육십 년간 앉아 시를 지은 것이 너무 많아서 입은 정련精煉되어 섬세해지고 손은 숙련되어 원만해지기만 한 까닭으로, 마침내 강씨의 용납하지 못하는 바가 되었으리라. 비유컨대 서른 살 늙은 기녀가 풍정風情에 익숙하고 연화烟花에서 한창때를 지나, 말하는 기상은 무척 따뜻하고 주취珠翠[5]는 지나치게 장식한 채, 빈객이 마루에 가득한 가운데 노래하고 또 춤을 추면서 수줍고 꺼려하는 기색

4_ 귀현자歸玄子 김씨金氏 | 김려金鑢(1766~1821)를 가리킨다. 그의 자는 사정士精, 호는 해고海臯·귀현자·담정潭庭, 본관은 연안延安, 집안 당색은 노론老論 시파時派였다. 15세에 성균관에 입학하여 27세에 진사시에 급제, 32세 되던 1797년에 강이천의 비어蜚語 사건에 연루되고, 1801년 신유사옥에 걸려 41세 되던 1806년까지 10년간 유배 생활을 하였다. 1812년부터 벼슬길에 올라, 1817년부터 2년간 연산連山현감을 지냈고, 1821년 함양군수로 재직 중 사망하였다. 자신의 글을 비롯하여 그와 교유한 사람들의 글을 모아 《담정총서潭庭叢書》 34권 17책을 만들었다. 문집으로는 《담정유고潭庭遺藁》가 있다. 이옥은 그의 절친한 친구 가운데 한 사람이다.

이 전혀 없어서, 스스로 득의한 척하지만 남들이 도리어 천하게 여기는 것과 같다. 비록 육유를 저승에서 나오게 하여 물어보더라도 필시 내 말을 바꾸지 못할 것이다.

근세에 오인吳人으로 나빙羅聘[6]이라는 사람이 있어, 그의 《학륙집學陸集》에 서敍하였는데, 대강은 이러하다.

"젊었을 때는 육유의 시를 배워 시를 지었고, 중년에는 깨달은 바 있어 모두 불태워 버렸다. 만년에 아내 백련여사白蓮女史 방완의方婉儀[7]와 더불어 밤에 앉아 시를 이야기하는데, 방씨가 내가 태워 없앤 시 삼십여 수를 외우는 것을 듣게 됨에 도리어 뜻에 가可함을 깨닫고, 그것이 불타서 전해오지 못한 것을 애석하게 여겼다. 그런 까닭에 부인의 금봉차金鳳釵[8]를 팔아서 간행한다."

내가 일찍이 이를 얻어서 읽어보니, 이미 태워 버렸다면 다시 금봉차를 소비하면서까지 간행할 필요가 없는 것이었다. 생각건대, 늙은 나빙 또한 난숙한 경지에 이른 것인가. 송분자로 하여금 한번 열람하도록 하지 못한 것을 애석해한다.

5_ 주취珠翠 | 진주와 비취 종류. 몸단장을 할 때 사용한다.

6_ 나빙羅聘 | 1733~1799년. 중국 청나라 흡현歙縣 사람. 자는 둔부遯夫, 호는 양봉兩峯. 시서화에 뛰어났는데, 특히 그림을 잘 그려 그의 스승 금농金農을 비롯하여 황신黃愼·정섭鄭燮과 함께 '양주팔괴揚州八怪'의 한 사람으로 꼽힌다. 시집으로 《향엽초당시존香葉草堂詩存》이 있다.

7_ 백련여사白蓮女史 방완의方婉儀 | 나빙의 아내로, 서화에 조예가 깊었다. '백련거사白蓮居士'라고도 한다. 풍금백馮金伯·오진吳瑩이 1831년에 편찬한 《국조화지國朝畫識》, 두진竇鎭이 1911년에 편찬한 《국조서화가필록國朝畫家筆錄》에 그의 이름이 보인다.

8_ 금봉차金鳳釵 | 금으로 만든 봉황새 모양의 비녀.

원중랑 시집 독후감

戱題袁中郞詩集後

　　전우산錢虞山[1]이 명나라 시詩가 변한 유래를 논하며 석공石公[2]이 반드
시 그 한 원인에 속한다고 하면서 대승기탕大承氣湯[3]에 비유하기에 이
르렀다. 대개 석공이 왕세정王世貞·이반룡李攀龍[4]의 잘못을 바로잡았
으나 종성鍾惺·담원춘譚元春[5]의 길을 열어주었으니, 공과 죄가 서로 반
반인 까닭이라고 하였다.

1_ **전우산錢虞山** : 전겸익錢謙益(1582~1664). 중국 명말청초明末淸初의 문인. 우산은 그의 호. 자는
　　수지受之, 다른 호는 목재牧齋·몽수蒙叟·동간유노老東澗遺老. 중국 명나라 만력萬歷 38년에 진사
　　에 올라 벼슬은 예부시랑을 지냈고, 청나라에 들어와 다시 관직을 누렸다. 박학하고 시에 뛰어
　　나 오위업吳偉業·공정자龔鼎孳와 함께 강좌삼대가江左三大家로 일컬어졌다. 저서에《초학집初
　　學集》,《유학집有學集》이 있다. 명나라 시인들의 시를《열조시집列朝詩集》이라 하여 편집한 바
　　있는데, 해당 시인의 소전小傳에서 종성鍾惺·담원춘譚元春의 시를 배척하여 이들을 '귀취鬼
　　趣', '시요詩妖'라고 지목한 바 있다.
2_ **석공石公** : 원굉도袁宏道(1568~1610). 석공은 그의 호, 자는 중랑中郞. 중국 명나라 만력 24년에
　　진사에 올라 벼슬은 계훈낭중稽勳郞中을 지냈다. 그의 형 원종도袁宗道, 아우인 원중도袁中道와
　　함께 나란히 시문에 이름을 떨쳐 '삼원三袁'으로 일컬어졌으며, 이들이 공안현公安縣 사람이므
　　로 이들의 문체를 '공안체公安體'라고도 한다. 이들은 복고復古·의고擬古를 부정하고 '성령性
　　靈'을 강조하여 자신의 경험과 진정에서 우러나는 것을 독창적으로 표현할 것을 주장하였다.
　　저서로《원중랑집袁中郞集》40권을 남겼다.
3_ **대승기탕大承氣湯** : 이중리증裏症을 치료하는 약. 대소변을 통하게 하고, 헛소리·조열潮熱·목마
　　름 등을 없애는 탕약을 승기탕承氣湯이라 하는데, 대승기탕은 그 종류 중에서 가장 약효가 센
　　것이다.

내가 석공을 보건대, 그는 한 사람의 평범한 문인에 불과하다. 덕과 지위가 드러남이 있는 것도 아니요, 그가 지은 문장 또한 고古를 본받기를 좋아하지 않았다. 다만 석공이 혀를 잘 놀리는 필치로써 석공의 마음에서 우러나오는 말을 기록하였으니, 진실로 일대의 변풍變風이라고 하겠다. 돌아보건대 그것 또한 자잘하고 연약하여 대가라고 칭할 만하지 못하였다. 석공으로 하여금 지금에 처하게 했다면 남산 아래 두어 칸 초가집에 한 이랑 시든 꽃을 심고, 날마다 용자유龍子猶[6]의 무리들과 더불어 제멋에 겨워 스스로 읊조리는 자에 지나지 않을 것이다. 이웃 사람들로 하여금 그의 시를 보고 지목하여 배척하게 하지 않으면 다행이다. 그가 어찌 문단에 올라 사맹詞盟을 주도하며 깃발을 날리고 북을 울려 천하가 휩쓸리듯 그를 따르게 할 수 있겠는가?

4_ 왕세정王世貞 · 이반룡李攀龍 | 중국 명나라 후칠자後七子의 중심 인물들. 왕세정(1526~1590)은 자가 원미元美, 호는 엄주산인弇州山人 · 봉주鳳洲. 가정嘉靖 26년에 진사에 올라 벼슬은 남경형부상서南京刑部尙書를 지냈다. 저서로 《엄주산인사부고弇州山人四部稿》, 《속고續稿》, 《독서후讀書後》 등이 있다. 이반룡(1514~1570)은 자가 우린于鱗, 호는 창명滄溟. 저서에 《이창명집李滄溟集》이 있다. 이들은 이몽양李夢陽 · 하경명何景明 등 전칠자前七子로 일컬어지는 사람들의 '복고론'을 계승하여 '文必西漢, 詩必盛唐'을 주장하였으며, 당나라 대력大曆 이후의 글을 읽지 말라고 하였다.

5_ 종성鍾惺 · 담원춘譚元春 | 종성(1574~1624)은 자가 백경伯敬. 만력 38년에 진사에 올라 벼슬은 복건제학첨사福建提學僉事를 지냈다. 저서에 《은수헌집隱秀軒集》 32권이 있다. 담원춘(1586~1631)은 자가 우하友夏. 저서에 《악귀당집嶽歸堂集》 10권이 있다. 이들은 공안파 시문론의 단점을 극복하여 발전적으로 계승하였는데, 두 사람 모두 경릉竟陵 사람이므로 이들을 포함하여 이들의 주장을 따르는 일군의 문인들을 '경릉파'라고 불렀다.

6_ 용자유龍子猶 | 풍몽룡馮夢龍(1574~1645). 용자유는 그의 호, 자는 유룡猶龍, 다른 호는 고곡산인顧曲散人 · 묵감재주인墨憨齋主人. 숭정崇禎 3년에 과거에 급제, 벼슬은 복건수녕현지현福建壽寧縣知縣을 지냈다. 이지李贄의 영향을 깊이 받아 소설 · 희곡 등의 민간문학을 중시하였고, 평생 통속문학을 수집 · 정리하는 데 힘을 쏟았다. 창작 전기소설집 《쌍웅기雙雄記》를 남겼고, 여러 사람의 전기소설을 엮은 《묵감재정본전기墨憨齋定本傳奇》, 《유세명언喩世明言》을 비롯한 화본집話本集, 《동치일롱 괘지아童癡一弄掛枝兒》라는 민가집, 《태하신주太霞新奏》라는 산곡집散曲集을 편집한 바 있다.

석공이 살던 시기에는 천하의 시도詩道가 지금에 미치지 못하여 석공으로 하여금 도리어 종장宗匠이 되게 했던 것인가? 석공의 말이 인정에 핍근하여 백설루白雪樓[7]에서 공연히 고함지르기를 일삼는 것과는 같지 않았기 때문에 천하가 그의 그러함을 알고 그를 따랐던 것인가? 석공으로서는 나름대로 인물이라고 할 만하다. 아, 이도 한때요, 저도 한때인데, 그때는 그렇게 되기 쉬웠으리라.

—이상 이지양 옮김

7_ 백설루白雪樓│ '백설당白雪堂'을 이렇게 표현한 것이 아닌가 한다. 백설당은 중국 명나라 이반룡의 실명室名이다. 이반룡은 진한秦漢의 문장을 모범으로 삼아 복고復古를 주장한 명나라 후칠자의 대표적 인물이다. 여기서 '백설루에서 공연한 고함지르기'란 이들의 복고론을 가리키는 듯하다.

《노자》를 읽고

讀老子

일찍이 들으니, 지성선사至聖先師[1]께서 다음과 같이 말하였다. "노자는 용龍이다. 훌륭하구나, 모습이여! 대저 용은 위로는 하늘에 있고, 아래로는 못에 있다. 그 자취는 신묘하고 그 움직임은 크고 넓고 둥근 것이어서, 항아리 속의 물고기가 아니다."

내 관점으로 용을 보건대, 다만 그 물을 보았을 뿐, 그 용을 보지는 못하였다. 크도다, 물이여! 물은 막힘이 없고, 주主가 됨이 없고, 부려워함이 없고, 업신여김이 없지만, 천지의 장부臟腑요, 만물의 젖이다.

지금 물이 한가롭게 떠 있고 여유롭게 흘러가는데, 요리사가 물을 취하면 매실에서 신맛이, 꿀에서 단맛이, 산초에서 매운맛이, 소금에서 짠맛이 나서, 능히 다섯 가지 맛의 장醬이 된다. 물은 아무 맛이 없지만, 최후에 맛이 나게 하는 것은 물이다. 염색공染色工이 물을 취하면 치자에서 누런색이, 쪽에서 푸른색이, 명반明礬에서 검은색이, 꼭두서니에서 붉은색이 만들어져서, 능히 다섯 가지 색의 문채文彩가 된다. 물은 아무 색이 없지만, 최후에 색을 내게 하는 것은 물이다. 뱃사공이 물을 취하면 노가 물살을 가르고, 솔개가 전진하고, 바람이 질주하고, 닻

1_ 지성선사至聖先師 공자를 이르는 말.

을 내려 멈추게 하여 능히 천석千石의 돛대가 된다. 물은 아무 힘이 없지만, 최후에 힘이 되는 것은 물이다. 농부가 물을 취하면 봇도랑에 물을 비축하고, 잡卅으로 물을 틔우고, 대 홈통으로 물을 맞이하고, 두레박으로 물을 전해주어, 능히 백묘百畝[2]의 모[秧]가 된다. 물은 아무 은혜로움이 없지만, 최후에 은혜로운 것은 물이다. 그리고 어부는 물을 취하여 그 산천어와 방어를 통발로 잡고, 빨래하는 자는 물을 취하여 그 옷을 비벼 빨고, 도공은 물을 취하여 도기의 진흙 뭉침을 견고히 하고, 칼 가는 자는 물을 취하여 그 앞날과 바깥날을 세우고, 진주를 캐는 자는 물을 취하여 그 야광주를 움켜쥔다. 물은 아무 하는 일이 없지만, 최후에 백공百工의 구실을 하게 하는 것은 물이다.

물은 천하의 더러운 것을 받아들이지만 스스로 더럽지 않고, 천하의 갈림길을 가지만 스스로 불만스럽게 여기지 않는다. 만물은 물을 지나치게 많이 얻으면 죽고, 전혀 얻지 못해도 죽는다. 하루 동안 물이 없으면 다투고, 이틀 동안 물이 없으면 병들고, 사흘 동안 물이 없으면 그 수명이 다한다.

위대하도다, 물이여! 꿈틀거리기도 하고, 망망하기도 하여 내가 형용할 수 없구나. 아! 내가 《도덕경道德經》을 살펴봄에 그것이 물이었도다!

2_ **백묘**百畝 | 대개 한 가족이 농사지을 수 있는 농토를 말한다. 이상적인 중국의 정전 제도에서 한 집에 배정되는 농토의 단위이다.

《초사》 읽는 법

讀楚辭

시험 삼아 시를 사계절의 바람으로 논해보건대, 국풍國風[1]은 봄바람이요, 아雅[2]는 여름바람이요, 소騷[3]는 가을바람이리라!

봄바람의 바람됨은 그 성질이 정답고, 그 기운이 부드럽고, 그 생각이 공순하다. 그래서 이때에는 골짜기의 난초가 자라나고, 매화나무·살구나무가 뻗어나가며, 복사꽃이 만발하고, 여황鸜黃[4]의 울음소리가 있어, 사람들로 하여금 마음을 안온하게, 뜻을 편안하게 하여 화사한 듯 은근한 듯, 술잔을 들지 않아도 마신 듯하니, 국풍이 이것에 해당할 만하다.

여름바람의 바람됨은 그 성질이 너그럽고, 그 기운이 준걸스럽고, 그 생각이 장壯하다. 그래서 이때에는 초목이 우거지고, 하늘이 큰 비를 내려서, 사람들로 하여금 마음이 여유롭고, 뜻이 두터워지게 하여 융합되는 듯 흡족한 듯, 만물이 그 살갖을 적시니, 아雅가 이것에 해당할 만

1_ 국풍國風 | 《시경》의 한 편목으로, 고대 중국의 각 지방 여러 나라의 민요를 가리킨다.

2_ 아雅 | 《시경》의 한 편목으로 대소大小의 구별이 있다. '아雅'는 바르다는 뜻으로, 정악正樂의 노래이다. 중국 주周나라 조정의 악사들에 의해서 편성되고 연주되었다.

3_ 소騷 | 한시의 한 체로서 중국 초나라 굴원屈原의 〈이소離騷〉에서 시작되어, 그 유파에서 창작되었다.

4_ 여황鸜黃 | 노란 꾀꼬리[黃鶯]를 가리킨다. 색이 검고도 노랗기 때문에 붙인 이름이다.

하다.

가을바람의 바람됨은 그 성질이 깔끔하고, 그 기운이 차갑고, 그 생각이 신산스럽다. 그래서 이때에는 서리와 이슬이 수풀에 내리고, 온갖 벌레가 소리를 내고, 기러기가 남쪽 하늘로 내려오고, 덕德은 음陰으로 사용되어, 사람들로 하여금 마음을 상쾌하게, 뜻을 날카롭게 하여 어두운 듯 참담한 듯, 까닭 없이 저절로 슬퍼지니, 소騷가 이것에 해당할 만하다. 그러므로《초사楚辭》[5]라는 것은 천지의 추성秋聲이라고 할 만하다.

어떤 사람이, "겨울에는 바람이 없는가"라고 묻기에, "겨울은 바람이 없다"라고 하였다. 겨울에 바람이 없는 것은 아니지만, 그 바람이 족히 물物을 감응시키지 못한다. 그러므로 겨울은 바람이 없다라고 말한 것이다.

《초사》는 읽을 수 없지만, 또한 읽지 않을 수 없다. 그것을 읽으면, 사람들로 하여금 기골이 맑아지고, 신체가 가벼워진다. 읽지 않으면, 사람들로 하여금 기가 탁하고, 뜻이 비루해진다. 마땅히 읽을 만할 때, 그리고 읽을 만한 곳에서, 혹 한두 번, 혹 서너 번, 혹 대여섯 번 읽기를 절제하고, 많이 읽지 말아야 한다.

나뭇잎이 떨어지는 한밤중이나 달 밝은 밤, 서리 내린 새벽, 해질 무렵, 벌레 우는 때, 기러기 우는 때, 꽃이 떨어지고 소쩍새가 우는 밤이

5_《초사楚辭》| 초나라의 문장이란 뜻으로, 중국 전국시대 초나라의 굴원 및 송옥宋玉이 지은 소騷를 말한다. 이들의 작품과 이들을 본받아 지은 후대인의 작품을 한나라 때 유향劉向이 편집하여 지금《초사楚辭》라는 이름으로 전해지고 있다. 총 16권.《시경》이 중국의 북방 문학을 대표한다면,《초사》는 남방 문학을 대표한다.

읽을 만한 때이며, 백 척의 높은 누樓, 낙엽 진 나무 아래, 졸졸 소리가
나는 작은 시냇가, 국화 있는 곳, 대 있는 곳, 매화 곁, 여울에 거슬러
올라가는 배 안, 천 길의 석벽 위가 읽을 만한 곳이다.

　우선 진한 술을 큰 잔으로 들이키고, 읽을 때에는 한 자루 옛 동검銅
劍을 어루만지며, 읽고 나서는 거문고를 끌어당겨 〈보허사步虛詞〉[6]를 한
곡조 뜯어서 그것을 풀어낸다. 이와 같이 읽어야 바야흐로 《초사》를 읽
어내었다고 말할 만하다. 《초사》 중에 특히 삼구三九[7]가 그러하다.

6_ 〈보허사步虛詞〉 | 악부樂府 잡곡雜曲의 가사. '보허'란 신선들이 허공을 거닐며 산책한다는 의
　　미이다. 도가의 곡조로, 여러 신선들이 멀리서 가볍게 움직이는 아름다움을 노래하고 있다. 우
　　리나라에는 고려 때 들어왔으며, 〈장춘불로지곡長春不老之曲〉 등의 다른 이름으로 불리기도 했
　　다. 이러한 이름은 조선조 말기 진연進宴이 있을 때마다 임시로 지어서 쓴 것이기 때문이다.
　　《고려사》, 〈악지樂志 · 당악唐樂〉조에 소개된 당악곡 43편 중에는 들어 있지 않고, 당악정재唐
　　樂呈才의 하나인 〈오양선五羊仙〉을 춤출 때 부르는 창사唱詞이다.
7_ 삼구三九 | 《초사》의 편명인 〈구가九歌〉 · 〈구장九章〉 · 〈구변九辯〉을 말한다. 〈구가〉와 〈구장〉
　　은 굴원이 지었고, 〈구변〉은 굴원의 제자인 송옥이 지었다.

주자의 글을 읽고

讀朱文

    그것으로 물을 긷고 쌀을 찧는다면 이광夷光[1]의 요염함과 여연麗娟[2]의 아리따움은 농가의 힘센 계집종만 같지 못하고, 그것으로 꼴을 싣고 소금을 나른다면 적기赤驥[3]의 빠름과 수미脩彌[4] 박라駁騾[5]의 뛰어남은 시골 사람의 늙은 암소만 같지 못하고, 그것으로 밥을 짓고 국에 간을 맞춘다면 거수巨蒐의 형馨[6]과 조애鳥哀의 영靈[7]은 포정庖丁의 쌀과 소금만 같지 못하고, 그것으로 고의袴衣를 만들고 잠방이를 꿰맨다면 방공方空[8]의 가벼움과 지택趾澤[9]의 밝음은 베 짜는 여인의 포백布帛만 같지

1_ **이광夷光** | 중국 춘추시대 월越나라의 미녀 서시西施를 가리킨다.

2_ **여연麗娟** | 중국 한漢나라 무제가 총애하던 궁녀의 이름.

3_ **적기赤驥** | 중국 주周나라 목왕穆王의 팔준마八駿馬 가운데 하나.

4_ **수미脩彌** | 나라 이름. 원봉元封 4년(기원전 107) 수미국에서 중국 한 무제에게 박라駁騾를 바쳤다. '수미修彌'라고도 쓴다.

5_ **박라駁騾** | 말과 비슷하게 생긴 맹수로, 범을 잡아먹는다고 한다.

6_ **거수巨蒐의 형馨** | 거수는 고대 중국 서북쪽에 있었던 거수씨巨蒐氏가 세운 나라 이름. 거수渠搜라고도 한다. 《목천자전穆天子傳》 4권에 의하면, 주 목왕이 서역을 주유할 때 거수국에 이르자, 말 삼백 필, 가을보리〔秋麥〕 천 수레, 막직膜稷(곡식의 일종인 듯) 삼십 수레 등을 바쳤다고 한다. 즉 형馨이란 가을보리나 막직의 좋은 향미香味를 말하는 듯하다.

7_ **조애鳥哀의 영靈** | 조애는 고대 중국 서역에 있었던 나라 이름. 《목천자전》에 의하면 조애국鳥哀國에 용조해龍爪薤라는 신비로운 풀이 있는데, 이것을 먹으면 발로 땅을 밟지 않으며, 공중에 서 있을 수 있다고 한다. 즉 여기서 영靈이란 섭공초囁空苹라고도 불리는 용조해를 가리키는 것으로 보인다.

못하고, 그것으로 규방을 안에 두고 곳간을 밖에 둔다면 삽사馺娑[10]의 넓음과 소령昭靈[11]의 트임은 여염閭閻의 가옥만 같지 못하고, 그것으로 담장을 쌓고 주춧돌을 놓는다면 중옹重罋의 빛나는 돌[12]과 의무醫巫의 희귀한 옥[13]은 시냇가의 자갈돌만 같지 못하고, 그것으로 아궁이에 불을 지피고 솥에 음식을 끓인다면 예장豫章[14]의 좋은 재질과 도량都梁[15]의 기이한 향기는 골짜기 속의 섶과 숯만 같지 못하고, 그것으로 흙을 파고 땔나무를 쪼갠다면 보광步光[16]의 보배로움과 등공騰空[17]의 신이함은 쇠도끼와 쇠삽만 같지 못하고, 그것으로 포를 얼리고 고기를 훈제한다면 도수塗脩[18]의 폐백과 도발挑拔[19]의 아름다움은 닭·오리·돼지·소만 같지 못하고, 그것으로 일을 논하고 사람에게 이야기한다면 양한

8_ **방공**方空 | 비단 이름. '방공곡方空縠' 또는 '방목사方目紗'라고도 하는데, 얇고 곱다.

9_ **지택**祗澤 | 중국 진납眞臘의 서쪽에 있는 지명地名인데, 기이한 비단이 생산되었다고 한다. 여기서는 비단 이름으로 쓰였다.

10_ **삽사**馺娑 | 중국 한나라 때의 궁전 이름. '삽사'는 원래 말이 빨리 달리는 모양을 형용한 말인데, 말이 빨리 달렸는데도 궁중을 두루 다니는 데 하루가 걸렸다 하여 궁전의 큼을 비유하는 말로 일컫는다.

11_ **소령**昭靈 | 원문은 "초령招靈"인데 소령昭靈의 오기인 듯하다. 소령은 중국 한나라 때 궁관宮館의 이름으로, 한 고조 모친의 총원冢園이다.

12_ **중옹**重罋**의 … 돌** | 중옹은 고대 중국의 서역 지방을 다스리던 군주. 《목천자전》에 의하면, 목왕이 서역을 주유하다가 중옹씨가 다스리는 강역에 들렀는데, 그곳에 선괴璿瑰·낭간琅玕·우기玗琪 따위의 좋은 옥돌이 생산되는 산이 있었다는 내용이 보인다.

13_ **의무**醫巫**의 … 옥** | 중국 요녕성遼寧省 북쪽 진현鎭縣에 있는 '의무염산醫巫閭山'을 가리키는 말인 듯하다. 이 산에서 좋은 옥돌이 생산되었다고 한다.

14_ **예장**豫章 | 나무 이름. 《신어新語》,〈자질資質〉 편에서 천하의 명목名木이라 하였다.

15_ **도량**都梁 | 향초 이름. 택난澤蘭의 다른 이름.

16_ **보광**步光 | 검劍 이름. 《오월춘추吳越春秋》에 중국 월나라 왕 구천이 오나라를 공격할 때에 이 칼을 차고 갔다고 한다.

17_ **등공**騰空 | 검 이름. 신화 속의 인물인 전욱顓頊의 검이다. 왕가王嘉의 《습유기拾遺記》에 의하면, 전욱은 주영畫影과 등공騰空이라는 두 자루의 검을 가지고 있었는데, 전쟁이 일어나면 이 검들이 날아와 병란이 발생한 곳을 가리켜주어 매양 승리하였다고 한다.

兩漢의《삼창三蒼》[20]과 육조六朝의 변려문騈麗文은 주문공朱文公의 문장만 같지 못하다.

대개 주문공의 문장은 그 말이 길다. 길기 때문에 자세하고 그 이치가 참되다. 참되기 때문에 순수하고 그 기가 곧다. 곧기 때문에 이겨내고 그 맛이 담박하다. 담박하기 때문에 싫증 나지 않고 그 성격이 화和하다. 화하기 때문에 사악함이 없고 그 힘이 두텁다. 두텁기 때문에 수壽를 누린다. 주자에 앞서서 주자만 한 이가 없었고, 주자의 뒤에 또한 주자가 없을 수 없다.

보통 사람의 일상생활에서 오吳나라의 미인과 한漢나라 궁녀는 없을지언정 힘센 계집종은 없을 수 없고, 주 목왕周穆王의 팔준마八駿馬[21]와 한 무제漢武帝의 박라駮䮫는 없을지언정 늙은 암소는 없을 수 없고, 서맥瑞麥[22]과 선해仙薤[23]는 없을지언정 쌀과 소금은 없을 수 없고, 제사齊紗[24]와 해금海錦[25]은 없을지언정 포백布帛은 없을 수 없고, 큰 궁궐과 높

18_ **도수塗脩** 나라 이름. 왕가의 《습유기》에 의하면, 중국 주周나라 소왕昭王 24년 도수국에서 청봉青鳳과 단작丹鵲을 암수 한 쌍씩 바쳤다고 한다.

19_ **도발挑拔** 도발桃拔 · 부발符拔 · 부발扶拔이라고도 한다. 《한서》, 〈서역전西域傳〉에 사슴과 닮았고 꼬리가 길며 뿔이 하나인 것을 천록天鹿, 뿔이 2개인 것을 벽사辟邪라고 한 기록이 보인다.

20_ **《삼창三蒼》** '삼창三倉'이라고도 한다. 한나라 초기의 자서字書. 이사李斯의 〈창힐편倉頡篇〉 7장, 조고趙高의 〈원력편爰歷篇〉 6장, 호무경胡毋敬의 〈박학편博學篇〉 7장을 가리키는데, 모두 대전체大篆體로 되어 있고 3,300자이다.

21_ **주 목왕周穆王의 팔준마八駿馬** 중국 주나라 목왕이 사랑하던 여덟 마리의 준마. 화류華騮 · 녹이綠耳 · 적기赤驥 · 백의白義 · 유륜踰輪 · 거황渠黃 · 도려盜驪 · 산자山子를 이른다. 목왕은 목천자穆天子라고도 불리며, 주나라의 5대 임금. 《목천자전》은 목왕이 팔준마를 타고 서역을 주유하여 곤륜산에서 서왕모를 만나고 돌아오는 등 여행 기록을 적은 것이다.

22_ **서맥瑞麥** 상서로운 보리. 이삭이 많은 보리를 말한다.

23_ **선해仙薤** 앞의 각주 '조애鳥哀의 영靈'에 나오는 용조해를 가리키는 듯하다.

은 대臺는 없을지언정 가옥은 없을 수 없고, 괴瑰 · 기琪 · 구珣 · 간玕의 옥은 없을지언정 자갈돌은 없을 수 없고, 훌륭한 나무와 기이한 향기는 없을지언정 섶과 숯은 없을 수 없고, 예리한 창과 보배로운 검은 없을지언정 도끼와 삽은 없을 수 없고, 청란靑鸞[26]과 백록白鹿은 없을지언정 닭과 돼지는 없을 수 없고, 고문古文과 선문選文은 없을지언정 주자의 글은 없을 수 없다.

주자의 글은 이학가理學家가 읽으면 담론을 잘할 수 있고, 벼슬아치가 읽으면 소차疏箚에 능숙할 수 있고, 과거 시험 보는 자가 읽으면 대책對策[27]에 뛰어날 수 있고, 시골 마을 사람이 읽으면 편지를 잘 쓸 수 있고, 서리胥吏가 읽으면 장부 정리에 익숙할 수 있다. 천하의 글은 이것으로 족하다.

—이상 윤세순 옮김

24_ **제사齊紗** | 고급 비단의 일종인 '방공方空'을 말한다. 《후한서後漢書》, 〈장제기章帝紀〉에 "癸巳, 詔齊相, 省氷紈, 方空縠 …"이라는 문구가 있다. 방공이 생산되는 곳이 제齊지방에 있었기 때문에 '제사齊紗'라고 한 듯하다.

25_ **해금海錦** | 지택에서 생산되는 비단을 말한다. 지택이 중국의 남쪽 변방 바다 가운데에 있는 진납국眞臘國 부근에 있었기 때문에 '해금海錦'이라 한 듯하다.

26_ **청란靑鸞** | 전설상의 신조神鳥.

27_ **대책對策** | 과거에서 정치 또는 경의經義에 관한 문제를 내어 답안을 쓰게 하는 일.

記

호상에서 씨름을 구경하고

湖上觀角力記

매년 오월 호상인湖上人과 반인泮人¹이 마포의 북쪽 도화동桃花洞² 앞에서 씨름놀이를 하는 것이 관례였다. 그 승패는 항상 일정하지 않았고, 오직 누구의 힘이 어떠한지를 살펴볼 뿐이었다.

근래 호인湖人 중에 김흑金黑이란 자가 있는데, 아주 힘이 세어 반인 중에 씨름으로 일컬어지는 자는 모두 그보다 못하였다. 반인들이 이것을 부끄럽게 여기고 발분하여 한 번 그를 쓰러뜨리려고 하였으나 잘되지 않았다. 이해 단오 이틀 전에 반인들은 "김흑이 짐을 싣는 데 동원되어 닭이 우는 새벽부터 묘시卯時까지 백스물네 마리의 말에 손수 짐을 실었다"는 소문을 듣고, 서로 기뻐하며 말하였다.

"오늘 김흑은 반드시 녹초가 되었을 것이다."

드디어 성 안팎에 격문으로 알려 호인에게 오늘 승부의 끝을 보자고 제의하고, 곧바로 격문을 뒤따랐다. 호인들은 대부분 김흑이 위태롭다고 여겼다. 그런데 김흑이 말하였다.

1_ 반인泮人 | 반촌泮村 사람. 즉 성균관 근처 명륜동 일대의 주민들. 이들은 대대로 성균관에 딸려 살았으며, 주로 도축을 하며 쇠고기를 파는 사람이 많았다.

2_ 도화동桃花洞 | 일명 복사골. 지금 서울 마포구 도화동 일대를 가리킨다.

"아직도 소 잡는 녀석 수백 명을 넘어뜨릴 수 있다."

이에 반인과 성안 사람들은 서북쪽에 서고, 호인은 동남쪽에 서서 구경하였다. 반인이 열 명의 상대자를 선발하도록 청하자, 호인이 말하였다.

"우리들은 많은 사람들과 겨루는 데 익숙하지 않다. 김흑 한 사람으로 요구를 따르겠다."

이에 반인들이 더욱 분개하였다.

김흑은 양쪽 옷소매를 걷어붙이고 어깨를 드러내고 비단으로 된 도포를 벗고, 넓적다리를 잇대어 혹 갈고리처럼 걸고, 혹 다리[梁]를 건너지르듯이 다리를 밟고, 혹 손을 활처럼 뒤틀어 연거푸 아홉 사람을 넘어뜨렸다. 최후에 황씨 성을 가진 자가 있었는데, 심히 재빨라서 김흑이 샅바를 들어 돌려 쳐 내동댕이치면서 찌르고 빼지 않은 적이 없었는데도, 황은 나무 기둥처럼 뻣뻣이 서 있었다.

무릇 씨름하는 법에 던졌는데도 넘어지지 않고 서 있을 경우에는 다시 겨루게 된다. 김흑이 일곱 번이나 연이어 던졌지만 그래도 황이 넘어지지 않았다. 김흑은 이내 어깨 위까지 높이 들어 마치 앞으로 던지려는 듯이 하다가 급히 뒤로 내동댕이치니, 황가가 비로소 새처럼 퍼드러져 일어날 수 없었다.

반인들이 크게 떠들며 소란을 피우려고 하였다. 호인들이 주먹을 드러내며 낯빛을 바꾸어 노려보니, 반인들은 감히 움직이지 못하였다.

3_ 능창군綾昌君 | 1691~1768년. 이름은 난欄. 《진연의궤進宴儀軌》에 의하면, 영조 갑자년(1744) 진연에 참석하는 종친 명단에 능창군이 들어 있다. 《병세재언록幷世才彦錄》, 〈역력록膂力錄〉편에도 "그 당시에 능창군이 힘은 김유행金由行에 미치지 못했으나 용기만은 그보다 뛰어났다"라는 내용이 보인다.

당시 공자公子 능창군綾昌君[3]이 언덕에 올라서 그것을 구경하고 말하길, "장사로다!"라고 하면서, 가지고 있던 부채와 향주머니를 끌러 김흑에게 던져주었다.

농사 잘 짓는 종의 이야기

善畊奴記

전장田庄을 가지고 농사를 짓는 한 양반이 영남嶺南에서 아이종[1]을 구하여 데려가려 하였다. 그런데 종의 아비가 안타까워하면서 간청하였다.

"소인의 자식은 남들만 못합니다. 제 자식 놈에게 무슨 일을 시키실지 감히 여쭙니다."

양반이 말하였다.

"농사를 짓게 할 것이다."

"몇 해 동안인지 감히 여쭙습니다."

"열 번 수확하면 돌려보내겠다."

종의 아비가 말하였다.

"소인의 자식은 남들만 못합니다. 이 봄, 가을로 배토培土하고 김매는 일에 상전댁에 걱정을 끼칠까 두렵사오니, 청컨대 소인이 함께 가겠습니다."

1_ 아이종 | 이 양반에게 속한 외거노비의 아들인 듯하다. 외거노비는 주인집에 거주하지 않고 독립된 가정을 가지면서 자기 재산을 소유할 수 있었던 노비로, 주인의 토지를 경작하면서 조租만 바쳤다.

상전댁에 도착해서는 전지田地를 떼어서 스무 말의 곡식 심을 땅을 달라고 하였다. 이에 상전은 밭으로 가서 모래가 섞이고 소금기가 밴 거친 땅을 택하여 주었다.

종의 아비는 억새풀을 엮어 키를 만들어 말·소·개의 똥을 주워 모으고, 그 이랑을 두 촌寸쯤 높여서 가을부터 봄까지 무릇 열두 번 밭을 갈았는데, 동지 전에 세 번, 우수雨水 후에 아홉 번이었다. 쟁기가 흙에 들어가기를 한 자하고도 다섯 치가 될 정도로 땅을 깊이 갈아 넘기되, 그것을 골고루 하였다.

6월에 때맞추어 비가 내리자 모를 옮겨 심었는데, 모와 모 사이의 거리가 일곱 치쯤 되게 하고, 이미 뿌리를 내리자 세 번 김을 매었다. 모가 논두렁 위로 높이 솟아오르자 짚을 엮어 새끼줄을 꼬고 새끼줄로 짜서 그물을 만들어 그것을 들어 올려 모에 씌웠다. 모에 이삭이 맺히자 이삭이 모두 그물눈 속에서 나왔다. 이삭이 패어 덥수룩하게 자라고, 덥수룩하게 자라나 모나게 되고, 모나게 된 것이 합해지고, 합해진 것이 윤기가 나고, 윤기 나는 것이 형태가 잡히고, 형태가 잡힌 것이 영글고, 영근 것이 단단해져서, 그물 위로 높이 석 자나 나온 것이 모두 벼였다. 서리가 내리기 전에 논에 물을 빼내고, 서리가 내리자 베어서 타작하고 키질하여 비로소 말질해보니 벼가 삼백 석에 달하였다. 이웃 사람이 헤아려보니 그 논에서 십오 년간 수확할 물량이었다.

종의 아비는 상전에게 청하였다.

"처음 소인의 자식이 올 때에 어르신께서 명하시길, '열 번 수확하고서 너의 자식을 돌려보내겠다'라고 하셨습니다. 그런데 지금 십 년하고도 오 년치 수확을 하였으니, 감히 데려가기를 청합니다."

이에 상전이 허락하였다. 종의 아비는 자식을 데리고 집으로 돌아가

다가 그 논을 지나가면서 말하였다.

"내년에는 이 논에 농사를 짓지 말아야 할 것이다. 반드시 수확이 없을 것이다."

과연 그러하였다.

—이상 윤세순 옮김

시정의 협잡꾼에 대한 이야기

市奸記

    서울에 세 군데 큰 장이 서는데, 동쪽은 '배오개〔梨峴〕',¹ 서쪽은 '소의문昭義門',² 중앙은 '운종가雲從街'³이다. 모두 좌우 양편으로 전을 벌여 별처럼 늘어서 있다. 온갖 장인이며 장사치가 저마다 가진 것을 가지고 와서 사방의 물화物貨가 구름처럼 몰려들고 물처럼 흘러든다. 사람들은 관대冠帶, 의복과 신발, 음식 등을 여기에서 구입한다. 이에 만인의 눈이 번쩍이며 오직 이익을 얻고자 소리치고, 만인의 입이 떠들썩하며 오직 이익을 도모한다. 한 사람이 팔려 하고, 한 사람이 사려 하면, 또 한 사람이 거간을 선다. 해가 뜨면 모였다가 해가 지면 파한다. 장판에는 길가는 사람이 어깨와 등을 부딪히고, 서 있는 사람도 갓을 바로 쓸 수가 없다. 간교한 소인배는 못에 고기가 모이고 덤불에 참새가 모이듯 몰려들어 그곳에 출몰하며 사람들을 현혹시킨다. 심한 놈은 주머니를 훔쳐 남의 재물을 빼앗고, 그 다음은 거짓을 꾸며서 이익을 남겨 판다. 《주서周書》, 〈여형呂刑〉에 이른바 "의를 가벼이 여기며 간사

1_ 배오개〔梨峴〕 : 지금의 서울 종로 4가에 있던 지명.
2_ 소의문昭義門 : 남대문과 서대문 사이에 있던 지명. 서소문西小門.
3_ 운종가雲從街 : 지금의 서울 종로 거리로 당시 육의전六矣廛이 이곳에 있었다.

하게 어지럽히고, 재물을 약탈하여 난을 일삼는다"라 한 것이 이러한 부류일 것이다.

　김경화金景華는 동래부東萊府 사람이다. 그는 칼에 벽癖이 있어 순금 30냥으로 왜인에게서 단도 하나를 삼 년 만에 구매하였는데, 머리카락을 불기만 해도 끊어지지 않음이 없었다. 이에 속향速香[4] 나무로 칼집을 만들고 주석으로 장식하여 차고서 서울로 놀러 왔다.

　경화는 새문안 박씨朴氏 집에 숙박하였는데, 박씨 또한 칼을 아끼는 벽이 있었다. 그 칼을 보고 탐이 나서 만이천 전으로 바꾸기를 청하였다. 경화가 승낙하지 않자, 박씨가 말하였다.

　"서울에는 주머니를 터는 도둑이 많소. 조심하지 않으면 만이천 전을 버리는 셈이 될 것이오. 일찌감치 나에게 덕을 베푸는 것만 못할 것이오."

　경화는 웃으며 대답하였다.

　"내 팔뚝을 떼어갈 수 있을지 몰라도 내 칼은 훔쳐갈 수 없을 것이오."

　박씨가 말하였다.

　"당신이 내게 팔지 않으면 내 다른 사람을 통해 얻을 것이오. 그러면 당신은 어쩔 테요?"

　경화가 돈을 안 받겠다고 약속하자, 박씨는 즉시 소매치기 도둑 셋을

4_ **속향**速香 │ 향목香木의 일종인 황숙향黃熟香을 이르는 말.《본초강목本草綱目》,〈침향沈香〉조에 따르면 향목에는 침향 · 잔향棧香 · 황숙향 세 가지가 있는데, 황숙향은 향이 가볍게 날아가기에 세속에서 속향速香이라 부른다고 하였다.

불러들였다. 술을 대접하고 사람과 칼을 보인 다음 사흘 안으로 칼을 가지고 오면 꼭 돈을 후히 주겠다고 하였다. 도둑들은 승낙하면서 어려워하는 기색도 없었다. 경화는 여전히 믿지 않았다. 경화가 비록 믿지는 않았지만 그래도 걱정이 되어서 이때부터 세 걸음을 옮기면 칼을 한 번씩 살펴보고, 앉으나 서나 걸으나 누우나 그의 오른손을 항상 칼에서 떼지 않았다. 이틀 동안은 칼이 무사하였다. 사흘째 되는 날 소광통교小廣通橋[5]를 지나가는데 마주친 사람이 있었다. 모습이 매우 순박해 보였고 의관은 화려하면서 고왔다. 그 사람이 경화를 보더니 혀를 차고 지나가며 말하였다.

"쯧쯧, 점잖은 분께서 옷에 이가 붙어 있는 것을 가리지 못하는구려."

경화가 옷을 둘러보니 왼쪽 어깨 위로 이가 막 꿈틀거리며 지나가고 있지 않은가. 경화는 얼굴을 붉히고 얼른 몸을 돌려 오른손으로 쳐내었다. 그리고 몇 걸음 걷다가 칼을 내려다보니 칼은 이미 없고, 옷에 묶어놓은 부분이 반쯤 잘려 나가 있는 것이었다. 아까 그 사람이 도둑으로 생각됐으나 감히 따져 물을 수도 없었다.

숙소에 돌아와서 박씨에게 말하자, 박씨는 웃으며 말하였다.

"당신의 칼을 누가 감히 가져가겠소?"

그리고 궤짝을 열어 칼을 꺼내 보이는데, 매달아두었던 옷 조각이 아직 풀지도 않은 채였다.

그 칼은 결국 박씨의 소유가 되고 말았다.

백철白鐵은 천은天銀[6]과 비슷하고, 양각羊角은 화대모花玳瑁[7]와 비슷

5_ 소광통교小廣通橋 | 지금의 광교 부근에 있던 다리.
6_ 천은天銀 | 품질이 가장 좋은 은을 말하며, 십성은十成銀이라고도 한다.

하고, 주식토朱埴土는 한중향漢中香[8]과 비슷하고, 조서피臊鼠皮[9]는 회서피灰鼠皮[10]와 비슷하며, 황구黃狗의 털은 이리 꼬리의 털과 비슷하다. 장판에서 교묘히 속이는 간교한 자들이 이런 물건을 팔면서 시골 사람을 속이는 경우가 많은데, 그 수법이 교묘하여 비록 서울의 약삭빠른 자라도 오히려 그 술수에 간혹 빠지곤 하였다.

조애照崖[11] 이생李生은 서울 성서城西에서 태어나 서울 성서에서 자란 사람으로, 스스로 서울 안 장사치로 감히 자기를 속일 자는 없다고 자부하였다. 하루는 서문 저잣거리를 지나는데 한 아이와 수염 흰 늙은이가 시끄럽게 다투고 있었다. 가만히 들어보니 수염 흰 늙은이가 말하였다.

"네게 열 푼을 줄 터이니 이 물건을 내게 다오."

아이가 말하는 것이다.

"이 노인네가 눈이 있소? 내 물건이 어째서 겨우 열 푼밖에 안 된단 말이오?"

이에 수염 흰 늙은이가 말하였다.

7_ **화대모花玳瑁** | 대모는 열대·아열대 지방에서 서식하는 거북의 일종으로, 그 등껍데기를 대모 또는 대모갑玳瑁甲이라 하여 공예·장식품으로 귀중하게 쓰인다. 화대모는 꽃무늬가 있는 대모를 지칭하는 듯하나 자세한 것은 알 수 없다.

8_ **한중향漢中香** | 한중漢中은 중국 진령秦嶺 산맥과 대파大巴 산맥으로 둘러싸인 분지盆地 지역으로, 한나라의 전국 지배의 거점이었다. 한중향은 이곳에서 산출되는 향인 듯한데, 자세한 것은 알 수 없다.

9_ **조서피臊鼠皮** | 조서臊鼠는 족제비[鼬]의 별칭이다. 족제비는 털빛이 황갈색인데 털은 갖옷을 만드는 데 쓰였고, 꼬리털로는 붓을 만들었다.

10_ **회서피灰鼠皮** | 회서灰鼠는 송서松鼠의 일종으로 털이 회갈색이고, 목 아래와 배 밑부분의 털은 백색이다. 모피가 진귀하여 갖옷을 만드는 데 쓰였다.

11_ **조애照崖** | 서울에 있던 지명인데, 뒤에 나오는 〈세 번 홍보동을 노닐고三游紅寶洞記〉에 보이는 '조애照匡'라는 지명과 동일한 곳이 아닌가 한다. '백문조애白門照崖'라는 말이 있는 것으로 보아 서대문에서 연희동에 이르는 어느 부근을 가리키는 듯하다.

"너의 이 물건이 어디에서 난 것이냐? 네 놈이 필시 권자전圈子廛[12]에서 훔쳐 왔겠다. 열 푼도 오히려 공돈이거늘 어찌 감히 값을 따지느냐?"

아이가 다시 말하였다.

"내가 훔쳐 오는 것을 노인네가 보았소? 이 늙은이가 정히 내 욕을 먹고 싶은 모양이군."

"쥐새끼 같은 녀석이 감히 버르장머리 없이 구는구나."

수염 흰 늙은이가 소리를 지르자, 아이도 등 뒤에서 으르렁대며 말하였다.

"늙은이 강도!"

수염 흰 늙은이가 주먹으로 한 대 치려고 하자, 아이는 달아나면서 욕설이 입에서 그치질 않았다.

이생이 은근히 그 물건을 보니 황대모黃玳瑁였다. 유리처럼 맑고, 순금처럼 빛이 나고, 독수리 발톱처럼 단단히 박히고, 닭 눈깔처럼 동그랗고, 고리 위에는 검은 빛깔의 꽃이 두 송이 적당한 자리에 새겨져 있었다. 그것을 팔라고 간청하여 열두 푼을 주고서야 얻을 수 있었다. 돌아와서 관자貫子 파는 이에게 물어보니 양각이라고 하는 것이었다. 이생이 수치로 여기고 몰래 뒤를 밟아보니, 아이는 곧 수염 흰 늙은이의 아들이고, 수염 흰 늙은이는 바로 장판에서 위조품 파는 것을 업으로 하는 자였다.

<hr>

12_ 권자전圈子廛 | 권자는 관자貫子를 말한다. 관자는 망건에 달아 망건당줄을 꿰는 작은 고리로 신분에 따라 금·은·옥 등으로 재료를 달리하여 착용하였다.

반촌의 네 정려문에 대한 이야기

泮村四旌閭記

혜화문 안에 숭교방崇敎坊[1]이 있는데 나라에서 태학太學을 세운 곳이다. 이곳 백성들은 모두 대대로 눌러 살면서 공자의 사당 지키는 것을 직업으로 하였는데, 습속과 언어가 다른 곳의 백성들과는 많이 달랐다.

어떤 이가 말하였다.

"태학은 예악이 이로부터 밝혀지는 곳이고 교화가 이로부터 이루어지는 곳이다. 대저 샘 가까운 곳은 젖어들고 나무 가까운 곳은 그늘지게 마련이니, 그 백성은 마땅히 남과 달리 범상함을 넘어서는 행실이 있어야 할 것이라고 한다. 그런데 내가 태학의 백성들을 보건대 그러한 줄 모르겠다."

이에 석호자石湖子[2]가 말하였다.

"그렇지 않다. 다방茶房골[3] 남북으로 옷을 화려히 차려입고 배가 희

1_ **숭교방**崇敎坊 ㅣ 조선조 한성부漢城府 동부東部에 속한 방坊으로 지금의 서울 명륜동 · 혜화동 일대.
2_ **석호자**石湖子 ㅣ 이옥의 별호.
3_ **다방**茶房골 ㅣ 조선조 한성부 남부南部에 속한 광통방廣通坊 일대에 있던 마을. 지금의 서울 중구 다동과 남대문로 무교동 일대를 가리킨다. 조선조 후기에 주로 중인층이 거주하였는데, 부자가 많았다.

고도 불룩한 자가 사는 집이 천 호나 되지만 그 문의 도리를 붉게 칠함[4]이 있지 않고, 필운대弼雲臺[5] 바로 아래 꽃나무를 심고, 시문을 논하는 집이 수백 호에 그치지 않는데 또한 문을 오두烏頭[6]로 장식한 것이 있지 않다. 유독 태학 백성들의 거처에는 네 개의 정문旌門이 있다.《시경 詩經》에 '즐거울손 저 동산에는 한 그루 박달나무가 솟아 있고, 그 아래에는 닥나무가 자라네(樂彼之園, 爰有樹檀, 其下維穀)'[7]라 하였으니, 닥나무를 얻음이 또한 이미 많은 것이다. 그대는 태학의 백성들에게 기대하는 것이 어찌 그리 사치스러운가?"

네 개의 정문은 의사義士 정신국鄭信國과 박잠미朴潛美, 효자 이정성 李鼎成, 효자 황성룡黃成龍, 열녀 안씨安氏이다.

의사 정신국과 박잠미는 문묘文廟를 지키는 노복이었다. 숭정崇禎 병자년(1636)에 청나라 군사가 갑자기 이르러 임금께서 남한산성으로 행차하니, 온 성중城中이 물 끓듯 하고 태학생은 모두 사방으로 흩어져 달아났다. 신국과 잠미는 진사 나羅 아무개[8]와 함께 제기와 악기를 땅 속에 묻고, 따르길 원하는 자 십 인과 함께 약속하여 문선왕文宣王[9] 및 여

4_ 그 문의 … 칠함 | 정려문旌閭門을 세울 때 붉게 물들여 글을 쓰는 것을 말한다.

5_ 필운대弼雲臺 | 인왕산仁王山 아래에 있던 곳으로 오성鰲城 이항복李恒福이 젊은 시절 필운대 아래에 있던 권도원수權都帥 집에 우거하면서 스스로 호를 필운이라 한 데서 그 이름이 유래되었다 하며, 지금도 바위에 '필운대弼雲臺'란 석 자가 새겨져 있다.《한경지략漢京識略》에 의하면, 필운대 옆 민가에서는 꽃나무를 많이 심어 봄철이면 여항인들이 술을 마시고 시를 지으며 꽃구경을 하던 곳으로 이름났다고 한다.

6_ 오두烏頭 | 정려문을 세울 때 그 꼭대기에 까마귀 모양으로 장식하는 것을 말한다.

7_ 즐거울손 … 자라네 |《시경》, 〈소아 · 학명鶴鳴〉편에 나오는 구절로 시의 전문은 다음과 같다. "鶴鳴于九皋, 聲聞于天. 魚在于渚, 或潛在淵. 樂彼之園, 爰有樹檀, 其下維穀. 它山之石, 可以 攻玉."

러 성철聖哲의 위패를 짊어지고 갖은 어려움을 무릅쓰고 상동문上東門
으로 나와 행재소行在所에 이르렀다. 길에서 청나라 군사로 말 탄 자를
만나면 꾸짖어 내리게 하였다. 산성에 들어가니 장차 권도로 불전에 모
시고자 하기에 신국과 잠미가 불가함을 고집하며 말했다.

"비록 창졸간이지만 불가의 사당에 우리 공자님을 안치할 수 없습
니다."

이에 식당을 열어 예에 맞게 차리고 글을 지어 동지들과 죽음을 함께
할 것을 맹세하였다. 청나라 군사가 포위를 풀고 돌아감에 다시 임금님
을 따라 여러 위패를 받들고 돌아왔다. 날마다 문묘의 뜰을 깨끗이 소제
하여, 늙어서도 전혀 게을리하지 않았다. 조정에서 가상하게 여기어 신
국에게 통정通政[10]의 품계를 내리려 하자, 신국은 사양하며 "저의 직분인
데 상 받을 일이 무어 있겠습니까?"라고 하였다. 신국과 잠미가 죽자 여
문閭門에 정표旌表하기를 '의사호성수복義士護聖守僕'이라 하고, 춘추 정
일丁日[11]에 문선왕 제사의 음복 나머지로 뜰에서 제사를 올리게 하였다.

효자 이정성은 또한 문묘를 지키는 노복이었다. 어려서부터 지극한
천성이 있어 어머니를 섬김에 지극히 효도하였고, 독서를 좋아하여 대
략 시를 지을 줄도 알았다. 어머니가 죽자 정성은 예로써 삼년상을 받

8_ **진사 나羅 아무개** | 나이준羅以俊. 병자호란 때 정신국·박잠미와 함께 성균관의 위판과 제기
　를 남한산성으로 보호·운송하였다. 환도 후 수찬·교리·사간 등을 두루 역임하였고, 사후에
　는 그 공로로 인하여 이조참판에 추증되었고, 사계서원泗溪書院에 배향되었다.
9_ **문선왕文宣王** | 공자의 시호. 중국 당나라 현종玄宗 개원開元 27년에 시호를 올렸다.
10_ **통정通政** | 정3품 당상관의 품계.
11_ **춘추 정일丁日** | 매년 음력 2월과 8월의 첫째 정일. 이날 공자에게 제사를 드리는데, 이를 정제
　丁祭라 한다.

들었는데, 땅에 구덩이를 파고 풀로 만든 거적을 깔고 앉아 그 안에서 거처하였다. 이미 장례를 치르고 나서도 오히려 소식素食을 하고 술을 마시지 않으며 매일 조석으로 울부짖으니, 이웃 사람들이 이에 감동하여 눈물을 떨어뜨리기까지 하였다. 후에 정성이 죽자 반촌 사람들이 모두 "이괴음李槐陰이야말로 참으로 효자이다"라고 하며 관가에 장狀을 올려 여문閭門에 정표하게 되었다. 괴음이란 정성의 자호自號이다.

정성에게 아들이 있어 '인형寅炯'이라 하였는데, 그 또한 부모에게 효성스러웠다.

효자 황성룡은 숭교방에 사는 백성으로 어렸을 때부터 효성스러워 아버지 섬기기를 매우 지극히 하였다. 나이 열다섯에 사람을 따라 남방의 군으로 가서 오래도록 돌아오지 못하자, 매일 조석으로 눈물을 흘리며 북쪽을 바라보고 아버지를 그리워했다. 아버지가 병으로 돌아가자 집안사람이 소식을 가지고 성룡에게 갔는데, 성룡은 소식을 듣고도 태연자약하며 말하였다.

"사람을 놀라게 하지 마십시오. 소자의 아버지는 반드시 돌아가시지 않았습니다."

군수가 꾸짖어 말하였다.

"집안사람이 여기 왔는데, 네가 어찌 죽지 않았다고 하느냐?"

성룡이 말하였다.

"소자의 아버지는 반드시 소자를 본 후에 돌아가실 것이니, 소자의 아버지가 어찌 저를 기다려주시지 않겠습니까?"

사람들은 모두 그가 슬픔이 지나쳐 실성한 것으로 여겼다. 성룡이 재촉해서 집에 도착하니 집에서는 아직 염을 하지 않은 상태였다. 성룡은 이에 맨몸으로 아버지의 시신을 끌어안고 이불을 덮어쓰고 누워서 소리를 그치지 않으며 소자가 왔다고 말하였다. 하루 밤낮을 이같이 하자 시신이 갑자기 기지개를 펴며 깨어났는데, 마치 애초부터 병이 없었던 것 같았다. 성룡이 비로소 일어나며 말하였다.

"소자의 아버지는 돌아가시지 않았습니다. 그렇지 않습니까?"

소문을 들은 자들이 모두 매우 놀라며 기이하게 여기고 효성에 감응된 것이라고 하였다. 성룡은 이 일로 조정으로부터 정려旌閭를 받았다.

열녀 안씨는 성균관의 여종이었다. 평소 본성이 어리석어 마치 아무 것도 깨닫지 못하는 자 같았다. 남편은 죄를 지어 관의 곤장을 맞고 죽었는데, 안씨는 젊은 나이에 과부가 되었으나 슬프게 여기지도 않았다. 그로부터 몇 개월이 지나 안씨는 바느질을 하다가 우연히 바늘을 잘못 놀려 스스로 손가락을 찔렀다. 손가락의 통증으로 안씨는 소리를 지르고 울기를 그치지 않으며 말했다.

"전에는 내가 이를 몰랐구나! 조그만 쇠붙이가 피부를 찔러도 그 아픔이 감당하기 어려운데, 불쌍하도다 낭군이여! 그 아픔이 어떠했을까? 불쌍하도다, 낭군이여! 아파서 죽었구나. 불쌍하도다, 낭군이여! 어찌 이를 슬퍼하지 않으리오?"

안씨는 이내 먹지도 않고 밤낮으로 통곡하여 그치지 않더니, 나흘 만에 눈물이 모두 피로 변하더니 죽고 말았다. 이 일이 알려지자 여문에 정표하였다.

석호자는 말한다.

내가 일찍이 한양에 객으로 노닌 적이 있었는데 한양에는 충신·효자 · 열녀 · 효녀의 정려문이 많았다. 내가 경의를 표하고 물어보니 모두 양반 귀족 벼슬아치의 대갓집들이었다. 나는 이를 이상하게 여기지 않았다. 대저 양반 귀족 대갓집들은 모두 밖으로는 가훈을 지키고 안으로는 여사女師의 교육을 받아 신하가 되어서는 충성하고, 아들과 딸이 되어서는 효도하고, 부인이 되어서는 열烈과 절의를 지키는 것이 마치 소가 밭을 갈고 말이 멍에를 매는 것과 같아, 다만 그 경우를 만났기 때문일 뿐이다. 이를 능히 함이 반드시 기이한 것이라 할 수 없고, 능히 하지 못함이 반대로 이상한 일인 것이니 무슨 기이함이 있겠는가? 그런데 저 일반 소민小民들은 어려서는 가르침을 받지 못하고 자라서는 본받을 바가 없었기에, 그가 임금을 높이고 어버이를 사랑하며 배우자와 짝함에 있어서 비록 사대부 가문에 미치지 못하는 바가 있다 할지라도, 사람들이 진실로 이상하게 여기지 않는다. 이에 천만 인 가운데서 탁연히 스스로 남다른 행동을 하는 자가 있어 혹은 목숨을 바쳐 의를 따르고 혹은 예를 지켜 풍속을 가다듬어서 끝내 그 집을 붉게 칠하여 이웃에 빛나는 빛을 드리운다. 이는 오직 상제가 모든 백성에게 착한 본성을 내렸음에 마치 항성恒星과 같이 시속과 물욕에 가려지거나 빼앗기는 바 되지 않도록 한 것이다. 이런 까닭에 드문 것이고 드문 일인데도 능히 할 수 있었으니, 이 때문에 내가 진정으로 특이하게 여기는 것이다. 《시경》에 "백성들의 타고난 마음, 아름다운 덕을 좋아함이라!(民之秉彝, 好是懿德!)"[12]라고 하였으니, 그것이 이를 말함인가 보다.

—이상 신익철 옮김

12_ 백성들의 … 좋아함이라! 《시경》, 〈대아大雅 · 증민烝民〉편에 나오는 말이다.

남학의 노래를 듣고

聽南鶴歌小記

　남학南鶴은 서호西湖[1] 막수촌莫愁村[2]에 사는 사람인데, 노래를 잘 불렀다. 그런데 남학의 노래는 벽을 사이에 두고 들어야지, 그를 대면하고 들어서는 안 된다. 남학이 비록 노래는 잘 불렀으나 용모는 아주 추하여, 얼굴은 방상씨方相氏[3]와 같고, 몸은 난쟁이와 같고, 코는 사자코와 같고, 수염은 늙은 양의 수염과 같고, 눈은 미친 개의 눈과 같고, 손은 엎드려 있는 닭의 발과 같아서, 그가 매양 마을에 나타나면 아이들이 모두 갑자기 울고 자빠지곤 하였다.

　그러나 그의 노래는 아주 맑고 곱고 부드러우며, 여자 목소리를 잘 내는 데 특기가 있었다. 부채를 들어 세 번 치고 변조變調로 신성新聲을 뽑아내면, 마치 밝은 달이 떠 있는 높은 누樓에서 벽옥소碧玉簫를 불어

1_ **서호西湖** | 서강西江의 별칭. 서강은 한강의 서쪽 지역, 곧 마포를 가리킨다.
2_ **막수촌莫愁村** | 막수는 중국 남조南朝의 노래를 잘 부르던 여자의 이름. 석성石城(지금의 호북성湖北省 종상현鍾祥縣)의 서쪽에 막수촌이 있었다고 한다. 금사琴師 김성기金聖器도 만년에 서강 쪽에 셋방을 얻어 살았다는 기록이 있는 점으로 미루어보아, 여기서는 예능인들이 많이 살던 서강의 어떤 지역을 가리키는 듯하나 자세한 것은 알 수 없다.
3_ **방상씨方相氏** | 고대 중국에서 역귀疫鬼를 쫓을 때 이용한 귀신상을 말하는데, 그 형상이 괴이하다고 한다. 주나라 시대에 역귀를 쫓는 관직을 방상씨方相氏라고 하였는데, 손바닥을 곰가죽으로 덮고, 4개의 황금 눈을 달고, 검붉은 옷을 입고, 창을 집고 방패를 들고, 집집마다 찾아다니며 역귀를 내쫓았다고 한다.

암봉새의 울음소리를 닮은 듯하였고, 미풍이 부는 화창한 날에 어린 꾀꼬리가 살구나무 꽃가지 위에서 지저귀는 듯하였고, 열여섯 살 낭자가 수양버들 늘어진 다리 어귀에서 객을 전송할 적에 술이 다 되고 사람이 떠나가자 치마를 잡고 우는 듯하였고, 한밤중 술에서 깨어나 미풍이 처마 끝 유리로 된 풍경을 두드리는 소리를 듣는 듯하였다. 벽을 사이에 두고 들으면, 사람들로 하여금 혼이 흔들리고 마음이 격동하여 거의 절대가인을 만나, 마치 그 아름다운 모습을 본 것 같게 한다. 그런데 마주하고 들으면, 실로 이 사람이 어떻게 이런 소리를 낼 수 있는지 알지 못하게 된다.

남학이 스스로 말하기를 "일찍이 다방골 김씨와 노닐었는데, 김씨가 나를 여자로 변장시켜 어두운 방에 놔두고, 촛불을 켜지 않아 기녀들을 속이니, 기녀들이 내 목소리를 사모하여 모두 무릎을 가까이 대고 둘러앉아 나에게 손수건을 건네주면서, 자매처럼 아주 은근히 대하였다네. 계면조界面調 〈후정화後庭花〉 이십여 곡을 부르고 나서, 김씨가 갑자기 마루에 가득한 촛불 빛으로 나를 비추니, 모두 깜짝 놀라 소리치며 기막혀 하였고, 반 시간 동안이나 멍하니 앉았다가 일어나 우는 자가 있기도 하였다네"라고 하니, 많은 사람들이 크게 웃었다.

남학과 동시대에 기생 귀엽貴葉이라는 여자가 또한 남자 목소리를 잘하였다.

—윤세순 옮김

장악원에 놀러 가 음악을 듣고

내가 어려서 《상서尙書》를 읽으면서 책머리의 악기도樂器圖를 보았는데, 그 제도를 알지 못하여 "이것은 고악기古樂器로서 요즘 세상에는 없을 것이다"라고 생각하였다. 그 뒤 우연히 이원梨院[1]에 들어갔다가 종鍾 · 용용鏞 · 고고鼓 · 도도鼗 · 생황笙 · 경경磬 · 금琴 · 슬瑟 · 훈塤 · 지篪 · 축柷 · 어敔 등을 보았는데, 모두 대청에 진열되어 있었다. 그 밖에 월금月琴 · 아쟁牙箏과 같은 종류들 또한 《상서》에서 보지 못했던 것이 많았다. 불현듯 다시 《상서》의 악기도를 대하고 있는 듯하였고, 비로소 오늘의 음악이 옛날의 음악과 같다[2]는 것을 알았다.

그 후 또 《악학궤범樂學軌範》을 구하여 열람해보니, 불현듯 다시 이원에 들어간 듯하여, 아울러 《상서》에서 보지 못하였던 것도 알 수 있었다. 그러나 그 악기들을 보았을 뿐, 그 소리는 듣지 못하였다.

금년 신해년(1791)[3]에 만송晩松 유공柳公[4]이 이원의 제거提擧[5]가 되어

1_ **이원**梨院 | 장악원掌樂院의 별칭. 조선조 성률聲律의 교열校閱을 맡아보던 관아로, 아악雅樂은 좌방左坊, 속악俗樂은 우방右坊에 속했다. 남부 명례방明禮坊(현재 을지로 1가)에 있었다. '이원'은 중국 당나라 때 쓰던 명칭인데, 우리나라에 적합하지 못하다 하여 영조가 '장악원'으로만 부르라고 명한 바 있다.

2_ **오늘의 … 같다** | 《맹자孟子》, 〈양혜왕梁惠王〉 하에 "今之樂猶古之樂也"라는 구절이 있다.

처음으로 이육회二六會[6]에 갔다. 나 또한 여러 사람들과 이원에 가서 아
악을 들으니 맑고 완만하며 예스러운 뜻이 있었으나 단면端冕을 쓴 자
가 눕고 싶을 뿐 아니라 곧장 졸 듯하였고,[7] 무성왕武成王[8]의 묘악廟樂
은 씩씩하여 웅장한 기운이 있었으나 사람들로 하여금 오래 들으면 번
잡함을 견디지 못하게 하였으며, 속악俗樂은 귀에 익숙하여 기이하게
여길 것도 없었다. 내가 웃으면서 말하였다.

"소소簫韶가 이와 같다면, 봉황새가 놀라서 날아가 버렸을 것이며,
공자께서 고기 맛을 잊을 일도 없으셨겠다."[9]

김선지金善之[10]가 말하였다.

3_ 신해년(1791) | 정조가 고문古文을 강조하여 1789년 초계문신抄啓文臣들에게 〈문체책文體策〉을
내리고, 1792년 재차 문체반정文體反正을 명한 즈음에, 음악에 대해서도 고악古樂을 정비하기
위해 악서樂書 편찬을 명하였다. 1791년 6월에는 《악통樂通》이 완성되었는데 바로 이옥이 이
글을 쓴 해이다.

4_ 만송晩松 유공柳公 | 유당柳戇(1723~1794). 본관은 전주, 자는 직보直甫. 영조 29년(1753) 문과에
급제하여 지평 · 대사성 · 이조참의 · 도승지 등을 역임하였다. 이재李縡의 문인이다. 호가 '만
송'인 것은 확인하지 못했는데, 이옥의 다른 글에서 1791년에 "성균관 대사성 만송 유공"이라
는 표현이 나오는 것으로 미루어 '유당'임을 알 수 있다. 1791년 2월 유당이 성균관 대사성에
임명되어 장악원 제거를 겸임하였다.

5_ 제거提擧 | 정正 · 종從 3품의 무록관無祿官.

6_ 이육회二六會 | 이육좌기二六坐起, 혹은 이육이악식二六肄樂式을 줄인 말. 장악원에서 악공樂工
또는 의녀醫女 등에게 음악과 춤 등을 가르칠 때 그들의 생업을 고려하여 매일 교습하지 않고
한 달에 여섯 차례, 즉 초 2일 · 6일 · 12일 · 16일 · 22일 · 26일을 출근하여 연습하도록 하였는
데, 이를 이육좌, 혹은 이육좌기라고 한다. 이런 연습일에는 구경하려는 사람들이 장악원으로
많이 모여들곤 했다.

7_ 단면端冕을 … 졸 듯하였고 | 《예기禮記》, 〈위문후魏文侯〉조에 다음과 같이 나온다. "魏文侯問
於子夏曰: '吾端冕而聽古樂, 則唯恐臥, 聽鄭衛之音, 則不知倦. 敢問古樂之如彼何也? 新樂之如
此何也?'"

8_ 무성왕武成王 | 중국 주周나라의 현신賢臣 태공망太公望(呂尙)의 묘호. 당나라 개원開元 19년에
장안長安 · 낙양洛陽을 비롯하여 곳곳에 태공묘太公廟를 세웠고, 상원上元 원년에 태공을 무성
왕으로 추봉追封하였으므로 태공묘를 무성왕묘라고도 한다.

"지금의 음악이 옛날의 음악에 미치지 못하는가? 아니면 옛날의 사람이 지금의 사람만 못한 것인가? 이를 변별하지 못한다면 또 어찌 저들을 탓할 수 있겠는가?"

내가 말했다.

"그렇다. 그러나 무릇 음악을 듣는 법이 남려南呂 · 황종黃鍾[11]이 용호영龍虎營[12]의 세악수細樂手[13]가 군악軍樂을 한 번 연주함만 같지 못하고, 삼현三絃은 또한 금琴이나 소簫로 달빛 아래 계면조 한 곡을 연주하는 것만 같지 못하다. 이것이 옛사람이 말한바 '관현管絃이 육성肉聲만 같지 못하다[14]'는 것이 아닐까?"

드디어 서로 보면서 웃었다.

이윽고 전악典樂[15]이 무악舞樂을 바칠 것을 청하는데, 무동舞童이 다

9_ **소소簫韶가 … 없으셨겠다** | 簫韶와 소韶는 순임금의 음악을 가리킨다.《논어》,〈술이述而〉편에 "공자가 제나라에 머물면서 소악韶樂을 듣고, 3개월간 고기 맛을 알지 못하였으며, '소악이 이렇게까지 즐거움이 될 줄은 몰랐다'(子在齊聞韶, 三月不知肉味, 曰: '不圖爲樂之至於斯也')"라는 구절이 있다.

10_ **김선지金善之** | 김약검金若儉(1761~ ?)인 듯하다. 선지는 김약검의 자. 본관은 경주. 1790년 이옥과 함께 증광 사마시에 합격하여 진사가 되었다. 이옥이 성균관 유생이 되어 장악원의 악무를 관람한 1791년에 김선지 또한 성균관 유생이었던 것 같다.

11_ **남려南呂 · 황종黃鍾** | 12율律의 하나로 각기 다른 음고音高를 뜻한다. 남려와 황종은 아악雅樂에서 강신악降神樂을 연주할 때 주로 사용하는 것이다.

12_ **용호영龍虎營** | 대궐의 숙위宿衛, 임금의 경호를 담당하는 관청. 여기에 세악수細樂手가 소속되어 있기도 하였다.

13_ **세악수細樂手** | 조선조 후기에 서울 및 지방의 군사 조직에 속해 있던 악사들. 용호영의 세악수가 가장 우수했다고 한다. 군대의 악사로는 취고수吹鼓手와 세악수가 있었는데, 취고수들이 나발 · 대각 · 나각 · 징 · 자바라 · 북 등 음량이 큰 악기를 연주한 데 반해, 세악수들은 피리 · 대금 · 해금 · 장고 · 북 등을 연주하였다. 세악수라는 말이 문헌에 처음 나온 것은 숙종 23년(1697)의《어영청초등록御營廳抄謄錄》이다.

14_ **관현管絃이 … 못하다** | 원문은 "죽불여육竹不如肉"인데,《진서晉書》,〈맹가전孟嘉傳〉에 "桓溫問: 聽妓絲不如竹, 竹不如肉, 何謂也"라는 구절이 있다. 소관簫管 등의 악기 소리가 사람의 목소리로 노래하는 것보다 못하다는 뜻이다.

화모花帽·금란錦襴에다 홍상紅裳을 입고 대大·소小로 그 짝을 나누어 절을 한 뒤에 춤을 추었다. 일찍이 허균許筠의 〈열악閱樂〉[16] 시를 본 적이 있는데, 그 시 속의 광경을 상세히 알 수가 없었다. 지금에야 분명히 알겠으니 마치 희곡〔戲子〕을 보고서 《서상기西廂記》[17]를 외우는 것 같았다. 그 시에 이르기를,

채색 소매를 반쯤 걷고 동지발銅指鈸을 들고	彩袖半揎銅指鈸
곡의 첫머리 바뀌니 쟁그렁쟁그렁 울리네.	曲頭初換响丁當

라고 한 것은 무동의 제4대隊에 큰 아이들이 홍란紅襴을 입고 춤추는 것이요,

요고腰鼓를 떠메고 와 중연中筵에 두고	昇來腰鼓置中筵
차례로 두들기며 화려한 소매 펄럭이네.	輪得紅槌彩袖翻

라고 한 것은 무동들이 일제히 나와 북을 둘러서서 북채를 들고 춤추는 것이요,

15_ **전악典樂** | 장악원의 잡직雜職으로 정·종 6품직. 악공체아직樂工遞兒職이다. 전악과 부전악 두 사람 중 한 사람은 반드시 악사樂師로 임명하였다.

16_ **〈열악閱樂〉** | 허균의 《성소부부고惺所覆瓿藁》 권2에 나옴. 이 제목에 칠언시 8수가 들어 있는데, 위의 시들은 그 가운데서 각각 발췌, 인용한 것이다.

17_ **《서상기西廂記》** | 《최앵앵대월서상기崔鶯鶯待月西廂記》를 줄인 말. 중국 원元나라 때 잡극의 하나로 북곡北曲의 대표작이라 일컬어진다. 왕실보王實甫가 당나라 《회진기會眞記》에 의거하여 장군서張君瑞와 최앵앵의 연애담을 각색한 것이다.

채아彩娥가 뛰어나와 서로 짝하여 춤추다가 　　　　　跳出彩娥相對舞

수놓은 적삼을 입은 이가 처용을 끌고 오네. 　　　　　繡衫將押處容來

라고 한 것은 오방五方의 처용을 매양 한 사람마다 한 사람의 무동이 앞
서서 인도해오는 것이다. 이는 모두 향악鄕樂인데 처용處容의 코는 보
는 사람으로 하여금 배꼽을 잡고 웃을거리를 제공해준다.

　그 후 보름날에 내가 다른 사람에게 이끌려서 또 이원에 놀러 갔다.
모두 전일에 보았던 것인데, 맹인 영감[18]과 기녀伎女는 전일에 보지 못
한 것들이었다. 맹인 영감은 볼 만한 것이 없었고, 기녀 역시 별로 볼
것이 못 되었다. 오직 이름이 행杏 · 도桃 · 매梅 · 계桂라고 하는 네 명
의 기생이 조금 나은 편이었는데, 계桂는 체구가 매우 크고 또 나이가
많았다. 음악이 장차 끝날 무렵에 기무妓舞가 시작되었는데, 계가 제일
먼저 명에 응해 나왔다.

　내가 말했다.

　"이는 소동파蘇東坡가 말한바, '그림자가 천척으로 흔들리니 용과 뱀
이 꿈틀대는 듯'[19]이라는 말 그대로이다. 비록 금동선金銅仙[20]이 있더라
도 만약 손바닥에 이 뚱뚱한 여자를 놓아둔다면 팔이 반드시 연유처럼
늘어질 것이다."

　어떤 사람이 말하였다.

───────

18_ 맹인 영감 ┃ 내연內宴의 정재呈才 때 반주 음악을 맡은 맹인 악사들. 외연外宴의 정재 반주는
　　악공樂工이 맡았으나 내연에는 특별히 맹인 악사를 동원하였다.
19_ 그림자가 ⋯ 꿈틀대는 듯 ┃ 원문은 "영요천척용사동影搖千尺龍蛇動"이다. 소동파가 바람에 노
　　송老松이 흔들리는 것을 보고 "그림자가 천척으로 흔들리니 용과 뱀이 꿈틀대는 듯하다"라고
　　읊은 구절이다.
20_ 금동선金銅仙 ┃ 금동으로 만든 신선이라는 뜻. 고사故事에 대해서는 미상.

"오늘 놀이는 매우 무료하여 잠두鑾頭²¹의 꽃구경과 어느 것이 나을지 모르겠다."

내가 말하기를 "눈은 비록 복이 없으나, 다리는 다행히 아프지 않다" 하였다.

그런데도 구경꾼이 뜰을 가득 메워 어깨가 부딪혀 갈 수 없을 정도가 되었으니, 대개 마을의 놀량패들로서 귀를 위해서가 아니고, 눈을 위해 온 자들이다.

아! 일찍이 내가 여담심余淡心²²의 《판교잡기板橋雜記》²³를 읽었는데, 천 년 후의 사람들로 하여금 뼛속까지 취하고 마음이 뜨거워, 황홀하게 설의雪衣・금심琴心²⁴과 더불어 미루迷樓²⁵ 위에 머물러 있는 듯하게 하였으니, 그와 더불어 같은 세상에 살지 못했음을 한탄한다. 저 놀량패들, 나비가 희롱하고 벌이 시끄러운 것처럼 이곳에 달려온 자들이 불행하게 남곡南曲²⁶이 유행하던 당시에 났더라면 연화烟花 세계 속의 아귀

21_ 잠두鑾頭 | 한강의 양화진 남쪽 산을 가리킨다. '달머리' 혹은 '잠두봉'이라 부르기도 하는 곳으로, 특히 경치가 아름다워 뱃놀이 등이 많이 행해졌다고 한다.

22_ 여담심余淡心 | 여회余懷. 중국 청淸나라 때의 문인. 담심은 그의 자. 또 다른 자는 무회無懷, 호는 만옹曼翁・만지노인曼持老人. 저서로는 《판교잡기板橋雜記》,《동산담원東山談苑》,《미외헌고味外軒稿》등을 남겼다. 《청사열전淸史列傳》에 보인다.

23_ 《판교잡기板橋雜記》 | 중국 청나라 사람 여회가 지은 책. 3권. 명나라 남경南京 기원妓院의 자질구레한 소문들을 적은 것으로, 명나라 말기의 정치 부패와 기강이 무너진 사대부들의 생활 풍토가 반영되어 있다.

24_ 설의雪衣・금심琴心 | 여회의 《판교잡기》에 등장하는 재예가 뛰어난 기녀들. 설의는 이십랑李十娘의 자이며, 금심은 돈문頓文의 자이다.

25_ 미루迷樓 | 중국 수隋나라 양제煬帝 때 항승項昇이 만든 설계도에 의거하여 지은 누각. 매우 화려하였으므로 황제가 '진선眞仙으로 하여금 이곳에 노닐게 하여도 또한 길을 잃을 것이니, '미루'라고 말할 만하다(使眞仙遊其中, 亦當自迷也, 可目之日'迷樓')'라고 한 데서 붙여진 명칭이다.

26_ 남곡南曲 | 기녀들이 거주하던 곳. 《판교잡기》에 의하면 기녀들이 취거聚居하는 곳을 곡중曲中이라 불렸는데, 재예와 미모가 뛰어난 기녀들은 남곡과 중곡中曲에 많았다고 한다.

餓鬼가 되지 않은 자가 드물 것이다. 웃을 만하고 또한 슬퍼할 만도 하다. 음악이 그쳐서 돌아오니, 꽃 피는 계절 따뜻한 햇볕이 정히 무르녹았더라.

—이지양 옮김

물고기를 기르는 못에 대하여

種魚陂記

    태초에 물이 넓고 깊게 쌓여 있어 기氣가 서린 것이 끝이 없는데, 그 밑바닥에 산호나무가 생기고 용·곤어鯤魚·악어·자라 등이 여기에 섞여 있다. 이는 하늘이 만든 못으로 너무도 크기에 한 사람이 사사로이 할 수 있는 것이 아니다. 그 물가 둑 안에 백경百頃의 물이 있어 소라와 조개가 집으로 삼고, 뱀장어와 쏘가리가 무리를 이루어 물고기로서 바다에 넘쳐나는 것들이 모이게 된다. 그리하면 천택川澤에 곧 주인이 있을 수 있지만, 붉은 풀에 걸리고 파란 진흙에 애를 먹어 낚시와 그물질 또한 뜻대로 할 수가 없다. 이것이 나의 못을 그 가운데에서 또 만들게 된 까닭이다.

    높이(깊이)는 어깨까지 잠기고 동서로는 20궁弓[1]이며, 가로는 세로의 십 분의 칠쯤 된다. 가운데에 섬을 만들어 물과 더불어 서로 닿는 것이 많은데 위치는 약간 동남쪽이다. 이웃에 사는 부로父老들이 이를 보고 대체로 한 자 남짓한 물고기 천여 마리를 둘 수 있다고 하였다. 그 역사役事를 마치는 데 아흐레가 걸렸으며, 오십 명의 공력이 들어갔다. 일이

1_ 궁弓 | 옛날에 땅을 재던 공구 또는 길이의 단위. 5척尺이 1궁弓이고, 360궁이 1리里이며, 사방 240궁이 1묘畝이다.

다 이루어지자 이름하여 '종어피種魚陂'라 하였다. 마침 늦은 봄철이라 복사꽃 피고 물이 불어남에, 나는 또 크기가 버들잎만 한 웅어를 놓아 그 안에 가두어 가까이하였고, 붉은 해당화와 수양버들을 언덕에 심어 못을 장식하였다. 부포夫浦[2]에 비가 개고 달이 작은 동산에 뜰 때를 기다려 다리를 건너 못 가운데의 섬으로 가서 그 물고기들을 내려다보며 즐기니, 호박濠濮에서의 즐거움[3]이 나의 정원의 것이 되었다. 새벽녘이나 저녁 무렵의 정취는 백설같이 하얀 회를 기다리지 않아도 배가 부를 정도이다. 어찌 반드시 철망을 드리워 밝은 달을 취하며, 낚싯대에 열두 마리의 자라를 끌어당겨[4] 푸른 바다의 경관을 다한 뒤라야 아름답다 하겠는가!

못이 이루어진 날, 을사년(1785) 늦은 봄에 쓰다.

2_ 부포夫浦 | 이옥의 본가가 있는 남양南陽 부근의 포구 이름인 듯한데, 자세한 것은 알 수 없다.
3_ 호박濠濮에서의 즐거움 | 장자가 호수濠水에서 물고기 노는 것을 보고 즐거워하고, 박수濮水에서 낚시질을 즐기면서 초왕楚王의 초빙에 응하지 않았다고 한다.
4_ 낚싯대에 … 끌어당겨 | "열두 마리의 자라를 끌어당겼다"는 것에 관해서는 미상이나 한 번의 낚시질로 여섯 마리의 자라를 잡았다는 기록이 《열자列子》, 〈탕문湯問〉편에 보인다. "龍伯之國者, 有大人, 擧足不盈數十步, 而曁五山之所, 一釣而連六鰲, 負而歸國, 灼其骨以數焉."

세 번 홍보동을 노닐고

三游紅寶洞記

　기억하건대, 내가 여덟 살 적에 아버님의 장구杖屨[1]를 모시고 홍보동紅寶洞으로 꽃구경을 온 적이 있었다. 홍보동은 연희궁延禧宮[2]의 동편, 의소묘懿昭墓[3]의 남쪽에 있는데, 숲이 넓어 작은 초지가 될 만하고 온통 붉은 진달래꽃으로 빽빽하여 햇빛이 새어 들지 못하였다. 그중 오래된 진달래나무는 부여잡고 숲속으로 오를 만한 것으로써 참으로 노을빛 장막 비단 휘장 그것이었다. 맑은 샘이 있어 마실 만하고, 꽃다운 풀이 있어 방석처럼 깔고 앉을 만하였다. 이에 화전을 부쳐 먹고 시를 지었다. 이때 내가 읊기를 "햇볕을 향한 꽃은 비단과 같고, 땅에 가득한 풀은 방석과도 같도다(向陽花似錦, 滿地草如茵)"라고 했는데, 사실 그대로를 기록한 것이었다. 그때 듣기로는 예전에 홍·보덕洪輔德[4]이 이곳에 살

1_ 장구杖屨 | 지팡이(杖)와 신(屨)으로 어른을 곁에서 모시는 것을 뜻한다. 《예기》, 〈곡례曲禮〉편에 "侍坐於君子, 君子欠伸, 撰杖屨, 視日蚤莫, 侍坐者請出矣"라는 구절이 보인다.

2_ 연희궁延禧宮 | 조선조 초기 이궁離宮의 하나로 지금의 연희동 194번지 부근에 있었다. 《궁궐지宮闕志》에 "도성 밖 서쪽 15리 양주楊州에 있는데 정종定宗이 태종太宗에게 왕위를 선양하고 나서 이 궁에 머물렀다"는 기록이 보인다. 연산군대까지 존재하였으나 이후 없어졌다.

3_ 의소묘懿昭墓 | 조선조 영조의 세손世孫인 의소懿昭의 무덤으로 지금의 서울 연세대학교 오른편에 있었다.

4_ 홍보덕洪輔德 | 보덕輔德은 세자시강원世子侍講院의 종3품 관직명인데, 홍보덕은 홍국영洪國榮을 가리키는 듯하다.

았는데 진달래꽃은 모두 그가 심은 것이며, 이에 홍보덕동洪輔德洞이라 이름 붙였다고 한다. 그런데 지금은 와전되어서 홍보동이라 하고, 혹은 홍패후동紅牌後洞이라 부르기도 한다는 것이다.

그 후 기해년(1779)에 두 형과 여러 친구들을 좇아 안현鞍峴에서 출발하여 산사에서 점심밥을 먹고, 해가 기울어서 독송정獨松亭 아래 도착하였다. 어떤 사람이 출세하여 진달래 꽃밭 서편에 별장을 짓는데 바람이 잘 드는 높은 헌함軒檻과 물이 둘려 있는 누각으로 공사가 끝나기도 전에 이미 관가에 몰수되었다고 한다. 때는 봄빛이 바야흐로 한창이고 석양이 또 내려앉기 시작하는데, 객은 이미 취했고 꽃 또한 취하여 고운 홍조가 얼굴을 비추고 맑은 향기가 코끝을 스치어 사람으로 하여금 애착을 느껴 떠나지 못하게 하였다. 어린 종이 꽃을 꺾다가 마을 사람과 더불어 한바탕 시끄럽게 소란을 일으키게 된 뒤에 돌아왔다. 처음 놀러 왔을 때로부터 벌써 십이 년이 지났으나 꽃이 전과 달라진 것을 느끼지 못하였다. 그 후에는 매양 봄철을 만날 때마다 마음이 임하林下[5]에 있지 않은 적이 없었다.

올해 신해년(1791) 3월 부슬비가 비로소 그치고 따스한 바람이 살랑살랑 부는데 조애照厓[6]에서 걷기 시작하여 의소묘 시냇가를 지나 쉬다가 산자락을 몇 개 지나 홍보동으로 가면서 또한 붉은 진달래꽃이 흐드러지게 피었으리라 생각하였다. 그런데 막상 이르러 보니, 꽃잎 하나도 찾아볼 수가 없었다. 꽃이 없을 뿐만 아니라 나무도 없고, 나무가 없을

5_ 임하林下 | 여기에서는 홍보동을 가리킨다.
6_ 조애照厓 | 앞의 〈시정의 협잡꾼에 대한 이야기市奸記〉에 나오는 조애照崖와 동일한 곳이 아닌가 한다.

뿐만 아니라 뿌리 또한 없어졌다. 마을의 한 장정이 구덩이를 파고 재와 똥을 채워서 바야흐로 호박을 심을 준비를 하고 있는 것이 보였다. 아래편을 보니 수각水閣 또한 없어지고 군데군데 네모지고 하얀 주춧돌만이 화표주華表柱[7]처럼 남아 있을 뿐이었다. 사람으로 하여금 가을 철처럼 쓸쓸한 느낌이 들게 하고 이어서 감상에 젖어들게 하니, 마고할미가 푸른 바다를 보고 통곡하지 않은 것[8]이 또한 모진 간장이었다는 것을 비로소 알게 되었다.

아! 십삼 년 만에 재차 와서 놀았으며, 또다시 십삼 년 만에 놀러 왔는데 어찌하여 전에는 꽃이 변하지 않았는데 뒤에는 변하였단 말인가? 꽃의 변화를 내가 알겠노라. 늙은 것이 쇠하면 어린 것이 다시 번성하고, 벤 것이 없어지면 새싹이 이어서 자라나는 것인즉, 비록 성쇠의 다름이 있을지라도 또한 이처럼 완전히 없어지는 경우는 없는 것이다. 혹시 초동목수樵童牧竪가 하루아침에 베어 버리고 아울러 그 뿌리를 캐내어서 그런 것인가? 아니면 세월이 오래되어 늙은 것은 더욱 늙고 어린 것은 다시 싹트지 못해서 그런 것인가? 홍보동은 이로부터 끝난 것이다.

이에 또 생각건대 호상湖上의 벗 이상중李尙中[9]의 집에 복사꽃 동산이 있어서 매년 봄날이 저물려 할 때면 붉고 푸른 꽃잎이 어지럽게 사람들 옷에 떨어지고, 수양버들이 휘늘어져 가지가 땅을 스치는 것을 내

7_ **화표주華表柱** | 고대에 궁전이나 성곽 혹은 능묘陵墓 앞에 세웠던 석주石柱로 석면에 종종 꽃무늬를 새기기도 하였다.
8_ **마고할미가 … 않은 것** | 마고摩姑는 전설에 나오는 선녀로, 갈홍葛洪의 《신선전神仙傳》에 "마고는 동해東海가 상전桑田으로 변하는 것을 세 번이나 보았다"고 한 구절이 보인다.
9_ **이상중李尙中** | 미상.

가 매우 좋아했다. 이 또한 보지 못한 지가 십일 년이니, 이십랑李十娘 집의 늙은 매화[10]가 된 것은 아닌지 또한 알 수 없지 않은가? 옛사람들이 복사꽃은 단명하는 꽃이고, 또한 오래도록 기다려줄 벗이 아니라고 했으니, 어찌 토규연맥兎葵燕麥[11]처럼 변하지 않으리라는 것을 보장할 수 있겠는가? 내 만약 이상중을 만나게 되면 마땅히 복사꽃이 잘 있는지 물어보리라.

10_ 이십랑李十娘 … 매화 | 이십랑은 여회의 《판교잡기》, 〈여품麗品〉에 나오는 인물로 이름은 상진湘眞, 자는 설의雪衣. 앞의 〈장악원에 놀러가 음악을 듣고游梨院聽樂記〉에 설의에 관한 언급이 보인다. 그녀의 집 왼편에 매화 한 그루가 있고, 오른편에는 오동나무와 대나무가 심어져 있어 자못 아취가 있기에 동인들의 시문회詩文會가 있으면 반드시 그 집에서 열렸다고 한다. 명나라가 망한 뒤 그 집은 폐가가 되고 나무들은 베어져 땔감이 되었다고 한다.

11_ 토규연맥兎葵燕麥 | 토규는 식물명으로 규葵와 비슷한 풀이고, 연맥은 폐허 따위에서 잘 자라며 제비의 먹이가 된다고 하여 '연맥燕麥'이란 이름을 붙인 풀이다. 토규연맥은 폐허에 잡초가 무성하다는 의미로 쓰인다. 당대의 문학자 유우석劉禹錫의 〈재유현도절구再遊玄都絶句〉 시의 서문에서 "人人皆言, 有道士手植仙桃, 滿觀如紅霞, … 蕩然無復一樹, 唯兎葵燕麥動搖春風而已"라 하였다.

합덕피[1]를 보고

觀合德陂記

나는 평생 물을 매우 사랑하였다. 사랑한 까닭에 물을 본 것 또한 많았다. 바다를 보았고 한강을 보았으며, 폭포를 보았고 시내도 보았으며, 못을 보았고 여울을 보았으며 소沼도 보았다. 본 바가 많지 않은 것은 아니로되 돌이켜보면 내가 사랑하기에 가한 것이 없었다. 대개 나의 성질이 유약하여 파도가 일렁이고 바닥을 모를 만큼 깊어서 어두운 색을 띠는 것을 보면 두려움을 느낀다. 두려운 까닭에 바다나 한강 같은 것은 보았지만 감히 사랑할 수 없었다.

나는 또 성질이 조용하여 물이 시끄러운 소리를 내며 콸콸 부딪치고 세차게 흘러가는 것을 보면 싫어하게 된다. 싫은 까닭에 폭포나 시내나 여울 같은 것은 보았으되 사랑스러움을 느끼지 못하였다. 못이나 소 같은 것에 있어서는 마땅히 사랑할 수 있을 듯하였다. 그러나 나는 또 널리 보지를 못해서 본 바의 못과 소 가운데 못은 낮고 좁은 것이었고, 소는 움푹 패여 너무 깊은 것이었다. 이 또한 족히 사랑할 만한 것이 못

1_ 합덕피合德陂 ┊ 충청남도 당진군 합덕읍에 있었던 저수지. 합덕 평야를 관개하던 젖줄이었는데, 1964년 예당지禮唐池가 준공됨에 따라 폐지되었다. 폐지하기 전 제방 둘레가 9km, 길이는 1,780m에 이르는 큰 저수지였다. 《당진군지》에 따르면, 후백제 견훤甄萱이 이곳에 둔전屯田을 개발하면서 개설되었던 것으로 전해진다. 예전에는 홍주목洪州牧 관내에 있었다.

되었다. 그래서 끝내 사랑할 만한 것을 볼 수가 없었다.

　그런데 여기 홍주洪州의 못은 사랑할 만도 하다. 그 제방에 올라서 둘레를 대략 짐작해보니 이십 리요, 길이는 삼 분의 일가량 되었다. 때는 9월, 가을 물이 모여들기 시작하는데 바닥이 높은 곳은 학의 정강이가 잠길 만하였고, 깊은 곳도 사람 허리가 찰 정도로 건너갈 만하였다.[2] 맑고 넓고 고요한 물이 가득 차 넘칠 듯한데 미풍이 불자 주름이 지고 석양빛을 받자 거울처럼 고요히 빛났다. 멀리서 보면 평원에 깔린 이내와 같았으며, 가까이에서 보면 빈 뜰에 밝은 달빛이 비치는 듯하였다. 내가 둘러보고 즐거워하면서 말하였다.

　"이곳이 내가 사랑하며 보고 싶었던 곳이다. 그런데 애석하게도 질박하여 아무 꾸밈이 없구나! 마땅히 연을 심어야 할 것이다. 호사자로 하여금 연밥 네다섯 곡斛을 물에 넣게 하여 삼 년이 지나면 연꽃 만 자루를 얻을 수 있을 것이다. 이에 제방을 둘러 수양버들 수천 그루를 심으며, 못 안에는 봉래산을 본뜬 섬 서너 개를 만들어두고 섬 위에는 단청을 한 자그만 집을 지어, 매양 붉은 꽃이 곱게 피어날 때 청한주靑翰舟[3] 십여 척에 기녀와 녹유綠醹를 싣고 이곳에서 노닌다면 그 어찌 장공長公의 제방[4]만 못하겠는가?

　또 마땅히 고기를 길러야 할 것이다. 범려范蠡[5]의 말을 따라 구도九島

2_ 사람 … 만하였다 ┃ 원문은 "가려可厲"인데, '려厲'는 물이 허리까지 차는 것을 말한다. 《이아》, 〈석수釋水〉에 "濟有深涉, 深則厲, 淺則揭. 揭者揭衣也. 以衣涉水爲厲. 繇膝以下爲揭, 繇膝以上爲涉, 繇帶以上爲厲, 潛行爲泳"이라 하였다.

3_ 청한주靑翰舟 ┃ 새의 모양을 새겨 꾸미고 청색으로 칠한 배. 당대 시인 피일휴皮日休의 〈초입태호初入太湖〉에 "好放靑翰舟, 堪弄白玉笛"이란 구절이 있다.

4_ 장공長公의 제방 ┃ 장공은 소식蘇軾을 가리킨다. 소식이 항주杭州 태수로 있을 때, 서호西湖에 둑을 쌓아 만든 제방으로 소제蘇堤라 불리며, 지금도 명승지로 널리 알려져 있다.

를 설치하고 어묘魚苗를 뿌려 놓고 해마다 가두리[6]를 들여 그것을 보호한다면 몇 년이 지나지 않아 물고기와 자라를 이루 다 먹을 수 없을 것이다. 이에 한 치의 눈을 가진 촘촘한 그물을 금하고 못 물을 완전히 말리지도 말고 고기에 독을 풀지도 못하게 한다. 석양의 물가, 버들 그늘 아래 시원한 곳에서 죽죽 늘어진 대나무 가지로 어량魚梁에서 낚으면 그 어찌 하수河水의 방어魴魚[7]만 먹는 고기이겠는가? 한 집에 있어서는 재화가 될 것이요, 나라에 있어서는 비축이 될 것이다. 이 또한 부富함이 아니겠는가? 그런데 그 위치한 곳이 궁벽한 고을 황량한 물가 낮고 습한 땅이라 시든 풀이 무성하게 덮고 있다. 꽃 한 송이 돌 하나 그 경관을 돕고 있는 것이 없어서 겸손함을 지키고 묵묵함을 써서 다만 물오리와 갈매기만 왕래할 뿐이다. 이 어찌 애석하지 않으리오?

그렇지만 내가 애석해함은 사랑이 지극한 까닭에 그 경관의 화려하고 아름다움이 없음을 안타까이 여길 뿐이다. 그 못에 있어서는 그릇이 너무 커서 규제에 맞지 않지만 이득을 받음이 많이 그에게 돌아간다. 두텁게 쌓고 깊이 간직하여 때에 따라 유행하면 곧 마른 것은 윤택해지고 결핍된 것이 불어나서 못 아래 수천여 경頃의 논밭이 묘畝마다 한 종鍾[8]을 수확할 수 있으니, 그 이익이 크도다! 어찌 붉은 꽃송이를 덮어

5_ 범려范蠡 | 중국 춘추시대 월越나라 사람으로 왕 구천句踐을 도와 20년간 노력하여 회계會稽의 치욕을 씻었고 상장군上將軍에 오른 인물이다. 그 뒤 그는 제濟나라로 가서 성과 이름을 고쳐 가산 수십만 금을 모았는데, 제나라 사람들이 재상으로 삼으려 하자, 다시 재산을 다 흩어 버리고 떠나 도陶 땅에 정착하여 도주공陶朱公이라 자호하고, 상업을 경영하고 물자를 축적하여 다시 누만금의 재산을 모았다고 한다.

6_ 가두리 | 원문은 "수궁守宮"인데, 가두리를 뜻하는 말인 듯하다.

7_ 하수河水의 방어魴魚 | 《시경》, 〈진풍陳風 · 형문衡門〉편에 "고기를 먹는데 어찌 하수의 방어만 고기이겠는가?(豈其食魚, 必河之魴?)"라고 한 구절이 있다.

8_ 종鍾 | 곡식 용량의 단위로 6곡斛 4두斗이다.

쓰고 비단 비늘을 간직하고 있는 것에 그치겠는가? 그런즉 못의 사랑스러운 바는 또한 그 혜택으로서이다. 유람하는 자를 위해 애석해할 필요가 없는 것이다."

종자從者가 말하였다.

"당신은 아직 다 보지 못하였다. 4월 말, 5월 초 도화수桃花水가 크게 밀려오고 거기에 때맞춰 비가 내리면 이 못은 강이 되고 바다가 된다. 서쪽 밭두둑에서 수원이 다했음을 알려 가래가 구름처럼 몰려 있는데 수문을 열고 물꼬를 틔우면 눈처럼 흰 물결이 말처럼 쏜살같이 내달리는데, 이는 여울이나 폭포의 물살에 견줄 것이 아니다. 이때는 당신이 반드시 두렵고 싫다고 할 것이다. 사랑스럽게 바라볼 수 없을 것이다."

이에 내가 말하였다.

"그렇다면 내가 사랑스럽게 여긴 바는 곧 오늘 본 바의 못인가 보다!"

드디어 노래를 지어 못을 찬미한다.

못 물의 쌓여 있음이여,	陂水之積兮
그 근본을 행함이로다.	行其素
논밭에 물을 대어주고	可以漑兮
물결을 거슬러 놀 만도 하구나.	可以溯

9_ 황숙도黃叔度 | 황헌黃憲. 숙도叔度는 그의 자. 중국 후한後漢 낙양洛陽 사람으로 학행學行으로 명망이 높았다. 효렴孝廉으로 천거되어 경사京師에 이르렀으나 끝내 나아가지 않았는데, 당시 사람들이 그를 일러 '징군徵君'이라 하였다. 곽태郭泰는 그의 사람됨을 일러 "叔度汪汪, 若千頃波. 澄之不淸, 淆之不濁, 不可量也"라고 하였다.

내 누구를 따르리오?　　　　　　　　　吾誰從兮

황숙도黃叔度[9]로다.　　　　　　　　　　黃叔度

함벽루에 올라

登涵碧樓記

나는 천성이 게으르고 이 길은 또 귀양길이어서 길의 왼편으로 일, 이 리 되는 곳에 좋은 누각이 있어도 또한 감히 길을 둘러 가지 못하였 다. 다만 감히 가지 못할 뿐만 아니라 가고 싶지 않은 것이기도 했다. 삼가三嘉에서 서쪽으로 합천陜川에 사 리쯤 못 미친 곳에 이르니 산이 다하고 모래사장이 펼쳐졌으며, 모래사장이 다하자 물이 이어졌다. 물 에는 다리가 있었는데 매우 길었으며 다리가 다하자 누각이 우뚝 솟아 있는데, 석문石門이 말머리에 마주치고 붉은 난간이 곧바로 사람의 눈 썹과 이마에 닿아 있었다. 마치 내가 뜻하지 않은 가운데 뛰쳐나와 길 을 막고 객을 머물게 하는 듯했다.

나는 부득이 그 문으로 들어가서 그 마루에 오르고 그 난간에 기대어 보니 구름 사이로 동남쪽에 여러 산들이 용이 꿈틀거리고 봉황이 날아 가는 듯한데, 나는 그것이 어느 군의 무슨 산봉우리인 줄 알지 못하지 만 그 푸르디푸른 산 빛의 아련한 것이 좋았다. 명사십리에 내리던 눈 이 개기 시작하자, 늙은 홰나무와 조그만 갯버들이 그림처럼 점점이 이 어져 있었다. 큰 내는 구불구불 이어져 동쪽으로 흘러가는데, 굽이쳐 움푹 파여 웅덩이를 이루기도 하고 휘어져 흐르는 곳엔 모래톱이 있기 도 하였다. 누각 아래 이르러선 감돌아 흐르며 소를 이루어 깊은 곳은 검푸른 빛을 띠고 얕은 곳은 물무늬를 이루었는데, 황어黃魚는 물결 위로 뛰어오르고 비취빛 새는 마름 풀을 쪼아 먹고 있었다. 석양 한 줄기에 누각의 그림자가 비스듬히 드리워져 있었다. 누각은 백 척이나 되는 바위 위에 올라앉아 천 길 연못을 내려다보고 있었다. 허공에 의지해 홀로 서서 시원스럽게 내려다보면서 기둥에 기대어 침을 뱉으니 구슬이 물결 속으로 떨어지고, 돌을 날려 던지니 활을 쏘지 않았는데도 시위 소리가 난다. 그 편액을 보니 '함벽루涵碧樓'라고 씌어 있었다.

아! 이것이 함벽루로구나. 전에 내가 한강 북쪽에 살 때 정자가 있었는데, '함벽涵碧'이라고 불렀다. 그때 이 누각이 영남에서 으뜸가는 것이라고 듣고는 매양 한번 올라 그 우열을 가리고자 하였는데 지금에야 이루었구나. 가슴이 트이고 옷깃이 상쾌하여 사람의 눈을 즐겁게 하는 것이 어찌 그리 내가 예전에 놀던 정자와 비슷한가? 건물의 결구結構는 붉고 흰색으로 깔끔하게 만들었으며 건물 제작이 또한 정밀하고 아름답다. 그런데 아득히 오랜 세월 비바람에 침식되어 무늬 창과 아로새긴 문이 거의 지탱하지 못할 듯하다. 또 유람객들의 글자로 더럽혀져 조악한 시가 벽을 더럽히고 비뚤어진 글씨가 들보를 칠하고 있어, 사람들로 하여금 이를 대하면 마치 저 강산도 아울러 더럽게 여겨질 듯하다.

비탈길을 올라가니 누각 뒤편에 절이 있는데 '연호사烟湖寺'라고 한다. 푸른 절벽 사이에 붙어 있어 위태하기는 연루燕壘[1]와 같고, 매달려 있는 모습은 호방蠔房[2]과 같다. 중이 떠난 지 이미 오래되었고, 진흙으

1_ 연루燕壘 | 제비집.
2_ 호방蠔房 | '호蠔'는 굴을 가리키는 말. 굴이 바위에 다닥다닥 붙어 있는 모습을 형용하여 '호방'이라 이른다.

로 빚은 관음상만이 절을 지키고 있다. 아마도 그 처음에는 중으로 누각을 지키게 하고자 함이었을 터인데, 부처가 중의 생활을 보장해주지 못하여 병석甁錫[3]이 달아나게 되었다. 그러니 예로부터 누각을 지키며 떠나지 않는 것은 오직 바위의 구름과 물가의 달이다. 저녁 바람이 거세게 불어와 높은 곳에 오래 있을 수 없기에 발걸음을 옮겨 돌계단을 내려오는데 나도 모르게 자꾸 머리를 돌려 돌아보곤 하였다.

—이상 신익철 옮김

3_ **병석甁錫** | 승려들이 사용하는 병발甁鉢과 석장錫杖. 곧 승려를 가리키는 말로 쓰인다.

신루기 이야기

들의 기氣는 성곽이 되고, 바다의 기는 누대가 된다. 혹은 말하기를 "바다 속에 동물이 있는데, 그 이름을 이무기라고 한다. 뱀과 같은 몸은 천 자나 되고, 불처럼 생긴 수염과 용의 뿔을 갖고 있는데, 이것이 기를 내뿜어 누대의 모양을 만들 수 있다"라고 한다. 박물자博物者[1]는 "진실로 이 같은 횃불이 있어 그 뿔에서 붉고 푸른 연기가 나오는데, 그것이 얽혀서 작은 누대가 된다"라고 한다. 그렇다면 그 누대라는 것은 과연 바다의 기인가? 바다의 기가 아니라면 과연 이무기의 기가 그것을 그렇게 만드는 것인가?

어린 시절에 이웃의 조춘일趙春日 공公에게 들었는데, 영인靈仁[2]의 바닷가에 누대가 세 번 나타났다고 한다. 그런데 그 높이는 천 자나 될 법하고, 푸른 기와, 화려한 기둥, 자잘한 구슬을 새긴 지게문, 무늬가 새겨진 난간, 흰 벽, 봉황이 드리운 언덕, 그림같이 밝고 거울처럼 현란한 것 등 온갖 사물을 가지고도 다 형용할 수 없을 정도였다. 조금 뒤에 갑자기 산 가까이에서 절의 구름, 동자기둥의 연꽃, 난쟁이, 황금 등이 아

1_ 박물자博物者 | 박물군자博物君子, 즉 모든 사물에 능통한 사람을 이른다.
2_ 영인靈仁 | 지금의 충남 아산군 영인면을 가리키는 듯하다.

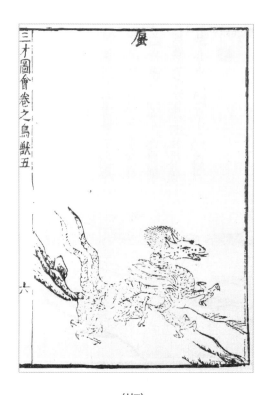

〈신蜃〉
중국 명나라 왕기王圻의 《삼재도회三才圖會》(1607)에 실린 신의 모습.

득히 겹쳐져서 더욱 통창하고 화려하였다. 잠시 후에 붉은 망루가 우뚝
한데 하얀 치첩雉堞이 구름처럼 이어졌으며, 돌문은 달과 같았다. 붉은
수레바퀴, 푸른 일산日傘의 너울거림이 물결처럼 그곳을 지나가는데,
어떤 거인이 금빛 인갑鱗甲을 입고, 붉은 깃털 장식을 흩날리며 검을 짚
고 서 있는데, 칼날의 푸르름이 마치 길게 뻗은 무지개 같았다. 모두 이
무기라고 말하였다. 그런즉 이무기의 기가 이와 같이 신령스럽고도 대
단한 것인가!

소인이 달팽이집[瓜牛屋]³을 짓는다 해도 오히려 산에서 나무를 베어 오고 진흙을 발라 높이 쌓아서 수일이 지나야만 비로소 완성된다. 큰 집은 일 년이 걸리고 사기廄祈⁴는 삼 년이 걸렸으며 아방궁은 십 년이 지나도 완성할 수가 없었다. 그런데 눈 깜짝하기도 전에 그것을 만들고 또 눈 깜짝하기도 전에 무너지게 되니, 어찌 그렇게 잘할 수 있는가? 계문薊門⁵의 들에 나무가 있어 그 숲이 천 리나 되는데, 홀연히 생겼다가 갑자기 사라지니 이름하기를 '연烟'이라 한다. 곤륜산[崑邱山]에 '토수조吐壽鳥'라는 새가 있어 붉고 구불구불한 것을 뿜어내어 무늬가 되게 하고, 신령스러운 용이 숨을 내뿜으면 비단 구름이 뒤따르며, 도마뱀이 물을 뿜어대면 얼어서 구슬이 된다고 한다. 이것들이 또한 그러하니, 기의 영험한 바를 역시 어찌 헤아릴 수 있겠는가? 원인을 알 수 없는데도 지어지고, 다른 힘을 빌린 것이 없는데도 이루어진다. 내 어찌 반드시 바다와 이무기만 의심할 수 있겠는가? 누대가 아니면서 누대이고, 누대가 없는 데서 누대가 있게 되니 이것이 볼 만한 것이다. 하물며 높고도 빛남이 설자說者의 말한 바와 같은 것에 있어서랴!

화花⁶의 바깥 바다에 교룡과 이무기가 살고 있다. 매양 봄날이 후덥지근하고 해가 찌는 듯하여 날씨가 비가 올 것 같으면 때때로 신기루를

3_ 달팽이집[瓜牛屋] | 중국 후한의 초선焦先이 지은 와우蝸牛 모양의 원사園舍 이름. 과우瓜牛는 와우의 속칭.

4_ 사기廄祈 | 궁전의 이름.

5_ 계문薊門 | 지금의 중국 북경시 북쪽에 위치한 지명으로서 전국시대 연燕나라의 도읍이 있던 곳이다.

6_ 화花 | 《남양군읍지南陽郡邑誌》(1899년 편)에 의하면 남양군 송산면松山面에 화량花梁이라는 지명이 있고, 송산면 매화동 부근 바닷가에 설치된 진鎭의 이름이 화량花梁인 것으로 보아, 여기의 '화'는 이 일대를 가리키는 것으로 보인다.

본 자가 있었다. 나만 그것을 보지 못해 한탄하고 있는데, 어느 날 바닷가에 사는 사람이 신기루가 나타났다며 알려 왔다. 내가 바다에서 그것을 바라보니 내가 있는 곳에서 약 십 리쯤 되는 곳에 산이 바다를 걸타고 서 있는데, 매우 푸르다 못해 검푸른 빛이었다. 가리개가 되고 병풍이 되고 담장이 되고 성이 되었는데, 갑자기 또 구멍이 있어 둥글고 그속이 텅 비더니 큰 성의 문이 되었다. 갑자기 또 위로 뻗치고 아래로 드리우더니 천 개의 기둥이 받치는 다리가 되었다. 갑자기 또 세로로 길어지기만 하고 옆으로는 뻗지 못하더니 숲처럼 빽빽한 화표華表가 되었다. 갑자기 또 뚝 끊어져서 섞여 일어나더니 첩첩이 쌓인 언덕이 되었다. 갑자기 또 합쳐져서 다시 가리개가 되고 병풍이 되고 담장이 되고 성이 되었는데, 그 문은 그대로이고 막히지 않았다.

한창 성할 때엔 바다 가운데 섬들이 모두 일어나 거기에 응했다. 토란만 한 것이 주먹처럼 되고, 주먹 같은 것이 말〔斗〕처럼 되고, 말 같은 것이 집 모양으로 변하는데, 낮은 것은 반원이고, 솟은 것은 네모나게 되었다. 위는 평평하여 처마 같은 것이 달려 있는데, 비록 그것을 누대로 삼더라도 또한 불가한 것이 아니다. 또 따로 떨어져 우뚝 솟은 것이 있는데, 밑동은 점점 성글어서 가늘어지고, 위는 주위를 둘러서 넓게 퍼져 있다. 홀로 서 있는 것 같고, 가지 없는 나무인 것 같아, 마치 지붕 위의 버섯인 듯한데, 이것은 신기루의 덮개이다. 그런데 아득하기도 하여 집이라면 집이고, 산이라면 산이며, 구름이라면 구름이고, 연기라면 연기이다. 부풀려서 누대라고 말하고, 과장해서 장시〔市〕라고 하니, 역시 혹 그럴듯하다. 그러나 그 구조의 상세함과 채색의 성대함을 말하는 것은 또한 호사가들의 말일 뿐이다.

옛사람들은 세상의 누대가 영구불변할 수 없기 때문에 세상을 위하여 그것을 슬퍼했다. 그런데 산도 오히려 영구할 수 없거늘, 누대가 어찌 오래갈 수 있겠는가? 나는 이 때문에 거듭 그것을 위하여 슬퍼한다.

내가 일찍이 산의 높은 곳에 올라 그 들을 내려다보았는데, 이랑도 없는 바다가 푸르고 하얗게 넘실대고 있었다.

—하정승 옮김

남쪽 귀양길에서

서문 敍文

삼가 임금님으로부터 귀양 명령을 받아,[1] 9월 기망旣望[2] 사흘 전 신유(13일)에 한양에서 동작진銅雀津을 건너, 인덕원麟德院[3]에 이르렀다. 임술(14일)에 화석장花石莊[4]에서 묵었다. 갑자(16일)에 금각金角[5]에서 묵었다. 을축(17일)에 천안天安에 이르렀다. 병인(18일)에는 동천銅川[6]에 이르렀는데, 어느 노인이 영남의 길을 알려주어 '길을 묻다〔路門〕'를 지었다. 정묘(19일)에 정산定山[7]에 이르렀고, 무진(20일)에 비가 와서 석성石

1_ 삼가 … 받아 │ 이옥의 〈남쪽 귀양길의 시말을 적다追記南征始末〉에 의하면, 정조 19년(1795) 충군充軍의 명을 받고 경상도 삼가현에 갔다 돌아온 일이 있는데, 이 〈남쪽 귀양길에서〉는 그때의 일을 기록한 것이다.

2_ 기망旣望 │ 음력 16일.

3_ 인덕원麟德院 │ 광주목廣州牧 서쪽 45리에 인덕원仁德院이 있었는데, 이곳을 가리키는 듯하다. 현 경기도 안양시 관양동.

4_ 화석장花石莊 │ 서거정徐居正(1420~1488)의 시 〈제천안박과정시권題天安朴瓜亭詩卷〉에 "九龍山下水雲鄕, 九龍山前花石莊"이라는 구절로 보아, 경기도 과천에서 평택에 이르는 길목에 있었던 지명인 듯하다.

5_ 금각金角 │ 현 경기도 평택시 서탄면 금각리.

6_ 동천銅川 │ 금강의 상류, 공주 부근의 개천.

7_ 정산定山 │ 현 충청남도 청양군 정산면 일대.

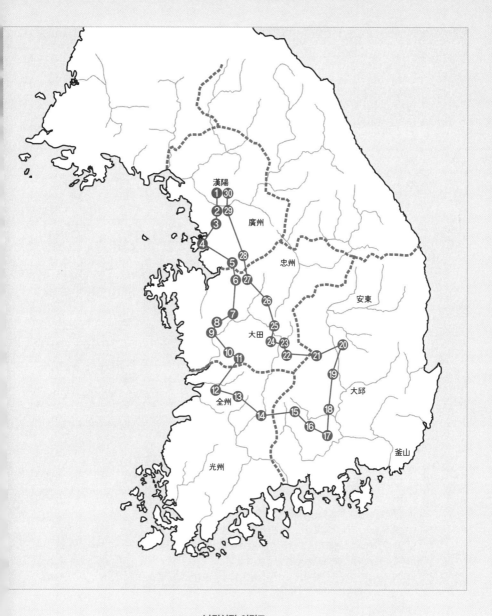

남정십편 여정도

① 한양(9. 13) ② 동작진(9. 13) ③ 인덕원(9. 13)—안양시 관양동 ④ 화석장(9. 14) ⑤ 금각(9. 16)—평택시 서탄면 금각리 ⑥ 천안(9. 17)—천안시 ⑦ 동천(9. 17)—금강 상류 ⑧ 정산(9. 19)—청양군 정산면 ⑨ 석성(9. 20)—부여군 석성면 ⑩ 황산강(9. 21) ⑪ 두성(9. 21) ⑫ 양정(9. 23)—익산시 춘포면 ⑬ 송광새(9. 24)—완주군 ⑭ 송탄(9. 25)—장수군 ⑮ 안음(9. 26)—함양군 안의면 ⑯ 자치(9. 28) ⑰ 삼가(9. 29)—합천군 삼가면 ⑱ 귀수원(10. 3) ⑲ 대매(10.4) ⑳ 해평(10. 5)—선산군 해평면 ㉑ 김천(10. 7)—김천시 ㉒ 영동(10. 8)—영동군 ㉓ 적등진(10. 9)—옥천군 ㉔ 진역(10. 9) ㉕ 선강(10. 10) ㉖ 청주(10. 10)—청주시 ㉗ 천안(10. 11) ㉘ 진위(10. 12)—평택시 ㉙ 동작진(10. 13) ㉚ 한양(10. 13)

城⁸에 머물렀다. 기사(21일)에 황산강黃山江⁹을 건너 두성斗城¹⁰에서 묵었다. 한양에서 두성까지 육백이십 리이다.

신미(23일)에 양정良井¹¹에 이르렀고, 임신(24일)에 비가 와서 송광사松廣寺¹²에서 머무르며 '절[寺觀]'을 지었고, 밤에 중과 이야기를 하고 나서 '연경烟經'을 지었다. 계유(25일)에 송탄松灘¹³에 이르렀고, 갑술(26일)에는 비로소 영남으로 들어가 '방언方言'을 지었다. 안음安陰¹⁴에서 묵으면서 물에 느낀 바 있어 '물에 대하여[水喩]'를 지었으며, 새 집이 있어 '집에 대한 변[屋辨]'을 지었다. 병자(28일)에 자치紫峙¹⁵에 이르러 목화 따는 것을 보고 '면포의 공력[棉功]'을 지었다. 정축(29일)에 삼가三嘉¹⁶에서 묵었다. 두성에서 삼가까지 사백십 리이다.

기묘(10월 2일)에 비가 왔다. 경진(3일)에 삼가에서 귀수원貴壽院¹⁷까지 갔는데, 돌이 많아서 '돌에 대한 단상[石歎]'을 지었다. 신사(4일)에 대매大梅¹⁸에 이르렀고, 임오(5일)에 낙동강을 건너서 해평海平¹⁹에서 묵었다. 갑신(7일)에 다시 강을 건너서 김천金泉²⁰에 이르렀다. 을유(8일)에는

8_ 석성石城 ㅣ 현 충청남도 부여군 석성면.
9_ 황산강黃山江 ㅣ 충청남도 논산군 연산면 부근의 금강 지류.
10_ 두성斗城 ㅣ 현 충청북도 음성군 맹동면에 두성리斗城里라는 지명이 있다.
11_ 양정良井 ㅣ 전라북도 익산시 춘포면에 있던 지명.
12_ 송광사松廣寺 ㅣ 전라북도 완주군 종남산終南山에 있는 사찰.
13_ 송탄松灘 ㅣ 전라북도 장수군에 있던 옛 지명.
14_ 안음安陰 ㅣ 경상남도 함양군 안의면安義面 일대에 있던 고을. 영조 43년(1767)에 안의현安義縣으로 개칭되었다.
15_ 자치紫峙 ㅣ 미상.
16_ 삼가三嘉 ㅣ 현 경상남도 합천군 삼가면 일대. 태종 때 삼기三歧·가수嘉樹 두 현을 합하여 삼가현을 만들었다. 일명 봉성鳳城이라 부르기도 한다.
17_ 귀수원貴壽院 ㅣ 미상.
18_ 대매大梅 ㅣ 미상.
19_ 해평海平 ㅣ 현 경상북도 선산군 해평면.

비로소 영남에서 벗어나 영동永同[21]에 이르고 '영남에서의 의문[嶺惑]'을 지었다. 병술(9일)에는 적등진赤登津[22]을 건너 진역陳驛[23]에 이르고, 정해(10일)에는 선강仙江[24]을 건너 청주淸州에 이르고, 무자(11일)에는 천안에 이르러 여정을 기록하여 '고적을 찾아서[古蹟]'를 지었다. 기축(12일)에는 진위振威[25]에 이르고, 경인(13일)에는 동작진에 돌아왔다. 신묘(14일)에 한양에 돌아왔다. 삼가에서 한양까지 팔백구십 리이고, 가고 오는 길을 합하면 천구백이십 리이다.

길을 묻다 路問

병인(9월 18일)에 동천까지 갔더니, 기침하며 말하는 자가 있는데 여러 지방의 사투리를 섞어 말하고 있었다. 불러서 가까이 오게 하니, 수염과 눈썹이 희고, 이마에는 주름살이 잡혀 있었다. 나이를 말하게 하였더니,

"태어난 해부터 지금에 이르기까지 스물아홉 번의 윤달을 보았소이다."[26]

20_ 김천金泉 | 현 경상북도 김천군.
21_ 영동永同 | 현 충청북도 영동군.
22_ 적등진赤登津 | 충청북도 옥천군에 있던 나루.
23_ 진역陳驛 | 충청북도 옥천군에 있던 역원驛院인 듯하나 자세히 알 수 없다.
24_ 선강仙江 | 미상.
25_ 진위振威 | 현 경기도 평택시 진위면.
26_ 태어난 … 보았소이다 | 이 글이 지어진 1795년부터 윤달을 거슬러 세어보면, 스물아홉 번째 윤달은 1718년 윤8월이고, 서른 번째 윤달은 1716년 윤3월이므로, 노인의 나이는 대략 78세에서 80세가량으로 추정된다.

"노인은 어디 사는 분이오?"

"집이라면 비인庇仁[27]에 있소이다."

"무슨 일을 하오?"

"젊어서 장돌뱅이 대여섯을 따라다녔는데, 돈 수백천 전을 빌려 서쪽으로는 의주義州까지 갔고, 남쪽으로는 강진康津·순천順天을 지나다녔고, 북쪽으로는 마운령磨雲嶺을 넘었고, 동쪽으로는 해안을 끼고 다니면서 천리길을 마당의 섬돌처럼 여겼지요. 장사하며 삼십여 년을 보내면서, 손해를 보아 재산은 다 없어졌고, 몸은 쇠약해져서 힘쓰는 일은 감당할 수가 없게 되었지요. 지금은 길거리로 떠돌아다니면서 오직 남들이 남긴 옷과 음식으로 살아간다오."

"장차 어디로 가려오?"

"올해 영남이 풍년이고 또 솜옷을 쉽게 얻을 수 있는 데다가 날씨도 좀 따뜻한 곳이니, 구렁에 쓰러져 죽지는 않겠지요. 이렇게 하여 살기를 도모한답니다."

"내가 제대로 만났군요. 은진恩津에서 호서와 호남의 경계로 해서 영남의 삼가 읍내까지 가려 하는데, 장차 어느 길을 택해야 하며 몇 갈래의 길이 있으며, 어디로 가야 편하고 빠르겠소? 나는 행역行役이 익숙하지 못한데 노인은 익숙하니 나를 도와주시오."

노인이 손을 꼽아가며 대답하였다.

"길은 셋이 있소. 은진의 논산論山에서 동쪽으로 오십 리를 가면 연산連山의 두기豆歧[28]가 되지요. 두기에서 사십 리를 가면 공주公州의 한

27_ 비인庇仁 | 현 충청남도 서천군 비인면.
28_ 두기豆歧 | 현 충청남도 계룡시 일대.

전한田²⁹이 되고, 한전에서 이십 리를 가면 옥천沃川의 진역이 되고, 다시 이십 리를 가면 곽암藿巖³⁰이 되고, 곽암에서 육십 리를 가면 영동현永同縣이 됩지요. 거기서 육십 리를 가서 추풍령秋風嶺을 지나면 황간黃澗의 창倉³¹이 되는데, 여기서 비로소 남쪽으로 이십 리를 가면 금산金山³²이고, 금산에서 육십 리를 가면 부상扶桑³³이 됩니다. 부상은 호남과 영남 사람들이 만나는 곳입지요. 성주星州로 가는 데 사십 리, 성주에서 다시 사십 리 가면 고령현高靈縣, 다시 육십 리 가면 합천陜川, 다시 육십 리를 가면 삼가현이 됩니다. 모두 합하면 오백칠십 리인데, 이 길이 하나지요.

중간에 한 길은 위의 오백칠십 리에서 백팔십 리가 단축됩니다. 강경江京에서 삼례역參禮驛³⁴에 못 미쳐서 전주全州의 동쪽에 양계良谿³⁵벌판이 나오는데, 우리나라 생강의 최대 생산지지요. 웅치熊峙³⁶를 넘으면 진안鎭安의 우화정羽化亭³⁷에 이르고, 진안과 안음의 경계에 육십령六十嶺³⁸이 있는데, 이곳에서 반은 걸어서 가야 합니다.³⁹ 화림천花林遷⁴⁰을

29_ **한전閑田** | 현 충청남도 논산시 연산면 한전리.

30_ **곽암藿巖** | 대전시 중구에 있던 옛 지명.

31_ **황간黃澗의 창倉** | 황간에 있던 상촌창上村倉과 외남창外南倉 중 한 곳을 가리키는 듯하나, 어느 곳인지는 정확하지 않다.

32_ **금산金山** | 현 경상북도 김천시 금산동.

33_ **부상扶桑** | 현 경상북도 금릉군 남면 부상리.

34_ **삼례역參禮驛** | 현 전라북도 완주군 삼례읍. 조선조에 이곳에 역원이 있었다.

35_ **양계良谿** | 미상.

36_ **웅치熊峙** | 전라북도 완주군에서 진안군으로 넘어가는 고개.

37_ **우화정羽化亭** | 전라북도 진안군 진안읍 우화산羽化山에 있는 정자.

38_ **육십령六十嶺** | 전라북도 장수군 계내면과 경상남도 함양군 서상면 사이에 있는 고개.

39_ **반은 … 합니다** | 말을 탈 수 없는 험한 고개라는 뜻.

40_ **화림천花林遷** | 화림花林은 경상도 안의면에 있던 지명. 화림천은 미상.

따라 가면 안음현에 이르게 되고, 산음山陰을 건너 지르면 단성丹城의 자치에 이르지요. 거기서 새벽에 삼가로 출발하여 도착하면 날이 기울 것입니다. 이 길이 하나지요.

또 한 길이 있는데, 강경의 운교雲橋에서 전주까지 백 리, 남쪽으로 남원南原을 지나서 동으로 운봉雲峯과 함양咸陽의 팔량치八良峙[41]까지 일백칠십 리, 유정劉綎[42] 도독都督의 기념비가 있지요. 다시 북으로 단성, 진주晉州를 지나서 삼가까지가 이백 리지요."

"사백칠십 리군요."

"세 길 모두 가는 방법이 됩니다. 그러나 웅치는 좀 빠른 지름길인데, 지름길이기 때문에 다소 가파릅니다."

"그게 웅치熊峙인가요, 곰이 있지 않나요?"

"여우 이리도 이미 없어졌는데, 어찌 곰이 있느냐고 묻는 거요?"

"나그네들이 많이 다니나요?"

"호남 사람은 영남의 솜옷을 입고, 영남 사람은 호남의 소금을 먹고 사는데, 모두 이 길을 이용하면서 말방울을 꺼내 흔들고 마주 응하면서 가는 사람들은 횃불을 필요로 하지요."

종자에게 명하여 그에게 술을 대접하였다.

41_ **팔량치**八良峙 | 전라북도 남원군 동면과 경상남도 함양군 함양읍 사이에 있는 고개.

42_ **유정**劉綎 | 중국 명나라 장수. 자는 성오省吾. 매우 용맹하여 유대도劉大刀란 별명이 있으며, 임진왜란 때 명나라 장수로서 우리나라에 와서 활약하였다.

절 寺觀

전주의 동쪽, 종남산終南山 아래에 송광사가 있다. 외문外門 기둥은 베어다 대패질하지 않은 것이다. 제이문은 금강金剛[43] 둘, 옥녀玉女[44] 둘이 지키고 있다. 제삼문은 게체揭諦[45]가 넷으로 좌우로 나뉘어 서 있는데, 모두 쇠갑옷, 쇠투구, 쇠도끼와 보피寶鈹[46]를 하고 있다. 문 서쪽은 고루鼓樓이다. 문 안의 절 마당은 널찍하고 네모진데, 마당 가운데 석화표石華表[47]와 석등石燈이 있다.

불전佛殿이 넷 있는데, 가운데 겹지붕으로 된 건물은 대웅전大雄殿, 서쪽은 향로전香爐殿, 동쪽은 나한전羅漢殿이고, 시왕전十王殿은 그 뒤 켠에 있다. 나한전의 동쪽에 승방僧房 네 곳이 있고, 동쪽 개울가는 종이 만드는 곳이 있다.

대웅전을 보니 금부처가 셋인데, 여래如來 · 관음觀音 · 대세지불大勢知佛[48]이다. 모두 앉아서 남쪽을 향해 있는데, 무릎은 연대蓮臺 위에 평평히 있고, 머리가 동자기둥까지 솟았으며, 안립岸笠[49]은 등에까지 이

43_ 금강金剛 | 불법佛法을 수호한다는 밀적금강密迹金剛과 나라연금강那羅延金剛을 말한다. 금강
　　신金剛神 · 금강역사金剛力士 · 인왕仁王 등으로도 불린다.
44_ 옥녀玉女 | 선녀仙女.
45_ 게체揭諦 | 불법을 수호하는 사나운 신. 게제揭帝 · 갈체羯諦 등으로도 불린다.
46_ 보피寶鈹 | 보검寶劍을 뜻한다.
47_ 석화표石華表 | 글자와 무늬 등을 새긴 돌기둥. 묘 앞에 세우는 망주석望柱石 따위.
48_ 여래如來 · 관음觀音 · 대세지불大勢知佛 | 모두 부처의 이름. 여래는 아미타여래阿彌陀如來의
　　준말로 극락정토를 다스리는 부처, 관음은 관세음보살觀世音菩薩로 중생을 괴로움에서 구제
　　하는 부처, 대세지불은 지혜의 광명으로 중생을 삼악도三惡道, 지옥에서 구제하는 부처를 말
　　한다.
49_ 안립岸笠 | 광배光背 혹은 비스듬히 쓴 삿갓을 말하는 듯하다.

르렀다. 비로소 그 코를 보았는데, 어깨 이상이 어른 키보다 세 치나 높고, 손은 식지가 일 척 이 촌, 둘레 길이가 삼 척 남짓이다. 허벅지가 손가락의 열 배, 허리는 허벅지의 열 배, 배는 삼십 종鍾이 될 듯하다. 앞에 백자병白瓷瓶과 채화綵花,[50] 범자번梵字幡,[51] 삼각수낭三角繡囊,[52] 원경圓鏡,[53] 금용金鏞,[54] 법고法鼓[55]가 놓였다. 조금 오른쪽에 옻칠한 궤가 각각 불상 앞에 놓여 있어 불경을 얹어 놓았는데 좀이 먹은 것들이다.

  나한전을 보니 나한은 오백을 헤아리는데, 눈은 물고기 같은 것, 속눈썹이 드리운 것, 봉새처럼 둘러보는 것, 자는 것, 불거진 것, 눈동자가 튀어나온 것, 부릅뜬 것, 흘겨보는 것, 곁눈질하며 웃는 것, 닭처럼 성내며 보는 것, 세모난 것이 있고, 눈썹은 칼을 세운 듯 꼿꼿한 것, 나방의 더듬이 같은 것, 굽은 것, 긴 것, 몽당비 같은 것이 있고, 코는 사자처럼 쳐들린 것, 양처럼 생긴 것, 매부리처럼 굽은 것, 주부코인 것, 밋밋한 것, 납작코인 것, 대롱을 잘라 놓은 듯한 것이 있고, 입은 입술이 말려 올라간 것, 앵두 끝처럼 생긴 것, 말 주둥이 같은 것, 까마귀 부리 같은 것, 호랑이 입 같은 것, 비뚤어진 것, 물고기처럼 뻐끔대는 것이 있고, 얼굴은 누런 것, 약간 파란 것, 붉은 것, 분처럼 흰 것, 복사꽃 같은 것, 불그레한 것, 밤색인 것, 기미 낀 것, 사마귀 있는 것, 마비된 듯한 것, 어루러기가 돋은 것, 혹이 난 것이 있으며, 물고기 눈에 사자

50_ **채화綵花** | 조화造花를 말한다.
51_ **범자번梵字幡** | 인도 글자를 새겨 넣은 수건.
52_ **삼각수낭三角繡囊** | 수놓은 삼각 모양의 주머니.
53_ **원경圓鏡** | 둥근 거울.
54_ **금용金鏞** | 불가의 법회에서 사용하는 종.
55_ **법고法鼓** | 불가의 법회에서 사용하는 북.

송광사의 오백 나한
완주 송광사 나한전에 안치되어 있는 오백 나한의 모습. 불상들이 저마다 독특한 자세를 취하고 있다.

코를 한 것, 양 코에 눈썹이 드리운 것, 사자 코에 부릅뜬 눈에 호랑이 입을 한 것이 있다.

눈이 같으면 코가 다르고, 코가 같으면 입이 다르고, 입이 같으면 얼굴빛이 다르며, 모두 같으면 키와 체구가 다르고, 키와 체구가 같으면 자세가 다르다. 혹은 서고, 혹은 앉고, 혹은 숙이고, 혹은 옆의 것과 가깝고, 혹은 왼쪽을 돌아보고, 혹은 오른쪽을 돌아보고, 혹은 남과 이야기하고, 혹은 글을 보고, 혹은 글을 쓰고, 혹은 귀를 기울이고, 혹은 칼을 지고, 혹은 어깨를 기대고, 혹은 근심하는 듯 머리를 떨어뜨리고, 혹은 생각하는 듯하고, 혹은 기쁜 듯 코를 쳐들고 있으며, 혹은 선비 같고, 혹은 환관 같고, 혹은 아녀자 같고, 혹은 무사 같고, 혹은 병자 같고, 혹은 어린애 같고, 혹은 늙은이 같아서 천 명이 모인 모임, 만 명이 모인 저자처럼 제각각이다.

북쪽의 으슥한 곳[56]을 보니, 옥황상제가 앉아 있고, 차례대로 보면 판관判官이 검은 두건을 쓰고 안案을 낀 채 서 있고, 서리는 복건을 쓰고 손으로 장부에 적으며 몸을 구부리고 서 있고, 야차夜叉는 서리 앞에 서 있고, 역사力士는 문에 게체처럼 서 있고, 천녀天女는 봉관鳳冠[57]을 쓰고 하피霞帔[58]를 입고 복숭아를 들고 있으며, 동자는 꽃을 들고 서 있다.

개울을 건너 종이 만드는 곳[59]으로 갔다.

"장정 여덟이 돌에 솜 같은 것을 빨고 있는 것은 무엇함인가?"

"닥나무를 처음 삶아내는 것이다."

"노인 몇이 일 없는 듯 짝지어 앉아서 손으로 갈래갈래 찢는 것은 무엇함인가?"

"닥나무 껍질을 벗기는 것이다."

"통에 물을 튀기며 사방에 둘러서서 막대기로 쉬지 않고 휘젓는 것은 무엇함인가?"

"풀을 만드는 것이다."

"동자 둘이 통에 막대기를 가로지르고, 막대기에 발[簾]을 걸고 발을 뒤집어 통 속에 넣었다가 다시 발을 꺼내고, 물을 아래로 내려서 발을

56_ 북쪽의 으슥한 곳 | 여기서는 시왕전十王殿을 말한다.
57_ 봉관鳳冠 | 중국 고대에 귀족 부인들이 쓰던 봉황 모양으로 장식한 관.
58_ 하피霞帔 | 중국 고대에 예복으로 착용하던 목에 걸어 가슴 앞으로 늘어뜨리는 예복의 일종.
59_ 종이 만드는 곳 | 이곳에서 만든 한지를 송광한지松廣韓紙 혹은 전주한지全州韓紙라고 하는데, 상품上品의 한지로 유명하다. 1608년 벽암대사碧巖大師가 송광사를 재건하면서 이곳 주민들에게 조지법造紙法을 전수하였다고 한다.

부유스름하게 하는 것은 무엇함인가?"

"물에 일어서 비로소 종이가 된 것이다."

"칼과 송곳을 갖고 이 잡듯 종이를 펴보는 것은 무엇함인가?"

"그 흠을 손질하는 것이다."

"거미줄처럼 줄을 맨 것은 무엇함인가?"

"종이가 완성되면 말리는 것이다."

"노인과 아이가 방아를 밟듯 감히 스스로 쉬지 못하는 것은 무엇을 찧는 것인가?"

"아니다, 눌러 다지는 것이다."

중을 돌아보며 말하는데, 일러주던 자가

"종이는 보배이다. 감히 쉽게 다룰 수 있겠는가?"

라고 한다.

중방은 옹색하고 시끄러워, 서쪽 불전[60]으로 돌아왔다. 판감板龕[61]은 사람 젖가슴 높이에까지 미치고 있는데, 금부처 하나가 머리가 유달리 컸다. 등 하나와 향로 하나가 앞에 있다. 어두운 다락 위에《화엄경華嚴經》·《원각경圓覺經》[62]이 약간씩 있고, 네 벽엔《여순자驢脣字》[63]를 묶어놓았으며, 지게문 가까이엔 작은 종 하나를 걸어두었다. 이 불전은 큰 스님이 엄숙하고 고요하게 만든 곳이다. 지게문을 열면 담장 밖에 푸른

60_ 서쪽 불전 | 여기서는 향로전香爐殿을 말한다.

61_ 판감板龕 | 닫집. 법당의 불좌 위에 만들어 다는 집의 모형.

62_《원각경圓覺經》| 석가여래釋迦如來가 원만한 각성과 일승원돈一乘圓頓의 교의에 관해 문수文殊 · 보현普賢 등과 나눈 대화를 기록한 경전. 원래 명칭은《대방광원각수다라요의경大方廣圓覺修多羅了義經》.

63_《여순자驢脣字》| 불교 서적.《유양잡조酉陽雜俎》에 "인도의 책으로《여순서驢脣書》·《연엽서蓮葉書》… 등 64종이 있다(西域書, 有驢脣書 · 蓮葉書 … 等六十四種)"라고 하였다.

전나무 두 그루가 있는데, 하나는 당간, 하나는 일산 모양을 하고 있다. 모두 백 년 된 나무들이다.

연경[64] 烟經

한때 객이 송광사 향로전에 머물면서 부처님 앞에서 가부좌를 틀고 《원각경》을 공부하고 있었다. 이때 객은 담배 한 모금을 피고 싶어서 상비배象鼻杯[65]를 꺼내고 향로를 끌어 왔다. 행문幸文 사미沙彌[66]가 곧 자리에서 일어나 두 손을 합장하며 객에게 아뢰어 말하였다.

"우리 부처님 여래께서 연화대蓮花臺에 앉아 온 세계를 두루 임하시는데, 방 안은 하나의 작은 세계입니다. 이 방에서 일절 연기가 나는 것을 허락하지 않습니다."

객은 이때 크게 웃으며 행문에게 말하였다.

"부처님께는 향로가 있어서 아침저녁으로 향을 사르는데, 향로에 이미 향을 사르면 향은 반드시 연기가 된다. 일체 세간의 불을 붙일 수 있는 모든 물건이, 아직 연기가 되지 않았을 때는, 향은 그대로 향이고 담배는 그대로 담배여서 각기 같지 않다가, 향로 속에서 사르면 변하여 연기가 된다. 향 연기도 연기이고 담배 연기도 연기여서, 담배 연기와 향 연기는 같은 연기로서 평등한 연기 중의 이 연기 저 연기일 뿐이다.

64_ **연경**烟經 | 담배를 미화한 글. 다경茶經·필경筆經 등의 예를 원용하여 '경經'자를 붙였다.
65_ **상비배**象鼻杯 | 담뱃대의 일종인 듯하나 자세히 알 수 없다.
66_ **사미**沙彌 | 불문佛門에 처음 들어가 사미십계沙彌十戒를 받고 수행하는 남자 스님.

또 나는 연기를 좋아하여 이미 담배 연기도 좋아하고 향 연기도 좋아한다. 여래께서 어찌 유독 향 연기만을 좋아하시고 담배 연기는 좋아하지 않으시겠는가? 또 나는 객이지 여래의 분수제자焚修弟子[67]가 아닌데, 어찌 석가세존여래께서 찾아온 한 객을 대접하면서 객인 나에게 담배 한 모금 피울 것을 권하지 않으시겠는가?"

행문은 웃음을 감추며 공손히 향로를 옮겨 왔다. 객은 앉아서 담배를 피우며 행문에게 말하였다.

"같은 한 향로의 불인데, 방금 전 너의 향을 사를 때는 연기가 향 연기였고, 이제 나의 담배를 태우니 연기는 담배 연기여서 앞의 연기와 뒤의 연기가 같은 연기가 아니다. 너는 담배 연기가 너의 향 연기에 대해서 서로 인연이 있다고 하겠는가, 서로 인연이 없다고 하겠는가?"

행문은 합장하며 객에게 아뢰어 말하였다.

"앞의 연기는 앞의 연기이고 뒤의 연기는 뒤의 연기이니, 뒤의 연기와 앞의 연기가 무슨 인연이 있겠습니까?"

객은 말하였다.

"너의 말이 옳다! 앞의 연기와 뒤의 연기는 이미 인연이 없다. 이는 저 뒤의 연기가 이 앞의 연기에 대해서 얼굴도 모르고 성명도 모르고 사람도 서로 모르는 것이니, 어찌 반드시 앞의 연기의 처지를 보살펴줄 것인가? 앞의 연기가 향 연기이고 뒤의 연기가 담배 연기이든, 앞의 연기가 담배 연기이고 뒤의 연기가 향 연기이든, 향 연기와 담배 연기는 각기 그 연기가 그 연기일 뿐이니, 어찌 반드시 뒤의 연기가 앞의 연기의 복福을 아껴주겠는가?"

67_ 분수제자焚修弟子 | 향을 피우고 도를 닦는 제자.

행문은 합장을 하며 몰래 탄식하기를 마지않았다. 객은 담배를 피우고 나서 행문에게 말하였다.

"향에 불을 붙이고 담배에 불을 붙이면 반드시 연기가 난다. 너는 이 연기가 화롯불에서 나는 것이라고 할 것인가, 향과 담배에서 나는 것이라고 할 것인가? 만약 이 연기가 화롯불에서 나는 것이라고 한다면 향을 넣기 전에는 왜 연기가 나지 않는 것인가? 만약 이 연기가 향과 담배에서 나는 것이라고 한다면 화롯불에 넣기 전에는 왜 연기가 나지 않는 것인가?"

행문은 합장을 하며 객에게 아뢰어 말하였다.

"불이 없으면 연기가 없고 향이 없어도 연기가 없습니다. 불이 향과 담배를 만나야 비로소 연기가 날 수 있는 것입니다."

, 객은 말하였다.

"너의 말이 옳다! 네가 비록 불이 있어 한 화로 속에 간직하고 있고 네가 비록 향이 있어 한 합盒 속에 봉해두고 있다 하더라도, 평생 향이 불을 찾아 화로로 가지 않고 평생 불이 향을 구하러 합으로 오지 않는다면, 향은 고스란히 향이고 불은 고스란히 불이다. 어디서 너의 향 연기가 나와서 여래께 바쳐질지 알 수 없다. 대천세계大千世界[68]에 한 점 연기가 없다면 여래께서도 역시 향 연기를 마실 수 없는 것이다."

행문은 일어나 고마워하며, 눈물을 펑펑 떨어뜨리고 오체투지五體投地한 채 객에게 아뢰어 말하였다.

"나이 열다섯에 아비도 없고 어미도 없어서, 할 수 없이 머리를 깎고

68_ 대천세계大千世界 | 불교에서 말하는 온갖 세계. 즉 우주의 대공간 속에 많은 세계가 있다는 뜻이다.

법문法門에 들어 중이 되기에 이르렀습니다. 지금 법문에 머문 지 또 스무 해가 되었습니다. 다른 사람이 머리를 깎고 중이 되는 것은 대체로 비유하자면 스스로 향과 담배를 지녀 불에 뛰어들어 타는 것과 같습니다. 저는 바로 타려고 하지 않았던 것인데, 잘못 불에 떨어져 타게 되었으니, 비록 타려고 하지 않아도 이미 불에 탄 것 역시 어쩔 수 없는 일입니다. 아승기겁阿僧祇劫[69]에 영원히 죄인이 되었습니다. 이제 우렛소리와 같은 큰 가르침을 들으니 마음 가득 부끄럽습니다."

객은 행문이 이처럼 한탄하는 것을 보고 행문에게 일러 말하였다.

"향은 향 연기가 되고 담배는 담배 연기가 된다. 연기가 비록 같지 않지만 연기로서는 같은 것이다. 물건이 변하여 연기로 되고, 연기가 변하여 무無로 되는 것이니, 연기가 나서 잠깐 사이에 곧 허무로 함께 돌아가는 것이다. 너는 보라. 방 안의 향 연기와 담배 연기가 지금 어디 있느냐? 염부제閻浮提[70]는 하나의 커다란 향로이니라."

방언 方言

초楚에서는 초나라 말을 하고, 제齊에서는 제나라 말을 하고, 추로鄒魯에서는 추로의 말을 하고, 진秦에서는 주周나라 말을 하고, 오吳에서는 오나라 말을 하는데, 혹은 수다스럽고, 혹은 쩝쩝거리고, 혹은 머뭇머뭇하고, 혹은 깔깔거린다. 또한 한 물건에 대하여 관중인關中人이 붙

69_ 아승기겁阿僧祇劫 | 영원한 시간이라는 뜻의 불교 용어.
70_ 염부제閻浮提 | 인간 세계라는 뜻의 불교 용어.

이는 명칭과 오월於越 사람들이 붙이는 명칭과 연조燕趙의 이름, 양송揚宋의 교郊에 대한 이름, 조산열수朝汕洌水[71]에서 붙이는 명칭이 있다. 이것이 말이 한 지방의 것이 되는 까닭이다.

영남은 옛날에 서벌라국徐伐羅國[72]이었다. 소백小白과 태백太白이 그 북쪽 경계를 한정했고, 지리산이 그 서쪽 호남과의 사이에 있고, 동쪽과 남쪽은 바다이며, 바다 동남쪽은 칠치씨漆齒氏[73]가 재잘거리는 곳으로, 중국에 교지交趾[74]·광동廣東·민閩[75]·절강浙江이 있는 것과 같다.

지방의 말을 들으매, 첫날엔 뭐가 뭔지 분변할 수 없다가, 둘째 날에는 반 정도 알아듣고, 셋째 날에는 듣는 대로 통한다. 청하는 것을 '도올아都兀呀'라고 하니 서로 돕는다는 뜻이고, 응하는 것을 '우애라于噯羅'라고 하니 윗사람이 대답하는 것인데 아랫사람도 윗사람에게 쓴다. 어머니를 '어매於邁', 할아버지를 '할배豁輩', 여자를 '가산嘉散', 지팡이를 '작지斫枝', 둥구미를 '거치擧致', 새끼줄을 '삭락긴朔落緊', 벼를 '나락羅樂【樂은 郎과 各의 반절로 발음한다.】, 말을 '몰沒', 닭의 새끼를 '빈아리貧兒利', 산을 '매昧', 돌을 '돌기突其', 외양간을 '구의求義', 부엌을 '정자精子'라고 한다.

한자로서 자의字義에 맞는 것도 있고 자의에 맞지 않는 것도 있으며, 잘못된 것도 있고 잘못되지 않은 것도 있는데, 자세히 알 수 없다.

71_ 조산열수朝汕洌水 | 우리나라를 일컫는 말로, '조선열수朝鮮洌水'라는 말과 같은 뜻이다. 여기서 열洌은 대동강이나 한강을 가리키는 것으로 사용되었으나, 산汕은 어디를 가리키는지 분명하지 않다.
72_ 서벌라국徐伐羅國 | 신라를 말한다.
73_ 칠치씨漆齒氏 | 고대 중국 사서史書에 기록되어 있는 변방 국가의 이름. 동남아 혹은 일본에 있었던 나라 이름인 듯하다.
74_ 교지交趾 | 월남越南을 말한다.
75_ 민閩 | 현재 중국 남부 복건福建 일대를 말한다.

어떤 이가 말하였다.

"땅 때문이다. 땅 때문에 산골짜기의 말은 바닷가와 다르고, 바닷가의 말은 벌판과 다르고, 서울의 말은 시골과 다르며, 북방의 말은 여진女眞과 비슷하고, 남방의 말은 왜倭와 비슷하다. 폐는 목소리를 주로 하고 마음은 정情을 주로 하는 것인데, 그 땅에서 먹고, 그 땅에서 마시니, 어찌 그 소리를 땅에 따르지 않을 수 있겠는가?"

다른 이가 말했다.

"그렇지 않다. 한성漢城은 나라의 중앙으로, 한성의 중앙에 주민들이 있는데, 그 부르고 대답하고 울부짖고 이야기하는 것이나 만 가지 물건들을 이름하는 것이 일반 백성들과 달라서, 그들을 별도로 '반민頖民'이라고 부른다. 이것이 어찌 지역성 때문이겠는가? 풍속 때문이다."[76]

호서인으로 수행하던 사람이 여관에 들어 주인과 이야기를 하면서 지금을 일컬어 '산대山代', 가을을 일컬어 '가슬歌瑟', 마을을 일컬어 '마슬瑪瑟'이라고 하니, 영남인인 주인이 그것을 크게 웃었다. 영남인인 주인은 호서인의 말을 두고 웃었지만, 호서인 또한 영남인의 말을 두고 웃는 것인지도 모른다.

나는 모르겠다, 호서인이 영남인의 말을 두고 웃는 것이 옳은가, 영남인이 호서인의 말을 두고 웃는 것이 옳은가. 또 어찌 알겠는가, 호서인과 영남인이 우리의 말을 두고 웃지 않을는지.

—이상 김진균 옮김

76_ **한성漢城은 … 때문이다** | 서울에 올라온 여러 지방 선비들의 풍속을 접해서, 성균관 앞 동네인 반촌 사람들의 언어가 변했음을 지적하는 말이다.

물에 대하여 水喩

산이 있으면 골짜기가 있고, 골짜기가 있으면 물이 있고, 물이 있으면 돌이 있고, 돌이 있으면 돌은 반드시 희다. 대개 산에서 물이 나오는데, 물은 골짜기 속으로 흘러나온다. 물이 흘러가는 곳에 흙은 쓸려가지만 돌은 머물러 있다. 골짜기는 길면서 구불구불한 것이 좋고, 물은 유장하게 흘러가면서 소리가 나는 것이 좋고, 돌은 그윽하면서 반드러운 것이 좋다. 이러한 것이 없으면 족히 좋은 경치가 되지 못한다.

덕유산德裕山 지맥支脈이 나란히 뻗어 나가다가 동쪽으로 오십 리쯤에서 멈추는데, 그 사이는 골짜기이고, 골짜기 속에는 물이 있다. 물의 성질은 아래로 흘러가는 것이어서 장차 동쪽으로 바다에 다다를 것인데, 양쪽 산이 버티고 있어 나아갈 수 없다. 그리하여 산이 동으로 뻗어 있으면 동으로 가고, 산이 서로 뻗어 있으면 서로 흘러 산줄기를 따라 천천히 흘러가다가 마치 그 뒤를 쫓는 듯하다. 혹 내달리다가 폭포가 되기도 하고, 혹 파 엎어 웅덩이가 되기도 하고, 혹 갇혀서 못이 되기도 하고, 혹 달리다가 개천이 되기도 하고, 혹 쏜살같이 나아가 여울이 되기도 하고, 혹 모여서 소용돌이가 되기도 하고, 혹 샘솟아 간수澗水가 되기도 하고, 혹 흩어져 물굽이가 되기도 하지만, 그래도 가로막혀 그 뜻을 얻을 수 없다. 그리하여 물속의 돌을 만나 그 노함을 쏟아 보낸다.

돌은 굳세고 단단한 것이어서 물의 노함을 받아도 편안해한다. 누워 있는 것도 있고, 서 있는 것도 있고, 엎드려 있는 것도 있고, 웅크리고 있는 것도 있고, 겨루고 있는 것도 있고, 키처럼 쭉 뻗어 있는 것도 있고, 물에 씻기고 있는 것도 있고, 물을 마시고 있는 것도 있다. 이러니 물이 돌을 어떻게 한단 말인가? 떠들썩하고 벼락 치듯 부딪치고, 휘돌아 뛰어오르고, 들이받아 날뛰고, 설치다가도 때때로 다시 안온하고 정답게 흘러, 길가는 사람과 더불어 서로 앞서거니 뒤서거니 한다.

이곳 주민들은 그 물을 이롭게 여겨, 대 홈통으로 물을 끌어 그 혜택을 입고, 물레방아로 방아 찧는 힘을 대체하고, 옹기로 물을 길어 우물 파는 것을 대신하니, 물의 이로움이 두루 미치는구나! 그러나 거주자들은 그 거처를 높은 곳에 잡고, 산자락에 왕왕 돌을 쌓아 물을 막는다. 백성을 이롭게 하는 것이 때때로 또한 백성을 해치기도 한다.

물가의 주민이 "이곳이 안음의 화림동花林洞이다"라고 말하였다. 안음에는 세 개의 동洞[77]이 있는데, 모두 수석으로 경치가 좋다. 내가 본 것은 그 마지막의 것이다.

집에 대한 변 屋辨

안음安陰에 새로 지은 작은 집 하나가 있는데, 현감縣監 박후朴侯[78]가 지은 것이다. 기둥이 도합 열두 개인데, 동서로 세 개, 남북으로 네 개이다. 동쪽에 영楹[79]을 만들었는데, 벽도 없고 가로대는 나무도 없다. 서쪽에 온돌방을 만들었는데, 벽도 있고 지게문도 있고 바라지도 있고

77_ 세 개의 동洞 | 안의현의 원학동·신진동·화림동을 가리킨다.
78_ 박후朴侯 | 박후의 후侯는 현감이나 수령을 지칭하는 말. 〈남쪽 귀양길에서·서문〉에 의하면 이옥은 정조 19년(1795) 9월 삼가현으로 충군充軍을 가던 도중, 안음安陰(안의현의 옛 이름)을 지나면서 이 글을 지었다고 하였다. 연암 박지원이 1791년 12월부터 1796년 3월까지 안의현 감으로 재직 중이었으므로, 여기서 박후는 박지원을 가리키는 것으로 보인다.
79_ 영楹 | 마루를 말하는 듯하다.

창도 있다. 그 길이는 영에 견주어 삼 분의 일 정도 짧았다. 온돌방의
북쪽, 그 남은 삼 분의 일 부분을 영보다 조금 높게 하여 누樓를 만들었
다. 누에는 벽도 있고 바라지도 있고 창문도 있다.

그 제도를 살펴보건대, 그 벽의 밖은 벽돌이고 안은 진흙을 발라 완
전하고 견고하다. 그 지게문과 바라지와 창문은 혹 대[竹]를 엮어 만들
었고, 혹 판자를 나란히 대어 만들었는데, 모나고 둥긂이 저절로 알맞
게 되어 있다. 그 섬돌과 사阺[80]와 주춧돌은 쪼고 갈지 않아 자연스러웠
다. 처마 쪽에서 보면 모나면서도 약간 둥글면서도 길쭉하고, 꼭대기에
서 보면 뾰족하면서도 둥글다. 그 이은 것은 기와인데, 죽라粥蓏[81]의 임
시 막사와 비슷하다. 구부러지지도 않고, 길지도 않고, 꾸미지도 않고,
화려하지도 않고, 솟아오르지도 않고, 가라앉지도 않았으니, 곡진하지
않으면서도 마음에 들어, 여기서 시를 읊조릴 만하고, 여기서 술을 마실
만하고, 여기서 담소하며 떠들 만하고, 여기서 너울너울 춤출 만하다.

박후가 말하기를 "내가 집을 지으니, 사람들이 듣고 말하길, 중국식
으로 지으면 비방이 클 것이다"라고 한다.

아! 일찍이 살펴보건대, 집을 짓는 자들은 대부분 나무를 밀랍처럼
광택이 나게 하고, 돌을 엿가락처럼 다룬다. 둥근 도리와 휘어진 타柁[82]
에 다섯 개 또는 일곱 개의 들보로 하고, 네 모서리가 급히 말아 올라간
처마는 학이 날고 난새가 춤추는 듯하다. 감실龕室[83]이 없으면 바라지
가 있고, 윗벽 아래는 담으로 하고, 무늬 놓은 기와는 괘卦를 늘어놓은

80_ 사阺 │ 계단의 양쪽에 박아 놓은 돌. 즉 계단의 돌이 움직이지 않도록 떠받치고 있는 돌.
81_ 죽라粥蓏 │ 미상.
82_ 타柁 │ 배의 방향을 잡는 기구인 키.
83_ 감실龕室 │ 신주를 모셔두는 조그만 방.

듯하고, 단청丹靑은 찬연히 빛나고, 먹줄을 쳐 톱으로 자른 나무는 실이나 칼끝과 같고, 가로 세로 바둑판처럼 줄을 긋고 반듯하게 했는데, 철로 만든 문고리는 동아줄 같고, 돌쩌귀는 암수 돌쩌귀를 달았다. 이에 등마루를 쳐다보면 악어가 큰물에서 볕을 쪼이며 물방울을 떨어뜨린 채 서로 바라보는 것 같고, 삼태성三台星이 휘황하게 비치는 것 같았다. 이것을 저것에 비교함에 어느 것이 진솔하고, 어느 것이 공교로운가? 어느 것이 검소하고, 어느 것이 야단스러운가?

또 아주 옛날에는 백성들을 두 곳에 거처하게 하였으니, 겨울엔 동굴이고 여름엔 나무 위 둥지였다. 그런데 중국에 성인이 나온 후에 집들이 비로소 산언덕에 연결되었는데,[84] 황皇이 말하기를 "대정大庭아! 우리 가옥들을 주관하여 백성의 살 곳 없는 자들을 보고 깨우치고 바꾸어주라"[85] 하였다.

내가 덧붙여 말한다.

상고시대에는 동굴에서 살고, 들에 거처하였다. 그런데 후대에 성인이 이를 집으로 바꾸었다. 궁실과 가옥이 생긴 것은 모두 중국에서였다. 기자箕子가 동쪽으로 나오자, 백공百工들이 따라왔다. 나무를 다루는 자, 쇠를 다루는 자, 갈고 다듬어 광택이 나게 하는 자, 점토를 쳐서 도기를 만드는 자도 모두 중국 사람이었다. 이 장인바치들로써 이 집을 지었으니, 나로서 세상을 보건대, 모두 중국의 것이다. 이런 말을 하는 자 또한 그 근본 내력을 알지 못하겠다.

84_ **산언덕에 연결되었는데** | 이 대목의 원문은 "연산지분連山之墳"인데, 《한위총서漢魏叢書》에 수록되어 있는 《삼분서三墳書》, 〈산분양山墳·연산양連山陽〉에 나오는 말이다.

85_ **황皇이 … 바꾸어주라** | 《삼분서》, 〈천황복희씨책사天皇伏羲氏策辭〉라는 글에 "皇曰, 大庭! 主我屋室, 視民之未居者, 喩之易之"라는 대목에 보인다.

돌에 대한 단상 石嘆

영嶺[86]으로부터 남쪽에는 돌이 많다. 언덕이나 산기슭, 간수磵水와 구렁, 밭이랑과 밭두둑, 짐승들이 다니는 작은 길이나 사람들이 모여 사는 취락들이 다 돌이다. 산에는 풀이 보이지 않고, 물에는 모래가 보이지 않으며, 십 묘畝 사이에도 돌들이 높게 쌓이고 포개져서 서로 바라보고 있을 정도이다. 서민들의 주거는 진흙으로 되어 있지 않고, 돌담장이 집보다 높다. 길에 다니는 자들은 날마다 짚신을 바꾸어 신고, 말발굽은 조심하지 않으면 나무껍질처럼 거칠어져 인화燐火가 생긴다. 울퉁불퉁 올망졸망 어찌 그렇게도 많은가?

산의 돌은 모나고, 물의 돌은 둥글고, 밭의 돌은 뾰족하고, 길의 돌은 들쭉날쭉하다. 돌 중에서 큰 것은 집채만 하고, 그 다음 것은 곡해[87]만 하고, 작은 것은 궤짝만 하고, 아주 작은 것은 곡식알만 하다. 쌓여 있는 것은 책 만 축軸이 될 만하고, 모여 있는 것은 까마귀 떼가 고기에 모여든 듯하고, 뒤섞인 것은 바둑판을 밀쳐 놓은 것 같고, 늘어서 있는 것은 도기陶器들이 스스로를 뽐내며 팔리기를 구하는 듯하다. 햇볕에 쪼인 것은 희고, 무늬가 벗겨진 것은 검고, 사람의 발에 갈린 것은 분홍빛을 띠는 푸른색이다.

마부가 말한다.

"아! 한양에서 이런 돌들이라면 돈을 만들기에 문제없습니다. 당堂의 계단 양쪽에 박아 넣는 돌로, 뜰에 벽돌처럼 까는 돌로, 방구들로,

---

86_ 영嶺 | 영남嶺南을 말한다. 영남은 조령鳥嶺과 추풍령秋風嶺의 남쪽이라는 뜻.
87_ 곡해 | 곡식 용량의 단위로 10말의 용량 또는 그 용량을 재는 도구.

낭하의 주춧돌로, 못을 쌓는 돌로, 담장을 쌓는 돌로 둥그런 것, 모난 것, 판판한 것, 좁은 것, 불룩한 것, 갈래가 진 것, 도톰한 것, 얇은 것, 길고 가느다란 것, 뾰족한 것들이 모두 재료가 되는데, 여기서는 유용한 것이 쓸모없게 되어 있습니다."

임林씨 성을 가진 녀석이 함께 말하였다.

"아! 이것들로 서울에 있게 했다면, 높여 사랑받고, 화려한 것으로 감싸지고, 사사롭게 감추어지고, 총애받아 어루만져질 것이다. 너를 어느 길로 값이 나가게 할 수 있을까?"

내가 말하였다.

"돌만이 그러한 것은 아니다. 건축 공사장의 인부는 은殷나라의 정승을 했고,[88] 어부는 주周나라의 정승을 했으며,[89] 목자牧子는 제齊나라 · 진秦나라의 정승을 했다.[90] 옛날에 사람을 등용함이 이와 같았다."

88_ 건축 … 했고 | 원문의 "축상築相"은 중국 은殷나라 고종高宗 때의 현재상賢宰相 부열傅說을 가리킨다. 고종은 꿈에 본 보필자를 그려 천하를 두루 살펴 찾게 하였는데, 부암傅巖의 들에서 담을 쌓고 있는 부열이 바로 그 사람이었다. 이에 고종은 부열과의 대화를 통해 그가 현인임을 알아보고 그를 재상으로 삼았다.

89_ 어부는 … 했으며 | 원문의 "어상漁相"은 중국 주周나라 문왕의 스승 여상呂尙을 가리킨다. 본래의 성姓은 강姜이었는데, 봉해받은 성을 따라 여呂로 바꾸었다. 호는 태공망太公望이고, 강태공姜太公이라 하기도 한다. 문왕이 사냥을 나가려 할 적에 점을 쳐보니, "용도 아니고 곰도 아니고, 제왕을 보필할 자를 얻을 것이다"라는 점괘가 나왔다. 과연 위수渭水의 북쪽에서 낚시하고 있던 여상을 만났다. 그때 그의 나이는 칠십이었는데, 문왕은 그와 이야기해보고서 몹시 기뻐하고 그를 스승으로 삼았다.

90_ 목자牧子는 … 했다 | 원문의 "환상豢相"은 중국 춘추시대 우虞나라 사람 백리해百里奚를 가리킨다. 그는 일찍이 제나라로 갔으나 기용되지 못했고, 여러 나라를 전전하다가 우나라로 돌아와 우공을 섬겨 대부가 되었다. 그런데 우나라가 장차 망할 것을 알고, 초나라로 도망갔다가 붙잡혀 가축을 기르고 있었는데, 진秦나라 목공穆公이 그가 현명하다는 소문을 듣고 다섯 마리 암양의 가죽으로 속량시켜 신하로 삼아 국정을 맡게 하였다.

영남에서의 의문 嶺惑

충주忠州에서 남으로 가면 조령鳥嶺이 있고, 괴산槐山에서 남으로 가면 죽령竹嶺이 있고, 운봉雲峯에서 동으로 가면 팔량치[八良嶺]가 있고, 장수현長水縣에서 동으로 가면 육십령六十嶺이 있고, 황간黃澗에서 남으로 가면 추풍령이 있다. 여기에서 그 밖을 구분하여 '영남嶺南'이라 한다. 영남이란 곳은 영을 경유하지 않으면 그 경계에 들어갈 수 없다. 일찍이 들건대, 조령은 천하의 험준한 곳이어서 길 가는 사람이 사람의 어깨를 타고 가야 하고, 죽령은 말에서 안장을 풀어야 하고, 팔량치는 평평하면서도 지대가 높아 고개 밑에서 정상까지 시오 리나 되고, 육십령은 옛날에 육십 명의 사람이 없으면 감히 들어가지 못하였기 때문에 이런 이름이 붙여졌다고 한다. 이것으로 영이 모두 험준하고 가파름을 알겠다.

갑신일(10월 7일)에 김천에 머물다가 을유일(8일)에 새벽길을 떠날 적에 마부에게 경계하여 말하였다.

"네 말을 배부르게 먹여라. 네 말을 조심스럽게 다루어라. 말의 뱃대끈에 오늘 땀이 찰 것이다."

또 종자를 경계하여 말하였다.

"해가 한낮이 될 무렵이면 추풍령에 오를 것이다. 너는 신발을 묶고 돌아가고 멀리 따라오지 말도록 하라."

황간 읍내에 이르러서 돌아보며 말하였다.

"영이 왜 그리 지루한가?"

여관 주인에게 물어보니, 이미 영 북쪽 삼십 리에 왔다는 것이다.

아! 재상들은 모두 도가 있어 어질고, 장군들은 모두 용기와 지혜가 있어 그 흉문凶門⁹¹을 제압하고, 선비들은 모두 의리에 충실하고, 도는 모두 높고도 넓으며, 덕은 모두 반듯하고 크고 곧으며, 학문은 모두 진실하고 박약博約⁹²하며, 문장은 모두 빛이 휘황하고 소리가 쟁쟁하다고 한다. 그것이 사실인가? 실實이 있는 후에 이름이 있지만, 또한 실이 없는데도 이름이 있을 수 있는 것이다.

고적을 찾아서 古蹟

무진일(9월 20일)에 황산黃山⁹³ 나루를 건너니, 그 남쪽 들이 남부여南扶餘⁹⁴였는데, 계백階伯⁹⁵이 싸우다 패퇴하여 잠든 곳이다. 반월성半月城⁹⁶에 이르니 여기에 낙화암落花巖이 있는데, 의자왕義慈王⁹⁷이 망한 곳이다. 신미일(23일)에 금마국金馬國⁹⁸에 이르니, 한무강왕韓武康王⁹⁹이 도

91_ **흉문凶門** | 장군이 출진出陣할 때 나가는 문으로 성의 북문北門을 가리킨다. 출진할 때 북문으로 나가는 것은 필사必死의 뜻을 표시한다.

92_ **박약博約** | 《논어》에 "博我以文, 約我以禮"라는 구절이 있다.

93_ **황산黃山** | 충청남도 논산시의 옛 이름.

94_ **남부여南扶餘** | 한때 백제가 쓰던 국호. 성왕聖王 16년 백제는 북으로 고구려 세력에 밀려 도읍을 위례성慰禮城에서 웅진熊津으로, 웅진에서 다시 사비泗沘로 옮기고, 그 국호도 일시 '남부여'라고 했다.

95_ **계백階伯** | ?~660년. 백제 말의 장군. 의자왕 20년(660)에 나당연합군이 쳐들어올 때 결사대 5천여 명을 뽑아 거느리고 황산벌 싸움터에 나갔으나 신라군에게 중과부적으로 패하여 전사하였다.

96_ **반월성半月城** | 반월성은 부여에 있던 백제의 왕성王城을 가리킨다.

97_ **의자왕義慈王** | 백제의 마지막 왕.

98_ **금마국金馬國** | 전라북도 익산시는 삼한시대 때 '금마'라 불렸다. 온조가 마한을 병합한 뒤 그 땅을 금마저金馬渚라 했고, 그 뒤 무강왕武康王(무왕)이 이곳에서 칭왕했다고 한다. 궁궐터가 남아 있고, 무강왕과 그 비妃인 선화부인의 능이라 전해지는 쌍릉雙陵이 있다.

읍을 옮긴 곳이다. 정축일(29일)에 삼기三歧[100]에 이르니 여기에 도굴산
闍崛山이 있는데, 용화향도龍華香徒[101]와 김유신金庾信이 하늘에 맹세했
던 곳이다. 초겨울 경진일(10월 3일)에 대량주大良州[102]에 이르니, 여기에
죽죽씨竹竹氏[103]의 가문이 있었다. 신사일(4일)에 영천靈川[104]에 이르니
대가야大伽倻[105] 뇌질주일씨惱窒朱日氏[106]가 봉해받은 곳으로, 여기에
금곡琴谷이 있는데 악사樂師 우륵于勒[107]이 업業을 익힌 곳이다. 경산京
山[108]에 이르니, 가야 벽진씨碧珍氏[109]의 식읍이 있던 곳이다. 계미일(6

99_ 한무강왕韓武康王 | 무강왕은 백제 30대 왕인 무왕武王으로, 여기서 '한무강왕'이라 함은 백제
지역이 옛 마한 땅에 속하므로 한韓을 관冠한 것이 아닌가 한다.

100_ 삼기三歧 | 경상남도 합천군에 있던 지명. 신라 경덕왕 때 삼지현三支縣을 삼기현三歧縣으로
고쳤다. 조선조 태종 때 삼기현과 가수현을 통합하여 삼가현三嘉縣이라 일컬었다.

101_ 용화향도龍華香徒 | 신라시대 화랑 김유신을 따르던 무리의 칭호이다.《삼국사기》,〈김유신
전〉에 "年十五歲, 爲花郞, 時人洽然服從, 號龍華香徒"라고 하였다.

102_ 대량주大良州 | 경상남도 합천군을 가리킨다. 신라 초기에 대량주군 또는 대야군大耶郡이라
불렸다. 경덕왕 때 강양군江陽郡이라 개칭하고, 고려 현종 때 합주陜州로 승격하였다. 조선조
태종 때 다시 군이 되어 합천陜川이라 개칭하고, 1914년 삼가·초계草溪·합천陜川의 3군을
병합해서 현재의 합천군이 되었다.

103_ 죽죽씨竹竹氏 | ?~642년. 신라 선덕여왕 때 사지舍知 벼슬에 있던 인물로 대야주大耶州 출신
이다. 대야성 도독 김품석金品釋의 부하로 활약했는데, 선덕여왕 11년(642)에 백제 장군 윤충
允忠에게 대야성이 포위되자, 품석은 가족과 함께 자살하고 죽죽은 끝까지 싸우다가 장렬하
게 전사하였다.

104_ 영천靈川 | 경상북도 고령高靈의 옛 이름.

105_ 대가야大伽倻 | 육가야 중의 하나. 고령 지방에 있던 것으로, 한때 육가야의 맹주가 되기도
했다.

106_ 뇌질주일씨惱窒朱日氏 | 대가야의 왕을 가리킨다.《신증동국여지승람新增東國輿地勝覽》,〈고
령현高靈縣〉조에 "최치원의〈석리정전釋利貞傳〉을 살펴보면, '가야산신 정견모주正見母主가
천신 이비가夷毗訶에게 감응하여, 대가야의 왕 뇌질주일과 금관국의 왕 뇌질청예惱窒靑裔를
낳았다(伽倻山神正見母主, 乃爲天神, 夷毗訶之所感, 生大伽倻王惱窒朱日·金官國王惱窒靑裔二人)'고
하였는데 믿을 수 없다"고 한 구절이 보인다.

107_ 우륵于勒 | 신라 진흥왕 때의 악사. 원래 가야국 사람으로, 가실왕嘉悉王 때 12현금을 만들고,
12월의 율律을 상징하는 상가야上伽倻·하가야下伽倻 등 12곡을 지어 가야금이라 하였다. 진
흥왕 12년(551)에 가야금을 가지고 신라로 도망왔다.《삼국사기》권4,〈진흥왕〉참조.

일)에 숭선嵩善[110]에서 말을 쉬게 했다. 여기에 금오산金烏山이 있으니 징사徵士 길재吉再[111]가 머물렀던 곳이요, 여기에 낙동강이 있는데 정녀 貞女 상랑向娘[112]이 빠진 곳으로, 〈산유화山有花〉는 이에 연유한 노래이 다. 갑신일(7일)에 감주甘州[113]에 이르니, 옛날 감문국甘文國[114]이 있었던 곳인데, 여기에 장부인嫜夫人의 무덤[115]이 있다. 병술일(9일)에 적등강赤 登江[116]을 건너 관성管城[117]에 이르니, 신라의 김흠운金歆運[118]이 나라를

108_ 경산京山 | 부府 이름. 경상도 성주목星州牧의 고려 때 이름. 고려 태조 때 벽진군을 고친 이 름인데, 뒤에도 여러 차례 개칭이 있었다. 《고려사》권57, 〈지리지〉 참조.

109_ 벽진씨碧珍氏 | 성산가야星山伽倻의 성씨이다. 그래서 벽진가야라고도 한다. 벽진가야는 지 금의 경상북도 성주星州에 있던 부족국가이다.

110_ 숭선嵩善 | 신라 때의 지명. 지금의 경상북도 선산군善山郡.

111_ 길재吉再 | 1352~1419년. 고려 말기에서 조선조 초기의 학자. 자는 재보再父, 호는 야은冶 隱·금오산인金烏山人, 본관은 선산善山. 이색·정몽주·권근의 제자로서 성리학을 공부하 였다. 우왕 12년(1386) 진사에 합격하여 벼슬길에 나아갔으나 고려가 망하자, 두 임금을 섬 길 수 없다 하여 끝내 조선조에서는 벼슬하지 않았다.

112_ 상랑向娘 | 향랑香娘이라고도 한다. 《증보문헌비고增補文獻備考》107, 〈악고樂考〉 속악부俗樂 部에 의하면, 향랑은 숙종 때 경상도 선산부에 살던 민가의 딸로 젊은 나이에 과부가 되어 수 절하고자 하였는데, 자신의 뜻을 부모가 꺾으려 하자, 〈산유화가〉를 지어서 자신의 뜻을 보 이고 낙동강에 뛰어들어 죽었다고 한다. 다른 기록에는 과부가 아니고 시집에서 쫓겨났다고 하였으며, 이옥의 〈상랑전尙娘傳〉에도 시집에서 쫓겨난 것으로 되어 있다.

113_ 감주甘州 | 경상북도 금릉군金陵郡 감천면의 옛 이름.

114_ 감문국甘文國 | 경상북도 금릉군 감문면에 있던 삼한시대의 작은 나라. 신라 조분왕 2년(231), 신라가 점령하여 진흥왕 18년(557)에 감문주甘文州를 설치하였다가 35대 경문왕 16년(757)에 개령군開寧郡으로 고쳤다.

115_ 장부인嫜夫人의 무덤 | 장릉嫜陵을 가리킨다. 《신증동국여지승람》, 〈개령현開寧縣〉조에 장릉 은 감문국 때 장부인의 능이라 전한다고 했다.

116_ 적등강赤登江 | 《신증동국여지승람》, 〈옥천군沃川郡〉조에 고을 남쪽 40리에 있다고 했다.

117_ 관성管城 | 관성은 충청북도 옥천군에 있던 신라시대 고을. 본래 고시산군古尸山郡인데, 신라 경덕왕이 관성군으로 고쳤다. 1313년(충선왕 5)에 지옥주사知沃州事로 승격하고 경산부京山 府에 소속, 이산利山·안읍安邑·양산陽山의 세 현을 합쳤다.

118_ 김흠운金歆運 | 신라 때의 화랑이며, 내물왕의 8세손이다. 백제와 고구려가 동맹하여 신라를 치려하매 태종 무열왕의 명을 받아 출전하여 백제 땅 양산陽山에서 적진으로 달려들어 용감 히 싸우다가 장렬히 전사하였다.

위해 일찍 죽은 곳으로, 신라 사람들이 이에 연유하여 〈양산가陽山歌〉[119]
를 불렀다. 정해일(10일)에 청주靑州에서 저녁을 먹었는데, 여기에 동
장銅樯[120]이 있으니 옛날의 낭비성娘臂城[121]이다. 무자일(11일)에 환주歡
州[122]에 이르니, 옛날 남부여 · 고구려 · 서벌라의 요새였다. 기축일(12
일)에 위례성慰禮城[123]에 이르니, 십제十濟 온조씨溫祚氏[124]가 나라를 세
운 곳이다.

　아! 서벌라가 망한 지 어느덧 이미 천 년이 되었고, 부여씨 · 가야씨
는 모두 서벌라에 앞서 없어졌다. 골짜기가 구릉이 되고, 구릉이 골짜
기가 되며, 물이 동쪽으로 서쪽으로 흘러 까마득한 옛날의 자취를 징험
할 수가 없다. 다만 남부여국에 소정방蘇定方[125]의 비가 있고, 금마국에

119_ 〈양산가陽山歌〉 | 신라 가요. 신라 태종 무열왕 때 장수 김흠운이 백제 땅 양산에서 싸우다
　　가 장렬한 전사를 하였으므로 후에 사람들이 이를 슬퍼하여 지어 부른 노래이다. 가사는 현
　　전하지 않는다.
120_ 동장銅樯 | '동당銅幢'이라고도 한다. 구리로 만든 짐대. 짐대란 절에서 당幢, 깃발을 달아 세
　　우는 대를 말한다.
121_ 낭비성娘臂城 | 삼국시대 충청북도 청주에 있던 고구려의 성. 신라 진평왕 51년(629)에 신라
　　대장군 용춘龍春 · 서현舒玄이 공략하여 신라의 땅이 되었다. '낭자곡浪子谷'이라고도 한다.
122_ 환주歡州 | 충청남도 천안의 고려시대 이름.
123_ 위례성慰禮城 | 백제 초기의 도읍. 시조 온조왕은 위례성을 근거로 건국하였다고 전한다. 위
　　례성은 그 위치에 대해 아직 정설을 세우지 못하고 있다. 몽촌토성설, 이성산성설, 풍납리
　　토성설이 유위되고 있다.
124_ 온조씨溫祚氏 | 백제의 시조인 온조왕을 가리킨다. 재위 기간은 기원전 18~기원후 28년. 고
　　구려 시조 주몽의 셋째 아들. 주몽이 북부여에서 낳은 유리왕자가 내려오자 신변에 위협을
　　느껴 형 비류와 함께 남하하여 비류는 미추홀(인천)로 가고, 온조는 위례성에 도읍하여 국호
　　를 십제十濟라 하였다. 비류가 죽은 후 그 백성들이 위례성에 모여들자 국호를 백제로 고쳤
　　다고 한다.
125_ 소정방蘇定方 | 중국 당나라 고종 때의 무장. 13만의 당나라 군사를 거느리고 와서 신라군과
　　함께 백제를 협공하여 사비성을 함락시켰고, 의자왕과 태자 융隆을 생포하여 당나라로 송환
　　했으며, 고구려 보장왕 20년(661) 다시 당군을 지휘하여 신라군과 더불어 고구려의 평양성을
　　포위, 공격하였으나 불리해져서 철퇴하였다.

왕궁평王宮坪이 있어 그 터에 주춧돌과 탑이 남아 있는데, 혹은 '선화부인善花夫人', 혹은 '서동왕薯童王'의 이야기[126]가 얽혀 있다고 한다. 대가야 지방에도 석불 하나가 남아 있으니, 옛날부터 영원히 변치 않는 것은 돌인가? 충신·열녀·효자의 이름이 종종 길 주변에서 혁혁히 드러나니, 그렇다면 옛날부터 영원히 변치 않는 것은 오직 돌과 충신·열녀·효자의 이름뿐이로다.

면포의 공력 棉功

영嶺을 넘어 남쪽으로 가니, 길가에 목화밭이 많았다. 토양이 적합해서인가? 밭 가운데 여자들이 많이 있는데, 바구니를 들고 있는 자, 옷자락을 걷어 올린 자, 보자기를 끌어당기고 있는 자들이 있었다. 풍속이 다스려져서인가?

종자가 말하였다.

"영남 사람에게 들으니, '목화 꽃이 떨어진 지 닷새가 지나면 장에서 새 면포를 판다'고 합니다."

종자에게 물었다.

"너는 목화가 면포가 되는 과정을 아느냐?"

"목화에 이미 꽃이 피면 내 바구니를 가지고 가서 그 꽃을 땁니다.

126_ **선화부인善花夫人 ⋯ 이야기** │ 신라 진평왕의 셋째 딸인 선화공주로서, 백제 무왕武王의 비가 되었고, 서동왕薯童王은 백제 30대 왕인 무왕으로, 서동은 무왕의 아명兒名이다. 《삼국유사》 권2, 〈무왕武王〉 참조.

얇게 말아 지붕에 올라가 햇볕에 말립니다. 꼼꼼하게 뒤척거려 나쁜 것을 골라냅니다. 삐거덕삐거덕 씨아[127]질하여 씨를 뺍니다. 활을 눕혀 놓고 줄을 퉁겨 부풀립니다.[128] 구름처럼 흩어진 솜을 돗자리에 고르게 펴고 말아서 잠재웁니다.[129] 겉모양은 동글동글한데 속은 텅 비게 하여[130] 솜북데기를 만듭니다. 물레바퀴를 돌려 실을 뽑아냅니다. 사십 올의 날실이 서로 나란해지면 한 새[升][131]가 됩니다. 말뚝을 뜰에 세우고 풀을 먹여 화기火氣에 쪼입니다. 바디[132] 구멍에 실을 꿰는데 새의 수에 따라 실을 덧보태서[133] 베틀을 장치합니다. 노는 북[梭]이 왔다갔다 하며 면포를 짭니다. 무릇 열두 번의 수공을 거쳐야 이루어집니다."

"역시 어렵구나! 목화는 어떻게 꽃이 피느냐?"

종자가 말하였다.

"땅에 씨앗을 묻으면, 씨앗에서 싹이 트고, 싹에서 모가 되고, 모에서 더 자라나 아래로 뿌리가 내리고, 위로 줄기가 생기며, 줄기에서 가지가 생기고, 가지에서 잎사귀가 생깁니다. 잎사귀가 자란 후에 씨방이

127_ 씨아 | 목화의 씨를 빼는 기구. 교거攪車 또는 연거碾車라고 한다.
128_ 활을 … 부풀립니다 | 이 공정은 흔히 '명을 탄다'고 하는 것이다.
129_ 돗자리에 … 잠재웁니다 | 돗자리에 솜을 고르게 편 다음, 홍두깨로 둘둘 말아 부피를 잠재우는 것이다.
130_ 겉모양은 … 텅 비게 하여 | 솜을 조금씩 떼어 수숫대 따위에 고르게 말아 비벼서 가래떡처럼 되면, 속에 든 수숫대를 빼내는 것이다.
131_ 새[升] | 피륙의 날을 세는 단위. 한 새는 우리나라는 날실 40올, 중국은 80올이다.
132_ 바디 | 베틀·방직기·가마니틀 등에 딸린 기구의 하나. 대오리·나무·쇠 따위를 참빗살처럼 세워 만들어 베 또는 가마니의 날에 씨를 쳐서 짜는 구실을 한다.
133_ 말뚝을 … 덧보태서 | 이 공정은 순서가 뒤바뀌어 있다. 즉 면포의 길이를 정하기 위해 말뚝 2개를 각각 마당 양쪽에 세워 놓고, 말뚝에 실을 감고, 감은 실을 잘라 바디 구멍에 두 올씩 꿰어 폭을 정한 뒤(폭은 보통 여드레 간격이나 보름 간격으로 함), 풀을 먹여 약한 불에 쪼이는 순으로 작업이 진행되는 것이다.

물레와 씨아
솜을 자아서 실을 만드는 물레(왼쪽)와 목화의 씨를 빼는 씨아(오른쪽).

생기고, 씨방이 생긴 후에 꽃봉오리가 생기고, 꽃봉오리가 생긴 후에 꽃봉오리가 터지고, 터진 후에 꽃이 핍니다. 무릇 아홉 번 변하여 꽃이 핍니다."

"면포가 이미 이루어지면 어떻게 옷이 만들어지느냐?"

"면포가 이미 만들어지면 이것을 '무명無名'이라 합니다. 잿물에 삶아서 풀을 뽑아 가볍게 하고, 햇볕에 널어 말려 뽀얗게 하고, 염색하여 화사하게 하고, 풀을 먹여 곱게 하고, 돌에 다듬이질하여 산뜻하게 하고, 폭과 길이를 재어 고르게 하고,[134] 마름질하여 한도를 정하고, 시침

134_ 폭과 ⋯ 고르게 하고 | 이 공정에 앞서 홍두깨보다 굵은, 반드럽게 깎은 나무통(안동 지방에서는 이것을 '배기'라고 부름)에 면포를 팽팽히 감아 올을 고르게 하고 폭을 고정시키는 단계가 있다.

바늘을 꽂고, 실로 갈무리하고, 인두질하여 가지런히 정리하고, 물을 뿜어 촉촉하게 하고, 다림질하여 올을 곧게 합니다. 또한 열두 번의 공정을 거친 후에 이루어집니다."

"대단히 어렵구나."

아! 밭 갈고 씨 뿌리고 거름 주고 김매어, 씨앗에서 꽃이 피게 되는 즉, 남정네와 아낙네가 반반씩 일을 한다. 꽃에서 면포가 되고, 면포에서 옷이 되는데, 처음 그것으로 실을 만들고, 그것으로 솜을 만들어 끌고 잡아당겨 모양을 바르게 하고, 추위와 더위에 적절히 맞게 하였다. 이 모든 것을 아낙네가 전적으로 하였으니, 아낙네 또한 부지런하다.

호서 지방에 어떤 부자가 있었는데, 재물이 아주 넉넉하여 공후백작 公侯伯爵에 비등하였다. 그런데 그 처음엔 한 과부의 수공에서 시작되었다고 하니 근면한 이득이 큰 것이다. 4월엔 목화씨를 뿌리고 9월엔 옷을 만들어 입게 하니, 백성들이 또한 수고롭다. 어찌 치라방로哆囉氈毹[135]를 귀중히 여기고 면포를 천시한단 말인가!

—이상 윤세순 옮김

135_ **치라방로哆囉氈毹** | 치라는 서역의 치라박국哆囉縛國으로, 양탄자나 모직물을 생산하는 나라 이름. 방로는 양털로 짠 직물 또는 깔개.

중흥사[1] 유기

重興遊記

산행 날짜 時日 二則

계축년(1793) 가을 8월 임오일(22일)에 회현방會賢坊에서 모여 북한산으로 놀러 갈 계획을 정하고, 을유일(25일)에 맹교孟嶠[2]에서 만나니 약속했던 바이다. 병술일(26일)에 산으로 들어가 정해일(27일)에 산에서 유숙하고, 무자일(28일)에 동쪽 사잇길을 따라 내려와 맹교에 이르렀다. 기축일(29일)에 돌아왔다.

가을 날씨가 계속해서 맑더니, 정해일에 산중의 일기가 흐렸고 무자일에는 흙비가 내렸다. 산이 높아서이다.

1_ **중흥사**重興寺 | 북한산北漢山 노적봉露積峯 남쪽에 있던 절. 조선조 숙종 때 북한산성北漢山城을 쌓고, 이 중흥사에 도총섭都摠攝을 두어 승군僧軍의 지휘를 맡게 하였다. 갑오경장甲午更張 이후 승군이 해산되고 고종 말년에 모두 불타, 지금은 주춧돌만 남아 있다.
2_ **맹교**孟嶠 | 지금의 종로구 가회동嘉會洞, 구舊 경기고京畿高 자리 뒤에 맹현孟峴(맹감사孟監司 고개)이 있는데, 이곳을 가리키는 듯하다. 세종 때 영의정을 지낸 맹사성孟思誠과 숙종 때 감사監司를 지낸 맹만택孟萬澤이 살았으므로 맹현孟峴으로 불렸다.

〈북한도北漢圖〉

성능聖能(?~?). 목판본. 1745년. 성벽이 북한산을 빙 둘러싼 가운데 행궁行宮·장대將臺·훈국訓局, 중흥
사·보국사·원효암 등의 건물이 들어서 있다.

함께 간 사람 伴旅 二則

자하옹紫霞翁 민사응閔師膺³ 원모元模와 귀현자歸玄子 김려金鑢 사정士
精 및 그의 아우 목서산인木犀山人 김선金鐥⁴ 대홍大鴻이 함께하였다. 나
를 포함하여 단지 네 사람이다. 나는 이옥李鈺 기상其相이다.

3_ 민사응閔師膺 | 1750~1821년. 자는 원모元模. 1786년에 생원시에 합격하여 고령현감高靈縣監을
지냈다.
4_ 김선金鐥 | 김려의 동생으로, 자는 사홍嗣鴻. 신유사옥 때 초산楚山으로 유배되었고, 《담정총서》
에 《서원시준犀園詩畠》, 《진주별고辰洲別稿》 등의 시집이 수록되어 있다. 순조 20년(1820) 문과
에 급제하였다.

처음 약속할 때에는 진사進士 서치범徐稚范[5]도 동행하기로 하였는데 마침 일이 있어 오지 못했다. 동자童子 봉채鳳采도 만나기로 약속해 놓고 오지 못했다. 그는 뒤에 후회하였다.

행장 行岑 二則

이자李子는 말한다. "내가 일찍이 멀리 교외로 나가는 자를 보니 계

5_ 서치범徐稚范 | 서유진徐有鑛. 치범은 그의 자. 호는 태악太嶽. 1768년생으로 1790년에 진사가 되었으며, 김려와 교유한 기록이 《귀현관시초歸玄觀詩草》에 보인다.

획을 거듭하고 돌아올 날짜를 망설이면서 며칠 동안 심신을 허비하여 행장을 꾸렸는데도 매양 미흡하게 여기는 사람이 많다." 나귀나 말 한 필, 동자로서 행구를 가지고 갈 종자 한 명, 짚는 척촉장躑躅杖 하나, 호리병 하나, 표주박 하나, 반죽班竹 시통詩筒 하나, 통 속에는 우리나라 사람의 시권詩卷 하나, 채전축彩牋軸 하나, 일인용 찬합 하나, 유의油衣 한 벌, 이불 한 채, 담요 한 장, 담뱃대 하나, 길이가 다섯 자 남짓한 담배통 하나를 준비하였다. 구부정한 모습으로 앞서거니 뒤서거니 문을 나섰다. 스스로 잘 정돈되었다고 여겨 흐뭇해했는데, 오 리쯤 가서 다시 생각해보니 잊은 것이 붓과 먹과 벼루였다.

일행에게는 짧은 담뱃대 두 개, 허리에 차는 작은 칼 두 개, 담뱃주머니 셋, 화겸火鎌[6] 세 개, 천수필天水筆[7] 한 자루, 견지蠲紙[8] 세 폭이 있었다. 사람마다 각자 발에 미투리 한 켤레씩을 갈아 신고, 접는 부채 하나씩을 쥐었고, 주머니 속에는 상평통보常平通寶 오십 푼뿐이었다.

약속 約束 五則

이자가 김자金子와 더불어 술을 마시다 취하게 되었는데, 김자가 이

6_ **화겸火鎌** | 화렴火鐮. 불을 일으키는 도구로 낫과 같이 생겼으며 강철로 만들어졌다. 《천공개물 天工開物》, 〈화기火器〉에 "囊中懸弔火石·火鐮, 索機一動, 其中自發"이라 하였다.

7_ **천수필天水筆** | 미상.

8_ **견지蠲紙** | 중국 당나라 때 임안臨安·온주溫州 지역에서 만든 종이로, 희고 광택이 있는 것으로 유명하였다. 일설에는 오대五代 오吳나라 때 이 종이를 바치는 자들에게 부역賦役을 면제해주었기 때문에 '견지蠲紙'라 불렸다고 한다.

자를 돌아보며 말하였다.

"그대는 밖으로 나가고 싶지 않은가? 가을 기운이 사람의 폐부에 스며들고 성시城市에서의 나날은 울울하여 스스로 즐겁지가 않다. 나는 북한산성을 보러 가고자 하는데, 함께 가지 않겠는가?"

또 말하였다.

"내 아우 홍鴻이 실제 이번 산행을 주관하고 있는데, 그대가 함께 가기를 원한다."

이자가 말하였다.

"그러세. 날짜를 정하게."

"27일이 길하다고 본다."

"더디다. 엊그제 얘기했다는 날이 있지 않느냐?"

김자가 말하였다.

"좋다."

다른 날 이자가 성균관 동구에서 민자閔子를 만나, 김자가 말을 하고 또 그 연유를 고했더니, 민자가 말하였다.

"그렇다면 자네들만이 오로지 한단 말인가! 생각하면 이 늙은 사람이 앞장서는 것이 마땅하지 않은가? 자네들이 가는데 어찌 이 늙은 사람이 앞장서는 일에 빠져서야 되겠는가?"

이자가 미안해하며 말하였다.

"다행입니다. 원컨대 선생께서는 서두르시어 저희들이 기다리게 하지 말아주십시오."

도성 문을 나서며 삼장三章의 법을 세웠다. 첫째, 시에 대한 규율이다. 시 속의 사람을 지을 것이고, 사람 속의 시를 지어서는 안 되며, 시속의 경치가 되게 할 것이고, 경치 속의 시가 되어서는 안 될 것이다.

둘째, 술에 대한 규율이다. 산골짜기나 개울가에 다행히 주막이 있거든 술이 붉은지 누런지 묻지 말 것이며, 맑은지 걸쭉한지 묻지 말 것이며, 술 파는 여자가 어떠한지 묻지 말 일이다. 우리가 숫자가 많다고 허용하지 않으면 마시지 않고 그냥 지나간다. 술이란 한 잔을 마시면 화기가 돌고, 두 잔을 마시면 취기가 오르게 되고, 석 잔을 마시면 노래하게 되고, 말이 많아지지 않으면 비틀거리게 되는 것이니, 술을 마시기는 하되 석 잔에 이르는 것을 일절 허용하지 않는다. 석가여래가 이 금과옥조金科玉條를 증명해줄 것이다.

셋째, 몸가짐에 대한 규율이다. 이미 지팡이를 짚고 짚신을 신어 준비를 마쳤고 이미 옷을 걷어 올렸으니, 몸을 기울여 올라도 되고, 험한비탈을 올라도 되며, 무너진 다리를 뛰어 건너도 되고, 험한 구렁을 누벼도 된다. 그러나 백운대에 오르려는 것은 불가하다. 올라갈 수 없는것은 아니지만 올라가는 것은 불가하다. 이 말을 어기는 자가 있으면산신이 그를 용서하지 않을 것이다.

성곽 譙堞 二則

도성을 나선 곳은 창의문彰義門으로 서북쪽이며, 돌아서 들어온 곳은혜화문惠化門으로 동북쪽이다.

북한산으로 들어가는 서남쪽 작은 문이 문수암문文殊暗門이며, 산에서 나오는 동남쪽 작은 문이 보국암문輔國暗門이다. 암문暗門[9]이란 초루譙樓를 세우지 않고 성에 구멍, 즉 출입구를 만들어 놓은 것이다. 직접 지나다니며 본 것은 대남문大南門·대서문大西門, 동북암문東北暗門으로 성 가운데 관문關門을 만들어 한어문捍禦門이라 한 것이고, 멀리 바라보기만 한 것은 외성外城의 한북문漢北門과 대동문大東門, 동장대東將臺이다. 치첩雉堞[10]은 도성에 비하여 비록 낮고 얇지만 초루는 모두 새로 단장하여 산뜻하다. 성곽과 회랑回廊은 규모 있게 되어 있어, 창졸간에 일이 생겨도 포객暴客[11]을 막을 수 있게 하였다.

누정 亭榭 四則

연융대鍊戎臺에 세검정洗劍亭이 있고, 백운동문白雲峒門[12] 조금 동쪽에 산영루山暎樓가 있으며, 도성의 동쪽 손가장孫家莊[13]에 재간정在澗亭이 있다.

이번 걸음 전후로, 세검정에서 인왕산仁王山을 따라 한 번 나선 적이

9_ 암문暗門 | 성벽에 누樓 없이 만들어 놓은 문. 적의 눈에 띄지 아니한 곳에 만들어서 평소에 돌로 막아 놓았다가 필요할 때에 비상구로 사용하였다.

10_ 치첩雉堞 | 성城 위에 쌓은 낮은 담. 성가퀴, 여장女墻.

11_ 포객暴客 | 갑작스럽게 쳐들어오는 외적外賊 또는 침입자侵入者를 말한다.

12_ 백운동문白雲峒門 | 백운동白雲峒. 인왕산 동쪽 아래에 있던 마을로 골이 그윽하고 수석이 아름다워 경치 좋기로 이름난 곳. 지금은 종로구 청운동에 속한다.

13_ 손가장孫家莊 | 고유한 지명地名이 아니고 '손씨가孫氏家의 촌장村莊'을 말한다.

있고, 종이를 사기 위해 나선 적이 있으며,[14] 임금의 거둥을 맞이하기 위해 나선 적이 있고, 승가사僧伽寺에 들어가기 위해 나선 적이 있다. 이번을 포함하여 나선 것이 다섯 번이다. 세검정은 도성에 가깝고 비록 이름난 곳이기는 하지만, 돌은 너무 평평하고 물살은 너무 빠르고 땅은 너무 환하게 밝고 산의 모습은 너무 경쾌하기만 하여 단지 귀족층의 공자公子 소년이 갈 만한 곳이다.

산중에서 이틀 동안 머무르면서 산영루에 오른 것이 세 번이었다. 낮에 오르고 저녁에 또 오르고 다음날 아침에 또 지나면서 올랐다. 낮부터 저녁까지 날씨가 맑더니 이튿날 아침에는 구름이 끼었다. 산색山色의 어둡고 밝음과 수기水氣의 흐림과 맑음을 이번 걸음에서 모두 파악하게 되었다. 다시 보니 저녁 산은 마치 아양을 떠는 것 같아 고운 단풍잎이 일제히 취한 모양이요, 아침 산은 마치 조는 것 같아 아련히 푸르름이 젖어드는 모양이다. 저녁의 물은 매우 빠르게 흘러 모래와 돌이 제자리에 있지 못하며, 아침의 물은 기氣가 있어 바위와 구렁이 비에 적셔진 것과 같다. 이와 같은 아침저녁의 산수 변화는 누樓의 기문記文으로 남길 만한 것이다.

손가장에 있는 것은 귀래정歸來亭인데, 그 냇물 위에 있는 것이 재간정이다. 정자 아래 돌에 '귀래동천歸來洞天'·'농수정籠水亭'·'손계損溪'·'도화담桃花潭'이라고 새겨 놓았다. 산과 들이 두루 둘러 있고, 가

14_ 종이를 … 있으며 | 세검정洗劍亭 부근에 조지서造紙署가 있었으므로 이곳에 와서 종이를 샀던 듯하다.

깝게 성곽과 통해 있으며, 흐르는 물은 그지없이 맑고, 흰 돌은 수없이 박혀 있어 진실로 도성 동쪽의 제일가는 마을이다. 그런데 주각朱刻한 시는 물에 깎이고, 난간은 비바람에 침식되었으며, 심지어 거미줄은 현판을 가리고, 제비집은 기둥 쪽에 달려 있으며, 연못은 물이 얕고 퇴락했으며, 토란밭은 어지러이 널려 있는 형편이다. 이지러짐도 없고 새로 이루어짐도 없는 것은 오직 산색과 수성水聲뿐이다. 술 마시는 사람에게 물어보았더니, 주모酒母 백자栢子[15]가 답하기를 김씨의 옛 평천平泉[16]이라 한다.

관아 건물 官廨 一則

산성 안에는 행궁行宮이 있는데 석림헌昔臨軒이라고 한다. 선원첩璿源牒을 보관하는 곳이 있고, 산성을 관장하는 장영將營이 있고, 훈국창訓局倉이 있고, 금영창禁營倉이 있고, 어영창御營倉이 있는데, 모두 한 곳이 아니다. 화약고火藥庫와 총섭영總攝營은 중흥사 옆에 있는데 군량과 갑옷, 병기를 보관하여 산성을 지키는 방책을 마련해 놓은 것이다. 《시경》에 이런 구절이 있다.

하늘이 음우를 내리기 전에   迨天之未陰雨

15_ **주모**酒母 **백자**栢子 | 백자栢子는 미상. 주모의 이름을 칭하는 듯하다.

16_ **평천**平泉 | 중국 당나라 이덕유李德裕의 평천장平泉莊에서 연유한 말로, 별서別墅·별장別莊을 가리킨다. 《극담록劇談錄》에 "李德裕東都平泉莊, 去洛城三十里, 卉木臺榭, 若造仙府, 遠方之人, 多以異物奉之. 有題平泉詩曰: '鸝右諸侯供語鳥, 日南太守送名花'"라는 기록이 있다.

저 뽕나무 뿌리껍질을 벗겨다가　　　　　　　徹彼桑土

바라지와 지게문을 얽어 놓으면　　　　　　　綢繆牖戶

이제 이 백성들　　　　　　　　　　　　　　今此下民

누가 감히 업신여길까?[17]　　　　　　　　　誰敢侮予

사찰 寮刹 五則

산성 안은 모두 산이라, 때문에 절이 있는데 무릇 열두 곳이다. 문수
사文殊寺가 있었는데 없어졌고, 중흥사·태고사太古寺·용암사龍巖寺·
상운사祥雲寺·서암사西巖寺·부왕사扶旺寺·진국사鎭國寺·보국사輔國
寺가 있는데, 이 순서는 내가 본 대로 적은 것이다. 원각사圓覺寺·국녕
사國寧寺·보광사普光寺는 내가 보지 못했는데, 보았더라도 특별히 다
른 점은 없었을 것이다.

　절에는 반드시 법당이 있어 극락전極樂殿이라 부르거나 극락보전極樂
寶殿 또는 대웅전大雄殿이라고 한다. 대웅전에는 모두 방이 하나씩인데
부왕사만은 유독 좌우로 나뉘어 두 방이 있었다. 부왕사에는 또 응향각
凝香閣이 있었다. 태고사에는 보우普愚 스님[18]의 비각이 있고, 비음碑陰

17_ 하늘이 … 업신여길까? 《시경》, 〈빈풍豳風·치효鴟鴞〉편의 한 구절. 원문은 “… 今女下民,
　或敢侮予”로, 이옥의 인용과는 그 자구에서 조금 차이가 난다.

18_ 보우普愚 스님 ｜ 1301~1382년. 고려 말기의 승려. 속성俗姓은 홍洪. 우리나라 임제종臨濟宗의
　시조로 공민왕恭愍王의 신임을 받아 왕사王師가 되었으나, 신돈辛旽의 시기로 물러났다가 신
　돈이 죽은 뒤 국사國師가 되었다.

에 역대 단월주檀越主[19]를 적어 놓았는데, 우리 태조 강헌대왕康獻大王이 판삼사사判三司事[20]로 거기 들어 있었다. 별관別館과 문은 절마다 같지 않았는데, 사치하고 검소한 것이 절의 쇠퇴하고 융성함에 따라 달랐다.

상운사 북쪽으로 곧바로 가면 원휴봉圓休峰[21]이 있는데 봉 아래에 암자가 있다고 한다.

산성 서남쪽에 지장암地藏菴, 옥천암玉泉菴 등이 있는데 승가사가 거느린 암자들이다. 승가사의 명부전冥府殿과 극락전은 둘이지만 한 건물로 되어 있고, 장수전長壽殿이 있고, 재실齋室이 있고, 부도사浮屠舍가 있고, 승료僧寮가 있어 꽤 넓었다. 문루는 모두 새로 손질한 것인데, 단청을 하고 도벽塗壁을 한 솜씨가 성 중에서도 또한 이와 같은 것이 없음 직하다.

산성 동남쪽 아래에 청암사靑岩寺가 있는데, 일명 호운암護雲菴이며 그 문은 진암鎭巖이라고 한다. 약사전藥師殿이 있고 만월보전滿月寶殿이라는 것이 있는데, 절 이름을 '봉국사奉國寺'라고 한다. 모두 지경地境이 비좁고 속되기도 하여 오래갈 수 없을 것이다.

19_ 단월주檀越主 │ 단월檀越은 산스크리트어 Danapati의 음역音譯으로 시주施主라는 뜻. 즉 단월주는 시주施主한 이를 말한다.

20_ 판삼사사判三司事 │ 고려시대 삼사三司의 으뜸 벼슬. 종1품으로 재신宰臣이 겸했다.

21_ 원휴봉圓休峰 │ 지금의 원효봉元曉峰을 가리키는 듯하다. 상운사의 북쪽, 산성의 '북문北門' 옆에 원효봉과 원효암이 있다.

불상 佛像 五則

절이란 부처의 사당祠堂이니 절에는 곧 불상이 있다. 소塑하여 만든 것, 주鑄하여 만든 것, 깎아 만든 것, 쪼아 만든 것이 있는데, 소하여 만든 것은 바르고, 주하여 만든 것은 틀에 넣은 것이고, 깎아 만든 것은 그림을 그리고, 쪼아 만든 것은 거기에 메운다. 가운데 놓은 것은 여래 세존如來世尊이라고 하며, 왼편이 관음보살觀音菩薩, 오른편이 대세지불 大勢至佛이라 하고, 서향하여 동쪽에 앉은 것을 지장보살地藏菩薩이라 한다. 불상이 넷 있는 경우도 있고, 셋 있는 경우도 있고, 하나의 불상 만을 봉안하는 경우도 있다. 승가사는 유독 다섯 불상을 봉안했는데, 그 하나를 장수불長壽佛이라 하여 옥을 갈아 만들고 금을 상감하여 호 사스럽게 꾸며 놓았다. 몇 해 전에 연경燕京의 사찰에서 온 것으로 말미 암아 설치한 것이다.

불실佛室에 들어가니 오방五方[22]이 모두 그림이었다. 부처를 그린 것 은 아름다웠고, 나한羅漢을 그린 것은 어지러웠고, 시왕十王[23]을 그린 것은 교만스럽게 되어 있고, 귀신을 그린 것은 불똥이 튀는 듯하고, 옥 녀玉女를 그린 것은 부박浮薄했고, 용을 그린 것은 산란스럽고, 난봉鸞 鳳을 그린 것은 빼어났고, 지옥을 그린 것은 처참한 느낌을 주면서도 묘했고, 윤회를 그린 것은 분잡한 듯하지만 또렷했다. 들은 바로 인해

22_ 오방五方 | 동서남북東西南北의 사방四方과 중앙中央.

23_ 시왕十王 | 지옥地獄에서 죄罪의 경중輕重을 정하는 십위十位의 왕王. 사람이 죽으면 그날부터 49일까지는 7일마다, 그 뒤에는 백일百日·소상小祥·대상大祥 때에 차례로 각왕各王에게 생 전에 지은 선악업善惡業의 심판을 받는다고 한다.

상상하고, 상상한 것으로 인해 형상화하고, 형상화함으로써 실체를 잃게 되어 이와 같이 당황하게 된다. 군자는 몸을 더럽힐까 하여 감상하지 않고, 소인은 그것을 공경하여 이마를 조아린다.

부왕사에는 세 장의 화폭을 걸어 놓았는데, 하나는 백의대사白衣大士의 상상像像으로 관지款識에 '당唐 오도자吳道子[24] 필필筆'이라 되어 있고, 하나는 사명당泗溟堂 유정惟政[25]의 상으로 수염을 깎지 않은 모습이고, 하나는 낙성당樂聖堂 민환敏環 스님의 상으로 절을 창건한 분이었다.

진국사에는 노자老子의 기우출관騎牛出關을 그린 화폭[26] 하나가 있는데, 이의李漪[27]가 공양한 것이다.

석가釋迦의 궁궁宮은 일체가 그를 장엄하게 하기 위한 것이다. 깊게 만들기를 채감采龕으로 하고, 높이기를 연대蓮臺로 하고, 이어 올리기를

24_ **오도자吳道子** | 중국 당나라 현종 때의 화가 오도현吳道玄. 도자는 그의 자. 불화佛畫와 산수화에서 당대 제일로 꼽혔으며, 소화疎畫의 체體라는 서화 일치의 화체를 확립하고 준법皴法을 고안하여 동양 회화에 큰 영향을 끼쳤다.

25_ **사명당泗溟堂 유정惟政** | 1544~1610년. 임진왜란 때의 승병장僧兵將. 속성俗姓은 임任, 자는 이환離幻, 호는 송운松雲 또는 사명당泗溟堂. 서산대사西山大師 휴정休靜의 제자로 묘향산·금강산 등지에서 수도하였다. 임진왜란 때는 승병을 지휘하여 왜병과 싸워 공을 세웠으며, 1604년 국서國書를 가지고 일본에 건너가 우리 포로를 구해서 돌아왔다.

26_ **노자老子의 … 화폭** | 노자가 난세를 피하여 소를 타고 함곡관函谷關을 나섰는데, 이때 관문의 영숙인 윤희尹喜가 도道를 구하자, 노자가 《도덕경道德經》 오천 언을 지어주었다고 한다. 이러한 이야기에 연유하여 예로부터 노자의 〈기우도騎牛圖〉 또는 〈기우출관도騎牛出關圖〉가 많이 그려졌다. 여기서 말하는 것 또한 이러한 종류의 그림으로 여겨진다.

27_ **이의李漪** | 영조 때 인물로, 은진恩津 이씨. 참판 이선李選의 손자로 1735년(영조 11)에 성균관 진사였고, 1753년(영조 29)에 상서원尙瑞院 부직장副直長이었으며, 1763년(영조 39)에 세손익위사世孫翊衛司 익찬翊贊이 되었다. 《영조실록》 참조.

금돈錦墩으로 하고, 꾸미기를 수반繡鑿으로 하고, 따르게 하기를 향동香
童으로 하고, 밝히기를 파려등玻瓈燈[28]으로 하고, 모으기를 지화紙花로
하고, 수북이 담기를 정병淨瓶[29]으로 하고, 높이기를 법고法鼓로서 하는
것이니, 이런 것들은 대부분 비슷하다. 오직 청암사의 작은 암자에는
향로 앞에 사주紗幬[30]와 의풍漪風[31]을 이바지했고, 승가사에는 금병金屛
이 있는데 동춘洞春[32]을 그린 것으로 매우 솜씨가 있다.

승려 緇髡 十二則

도성 문을 나서며 이미 승려를 만났고 북한산에 이르러 점점 많이 만
났는데, 절에 들어서는 승려를 다 만나게 되었다. 눈으로 본 승려가 무
릇 이백여 명이고, 말을 주고받은 승려는 겨우 십여 명이었다.

사일獅馹[33]은 일찍이 호종천교 정각보혜護宗闡敎正覺普慧 팔로제방대
주지八路諸方大住持 팔도승병도총섭八道僧兵都摠攝이 되었는데, 화산花山

28_ 파려등玻瓈燈 | 파려玻瓈로 만든 등燈. 파려는 불가佛家에서 말하는 칠보七寶의 하나로 유리 또
는 수정을 말한다.

29_ 정병淨瓶 | 불가에서는 정병淨瓶과 촉병觸瓶을 나누어 말하는데, 정병의 물로는 깨끗한 손을
씻고, 촉병의 물로는 더러운 손을 씻는다고 한다. 또는 옹기로 만든 것을 정병, 쇠로 만든 것
을 촉병이라 하기도 한다.

30_ 사주紗幬 | 깁으로 만든 휘장. 육유陸游의 〈망종후고우芒種後苦雨〉 시에 "芒種初過雨及時, 紗
幬睡起角巾幬"라는 구절이 있다.

31_ 의풍漪風 | 미상.

32_ 동춘洞春 | 동정춘洞庭春을 줄여 말하는 것이 아닌가 한다. 황보증皇甫曾의 〈송인왕형주送人往
荊州〉 시에 "水傳雲夢曉, 山接洞庭春"이라는 구절이 있다.

용주사龍珠寺³⁴의 총섭摠攝이기도 하였다. 그는 조포사造泡寺³⁵에서 이제 자리를 옮겨 북한산성의 총섭이 된 것이다. 스스로 말하기를 본래 호남인으로 어느 씨족에 속해 있다고 했는데, 반나절 동안 말을 함에 매우 분명하고 막힘이 없었다. 그래도 때때로 남도 사투리를 썼다.

현일玄一은 시詩를 잘한다는 이름이 있었는데 중흥사에서 만나게 되었고, 밤에 우리를 따라 태고사에 이르렀다. 그에게 시를 지어보라 하였더니, 방상方喪³⁶이 있어 사양한다고 하였다.

매양 절마다 길을 안내하는 승려 한 사람을 보내어 전송을 해주었다. 연총湛聰은 태고사에서 용암사까지 이르렀고, 내정乃淨은 용암사에서 상운사까지, 처한處閑은 상운사에서 서암사까지, 서암사의 승려 최엽最燁은 부왕사까지, 부왕사의 승려 도항道恒은 진국사까지, 진국사의 승려 맹선孟繕은 보국사에 이르기까지 안내하였다. 보국사의 승려 치원致遠은 성장城將이 송편을 구해오라 일렀으므로 맡은 일이 급해 멀리까지

33_ 사일獅馹 | 전라도 장흥長興 보림사寶林寺 출신의 승려. 호는 보경寶鏡. 정조에게 《불설대보부모은중경佛說大報父母恩重經》을 바치고 불법을 설파하였다. 1790년(정조 14) 용주사龍珠寺를 지을 때 도총섭으로서 역사役事를 감독하고, 팔도도화주八道都化主가 되어 전국의 승려들에게서 기부를 받았으며 팔도도승총八道都僧統을 지냈다.

34_ 화산花山 용주사龍珠寺 | 경기도 화성시에 있는 절. 1790년(정조 14) 승려 사일이 팔도도화주가 되어 갈양사葛陽寺 터에 세웠으며, 장조莊祖(思悼世子)의 무덤을 수호하는 절로 삼았다. 이 절에 있는 김홍도金弘道의 불화가 특히 유명하다.

35_ 조포사造泡寺 | 능릉陵이나 원園에 속해 있으면서 제향祭享에 쓰는 두부를 맡아 만드는 절.

36_ 방상方喪 | 방方은 비방比方, 즉 견준다는 뜻. 방상은 본래 아버지에 대한 상례喪禮로서 군주의 상喪을 치르는 것을 말한다. 《예기》, 〈단궁檀弓〉에 "事君有犯而無隱, 左右就養有方, 服勤至死, 方喪三年"이라는 구절이 있다. 1793년의 경우 국상國喪이 없었는데도 여기에 방상이라고 한 것은, 현일玄一이 자신의 사승師僧의 상喪이 있었던 까닭으로 그렇게 말한 것이 아닌가 한다.

전송할 수 없어서 암문에 이르기까지 전송해주고는 초동樵童에게 부탁하여 사자애獅子厓를 일러주었다. 동자童子의 이름은 김용득金龍得이다.

태고사의 돈예頓睨는 지팡이를 빌리는 일로 말을 나누었고, 상운사의 사언師彥은 술을 사 오는 일로 말을 나누었고, 부왕사의 성일晟日은 낮잠 자는 것을 지팡이로 그 옆구리를 치면서 장난삼아 말을 나누게 되었다. 진국사의 승장僧將 풍일豐一은 더불어 말할 만하여 말을 나누었다. 이 밖의 승려들에 대해서는 다 적을 수 없다.

절에서 이틀을 묵는 동안 밤이면 문득 범패梵唄를 부르는 자와 《병학지남兵學指南》[37] 및 〈대장청도도大將淸道圖〉[38]를 외우는 자가 있었는데, 등불이 꺼져 누구의 입에서 나오는 소리인지 알지 못하였다.

승려의 옷은 베로 만든 두루마기이거나 푸른 면포로 만든 두루마기이거나 또는 검은 베로 만든 직철直裰[39] 두루마기였는데, 소매는 넓기도 하고 좁기도 하였다. 승려들의 갓은 대나무를 엮어 만든 것으로 단통모短桶帽·포량첨건布梁簷巾·폐양립蔽陽笠(패랭이) 등이 있고, 대나무 껍질을 짜서 만든 것으로 대립簹笠이 있는데 거기엔 입첨笠簷[40]이 있어

<hr>

37_ 《병학지남兵學指南》| 중국 명明나라 척계광戚繼光이 지은 《기효신서紀效新書》 중에서, 주로 조련법操鍊法 부분을 간추려 정조正祖 11년 왕명으로 출간한 병서.

38_ 〈대장청도도大將淸道圖〉| 청도淸道는 귀인貴人이 행차할 때, 시종侍從이 소리를 질러 길을 비우게 하는 것으로 벽제辟除와 같은 뜻. 〈대장청도도〉는 대장大將이 출동할 때에 길을 비키라는 내용의 그림이 실린 도첩으로 여겨진다.

39_ 직철直裰| 승려가 입는 옷의 한 가지. 편삼偏衫과 군자裙子를 합하여 꿰맨 것으로, 아래는 많은 주름을 잡아 허리에 모아 붙인다.

사립絲笠과 비슷하며, 위는 항아리 같은데 그 꼭대기는 병의 입 모양처럼 되어 있다. 승려들의 띠는 대체로 명주실로 땋은 것이다. 혹 명주실로 땋은 것 중에 붉은 끈을 맨 자는 옥권玉圈 또는 금권金圈[41]을 모자에 붙이기도 하였다. 또 아의鴉衣를 입고, 털로 짠 벙거지를 쓰고, 벙거지 꼭대기에는 홍이紅毦를 나부끼며, 허리에는 청금대青錦帶를 늘어뜨려 엉치 부분에 이르고, 쟁그랑쟁그랑 쇳소리를 내며 걷는 자도 있었는데 이들은 승려로서 군직軍職에 있는 자였다. 승려의 염주는 나무로 만들어 옻칠을 한 것이 많은데, 가난한 자들은 율무로 만든 것을 사용하기도 하였다.

가사袈裟는 모양이 보자기 비슷하지만 타원형이며 비늘을 이어 놓듯 만드는데, 옷의 좌우에 월광보살月光菩薩이라고 수놓은 글자를 붙였다. 월광보살이라는 글자에는 자주 · 녹색 · 푸른색의 끈 세 개를 늘어뜨렸다. 승려의 말에 "이 옷을 꿰매는 데에는 법도가 있고, 길이는 정해진 치수가 있고, 만들 때에는 기탁하는 바가 있어, 감히 잘못되게 할 수도 없고 감히 함부로 다룰 수도 없다. 여러 부처님이 비호해주는 바요, 지극한 이치가 갖추어져 있다"라고 하였다. 승가사에서 붉은 면포로 만든 가사를 한 번 보았다.

여러 절에는 불교 경전이 전혀 없었는데, 오직 승가사와 부왕사에만은 약간 남아 있었다. 비록 있긴 하지만 책장이 떨어져 나가고 꿰맨 실

40_ **입첨笠簷** | 입첨笠檐으로도 쓴다. 갓양태. 갓의 밑 둘레 밖으로 넓게 나와 있는 부분.
41_ **옥권玉圈 또는 금권金圈** | 고관들이 달던 옥玉이나 금金으로 만든 망건 관자貫子.

이 흩어져 읽을 수가 없었다. 그나마 있는 것은 〈결수문結手文〉과 《은중경恩重經》·《법화경法華經》 등의 대여섯 묶음뿐이었다. 경전에 통한 승려가 없음을 알 수 있었다.

승려는 내가 알기에 조개도 아니고 뱀이나 이무기도 아닌데, 그들이 죽어서 불에 태우면 왕왕 오색의 구슬을 얻게 되고 그것을 사리舍利라고 일컫는다. 사리는 과연 영험한 것인가? 호남의 어떤 절에서 촌노인 한 사람을 부양하고 있는데, 몸을 비틀기에 놀라서 물어보았던바, 콧속에서 사리주舍利珠 몇 움큼을 얻게 되었다. 그리하여 절에서 먹여주고 있다고 한다. 사리는 과연 영험한 것인가? 이 세상에서 물物을 변화시키는 것 중에는 불만 한 것이 없다. 그러므로 불이 작용하는 바에 송진이 홍말갈紅靺鞨[42]로 될 수 있고, 변나미汴糯米[43]가 오색의 구슬로 될 수 있는데 이는 모두 불의 작용이다. 승려를 태워 사리를 찾아내는 일이 어찌 영험하다고 할 수 있겠는가? 그런데 중들은 그 이야기를 신비스럽게 하고 있다. 태고사 뒤에 돌로 된 부도浮圖[44]가 있는데 '보련당대사寶蓮堂大士 응향應香'이라고 적혀 있었다. 연총이 이렇게 말하였다.

"응향 스님은 평소에 계율을 지킴이 엄격하고 깨끗했는데 임자년(1792)에 입적했습니다. 다비茶毘를 거행하니 사리 셋이 나왔는데 하나는 감색이고 나머지는 금색으로, 사흘 밤낮으로 빛을 발하여 초목이 모두 횃불처럼 환하였습니다. 드디어 이곳에 봉한 것입니다."

42_ 홍말갈紅靺鞨 | 말갈靺鞨 땅에서 나는 붉은 보석. 《당보기唐寶記》에 "紅靺鞨, 大如巨粟"이라 하였다.
43_ 변나미汴糯米 | 나미糯米는 찹쌀. 변주汴州에서 나는 찹쌀을 '변나미'라 말하는 듯하다.
44_ 부도浮圖 | 이름난 승려의 유골遺骨이나 사리舍利를 넣어 만든 탑.

청암사 앞에도 창송당대사蒼松堂大士의 사리를 모신 곳이 있었다.

청암사는 도성에 가까워, 그 절의 승려들은 살이 찌고 얼굴에 윤기가
흘렀다. 이로써 그들이 술과 고기를 즐겨 먹음을 알 수 있고, 모두가 스
스로를 좋게 꾸미고 있으니 이로써 그들에게 아리따운 여자가 있음을
알 만하고, 손이 예쁘장하고 옷차림이 꽃다우니 이로써 그들이 일에 힘
쓰지 않음을 알 수 있다. 약사전은 도성의 여염집과 부엌이 맞닿아 있
어, 푸른 치마를 입은 이가 향적주香積廚[45]에서 밥을 짓고 있었다. 거기
있는 중은 일반 백성으로 단지 머리만 깎은 자들이었다.

승가사에는 승려 십여 명이 있는데, 천열天烈은 길을 안내하였고, 경
흡敬洽은 경經을 강설하였다. 또 이제 막 머리를 깎고 중이 되어 법명을
아직 받지 못한 자도 있었는데, 자못 곱고 슬기롭게 보였다. 그는 절 뒤
채로 몸을 숨겨 사람을 부끄러워하는 기색이 있었다.

천석 泉石 一則

천석泉石은, 탕춘대蕩春臺는 번잡하고, 상운사 염폭簾瀑은 시원스럽
고, 서수구西水口는 엄숙하고, 칠유암七游巖은 명랑하고, 산영루는 풍요
롭고, 손가장은 밝으며 환했다. 모두가 아름다운 풍광으로서 우열을 쉽
게 결정 지을 수 없었다.

45_ 향적주香積廚 | 절에 딸린 부엌을 일컫는다.

꽃과 나무 艸木 二則

불전 앞에는 금봉화金鳳花(봉선화)·계상화鷄箱花·홍고랑초紅姑娘艸
(꽈리)·황규화黃葵花가 많이 심어져 있었다. 당국唐菊(과꽃) 같은 것은
곳곳에 심어져 있는데, 꽃은 붉거나 희거나 자줏빛의 세 가지 색깔이었
다. 산을 두르고 있는 것은 모두 소나무였다. 절 부근에는 전나무와 자
단목紫檀木[46]이 많고, 시내를 따라서는 혹 위성류渭城柳와 상수리나무,
밤나무가 민가를 둘러싸고 있었다. 그 밖의 잡목들은 무어라고 이름 붙
일 수 없는 것이 많았다.

산에 오르기 전에는 모두들 단풍이 너무 이르다고 말하였는데, 산에
들어와 보니 단풍과 낙석絡石[47]과 나무로서 의당 붉어질 것은 이미 다
붉어져 있었다. 석류화石榴花의 붉음, 연지의 붉음, 분粉의 붉음, 성혈猩
血의 붉음,[48] 짙게 붉기도 하고 옅게 붉기도 한 것이 이르는 곳마다 빛
깔이 같지 않았다. 그것은 위치가 구별되고 나무가 다르기 때문이다.

46_ 자단목紫檀木 | 콩과에 속하는 상록 활엽 교목. 키가 10m 이상 자라며, 재목은 단단하면서 어
    두운 홍자색紅紫色을 띠어 건축 및 가구재로 쓰인다. 이 나무를 잘게 깎아 향졸로 쓰기도
    한다.
47_ 낙석絡石 | 나무 이름. 협죽도과夾竹桃科에 속하는 상록수.《본초강목》,〈낙석絡石〉조에 "석릉
    石鮫·백룡등石龍藤·운영雲英 등으로 부르며, 속명俗名은 내동耐冬이다. 돌이나 나무를 얽어
    두르며 자라기 때문에 낙석이라고 부른다. 산남인山南人은 석혈石血이라 부르는데, 산후産後
    의 혈결血結을 치료하는 데 좋다"라고 되어 있다.《군방보群芳譜》에는 "벽려薜荔를 일명 낙석
    이라고 한다"라고 되어 있다.
48_ 성혈猩血의 붉음 | 성성猩猩이의 피처럼 짙게 붉다는 뜻. 성성이는 사람과 비슷하나 몸은 개와
    같고 붉은색의 긴 털을 가졌다 한다. 여기서 유래하여 짙은 붉은색을 '성홍猩紅'이라 한다.

숙식 眠食 一則

맹교에서 자고 아침 일찍 도성을 나서서 승가사에서 밥을 먹고, 또 태고사에서 밥을 먹고 거기서 잤다. 아침은 잔 곳에서 먹고 저녁은 부왕사에서 먹고 진국사에서 잤다. 밥은 전처럼 잔 데서 먹었다. 돌아와 성균관에서 밥을 먹고 다시 맹교에서 잤다. 모두 나흘 밤을 자고 일곱 끼를 먹었다.

술 盃觴 二則

맹교에서 두 번 마셨는데 전후로 모두 네 잔(觴)이었다. 행궁 앞 주막에서 한 잔(碗) 반을 마시고, 태고사에서 반 잔(碗)을 마시고, 상운사에서 한 잔(碗)을 마시고, 훈국창 주막에서 한 잔(碗)을 마셨다. 아침에 안개가 너무 껴서 승려를 보내 술을 받아 오게 하였으나 이루지 못했다. 손가장에서 한 잔(碗)을 마시고, 약사전에서 한 잔(碗)을 마시고, 혜화문惠化門에서 청포靑袍 차림에 나귀를 타고 오는 이를 맞아 함께 마셨는데, 마신 것이 일 종鍾이었다. 성균관에서 두 잔(觴)을 마시고, 계자항桂子巷에서 한 잔(杯)을 마셨다. 종鍾이라 한 것은 맑은 술이고, 완碗이라고 한 것은 흰 술이고, 상觴은 진국술을 말한다. 다른 말로 배杯라고 한 것은 홍로紅露를 말한다.

산에 갈 때는 술이 진실로 없을 수 없으나, 또한 진실로 많아서도 안 된다.

총론 總論 一則

바람은 잔잔하고 이슬은 정결하니 8월은 아름다운 계절이고, 물은 흘러 움직이고 산은 고요하니 북한산은 아름다운 경지境地이며, 개제순미豈弟洵美한 몇몇 친구는 모두 아름다운 선비이다. 이런 아름다운 선비들로서 이런 아름다운 경계에 노니는 것이 어찌 아름다운 일이 아니겠는가? 자동紫峒을 지나니 경치가 아름답고, 세검정에 오르니 아름답고, 승가사의 문루門樓에 오르니 아름답고, 문수사의 문에 오르니 아름답고, 대성문大成門에 임하니 아름답고, 중흥사 동구峒口에 들어가니 아름답고, 용암봉龍岩峰에 오르니 아름답고, 백운대 아래 기슭에 임하니 아름답고, 상운사 동구가 아름답고, 폭포가 빼어나게 아름답고, 대서문 또한 아름답고, 서수구가 아름답고, 칠유암이 매우 아름답고, 백운동문白雲峒門과 청하동문靑霞峒門이 아름답고, 산영루가 대단히 아름답고, 손가장이 아름다웠다.

정릉동구貞陵洞口가 아름답고, 동성東城 바깥 모래펄에서 여러 마리 내달리는 말을 보니 아름답고, 삼 일 만에 다시 도성에 들어와 취렴翠帘 · 방사坊肆 · 홍진紅塵 · 거마車馬를 보게 되니 더욱 아름다웠다. 아침도 아름답고 저녁도 아름답고, 날씨가 맑은 것도 아름답고 날씨가 흐린 것도 아름다웠다. 산도 아름답고 물도 아름답고, 단풍도 아름답고 돌도 아름다웠다. 멀리서 조망해도 아름답고 가까이 가서 보아도 아름답고, 불상도 아름답고 승려도 아름다웠다. 아름다운 안주가 없어도 탁주가 또한 아름답고, 아름다운 사람이 없어도 초가樵歌가 또한 아름다웠다.

요컨대, 그윽하여 아름다운 곳이 있고 밝아서 아름다운 곳도 있었다. 탁 트여서 아름다운 곳이 있고 높아서 아름다운 곳이 있고, 담담하여 아름다운 곳이 있고 번다하여 아름다운 곳이 있었다. 고요하여 아름다운 곳이 있고, 적막하여 아름다운 곳이 있었다. 어디를 가든 아름답지 않은 곳이 없고, 누구와 함께하든 아름답지 않은 곳이 없었다. 아름다운 것이 이와 같이 많을 수 있단 말인가!

이자는 말한다.

"아름답기 때문에 왔다. 아름답지 않다면 오지 않았을 것이다."

—이상 한영규 옮김

논論 · 설說 · 해解 · 변辨 · 책策

말에 대하여 논함

斗論

천하의 기물 가운데 오직 말[斗]이 중대하다. 별에 북두성이 있어 사계절의 나뉨을 고르게 하는데, 성인이 그것을 본떠 황종黃鍾의 관管에 기장을 쌓아 세 가지[1]에 바탕하여 비로소 말을 삼았다. 말이라는 것은 약龠[2]과 되[升]·홉[合]이 모여서 이루어지는 바요, 부鬴·병秉·곡斛·석石·균勻·종鍾[3]이 그것으로 말미암아 생겨나는 바이다. 말[斗]이 말[斗]보다 아래에 머물러서 안 되는 것은 그 평형을 지킬 수 없기 때문이요, 말[斗]를 지나쳐서 계량하는 것은 더욱 그 균형을 얻는 바가 없을 것이다.

이런 까닭에 성인이 이미 그것을 만들고는 그것이 오래되어 균형을 잃을까 염려하였으므로 동銅으로 주조하여 좋은 계량기를 만들어 새겨 표시하고 율씨栗氏[4]에게 지키도록 했는데, 그것은 혹 서로 같지 않을까

1_ **세 가지** | 기장을 가로로 쌓는 횡서법橫黍法, 세로로 쌓는 종서법縱黍法, 무게를 기준으로 삼는 중량법重量法의 세 가지 적서법積黍法을 가리키는 듯하다.

2_ **약龠** | 분량을 재는 단위의 하나. 1홉의 10분의 1. 곧 기장[黍] 1,200알의 분량. 10약이 1홉, 10홉이면 1되[升], 10되면 1말[斗], 10말이면 1곡斛으로 계산한다. 《한서》, 〈율력지律曆志〉 참조.

3_ **부鬴·병秉·곡斛·석石·균勻·종鍾** | 분량을 재는 단위들. 부는 6말 4승의 되이며, 병은 16곡斛, 곡은 10말, 석은 10말, 종은 6곡 4말 크기의 계량 용기. 균勻은 균鈞의 오기誤記인 듯하다. 균鈞은 30근斤이고, 4균이 1석이다.

염려했기 때문이다. 매해 각 지방을 둘러보면서 말의 크기를 동일하게 하고 춘분과 추분에 물건을 가지고 고르게 하되, 고르지 못한 것이 있으면 형벌을 주어 징계하였다. 지금 〈주관周官〉[5]·〈우서虞書〉[6]·〈월령月令〉[7] 여러 편을 보면, 옛 성인이 말을 중시했던 것을 볼 수 있다.

지금은 그렇지 아니하여 장시場市에 가는 자에게 물어보면, 같은 호서 백 리 안에서도 평택은 쌀 한 말에 40전錢에서 조금 남고, 천안天安·예산禮山은 40전이고, 청양靑陽은 40전에 이르지 못한다. 그것은 귀천貴賤[8]이 있어서가 아니라, 말이 일치하지 않아서이다. 같은 호서 백 리 땅 안에서 말이 이와 같이 한결같지 못하고 여러 가지라면, 많아서 팔도八道, 멀어서 천 리의 경우는 묻지 않아도 알겠다. 또 경사京師는 한 나라의 표준이 되거늘 서울의 시전에서 사용하는 말은 한 말이 열 되가 되는데, 서울의 반록班祿[9]이나 수조輸漕[10]할 때의 말은 그보다

4_ 성인이 … 율씨栗氏 | 성인은 순임금이며, 율씨는 미상. 《장자》, 〈거협胠篋〉편에 의하면, 율육씨栗陸氏라는 전설상의 고제古帝가 나오는데, 그는 여와女媧의 후손으로 그가 세상을 다스렸을 때는 도량형을 통일할 필요조차 없을 정도로 인심이 순박하고 태평성대였다고 한다. 율씨는 아마도 율육씨를 가리키는 듯하다.

5_ 〈주관周官〉 | 《서경》, 〈주서周書〉에 속한 편명. 또는 주공周公 단旦이 찬한 《주례周禮》를 가리킨다. 42권. 천·지·춘·하·추·동을 상징하여 육관六官으로 배분하고, 이에 속하는 직장職掌을 자세히 기록하였다.

6_ 〈우서虞書〉 | 《서경》의 일부분. 〈요전堯典〉·〈고요모皐陶謨〉의 고문상서古文尙書에다 〈순전舜典〉·〈대우모大禹謨〉·〈익직益稷〉의 금문상서今文尙書를 합하여 5편으로 구성되어 있다.

7_ 〈월령月令〉 | 《예기》의 편명. 주공이 지은 것으로 전해지는데, 실상은 중국 진秦·한漢 시대에 《여씨춘추呂氏春秋》, 〈십이월기十二月紀〉의 첫 장을 《예기》에 수록해 넣고, 〈월령〉이라 제목을 단 것이다. 한 해의 농력農曆, 12개월의 시령時令, 행정行政 및 관련된 사물에 대해 기술한 것이다.

8_ 귀천貴賤 | 쌀의 질이 좋은가 나쁜가, 수요와 공급이 적절한가 등 여러 요인에 따라 쌀의 가격이 오르내리는 것을 가리킨다.

9_ 반록班祿 | 나라에서 관리들에게 녹봉을 지급하는 것. 쌀을 주었다.

10_ 수조輸漕 | 조세租稅로 징수한 물건, 특히 곡물을 배로 수송하는 것.

세 되도 넘게 부족하다. 이는 관官과 시전이 이미 서로 같지 않은 것이다. 그러하니 고을 아전의 곡斛으로 조조租糶[11]한 것이 혹 다르고, 점포 노파의 되가 주고받을 때 달리하는 것을 무어 이상하게 여기겠는가?

아! 곡식은 백성이 먹는 것이요, 말은 곡식을 계량하는 것이다. 그리고 약 · 되 · 홉에서 말미암아 부 · 병 · 곡 · 석 · 균 · 종까지 되는 것이니, 옛 성인이 그것을 중시하여 삼가 처음을 조심하고 그 차이나는 것을 고르게 한 것이 어찌 공연히 그러했겠는가? 장차 송사訟事를 멎게 하고, 간교함을 그치게 하려는 것이었다.

11_ 조조租糶 | 중국 고대의 농민 구제 제도의 하나로, 우리나라에서도 삼국시대부터 이 제도가 시행되었다. 춘궁기에 곡식을 대여하는 것을 조糶, 대여한 곡식을 추수기에 회수하는 것을 적糴이라고 한다.

북관 기생의 한밤중 통곡
아울러 원 사실을 적어둔다

北關妓夜哭論 幷原

어느 객이 북관의 기녀가 밤에 통곡한 사연을 매우 자세히 말해주었
는데, 그 내용은 이러하다.

함흥의 기녀로서 이름이 '가련可憐'이란 이가 있었는데, 얼굴이 매우
아름다웠으며 성격이 소탈하고 기개가 있었다. 시문詩文을 제법 이해
하여 제갈량諸葛亮의 〈출사표出師表〉를 낭랑하게 외웠고, 술을 잘 마셨
으며, 노래를 잘할 뿐 아니라 검무에도 능하고, 거문고를 타고 퉁소를
품평하기도 잘하며, 바둑과 쌍륙雙陸¹에도 능하였다. 사람들이 모두 그
를 '재기才妓'라고 일컬었는데, 스스로는 여협女俠이라고 자부하였다.

일찍이 태수太守²를 따라 낙민루樂民樓³에 올랐다가 만세교萬歲橋⁴에
서 오는 사람이 있어 바라보니 미소년이었다. 옷차림이 산뜻하고 고왔
으며, 얼굴 생김이 수려하여, 그 풍채와 운치가 능히 사람의 마음을 움

1_ **쌍륙雙陸** | 15개의 말을 가지고 2개의 주사위를 굴려 나오는 숫자대로 말을 써서 먼저 진격하는
놀이. 주사위가 모두 6이 나와야 이길 확률이 높기 때문에 쌍륙이라고 부르게 되었다. 놀이 방
법은 지역에 따라 다르고 말을 쓰는 방법도 일정하지 않다.
2_ **태수太守** | 태수는 우리나라 관제에 의한 명칭이 아니라 중국식으로 범칭한 것이다. 함흥부에
는 함흥부사咸興府使를 두어 함경도관찰사의 임무를 겸하게 하였다.
3_ **낙민루樂民樓** | 함경도 함흥부咸興府 서쪽의 성천강城川江 위에 있는 누각.
4_ **만세교萬歲橋** | 성천강 위에 놓인 다리.

직일 만하였다. 열 명이 검정말을 타고 호위하는데, 그 뒤에는 따로 한 필의 말에다 금낭琴囊 · 시통詩筒 · 술항아리를 싣고 따라오고 있었다. 가련은 그가 필시 자기에게로 올 줄 알고 병을 핑계하여 자기 집으로 돌아와 보니, 나귀가 이미 문 밖 작은 복숭아나무에 매여 있었다. 드디어 그를 중당中堂으로 맞아들여 즐거워하기를 평소에 친숙한 사람과 같이 하였다. 이에 문을 닫고 촛불을 밝힌 다음, 방에서 유흥을 펼쳤다.

그와 더불어 시를 지음에 가련이 화답하면 소년이 부르고, 소년이 화답하면 가련이 불렀으며, 더불어 거문고를 타고 노래를 함에 가련이 거문고를 타면 소년이 노래하고, 가련이 노래하면 소년이 거문고를 탔다. 더불어 술을 마심에 가련이 부어주면 소년이 마셨고, 소년이 술을 따르면 가련이 마셨으며, 더불어 바둑을 둠에 소년이 이기면 가련이 졌고, 더불어 쌍륙을 함에 가련이 이기면 소년이 졌다. 더불어 퉁소를 부니 한 쌍의 봉황이 와서 그 만남을 기뻐해주는 듯하였고, 더불어 칼춤을 춤에 한 쌍의 나비가 합하여 헤어질 줄 모르는 것 같았다.

가련이 매우 기뻐하여 과분하게 여기고 스스로 '내가 이 세상에서 이 사람 하나를 만난 것으로 족하다. 내가 이 세상을 헛되이 살지 않았다'라고 생각하고, 즐거운 기분으로 도리어 자신이 합당한 상대가 되지 못할까 염려하였다. 이에 먼저 쪽진 머리와 치마를 풀고서 술기운에 의탁하여 잠을 청하였다. 그런데 소년은 마지못한 듯, 즐거워하는 기색이 아니었다. 등불이 꺼지고 향로의 향기가 사람에게 풍기게 되자, 소년은 다만 벽을 향해 모로 누워서 긴 한숨과 짧은 탄식을 할 뿐이었다. 가련이 처음에는 오히려 기다리고 있었으나, 한참 후에는 의심이 들어 가까이 다가가 확인해보니 고자였다. 가련이 드디어 벌떡 일어나 손으로 땅을 치며 통곡하기를, "하늘이여, 하늘이여, 이 사람이여! 이 사람이여,

하늘이여!" 하며 한바탕 통곡을 하였다.

　문을 열고 내다보니, 달이 지고 이미 새벽인데 새가 울고 꽃이 지고 있었다.

　논하여 말한다.

　가련은 통곡을 잘한 사람이라고 하겠다. 가련의 통곡이 어찌 그가 정욕을 이루지 못함을 상심해서이겠는가? 가련이 통곡한 것은 아마도 천고에 '만남'이 어려운 것을 울었던 것이리라. 천지간에 사람으로서 '만남'이 두 가지가 있으니, 하나는 임금과 신하요, 또 하나는 남자와 여자이다. 오직 사람과 사람이 만나서 되는 것이다. 그러므로 그 사이에는 비애와 환락이 있게 마련이니, 이는 인지상정이다. 그렇다면 이미 만남을 얻은 자가 기쁜 것과 얻지 못한 자가 슬픈 것은 의당 군신, 남녀가 하나같이 똑같을 것이다. 비분강개한 노래를 부르면서 칼을 치는 것이 불우한 사나이에게 많고, 거울을 가리고 울음을 터트리는 것이 박명한 여자에게 많이 보이는 것은 또한 남편과 군주가 그 일신이 의지하고 우러러보는 바이기 때문이다. 정성으로 매달리고 마음을 보내는 것이, 여자가 남자보다 간절하지 않을 수 없고, 신하가 군주보다 간절하지 않을 수 없다. 사람의 정이 또한 그렇지 아니한가? 이런 까닭에 남녀를 막론하고 재질을 품고 예능을 갖춘 채, 그것을 갈고 닦아 스스로를 아끼는 자가 그러한 상대를 구하려는 것이다.

　구름이 용을 따르고 바람이 호랑이를 따른다고 했으니, 다만 임금이 신하를 택할 뿐 아니라 신하 또한 임금을 택하는 것이다. 만남을 구하기는 마치 심산에 가서 금맥을 캐듯 하고, 만남을 얻기는 푸른 바다에 들어가 명월주明月珠를 발견한 듯이 하는 것이다. 이미 군자를 만났다면 어찌 기쁘지 않다고 말하겠는가?

옛날 장량張良이 진秦과 초楚의 대결 시대에 패공沛公을 만나 강태공姜太公의 병법으로 유세하였던바 패공이 능히 잘 수용했더니, 장량이 말하기를 "패공은 하늘이 내리신 분이다" 하고 이에 머물러 그를 섬겼다. 지사志士 소순흠蘇舜欽[5]이 〈장량전張良傳〉을 읽다가 이 대목에 이르러[6] 큰 술잔을 끌어당기며 책을 덮고서 탄식하며 말했다.

"군신이 만난다는 것이 이와 같이 어려운 것이구나!"

순흠의 큰 술잔이 천고의 사람들로 하여금 눈물을 떨어뜨리기에 충분한데, 하물며 가련은 관북에서 연화烟花[7]로 사는 한 여자임에랴! 큰 인물로서 세상에 용납되기 어렵거나 세상에 드물게 홀로 뛰어난 명예가 있는 것도 아니지만, 용모와 재주를 제 스스로 그 무리에서 으뜸이라고 여기며, 오히려 당세에 오만하게 있으면서 자신과 같은 사람을 얻어 그를 따라갈 것을 생각하고 있었다. 청루靑樓 생활 십 년 동안에 두루 시험하여 은밀히 구한 자가 이 사람이 아니었던가?

함흥咸興은 대로이다. 관찰사와 어사가 준여準旗[8]를 날리고 웅식熊軾[9]

5_ 소순흠蘇舜欽 | 1008~1049년. 중국 송나라 시인. 자는 자미子美. 시에 능하고 박식하여 매요신梅堯臣과 함께 '소매蘇梅'로 병칭되었으나, 크게 현달하지는 못했다. 범중엄范仲淹의 추천으로 집현전 교리校吏를 지냈다.

6_ 〈장량전張良傳〉을 … 이르러 | 《한서》 권40, 〈장량전〉에 장량이 패공을 만나 훌륭한 군신 관계가 된 이야기가 나온다.

7_ 연화烟花 | 연기와 꽃, 즉 봄경치를 뜻한다. 여기서는 봄을 팔아 살아가는 여자, 즉 기녀를 가리킨다.

8_ 준여準旗 | 여旗는 대부가 사용하는 깃발로 매가 그려져 있다. 《시경》, 〈용풍鄘風·간기干旗〉편에 "우뚝 높이 매를 그린 깃대, 준의 도성을 가네(子子干旗, 在浚之都)"라는 구절이 있다.

9_ 웅식熊軾 | 제후들이 타는 수레. 수레 앞 가름대가 엎드린 곰의 모양처럼 되어 있어서 붙인 명칭. 뒤에는 지방장관이 타는 수레를 가리키는 말로도 사용되었다.

을 몰아 이르는 것을 내가 일찍이 보았고, 절도사와 변방의 장수들이 아기牙旗[10]를 앞세우고 고동을 울리면서 지나가는 것도 내가 일찍이 보았고, 귀족 자제들이 화려한 복장에 날랜 말을 타고 다니는 것도 내가 일찍이 보았고, 부유한 장사치들이 은전을 가볍게 알고 금수錦繡를 대수롭지 않게 여기며 노는 것도 내가 일찍이 보았다. 그런데 시에 능하면서 술을 마실 줄 모르는 자는 내 짝이 아니요, 술을 잘 마시면서 노래에 능하지 않은 자는 내가 좋게 여기는 바가 아니요, 노래에 능하면서 거문고를 타지 못하는 자는 내 마음에 드는 사람이 아니요, 거문고를 잘 타면서 바둑에 능하지 않은 자는 나와 어울리는 사람이 아니요, 바둑에 능하면서 춤에 능하지 못한 자는 나의 맞수가 아니요, 쌍륙과 퉁소에 이르기까지 모두 내가 능한 바를 능한 이후라야 바야흐로 '이 사람'이라 할 만하다.

이 세상에 이런 자를 어찌 쉽게 얻을 수 있겠는가? 멀고도 멀구나. 전전반측한 것이 진실로 이미 오래되었도다. 그런데 이에 무지개다리에 석양이 질 무렵 멀리 바라보매, 홀연히 눈 앞이 밝아지며 아름다운 한 사람이 있어, 맑게 그 고운 빛을 떨쳤구나. 해후邂逅하여 서로 만났으니 나의 소원에 맞았도다. 그리하여 돌아와 등불을 켜고 술잔을 따름에 내가 노래하고 네가 화답하니, 왼쪽이면 또 왼쪽으로 군자의 정다움이여, 오른쪽이면 또 오른쪽으로 군자의 몸가짐이로다. 오직 그만이 이것을 가졌으니 이 때문에 서로 닮았구나. 이러한 때를 만난다는 것은

10_ 아기牙旗 | 대장의 깃발. 상아 깃대에 장식을 하여 큰 기를 매달았기 때문에 '아기'라고 한다. 《문선文選》에 실린 중국 한漢나라 장평자張平子의 〈동경부東京賦〉에 "伐矛若林, 牙旗繽紛"이라는 구절에 보인다.

커다란 물고기가 큰 못을 만난 것과 같고, 큰 새가 순풍을 만난 것과 같고. 어진 신하가 성군을 만난 것과 같다. 백 년은 감히 바랄 수 없더라도 하루 저녁이라도 오히려 다행인 것이다. 이 밤이 어떤 밤이기에 이러한 해후가 있단 말인가. 그대여, 그대여, 이 해후를 어찌할까? 스스로 깨닫지 못하는 사이에 정신이 맑아지고 뜻은 가득해지며 생각이 뿌듯하고 몸이 편안해지니, 비록 그대를 위하여 이 밤에 죽게 된다 해도 진실로 달게 여길 것이다.

누가 알았겠는가? 사람들이 능하지 못한 것에 능한 자가 오히려 남들이 능한 것에 능하지 못하고, 사람들이 가지지 못한 것을 가진 자가 사람들이 가진 것을 가지지 못했을 줄을. 필경 만났으되 만나지 못한 한탄이 있게 되었으니 아, 끝장이로다! 이 세상에 '이 사람'을 참으로 만날 수 없는 것이로구나! 무릇 사람이 만나지 못함을 슬퍼함에 있어, 마땅히 만나지 못할 곳에서 만나지 못한 것이라면 슬퍼할 것이 없고, 만날 만한 곳에서 만나지 못한 것이라야 그것을 슬퍼할 만하다. 가의賈誼[11]는 문제文帝를 만났으되 만나지 못한(不遇) 까닭에 슬퍼했고, 이광李廣[12]은 무제武帝를 만났으되 만나지 못한 까닭에 슬퍼했다. 어찌 다만 이들뿐이겠는가!

성인도 또한 그러했다. 맹자孟子가 제나라를 떠날 때, 사흘을 묵고

11_ 가의賈誼 | 중국 전한前漢의 문제文帝 때 신하. 벼슬이 태중대부太中大夫에 이르렀는데, 정치 개혁을 주장하다가 미움을 받아 장사長沙로 좌천되었다. 저서로 《신서新書》, 《가장사집賈長沙集》이 있다.

12_ 이광李廣 | 중국 전한의 무제武帝 때 장수. 흉노와 70여 차례 전투에서 승리를 거두었으므로 흉노에게서 '비장군飛將軍'으로 일컬어졌다. 장수로서 역량이 탁월했으나, 북평北平의 태수를 지냈을 뿐 제후에 봉해지지 못했다.

주書 땅을 나서면서 기쁘지 않은 기색을 미간에 감추지 못했던 것[13]은
제나라 왕을 만났으되 만나지 못했기 때문이다. 지난날 만약 제나라 왕
의 역우지인易牛之仁[14]과 호용지문好勇之問[15]이 없었다면, 맹자가 단지
제나라 왕을 만나지 못했음을 어찌 애석하게 여겼겠는가? 그러한즉 가
련이 갑자기 일어나 목을 놓아 울었던 것은 실로 그가 만나기 어려운
사람을 만났으되 만나지 못했음을 통곡한 것이다. 어찌 비통하지 않겠
는가? 어찌 애절하지 않겠는가?

그러므로 말한다.

가련이 통곡한 것은 그 정욕을 이루지 못했기 때문에 운 것이 아니
요, 천고에 만남이 어려운 것을 통곡한 것이다. 그 어찌 통곡을 잘한 자
가 아니겠는가? 옛사람이 말하기를 "사람에게 세 번 통곡의 눈물이 없
을 수가 없는데, 한 번의 눈물은 천고에 가인佳人을 만나지 못함을 통곡
한다"고 하였다. 이에 나도 말한다. "가련의 한바탕 눈물은 천고에 가
인·재자才子를 만나지 못함을 통곡한 것이다."

— 이상 이지양 옮김

13_ 맹자孟子가 … 못했던 것 |《맹자》,〈공손추公孫丑〉하편에, 맹자가 제나라에서 벼슬을 했으나
　　제나라 왕이 맹자의 도를 실천할 뜻이 없음을 알고 실망하여 떠나는 내용이 나온다.
14_ 역우지인易牛之仁 |《맹자》,〈양혜왕梁惠王〉상편에 나오는 내용. 중국 제나라 선왕宣王이 흔
　　종釁鍾에 쓰일 소를 양으로 바꾸게 한 일을 두고 백성들이 왕을 인색하다고 하였는데, 왕 자신
　　은 재물을 아낀 것은 아니지만 왜 그랬는지 모르겠다고 하자, 맹자가 죄없이 사지로 끌려가는
　　것을 차마 보지 못하는 어진 마음이 있기 때문이니, 짐승에게까지 그 마음이 미친다면 백성을
　　사랑하는 왕도정치를 할 수 있다고 대답한 일을 가리킨다.
15_ 호용지문好勇之問 |《맹자》,〈양혜왕〉하편에 나오는 내용. 중국 제나라 선왕이 용맹함을 좋아
　　한다고 하자, 맹자가 혈기에서 나오는 작은 용맹을 좋아하지 말고 대의에서 나오는 큰 용맹을
　　좋아하라고 대답한 일을 가리킨다.

촉규화에 대하여

蜀葵花說

규葵¹는 나물이다. 잎은 국을 끓여 먹기에 좋으며, 꽃은 희고 가는 마디로 되어 있는데, 잎 사이에서 마디가 생겨난다. 촉규蜀葵²는 꽃이다. 잎이 규와 조금 다르고 박[匏]과 약간 비슷하며, 꽃은 규보다 큰데 붉은색·흰색·담홍색이 있고, 또한 단엽單葉인 것이 있고, 천엽千葉인 것도 있다. 황촉규黃蜀葵³ 또한 꽃이다. 잎이 뾰족하게 좁고, 톱니처럼 생겨 규나 촉규와는 다르다. 꽃 또한 다른데 색이 흐린 황색이며, 모양은 국화와 비슷한데, 더 커서 큰 것은 모란보다도 크다. 줄기는 높이 자라 대체로 사람의 키보다 한 자 남짓 높은데, 그 꼭대기에서 꽃이 핀다. 한 줄기에 꽃 한 송이가 피는데, 목은 빼어나 고깔처럼 되어 있다. 능히 시간에 따라 기우는데, 아침이면 동쪽으로 기울고, 저녁이면 서쪽으로 기울고, 해가 정오가 되면 바로 선다. 대개 꽃이 해를 사모하여 한쪽으로 치우쳐 따르는 것이다. 그러므로 옛사람이 "규는 볕을 향해 기운다"⁴

1_ **규葵** | 아욱. 규는 아욱 이외에도 접시꽃인 촉규蜀葵, 해바라기인 황촉규黃蜀葵를 아울러 지칭하기도 한다. 아욱은 두해살이풀로 연한 줄기와 잎은 식용으로 쓴다.
2_ **촉규蜀葵** | 접시꽃. 아욱과의 여러해살이풀. 여름에 접시 모양의 크고 납작한 흰색·빨강색·자주색 꽃이 핀다.
3_ **황촉규黃蜀葵** | 해바라기. 국화과의 한해살이풀. 여름에 노란색의 둥글고 큰 꽃이 줄기 끝에 피며, 씨는 기름을 짜서 등유로 쓰거나 식용으로 쓴다.

논論·설說·해解·변辨·책策 ● **411**

라고 하였는데, 이는 곧 황촉규를 말하는 것이다.

나라에서 과거 급제자에게 인조화 두 가지를 내려주는데, 줄기와 잎은 푸르고, 꽃은 붉고 노란 것이 섞여 있어 모란꽃·연꽃·매화꽃·국화꽃 등 여러 꽃들의 모양과는 다르다. 종이를 물들여 잘라 만든 것으로 꽃과는 비슷한 것이 없으나 그 형태를 취한 것은 대개 촉규화이다. 아! 꽃이여, 꽃이여! 어찌하여 촉규화에서 취했단 말인가? 혹시 그것이 해를 향해 기운다 하여 취한 것인가? 또 어찌하여 그 색채를 노랗게 하여 그 제작을 규정하지 않았단 말인가? 해를 향해 기우는 것을 취하기 위해 촉규화를 취했다면, 이것은 죽竹의 절개를 취하기 위해 석죽石竹⁵을 취한 것이며, 도桃의 화사함을 취하기 위해 호도胡桃를 취함과 같은 것이다. 그 이름을 취하되 잘못한 것이며, 그 의미를 취하되 그릇된 것이다. 어찌 이같이 취할 수 있단 말인가?

또한 촉규화의 꽃이란, 꽃은 해를 향해 기울지 못하고, 잎은 국을 끓여 먹을 수 없으니, 규와 황촉규에 미칠 수 없다. 그리고 좋은 열매는 복숭아나 배나 오얏이나 귤만 못하고, 깊은 향은 연꽃이나 매화나 난초나 장미만 못하고, 곱고 아름답기는 모란이나 작약만 못하고, 추위를 견디는 것은 국화만 못하고, 근심을 잊게 하는 것은 훤초萱草⁶만 못하고, 사람을 감동시키는 것은 석류石榴⁷만 못하고, 오래 견딤은 월계月

4_ 규는 … 기운다 | 원문은 "규위경양葵爲傾陽"인데, '경양傾陽'은 임금에 대한 충성을 비유하는 것이다. 중국 위魏나라 조식曹植의 〈구통친친표求通親親表〉에 "若葵藿之傾葉太陽, 雖不爲之廻光, 然終向之者, 誠也"라는 대목에 보인다.

5_ 석죽石竹 | 패랭이꽃. 석죽과의 여러해살이풀. 꽃은 구맥瞿麥이라 하여 약재로 쓴다.

6_ 훤초萱草 | 일명 원추리, 망우초忘憂草라고 한다. 백합과의 여러해살이풀. 등황색 꽃이 피는데 잎과 꽃은 식용하며, 뿌리는 약재로 쓴다. 허신許愼의 《설문說文》에 "萱, 忘憂草也"라고 하였다.

季[8]만 못하니, 쉽게 말하면 꽃으로 높이 살 만함이 없는 것이다. 또한 그 색이 섞여 있으니 순수한 미가 없고, 피고 지는 것이 매우 조급하니 정고貞固함이 없고, 뿌리가 뻗어야 비로소 꽃이 피니 부민膚敏[9]하다 칭찬할 수 없고, 씨가 떨어져 스스로 심어지니 난진難進[10]의 의義가 없다. 군자가 취할 수 있는 것이 하나도 없다 하겠다.

아! 띠〔帶〕에 마름〔藻〕을 그리는 것은 그 깨끗함을 숭상한 것이요, 관冠에 꽃을 새기는 것은 그 화려함을 취한 것이다. 오늘날 새 급제자들에게 머리 위에 장식을 하사하면서 반드시 이 촉규화로 하고 있는데, 나는 진실로 그 취할 것이 없음을 알고 있다. 혹자가 "옛말에 '규는 능히 발을 보호한다'[11]라고 하였으니, 혹 자신을 보호하는 지혜에 도움이 되지 않을까"라고 하기에, "이것은 규의 지혜이지, 촉규를 말한 것이 아니다"라고 하였다. 나는 우선 마당에 이것을 심어 놓고, 변화함을 믿고 영구함을 도모하는 자들에게 경계하고자 한다.

―이철희 옮김

7_ **석류石榴** | 석류나무과의 낙엽 활엽 교목. 왕안석이 석류를 두고 지은 〈영석류화咏石榴花〉 시에 "萬綠叢中紅一點, 動人春色不爲多"라고 하였다.

8_ **월계月季** | 일명 장춘화長春花, 장미과에 속하는 상록 관목. 잎은 장미보다 작고, 줄기와 잎에 가시가 있으며 꽃은 붉은색·흰색·담홍색이 있는데, 다달이 피어서 사계절 끊이지 않는다.

9_ **부민膚敏** | 현명하고 민첩함. 《시경》, 〈대아·문왕文王〉편에 은나라 백성의 미덕을 칭송한 "殷士膚敏"이라는 시구가 보이는데, 《시경》, 〈모전毛傳〉에는 "부膚는 아름다움을 말한 것이요, 민敏은 빠름을 말한 것이다(膚美也, 敏疾也)"라고 하였고, 공영달孔穎達은 은나라 백성이 시대의 변화를 알고 주나라에 일찍 복종한 것이라고 하였다.

10_ **난진難進** | 진취進就를 신중히 하는 것. 《예기》, 〈유행儒行〉편에 '난진이퇴難進易退'라 하여 출사를 어렵게 여기고 물러남을 쉽게 여기는 유자儒者의 덕행을 가리킨다.

11_ **규는 … 보호한다** | 원문은 "규능위족葵能衛足"으로, 《춘추좌씨전春秋左氏傳》, 성공成公 18년조에 "仲尼曰, 鮑莊子之知不如葵, 葵猶能衛其足"이라는 대목에 보인다. 공자가 포장자鮑莊子의 지혜가 규葵만 못하다고 하면서, 규는 능히 자신의 발을 보호할 수 있다고 하였는데, 이는 규의 잎이 해를 따라 기울며 그늘을 만들어 뿌리를 보호하기 때문에 그렇게 말한 것이다.

메추라기 사냥

獵鶉說

어떤 사람이 있었는데 가난한 집 아들이었다. 마침 영남에서 일을 하고 십만 전을 얻어 돌아오면서 조령을 넘게 되었는데, 복건을 쓴 한 소년이 과하마果下馬[1] 비슷한 나귀를 타고 산골짜기에서 내려왔다. 소년은 왼팔 가죽 토시 위에 조롱을 놔두었는데, 거기에서 새매를 꺼내고 뒤에는 동경산東京産 작은 개[2]를 따르게 하여 산마루에 이르렀다. 그 개에게 명하여 달리라고 하자, 메추라기 한 마리가 덤불 속에서 날아올랐다. 새매를 풀어 날리니 메추라기를 잡아채 언덕 위에 내동댕이쳤다. 나귀가 그것을 살피며 천천히 걷다가 이내 내달려서 새매 앞에서 멈추더니 앞무릎을 꿇고 가까이 다가갔다. 복건을 쓴 소년은 안장 위에서 갈고리로 끌어당겨 취하여 매달고 갔다.

그 사람은 매우 기이하게 여기고 십만 전을 주고 바꿀 것을 청하였

1_ **과하마果下馬** | 키가 매우 작은 말로, 이 말을 타고서 과실나무 밑으로 지나갈 수 있다는 뜻에서 '과하마果下馬'라 한다. 고구려와 예濊에서 산출되었다고 한다.

2_ **동경산東京産 작은 개** | 동경東京은 경주慶州의 이칭異稱으로,《임하필기林下筆記》에 〈택리지擇里志〉를 인용하여 "동경의 지형地形은 머리만 있고 꼬리는 없는 형상으로서, 이 지방에서 나는 개들은 대부분 꼬리가 없다. 그러므로 항간에서 꼬리가 없는 개들을 속칭 동경견東京犬이라 부른다"고 한 기록이 보인다.

다. 소년이 어렵다고 하기에 자기가 타고 있는 말까지 모두 주고서야 얻을 수 있었다. 이에 나귀를 타고 개를 데리고 새매는 팔뚝 위에 얹고서 길을 가면서 메추라기 두어 마리를 사냥하여 잡은 것을 나귀에 매달고 의기양양하여 집으로 돌아오니, 집에서는 저녁밥도 짓지 못하고 있었다. 아버지는 날마다 사립문에 기대어 기다리다가 그 말을 듣고는 성이 나서 아들을 매질하며 꾸짖었다. 며칠 뒤 그 사람은 아버지가 외출하는 것을 틈타 사냥을 나갔는데 새매와 개, 나귀는 더욱 길들여졌다. 그의 아버지가 집으로 돌아오다가 숲속에서 이를 엿보고는 매우 감탄하며 "그렇구나, 우리 아이가 십만 전을 가볍게 여긴 것도 괴이한 일이 아니구나. 그때 네 아비가 갔더라도 또한 반드시 바꿔 왔을 것이다"라고 하였다. 드디어 부자가 함께 기뻐하고 매일 밖으로 나가 사냥을 하며 후회할 줄 몰랐다.

아! 심하도다, 이목耳目이 사람을 부림이여![3] 가난한 사람이 십만 전을 얻음에 그것이 귀중한 것임을 모르지 않을 터인데 그것을 가볍게 여기고, 아버지가 자식을 매질함에 있어서 말을 듣고는 성을 냈다가 직접 보고서는 기뻐하였다. 이 어찌 다른 이유가 있겠는가? 마음이 부림을 받아 외물에 미혹되었기 때문이다. 아! 십만 전을 버리고 새매 한 마리와 바꾼 것도 비웃을 만한 일인데, 저 만승사해萬乘四海의 부富[4]를 가지고 한 마리 여우나 토끼와 바꾸기도 하였으니,[5] 어찌 애통한 일이 아니

3_ 이목耳目이 … 부림이여! | 이목이 사람의 물욕物慾을 자극하여 그로 인해 옳지 못한 행동을 하게 만드는 것을 말한다. 《맹자》, 〈고자告子〉편에 "耳目之管不思, 而蔽於物"이란 구절이 있다.
4_ 만승사해萬乘四海의 부富 | 천자의 부富. 만승萬乘은 천자를 가리키고, 사해四海는 중국 천하를 말한다.

리오? 아! 심하도다. 이목이 사람을 부림이여!

5_ **한 마리 … 하였으니** ｜ 임금이 사냥에 빠져 정사를 돌보지 않아 그 나라를 망치는 경우를 비유
하는 말이다.

야인과 군자

野人養君子說

맹자가 말하길 "야인野人이 없으면 군자君子를 봉양할 수 없다(無野人, 莫以養君子)"[1]라고 했는데, 군자라는 것은 누구인가? 안으로는 공경대부公卿大夫와 사士, 밖으로는 이천 석의 방백方伯과 육백 석의 여러 장리長吏[2]가 모두 군자이다. 야인이란 곧 백성이다. 옛날의 군자는 배움이 넉넉하면 벼슬을 하여 띠를 두르고, 조정에 들어가서는 힘을 다해 한 사람을 섬기고, 나가서는 마음을 다해 만백성을 길렀다. 지위가 높고 임무는 무거웠으며 덕은 두텁고 명망이 융숭하였기에 진실로 자기 근력으로 자신을 부양할 수가 없었다. 옛날 성왕聖王이 이 때문에 법을 세워 그 아랫사람으로 하여금 윗사람을 봉양하도록 한 것이다. 이에 농부가 수확함에 군자는 곡식을 먹고, 공녀紅女[3]가 길쌈함에 군자는 비단옷을 입으며, 무도武徒가 사냥함에 군자가 이를 맛보며, 장인匠人이 집을 완공함에 군자가 여기에 살게 되며, 백공百工이 생산함에 군자가 각

1_ 야인野人이 … 없다 《맹자》, 〈등문공滕文公〉편에 나오는 말로 원문은 "夫滕壤地褊小, 將爲君子焉, 將爲野人焉. 無君子, 莫治野人, 無野人, 莫養君子"라 하였다.

2_ 장리長吏 지방 수령을 이르는 말. 《한서》에 "六百石以上, 皆長吏也"라 하였다.

3_ 공녀紅女 길쌈에 종사하는 부녀자를 이르는 말. 진량陳亮의 〈술신상효종황제서戊申上孝宗皇帝書〉에 "南方之紅女, 積尺寸之功於機杼, 歲以輪虜人, 固已不勝其痛矣"라 하였다.

기 그 방도로 사용한다. 일체 군자에게 공급하는 바는 모두 백성에게서 나온 것이다.

대저 백성들은 이러한 공급에 이바지함에 밤낮으로 먹고 쉴 겨를도 없이 일하여 여자는 그 손가락이 벗겨지고 남자는 발이 부르튼다. 온 힘을 다해 이루어냈지만 곧 그것을 감히 자신의 바구니에 담지 못한다. 그들이 군자를 공경하여 봉양하는 것이 어째서 이처럼 지극하단 말인가? 이는 군자가 들어가서는 힘을 다해 한 사람을 섬기고 나와서는 힘을 다해 만백성을 기르기 때문이다. 내 비록 밭이 있다 하더라도 군자가 없으면 내가 김을 맬 수 있겠는가? 내 비록 실이 있더라도 군자가 없으면 내가 베틀을 다룰 수 있겠는가? 우리는 쉬지 않고 부지런히 아래에서 힘을 쓰고, 저분들은 애쓰며 한결같이 위에서 마음을 쓴다. '정신으로 노동하는 사람은 남에게서 먹을 것을 얻고, 육체로 노동하는 사람은 남에게 먹을 것을 제공한다'[4]고 하는데, 이는 진실로 이치의 마땅한 것이요, 옛날 성왕의 법이 그러한 것이다.

이에 곡식은 책망하지 않아도 정精하게 마련되고, 옷감은 재촉하지 않아도 이루어진다. 이미 그 예를 다하고 또 그 정성을 극진히 하여 진심으로 효자 효부가 부모와 시부모를 봉양하는 것처럼 한다. 이것이 야인이 군자를 봉양한다는 것이다. 이를 일러 군자를 양養한다고 하여도 부끄러울 것이 없고, 이를 일컬어 야인을 양한다 하여도 어긋남이 없는 것이다. 그러하니 그 양함이 크지 않은가? 그렇다면 군자와 야인의 양은 예나 지금이나 다 대개 이러한 것이었는가?

4_ 정신으로 … 제공한다 | 《맹자》, 〈등문공〉편에 "勞心者治人, 勞力者治於人"이란 구절이 있고, 《춘추좌씨전春秋左氏傳》, 양왕襄王 9년조에 "君子勞心, 小人勞力"이라 하였다.

어떤 사람은 "어찌 그럴 수 있겠는가? 군자와 야인이라 했을 때 군자는 지위를 말함이지 덕이 아니다"라고 말한다. 간혹 벼슬에 있으면서 어질지 못하고 직책을 맡고서도 능력이 없어 군자가 아니면서도 군자의 자리를 차지한 자가 있어, 들어가서는 힘을 다해 한 사람을 섬기지 못하고 나가서는 마음을 다해 만백성을 기르지 못한다. 돈으로 옥사를 판결하고 청탁에 따라 송사를 처결하며, 착한 행동을 권면하지 않고 재난이 있어도 구휼하지 않는다.

백성들에게 군림하여서는 무심하기가 월越나라 사람이 진秦나라를 지나는 것처럼 하면서, 또 수시로 새가 고기를 낚아채고 백로가 물고기를 엿보듯 틈만 나면 백성들에게서 배를 채울 것을 생각한다. 또 술에 빠지고 여색에 혹하여 지식도 없고 분별력도 없이 오로지 돈만을 받들어 토색질하니, 백성들은 비록 태형을 가하며 빼앗아감을 두려워하여 그 의식을 봉양함을 그만두지는 못하지만 야인들 또한 희로애락의 성정이 가슴속에 있을진대 참으로 무슨 마음으로 부지런히 애쓰고 정성스럽게 하겠는가? 공자가 말하길, "개나 말에 있어서도 모두 기를 줄은 안다(至於犬馬, 皆能有養)"[5]고 했는데, 이와 별 차이가 없는 것이다.

아! 한 움큼의 쌀과 한 벌의 비단옷도 모두 백성들이 마련한 것으로, 다 같이 나를 봉양하는 것인데도 어떤 경우에는 부모의 봉양이 되고, 어떤 경우에는 견마犬馬를 기르는 것이 되니, 그 봉양을 받는 자가 어떻게 처신해야 할지를 알아야 할 것이다. 또 하물며 도량형度量衡이 일정하지 않아 관정官庭에서 서로 싸우고 날마다 토색질을 하여 집집마다

5_ 개나 … 안다 | 《논어》, 〈위정爲政〉편에 나오는 말로 원문은 다음과 같다. "子游問孝, 子曰: '今之孝者, 是謂能養. 至於犬馬, 皆能有養, 不敬, 何以別乎?'"

저주하는 소리가 끊이지 않는다면 견마를 기르는 듯한 불경不敬을 또한 받고자 하여도 이를 얻기가 어렵지 않겠는가?《주서周書》에 말하길, "향사함에는 의례儀禮가 많은데 의례가 물건에 미치지 못하면 향사하지 않는다"[6]라고 했는데, 이는 의례가 미치지 못함을 군자가 오히려 부끄러워한다는 것이다. 이런 까닭에 《시경詩經》에 말하길, "검은 그 옷 잘도 어울리네, 해어지면 내가 다시 지어 드리려네. 공관公館에 간 그대여, 돌아오면 내가 밥 지어 드리려네(緇衣之宜兮, 敝余又改爲兮, 適子之館兮, 旋余授子之粲兮)"[7]라고 했으니, 이는 백성들이 군자를 봉양할 바를 아는 것을 말함이다. 또 《시경》에 "저 군자여, 하는 일 없이 녹을 먹지 않는구나(彼君子兮, 不素餐兮)"[8]라고 했는데, 이는 백성들이 그가 군자임을 알기 때문에 봉양함을 말한 것이다. 《시경》에 말하길 "즐거울손 저 군자, 백성의 부모라네(樂只君子, 民之父母)"[9]라고 하였는데, 이는 백성들이 그가 군자임을 알기에 부모처럼 봉양하면서도 오히려 즐거워서 이렇게 일컬은 것이다. 군자로다!

이러한 사람은 화려한 불갑芾甲과 패옥佩玉을 둘러 황금빛이 찬란하게 넘쳐나는데, 거문고를 타며 당堂에 걸터앉아 있으면서 하루 종일 백성들을 위해 아무 일 하는 것 같지 않아도 어찌 감히 봉양하지 않을 수

6_ 향사함에는 … 않는다 《서경》, 〈주서周書 · 낙고洛誥〉편에 나오는 말로 원문에는 "享多儀, 儀不及物, 惟曰不享"이라 되어 있다.

7_ 검은 … 드리려네 《시경》, 〈정풍鄭風 · 치의緇衣〉편의 1장에 나오는 말인데, 인용한 시 마지막 구절의 '선旋'이 《시경》 원문에는 '환還'으로 되어 있다.

8_ 저 군자여 … 않는구나 《시경》, 〈위풍魏風 · 벌단伐檀〉편에 나오는 말로 인용한 대목의 원시는 "胡瞻爾庭, 有縣貆兮? 彼君子兮, 不素餐兮"이다.

9_ 즐거울손 … 부모라네 《시경》, 〈소아 · 남산유대南山有臺〉편에 나오는 말로 인용한 대목의 원시는 "南山有杞, 北山有李. 樂只君子, 民之父母. 樂只君子, 德音不已"이다.

있겠는가? 그러나 진실로 그렇지 않다면 비록 만 종鍾의 녹봉을 누리고, 다섯 솥의 맛난 음식을 제공받으며, 비단옷을 입고 덧옷을 걸쳐 입으며, 쌀밥을 배불리 먹더라도 나는 그것이 봉양이 되는지를 알지 못하겠다. "쥐도 어린 싹은 먹지 않는다(鼠無食苗)"[10]는 것은 〈위풍魏風〉에서 풍자한 바 있으며, "사다새가 날개를 적시지 않는다(鵜不濡翼)"[11]는 것은 〈조시曹詩〉에서 기롱한 바 있다. 저 사람들이 여기에서 부끄러움을 느끼지 않겠는가? 나는 야인이 군자를 봉양한다는 원칙에서 일찍이 옛날의 군자를 마음속에서 잊어본 적이 없다. 이에 이 설說을 지어, 오늘날 백성들로부터 봉양받는 자들에게 경계로 삼는다.

10_ **쥐도 … 않는다** │《시경》, 〈위풍·석서碩鼠〉편에 나오는 말로 가렴주구苛斂誅求하는 관리의 행태를 쥐에 비유하여 풍자한 내용이다. 인용한 대목의 원문은 다음과 같다. "碩鼠碩鼠, 無食我苗. 三歲貫女, 莫我肯勞? 逝將去女, 適彼樂郊. 樂郊樂郊, 誰之永號?"

11_ **사다새가 … 않는다** │《시경》, 〈조풍曹風·후인候人〉편에 나오는 말로, 주자는 이 시를 군주가 군자를 물리치고 소인배를 가까이함을 풍자하는 내용으로 보았다. 인용한 대목의 원문은 "維鵜在梁, 不濡其翼. 彼其之子, 不稱其服"인데, 이는 어량魚梁에 있는 사다새는 날개를 적시는 것이 당연한데 그렇지 않음을 말한 것이다. 따라서 "사다새가 날개를 적시지 않는다"라는 것은 곧 비정상적인 일로, 이는 소인이 조정에 있음을 비유하고 있는 것이다.

용경 이야기

내가 합덕제合德提에 이르러 용龍이 가는 것〔畊〕에 대해 들었는데 매우 상세하였다. 경험이 많은 사람이 말하였다.

"정말로 그런 것이 있어서 해마다 그러합니다."

그 모양이 어떠냐고 묻자, 답하였다.

"해마다 똑같지 않습니다. 못 한가운데에서 똑바로 그어져서 들쥐가 땅을 판 듯한 모양이 있는가 하면, 구불구불 이어졌다 끊겼다 하여 닭이 진흙을 파헤친 듯한 모양이 있습니다."

그 시기가 언제냐고 묻자, 답하였다.

"해마다 12월이 되어 얼음의 중심이 단단히 굳어졌을 때 밤중에 소리가 납니다. 아침에 일어나 나가보면 갈아 놓았습니다."

그것이 무엇을 점칠 수 있는 것이냐고 묻자, 답하였다.

"제방에서 가까우면 풍년이 들고 제방에서 멀면 흉년이 듭니다. 또 갈아 놓은 것이 많고 곧으면 풍년이 들고, 드물고 구불구불하면 흉년이 듭니다. 예로부터 이런 것을 보아 왔는데 그 징험이 어긋남이 없었습니다."

나는 말하였다.

"아! 또한 신령스럽고 괴이한 일이로다. 내가 일찍이 밭가는 것을 보았는데, 밭갈이에는 반드시 쟁기와 소와 농부가 있어야 한다. 용으로 하여금 가는 것(畊)이라 하니, 어찌 이런 것이 있을 수 있겠는가? 또한 얼음은 물이고 흙도 아닌데, 용이 무엇 때문에 일삼아 가는 것이냐?"

어떤 이가 말하기를 "용은 신령스런 동물로, 물로써 나라를 삼아 변하여 화함이 예측할 수가 없다. 혹은 검(釰)이 되기도 하고 혹은 말(馬)이 되기도 하고 혹은 미녀美女가 되기도 한다. 그러하니 어찌 변화하여 쟁기와 소와 농부가 되어서 자신의 나라에서 농사일을 하지 말란 법이 있겠는가?"라고 하였다. 또 다른 어떤 이는 "이는 망령된 말이다. 12월은 추위가 한창 매서워져서 얼음이 두껍게 얼면 탁 갈라질 수 있다. 흙도 또한 그러하다. 용이 어찌 밭을 가는 것이겠는가?"라고 말하였다.

이에 내가 말하였다.

"두 사람의 설이 다 이치에 통한다. 그런데 나 또한 하나의 설이 있다. 동지冬至에 양기陽氣가 땅에서 생겨나 나날이 더욱 자라서 12월에 이르면 장차 땅을 뚫고 나와 떨치고자 한다. 얼음은 완고한 음기陰氣로 천지가 소통하는 것을 굳게 끊고 있는데, 이는 마치 휘장으로 덮어 싸고 있는 것과도 같다. 그런데 이때 용은 양陽에 속하면서 물을 지키는 존재이다. 양기를 보호할 책임이 용에게 있기에 부득불 얼음을 깨어서 이를 뚫고 나오고자 하게 된다. 그런데 그 모습이 혹 가는 것(畊)과 비슷하므로 그 지방 사람들이 이를 두고 '용이 가는 것(龍畊)'이라고 하고, 일 년 농사의 결과를 점치고 있다. 그것으로 들어맞는다고 하니, 그것은 혹 양기가 싹틀 때에 길흉이 저절로 드러나서 그런 것일까?"

전세에 대하여

田税說

　국법에 전묘田畝의 면적을 잴 때 포백척布帛尺[1]을 사용하는데 두 개의
척으로 재어서 동서로 하나, 남북으로 하나가 파把가 된다. 10파가 속束
이 되고, 10속이 부負가 되며,[2] 10부는 다른 명칭이 없이 '십 부十負'라
고 한다. 십 부가 열이면 결結이 되니, 전田 1결은 곧 만 척萬尺이 된다.
또 여섯 등급으로 밭의 고하高下를 나누어서 상상전上上田은 만 척으로
1결을 삼고, 상하전上下田은 상상전의 만 척에 견주어 팔천오백 척이
며, 중상전中上田은 상상전에 견주어 칠천 척이고, 중하전中下田은 상상
전의 반에 오백 척을 더한 것이고, 하상전下上田은 중하전에 비해 천오
백 척이 적고, 하하전下下田은 상상전의 사 분의 일이다. 하하전은 사만
척이 1결이 된다.

　내가 농부에게 물었다.

1_ **포백척布帛尺** | 의복을 재단하거나 직물을 잴 때 쓰는 자. 백척帛尺. 포백척의 정확한 길이에
대해서는 《국조오례의國朝五禮儀》, 〈길례吉禮〉, '도설圖說'조에 "度之制, 十釐爲分, 十分爲寸,
十寸爲尺, 十尺爲丈, 以周尺准黃鍾尺, 則周尺長六寸六釐, 以營造尺准黃鍾尺, 則長八寸九分九
釐, 以造禮器尺准黃鍾尺, 則長八寸二分三釐, 以布帛尺准黃鍾尺, 則長一尺三寸四分八釐"라 하
였다.
2_ **동서로 … 되며** | 파把·속束·부負는 각각 면적의 단위인데, 그 명칭은 단위 면적에서 소출되
는 곡식의 양이 '한 줌[把]·한 묶음[束]·한 짐[負]'이 되는 데에서 유래한 것이다.

"상상전을 여인네의 바느질자로 재어 길이가 이십, 넓이도 이십이면 벼를 얼마나 얻을 수 있는가?"

"평년작이면 1풍속豊束³을 얻을 수 있습니다."

"1풍속이면 벼를 얼마나 거둘 수 있는가?"

"한 말[斗] 정도입니다."

"벼 한 말이면 쌀로는 얼마나 되는가?"

"백미白米 넉 되[升]입니다."

내가 또 물었다.

"네가 밭 1결을 경작하면 관에 세미稅米를 얼마나 바치는가?"

"저 같은 소인은 두려움이 많아 직접 관가에 가지 못합니다. 해마다 인보장隣保長에게 쌀 스물한 말을 주면 한 해 내내 아무 일이 없습니다."

만 척에 스물한 말이면, 천 척에는 두 말 한 되요, 백 척에는 두 되 한 홉[合]이요, 열 척에는 두 홉 한 약[龠]이 된다. 일 보步는 두 약 십 푼分이 되니, 약의 하나가 백성들이 먹는 것이다. 사백 두斗의 밭은 관에서 스물한 두를 거두어간다. 공貢 · 철徹 · 조助는 각기 하夏 · 은殷 · 주周의 조세 제도인데,⁴ 모두 열에서 하나, 혹은 아홉에서 하나를 거둔다. 지금 사백 두에서 스물한 두를 거두는 것과 비교하면 어느 것이 많고 적은 가? 하물며 관가에서 거두는 것은 똑같이 스물한 두가 되는 것도 아니며, 밭에서 나오는 소출이 또한 사백 두에 그치지 않음에랴! 또 흉년에

3_ 풍속豊束 | 미상.

4_ 공貢 … 제도인데 | 이들은 각각 중국 하夏 · 주周 · 은殷의 조세 제도의 명칭이다. 《주례》에 "貢者, 自治其所受田, 貢其稅穀"이라 하였고, 《맹자》에 "周人百畝而徹", "殷人七十而助"라 하였다.

는 조세를 면제해주고, 평년작에 못 미치면 덜어줌에 있어서랴!《맹자》
의 "천하의 백성들이 모두 들에서 농사짓기를 원한다(天下之民, 皆願耕
於野者)"[5]라고 한 말이, 생각하건대 도대체 어떤 경우에 있어서인가? 나
는 의심이 나기 때문에 이를 기록하여 다음에 다시 헤아려볼 것을 기다
린다.

5_ **천하의 … 원한다** | 《맹자》,〈공손추公孫丑〉편에 나오는 말로 원문은 "耕者, 助而不稅, 則天下
之農皆悅, 而願耕於其野矣"이며, 그 뜻은 "밭가는 자로 하여금 공전公田에 힘쓰도록 하고 세를
받지 아니하면, 천하의 농부가 다 기뻐서 그 들에서 농사짓기를 원한다"는 것이다.

꽃에 대하여

花說

시험 삼아 높은 언덕에 올라 저 서울 장안의 봄빛을 바라보노라면 무
성하고, 아름답고, 훌륭하며, 곱기도 하다. 흰 것이 있고, 붉은 것이 있
고, 자주색이 있고, 희고도 붉은 것이 있고, 붉고도 흰 것이 있고, 노란
것이 있으며, 푸른 것도 있다. 나는 알겠노라. 푸른 것은 그것이 버드나
무인 줄 알겠고, 노란 것은 그것이 산수유꽃·구라화狗剌花[1]인 줄 알겠
고, 흰 것은 그것이 매화꽃·배꽃·오얏꽃·능금꽃·벚꽃·귀롱화〔鬼
籠花〕[2]·복사꽃 중 벽도화碧桃花인 줄 알겠다. 붉은 것은 그것이 진달래
꽃·철쭉꽃·홍백합꽃·홍도화紅桃花인 줄 알겠고, 희고도 붉거나 붉
고도 흰 것은 그것이 살구꽃·앵두꽃·복사꽃·사과꽃인 줄 알겠으며,
자줏빛은 그것이 오직 정향화丁香花[3]인 줄 알겠다.

서울 장안의 꽃은 여기에서 벗어남이 없으며, 이 밖의 벗어난 것이
있다 하더라도 또한 볼 만한 것은 못 된다. 그런데 그 속에서도 때에 따

1_ **구라화狗剌花** | 개나리꽃으로 짐작되기도 하나 자세한 것은 알 수 없다.
2_ **귀롱화〔鬼籠花〕** | 귀롱나무 꽃. 귀롱나무는 장미과의 낙엽 활엽 교목으로 봄에 흰꽃이 피고, 여
름에 열매가 까맣게 익는다. 열매와 어린잎은 먹고, 작은 가지는 약재로 쓴다.
3_ **정향화丁香花** | 정향꽃. 정향나무는 물푸레나무과의 낙엽 활엽 교목으로 봄에 자색 꽃이 피고,
꽃봉오리 말린 것을 정향丁香 또는 정자丁字라 하여 약재 및 정향유丁香油의 원료로 쓴다.

논論·설說·해解·변辯·책策 ● 427

라 같지 않고 장소에 따라 같지 않다. 아침 꽃은 어리석어 보이고, 한 낮의 꽃은 고뇌하는 듯하고, 저녁 꽃은 화창하게 보인다. 비에 젖은 꽃은 파리해 보이고, 바람을 맞이한 꽃은 고개를 숙인 듯하고, 안개에 젖은 꽃은 꿈꾸는 듯하고, 이내 낀 꽃은 원망하는 듯하고, 이슬을 머금은 꽃은 뻐기는 듯하다. 달빛을 받은 꽃은 요염하고, 돌 위의 꽃은 고고하고, 물가의 꽃은 한가롭고, 길가의 꽃은 어여쁘고, 담장 밖으로 뻗어나온 꽃은 손쉽게 접근할 수 있고, 수풀 속에 숨은 꽃은 가까이하기가 어렵다.

　그리하여 이런저런 가지각색 그것이 꽃의 큰 구경거리이다. 남산도 그러하고, 북한산도 그러하며, 육각봉六角峰⁴도 그러하고, 원현圓峴⁵도 그러하고, 북저동北楮洞⁶도 그러하고, 화개동花開洞⁷도 그러하고, 도화동桃花洞⁸ 또한 그러하다. 나는 이미 이렇게 생각하였고, 나는 또한 이렇게 구경을 해왔다. 비록 하루 종일 지팡이를 짚고 나막신을 끌고 돌아다녀도 보는 바가 여기에서 벗어나지 않을 것이요, 하루 종일 지게문과 바라지문을 닫고 있더라도 보는 바가 또한 여기에서 벗어나지 않을

4_ **육각봉六角峰** | 육각재를 가리키는 듯하다. 《한경지략漢京識略》에 따르면, 육각재는 인왕산 기슭 필운대弼雲臺 옆에 있던 고개를 말한다.
5_ **원현圓峴** | 둥그재[圓嶠]를 말하는 듯하다. 둥그재는 서대문구 냉천동 뒷산으로 일명 금화산金華山이라고도 불린다. 산이 둥글고 곱다 하여 둥그재, 혹은 원교라고도 한다.
6_ **북저동北楮洞** | '저楮'는 '저渚'의 오기로 여겨진다. 북저동北渚洞은 혜화문 밖 북쪽인 성북동에 있는데, 동리 안에 복숭아나무를 많이 심어 봄철이 되면 복사꽃이 만발하여 도성 사람들이 다투어 구경하였다고 한다.
7_ **화개동花開洞** | 한양 북부 안국방安國坊에 있던 동명洞名. 《한경지략》에 따르면, 예전에 화기도감火器都監이 이곳에 있었는데, 후에 와전되어 화개동이란 이름을 얻었다 한다. 지금의 삼청동 아래편에 동명이 남아 있다.
8_ **도화동桃花洞** | 북악산北岳山 아래 있던 동명으로 《한경지략》에 따르면, 도화桃花가 많이 심어져 있어 도화동이라 불렸다고 한다.

것이다. 내 어찌 굳이 집 밖을 나가 구경을 하느라고 발로 하여금 눈을 원망하도록 하겠는가?

동원공東園公이 서곽 선생西郭先生에게 물었다.[9]

"사람들은 모두 꽃이 있는 곳으로 가는데 그대 홀로 집에 있으니, 그대는 어찌해서 꽃에 그리 무심한가?"

서곽 선생이 대답하였다.

"그렇지 않다. 큰 은혜는 은혜를 끊고, 큰 자비는 자비를 또한 끊고, 큰 동정심은 동정심을 끊고, 큰 사랑은 사랑을 끊는 법이네. 경상卿相의 지위에 올라 천 종鍾의 녹을 받는 것을 어느 누가 좋아하지 않겠는가? 오직 은사隱士가 이를 가장 소중히 좋아하지만 그것을 잃어버리거나 남에게 빼앗길까 염려하는 까닭에 처음부터 그 자리에 거하지 않는다네. 깊숙한 안방 부드러운 베갯머리에서 아름다운 여인을 가까이하는 것을 어느 누가 좋아하지 않겠는가? 오직 석가모니가 이를 가장 좋아하지만 이별과 그리움이 두렵기 때문에 처음부터 사귀지 않는 것이네. 붉고 흰 온갖 꽃들의 품위 있는 빛깔과 고운 향기를 어느 누가 좋아하지 않겠는가? 오직 내가 이를 가장 좋아하지만 봄날 비바람과 함께 떠나감을 두려워하는 까닭에 처음부터 지니지 않는 것이네. 세상 사람들의 사랑은 천박한 사랑이요, 나의 사랑은 절실한 사랑이라네. 저 전지滇池[10]의 남쪽 땅에는 봄만 있고 가을은 없으며, 겨울철에 두견화杜鵑花를 비롯하여 금규화錦葵花[11] · 홍매화紅梅花 · 목향화木香花[12] · 목서화木

9_ 동원공東園公이 … 물었다 | 여기에서 동원공東園公과 서곽 선생西郭先生은 각기 가상의 인물로 서곽 선생은 작자인 이옥 자신을, 동원공은 가상의 상대를 비유하고 있다.

10_ 전지滇池 | 중국의 최남단 지역인 운남성雲南省 지방을 가리킨다. 전지, 즉 곤명호昆明湖라는 유명한 호수가 이곳에 있기에 운남 지방을 '전滇'이라 칭하는 것이다.

犀花[13] · 수선화水仙花 등 오색의 꽃이 사계절 화려하게 피어 있을 것일세. 아! 내가 그 땅을 고향으로 삼게 되었다면 나는 반드시 꽃과 거리를 둔 수풀 아래 집을 짓고 살 것이다."

—이상 신익철 옮김

11_ **금규화**錦葵花 | 아욱과의 두해살이풀로 초여름부터 가을까지 붉은색 · 흰색 · 자줏색 꽃이 피는데 주로 관상용으로 재배한다.

12_ **목향화**木香花 | 국화과의 여러해살이풀로 7, 8월경에 황색 꽃이 핀다.

13_ **목서화**木犀花 | 물푸레나무과의 상록 관목으로 황백색 꽃이 10월에 피며, 열매는 핵과核果로 다음해 5월에 익는다.

도화유수관에서의 문답

객이 나에게 말하였다.

"그대는 무엇 때문에 사詞를 짓는가?"

내가 말하였다.

"옛사람들이 지었으니, 이 때문에 짓는 것이다."

"그대는 조심하여 짓지 말게. 지금 사람들은 사를 짓지 않고 있다."

"어찌하여 짓지 않는가?"

"사는 대부분 꽃을 읊조리고 달을 노래하니, 대장부가 짓지 않는 것
이다. 또 그 사어가 화사하며 섬세하고 교묘하여 경박스럽다는 비난이
있으니, 원컨대 그대는 짓지 말게나."

내가 말하였다.

"사는 내가 그 어떤 것인지를 알지 못하지만 반씨潘氏가 선집해 놓은
것¹에 나아가 옛사람으로 사를 지은 분들을 알 수 있게 되었다. 당唐대
에는 이백李白과 백거이白居易,² 송宋대에는 주방언周邦彦³ · 유영柳永⁴ ·
하주賀鑄⁵ · 강여지康與之⁶가 그것을 존립케 하였으며, 진관秦觀⁷ · 황정

1_ 반씨潘氏가 선집해 놓은 것ㅣ앞의 《〈묵취향〉의 서문〉에서 이야기한 반유룡의 편찬 사집詞集
《시여취詩餘醉》를 가리키는 듯하다.

견黃庭堅[8]과 육유陸游[9]는 또한 물을 것도 없다. 한기韓琦[10] · 부필富弼[11]과
같은 이들도 그것을 하였으며, 구양수歐陽脩 · 소식蘇軾과 같은 이도 그
것을 하였고, 안수晏殊 · 송기宋祁[12] 같은 이도 그것을 하였고, 양만리楊

2_ **백거이**白居易 │ 772~846년. 중국 당나라 중기의 시인. 자는 낙천樂天, 호는 향산거사香山居士.
산서성山西省 태원인太原人. 벼슬은 형부상서刑部尚書에 이름. 문장은 정절精切하고 시는 평이
하여 원진元稹(779~831)과 이름을 나란히 하였으므로 세상에서 원백元白이라 일컬었다. 대표
작으로 〈장한가長恨歌〉 · 〈비파행琵琶行〉이 있고, 시문집으로 《백씨장경집白氏長慶集》이 있다.

3_ **주방언**周邦彦 │ 1056~1121년. 중국 북송의 시인. 자는 미성美成, 호는 청진淸眞. 절강성浙江省
전당인錢塘人. 휘종徽宗 황제의 음악소音樂所인 대성부大晟府의 제거提擧가 되었다. 사詞의 유명
한 작가이며 온화한 작풍으로 알려져 있다. 유영 · 소식의 뒤를 이어 악률적으로 세련되고, 게
다가 뜻깊은 내용을 갖는 송사宋詞 특유의 양식을 완성했다. 사집 2권은 《청진사淸眞詞》 또는
《편옥사片玉詞》라 불리고 있다.

4_ **유영**柳永 │ 987~1053년. 중국 북송의 시인. 자는 기경耆卿. 복건성福建省 숭안인崇安人. 벼슬을
둔전원외랑屯田員外郞으로 마쳤기 때문에 유둔전柳屯田이라고도 불린다. 만사慢詞라 불리는 장
편을 많이 지었고, 파격적인 구법을 많이 써서 사詞의 표현에 유연성과 풍부성을 가져왔다. 염
사艶詞를 많이 짓고 속어를 잘 썼기 때문에 문인들로부터 멸시를 당하기도 했으나, 여정旅情을
읊은 작품 등에 가작도 많다. 《악장집樂章集》 3권에 그의 사가 수록되어 있다.

5_ **하주**賀鑄 │ 1052~1125년. 중국 송나라의 시인. 위주인衛州人. 자는 방회方回. 관직은 통판사주
通判泗州에 이르렀다. 오하吳下에 물러나 있을 때 경호유로慶湖遺老라고 자호하였다. 그의 사는
추자연구鎚字煉句에 뛰어났으며, 고악부古樂府와 당시唐詩를 잘 소화하여 사로 발전시켰는데
전려청신典麗淸新하였다. 저서에 《동산악부東山樂府》, 《경호유로집慶湖遺老集》이 있다.

6_ **강여지**康與之 │ 중국 송나라의 시인. 활주인滑州人. 자는 백가伯可 또는 숙문叔聞이며, 호는 퇴헌
退軒. 건염建炎 초에 〈중흥십책中興十策〉을 올렸는데 당대의 명저로 일컬어졌다. 그의 사는 완
려婉麗하였는데, 그의 작품 대부분이 태평太平 연간에 널리 알려졌다. 저서에 《순암악부順庵樂
府》, 《작몽록昨夢錄》이 있다.

7_ **진관**秦觀 │ 1049~1100년. 중국 북송의 시인. 양주揚州 고우인高郵人. 자는 소유少游 또는 태허太
虛, 호는 한구거사邗溝居士. 벼슬은 태학박사太學博士 · 국사원편수관國史院編修館에 이르렀다.
시사詩詞에 뛰어났으며 시풍은 청려섬약淸麗纖弱하였다. 특히 사를 잘 지어서 북송 완약파婉約
派의 대표적인 작가이다.

8_ **황정견**黃庭堅 │ 1045~1105년. 중국 북송의 시인으로 홍주洪州 분저인分宁人. 자는 노직魯直, 호
는 산곡山谷. 벼슬은 비서승祕書丞 · 국사원편수관國史院編修官에 이르렀다. 강서시파江西詩派의
조祖로서 시는 소식과 병칭되었으며 사에 능했고, 서예가로서도 송대 사대가의 한 사람으로 꼽
힌다. 저서로는 《예장황선생문집豫章黃先生文集》, 《산곡금취외편山谷琴趣外篇》, 《산곡정화록山
谷精華錄》이 있다.

萬里[13] · 범성대范成大[14] 같은 이도 그것을 하였다. 정무에 바쁜 왕안석王安石[15]과 같은 이와, 정대하기로 범중엄范仲淹[16]과 같은 이, 호방하기로 신기질辛棄疾[17]과 같은 이, 돈독하기로 여본중呂本中[18]과 같은 이, 맑기

9_ 육유陸游 | 1125~1210년. 중국 남송의 시인. 월주越州 산음인山陰人. 자는 무관務觀, 호는 방옹放翁. 범성대의 참의參議로 있었으며, 뒤에 대중대부大中大夫 · 보모각대제寶謨閣待制로 치사하였다. 청신淸新한 시로 일가를 이루었으며, 그의 사는 섬려纖麗하고 웅쾌雄快하였다. 저서로 《검남시고劍南詩稿》, 《위남문집渭南文集》, 《노학암필기老學庵筆記》, 《남당서南唐書》 등이 있다.

10_ 한기韓琦 | 1008~1075년. 중국 북송의 상주相州 안양인安陽人. 자는 치규稚圭, 호는 안양준수安陽夐叟. 관직은 동중서문하평장사同中書門下平章事 · 우복야右僕射에 이르렀다. 범중엄과 병칭되는 송나라의 현상賢相으로 위국공魏國公에 피봉被封되었다. 시호는 충헌忠獻.

11_ 부필富弼 | 1004~1083년. 중국 북송의 하남河南 낙양인洛陽人. 자는 언국彦國, 시호는 문충文忠. 벼슬은 동중서문하평장사同中書門下平章事를 거쳐 문언박文彦博과 함께 재상이 되었다. 왕안석의 신법新法을 반대하여, 낙양에 물러나 있을 때 상소를 올려 신법을 폐할 것을 청하였다. 문집으로 《부정공시집富鄭公詩集》이 있다.

12_ 송기宋祁 | 998~1061년. 중국 북송의 안주安州 안륙인安陸人. 자는 자경子京, 시호는 경문景文. 벼슬은 공부상서工部尙書 · 한림학사승지翰林學士承旨에 이르렀다. 용도각학사龍圖閣學士 · 사관수찬史館修撰이 되어 구양수와 함께 《당서唐書》를 편수하였다. 시사詩詞에 뛰어났으며 묘사가 생동했는데, 제재는 대부분 개인의 잡다한 일이었다. 저서에 《송경문집宋景文集》, 《익부방물략기益部方物略記》, 《필기筆記》 등이 있다.

13_ 양만리楊萬里 | 1127~1206년. 중국 남송의 시인. 길주吉州 길수인吉水人. 자는 정수廷秀, 호는 성재誠齋, 시호는 문절文節. 벼슬은 국자감박사國子監博士 · 보문각대제寶文閣待制에 이르렀다. 그의 시는 초기에 강서파江西派를 배웠는데, 소흥紹興 말에 시풍이 일변하니 구상이 신교新巧하고 언어가 청신명창淸新明暢하여 스스로 일가를 이루었다. 당시에 '성재체誠齋體'라고 칭하였다. 우무尤袤 · 범성대 · 육유와 함께 남송사대가南宋四大家이다. 저서에 《성재집誠齋集》이 있다.

14_ 범성대范成大 | 1126~1193년. 중국 남송의 시인. 소주蘇州 오현인吳縣人. 자는 치능致能, 호는 석호거사石湖居士. 벼슬은 가자정전대학사假資政殿大學士에 이르렀다. 본래부터 시명이 있었는데 사에도 능했다. 그의 시는 전원 생활과 국가의 안위에 대한 관심을 그렸으며, 백성의 질고를 동정한 작품도 많다. 육유, 양만리와 이름을 나란히 하였다. 저서에는 《석호집石湖集》, 《석호사石湖詞》, 《계해우형지桂海虞衡志》, 《오군지吳郡志》 등이 있다.

15_ 왕안석王安石 | 1021~1086년. 중국 북송의 정치가 · 학자. 자는 개보介甫. 호는 반산半山. 강서성江西省 임천인臨川人. 신종神宗 때 정승이 되어 신법新法을 행하고 부국강병의 정책을 썼다. 시문에도 능하여 당송팔대가의 한 사람으로 꼽힌다. 저서에 《주관신의周官新議》, 《임천집臨川集》, 《당백가시선唐百家詩選》 등이 있다.

로 임포林逋¹⁹와 같은 이가 그것을 하였다. 회암晦庵²⁰은 대현大賢인데도 또한 일찍이 그것을 하였다. 그것이 명明나라에서는 백온伯溫,²¹ 맹재孟載²²에서부터 우린于鱗²³ · 원미元美²⁴ · 용수用修²⁵ · 징중徵仲²⁶ · 미공眉公²⁷ 등 여러 거장에 이르기까지 그것을 짓지 않은 이가 없었다. 그것을 지었는데도 이런 분들에게 참여하지 못한 사람이 또한 얼마나 되는지 알

16_ 범중엄范仲淹 | 989~1052년. 중국 북송의 정치가 · 문인. 자는 희문希文, 시호는 문정文正. 강소성江蘇省 소주인蘇州人. 대서하전쟁對西夏戰爭의 지도자였으며, 문언박文彦博이나 한기韓琦 등과 같은 뛰어난 문인으로, 특히 산문을 잘하였다. 그의 〈악양루기岳陽樓記〉는 명문으로 널리 알려져 있다. 시에도 뛰어났으며, 저서로《문정집文正集》이 있다.

17_ 신기질辛棄疾 | 1140~1207년. 중국 남송의 최고 시인으로 평가받고 있다. 중국 북송의 소식과 함께 호방한 사詞를 지어 '호방파豪放派'로 일컬어진다. 저서로는《가헌장단구稼軒長短句》12권과《남도록南渡錄》2권이 있다.

18_ 여본중呂本中 | 1084~1145년. 중국 남송의 문인. 자는 거인居仁. 시호는 문청文清. 관직은 제거태평관提擧太平觀에 이르렀다. 학자이며 '동래선생東萊先生'이라 칭하였다. 시는 황정견黃庭堅, 진사도陳師道의 구법句法을 배웠다. 저서에《춘추해春秋解》,《동몽훈童蒙訓》,《사우연원록師友淵源錄》,《동래박의東萊博議》,《자미시화紫微詩話》가 있다.

19_ 임포林逋 | 968~1028년. 중국 북송 항주인杭州人. 자는 군복君復. 어려서 홀로 학문에 힘썼다. 매요신梅堯臣, 범중엄范仲淹 등과 더불어 시를 수창酬唱한 북송의 저명한 은사隱士이다. '화정선생和靖先生'이라는 시호를 받았다. 시풍이 담원고냉淡遠孤冷하고 은거 생활과 서호西湖의 경물에 대한 글들을 많이 썼으며, 〈영매시咏梅詩〉가 가장 유명하다.

20_ 회암晦庵 | 중국 송나라 주희朱熹. 회암은 그가 강학講學하던 집의 이름.

21_ 백온伯溫 | 중국 명나라 유기劉基(1311~1375)의 자. 원말명초元末明初의 절강청전인浙江青田人. 관직은 어사중승겸태사령御史中丞兼太史令에 이르렀고, 성의백誠意伯에 봉해졌다. 문장은 송렴宋濂과 이름을 나란히 하였고, 저서에《부부집覆瓿集》,《울리자郁离子》,《성의백문집誠意伯文集》이 있다.

22_ 맹재孟載 | 중국 명나라 양기楊基(1326~1378)의 자. 원말명초의 오현인吳縣人. 호는 미암眉庵. 관직은 산서안찰사山西按察使에 이르렀다. 어려서부터 시명詩名이 있어 〈철적가鐵笛歌〉로 양유정楊維禎을 놀라게 하였으며, 고계高啓, 장우張羽, 서분徐賁과 함께 '오중사걸吳中四傑'이라 불렸다. 서화에도 뛰어났으며, 저서로《미암집眉庵集》이 있다.

23_ 우린于鱗 | 중국 명대의 시인인 이반룡李攀龍(1514~1570)의 자. 호는 창명滄溟. 벼슬은 하남안찰사河南按察使에 이르렀다. 저서로《고금시산古今詩刪》,《이창명집李滄溟集》등이 있다.

24_ 원미元美 | 중국 명대의 문장가인 왕세정王世貞(1526~1590)의 자. 호는 엄주弇州 또는 봉주鳳州. 벼슬은 형부상서刑部尚書에 이르렀다. 저서로《엄주산인사부고弇州山人四部稿》,《왕씨서원王氏書苑》,《독서후讀書後》등이 있다.

수 없다. 대개 몰라서 안 지었을 뿐이지, 알았다면 누가 그렇게 짓지 않았겠는가? 주씨朱氏[28] · 이씨李氏[29] · 손씨孫氏[30] · 소씨蕭氏[31]의 규수들도 그것을 지었고, 교수皎殊[32] · 범회範晦[33] 같은 승려들도 그것을 지었으며, 장수張帥[34] · 악왕岳王[35] 같은 무신들도 그것을 지었고, 완안完顔[36] ·

25_ 용수用修 ǀ 중국 명나라 양신楊愼(1488~1559)의 자. 사천四川 신도인新都人. 호는 승암升庵. 가정嘉靖 초에 경연강관經筵講官이 되었으며 한림학사翰林學士를 지냈다. 고학古學에 힘썼고 군서군서群書를 박람하여 《단연록丹鉛錄》을 지었다. 널리 외고 풍부한 저술을 남긴 것이 명대의 으뜸이었다. 각종 잡저가 백여 종에 이르며, 《승암집升庵集》이 세상에 전해진다.

26_ 징중徵仲 ǀ 중국 명나라 문징명文徵明(1470~1559)의 자. 서화가. 강소소주인江蘇蘇州人. 호는 형산거사衡山居士. 산수화를 잘 그렸고, 붓과 먹놀림이 뛰어났다. 오문파吳文派라고 일컬어졌으며, 심주沈周, 당인唐寅, 구영仇英과 더불어 '명사가明四家'로 불렸다. 저서로 《보전집甫田集》이 있다.

27_ 미공眉公 ǀ 중국 명나라 진계유陳繼儒(1558~1639)의 호. 화정인華亭人으로 자는 중순仲醇. 제생諸生으로 있다가 얼마 후 유관儒冠을 버리고 동여산東余山에 은거하여 저술에 힘썼다. 동기창董其昌과 이름을 나란히 했고, 시문에 능했으며 서법書法은 소식과 미불米芾을 본받았고 회사繪事에도 능했다. 저서에는 《보안당비적寶顔堂秘籍》, 《국조명공시선國朝名公詩選》이 있다.

28_ 주씨朱氏 ǀ 주숙진朱淑眞. 중국 송나라의 여류 사인詞人. 생몰년 미상. 주희朱憙의 질녀. 《전송사全宋詞》에 그의 사가 전한다.

29_ 이씨李氏 ǀ 이청조李淸照(1084~?). 중국 송나라의 저명한 여류 사인. 호는 이안거사易安居士. 산동성山東省 제남인濟南人.

30_ 손씨孫氏 ǀ 손도현孫道絢. 중국 송나라의 여류 사인. 생몰년 미상. 《전송사》에 그의 사가 실려 전한다.

31_ 소씨蕭氏 ǀ 소관음蕭觀音(1040~1075). 중국 송나라의 여류 사인. 이름은 알 수 없고, 관음觀音은 그의 어렸을 때 자. 요遼나라 도종道宗의 황후皇后이고, 자색이 뛰어났으며 시와 사에 능하였다.

32_ 교수皎殊 ǀ 중국 당나라의 승려 교연皎然의 듯하다. 교연은 사령운謝靈運의 10세손으로 이름은 주畫. 시문에 뛰어났으며, 문집에 《유석교유전儒釋交遊傳》, 《시식詩式》이 있다.

33_ 범회範晦 ǀ 승려인 듯하나 자세한 것은 알 수 없다.

34_ 장수張帥 ǀ 중국 남송의 명장 장준張俊. 자는 백영伯英. 금나라 군사와 싸워 여러 번 큰 전공을 세워 한세충韓世忠, 유기劉錡, 악비岳飛 등과 이름을 날려 당시 사람들이 '장한유악張韓劉岳'이라 칭하였다.

35_ 악왕岳王 ǀ 중국 남송의 충신 악비岳飛(1103~1141)를 가리킨다. 자는 붕거鵬擧. 금나라 군사를 격파하여 공을 세워 벼슬이 태위太尉에 이르렀다. 당시 조정에 금나라와의 화의가 일어나자, 이에 반대하다가 진회秦檜의 참소를 당하여 옥중에서 살해당했다. 효종孝宗 때 악악왕鄂王에 봉해졌다.

양배주亮拜住[37] 같은 오랑캐들도 그것을 지었다. 그것을 짓지 않은 자는 오직 우리나라 근세의 짓지 않은 사람들뿐이다.

옛날에 사詞를 지었던 자들은 모두 경박하였고, 지금의 짓지 않는 자들은 과연 현명한가, 옛날 사람으로 그것을 지었던 분들이 과연 모두 경박했을까, 나는 알 수 없다. 집이 가난하여 돈이 없어서 술을 살 수가 없으면 이에 도리어 "나는 술을 싫어하기 때문에 술을 마시지 않는다"라고 한다. 이들은 진실로 마시지 않는 자들인가, 마시지 못하는 자들인가? 이것과 무엇이 다른가? 또 이 말을 확대해서 미루어보면 고시古詩나 《문선文選》,[38] 율시律詩와 절구絶句 같은 것을 과연 지을 수 있겠는가? 어찌하여 문자를 불살라 없애고 곧장 끈을 묶어 의사소통을 하던 상고시대上古時代[39]로 돌아가 그것을 태고의 소박함이라고 여기지 않는가? 나도 우리나라의 지금 사람이다. 다만 사를 짓는 것을 일찍 하지 않았음과 그것을 지어도 능숙하게 하지 못함을 한스러워할 뿐이다. 어찌 그대의 말을 두려워하여 사를 짓지 않겠는가?"

객이 말이 막혀서 가버렸다.

어떤 이가 주인에게 물었다.

"일찍이 옛날의 사를 보니, 사는 반드시 규방에 관한 말들이 많았다.

36_ 완안完顔 | 여진족을 말한다. 대대로 송화강松花江 유역에 거주하였는데, 중국 송나라 때 강성해져서 금나라를 건국하고 뒤에 원나라에게 멸망하였다.

37_ 양배주亮拜住 | 오랑캐를 뜻하는 말인 듯하나 자세한 것은 알 수 없다.

38_ 《문선文選》 | 중국 양梁나라 소통蕭統이 엮은 시문집. 주나라에서 양나라에 이르는 천여 년 동안 130여 명이 지은 시문詩文을 수록하였다.

39_ 끈을 … 상고시대上古時代 | 결승結繩이란 고대에 노끈을 매듭 지어 그 모양과 수로써 의사를 교환하고 사물을 기억하여 그것이 일종의 부호 문자 구실을 한 것을 말한다.

어째서 그런 것인가?"

주인이 말하였다.

"과연 많을 것이다. 열에 일고여덟은 될 것이다."

"사는 그런 것인가?"

"그렇다."

"감히 그 이유를 묻겠다."

"그대는 《시경》의 〈주남周南〉·〈소남召南〉을 읽어보았는가? 〈주남〉의 시는 열한 편인데 부녀들에 관한 말이 그중 아홉을 차지하고, 〈소남〉의 시는 열네 편인데 부녀들에 관한 말이 아닌 것은 겨우 세 편뿐이다. 그대는 어째서 그렇다고 생각하는가? '관관저구關關鴡鳩'[40]는 규방의 그리움이요, '요요초충喓喓草蟲'[41]은 규방의 원망이요, '작작도화灼灼桃花'[42]는 염정豔情이요, '채채부이采采芣苢'[43]는 한적閑適이요, '표매삼칠標梅三七'[44]은 그윽한 회포이고, '백모포균白茅包麕'[45]은 아름다운 기약이다. 교목喬木[46]의 사모함과 '행로行露'[47]의 시비가 그 무엇인들 부녀들의 일이 아니겠는가? '은뢰殷雷'[48]의 느낌과 '여분汝墳'[49]의 기쁨이 그 무엇인들 부녀들의 생각이 아니겠는가? 시라는 것은 장차 사람의 정감을

40_ **관관저구**關關鴡鳩 | 《시경》, 〈주남周南·관저關雎〉편에 "關關鴡鳩, 在河之洲"라는 구절이 있다.

41_ **요요초충**喓喓草蟲 | 《시경》, 〈소남召南·요요초충喓喓草蟲〉편에 "喓喓草蟲, 趯趯阜螽"이라는 구절이 있다.

42_ **작작도화**灼灼桃花 | 《시경》, 〈주남·도요桃夭〉편에 "桃之夭夭, 灼灼桃花"라는 구절이 있다.

43_ **채채부이**采采芣苢 | 《시경》, 〈주남·부이芣苢〉편에 "采采芣苢, 薄言采之"라는 구절이 있다.

44_ **표매삼칠**標梅三七 | 《시경》, 〈소남·표유매摽有梅〉편에 "摽有梅, 其實七兮", "摽有梅, 其實三兮"라는 구절이 있다.

45_ **백모포균**白茅包麕 | 《시경》, 〈소남·야유사균野有死麕〉편에 "野有死麕, 白茅包之"라는 구절이 있다.

46_ **교목**喬木 | 《시경》, 〈주남·규목樛木〉편을 말한다.

47_ **행로**行露 | 《시경》, 〈소남·행로行露〉편을 말한다.

이야기하려는 것인데, 사람의 정감 중에 말할 만한 것이 부녀들의 그것만큼 절박함이 없다. 그러니 이것이 국풍國風에 부녀들에 관한 말이 많은 까닭이요, 또한 시여詩餘도 그러한 것이다."

"그렇다면 시여는 국풍의 의미를 얻었다고 말할 수 있는가?"

"그렇다면 그렇고, 아니라면 아니다. 그 정감의 정당함을 잘 말한 것은 정풍正風[50]이 되었고, 그 정감의 부정不正함을 말하여 그 말이 지나친 것은 변풍變風[51]이 되었다. '진수아미螓首蛾眉'[52]와 '옥진상체玉瑱象揥'[53]는 사치함에서 지나쳤고, '증이작약贈以芍藥'[54]과 '야유만초野有蔓草'[55]는 방탕함에서 지나쳤으며, '하화유룡荷花游龍'[56]과 '건상섭진褰裳涉溱'[57]은 친압親狎함에서 지나쳤고, '각침금금角枕錦衾'[58]과 '언득훤초焉得諼草'[59]는 슬픔에서 지나쳤다. 한 번 변하여 변풍이 되어서 이미 그 정당함을 잃어버렸는데, 하물며 변하여 한위漢魏가 되고, 변하여 육조六朝의 《문

48_ 은뢰殷雷 | 《시경》, 〈소남 · 은기뢰殷其雷〉편을 말한다.

49_ 여분汝墳 | 《시경》, 〈주남 · 여분汝墳〉편을 말한다.

50_ 정풍正風 | 《시경》, 국풍國風 중 〈주남〉 · 〈소남〉을 말한다.

51_ 변풍變風 | 《시경》, 국풍 중 〈패풍邶風〉 이하 십삼열국풍十三列國風을 말한다.

52_ 진수아미螓首蛾眉 | 《시경》, 〈위풍衛風 · 석인碩人〉편에 "螓首蛾眉, 巧笑倩兮, 美目盼兮"라는 구절이 있다.

53_ 옥진상체玉瑱象揥 | 《시경》, 〈용풍鄘風 · 군자해로君子偕老〉편에 "玉之瑱也, 象之揥也"라는 구절이 있다.

54_ 증이작약贈以芍藥 | 《시경》, 〈정풍鄭風 · 진유溱洧〉편에 "維士與女, 伊其相謔, 贈之以芍藥"이라는 구절이 있다.

55_ 야유만초野有蔓草 | 《시경》, 〈정풍 · 야유만초野有蔓草〉편에 "野有蔓草, 零露漙兮"라는 구절이 있다.

56_ 하화유룡荷花游龍 | 《시경》, 〈정풍 · 산유부소山有扶蘇〉편에 "山有扶蘇, 隰有荷華", "山有橋松, 隰有游龍"이라는 구절이 있다.

57_ 건상섭진褰裳涉溱 | 《시경》, 〈정풍 · 건상褰裳〉편에 "子惠思我, 褰裳涉溱"이라는 구절이 있다.

58_ 각침금금角枕錦衾 | 《시경》, 〈당풍唐風 · 갈생葛生〉편에 "角枕粲兮, 錦衾爛兮"라는 구절이 있다.

59_ 언득훤초焉得諼草 | 《시경》, 〈위풍衛風 · 백혜伯兮〉편에 "焉得諼草, 言樹之背"라는 구절이 있다.

선》과 염艷[60]이 되며, 다시 변하여 율시와 절구가 되고, 당나라 말엽에 다시 변하여 시여가 된 것임에랴! 그러나 그 사람의 정감을 말하는 데 있어서는 도리어 율시와 절구,《문선》, 고시보다 장점이 있어, 멀리 국풍의 남긴 의미를 체득함이 있기도 하니, 이것이 시여가 존립할 수 있게 된 까닭이다. 아마도 변화가 극에 이르면 되돌아가기를 요하여, 시도詩道가 순환함을 증험할 수 있음이 아니겠는가!"

객이 말하였다.

"그렇다면 시詩의 여餘가 아니라 그 풍風의 여餘라고 할 수 있겠다!"

객이 다시 말하였다.

"그대는 시여를 읽고, 또 시여를 짓기도 하니, 그대는 시여를 잘 알고 있는가? 청컨대 그 방법을 묻겠다."

주인이 말하였다.

"거문고 배우는 것에 그것을 비유하면 겨우 악보를 살펴보고 줄을 더듬는 정도이니, 내가 무엇을 알겠는가?"

객이 굳이 묻기에 주인이 말하였다.

"나는 알지 못하지만 또한 일찍이 옛날에 그것을 알았던 사람의 남긴 말을 들은 적이 있다. 말하자면 '명의命意[61]는 유원悠遠함이 좋고, 용자用字는 간편함이 좋고, 조어造語는 참신함이 좋고, 연자煉字는 음향이 좋아야 한다'고 하였다. 다시 말한다면 '청淸과 공空, 두 자는 일생 동안 그것을 소화하여 사용해도 다함이 없다'고 하였다. 내가 들은 것은

60_ 염艷 |《초사楚辭》의 별칭.
61_ 명의命意 | 한 편의 문장을 짓는 것을 말하는 듯하다.

이것뿐이다."

더 말해주기를 청하기에 주인이 말하였다.

"내가 무엇을 알리오만, 장단의 차별과 고금의 변천과 같은 것은 내가 또한 말할 수 있다. 이름을 '시여'라고 하였으니, 시여가 또한 시이다. 그러므로 짧은 것은 절구·율시와 같아서 말에 장단이 있고, 염簾[62]에 평측이 있음으로써 현격한 차이가 나는 것은 아니다. 긴 것은 그 펼쳐서 늘어놓은 것이 고시와 같고, 나란히 배열해 놓은 것이 장편 율시와 같다. 일으키는 법과 죽이는 법이 있으니, 옛사람이 이른바 봉황의 머리,[63] 돼지의 배,[64] 표범의 꼬리[65]라 한 것은 진실로 사를 잘 설명한 것이다.

그 대강을 들어본다면, 시가 말할 수 없는 것을 능히 말할 수 있고, 시가 말하지 않고자 하는 것을 말하려고 하며, 또한 시가 말하는 것을 말하지 않는다. 이것이 시와 크게 다른 것이다. 시대에 따른 변천을 말한다면, 육조 말에 싹을 틔워 당대唐代에 나타나기 시작했고, 오대五代에 정식으로 등장하여, 송대宋代에 왕성하였고, 원元·명대明代에 극성하였다. 당나라 사람은 시를 사라고 여겼으니 굳이 논할 필요가 없고, 오대에는 후주後主[66]보다 잘하는 사람이 없지만 지나치게 부드럽고 약했는데, 송나라가 일어남에 구양수와 안수 등이 종주가 되어 그 도도하

62_ 염簾 | 한시를 지을 때에 자음의 높낮이를 맞추는 방법.
63_ 봉황의 머리 | 원문은 "봉두鳳頭"로, 시문詩文이나 사詞의 첫머리를 봉황의 미려한 두부頭部에 비유한 것이다.
64_ 돼지의 배 | 원문은 "시복豕腹"으로, 시문이나 사의 중간 부분이 잡다하고 쓸데없이 긴 것을 비유한 것이다.
65_ 표범의 꼬리 | 원문은 "표미豹尾"로, 시문·사·악곡樂曲에서 견고하고 힘있는 끝부분을 비유한 것이다.
66_ 후주後主 | 중국 북제北齊의 임금.

고 융융融融함이 더할 수 없었다.

주방언·유영의 무리들은 때맞춰 핀 꽃과 아름다운 여인과 같아서 얻은 것이 있는 듯하지만 오히려 잃은 것이 있다. 이에 소동파가 그 경향을 한번 변화시키고자 했지만, 또한 혹 호매豪邁하고 격월激越하다는 기롱이 있게 된 것이다. 진관과 황정견은 배웠으나 도달하지 못하였고, 그 법을 옳게 전한 사람은 오직 신기질 한 사람뿐이었다. 이 이하로는 공교로우면 천착함에 상하고, 고우면 꾸밈에 상하며, 부드러우면 나약함에 상하고, 속되면 회해諧諧에 상하였다. 비록 유기劉基의 화려함이나 왕세정王世貞의 정한精悍함으로도 도리어 하주·강여지·장첩蔣捷[67]·마단림馬端臨[68]에 비하여 멀리 미치지 못한다고 하겠다.

요컨대 후대의 배우는 자들이 송宋 이상을 배우면 아마 시를 지어 그것이 율시와 절구가 되고, 송 이하를 배우면 반드시 곡曲[69]으로 나아갈 것이다. 오직 송을 표준으로 하지만, 송 중에서도 또한 마땅히 구양수와 안수를 으뜸으로 삼아 단결短闋을 배워야 하고, 소식과 신기질을 폿대로 삼아 그 장편을 배워야 할 것이다. 이것을 알면 시여를 읽을 수 있고 또한 시여를 지을 수 있을 것이다."

객이 "예예" 하였다.

─하정승 옮김

67_ 장첩蔣捷 | 1235~1300년. 중국 남송 강소인江蘇人. 자는 승욕勝欲, 호는 죽산竹山. 사에 뛰어났으며, 저서에 《죽산사竹山詞》가 있다.
68_ 마단림馬端臨 | 1254?~1323년. 중국 원元의 악평인樂平人. 자는 귀여貴與. 널리 군서群書를 읽기에 힘썼으며, 관직은 승사랑承事郎에 이르렀다. 저서에 《문헌통고文獻通考》, 《대학집전大學集傳》, 《다식록多識錄》이 있다.
69_ 곡曲 | 여기서의 곡은 사詞를 말한다.

선비가 가을을 슬퍼하는 이유

士悲秋解

　선비는 가을을 슬퍼하니 서리 내리는 것을 슬퍼함인가? 초목이 아닌 것이다. 장차 추워지는 것을 슬퍼함인가? 기러기나 벌레가 아닌 것이다. 때를 만나지 못하여 강개한 사람과 고향과 조국을 떠나는 나그네라면 또한 어찌 가을만을 기다려 슬퍼하겠는가? 이상하기도 하다! 바람을 맞이하여 흐느껴 탄식하며 스스로 즐거워하지 못하고, 달을 보면 비통하여 거의 눈물을 흘릴 지경에 이른다. 저들의 그 슬픔은 무슨 까닭에서인가? 슬퍼하는 자에게 물어보니 슬퍼하는 자 또한 슬퍼할 줄만 알지, 그 슬퍼지는 까닭은 알지 못한다.

　아, 나는 알겠다! 하늘은 남자에 해당하고, 땅은 여자에 해당하는데, 여자는 음陰의 기운이요, 남자는 양陽의 기운이다. 양기는 자월子月(음력 11월)에 생겨나 진사辰巳(음력 3·4월)에서 왕성한 까닭에 사월巳月(음력 4월)은 순전한 양의 기운이 된다. 그러나 천도天道는 성하면 쇠하는 법이니, 사월巳月 이후부터는 음이 생겨나고 양은 점차 쇠한다. 쇠하면서 무릇 서너 달이 지나면 양의 기운이 소멸하여 다하는데, 옛사람이 그때를 일러 '가을'이라고 한 것이다. 그런즉 가을이라는 것은 음의 기운이 성하고 양의 기운은 없는 때이다. 동산銅山이 무너지매 낙수洛水의 종鐘이 울고,[1] 자석磁石이 가리키는바 철침鐵鍼이 달려오는 것이니, 물物이 또한 그러하다. 오직 사람으로 양의 기운을 타고난 자가 어찌 가을을 슬퍼하지 않겠는가? 속담에 "봄에는 여자가 그리움이 많고, 가을에는 선비가 슬픔이 많다"라고 한다. 이는 자연이 가져다주는 느낌이다.

어떤 사람이 말하였다.

"진실로 자네의 말 그대로 선비가 슬퍼함이 그 양의 기운이 쇠함을 슬퍼하는 것이라면, 온 세상의 머리 건귁巾幗²을 아니하고 수염이 난 자는 모두 가을을 슬퍼해야 할 것이다. 어찌 오직 선비만 가을을 슬퍼한단 말인가?"

내가 답하였다.

"그렇다. 바야흐로 저 가을 기운이 성하면, 그 바람은 경동하고, 그 새들은 멀리 날아가고, 그 물은 차갑게 울고, 그 꽃은 노랗게 피어 곧게 서 있고, 그 달은 유난히 밝은데 암암리에 양의 기운이 삭는 조짐이 소리와 기운에 넘친다면 그것을 접하고 만나는 자 누군들 슬퍼하지 않겠는가? 아! 선비보다 낮은 사람은 한창 노동을 하느라고 알지 못하고, 세속에 매몰된 자들은 또 취생몽사醉生夢死를 한다. 오직 선비는 그렇지 아니하여 그의 식견이 족히 애상을 분변하고, 그 마음 또한 사물에 대해 느끼기를 잘하여, 혹은 술을 마시고, 혹은 검을 다루고, 혹은 등불을 켜고 고서를 읽고, 혹은 새와 벌레들의 소리를 듣고, 혹은 국화를 따

1_ 동산銅山이 … 울고 ┃ 서로 다른 종류 사이에 상호 긴밀하게 반응하는 것을 말한다. 중국에서 촉군蜀郡의 동산이 무너지려 하자, 위魏의 낙양洛陽 궁궐 안에 있는 종이 울었다는 고사가 전한다. 당나라 공영달孔穎達의 《오경정의五經正義》에 "亦有異類相感者, … 蠶吐絲而商弦絶, 銅山 崩而洛鐘應"이라는 구절이 있다.
2_ 건귁巾幗 ┃ 여자들의 머리를 장식하는 수건.

면서 능히 고요히 살펴며, 마음을 비우고, 그것을 받아들이는 까닭에 천지의 기미를 가슴속에서 느끼는 것이요, 천지의 변화를 체외에서 느끼는 것이다. 이 가을을 슬퍼하는 자가 선비를 두고 그 누구이겠는가? 비록 슬퍼하지 않으려 하더라도 될 수 있겠는가? 송옥宋玉[3]이 말하기를 '슬프구나! 가을 기운이여'[4]라고 하였고, 구양수[5]가 말하기를 '이는 가을 소리이다'[6]라고 하면서 슬퍼하였다. 이와 같은 사람들은 가히 선비라고 할 수 있지 않겠는가?"

경금자絅錦子는 말한다.

"내가 저녁을 슬퍼하면서, 가을이 슬퍼할 것이 없는데도 슬퍼지는 것을 알겠다. 하루의 저녁이 오면, 엄자崦嵫[7]가 붉어지고 뜰의 나뭇잎이 잠잠해지고, 날개를 접은 새가 처마를 엿보고, 창연히 어두운 빛이 먼 마을로부터 이른다면 그 광경에 처한 자는 반드시 슬퍼하여 그 기쁨을 잃어버릴 것이니, 해를 아껴서가 아니요, 그 기운을 슬퍼하는 것이다. 하루의 저녁도 오히려 슬퍼할 만한데, 일 년의 저녁을 어찌 슬퍼하

3_ 송옥宋玉 | 중국 전국시대 초楚나라 사람. 굴원屈原의 제자라는 설이 있다. 그가 초나라 경양왕 頃襄王 때 대부大夫를 지냈는데, 그때 이미 굴원은 추방당한 뒤였으므로 〈구변九辯〉을 지어 슬퍼하였다고 한다. 그의 작품으로 〈초혼招魂〉, 〈고당부高唐賦〉, 〈신녀부神女賦〉, 〈풍부風賦〉 등이 전한다.

4_ 슬프구나! 가을 기운이여 | 송옥의 〈구변〉에 "悲哉! 秋之氣也"라는 구절이 있다.

5_ 구양수歐陽脩 | 1007~1072년. 중국 북송의 문인·학자. 자는 영숙永叔, 호는 취옹醉翁·육일거사六一居士. 당송팔대가의 한 사람. 과거에 급제하여 벼슬은 한림원 학사, 추밀부사 등을 지냈다. 저서에 《신당서新唐書》, 《신오대사新五代史》가 있고, 제자들이 편집한 문집 《구양문충공집歐陽文忠公集》이 있다.

6_ 이는 가을 소리이다 | 구양수의 〈추성부秋聲賦〉에 "此秋聲也"라는 구절이 있다.

7_ 엄자崦嵫 | 중국 감숙성 천수현天水縣 서쪽에 있는 산. 해가 지는 산이라 하여 만년晩年 또는 노경老境을 비유하는 말로도 쓰인다.

지 않을 수 있겠는가?

　또 일찍이 사람이 노쇠함을 슬퍼하는 것을 보니, 사십 오십에 머리털이 비로소 희어지고 기혈이 점차 말라간다면 그것을 슬퍼함이 반드시 칠십 팔십이 되어 이미 노쇠한 자의 갑절은 되는 것이다. 아마도 이미 노인이 된 자는 어찌할 수 없다고 여겨서 다시 슬퍼하지 않을 것인데, 사십 오십에 비로소 쇠약해짐을 느낀 자는 유독 슬픔을 느끼는 것이리라! 사람이 밤은 슬퍼하지 않으면서 저녁은 슬퍼하고 겨울은 슬퍼하지 않으면서 유독 가을을 슬퍼하는 것은, 어쩌면 또한 사십 오십 된 자들이 노쇠해감을 슬퍼하는 것과 같으리라!

　아! 천지는 사람과 한 몸이요, 십이회十二會는 일 년이다. 내가 천지의 회會[8]를 알지 못하니, 이미 가을인가, 아닌가? 어쩌면 지나 버렸는가? 내가 가만히 그것을 슬퍼하노라."

—이지양 옮김

강철에 대한 논변

犼辨

물에 사는 짐승 가운데 후犼[1]라는 것이 있는데 우리나라 사람들은 이를 '강철強鐵'[2]이라고 부른다. 강철이 나타나는 곳은 대개 큰 가뭄이 드는지라 사람들이 매우 두려워한다. 이 때문에 심지어는 "강철이 이르는 곳은 가을도 봄"[3]이라는 말까지 있을 정도이다. 직접 강철을 보았다고 하는 이가 있어서 그 생김새를 물어보니, 어떤 이는 "뿔이 있고 용과 비슷하다"고 하고, 또 다른 이는 "사람 같으면서 귀신이다"라고 하니, 이들은 모두 정말로 강철을 보지 못한 것이다. 강철은 세상에 거의 나타나지 않기 때문에 경사經史에도 보이지 않으니, 세상 사람들이 그 모습을 형용할 수 없음이 당연하다.

동헌東軒의 《술이기述異記》[4]를 보니, 강희康熙 25년(1786)에 강철이 이무기 세 마리, 용 두 마리와 싸웠는데 강철과 용 한 마리, 이무기 두 마

1_ **후犼** | 불상佛像의 좌대座臺 따위에 주로 등장하는 전설상의 동물. 중국 청나라 원매袁枚의 〈속신제해續新齊諧〉에 "犼有神通, 口吐煙火, 能與龍鬪. 故佛騎以鎭壓之"라는 구절이 있다.
2_ **강철強鐵** | 지나가기만 하면 초목이 다 말라죽는다는 전설상의 악독한 용.
3_ **강철이 … 봄** | 이 속담은 운수가 사나운 사람은 이르는 곳마다 불행한 일이 따름을 비유하는 말로 지금까지 사용된다. 연암의 《열하일기》에도 이 속담이 소개되어 있는데, 거기에는 "罡鐵去處, 秋亦爲春"으로 되어 있다.

리가 죽어서 평양平陽[5]에서 보였다고 한다. 강철의 모습은 말의 몸뚱이에 물고기 비늘을 하였으며, 비늘의 솔기 부분에서 불이 나오는데 죽어서도 불꽃이 한 길가량 솟구쳐 올랐다고 한다. 이를 보면 강철이 불을 이용하여 감히 용과도 대적할 수 있는 것임을 알 수 있다. 그러므로 강철이 노니는 곳엔 비가 와도 논밭을 적실 수 없다고 하는데 이치가 그럴 성싶다.

금년 여름 백문白門(서대문)에 있을 때이다. 하늘에서 갑자기 천둥 벼락이 치면서 비가 내리는데 좌객 중에 용에 대해 말하면서 강철을 언급하는 이가 있었다. 홍洪 참판께서 말하기를, "어린 시절 청성靑城[6]의 중에게서 들으니, 큰 벼락이 친 뒤에 왕방산王方山[7]을 지나다가 바위 위에 어떤 것이 있는데, 비늘이 있고 말처럼 생겼으며 번갯불에 그 허리가 끊어져서 죽어 있는 것을 보았다고 했는데, 그것이 강철이 아닌가 의심된다"고 하였다. 이에 나에게 캐묻기에 내가 동헌의 글에서 본 바로 논증하니, 홍공이 믿을 만하다고 여겼으며, 나 또한 이로 인해 강철이 후狐라고 더욱 믿게 되었다.

흉년으로 먹을 것이 부족한 때에 백성들이 와언訛言을 잘하여 매양 강철이 지나갔다고 말하는 이가 많다. 내가 〈후변狐辨〉을 지어 망언을

4_ 동헌東軒의 《술이기述異記》 | 동헌은 중국 청대의 문장가인 고빈高彬의 호. 그는 벼슬이 문연각학사文淵閣學士에 이르렀으며, 학행이 있었고 문장에 능하였다. 저서로는 《고재초당문집固齋草堂文集》 2권과 《시집詩集》 4권 등을 남겼다. 《술이기》는 순치 말년에서 강희 초년의 신괴神怪나 기기奇器를 기록해 놓은 것으로 3책이다.

5_ 평양平陽 | 지금의 중국 광서성廣西省 내빈현來賓縣 서쪽에 있는 지명. 청나라 건륭乾隆 8년에 이곳에 순검사巡檢司를 두었다.

6_ 청성靑城 | 양주군楊州郡 포천시抱川市의 옛 이름이다.

7_ 왕방산王方山 | 양주군과 포천시에 있는 산.

물리치고자 하는데, 만약 또 나의 말을 들은 자가 말 비슷하게 생긴 것을 보았다고 한다면 이는 내가 또한 그 망언을 참말로 만드는 꼴이 될 것이다.

—신익철 옮김

과책

삼대三代에서는 공사법貢士法[1]이 시행되지 않아 선비들이 읍양揖讓으로 출사出仕하는 절차를 삼지 않았다.[2] 과장科場에서 어지럽게 서로 다투어 왁자지껄한 소리가 극심함은 진실로 후세에 면하지 못할 바요, 또한 피가 장보章甫[3]에 뿌려지고, 시체가 예위禮闈[4]에 쓰러져 있어서, 오늘날과 같이 놀랍고 참담한 것은 있지 않았다. 당나라·송나라에 찾아보아도 듣지 못한 바요, 근세에 비교해보아도 더더욱 심하니, 선비들이 부끄러워해야 할 뿐만 아니라, 또한 당세의 일을 주관하는 사람들이 수치스러워해야 할 것이다. 그런데 다만 한때의 우연한 일로 돌리고 그것을 변통할 방법을 가지고 있지 않다면, 적이 국법國法이 날로 해이해지고, 선비들의 습속이 날로 어그러져, 형위荊闈[5]의 한 걸음이 장차 죽음

1_ 공사법貢士法 | 재덕才德과 학식이 있는 지방의 선비를 그 지방 관리가 조정에 천거하는 것을 말한다.

2_ 선비들이 … 않았다 | 중국 하夏·은殷·주周 시대에는 과거를 통해 출사하는 제도가 없었다.

3_ 장보章甫 | 유생들이 쓰는 관冠을 말한다. 중국 은나라 이후로 써온 관의 한 종류. 공자가 이것을 썼으므로 후세에 와서 유자儒者들이 쓰는 관이 되었다.

4_ 예위禮闈 | 이 글에서는 과장科場을 말한다. 중국 한나라 때의 상서성尚書省과 당나라 때의 예부禮部를 '예위'라 하기도 했다. 명·청나라 때에 예부에서 과거를 보았기 때문에 이로부터 '예위'가 과장을 가리키는 말로 쓰이기도 했다.

의 땅이 되고 말까 염려된다. 당당한 우리의 성스러운 조정과 위의威儀
가 성한 많은 선비들이 또한 이와 같아서야 되겠는가?

아! 물을 잘 다스리는 자는 그 근원을 소통케 하고 그 흐름을 막지
않으며, 사람을 잘 다스리는 자는 그 마음을 바르게 하여 그 향하는 뜻
을 막지 않는다. 그런데 지금 저 유생들이 과장에 나아감에 그 바지를
세 번 묶고 등불을 높이 들고 자리를 짊어진 채, 사람이 죽어도 서로 돌
보지 않고, 자신이 죽어도 스스로 아끼지 않는다. 과장의 문을 두드리
고 외쳐대는 것은 사나운 군졸이 성을 공격하는 듯하고, 과장에 들어가
달리는 것은 건장한 사내가 토끼를 쫓는 듯하였다. 위의는 아예 논할
것도 없고, 목숨도 또한 보장되지 않는다. 저들도 또한 어찌 즐거워서
그렇게 하겠는가? 진실로 이와 같이 하지 않으면 좋은 자리를 얻지 못
하고, 좋은 자리를 얻지 못하면 답안지를 일찍 내지 못하며, 일찍 내지
못하면 시험관이 내쫓아 해액解額[6]에 들 수 없어서이다.

그러므로 과장의 폐해는 모두 시험관이 답안지를 일찍 거두는 것에
서 연유한다. 서리와 노복은 모두 서수書手[7]를 데려오고, 머슴과 군졸
과 건부健夫들은 모두 수행하는 종자從者로서 모인다. 한 사람이 답안
지를 내는 데 열 사람이 입장하니, 과장은 어쩔 수 없이 어지럽게 서로

5_ 형위荊闈 | 과장科場을 말한다. 수험자뿐만 아니라 그 이외의 사람들이 과장에 함부로 드나드
는 것을 막기 위해 과장 주위에 가시 울타리를 둘러쳐 놓았던 데서 이 말이 유래했다.
6_ 해액解額 | 향시鄕試, 즉 생원시生員試와 진사시進士試에 합격한 사람을 말한다. 당나라 때의 과
거 제도에서 향시에 급제한 사람에게 중앙의 조정에서 해장解狀을 주어 해인解人이라 일컬은
데서 유래했다.
7_ 서수書手 | 글씨 쓰는 일을 업으로 하는 사람을 가리킨다. 조선조 후기로 내려가면서 과거 제도
의 기강이 무너지자, 과거 응시자들이 거벽과 서수를 대동하고 과장에 들어가 과문科文을 대신
짓고 쓰게 하여 합격한 경우가 비일비재했다.

다투어 와자지껄함이 극성極盛하고, 심지어는 서로 밟아 살상하는 지경에 이르고야 마는 것이다. 그런데 그 폐해를 바로잡는 방법을 답안지를 일찍 내려고 탐하는 마음에서 찾지 않고, 다만 답안지를 먼저 내려고 다투는 행동에 두고 있으니, 과거에 대한 욕심은 사람에게 똑같이 있는 바인데, 누가 천천히 행동하여 뒤쳐지려 하겠는가? 이것은 모래를 모아 냇물을 막으려다가 무너지면 사람을 다치게 하는 격이다. 일소一所의 종장終場이 이소二所의 초장初場[8]보다 혹심한 것은, 곧 그것을 금지할 수 없는 명백한 징험이다.

지금 만약 차츰 과거제도를 개선하여 대과大科[9]·소과小科[10]를 식년

8_ 일소一所의 … 초장初場 | 1437년(세종 19) 이후부터 과거 시험 장소를 일소一所와 이소二所로 나누는 분소법分所法을 시행하였는데, 일소는 예조, 이소는 성균관 비천당으로 하는 것이 관례였다. 일소 시관의 자제나 친척 등의 상피인相避人을 이소로 보내고, 이소 시관의 상피인은 그 반대로 하였다. 분소법은 과거의 공정을 기하는 동시에 부자가 한 시험장에서 실력을 다투는 비례非禮를 피할 수 있는 이점이 있었다. 그러나 다 같은 시험인데도 시험 장소에 따라 시관이 다르고 시험 문제가 달라서 수험생의 우열을 가리기가 어려웠다. 한편 식년문과에는 초시初試·복시覆試·전시殿試의 3단계 시험이 있었는데, 이 중 초시·복시는 초장·중장·종장으로 나누어 고시하였다. 이를 동당삼장東堂三場이라 하는데, 1일 간격을 두고 시취하는 것이 관례였다. 초장에서 사서의四書疑·오경의五經疑·논 중의 2편(뒤에는 사서의·의義 1편, 논 1편), 중장에서 부·송·명·잠·기 중의 1편(뒤에는 부 1편)과 표表·전箋 중의 1편, 종장에서 책 1편을 각각 고시하였다.
9_ 대과大科 | 과거의 문과文科와 무과武科를 가리키는데, 특히 문과를 일컬을 경우 주로 쓰인다. 대과는 크게 3년마다 보는 식년시式年試와 나라에 경사가 있을 때 보는 별시別試로 나눌 수 있다. 초시·복시·전시의 3단계 시험까지 치르는 것이 원칙이었지만, 후기로 내려가면서 제도가 많이 바뀌었다. 초시와 복시의 시험 과목은 경학·문장·책문으로써 과목은 동일했지만, 시험 방식이 달랐다. 즉 초시는 답안 작성으로, 복시는 구두 테스트로 진행되었다. 초시에서 먼저 240명을 선발하고, 복시에서 33명으로 추렸다. 이들 33명은 다시 국왕이 참여한 가운데 치르는 전시에서 책문 시험을 보았다. 이 성적으로 갑과 3명, 을과 7명, 병과 23명으로 등급을 매겼다. 이렇게 33명을 선발하는 것이 원칙이지만, 1명에서 90명 정도까지 뽑은 경우도 있었다.
10_ 소과小科 | 생원시와 진사시를 가리킨다. 생원시에서는 사서삼경을, 진사시에서는 문장 실력을 시험했다. 생원시와 진사시에서 각각 100명씩 뽑았으며, 원칙적으로 소과에 합격해야 문과에 응시할 자격이 주어졌다.

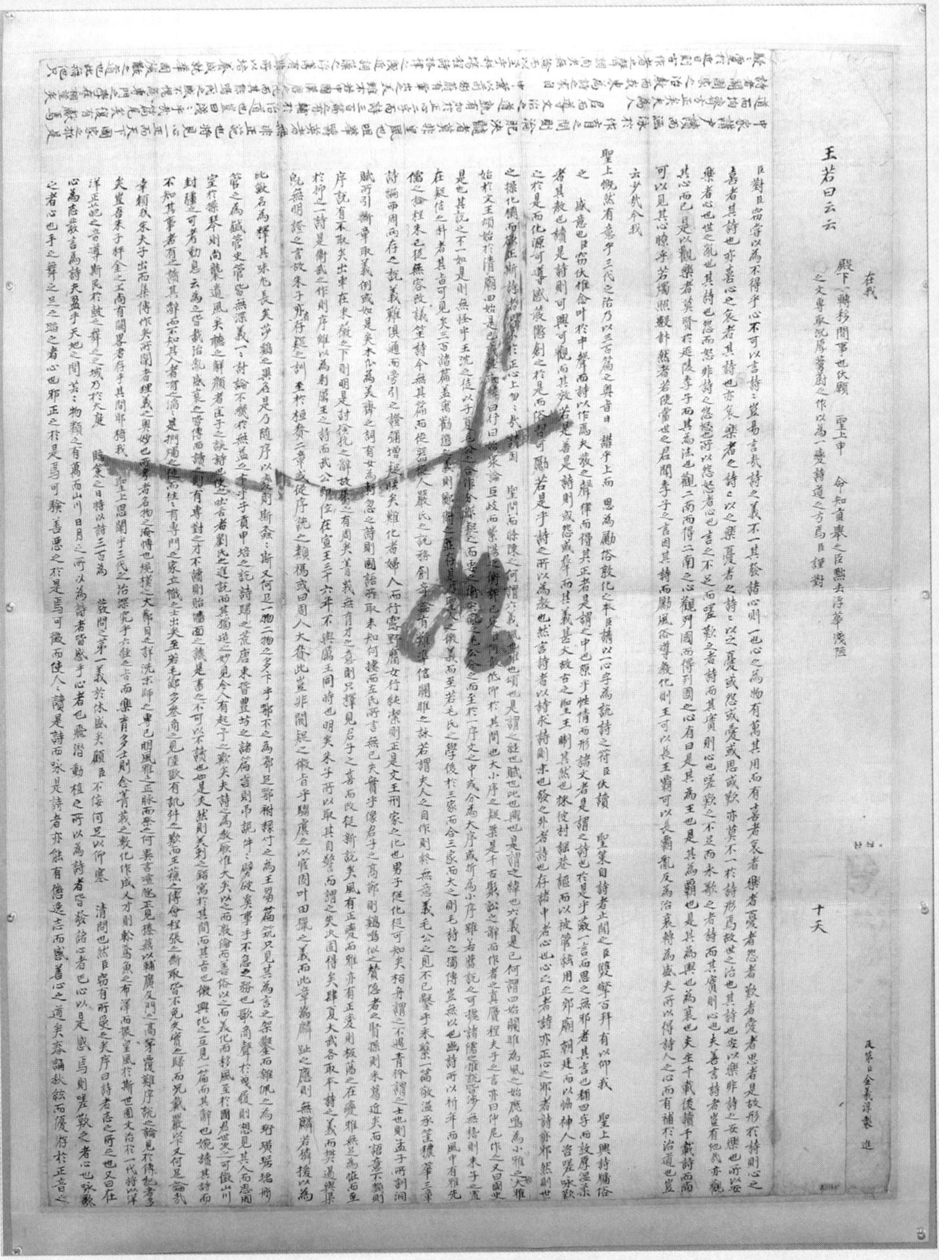

과거시험 답안지

조선조 후기. 성균관대학교박물관 소장.

시식年試[11] · 증광시增廣試[12]를 막론하고 모두 증광대과의 예에 의하여 역서易書[13]하고, 답안지를 거둘 때에는 유생들이 답안지를 내기 전에는 작축作軸[14]과 전자塡字[15]를 허여하지 말고, 시취試取[16]에서는 해액의 수로써 거두어들인 답안지의 수를 나누어 정한다. 가령 초시初試에서 삼백 명을 선발하는데 거둔 답안지가 삼천 장이면 매 열 개의 답안지에서 한 명의 합격자를 취한다. 또 유생들로 하여금 답안지를 제출한 자가 아니면 공연히 극위棘圍[17]를 나갈 수 없게 하고, 감히 어기는 자와 대신 답안지를 작성해주는 자가 있으면 중한 법으로 단정하여 더불어 동등한 죄를 받게 한다. 이런 몇 가지를 시행하면 과장의 문에 선비들이 장차 서로 읍하며 먼저 함을 사양할 것이요, 시험 문제를 매단 판에 사람들이 모두 옷을 걷어 올려 경의를 표하며 질서 있게 행동할 것이다. 그러니 과거의 폐해를 바로잡고 선비들의 습속을 바꾸는 것이 어찌 진실로 많지 않겠는가?

이를 반대하는 자는 "역서를 할 경우 경비가 필시 많이 들 것이요, 답안지를 다 낸 후에 축을 만들면 부지중에 잃어버리는 답안지가 반드시 많을 것이요, 이르고 늦음에 상관없이 답안지를 거둬들이면 훌륭한

11_ 식년시式年試 | 태세太歲에 자子 · 오午 · 묘卯 · 유酉가 드는 해에 보는 소과 · 대과를 말한다.

12_ 증광시增廣試 | 왕세자의 탄생이나 임금의 생신 등 나라에 경사가 있을 때 특별히 보이는 과거를 말한다.

13_ 역서易書 | 시험관이 시험 답안지에 쓴 응시자의 필체를 알아보고 개인적인 감정을 둘까 염려하여 다른 사람을 시켜 모든 답안지를 다시 쓰게 하던 일.

14_ 작축作軸 | 종이를 한 축軸씩 나누어 묶음을 말한다.《전록통고典錄通考》,〈예전禮典〉 ·〈제과규금諸科禁〉에 "監試初試時, 收券作軸後踏印, 以絶擧子紛亂"이라 하였다.

15_ 전자塡字 | 공란에 글자를 메워 넣는 일.

16_ 시취試取 | 시험을 보아 인재를 뽑는 것.

17_ 극위棘圍 | '형위荊圍'와 같은 의미로 과장을 말한다. 앞의 '형위' 주석을 참조.

답안지와 졸렬한 답안지를 가리기 어려우니, 유주遺珠[18]도 반드시 많을 것이다"라고 한다. 이는 전혀 그렇지 않다. 문장의 공교로움과 졸렬함은 진실로 작성하는 속도에 있지 않으니, 문장을 취하는 길이 진실로 일찍 냄으로써 뛰어난 것으로 여겨서는 안 된다. 하지만 시험관이 오색五色에 끝내 눈이 멀고, 문벌을 중시하는 습속에 젖어[19] 시험관이 일찍 거두는 것은 또한 어쩔 수 없는 데서 나온 것이다.

그러나 일찍 거두기 때문에 새로 배우는 선비나 재능이 다소 모자라는 선비는 자기 힘으로 할 수 없다. 그리하여 권세 있는 자는 다른 사람을 시키고, 재물 있는 자는 돈 주고 사고, 글에 능한 자는 이들과 교환하여 온 세상이 도도히 모두 그러하다. 과문이 점점 예전과 같지 않고, 속된 자들이 학문에 힘쓰지 않는 것은 또한 오직 일찍 거둬들임으로 인한 폐해이다. 하물며 글제를 쓴 먹이 마르기도 전에 시권試券이 구름처럼 쌓여 글씨가 놀라 날아가는 새와 같고, 문장은 공중의 꽃과 같다. 그와 같이 기상이 급박하고 짧고 여유롭지 못한 것이, 또한 어찌 태평성대의 아름다운 일이겠는가?

진실로 과거 보는 선비들로 하여금 마음을 안정시키고 생각을 가다듬어 그 재능을 한껏 발휘하여 마치 승상升庠[20]을 할 때와 같이 하게 한

18_ 유주遺珠 | 소중한 구슬을 잊고 버려 두었다는 의미로, 세상에 미처 알려지지 않은 훌륭한 인물이나 시문詩文을 말한다. 여기서는 채택되지 못한 답안지를 가리킨다.

19_ 문벌을 … 젖어 | 이 대목의 원문은 "동뇌태홍冬腦太烘"으로, 중국 당나라 때 정훈鄭薰의 고사에서 유래한 것이다. 정훈이 과거시험을 주관했을 때, 안표顏標를 안진경安眞卿의 후예로 착각하여 그를 장원으로 뽑았다. 이에 거자擧子들이 정훈을 조롱하여 "주사의 머리가 심히 우활하여 안표를 노공이라 착각하였네(主司頭腦太烘, 錯認顏標作魯公)"라고 말했다고 한다. 그런데 당나라 사람들은 동홍冬烘의 뜻이 분명하지 않다고 했다.

20_ 승상升庠 | 생원시·진사시에 합격하여 성균관에 입학함을 말한다.

다면, 장차 문풍文風이 표범의 무늬처럼 변하고, 젊은 선비들은 개미처럼 날로 발전할 것[21]이며, 주문朱門[22]에서는 글 읽는 소리가 있을 것이고, 청금靑衿[23]에게는 매문賣文하는 습속이 없어질 것이다. 그러니 어찌 아름답지 않겠는가? 가령 답안지를 잃어버릴까 염려스러운 경우엔 유생들이 출입할 즈음에 모두 거안擧案[24]을 들게 하고, 시험 답안지의 수가 만약 어긋나는 폐해가 있다면 감시관과 차비관差備官들이 모두 벌을 받게 될 것이니, 이는 염려할 것이 못 된다. 역서에 많은 비용이 드는 것은 정시庭試·회시會試·별시別試·증광시에서 모두 이미 시행되고 있으니, 감시監試[25] 몇 과의 역서가 어찌 족히 국가의 아까움이 되겠는가? 비록 소비되는 바가 있더라도 또한 어찌 인명을 해치고 세도를 망치게 하는 것보다 낫지 않겠는가? 만일 과거제도를 개선하고자 하지 않는다면 그만이지만, 그것을 고치려 한다면 적이 말하건대, 이보다 더 나은 것이 없다.

—윤세순 옮김

21_ 개미처럼 … 발전할 것 | 원문은 "아술蛾述"로, 학문이 차츰 이루어짐을 말한다. 《예기》, 〈학기學記〉에 "蛾子時術之"라는 구절이 있다. 왕개미의 새끼가 왕개미가 하는 짓을 본받아 큰 개미 둑을 이루듯이 선비들도 끊임없이 노력 정진하면 언젠가는 학문을 완성할 수 있다는 말이다.

22_ 주문朱門 | 높은 벼슬아치, 또는 그가 사는 저택을 가리킨다.

23_ 청금靑衿 | 선비들의 복장, 또는 선비들을 가리킨다.

24_ 거안擧案 | 과거 응시자의 명패.

25_ 감시監試 | 생원시·진사시를 말한다.

축씨

竺氏

부처는 왜 생겨났는가? 역시 세상의 쇠미함을 근심하여 스스로 부득이하여 나온 것이라고 여겼으리라. 옛적 치세治世에는 인과응보가 분명하여 상 받지 않는 덕행이 없었고 벌 받지 않는 악행이 없었다. 이런 까닭에 숨어 있는 덕행도 위로 알려지면 비록 도하陶河의 일개 홀아비라도 남면南面을 하여 천자가 되었으며,[1] 공로와 업적이 제대로 이루어지지 못하면 비록 높은 제후의 귀한 몸이라도 하루아침에 우산羽山에서 처형되었다.[2] 이것은 아비지옥阿鼻地獄과 도솔천兜率天이 현세에 갖추어져 있는 것이고, 공명公明한 천자는 바로 우리에게 석가세존부처님이었다. 이런 까닭에 한 사람을 죽이면 뭇사람이 징계되고, 한 사람을 등용하면 뭇사람이 고무되어, 이 백성들로 하여금 날마다 선善으로 달려가고 악惡을 피하며 오히려 따르지 못할까 두려워하게 만드는 것이다. 이런 때를 당하여 비록 만 명의 석가모니 설법이 있더라도 어떻게 이보다 더 낫게 할 수 있겠는가.

1_ 도하陶河의 … 되었으며 | 순임금의 일을 가리킨다. 순은 도하陶河에 사는 일개 서민의 아들로서 요임금에 의해 등용되어 제위를 이었다.

2_ 공로와 … 처형되었다 | 곤鯀의 일을 가리킨다. 곤은 하우夏禹의 아버지로 치수治水에 실패하여 요임금의 정사를 섭행하던 순舜에 의해 주살되었다.

후대로 내려오면서 성왕聖王이 나오지 않아 상벌이 공명하지 못하게
되자, 공자는 계씨季氏[3]보다 지위가 낮았고, 자연子淵[4]은 도척盜跖[5]보다
가난하였으며, 아첨하는 자[6]들이 설치며 총애받고, 정직하면 죽음을 두
려워하게 되었다. 아아, 백성들이 어진 자가 반드시 상을 받는 것이 아
니고, 어질지 못한 자가 반드시 벌을 받는 것이 아님을 보고 있는지라,
그 백성들이 어찌 몸과 마음을 흐트러뜨리고 멋대로 악행을 하면서 거
리끼지 않는 자가 없을 수 있겠는가?

이것이 부처가 생겨나게 된 까닭이다. 백성들이 장차 짐승처럼 되려
는 것을 막을 수 없음이 슬퍼져서, 그들을 착한 길로 유인할 방법을 애
써 생각해내려 했다. 그러나 상벌은 통치자의 권한이라 간섭할 수 없는
것이었다. 이에 천당 지옥의 설을 지어내어 사람에게 삼생三生이 있어
서 현세에 선행을 한 자는 내세에 복을 받고, 현세에 악행을 한 자는 내
세에 고통을 받는다고 한 것이다. 그 이치야 어긋난 것이 아니지만, 그
마음씀은 다만 통치자의 권한을 빌려다가 이 백성들을 권면 징계하려
면서 아득히 알 수 없는 곳에 의탁한 것이다. 부처의 마음씀이 진실로
괴로운 것이었다. 그가 어찌 또한 즐겨서 그리했겠는가?

《서경書經》에 "하늘이 유덕한 자를 임명하기를 다섯 가지 복식으로
다섯 가지 등급을 쓰시며, 하늘이 죄 있는 자를 벌하기를 다섯 가지 형

3_ 계씨季氏 | 중국 노魯나라의 대부大夫 계손씨季孫氏. 문공文公 때부터 소공昭公 때까지 국정을 장
 악하였다.
4_ 자연子淵 | 공자의 제자 안회顔回. 자연은 그의 자. 공자는 그가 '일단사일표음一簞食一瓢飮'으
 로 가난하게 살면서도 학문에 정진함을 찬탄하였다.
5_ 도척盜跖 | 중국 춘추시대의 큰 도적. 현인 유하혜柳下惠의 아우.
6_ 아첨하는 자 | 원문은 "초란楚蘭"으로 되어 있는데, '초란椒蘭'의 오자로 여겨진다. 초란은 군주
 의 친척이나 아첨을 잘하는 자들을 가리킨다.

벌로 다섯 가지 등급을 쓰시도다"[7]라고 했는데, 세상의 군주 된 이가 참으로 공 있는 자는 반드시 상을 주고, 죄 있는 자는 반드시 벌을 주어 만백성에게 본을 보일 수 있다면 부처의 설법이 감히 덧붙여지지 못했을 것이다.

　부처가 부처로 된 것은 우리 도道가 쇠미해지는 것에 분개하여 지나치게 격발하게 된 때문이다. 부처 또한 인간이니, 어찌 인륜이 즐겨 행할 만하다는 것과 선왕의 제도·예법이 고칠 수 없다는 것을 모르겠는가. 그러나 다만 세대가 오래되고 풍속이 말단에 미침에 퇴락하지 않는 법도가 없어서 충忠이 퇴락하여 예羿[8]가 있게 되었고, 효孝가 퇴락하여 상신商臣[9]이 있게 되었고, 정렬貞烈이 퇴락하여 하희夏姬[10]가 있게 되었다. 천하만사가 모두 퇴락에 빠지게 되었으니, 저 부처가 그것을 보고 이 퇴락이 법도에서 생겨났다고 여기고 그 퇴락함을 구하려고 하여 없앨 수 없는 큰 법도를 아울러 없애려고 한 것이다. 어떤 강가에 있는 사람이 남들이 물에 빠져 죽는 것을 보고 경계하여 높은 둑을 쌓아 그것을 막을 줄은 모르고, 도리어 온 세상의 물을 말려 버리려고 하다가 마침내 먼저 물에 빠져 죽는 것을 면치 못하는 것과 같다. 또한 슬프지 않은가!

7_ 하늘이 … 쓰시도다 │ 《서경》, 〈고요모〉편에 나오는 말이다.
8_ 예羿 │ 중국 하나라 때 유궁有窮의 군주. 활을 잘 쏘는 것으로 유명하였는데, 하나라를 찬탈하고 스스로 즉위하였다가 뒤에 한착寒浞에게 살해당하였다.
9_ 상신商臣 │ 중국 춘추시대 초나라 목왕穆王의 이름. 성왕成王의 아들로 성왕을 시해하고 즉위하였다.
10_ 하희夏姬 │ 중국 춘추시대 정鄭 목공穆公의 딸로 진陳나라에 시집가서 왕, 대부 등과 간통하여 국제적인 문제를 일으킨 인물. 《열녀전列女傳》에서는 그녀를 두고 "세 번 왕후가 되고, 일곱 번 부인이 되었는데, 공후들이 차지하려고 다투다가 미혹되어 실의하지 않는 이가 없었다(三爲王后, 七爲夫人, 公侯爭之, 莫不迷惑失意)"라고 쓰고 있다.

이 때문에 임금을 섬기지 않고 아비를 없이 여기는 것은 찬탈과 시해에서 격발激發된 것이고, 동정을 지키는 것은 음란에서 격발된 것이고, 훈육葷肉을 먹지 않는 것은 지나친 사냥에서 격발된 것이고, 술을 경계하는 것은 과음에서 격발된 것이고, 경계하고 삼가는 것은 난세에서 격발된 것이다. 문수文繡[11]·방공方空[12]에 격발하여 도휴稻畦[13]를 하고, 옥배玉桮[14]에 격발하여 병발瓶鉢을 쓰고, 삽사馺娑[15]에 격발하여 가람伽藍을 짓고, 신회蜃灰[16]에 격발하여 다비茶毘를 하고, 시성豺聲[17]에 격발하여 사리闍梨에게 전하고, 유사有事에 격발하여 적멸무사寂滅無事를 행하고, 유정有情에 격발하여 청정무상淸淨無想을 행한다. 그러한즉 불가에서 일삼는 것은 모두 격발에서 나온 것이다.

그 과단·용맹·고결함이 참으로 대단하지 않은 것은 아니지만, 다만 그 격발은 감히 격발하지 말아야 할 것에서 격발한 것으로, 마침내 묵자墨子 같으면서도 묵자가 아니고, 노자老子 같으면서도 노자가 아니게 되어 천하의 적賊이 되었으니, 또한 슬프지 않은가? 우리 선성선사先聖先師께선 "지나친 것과 모자란 것은 모두 중용이 아니다", "털끝만큼의 차이가 천 리나 틀린다"[18]라고 하셨는데 부처에게 해당하는 말씀이다. 그러나 불가로 하여금 격발하게 만든 자도 이렇게 된 것에 대해

11_ 문수文繡 | 무늬와 수. 화려한 의복을 뜻한다.

12_ 방공方空 | 화려한 비단의 이름. 매우 얇고 없는 듯하여 이렇게 칭한다는 설도 있고, 네모 구멍이 있어서 이렇게 칭한다는 설도 있다.

13_ 도휴稻畦 | 가사袈裟의 별칭으로 도전의稻田衣라고도 한다.

14_ 옥배玉桮 | 옥배玉杯. 옥으로 만든 술잔.

15_ 삽사馺娑 | 중국 한나라 때의 궁전 이름. 무제 때 건장궁建章宮에 있던 전각 중 하나.

16_ 신회蜃灰 | 신탄蜃炭. 대합조개를 태워서 만든 재. 중국 춘추시대 송宋 문공文公의 장례 때 처음으로 이것을 광壙에 칠하였는데, 후대에 화려한 장례를 뜻하게 되었다.

17_ 시성豺聲 | 승냥이의 울음소리. 악인惡人의 말을 뜻한다.

죄가 없지 않으리라!

도道라는 것은 요컨대 이 세상 전체와 함께하는 것이다. 천하에 행하였을 때 한 백성에게 조금의 해라도 된다면 도라고 말할 수 없는 것이다. 지금 온 천하가 머리를 깎고, 먹장삼을 입고, 팔뚝에 심지를 태우고, 계戒를 받는다면 이는 석가모니의 소원이 만족되는 것인데, 그것이 만족되는 만큼 천하에 대한 책임도 따라서 커지게 될 것이다. 그때 서로 해가 되는 병폐가 없을는지 모르겠다.

불가에서는 여색女色을 멀리하니, 부처의 도를 행하면 이는 이 세상 모든 이를 홀아비나 과부로 만드는 것이다. 음양이 화합하지 않으면 만물이 생겨나지 않는 것이니, 백 년을 지난 뒤에 저 불가에선 어디서 제자를 얻어 그 법통을 이을 후계자로 삼게 될는지 나는 알 수가 없다. 이것이 서로 해가 되는 것의 첫 번째이다.

불가에서는 살생을 금하니, 부처의 도를 행하면 이것은 전쟁과 무기에 관해 말하면 안 되는 것이다. 진운縉雲[19]의 시대에도 치우蚩尤[20]가 오히려 횡행하였고, 요씨姚氏[21]의 나라에도 삼묘三苗[22]가 여전히 대치하고

18_ 우리 … 틀린다 | 원문은 "吾師曰: '過不及, 皆非中也.' 又曰: '毫釐之差, 繆以千里'"로 되어 있는데, 이 경우 사師는 유가儒家의 성현을 지칭해야 할 듯하나, 십삼경十三經에 이 말이 그대로 나오는 곳은 없다. 다만 《논어》, 〈선진先進〉편에 "지나침은 미치지 못함과 같다(過不及)"라는 말이 나오고, 이 말에 대한 주자朱子의 주에 윤씨尹氏의 말을 인용한 부분에서 "털끝만큼의 차이가 천 리의 거리가 된다(差之毫釐, 繆以千里)"라는 말이 보인다. 또 《맹자》, 〈양혜왕〉 상편 주자의 주에도 "털끝만큼의 차이가 천 리의 어긋남이 된다(毫釐之差, 千里之繆)"라고 하였다.
19_ 진운縉雲 | 황제黃帝 때의 병부兵部에 해당하는 관직명.
20_ 치우蚩尤 | 구려국九黎國의 군주로서 병란兵亂을 일으켜 황제黃帝와 싸웠다.
21_ 요씨姚氏 | 순임금의 성.
22_ 삼묘三苗 | 순임금 시대에 남방에 한 세력을 이루고 있던 묘족苗族.

있었는데, 만에 하나 치우나 삼묘와 같은 자들이 칼날을 겨누며 온다면 저 불가에선 장차 무슨 힘으로 그들을 막을 것인지 나는 알 수가 없다. 이것이 서로 해가 되는 것의 두 번째이다.

이미 살생을 금하고 다시 훈육을 끊으니, 이는 인지獜趾의 인仁[23]이라 하지 않을 수 없다. 그러나 그들이 호랑이 · 표범 · 무소 · 코끼리를 구축할 수는 없으니, 사람과 짐승이 중원에서 어깨를 서로 부딪히게 될 것이며, 도력道力이 아직 이루어지기 전에 승냥이가 먼저 그를 고기로 잡아먹으면 어떻게 하겠는지 나는 염려스럽다. 이것이 서로 해가 되는 것의 세 번째이다.

부처는 청정무위淸淨無爲를 좋아한다. 때문에 소를 모는 화상和尙이나 누에 치는 비구比丘가 있다는 말을 듣지 못하였다. 이렇게 되면 농사나 공장, 장사의 이익은 없는 것이다. 스님들이 먹을 밥과 가사는 그 누가 제공하겠으며, 마니주摩尼珠 · 법종法鐘 · 법등法燈 따위는 또 누구에게서 얻어낼 것인가. 이것이 서로 해가 되는 것의 네 번째이다.

이것으로 공사供辭[24]를 받는다면, 저들은 반드시 상도에 어긋난 요괴스럽고 허망한 말로써 대답할 것이지만, 이는 세 살배기 어린아이도 믿지 않을 것이다. 부처가 비록 삼척산호三尺珊瑚와 같은 보배로운 혀가 있다 하여도 장차 무슨 말로 대꾸할 수 있겠는가.

부처가 어리석은 백성을 떠들며 속여대는 방편은 윤회輪回 한 가지

23_ 인지獜趾의 인仁 | 생물을 죽이지 않는 인麟의 인후仁厚함을 말한다. 《시경詩經》, 〈주남周南 · 인지지麟之趾〉편의 주에 "인의 발은 살아 있는 풀을 밟지 않고 살아 있는 벌레를 밟지 않는다 (麟之足, 不踐生草, 不履生蟲)"라고 하였다.
24_ 공사供辭 | 범죄 사실에 대해 죄인이 변명하거나 자백하는 등의 진술.

에 지나지 않는다. 그러나 예로부터 그것을 배척하는 것은, 이편에서 없다고 말하면 저편에서는 있다고 말하여 모두 적확한 견해 없이, 다만 입과 혀로 있네 없네 하며 서로 싸워 왔기 때문이다. 저들은 한마디 말에 머리 숙여 복종하지 않으려 하고 어리석은 백성들도 휘둥그레져 어디로 갈지를 모르게 된 것이다. 나는 그것이 있다고 가정하고서 나중에 없게 되도록 말해보겠다.

불가에서는 전생前生·금생今生·후생後生의 삼생三生으로써 한 몸이라고 보고서, 금생에 복을 받는 것은 전생에 선을 닦은 결과이며, 금생에 선을 닦는 것은 후생에 복을 받으려는 뜻이라고 한다. 내가 금생의 나도 모르는데, 전생의 나를 알 수 있겠는가? 내가 모른다면 남들도 모를 것이고, 전생을 오히려 모른다면 내생도 모를 것은 금생과 같을 것이다. 전생과 후생이 이미 서로 알지 못한다면 그것은 바로 타인이다. 타인이 비록 귀해져서 천선天仙이 된다 해도 내게 무슨 영광이 되겠으며, 천해져서 짐승이 된다 해도 내게 무슨 욕이 될 것이겠는가.

굼벵이가 변하여 매미가 되고, 풀벌레가 변하여 호랑나비가 되고, 꿩이 변하여 이무기가 되는데, 윤회가 진실로 있다 하더라도 반드시 이와 같을 것이다. 버들에서 우는 괴로움과 꽃에서 춤추는 즐거움은 이미 기어 다니는 벌레들과 관계가 없는 것이고, 이무기는 매를 보고도 엎드리지 않을 것이니, 후생의 영욕이 진실로 금생에 무슨 관계가 있어서 권면하고 징계할 수 있겠는가? 이러니 부처의 설법은 공교로운 듯하지만 실로 졸렬한 것이다.

조상이 소나 말이라거나, 부부가 자매가 된다는 따위를 일일이 변파하고 싶지 않다. 나는 꼭 '윤회가 없다'고 말하지는 않는다. 그러나 '그게 있다고 하더라도 사람을 움직이기에는 부족하다'고 말해둔다.

오행

오행五行이 상생相生하고 상극相剋한다는 주장¹은 제齊나라 학자²로부터 시작되었는데, 그 말하는 이치가 너무도 근거가 없어서 거의 말이 되지 않는다. 다만 세상에서 그것을 논변하여 물리치는 사람이 없었으므로, 대대로 내려오면서 상색尙色과 용수用數³를 모두 그 말에 따랐으며, 점술가와 풍수가들 같은 경우에는 오로지 이를 조사祖師로 삼아 그 억지로 우기고 왜곡 분식함이 대체로 가소로움이 많다.

나로서 그것을 보건대, 극剋이란 것이 따로 없다. 강한 것이 극하는 것이고, 생生이란 것이 따로 없다. 굳이 말하고자 한다면, 수水·화火·금金·목木이 모두 토土에서 생겨나는 것이다. 대저 상생설은 그 설이 '흙이 광鑛이 되어 금金이 생기고, 쇠가 녹아서 물이 생기고, 물이 적시여 나무가 생기고, 나무가 비벼져서 불이 생기고, 흙은 다시 불탄 재에

1_ 오행五行이 ⋯ 주장 │ 만물을 조성하는 목木·화火·토土·금金·수水 다섯 요소의 변전變轉으로 만물의 생성, 소멸을 설명하는 이론인 음양오행설陰陽五行說을 말한다.

2_ 제齊나라 학자 │ 추연鄒衍(기원전 305~기원전 240)을 말한다. 추연은 음양설陰陽說과 오행설五行說을 결부시켜 오행의 상생·상극 관계를 체계화하였다.

3_ 상색尙色과 용수用數 │ 음양오행의 원리에 따라 한 나라마다 숭상하는 색과 기준으로 삼는 수를 달리하는 것. 화덕火德의 주周나라를 대신한 진秦나라가 화덕을 극복하였다는 의미로 수덕水德의 색인 흑黑을 숭상하고 수덕의 수인 육六을 기준으로 삼은 일이 있다.

서 생긴다'라고 말하는 데에 불과하다.

금金이 반드시 흙에서 생겨나고, 불이 처음에 나무를 바탕으로 삼는다는 것은 그런대로 근거가 있다고 할 수 있다. 그러나 지금 만약 부뚜막 아래의 한 줌 재와 관罐⁴ 속의 한 구기⁵ 수은[汞]을 가리키며 사람들에게 '흙과 물이 여기에서 생겨난다'고 하면 이 말은 갓난아이도 믿지 않을 것이다. 그러니 어떻게 그 말을 증명할 수 있을 것인가? 천하의 일을 오행에 합치시키는 것이 보통이지만 사계절보다 큰 것이 없으니, 사계절을 논한다면 오행을 알 수 있을 것이다. 오행을 사계절에 나누어 배치한다면, 목木은 봄, 화火는 여름, 금金은 가을, 수水는 겨울이 되고, 토土는 사계절에 나뉘어 밑받침이 되다가 결말을 짓고 시초를 여는 것이다. 그런즉, 여름의 화는 봄의 목에서 생겨나는 것이 아니라 봄 끝의 토에서 생겨난다. 금·수·목 역시 모두 여름·가을·겨울의 마지막 토에서 생겨나는 것이다. 수·화·금·목이 모두 토에서 생겨나고, 상생하는 이치가 없다고 말한 것이 또한 믿을 만하지 않은가?

사람의 한 몸으로 살펴본다면, 땀과 눈물은 수水이고, 광채는 화火이고, 눈썹과 털은 목木이고, 이와 손톱은 금金이고, 피부와 살은 곧 토土이다. 저 네 가지가 모두 피부와 살을 얻어 생겨나고, 피부와 살에 의지하여 행한다. 그런즉, 수·화·금·목이 토에 대한 것도 이와 같다. 또한 인仁·의義·예禮·지智가 신信을 바탕으로 삼는다고 하는 선유先儒의 말씀이 있었으니, 수·화·금·목이 토에 의해 생긴다는 것이 진실

4_ 관罐 | 단지, 또는 약을 끓이는 약탕관 따위.
5_ 구기 | 액체를 뜨는 국자 모양의 작은 기구.

로 옳지 않겠는가!

　희롱 삼아 하나의 논란거리를 가지고 상생을 주장하는 이와 말해보겠다. 오행에 무엇이 서로 상생하지 않는 것이 있는가? 물은 포말이 되어 엉겨 붙고, 쇠는 녹슬어 꽃이 피고, 나무는 썩고 좀먹어 가루가 되니, 흙이 어찌 유독 불에서만 생기는가? 소철蘇鐵·정만釘蔓[6]·포도葡萄·낙근烙根[7] 등 연꽃 이외의 것은 모두 흙에서 싹이 나니, 나무가 어찌 일찍이 물에서만 생기겠는가? 불이 나무에서 생겼다고 하는데, 음수陰燧의 법[8]은 우선 두고, 적유積油의 불꽃[9]과 연지燃地의 연기[10]가 설마 물과 흙에서 생겨나지 않았다는 말인가! 물이 쇠에서 생겨났다고 하는데, 샘물이 솟는 곳은 진실로 쇠 구멍이 아니며, 고기를 익히면 기름이 떨어지고, 풀 열매가 썩으면 즙이 흐르는 것이 어찌 나무와 불에서 생겨난 것이 아니란 것인가? 금이 생기는 것은 진실로 구릉丘陵에 벗어나지 않지만 간혹 빗물을 따라 내려오기도 하고 불려서 얻게 되는 경우도 있다. 비는 물이요 불리는 것은 불이다. 진실로 이러한 것을 상생이라고 한다면 무엇이 상생이 되지 않는 것이 있겠는가?

6_ **정만釘蔓** | 식물의 일종인 듯하나 자세히 알 수 없다.
7_ **낙근烙根** | 식물의 일종인 듯하나 자세히 알 수 없다.
8_ **음수陰燧의 법** | 달 아래서 물을 받는 법을 말한다. 음수는 그 물을 받는 그릇. 중국 진晉나라의 역사가 간보干寶가 지은 《수신기搜神記》에 "오월 병오일 낮에 만들면 양수陽燧가 되고, 십일월 임자일 밤에 만들면 음수가 된다(夫金之性也, 以五月丙午日中, 鑄爲陽燧, 以十一月 壬子夜半, 鑄爲陰燧)"고 했다.
9_ **적유積油의 불꽃** | 기름에서 나오는 불꽃.
10_ **연지燃地의 연기** | 땅을 태우는 연기, 즉 화산.

상극론相剋論은 그 설이 더욱 터무니없다. 저들은 물이 불을 꺼뜨리고, 불이 쇠를 녹이고, 쇠가 나무를 찍고, 나무가 흙을 뚫고, 흙이 물을 막는 것을 보고서는 문득 "이것이 상극의 이치이다"라고 한다. 도깨비불이 물을 만나 더욱 성해지고, 황금이 불 속에서 매우 정련되고, 도끼가 수풀 나무에 도리어 망가지고, 제방은 언제나 강물에 무너지는 것을 유독 보지 못했단 말인가? 또한 뜨거운 숯으로 태운다면 솥 속의 한 구기 물은 곧장 증발하고, 무거운 쇠막대로 때리면 화로 속의 한 점 불씨는 금방 꺼지게 된다. 서로 맞서 싸울 때는 강한 자가 이기게 되는 것이다. 이 상극론은 더욱 극히 비정상적이다. 내가 말한바, 강한 자가 이긴다는 것이 이 때문이다.

—이상 김진균 옮김

完譯 李鈺全集

완역 이옥 전집 1 선비가 가을을 슬퍼하는 이유

이옥 지음
실시학사 고전문학연구회 옮기고 엮음

1판 1쇄 발행일 2009년 3월 9일

발행인 | 김학원
편집인 | 한필훈 선완규
경영인 | 이상용
기획 | 최세정 홍승호 황서현 유소영 유은경 박태근
마케팅 | 하석진 김창규
디자인 | 송법성
저자 · 독자 서비스 | 조다영(humanist@humanistbooks.com)
조판 | 홍영사
스캔 · 출력 | 이희수 com.
용지 | 화인페이퍼
인쇄 | 청아문화사
제본 | 경일제책

발행처 | (주)휴머니스트 출판그룹
출판등록 | 제313-2007-000007호(2007년 1월 5일)
주소 | (121-869) 서울시 마포구 연남동 564-40
전화 | 02-335-4422 팩스 | 02-334-3427
홈페이지 | www.humanistbooks.com

ⓒ 실시학사 고전문학연구회 2009

ISBN 978-89-5862-274-1 04810
      978-89-5862-279-6 (세트)

만든 사람들

기획 | 최세정(se2001@humanistbooks.com) 박태근
편집 | 김은미
디자인 | 민진기디자인